EXCE
EL PERIODICO DE

(Registrado como Artículo de Segunda Clase en

| AÑO XXXI—TOMO III | FUNDADOR: RAFAEL ALDUCIN | DIRECTOR GENERAL: RODRIGO DE LLANO | MEXICO, D. F.— |

Ayuda de EE. UU. a Toda An

Fueron 6 los Asesinos del General Obregón, o Toral usó Seis Pistolas

El Cuerpo Tenía 19 Heridas de Balas de Cinco Calibres, Según Acta de Necropsia, que se Ocultó

Por LEOPOLDO TOQUERO Y DIMARIAS, reportero de EXCELSIOR

Han transcurrido 18 años y 10 meses desde que fué abatido a balazos en el restaurante "La Bombilla", en San Angel, el general de división Alvaro Obregón, en aquella época Presidente electo de México.

Fué el 17 de julio de 1928, durante un banquete ofrecido por la diputación guanajuatense, cuando un visionario llamado José de León Toral, que se hacía pasar por caricaturista, disparó una pistola automática calibre 32, a boca de jarro, contra el divisionario sonorense, causándole heridas mortales que le provocaron la muerte.

Han pasado cerca de veinte años y me parece que fué ayer, al contemplar un preciado documento que tengo a mi vista y que más adelante voy a dar a conocer, dada su trascendental importancia.

Ha transcurrido tanto tiempo, que hasta para muchos de los más recalcitrantes obregonistas se ha ido diluyendo la memoria del general o se va desvaneciendo como una nebulosa; así también creo que al cabo de tantos años, ya ha quedado prescrita la acción penal y es por esto que saco a la luz pública el documento en cuestión.

Un Documento Escondido Durante 19 Años

Este prefacio que parece absurdo, inconexo, confuso, tiene su razón de ser para mi relato y su público conocimiento, pues estoy seguro de que va a provocar sensación, probables protestas, mentís retundos; pero, a pesar de todo, el documento es copia fiel del original; es auténtico, verdadero, y está firmado por un funcionario militar de aquella época, que sí vive en la actualidad, no podrá desmentirlo; está amparado también por otros funcionarios judiciales que suscribieron el certificado de autopsia y hasta por el mismo proceso instruido a León Toral, que terminó con una sentencia de muerte. Documento que, junto con el acta de necropsia, no obstante su existencia real y necesaria, no se dieron a conocer públicamente y permanecieron en misterioso anonimato oficial, quién sabe por qué causas, aunque presumo que por las mismas que adujo un alto jefe del Ejército, que prohibió su publicación cuando tuvo conocimiento de la existencia de esos papeles.

Ya es tiempo de descorrer la incógnita. Los tiempos han cambiado totalmente; México vive una era de libertad y de sosiego, de plenas garantías, bajo un régimen netamente democrático; encabezado por un joven civil que en los seis meses que lleva al frente de los destinos de la patria, ha demostrado su absoluto respeto a la ley.

El Acta de Reconocimiento de las Heridas

El documento —preciso para la historia— está fechado en la ciudad de México el día 17 de julio de 1928 —mismo día del asesinato—, y lo firma el mayor médico cirujano adscrito al Anfiteatro del Hospital Militar de Instrucción, Juan G. Saldaña. Ese documen-

Será hoy el Eclipse de Sol

ROCAIUVA, Brasil, mayo 19, (AP)—El grupo de astrónomos norteamericanos que se halla en el corazón de Brasil, dió hoy los últimos toques a los preparativos que han hecho desde hace varios meses para observar y fotografiar el eclipse total de sol que habrá mañana.

Sin embargo, cuando llegue el momento por tanto tiempo esperado, los sabios estarán tan ocupados en el manejo de sus complicados instrumentos astronómicos, que probablemente verán menos que cualquier observador ordinario.

Algunos de los 17 hombres de ciencia reunidos aquí declararon que, de hecho, nunca han visto un eclipse, y probablemente nunca lo verán.

En lugar de contemplar el grandioso fenómeno, se ocuparán mañana en medir "la curvatura de la luz sideral", en computar los cambios de temperatura del aire, en fotografiar la corona del sol, en calcular el tiempo exacto del eclipse parcial y del total, y en muchas otras labores técnicas.

El eclipse total durará tres minutos y cuarenta y ocho segundos. En caso que las nubes impidan la observación del eclipse desde tierra, lo registrarán dos "observatorios voladores" proporcionados por el Ejército norteamericano: una fortaleza aérea y una superfortaleza.

LOS MEJORES RECURSOS EN LA OBSERVACION

La Oficina del Servicio de Información de los Estados Unidos, dice que el eclipse de sol anunciado para hoy, se estudiará con los mejores recursos de la ciencia y por medio de los más perfectos aparatos, para la observación de esa clase de fenómenos.

En un lugar cercano al pequeño pueblo de Bocaiuva, Brasil, es-

---

Libre Intercamb

La ONU Pre Para Formul

Por FRANCIS W. C

LAKE SUCCESS, N. Y la Subcomisión de las Na ción y de Prensa, efectuó dentales sugestiones hech Francia para eliminar la de noticias en todo el orbe

La subcomisión se reu asamblea mundial en n y que posiblemente se efec Heuven Goedhart, que fué "Het Parool", publicado en fué nombrado presidente d

Estuvieron presentes Unión Soviética, los Esta Francia y Gran Bretaña

Henri Laugier, subsec comisión que las Nacione propósito de salvaguardar en todo el mundo".

Antes de un a Vaca Aftosa e

Para Entonces, que Consumir

Por JESUS M. LO

Antes de un año los h los Estados cercanos al aftosa, tendrán que consu la mayor parte del ganad

Lo anterior se despre

Renació, de He el Pacto Taurin

Los Espadas Me nos Aceptan los P

Francisco Martín Moreno

México acribillado
Una novela histórica en cuatro actos

ALFAGUARA

© 2008, Francisco Martín Moreno
c/o Guillermo Schavelzon & Asoc., Agencia Literaria
info@schavelzon.com
© De esta edición:
2008, Santillana Ediciones Generales, S. A. de C. V.
Av. Universidad 767, col. del Valle,
México, D. F., C. P. 03100, México.
Teléfono 5420 75 30
www.alfaguara.com.mx

Primera edición: octubre de 2008

ISBN: 978-970-58-0456-4 (rústica)
978-970-58-0457-1 (tapa dura)

© Diseño de cubierta: Everardo Monteagudo

Impreso en México

A mi hija Beatriz:
porque el cielo te regaló su estrella más hermosa, Sophi,
que habrá de iluminar tu camino, llenándote de luz
muy blanca, hasta el último de tus días.

Prólogo

Cuando elegí el magnicidio de Álvaro Obregón como tema para este, mi *México acribillado*, nunca supuse la serie de obstáculos con que me encontraría a pesar de que habían pasado cerca de ochenta años desde la sangrienta jornada del 17 de julio de 1928 en La Bombilla. Localicé innumerables archivos mutilados y me frustré al saber que otros tantos habían sido incinerados, junto con libros reveladores de verdades inconvenientes para los grupos involucrados con el crimen de Estado. Al revisar en las hemerotecas nacionales los periódicos de la época, descubrí que ciertas páginas cruciales, las que contenían datos e informes comprometedores para los victimarios, habían sido arrancadas. Supe y padecí la destrucción de algunos documentos secretos, guardados celosamente por los grandes protagonistas de la historia, y constaté la desaparición de documentos inéditos contenidos en expedientes privados o públicos.

¿Cómo explicarse la dolosa estrategia orientada a desaparecer deliberadamente las pruebas necesarias para poder aclarar el asesinato del presidente electo, o mejor dicho, reelecto? Muy sencillo: No sólo el gobierno de Plutarco Elías Calles estuvo involucrado en el asesinato del general Obregón, sino que las evidencias exhibieron a la Iglesia Católica, Apostólica y Romana como cómplice en los escandalosos hechos delictivos que volvieron a torcer criminalmente la historia de México. A las máximas autoridades civiles y eclesiásticas del país les interesaba ocultar, a como diera lugar, la realidad de lo acontecido, objetivo que lograron cumplir cabalmente durante ocho décadas. La conjura del silencio a la que se refiere el capítulo cuarto de esta obra existió y existe hasta nuestros días. ¡Claro que ni a Calles ni a sus descendientes políticos, los priístas, ni al clero mexicano de aquellos años ni al de nuestros días les resultaría conveniente cualquier tipo de vinculación con el acribillamiento del Manco de Celaya!

¿Por qué no se ha denunciado públicamente la participación del arzobispo Francisco Orozco y Jiménez, mejor conocido como "El Chamula", en el sangriento atentado? ¿Por qué no se ha divulgado el papel desempeñado por José Garibi Rivera, el primer cardenal mexicano, alias "Pepe Dinamita", ni el del arzobispo Leopoldo Ruiz y Flores ni el del obispo Miguel de Mora ni el del padre francés Bernardo Bergöend, uno de los sacerdotes que más influencia ejercieron en la primera mitad del siglo XX en nuestro país? Y, para terminar, ¿por qué asimismo no se subraya el protagonismo de un incondicional de El Chamula, el sacerdote José Toral Moreno, primo hermano de José de León Toral, sin olvidar al padre José Aurelio Jiménez ni a Concepción Acevedo de la Llata, la Madre Conchita? ¿Por qué se ha subestimado la participación de Luis N. Morones, el señor secretario de Industria y Comercio en el gabinete del presidente Calles, el famoso "Marrano de la Revolución", en la muerte de Obregón? ¿Por qué la Guerra Cristera, a pesar de ser uno de los episodios más trágicos de nuestro pasado, es curiosamente uno de los menos divulgados? ¿Por qué se ha redactado la *contra-historia* con tanto éxito y singular ímpetu, como alguien ya lo señaló acertadamente? ¿Por qué proliferan los escritores apologistas, historiadores mercenarios al servicio del clero, quienes han tratado de limpiar con sus trabajos la sangre impregnada en los cuchillos clericales a pesar de que la enjugaron discretamente con las sotanas? ¿Por qué hasta los narradores a sueldo de la historia oficial se resisten a condenar a la iglesia y a desmentir sus tesis en relación con lo acontecido? ¿Por qué no se ha dado un debate nacional? ¡Shhhh: que nadie mueva las aguas!

Los conquistadores españoles, las autoridades virreinales, la dictadura porfirista y la iglesia católica coincidieron en una misma meta: someter política y espiritualmente a las masas por medio de las armas y de los confesionarios, exprimirlas y explotarlas sin detenerse a considerar que su creciente desesperación podría provocar estallidos sociales, como aconteció durante la Guerra de Independencia, la Guerra de Reforma y la Revolución Mexicana. El Partido Nacional Revolucionario y posteriormente el PRI tendrían objetivos similares: el control férreo de las clases populares. Nada nuevo. El "carro completo" se convirtió en una provocación social, no sólo por ignorar la voluntad electoral de la nación a la usanza obregonista-callista, ¿cuál sufragio efectivo?, sino porque además sus pasajeros privilegiados se enriquecieron ostentosamente a los ojos de una nación cada vez más dividida y resentida, que en ningún caso lograría cosechar los frutos del bienestar y de la prosperidad prometidos al finalizar el movimiento armado. La mayor evidencia de esto es la existencia de cuarenta millones de mexicanos sepultados en la miseria al terminar el siglo xx, resultado de la herencia callista que desconoció el orden jurídico e ignoró a las instituciones republicanas desde 1924 y a lo largo del vergonzoso Maximato: "Aquí vive el presidente; el que manda vive enfrente".

La iglesia católica se opuso a la aplicación de la Constitución de 1857 y convocó a una sangrienta lucha armada financiada con las limosnas del pueblo de México; los líderes clericales que dirigieron la Guerra de Reforma fueron, entre otros, Francisco Xavier Miranda y Morfi y Pelagio Antonio Labastida y Dávalos. Sesenta años después, el clero se opuso a la aplicación de la Constitución de 1917 y pretendió derrocar a la administración de Calles; los prelados que dirigieron la Guerra Cristera fueron el arzobispo Francisco Orozco y Jiménez y el obispo Miguel de la Mora, entre otros integrantes de la máxima jerarquía, que organizaron un boicot comercial a nivel nacional con el objetivo de romper la espina dorsal de la economía y poner de rodillas al gobierno. Por si el patrocinio de un conflicto armado entre hermanos fuera insuficiente, se cerraron los templos católicos, con autorización papal, para privar de consuelo espiritual a la feligresía. El propósito era muy claro: culpar de la quiebra masiva de las empresas y de la falta de víveres al presidente Calles, provocándolo, además, para que disparara contra las masas enardecidas que organizaban protestas callejeras exigiendo la presencia de tortillas y frijoles sobre sus mesas, así como su reclamo a disfrutar los indispensables servicios religiosos que les concederían la paz a sus almas.

En síntesis: ¿a quien le importaba el país? ¿Quién pensaba en México? La iglesia provocó otra guerra fratricida a partir de 1927. Intentó derrocar al gobierno invitando a millones de fieles a paralizar económicamente a la nación y cerró las puertas de los templos con tal de ejercer presión desde cualquier ángulo posible. Agotados todos los recursos, tramó y ejecutó el asesinato del presidente electo de la República. Obregón y Calles, por su parte, al estilo más decantado de los caudillos del siglo xix, traicionaron a la nación al violar los postulados de la revolución, ignoraron los principios democráticos y desconocieron a las instituciones por las que habían dado la vida más de un millón de mexicanos. Como bien lo sentenciara Luis Donaldo

Colosio poco antes de ser acribillado: "Mis paisanos sonorenses escribieron con sangre la historia de México".

Los mexicanos aceptamos que la herencia callista se impusiera durante setenta años a lo largo del siglo XX. El precio de la indolencia y de la apatía sociales, el interminable proceso de putrefacción de las instituciones republicanas lo pagamos, hoy en día, con tan sólo salir a la calle.

Francisco Martín Moreno
Costa Chica, Acapulco, Guerrero, 17 de julio de 2008.

Capítulo 1
La batalla de las conciencias

> Que cada miembro se exceda en el cumplimiento de
> su deber y cuando en el afán de defender nuestra fe
> hayáis hecho veinte mil barbaridades, no os detengáis
> por eso, que no habréis trabajado, no habréis llegado
> ni a la mitad de lo que autoriza nuestro cristianismo.
>
> PALABRAS DEL PADRE DAVID RAMÍREZ,
DE DURANGO, A SU GREY

> Os ofrezco para el porvenir derrumbe de iglesias,
> abolición de la misa, incendio de confesionarios y lo
> que hice en el tiempo de Santa Brígida —en agosto de
> 1914—: vestir a los cristos con el traje revolucionario
> y fajarles la canana y colocar en sus manos el rifle
> redentor que en santa hora nos procuró el gran
> Wilson.
>
> ÁLVARO OBREGÓN

Al centro, Álvaro Obregón. A su derecha, Plutarco Elías Calles.
© Universidad de Guanajuato, Archivo Histórico

Las personas mueren dos veces… Una, cuando dejan de existir y la otra, en el momento en que ya nadie se acuerda de ellas… Por esa razón, la voz de mi abuelo no se apagará nunca en mi vida… A él y sólo a él, a su afortunada obsesión como coleccionista que lo animó a comprar en una subasta el diagrama de la necropsia practicada, en secreto, al cadáver del presidente Álvaro Obregón, le debo este, mi *México acribillado*, que prometí publicar en su honor cuando hubieran transcurrido ochenta años del brutal asesinato del presidente en La Bombilla, en San Ángel, en la capital de la República, precisamente el 17 de julio de 1928. ¡Nunca supo cuánto acicateó mi imaginación la entrega de una simple hoja, un dibujo que me proporcionaría la fuerza necesaria para acometer un proyecto de largo aliento que implicaba reclusión obligada en hemerotecas y archivos nacionales y extranjeros!

Cuando hace apenas unos días las campanadas de una iglesia lejana anunciaban la agonía del 2007, experimenté un estremecimiento, el reflejo de una intensa y vieja emoción contenida durante mucho tiempo. Se acercaba precipitadamente la fecha. Se vencía el plazo. El año entrante, de acuerdo a lo prometido, tendría que aparecer mi novela en las librerías del país. De esta suerte, lograría que mi abuelo no muriera su segunda muerte y no sólo cumpliría con mi palabra empeñada, sino que hablaría… ¿hablaría? ¿Cómo que hablaría? ¡No!, no hablaría: gritaría, denunciaría, exhibiría, divulgaría una serie de datos guardados durante años y más años en expedientes olvidados o escondidos en los que permanecían ocultas algunas piezas imprescindibles para el armado del gran rompecabezas de la historia de México.

Mi abuelo, Evaristo Mújica, un apellido ilustre de gran prosapia liberal, nació en Tierra Caliente —no podía haberlo hecho en otro lugar—, en San Miguel Totolapan, Guerrero, en 1890. Él siempre alegaba que el nombre deriva del vocablo náhuatl *totolli* y significa "río de las aves". Hermoso concepto, ¿no? Pero en realidad *totolli* significa guajolote y *apan*, sobre el agua… ¿Síntesis? Nada de que río de las aves, sino "guajolote sobre el agua". Eso es efectivamente: guajolote sobre el agua… Mi abuelo defendía su alcurnia con humor y coraje en la sobremesa hasta reventar en mil carcajadas, porque eso sí, jamás se tomó en serio ni toleró en su entorno la menor señal de solemnidad:

—Aprende a reír de ti mismo… Se benévolo con tu persona… Pásate la mano por el hombro, perdónate. Cuando intentes dormir acaríciate la cabeza con el mismo amor con que tocarías la frente de tus hijos a la hora de los cuentos nocturnos… Quiérete. Acepta en la intimidad las equivocaciones que cometas sin destruir tu ánimo, sin amargarte ante el reconocimiento público de los errores, que nunca te deben restar aplomo ni seguridad, ni mucho menos alegría de vivir, porque ya sabes, querido Nacho: mientras más importante te sientas en la vida; mientras más te confundas creyéndote un consentido de los dioses, más pendejo serás, hijo mío… De modo que mejor sonríe todo el día y deja de estar tan tieso como si representaras un papel ante quién sabe quién…

Mejor conocido como Tito —Ave Tito en el círculo familiar porque alguno de sus quince nietos no podía pronunciar la palabra "abuelito" y se dirigía a él llamándolo "abetito"—, siempre se distinguió por sus conocimientos enciclopédicos. Un coleccionista como él tenía la obligación de estar bien informado. Lo devoraba la curiosidad en relación a los más diversos aspectos del saber humano, sobre todo respecto a la invención de objetos de uso cotidiano como el tenedor y la cuchara, los rascadores utilizados durante la época de los Luises franceses para aliviar la comezón causada por las inmensas pelucas de la época, en la que la higiene corporal no era un hábito y menos una conveniente costumbre social. Contaba con curiosos abanicos, botijos ingleses, gorras de bolcheviques, cajitas de música o rocolas pueblerinas, coches miniatura, timbres postales de la época del káiser Guillermo I, fotografías de Bismarck, de Juárez, de Víctor Hugo, un refrigerador de los años en que apareció en el mercado la Coca Cola, un refresco negro que supuestamente nadie bebería y, por tanto, estaría condenado al fracaso. Tenía juguetes antiguos de madera y de hojalata, pequeñas maquetas de aviones, máquinas de escribir y de coser, muebles europeos y una banca africana tallada en cedro negro, además de pinturas, retablos, dípticos, esculturitas, relojes de ferrocarrilero con leontinas de oro o plata…

¡Cómo disfrutaba Ave Tito las conversaciones con un interlocutor inteligente, sobre todo cuando éste llevaba una bolsa llena de piedras, de argumentos, para tirárselos a la cara! Las discusiones podían subir de nivel, pero nunca toleraba las faltas de respeto ni las agresiones ni las sonrisitas burlonas ni las insultantes negaciones de cabeza sin pronunciar palabra alguna, sobre todo si él intentaba refutar una afirmación. No consentía las salidas de tono, mucho menos si contenían dejos de sarcasmo. En todo caso, decía:

—Cuando aparecen los insultos es porque se agotaron las razones. Llegó entonces el momento de dar por cancelado el diálogo. Hablemos, mejor, de toros… ¿Sabes lo que es una chicuelina…?

Así cambiaba el tema ese viejo maravilloso, siempre esbelto y casi completamente calvo, cuyos bigotes blancos, de corte kaiseriano, realzaban su rostro fresco a pesar del transcurso y de las agresiones del tiempo. Imposible adivinar su edad…

—Tú y yo, todos, somos producto y consecuencia de nuestra historia, porque los mexicanos estamos como estamos porque somos lo que somos, aunque parezca una auténtica perogrullada… —el sentido del humor nunca podía faltar, aun en los pasajes más tenebrosos.

Don Evaristo Mújica vivió los acontecimientos, los sufrió en carne propia, no a un lado de los cañones como integrante del elenco político, militar o intelectual, sino como un simple ciudadano, agudo observador de los hechos. Él me contó su versión de la historia, enriqueció mi imaginación con sus recuerdos y tal vez, sin proponérselo, me orientó hacia la narrativa que justificaría mi existencia. ¿Cómo poder agradecer a nuestros seres queridos su presencia determinante en nuestras vidas, sus consejos, sus puntos de vista, sus conclusiones, cuando ya no están entre nosotros para repetirles, una y otra vez, la palabra mágica: gracias? La respuesta en el caso de Ave Tito es muy simple: no lo veré nunca más ni podré intercambiar con él mis puntos de vista ni en la tierra, obviamente, ni mucho menos en el cielo. No creo en el cielo ni mucho menos en el infierno. No creo en ninguna inteligencia superior a la humana. No creo en el paraíso ni creí en el limbo, del que la propia iglesia católica acaba de aceptar —finalmente— su inexistencia. No creo en el más allá ni creo que exista ningún tipo de conciencia después de la muerte. Creo en el hoy, en el aquí, en el ahora mismo. ¿Acaso el paraíso sea el lugar a donde van a dar las monjas como la Madre Conchita, una de las cómplices del asesinato de mi general Obregón, las mismas que rezan horas acostadas boca abajo en el piso o se sangran la piel con cadenas o cinturones metálicos dotados de puntas que se atan firmemente al muslo o a la axila, o se queman el pecho y los brazos con sellos ardientes que ostentan la santa figura de Jesús, para combatir así las tentaciones de la carne con mortificaciones corporales? ¿Así será el cielo, para vivir acompañado para siempre de los siempres, nada menos que por mujeres como esas? ¿Un manicomio? ¿Cómo hablar cuando no se desea hablar con nadie en la eternidad? ¡Horror! ¿Cómo recordar cuando no se quiere recordar? ¿Cómo intervenir entre los vivos cuando ya no se desea intervenir ni saber ni estar ni conocer ni llorar ni sufrir? ¿No es una maravilla la nada, la más absoluta nada después de la vida? Ese es el mejor premio para los muertos. La nada eterna sin conciencia, sin luz, sin sonidos, sin sabores, sin sensibilidad ni aromas. La nada. Hermosa palabra. La oscuridad, el silencio, la insensibilidad total. Todo lo demás es náusea.

Ave Tito dejó de existir el 13 de junio de 1978, maldito día, después de vivir la escandalosa devaluación de finales del sexenio de Echeverría, en 1976, que aplaudiera de pie el Honorable Congreso de la Unión y que, como él bien decía, no era honorable, pues ¿qué podía tener de honorable si las cámaras eran simples epítomes del Poder Ejecutivo?, ni era Congreso, porque ahí no se discutían ideas, sino que se cumplían los deseos del Jefe Máximo, ni era de la Unión porque los legisladores respondían a la voz estentórea e inapelable de un solo hombre y no a la de sus representados. ¡Qué mejor homenaje a la memoria de mi abuelo que redactar estas líneas con sus recuerdos y en su honor!

Mi gran curiosidad por la historia comenzó cuando, siendo yo muy joven, Ave Tito me contó cómo León Toral supuestamente asesinó al presidente Obregón en La Bombilla y, haciéndose pasar por caricaturista, disparó seis balazos a bocajarro por el lado izquierdo de su ilustre víctima.

—Pero imagínate: con independencia de la puntería que hubiera podido tener ese retrasado mental manipulado a placer por el clero, en el cuerpo de Obregón se encontraron diecinueve orificios de bala, trece de entrada más seis de salida, según se descubrió a través de la necropsia informal que se le practicó y durante la cual se dibujó improvisadamente un diagrama sobre la plancha en la que se encontraba el cadáver.

Mi abuelo esperaba una afirmación como la que hice a continuación:

Fueron 6 los Asesinos del General Obregón, o Toral usó Seis Pistolas

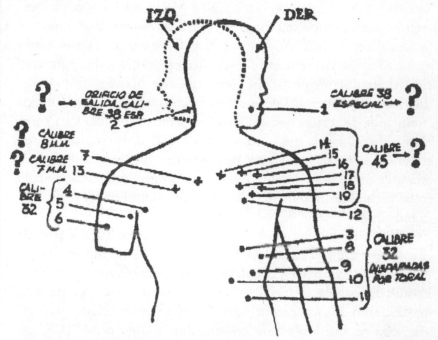

ESTE DIAGRAMA ES copia del que hizo el médico legista Alberto Lozano Garza, para señalar las 19 perforaciones de bala que presentaba el cuerpo del general Obregón. Las anotaciones de calibres, el apunte sobre proyectiles disparados por Toral y las interrogaciones, fueron puestas por nosotros para mayor explicación. Si Toral disparó únicamente seis tiros sobre el general Obregón, ¿quién disparó los demás?

Excélsior agradece a Don Evaristo Mújica el haber otorgado facilidades para la reproducción de este diagrama, que obra en su poder.

Excélsior, 20 de mayo de 1947, p. 6. En las páginas 2 y 3 de esta obra puede verse la primera plana, y a la izquierda el titular de esta nota.

—Me dejaría cortar una mano por tener en mi poder el diagrama que dices. Imagínate lo que haría con él...

Estábamos en su biblioteca, en el Callejón de la Cita en San Ángel, cuyos anaqueles se encontraban repletos de los más extraños objetos coleccionados a lo largo de su vida; de repente, y sin pronunciar una sola palabra, se levantó para dirigirse a un arcón de madera antigua perteneciente, según me dijo, a Melchor Ocampo, para extraer un viejo cartapacio protegido contra los efectos del tiempo por una cubierta de plástico, que me extendió para mi más absoluto azoro. Al abrirlo me encontré con el diagrama, que había permanecido oculto durante casi veinte años y que él había adquirido en una subasta en 1946 después de una puja interminable con otro fanático comprador de textos, documentos y artículos extraños. Una copia había sido publicada con su autorización, el 20 de mayo de 1947, en el periódico *Excélsior*. Recordé de inmediato una novela de Balzac, armada a través de la simple contemplación de un camafeo guardado en las vitrinas de un museo. Con ese simple dibujo yo construiría un mundo...

Yo tenía conocimiento de que León Toral había disparado cinco veces. De esta suerte, y sobre la base de que no hubiera errado ningún tiro, ¿por qué en el cadáver del presidente aparecieron trece heridas de entrada, cuatro de ellas disparadas de frente, no de lado, que hicieron blanco precisamente en el corazón? Raro, ¿no? ¿El diagrama no justificaba una investigación a largo plazo...? Se me despertó hasta el último poro de la piel. Tenía el tema. Habría que investigarlo a fondo y contarlo lo mejor posible sin que la pasión me dominara. Habíamos sido nuevamente víctimas de mentiras y más mentiras que nos impedían conocer el rostro de los auténticos enemigos de México. ¿Cuál asesino único? ¡A trabajar!

Este 2008 se cumplen ochenta años del magnicidio de Álvaro Obregón, otro crimen político jamás aclarado a los ojos de la nación, tal y como, por lo general, ha acontecido también en otras latitudes. ¿Acaso se exhibió tras las rejas a los asesinos intelectuales de Pancho Madero o a los de Carranza o a los de Kennedy o a los de Olof Palme o a los de Anwar Sadat o a los de Indira y Rajiv Gandhi o a los de Colosio o a los de Benazir Bhutto?

Lo que cuento aquí es la historia que pude hilvanar a partir del dibujo que me obsequió mi abuelo. Así se dieron los hechos, según los elementos probatorios que tuve a mi alcance, y a mi parecer todo empezó aquella infausta tarde del 22 de febrero de 1913 con el asesinato de Madero, que según el propio sicario Francisco Cárdenas fue así:

Ese día, como a las seis de la tarde, me mandaron llamar a los salones de la Presidencia y hablé con mi general Mondragón, quien me dijo: "Sabemos, Cárdenas, que usted es hombre y sabe hacer lo que se le manda". El general, después de escuchar mi contestación afirmativa, me indicó que podría retirarme y que estuviera listo con mis hombres, escogiéndolos de confianza, pues el primero que dijera una frase de lo que se iba a hacer sería fusilado. Como a las ocho y media de la noche y cuando ya tenía mis hombres listos, se me mandó llamar por el mismo general Mondragón, quien me ordenó que sacásemos a los señores Madero y Pino Suárez de los alojamientos donde se encontraban y los lleváramos a la Penitenciaría para que allí, en uno de los patios, procediéramos a su ejecución. Después de recibida esta orden, yo y mis hombres nos dirigimos a tomar a los reos del lugar en que se hallaban. El señor Madero incorporándose, me dijo encolerizado: "¿Qué van a hacer conmigo? Cualquier atropello que se haga, no será a mí sino al primer magistrado de la nación". Nada contesté, me limité a poner al presidente entre los rurales y poco después hacía lo mismo con el licenciado Pino Suárez, quien no protestó, pidiendo solamente se avisara a su familia sobre el sitio a donde se le llevara. Salimos yo y mi gente con los prisioneros, cuando al pasar por uno de los pasillos que hay en el patio de honor, el señor Madero protestó con energía y hubo un momento en que dio un bofetón en el rostro a uno de los guardias que estaba más cerca de él. Los gritos de protesta continuaban y entonces me apresuré a participarlo al general, comprendiendo que era expuesto sacarlo de allí con escándalo. En uno de los salones de la Presidencia, creo que fue en el Amarillo, me encontré a los generales Victoriano Huerta y Manuel Mondragón, así como a otras personas que no conocía y en seguida expuse lo que pasaba. Mi general Mondragón, mesándose con ira los cabellos, se levantó de su asiento y me dijo: "Llévelos a una caballeriza y allí los remata". Esta orden la aceptaron las personas que con él estaban, agregando Huerta esta frase: "Lo que ha de ser… que sea". Esperaba nuevas órdenes cuando el general Mondragón, encolerizado, exclamó: "Sobre la marcha"; luego salí de allí y poco después entrábamos a una de las caballerizas. Los prisioneros, al ver aquello, comprendieron lo que les esperaba y protestaron con frases duras para mi general Huerta. Mas como la orden tenía que cumplirse, a empellones los hice entrar al interior de la caballeriza, donde los puse al fondo para que mis muchachos tiraran. El vicepresidente fue el primero que murió, pues al ver que se le iba a disparar comenzó a correr, di la orden de fuego y los proyectiles lo clarearon hasta dejarlo sin vida, cayendo sobre un montón de paja. El señor Madero vio todo aquello y cuando le dije que a él le tocaba, se fue sobre mí, diciéndome que no fuéramos asesinos, que se mataba con él a la República. Yo me eché a reír y, cogiéndolo por el cuello, lo llevé contra la pared, saqué mi revolver y le disparé un tiro en la cara, cayendo en seguida pesadamente al suelo. La sangre me saltó sobre el uniforme.[1]

Escondido en Guatemala y después de haber pasado cierto tiempo en prisión, Francisco Cárdenas se sintió a salvo en el exilio, sin considerar el alcance del único brazo de Álvaro Obregón, un ferviente admirador de la causa maderista. A tres semanas de que el Manco tomara posesión como presidente de la República y, claro está, después de haber mandado asesinar siete meses antes a Venustiano Carranza, Obregón hizo lo propio con el victimario de Pancho Madero, se encontrara donde se encontrara, a finales de diciembre de 1920... Muy bien, ¿pero quién podría reparar el daño causado a la República por el hecho de haber acribillado al presidente, lo cual detonó una revolución que proyectó a México a un atraso catastrófico, además del daño en la moral nacional? ¿Quién nos devolvería a un presidente demócrata? Ni con la muerte de un millón de Victorianos Huerta o de Franciscos Cárdenas volveríamos a tener otro Madero. Nadie se lo repondría a la nación.

Mi abuelo nunca se cansó de regresar a la Costa Grande de Guerrero, su tierra. El solo contacto con la arena y el mar lo hacía recordar su más remota infancia. En alguna ocasión, mientras caminábamos por la playa, le conté sobre el apoyo que la iglesia le dio a

Huerta después del magnicidio de Madero. Su gran curiosidad universal me provocaba a la hora de abordar diferentes temas, más aún cuando se trataba de México.

Al clero no le convenía vincularse con un personaje medio hombre y medio bestia que había llegado al máximo poder derrocando a Madero, y además no podía dejar de alarmarle el hecho de que el monstruo no contara con la simpatía de la Casa Blanca. Woodrow Wilson vomitaba al chacal, lo detestaba, lo execraba; por ello, no tuvo más remedio que conceder su apoyo a Venustiano Carranza cuando convocó a la revolución para derrocar al usurpador. La iglesia entendió, desde un principio, que Estados Unidos no apoyaría a Huerta de ninguna manera. Madero era la gran esperanza frustrada del presidente yanqui para convencer a América Latina de las ventajas de instaurar únicamente gobiernos democráticos en el Cono Sur. Con el aval público de la Casa Blanca el clero no hubiera apostado una parte, sino hasta su última carta por Huerta: se hubiera jugado su resto, absolutamente todo. Sin embargo, y a pesar de ello —al igual que el arzobispo de México, Pelagio Antonio Labastida y Dávalos, "proporcionó lo indispensable para que el general Díaz pudiera completar la paga de su ejército"—, el arzobispo Mora y del Río le otorgó préstamos a la dictadura, a la que distingue con una misa de gracias, un *Te Deum* en honor de Victoriano Huerta.

La alianza del clero no sólo con la tiranía, sino con los grandes latifundistas, prepotentes hacendados y con los más destacados empresarios y banqueros para someter al país mientras era explotado se resumía en los siguientes parlamentos:

—Pero, padre —decía el obrero arrodillado a un lado del confesionario—: si me pagan con fichas mi sueldo que sólo puedo canjear en las tiendas de raya...

—Sé fuerte, hijo mío, Dios es muy sabio y sus designios nos son inescrutables. No tratemos de entender sus decisiones. Resignémonos devotamente a ellas.

—Pero padre, la deuda que tengo con la hacienda no la pagaremos ni con diez generaciones de Montoyas como nosotros. Estaremos endeudados por muchas vidas sin poder pagar por los sueldos de hambre y porque no recibo dinero en efectivo, sino vales...

—Acuérdate —repuso el sacerdote con voz apenas audible— de que Dios nos manda muchas veces pruebas para medir el amor hacia Él, nuestra lealtad, nuestra incondicionalidad. Ya vendrán los premios, las gratificaciones y las recompensas en esta vida o en el más allá, después del Juicio Final…

—Pero padre, ayer el patrón se llevó a mi niña que se va a casar el mes entrante, porque decía *quesque* iba a ejercer su derecho de pernada… Hubiera usted oído los gritos de la chamaca, mientras su novio y yo sólo podíamos acariciar las cachas de nuestras pistolas. A mi vieja también se la echó el *mesmésimo* padre del actual patrón y mire nomás, me la dejaron jodida para siempre. Ni siquiera sé si mi primer hijo es mío o de aquel cabrón…

—Ten fe, hijo mío: cuando te golpeen una mejilla pon la otra, tal y como hiciste ahora con tu hija… Dios es muy justo y sabe lo que hace…

—Pero padre, *asté* vio lo que pasó cuando los trabajadores de Cananea se *jueron* a la huelga, los *jusilaron* como si hubieran sido criminales, *verdá* de Dios, cuando sólo querían ganar lo *mesmo* que los trabajadores gringos y mataron a muchos a balazos…

—Paz, paz, hijo mío, no quieras para otros lo que no quieres para ti, salvo que quieras arreglar tus diferencias también a balazos…

—Pero padre, ellos, los empresarios y los del gobierno, sí que arreglan las *diferiencias* a tiros con tal de tenernos jodidos: mire nomás la balacera de Río Blanco, padre, mataron a muchos de nosotros sin que hubiera ley ni *polecía* ni madres, padre, ni madres… ¿Dónde está la cárcel para esos desalmados, padre, dónde?

—Si es que están en un error, no seas tú el que se haga justicia con su propia mano. Deja que la autoridad se encargue de ellos y Dios sabrá darle a cada quién lo que se merece… Él aprecia la sumisión de sus hijos…

—Nosotros sabemos lo que se merecen esos cabrones, padre, y un día, los jodidos vamos a tirar tanto pinche cuete que le vamos a prender fuego a este país, ya verá la quemazón, comenzando con los empresarios y los hacendados y la *polecía*… Un día, *asté mesmamente* lo verá, padre, van a faltar árboles en este país para colgar a tanto rotito… Yo le juro que el día que todo eso pase me voy a echar a la güerita esa del patrón pa' que él sepa lo que se siente…

Cuando el obrero se retiró de la confesión arrastrando los huaraches llenos de costras de lodo, el cura dio las gracias persignándose en silencio: Que mal olía este cochino salvaje… Si por lo menos se bañara y se lavara el hocico…

Nuestra charla continuaba mientras observaba a una gaviota sostenida en el vacío al acecho de un cardumen de cholotes para su almuerzo.

—Iturbide fue un hombre de la iglesia, ciento por ciento de la iglesia, impuesto por la iglesia, devoto de la iglesia, como lo fueron Santa Anna, Paredes y Arrillaga, Zuloaga, el propio Miramón y Porfirio Díaz, militares al servicio del clero para dominar a la nación. Soñaban con recuperar un orden político totalitario e intransigente como el que disfrutaron los virreyes a lo largo de los interminables trescientos años de la colonia, un Estado teocrático-clerical reñido con una modernidad a la que siempre se opusieron. Por esa razón habían tratado de apoyar subrepticiamente a Victoriano Huerta: él encajaba a la perfección en sus planes…

Mientras decía todo esto me ajustaba un sombrero de paja para protegerme del sol que me abrasaba. Mi abuelo en ningún momento se quejaba del calor, para mí infernal. Su piel parecía curtida, hecha para ese clima que yo difícilmente podía tolerar.

—Todo lo anterior explicaba, en buena parte, el coraje de los revolucionarios en contra de la iglesia una vez estallada la revolución. Coraje y violencia anticlerical, sádica, demoledora, salvaje, que después se consignó con letras de oro en nuestra Carta Magna, nuestra Constitución de 1917. El clero pagaría muy cara su alianza, tan discreta como inconfesable, con Huerta. ¿O no es verdad que los curas se opusieron al ejército constitucionalista en su avance hacia la Ciudad de México hasta con las armas? ¿No el mismo cura de Irapuato, como se lee en el parte de guerra correspondiente, fue muerto mientras combatía del lado de los huertistas? ¿No fueron tomados prisioneros, en esa y otras escaramuzas, algunos clérigos carmelitas que se creyeron autorizados por Dios para matar constitucionalistas?[2] Las terribles represalias del Ejército Constitucionalista en contra del clero no fueron a título gratuito, ¿verdad? Los curas aportaron los pretextos y justificaciones para que los revolucionarios, ávidos de venganza, les cobraran las facturas pendientes desde sus alianzas con Iturbide, Santa Anna, Zuloaga, Miramón, Díaz y ahora Huerta… ¿Qué tal? ¿Verdad que nadie se debe sorprender del radicalismo de la Constitución de 1917? Había llegado otra vez la hora del ajuste de cuentas. Los curas las pagarían, y muy caras…

El viejo siguió caminando sin pronunciar palabra. Se detuvo para quitarse los zapatos y recogerse los pantalones de modo que las pequeñas olas no lo empaparan. Tomó un pedazo de tronco viejo y se lo arrojó al perro de un pescador que jugueteaba por ahí. ¿Cuál no sería su sorpresa cuando el animal regresó con la madera en el hocico? Estaba listo para jugar y eso mismo hicimos en tres o cuatro ocasiones hasta que el perro no volvió más.

—¿Te gustan unas buenas nalgas…?

Me detuve. Me quedé paralizado. Guardé silencio. No podía creer la pregunta en semejante coyuntura. Sin duda era otra de sus bromas repentinas. Traté de verlo a los ojos, de interpretar su mirada; sin embargo, cuando me disponía a contestar soltó una carcajada. Tal vez me estaba poniendo solemne. Tito moriría bromista.

Empecé entonces a ver algo extraño en el viejo. Buscaba, sin confesarlo, una referencia en el paisaje que le era tan familiar. Volteaba la cabeza en dirección a la playa una y otra vez como si no encontrara un lugar específico o hubiera perdido una señal en el camino. Giraba y clavaba la mirada hacia adelante poniendo la mano en la frente para hacer una pequeña sombrilla con ella, torcía la boca, murmuraba algo y emprendía de nuevo la marcha. ¿Qué estaría buscando? A saber con qué me saldría ahora este peculiar ancestro mío mientras yo materialmente me cocía bajo los rayos del sol.

Sin encontrar nada, aparentemente frustrado, el viejo me preguntó en qué habían consistido las represalias de los constitucionalistas. A sabiendas de que sólo contaba con la mitad de su atención, le hice un retrato improvisado de la personalidad de Obregón subrayando su ambición desmedida, su pedantería indigerible y su ostentosa vanidad. Obregón nació en 1880 en las márgenes del Río Mayo, en Sonora, siendo el más joven de dieciocho hijos. Por razones obvias no recibió la debida instrucción elemental. Viudo con dos hijos antes del estallido de la revolución de 1910, demostró tener una gran capacidad creativa para la agricultura y los negocios, al extremo de que por esas fechas había logrado adquirir un rancho en Huatabampo, llamado, con su proverbial sentido del humor, La Quinta Chilla. Su genialidad y talento creativo lo habían llevado a inventar una sembradora de garbanzo cuya utilización llegó a popularizarse en la región. La vida no iba a ser fácil para Obregón, menos por su carácter rebelde y su determinación para defender al gobierno de Pancho Madero. Cuando Pascual Orozco se levanta en armas en contra de este último, tan pronto como en 1912, Obregón, en su carácter de presidente municipal de Huatabampo, se presenta con el gobernador Maytorena al frente de trescientos hombres dispuestos a lo que fuera con tal de luchar por la democracia. Es nombrado teniente coronel, su primer grado en el ejército, y coronel en el corto plazo después de las breves batallas libradas en contra de los orozquistas. El propio Huerta reconoció que el joven coronel Obregón podía llegar a ser "una promesa para la nación", sin imaginar, claro está, que sería su propio verdugo.

Eso sí: cuando se lo proponía era, sin duda, el más simpático de la fiesta, un espléndido actor y comediante, ocurrente, ingenioso, dotado de gran agilidad mental para disparar a quemarropa, para contar cuentos de todos los colores, de salón o de cantina, de curas, de borrachos o de militares, actuando y fingiendo la voz al narrarlos con lujo de mímica. Incluso recitaba poemas, algunos tan largos como para adormecer a su audiencia. Contraer un compromiso con lágrimas en los ojos no le impedía olvidarse de él al día siguiente con el mayor de los cinismos, fingiendo demencia o falta de memoria, según el cliente. ¿Que se trataba de un amigo, de un socio en el negocio agrícola o de un colega que lo ayudó a llegar a la cima? Oye, ¿ya probaste esta vitamina nueva? Hace que no se te olvide nada… Pruébala, porque te veo muy extraviado. Yo creo que ni te acuerdas en dónde dejaste la bicicleta… Ahora bien, como hombre era aguerrido, desafiante, valiente y retador, los bombazos y los balazos, la carrera a todo galope en el campo de batalla lo llenaban de un vigor sorprendente. Nada lo reducía ni lo empequeñecía. Estaba hecho para triunfar en el agro, en la política, en el ejército, en los negocios y en el humor, del que nunca dejó de echar mano sin detenerse a considerar la importancia de una amistad que bien podía sacrificar a cambio de provocar una carcajada.

—Cierto, Nacho, a ningún lado vas en la vida sin temperamento, más, mucho más si pretendes ser nada menos que el jefe de la nación. Si no puedes ni contigo, menos vas a poder con los demás, y los demás son millones y de mexicanos, por si fuera poca cosa.

—Fíjate —le conté a Ave Tito lleno de entusiasmo volviendo a atrapar su atención— si Obregón tendría temperamento que cuando en 1914 Villa estuvo a punto de fusilarlo, nunca pareció inmutarse a pesar de la inminencia de la ejecución. Esperaba a la pálida como si fuera a conversar con una vieja amiga. Por esa razón, cuando se acercó un piquete de soldados para pasarlo por las armas, exigiéndole que se colocara de espaldas a un improvisado paredón, el más querido lugarteniente de Obregón encaró al encargado de cumplir las órdenes: "Hombre, yo sabía que el general Villa era un hombre valiente que mataba en combate, pero no que asesinaba huéspedes". Urbina se volvió hacia él encolerizado y le preguntó: "¿Y usted quién es, chaparrito?" Serrano contestó: "Yo soy el coronel Francisco Serrano, jefe del Estado Mayor de mi general Obregón".

Tal vez gracias a esta oportuna intervención, Villa cambió de opinión y Obregón pudo regresar a salvo antes de la Convención de Aguascalientes.

—¡Qué lejos estaba Villa, querido abuelo, de imaginar que nueve años más tarde, en 1923, Obregón lo mandaría acribillar en Parral, Chihuahua! En ese caso no hubo piedad ni perdón: el Centauro fue ejecutado, de la misma manera en que el propio Serrano sería asesinado en 1927 en Huitzilac por órdenes de Obregón y de Calles, en recompensa por haberle salvado la vida en aquella temeraria ocasión en Chihuahua... Esa es la política... Serían unos de los tantos crímenes con los que esa pareja mancharía las páginas de la historia del México de la primera mitad del siglo xx...

Obregón había salvado la vida en ese 1914 y también correría con gran suerte en 1915, durante la batalla de Celaya librada contra el Centauro. En esa ocasión una granada le arrancó el brazo derecho y al percatarse, tirado en el piso, de la ausencia de su extremidad y de que se estaba desangrando, con la mano izquierda pudo extraer la pistola de su funda y, sin más, se la introdujo en la boca jalando el gatillo compulsivamente: una, dos, tres veces y el arma no disparó...

—¿Y entonces? —interrogó Ave Tito, asombrado.

—Su ayudante de campaña había aceitado la pistola la noche anterior y había olvidado cargar el arma de nueva cuenta, situación que conoció Obregón cuando aquél le aplicaba un torniquete en el muñón y era conducido ya casi sin conciencia a la enfermería.

—¿Y al despertar?

—Al despertar se dolió por dos razones de la pérdida de su brazo. Según él, ahora se encontraba en clara desventaja en relación a sus colaboradores, puesto que ellos contaban con dos manos para robar en el gobierno y él ya sólo una, lo cual era una pena, pues lo haría trabajar el doble.

—Sí que era un caradura...

—Lo que tenía de caradura también lo tenía de ocurrente. Imagínate la carcajada que soltaron los médicos que lo operaron...

—¿Y la otra?

—El otro gran dolor que lo aquejaba, intenso y muy comprensible, lo expuso de esta manera: "Así como quedé, sólo le podré agarrar a las viejas una nalga a la vez".

Claro que festejamos el sentido del humor de este sonorense singular que para aplaudir le tendría que pedir prestada una manita al de junto, siempre y cuando el otro no fuera manco de la derecha... Luego le conté a mi abuelo cómo Obregón había sacado por la fuerza de sus residencias a las religiosas brígidas en Celaya y las había mandado a un baile de ebrios, donde los jefes y la tropa se entregaron con ellas a los peores excesos... Al tomar Guadalajara en 1914 empezó de inmediato a desmantelar el imponente poder clerical. Expulsó a sacerdotes, monjas y religiosos extranjeros, peligrosos agentes de contaminación nacional: ¡Fuera, fuera de Jalisco! ¡Fuera del país! ¡Destiérrenlos! Álvaro Obregón encarceló al obispo de Tepic y exilió a numerosos sacerdotes de ese lugar. Impuso multas cuantiosas a los funcionarios públicos que hubieran jurado ante la iglesia no aplicar la Constitución de 1857; autorizó la ocupación de edificios pertenecientes al clero para utilizarlos como escuelas públicas, como cuarteles o simplemente como caballerizas; canceló las actividades educativas de la iglesia en todos los niveles y prohibió los seminarios conciliares. Por su parte, Antonio I. Villarreal cerraba las iglesias de Monterrey. Francisco Villa ejecutaba a cinco frailes luego de su aparatoso triunfo en Zacatecas. Salvador Alvarado convertía en una escuela nacional el elegante Palacio del Arzobispado de Mérida, sin olvidar que los gobernadores de por lo menos diez estados desterraron a los clérigos extranjeros. Y encima de todo, la puntilla la daría el propio Carranza al decretar, en un ambiente jacobino, la jurisdicción del gobierno federal sobre los inmuebles pertenecientes al clero.[3] ¿Qué más seguía o podía seguir? Los curas empezaban a pagarla...

Vimos entonces un par de barcos camaroneros con los brazos extendidos sobre el mar, de los que colgaban las redes. Era el mes de enero, enero de 1975. Ave Tito puso ambas manos sobre su cara como si estuviera deteniendo unos enormes prismáticos y se resistiera a perder detalles de la pesca. Las embarcaciones se desplazaban lentamente sobre la superficie del mar, acompañadas por una nutrida parvada de gaviotas que con sus chillidos anunciaban el hallazgo de un tesoro.

Era muy clara la vocación anticlerical de mi abuelo; de sobra conocía el daño que la iglesia católica le había hecho a México a lo largo de su historia, de ahí que me exigiera más datos, más anécdotas de Obregón. En el fondo, tal vez le hubiera fascinado desempeñar el papel de general divisionario en Guadalajara, sobre todo en Guadalajara, ciudad que después sería conocida como "El Gallinero de la Nación".

Le expliqué cómo Obregón, al concluir la revolución en 1915, había hostigado a los curas en Guadalajara y profanado iglesias, apropiándose de sus fondos, haciéndole la vida imposible tanto a los párrocos como a la máxima jerarquía. Afilaba el machete. Ordenó que la frase de Juárez, "El respeto al derecho ajeno es la paz", fuera colocada sobre la puerta de cada escuela; impuso una contribución extraordinaria a los grandes capitales del estado, entre los que se encontraba el de la Mitra; confiscó para su uso personal el automóvil del arzobispo Francisco Orozco y Jiménez, conocido como El Chamula; convirtió en cuarteles los planteles de enseñanza católica como el Colegio Jesuita, en cuyos elegantes salones de lectura los indios yaquis, todavía engalanados con plumas, pudieron pernoctar indefinidamente, mientras que otra parte de la tropa obregonista, con mujeres y caballos, tomó posesión de los jardines espléndidamente mantenidos, en tanto que los oficiales se metieron en los dormitorios, robaron las ropas de las profesoras y de las alumnas y vendieron o regalaron los trapos que no fueran de su agrado. Soldados y prostitutas ocuparon los aposentos privados, donde antes de cada lección se rezaban al menos tres padrenuestros al comenzar y al concluir las lecciones del padre Ripalda.

Por si fuera poco, mi general Obregón todavía inventó una conspiración clerical, evento que nunca se dio en la realidad, como una supuesta protesta de los curas ante las acciones de los revolucionarios, sus muchachos. Esa supuesta conjura, ciertamente artificial, la aprovechó el ilustre divisionario para librar fulminantes órdenes de captura en contra de los sacerdotes y para tomar posesión de los templos, centros de incubación de mediocres, de una buena vez por todas y para siempre. ¡Adiós religión católica, el opio del pueblo mexicano!

Dispuesto a recordar anécdotas festivas, en donde el sentido del humor de Álvaro Obregón destacaba con una ironía norteña que lo pintaba de punta a punta, le comenté a mi abuelo cuando el Manco tomó la Catedral de Guadalajara y confiscó sorpresivamente sus archivos. A partir de ese sonoro golpe maestro se había localizado una auténtica caja de reptiles que contenía documentos originales de bienes de manos muertas con escrituras de traslación de dominio a particulares y su correspondiente contra-escritura a favor de la iglesia, por algunos millones de pesos. De la misma manera se encontraron una multitud de expedientes que acreditaban los nombres de los individuos a quienes se les habían adjudicado bienes del clero y que la iglesia los había reivindicado pagando importantes cantidades de dinero, los "arreglos de conciencia". Por si lo anterior fuera insuficiente, la tropa obregonista descubrió en los sótanos del máximo templo jalisciense cerca de trescientos procesos iniciados a sacerdotes por seducciones, violaciones y estupro,[4] crímenes perpetrados contra mujeres y menores, niños o niñas tapatíos, víctimas de abusos sexuales por parte de los sacerdotes adscritos a la diócesis encabezada por el arzobispo Francisco Orozco y Jiménez, quien fue uno de los autores intelectuales del asesinato de Álvaro Obregón.

—¿El arzobispo estuvo involucrado en el crimen?

—Él y otros tantos de la jerarquía, pero no comas ansias. Todo a su debido tiempo.

Mi abuelo era un chamaco cuando Obregón tomó militarmente la capital de la República, y recordaba los horrores de la hambruna que acababa con la gente, comenzando por nuestra propia familia. Entonces el Manco le solicitó al clero un préstamo forzoso por quinientos mil pesos para "gastos de la revolución y servicios públicos", ante una tesorería federal quebrada y agotada por el conflicto armado. ¿Por qué a unos sí y a otros no…? Mi general recibió a un grupo de norteamericanos ofendidos por la imposición del "préstamo forzoso", porque a su juicio la iglesia católica carecía de fondos que, según ellos, había empleado, hasta el último quinto, en ayudas piadosas y caritativas a los pobres.

—Perou, ¿y si nuestra querida iglesia no poder prestar el dinerou, porque no lo tener, qué va a hacer usted, general?

—Muy sencillo —respondió el militar invicto—. ¿Ve usted esta plaza tan amplia? Fíjese bien, en el centro pondré una horca para colgar del pescuezo, uno por uno, a todos los curitas que sí le dieron dinero a Porfirio Díaz y al mugroso asesino de Huerta y que ahora se niegan a dárselo a su libertador.

El interlocutor norteamericano no podía salir de su azoro. No estaba acostumbrado a semejante brutalidad. Imposible imaginar a pastores protestantes colgados a lo largo de la Pennsylvania Avenue. Palideció.

—¿Sabe usted lo que es el pescuezo, míster…?

—Sí, clarou, ser aquí donde estar la manzanita —adujo llevándose la mano al cuello—. Pero a ver, general, ¿los va usted a colgar aquí en el zócalou, en la plaza?

—En plena plaza, míster, ahí merito, para que vean que sí soy de a de veras y que no me ando con chingaderas.

El gringo puso los ojos como huevos estrellados.

—¿Qué ser chingaderas, mi general…?

Obregón estalló de risa. En casi tres años de intensa campaña militar había tenido poca oportunidad de reírse tanto.

—¿De modo que no sabe usted lo que es una chingadera?

—Nou, señour… —repuso el interlocutor sin poder recuperar el color del rostro.

—Mire, para que nunca se le olvide, chingadera fue la que nos hicieron ustedes, los gringos, cuando nos robaron a balazos y bombazos, como buenos rateros, Tejas con jota… Sí, con jota, nada de Tecsas, además de nuestra California y Nuevo México. Esa fue una chingaderota, míster.

El gringo enmudeció. Se sintió en ridículo mientras la hilaridad de los circundantes parecía no tener fin.

—También fue otra chingadera cuando nos invadieron en Tampico y en Veracruz el año pasado. Otra y otra más, míster. Ya debería saber lo que es una chingadera si vive en México, ¿no…? —de pronto cambió su actitud para sentenciar en términos tronantes que no dejaban lugar a dudas en torno a la seriedad de sus intenciones—: A ver, traigan harto mecate…

—¿Qué ser el mecate?

—¿Otra vez, míster? Pos la cuerda pa' colgar a los curitas, si no cómo… De dónde los vamos a colgar lo sabemos todos, ahora sólo nos falta el con qué, ¿no?

El yanqui quedó totalmente perplejo. Hablaba con Obregón, un hombre duro, severo, inflexible, que venía de la guerra, estaba en la guerra y volvería a la guerra. Estaba acostumbrado a decir *tu vida contra la mía, ahora mismo*. No hay espacio para titubeos ni para dudas ni para bromas. ¿Estamos?

Ante las expresiones de terror de los mensajeros norteamericanos, el general Obregón finalmente cedió con el siguiente argumento:

—Es broma, es broma, no sería capaz de colgarlos porque no ganaría nada con ello, y es más, bien visto, ni siquiera necesito el dichoso préstamo.

—¡Carambas!, eso sí que ser una mucho buena noticia, sabíamos que usted ser una muy buena persona con la que se podía hablar y entenderse, señour.

—Quien se los dijo tenía toda la razón, míster, sólo quería informarles que a la hora de tomar la Catedral y otras iglesias y parroquias encontré los archivos eclesiásticos donde constan las cuantiosas inversiones y los bienes de la iglesia, así como los créditos extendidos a diferentes personas. Simplemente —adujo retorciéndose el bigote— confiscaré dichos bienes y los venderé, los remataré al mejor postor… En lo que hace a los préstamos, haré que los deudores de la iglesia me paguen a mí, liberándolos de cualquier carga financiera, de modo que díganle a sus padrecitos que no se preocupen, que nunca los colgaré, que no soy capaz de una villanía de esa naturaleza y que no me presten nada… Nos veremos el día de la subasta, míster…

Aunque el yanqui carapálida no acababa de salir de su azoro, todavía tuvo que resistir otro feroz embate del revolucionario.

—Haga correr la voz también, míster, entre todos los empresarios mexicanos o extranjeros, todos, y cuando digo todos son todos, de que voy a decretar un impuesto sobre las propiedades inmobiliarias para hacer frente a los gastos de la revolución, y quien se niegue a pagarlo tendrá que luchar contra las mareas de muertos de hambre que saquearán sus oficinas y bodegas. Podemos acarrear a miles a donde se nos dé la gana para que asalten a las empresas brincándose las bardas o tirando las puertas con la debida protección del ejército, hasta que queden limpiecitas las oficinas y los almacenes… ¿Cómo ve, míster? O nos ayudan o no tendré cómo detener a quienes tienen la panza vacía… Ahí usted sabrá…

¡Qué lejos estaba Obregón de suponer que horas más tarde, al cruzar el zócalo capitalino, iban a atentar otra vez contra su vida disparándole unos francotiradores curiosamente apostados en las torres de la Catedral metropolitana! Se llegó a decir que fueron zapatistas los autores del conato de asesinato, pero el lugar de origen de los balazos identificó claramente a la mano criminal. Obregón volvería a salvar la vida en esta nueva ocasión. Chihuahua, uno; Celaya, dos y Ciudad de México, tres. La suerte estaba de su lado.[5]

Cuando unos cuatrocientos empresarios reunidos días más tarde con el general Obregón se negaron a pagar el gravamen de guerra impuesto por el revolucionario, aduciendo que lo consideraban ofensivo, inmoral, imposible de cumplir e injusto, el general divisionario repuso en los siguientes términos, que proyectan su imagen de líder social:

Se ha tachado al decreto de inmoral; pero hay algo más inmoral, y es la actitud del grupo adinerado que le cierra las puertas al pueblo hambriento. Se le llama inmoral a un decreto que trata de evitar las inmoralidades; que sólo lleva por mira ayudar al pueblo que ustedes han explotado durante tantos años. Me complace ver que todos han hecho causa común; no importa; con una sola vara puedo hacer justicia a todos... El Ejército Constitucionalista, al cual tengo mucho honor en pertenecer, no viene a mendigar simpatías; viene a hacer justicia... Deber mío es decir a ustedes que el general Obregón no se deja burlar de nadie... La División que con orgullo comando ha cruzado la República del uno al otro extremo entre las maldiciones de los frailes y los anatemas de los burgueses. ¡Qué mayor gloria para mí! ¡La maldición de los frailes entraña una glorificación!... Ya he dicho que no toleraré que se burle ninguna de mis disposiciones. Repito lo que dije recientemente: No calmaré a balazos el hambre del pueblo. No olvidéis al pueblo que, enloquecido por su ansia, por su extrema necesidad, no tendría otro recurso de alivio que el de hacerse justicia por su propia mano. Por lo que a mí respecta, nada me importan vuestros anatemas, como nada me importaron las maldiciones de los frailes. A mí lo que me preocupa es la conquista de las libertades. Por esto es que desprecio los anónimos que a diario me envían frailes y burgueses, en los que hablan de muerte y de veneno. ¡Desprecio esas amenazas y solo, en mi automóvil, todos pueden ver que paso por las calles! ¡Mi valor consiste en el miedo de mis enemigos! Aquí hemos terminado. De aquí saldrán los espectadores y los que hayan pagado sus cuotas. Los que no han pagado, esos... saldrán cuando yo lo disponga.[6]

Al salir de la reunión se dirigió a uno de sus subalternos, un teniente mejor conocido como El Chicote, a quien le disparó a quemarropa con estas palabras:

—Yo soy uno, pero cuando algo me molesta soy otro, y el otro sí es como la chingada...

El general Obregón definitivamente no tenía remedio.

—¿Y el clero finalmente aportó el medio millón de pesos requerido por Obregón? — me preguntó Ave Tito mostrando otra vez signos de inquietud. ¿Qué buscaría?

—¡Qué van a aportar nada! La lana es sagrada, no la toques... Lo peor que le puedes pedir a un cura es dinero. Los puedes abrir en canal con un cuchillo cebollero, pero no les sacarás ni un clavo. Mi general Obregón recibió en Palacio Nacional, donde había instalado una oficina provisional, a una comisión de 180 sacerdotes, quienes fueron a manifestarle su incapacidad material de cumplir con el préstamo forzoso. Sólo podían cooperar con piedad para los muertos y heridos. Imagínate lo que le fueron a contestar:

—Señor general, pondremos puestos de limosnas en las calles y en todo el país para reunir los quinientos mil pesos que usted quiere —adujo uno de ellos verdaderamente obeso que, sin duda, requería de un cíngulo especial para rodearle la inmensa cintura que ostentaba. El perfil y el rostro rubicundo de este sacerdote contrastaba con el de los famélicos que pululaban por las calles de la Ciudad de México en aquel 1915, mejor conocido como "el año del hambre".

—Mire, señor cura —repuso Obregón—, y escúchenme bien todos los aquí presentes: yo sólo escucho la voz de la revolución y, créame, no tengo mucha paciencia. Sólo quiero manifestarle con toda seriedad que su estrategia de la limosna sólo complicará el estado de cosas que estamos viviendo: este es el momento de impartir la limosna, no de implorarla. ¿Van a pedirle limosna a quien hace colas lastimosas en los expendios de leche, de carbón, de maíz y de tortillas para que compren menos cuando el hambre nos aprieta por todos lados? ¿Ese es su concepto de la piedad? Aporten dinero de ustedes, el de sus rentas, el de sus intereses, el de sus utilidades de otras inversiones y, por favor, dejen alguna vez en su vida de esquilmar a los pobres, a los jodidos... No me repita otra vez lo de sus puestos de limosnas porque lo mando a Veracruz a trabajos forzados... A propósito —enfrentó al cura de la voz cantante—: ¿usted ha trabajado alguna vez en su vida o vive de los terceros, como todo buen parásito? ¿Sabe lo que es ganarse un peso?

El sacerdote agachó la cabeza. Todos se miraron ofendidos a la cara sin responder a semejantes preguntas.

—Señor, es que no tenemos dinero, señor, se lo juro por Dios que no me dejará mentir —todavía agregó el sacerdote de vientre y papada descomunales.

—Lo va a partir un rayo por andar jurando en falso… ¿No aprendió en el seminario que jamás debería jurar en vano en el nombre de Dios?

El sacerdote se santiguó. Sacó de las enormes bolsas de su sotana, con el suficiente espacio para guardar las limosnas domingueras, un rosario de madera viejo, muy viejo, que besó compulsivamente como si estuviera pidiendo perdón, invocándolo.

—Lo que usted quiera, pero dinero no, por favor no… No lo tenemos, señor, no lo tenemos…

Entonces Obregón, mientras el resto de la comisión eclesiástica lo miraba atónita, se acercó al sacerdote, por lo visto el representante de todos ellos, hasta que casi se encontraron ambas narices para recetarle este párrafo inolvidable:

—Ustedes aplaudieron al asesino Huerta y pactaron con él; ustedes, que tuvieron millones de pesos para el execrable asesino Victoriano Huerta, hoy no tienen medio millón para mitigar el hambre que azota despiadadamente a nuestras clases menesterosas.

—Señor, es que…

—Hemos terminado la conversación. Todos ustedes están presos a partir de este momento…

—¿Presos…? ¿Cómo presos…? ¿Todos…?

—¡Todos! Todos son todos. ¿Está claro?

Dio entonces un par de gritos por el teléfono colocado encima de su escritorio y de golpe entró al despacho del Manco un piquete de soldados.

—Enciérrenlos en la intendencia y los largan mañana al amanecer, sin probar alimento alguno, a la estación de ferrocarril. Se irán juntos con otros muchos sacerdotes a Veracruz a trabajar, a ver si al menos trabajan una vez en su vida… ¿No que ganarás el pan con el sudor de tu frente? Nunca ninguno de ustedes ha sudado para ganárselo, ¿verdad?

—¿A dónde iremos, general? —repusieron los curas en coro sin defenderse de los cargos.

—Eso lo sabrán mañana.

—¿Y qué tendremos que hacer en Veracruz?

—Eso lo sabrán cuando lleguen a su destino.

—Señor…

—¡Salgan inmediatamente de esta oficina!

El piquete de soldados estaba paralizado por el trato que el general le dispensaba a los "padrecitos". Obregón tuvo que volver a ordenar, esta vez como si diera un latigazo sobre sus botas de cuero perfectamente pulidas:

—¿No me entienden, carajo? O hago que venga una brigada por ustedes también… ¡Llévenselos ahora mismo! ¡Ya!

—¿Y qué pasaba en Veracruz? —cuestionó mi abuelo, que se apartaba de la playa dirigiéndose lentamente, sin explicación, hacia un changarrito que se encontraba en un pequeño montículo. Precisamente la fondita que había estado buscando para tomar una cerveza y un ceviche de pulpo y camarones. Ahora lo sabía todo.

Al entrar soltó uno de sus comentarios favoritos, que tanto lucían en su tierra:

—Ábranla piojos, que ái les va el peine…

De inmediato un mesero descalzo se acercó sonriente, seguido de una muchacha que se secaba las manos en un delantal desgastado. El abuelo no podía ser mejor recibido. La camaradería era total.

Una vez sentados en la sombra y armados con dos tequilas blancos, dos cervezas frías y una ración de camarones para pelar sobre un plato rodeado de jugosos limones, conteniendo su sonrisa pícara, me dijo al oído:

—Nachito: hoy es viernes y el hígado necesita un buen calambre.

Dicho lo anterior y con pulso de cirujano, no de maraquero, como él decía, se empujó de un golpe el caballito de tequila. ¡Cómo admiraba a ese hombre! ¡Cómo disfrutaba su amor a la vida! De esa manera deseo terminar mis días, en la plenitud y con una sonrisa en los labios.

Con una seña de la barbilla me sugirió continuar la conversación.

—A Veracruz, donde se había instalado transitoriamente el gobierno de Carranza, mandaba Obregón a los curas para ejecutar trabajos forzados como si fueran miembros de las fuerzas armadas. Muchos de ellos le expusieron su incapacidad física para acometer esa tarea: "No estamos hechos para ello, general… No somos atletas, por favor entiéndalo…" Entonces, con el pretexto de someterlos a una prueba de resistencia y de esfuerzo, les practicaron a los ciento ochenta sacerdotes diversas pruebas de laboratorio, entre ellas las urinarias, de donde se desprendió, ¡oh, sorpresa de sorpresas!, que cuarenta y nueve tenían enfermedades venéreas.[7]

—¿Los curas…?

—En efecto, los curas… —di un señor trago a la cerveza que festejé con un "esto es vida y lo demás complejos"—. Sólo puedes contraer una enfermedad venérea cogiendo, ¿no, abuelo? Y mira que no se detenían por cometer pecados mortales ni por romper con sus votos de castidad…

Las carcajadas de mi abuelo también eran contagiosas.

—¿Y se los llevaron?

—Por supuesto… Y más aún cuando Obregón supo de lo que estaban enfermos… ¡Depravados! Claro que las denuncias de mujeres ultrajadas por curas en Guadalajara y otros lugares eran ciertas. No sólo abusaban de esas infelices ignorantes y supersticiosas con el pretexto de la purificación, sino que, además las contagiaban…

—¿Se les perdió la pista?

—¡Qué va! Hubieras visto el rostro contrito de esos curas desvergonzados y zánganos cuando esperaban en la estación de trenes para ser trasladados a Veracruz. Quien se llevó las palmas fue el general Benjamín Hill, incondicional de Obregón, encargado de mandarlos a su destino final.

Ave Tito no podía hablar de la risa. Se secaba las lágrimas con su característico paliacate rojo.

—¿Qué pasó? —preguntó para iniciar el festejo.

—Pues que no cabían todos en el furgón y el mismo cura, ese rollizo, pidió que trajeran otra jaula para colocar a los restantes, a lo que el general Hill repuso: "No tenemos otra jaula, como usted pide, pero no se preocupe, los que no quepan en la única que hay se quedan, los fusilo en este preciso instante y asunto resuelto. A ver quién se queda en tierra. Capitán, meta en la jaula a los frailes, y a los que no alcancen lugar, fusílelos." Naturalmente, ante orden tan drástica, todos cupieron.[8] Hasta se peleaban para subirse a la jaula dispuestos a viajar, llegado el caso, encima de ella. Antes de lo que te cuento no había un solo cura en los andenes…

Las carcajadas eran tan sonoras que hicieron voltear a un par de clientes que nos acompañaban en ese baño de sombra y frescura. La sonrisa traviesa de mi abuelo siempre estuvo ahí, más aún cuando abordábamos el tema de los hombres de la iglesia.

—Nos condenan al dogma, Nacho, nos enseñan en las escuelas confesionales a no pensar, a aceptar hechos inverosímiles, a callar cuando nuestro sentido crítico descubre una aberración: está prohibido preguntar cuando estamos frente a un problema de fe, o sea, una invitación a abandonar la razón. No puedo renunciar a mi inteligencia. No puedo desprenderme de los principios lógicos. No puedo dejar de ser yo ni tragar barbaridades que cuestionaría un niño. No seré cómplice de nadie.

Mi abuelo había puesto sobre la mesa su sombrero de cuatro pedradas, adquirido, de un marimbero que tocaba en las arcadas del puerto de Veracruz, y sin retirarle la vista, como si se tratara de una reliquia de las tantas que había coleccionado, agregó:

—Los sacerdotes siguen una carrera eclesiástica y cuando adquieren cierto rango la gente los encumbra como si fueran deidades dotadas de poderes sobrehumanos; es decir, creas un monstruo que después te asusta y te controla. ¿Santo Padre? ¿Por qué llamarlo así cuando unos simples mortales vestidos de púrpura, en sesión solemne, a puerta cerrada, lo nombraron Papa? ¿Santo? ¿Quién le concedió semejante jerarquía en vida? ¿Quién dice que son representantes de Dios en la tierra a pesar de que son públicamente conocidas sus sodomías, sus excesos y sus relaciones con mujeres, además de su patrimonio mal habido? ¿Has leído la historia de los papas? ¿Has oído de los atropellos que cometían en el nombre de Dios? ¿Por qué los seres humanos tenemos que crear una fuerza superior que nos domine y pensamos que los sacerdotes forman parte de ella? ¿Por qué renunciamos a la razón y nos dejamos conducir por el miedo que nos obliga a aceptar las más indigeribles aberraciones?

Hicimos un silencio mientras contemplábamos a un grupo de pescadores que, repartidos a la orilla del mar, separados unos cincuenta metros entre sí, arrojaban al agua sus redes para tratar de atrapar alguna lisa, un ojotón, un cocinero, un jurel, una chancleta, algún cuatete o una mojarrita, peces propios de la costa de Guerrero, especialmente sabrosos si se preparan a la plancha con unas gotas de aceite y de vinagre. Los hombres, con los pantalones recogidos, iban colocando en unas cubetas de plástico a sus presas, que se sacudían en movimientos agónicos.

Procedimos, con gran apetito, a pelar los camarones y a devorarlos. Me sorprendió que mi abuelo los partía en dos y se comía la cabeza masticándola plácidamente hasta sacarle el jugo y la última gota de sabor.

—La cabeza, Nachín, es lo más sabroso: prueba una sin limón ni salsa ni nada. Es la sal de la vida, la de la naturaleza.

Con oír cómo tronaban adentro de su boca tuve bastante. Perdí el antojo. Seguí comiendo sólo por compromiso.

—Mi madre, tu bisabuela, nos enseñó a comerlos así desde niños.

Al constatar la manera en que disfrutaba su platillo a los ochenta y cinco años de edad, creí adivinar uno de los secretos de la vida y de la longevidad. Ave Tito parecía un chamaco festejando el día de su cumpleaños. No escuchaba nada, ni siquiera el momento en que la misma mesera costeña, sin duda nativa del lugar, nos ofreció otra cerveza o limones o algo que pudiera faltarnos. Tenía su atención puesta en el manjar colocado enfrente de él. En ese feliz instante no había nada más importante. Los recuerdos volaban por su mente. Estaría tal vez recordando a sus padres, a sus hermanos, a sus novias, a su infancia, a sus amigos, a sus juegos. Muchas veces un aroma, un sabor, una neblina, un olor a bosque o a mar, un sonido o una caricia tienen la virtud de lanzarnos muchos años atrás.

Seguí contemplándolo en silencio, observando sus dedos huesudos y hábiles en la tarea de pelar y devorar los camarones. Nunca pidió ayuda para exprimir los limones ni esperó a que nos trajeran la salsa de chile de árbol para "darle más sabor al caldo". La tomaba de otra mesa o de la barra. Él ya era de casa. Cuando ocasionalmente la cocinera venía a nuestra mesa al constatar el sorprendente apetito del abuelo, él no perdía la oportunidad de soltarle un comentario chusco, propio de la región. Somos paisanos. Semejante coyuntura de ninguna manera podía pasar desapercibida.

Cuando la mesera se retiraba llevándose los platos sucios mi abuelo se quejó conmigo de una de las salsas, que a su gusto había resultado muy insípida, un error imperdonable en una región de sabores, colores y olores tan intensos:

—Esta es mala pa'l metate, pero debe ser buena pa'l petate, ¿no m'hijo…?

Reíamos, siempre reíamos. Yo festejaba como nadie sus ocurrencias. Salir con él era una fiesta.

Yo lo veía, repasaba sus movimientos. La clave de la vejez está en llegar a esa etapa de la vida sin que los problemas, las penas, las traiciones, los sinsabores, las decepciones, las pérdidas de cualquier índole hayan acabado contigo, con tu ánimo, con tus esperanzas, con tu optimismo y te hayan convertido en un guiñapo, en un ser desdentado, aniquilado, agotado, frustrado y amargado, la fuente misma de todas las enfermedades. Quien no haya aprendido a enfrentar la adversidad durante su juventud, que se prepare a acabar su vida sepultado en los resentimientos, en los odios y en los rencores, requisitos necesarios para congelar el ánimo y morir prematuramente.

Mi bisabuelo, también don Evaristo, falleció frente a un pelotón de fusilamiento integrado por los famosos Dorados de Villa, durante los años aciagos de la revolución. Cuenta la historia que murió de pie después de ignorar una y otra vez las órdenes de sus victimarios en el sentido de que se arrodillara porque en dicha posición se pasaba por las armas a los cobardes. De nada sirvieron los golpes bajos y los culatazos hasta tirarle los dientes y casi sacarle un ojo. No se hincó. No, no lo hizo: era un Mújica. Amarrado a un triste palo, tampoco quiso le cubrieran los ojos porque él quería morir viendo el sol y el rostro de sus asesinos, todavía pidió su última gracia:

—Quiero —empezó con solemnidad en voz apenas audible, que fue subiendo de tono hasta gritar— que mi sangre derramada sirva ¡para que todos ustedes se vayan mucho a la chingada!

Ese era un Mújica, sí señor…

Mi familia se dispersó, víctima del hambre y de la violencia. Dos de las hermanas de mi abuelo ingresaron en un convento en busca de paz, sólo para resultar violadas y embarazadas cuando las tropas obregonistas irrumpieron en las casas de religiosas para cobrarles el precio de ser católicas. Una de ellas se suicidó con el niño en las entrañas pensando que jamás obtendría el perdón de Dios y la otra se perdió en la noche de los tiempos sin que nunca hubiéramos vuelto a saber nada de ella. Algunos dijeron que la habían visto a bordo de un tren de pasajeros vestida como Adelita después de la batalla de Zacatecas. A saber… Mi abuelo perdió a sus padres y a sus hermanas durante el conflicto armado, siendo que su único hermano varón bien pudo morir en la contienda del lado de Victoriano Huerta, dado que creía en la necesidad de un dictador, en la mano dura como el remedio político que garantizaría la convivencia civilizada entre los mexicanos, que somos antes que nada, decía, hijos de la mala vida.

Según él, la fragilidad de Madero la había pagado el país… Hombres como Huerta eran los que se requerían en México porque no somos capaces de ponernos de acuerdo en nada. Necesitamos un papá con el puño y el látigo de acero para que nos gobierne. Los mexicanos nacimos para obedecer y someternos, tal y como aconteció en los años del imperio azteca y todavía más cuando padecimos los trescientos años de colonia española. ¿Quién dijo que estamos listos para la democracia? Mira nada más el desmadre que vivimos en el siglo XIX, tan pronto la Corona Española dejó de gobernarnos. ¡Llegamos a tener hasta 36 presidentes en 40 años, a veces tres jefes de Estado en el mismo año! ¡Santa Anna regresó once veces a la Presidencia! Que no nos dejen solos, por el amor de Dios. ¡Qué bueno que vino Maximiliano y qué malo que el indio ese aborrecible de Juárez lo mandó fusilar! Es inimaginable en qué se hubiera convertido el segundo imperio si le hubiéramos dado tiempo para madurar.

Desde su punto de vista, el requisito para que funcionara una democracia consistía en que las mayorías hubieran resuelto el problema del hambre y recibido educación superior. Mientras continuemos siendo una nación analfabeta, hambrienta y descalza, necesitaremos la presencia de un padre poderoso que nos ordene y conduzca, con generosidad o sin ella. ¿Cuál democracia entre desnalgados? ¡Lástima que derrocaron a mi general Huerta: él hubiera impuesto el orden!

Al terminar el café con piloncillo nos retiramos del changarrito. El sol ya se había puesto. Caminar en la noche sobre la arena en la playa siempre me produjo una sensación de misterio o, tal vez, de terror. En ocasiones es imposible ver sobre qué objeto o bicho va uno a poner las plantas desnudas de los pies. Me provoca verdadero horror la presencia de cangrejos, víboras, arañas y cualquier ser reptante que pueda surgir en la oscuridad para atacar, comer, morder o picar. Me costaba trabajo, lo confieso, seguir nuestra conversación. Tenía la atención puesta en donde pisaba, atento al menor movimiento.

La revolución no sólo destruyó al país, sino dividió a las familias. El daño fue vertical y horizontal, profundo y doloroso. Mi abuelo lo resintió en todos los órdenes de su vida y, sin embargo, ahí estaba, sonriente y dispuesto a vivir intensamente. Supo enfrentar la adversidad con esa risa pronta y contagiosa que lo distingue.

—Cuantas veces te derribe la maldad, la mala suerte, las decisiones equivocadas, las pérdidas de los seres queridos, las catástrofes nacionales o las personales, debes reponerte y levantarte lo más rápido posible, porque de otra suerte, así, tirado y fatigado sobre el piso, atraerás al mal, que te rematará como los zopilotes que sobrevuelan una presa a punto de morir... ¿Cómo las aves carroñeras perciben a infinita distancia la proximidad de la muerte? No lo sé, pero encuentran a sus víctimas, dan con ellas con un instinto siniestro. Mientras más tiempo estés tirado en el piso, más posibilidades tienes de rendirte: te defiendes mejor de pie...

Cuántas tragedias vivió Ave Tito, sólo él lo sabe con precisión. Muy joven perdió a toda su familia quedándose solo, a la deriva, extraviado en la violencia social, sin empleo, ¿quién podía conseguir un empleo?, pasando hambre, sintiéndose perseguido, con la vida amenazada de día y de noche, sin hogar salvo el campo abierto, sin dinero para comprar aunque fuera una jícama, sin una carrera porque se había visto imposibilitado de concluir la de ingeniero civil en los últimos años de la dictadura porfirista.

A raíz de la conversación que sostuvimos en el changarrito me hizo llegar una carta con el resumen de nuestra plática para que no se me olvidaran las claves y poder alcanzar una vejez feliz. A pesar de la letra temblorosa y de algunos caracteres ilegibles, la reproduzco aquí por la actitud entusiasta que él siempre asumió en su vida. Lástima que mis hermanos nunca estuvieron tan cerca de él para abrevar toda su inmensa sabiduría hasta saciarse en ese depósito inagotable de cariño.

Abril de 1975
Querido Nachín:
Hago muy mal en dejar en esta carta un testimonio por escrito, en el que consta mi predilección por ti como mi nieto favorito, pero lo eres, sin duda lo eres, ¿por qué negarlo? Lo sabes, lo has sabido, te lo he demostrado, y por ello, a pesar de que a muy pocas personas les confieso mis sentimientos más íntimos, te dejo esta breve nota para

que extraigas el fruto de mi experiencia en la vida con el amor más sano y desinteresado con el que un abuelo se puede dirigir a su nieto. El amor se conquista, se gana y tú me has ganado a mí día con día.

Me preguntas, ¿cómo llegar a los 85 con una sonrisa genuina en los labios? Pues aquí te van unas respuestas:

Debo decirte que nunca me dormí sin sueño ni le concedí espacio alguno a la apatía ni traté de huir de la realidad metiéndome en la cama para escapar de mis problemas. La fuga nunca fue una manera inteligente de enfrentar los conflictos. Muestra la cara. Enseña el pecho descubierto. ¿Ves el mío? Constátalo: está lleno de cicatrices, y sin embargo, busco la primera oportunidad para reír. Sepultado bajo el peso del pesimismo nunca encontrarás motivos de diversión ni de placer. Toda tu creatividad se apagará junto con tu instinto de supervivencia. Nunca permitas que parpadee la flama de tu vela…

Como ves, a mi edad me encanta tirarme sobre el pasto o en la playa para adivinar las figuras formadas caprichosamente por las nubes. Sigo buscando en el firmamento estrellas fugaces porque estoy convencido de que traen buena suerte. ¿Sabes?: a la buena suerte hay que buscarla, solita nunca llega… El sonido melancólico del chelo cada día me atrapa más porque siento que hablo con un viejo amigo que me comprende. Hace mucho tiempo que no me veo con los puños cerrados. Me gusta ver llover en Tierra Caliente. Estoy convencido de que todo lo malo ya me pasó y que ahora me toca lo mero bueno, y créeme que me toca lo mero bueno. No se me ha agotado el optimismo. Eso sí, cuido mis ilusiones con la misma paciencia con la que se cuida a diario una flor. Las ilusiones son el gran bagaje, el gran patrimonio de la vejez: ¡cuídalas! Jamás permitas que el cansancio ni la rutina acaben con ellas. Aliméntalas cada día con una gota de cariño, el que te debes a ti como persona.

Hoy ya no existen los tranvías ni los carros tirados por caballos, pero me fascinan los trenes subterráneos y más aún, la velocidad a la que se desplazan. Me deslumbra la modernidad. La disfruto. No es cierto que todo tiempo pasado fue mejor. Es falso, es la negación del progreso y de la fantástica realidad a pesar de todos los contratiempos. Cuidado cuando afirmes que la actualidad no es hermosa: estarás medio muerto… Dentro de poco, nadie utilizará máquinas de escribir mecánicas; se impondrán las eléctricas, que no dejan de sorprender a quienes, como yo, apenas entendemos cómo se hace la luz doméstica con tan sólo subir un interruptor, para ya ni hablar de la llegada del hombre a la Luna, capítulo de la historia universal que estudié en detalle. Lucho a diario contra la flojera y la indiferencia hasta vencerlas; puedo más que ellas. Estoy vivo y sé disfrutar el ocio, por ello me levanto más temprano que nadie: para tener mucho tiempo de no hacer nada. Cada día, desde que amanece y me percato de que estoy vivo, le extraigo todo el jugo posible a la vida, porque no se cuánto tiempo más me va a durar la cuerda.

No envidio a los demás, ¿sabes?, vivo para adentro, encerrado, buena parte del tiempo, en mi mundo interno, en mis fantasías, donde encuentro un universo que nunca dejará de maravillarme. En mi interior he encontrado invariablemente la plenitud. Hace mucho tiempo que no la busco en el exterior. La competencia por tener y poseer me fastidia, me vacía y me agota. Es mejor ser que tener. ¿Quién te ha dicho que el dinero es la fuente de la felicidad…?

No le temo a la noche, espero felizmente su arribo mientras escucho el trino de los pájaros en busca de sus nidos. Todo tiene una doble lectura, ¿ves…? A cantar nunca aprendí, pero canto; bailar no sé, pero bailo. Al declamar puedo hacer el ridículo, pero no me importa: declamo, recito y actúo. La casa donde nací es un poema, al igual que el callejón en donde jugaba de niño… Sigo siendo un gran curioso, todo lo nuevo o lo viejo me llama la atención, desde un hallazgo científico hasta un descubrimiento histórico.

Continúo gozando el aroma despedido por las rosas. Disfruto el alumbramiento de un ser humano, más aún cuando nace un nuevo miembro de la familia: otro Mújica. Me siguen gustando los caramelos y soy el primero en tirarme al piso, junto con mis nietos, para recoger la mayor cantidad de dulces a la hora de romper la piñata. Nadie mejor que yo para pedir posada, vela en mano, emocionándome al ver el rostro candoroso de una chiquilla. En ese momento ambos tenemos la misma edad y estamos jugando, sí, jugando porque la vida debe ser sueños, ilusiones y juegos, muchos juegos, nunca te canses de jugar. Trato de ver la luz de la noche. Todavía espero el alba con ilusión y me sigue sorprendiendo que Confucio, Sócrates y Julio César hayan visto el mismo cielo que tú y yo. Sal a verlo en este momento. Es el mismo. Ellos contemplaron la misma bóveda que nosotros. El color verde lo sigo viendo verde. No es negro, es verde. Las moscas, los alacranes y las arañas también tienen derecho a vivir. No me burlo de mis huesos frágiles ni me inspiran lástima mis lágrimas ante la cursilería.

He estado a punto de caerme muchas veces del alambre; sin embargo, he logrado quedarme agarrado sólo con los dientes o colgado del meñique, sí, sí, lo que quieras, pero el hecho es que no me he caído. Cualquier idiota se muere. Morir es fácil, vivir es difícil.

¿Ya soltaste una carcajada el día de hoy? ¿No…? Pues ¡hazlo!, es el mejor ejercicio para las arterias, para los músculos de la cara y para no perder el brillo de la mirada.

Te quiere tu abuelo, E

De la misma manera en que la bruma matutina se dispersa al amanecer y permite gradualmente la contemplación integral del horizonte y de los objetos existentes en cada uno de los planos, el tiempo y las circunstancias fueron descubriendo, presentando y colocando, uno a uno, a los diversos protagonistas del futuro político de México. Por un lado aparecen los sonorenses, encabezados por Álvaro Obregón, quienes irán desfilando a lo largo de estas páginas hasta ocupar sus respectivos lugares en el escenario: Plutarco Elías Calles, Benjamín Hill, Francisco Serrano, Arnulfo R. Gómez y Salvador Alvarado, entre otros. Con la mayoría de ellos se recrudece la estrategia de desmantelamiento del poder eclesiástico en el orden social, económico y político. Se reduce el número de sacerdotes por cada iglesia; se les expulsa de las entidades en que ejercen su profesión; se clausuran templos y se prohíbe la confesión sacramental; se destierra a los sacerdotes extranjeros, así como a los mexicanos que intervinieran en asuntos políticos. Se regulan los horarios en los que las iglesias podían celebrar sus oficios; se incautan los templos; se legaliza el divorcio en algunos estados progresistas; se reduce el número de ministros de cualquier culto. En Sonora, uno por cada diez mil personas y más tarde uno por cada treinta mil…

En Sonora, Plutarco Elías Calles, el candidato a gobernador,[9] acusa a los sacerdotes de ser los autores intelectuales del atentado en Columbus, Estados Unidos: "Son espías y enemigos que están dentro de nosotros. Se ha comprobado su participación criminal… que tenderá a traernos la intervención extranjera".[10] El 19 de marzo de 1916 ordena a los comandantes militares del Estado: "los clérigos que haya en su jurisdicción deben salir de Sonora en el término de dos días". ¿Están claras las posiciones? Muy pronto empezará a redactarse la nueva Constitución, que dará cabida a muchas de estas disposiciones y políticas. ¿La de 1857 no fue suficiente y justificó para el clero una guerra fratricida, además de una intervención militar como la francesa y la imposición de un extranjero para conducir el destino de México? ¿Sí…? Ya veremos lo que acontecerá en 1917…

Por otro lado se va acomodando en el escenario la alta jerarquía católica, opuesta a las medidas revolucionarias y al proyecto constitucionalista, los *consusuñaslistas*, como etiquetará al movimiento liberal mexicano el arzobispo Francisco Orozco y Jiménez, de la Arquidiócesis de Jalisco, una figura también desconocida e ignorada en los anales de la historia política de México, muy a pesar de haber torcido por la vía de las armas y del crimen el futuro de la nación. Los contendientes van ocupando sus respectivas trincheras. Orozco y Jiménez, el gran protagonista de la obra, el titular del papel estelar, jamás aparecerá en escena, como si se tratara de un montaje surrealista. Sin embargo, su voz estentórea siempre se escuchará en el auditorio, mientras que los arzobispos José Mora y del Río, Leopoldo Ruiz y Flores, Pascual Díaz, Miguel de la Mora cumplirán al pie de la letra con el libreto, junto con José Garibi Rivera, quien pasará a la historia como "Pepe Dinamita", monseñor José de Jesús Manríquez y Zárate, de Huejutla, el obispo petrolero, además del padre Bernardo Bergöend, del padre José Toral Moreno, primo hermano del asesino José de León Toral, del padre Pro y de la Madre Conchita, ¿cómo olvidar a la Madre Conchita?, entre otros tantos. Ellos no lo sabían, pero no tardarían en combatir en campos de batalla a lo largo y ancho del territorio nacional.

Ya venía la rebelión cristera y todas las estrategias eran válidas, desde pedir ayuda al gobierno de Washington para la compra de armas hasta promover una nueva intervención militar yanqui en México, o bien, financiar la revolución con los recursos de los que cada quien pudiera hacerse, por cualquier medio. Obviamente habría muertos y heridos, además del consecuente daño al país y a la sociedad. Lo lamentamos mucho en el nombre sea de Dios, pero debemos evitar el arribo de otros Juárez. No volverá a pasar: jamás dejaremos avanzar a estas cucarachas liberales. Si las puedes aplastar contra el piso, ¿por qué dejarlas subir a lo largo de las sotanas?

Esta vez el clero no se detendrá, en realidad nunca se detuvo, y llegará más lejos que nunca, porque diseñará un plan para asesinar al presidente de la República. Ya no sólo derrocará a los jefes de Estado, ahora también los mandará matar. El arzobispo Francisco Orozco y Jiménez y el obispo Miguel de la Mora, entre otros que podrían decir mucho al respecto, callarán, ocultarán, esconderán las evidencias, desdibujarán los hechos. Actuarán en los términos que les dicte su conciencia después de escrutar el rostro del Señor atormentado en la cruz, quien les dará una señal a modo de autorización; tal vez hasta vean rodar una lágrima por sus mejillas eternas. Recuerda: antes de dar un paso contempla de rodillas el rostro del hijo de Dios. Ahí encontrarás las señales divinas que habrán de iluminarte la ruta con una preciosa e inconfundible luz blanca…

José Francisco Ponciano de Jesús Orozco y Jiménez, trigésimo tercer obispo de Chiapas y quinto arzobispo de Guadalajara, nacido el 19 de noviembre de 1864 en Zamora, Michoacán, y sus condiscípulos José Mora y del Río y Leopoldo Ruiz y Flores dedicarán su vida a "la grandeza de la patria y de la Iglesia", al emprender la carrera eclesiástica en el Colegio Pío Latino Americano, en Roma, una academia en donde aprenderán a defender con fiereza el sagrado patrimonio de Dios, así como los derechos de la iglesia católica. En esta institución educativa se preparaba a los seminaristas en la rebeldía, en la articulación de estrategias para administrar en América Latina el antiveneno respectivo ante la nada remota presencia de nuevos estallidos liberales, como los vividos en México durante los años del juarismo.

La historia se va trenzando porque en 1876, cuando Orozco y Jiménez viaja a Roma para iniciar sus estudios, en la puerta mayor de la parroquia de Lagos, Jalisco, se le aparece su madre muerta a la niña María Toral Rico, quien en 1903 engendrará a José de León Toral, para decirle al oído:

—Tienes mucho que sufrir, hija mía, pero ten paciencia, sé buena, y verás como el Señor te premia. Yo tengo guardados unos dulcecitos muy buenos. Ya nos veremos algún día y entonces descansarás.[11]

La futura madre del magnicida, en razón de su edad, no pudo entender el contenido ni la trascendencia de las palabras fantasmales vertidas por la autora de sus días, ni se llegó a saber si experimentó sensación alguna o si se volvió a encontrar con la misma imagen vaporosa cuando cuatro años más tarde en la Hacienda de Siquisiva, Sonora, nació Álvaro Obregón Salido, a quien su hijo privaría de la vida. ¿Qué sentiría María Toral cuando Plutarco Elías Calles nació en Guaymas, Sonora, en septiembre de 1877? ¿Su madre o la visión de ella no le advirtió nada al oído? ¿Alguna sensación especial habrá sufrido esa mujer en 1890, cuando llegó a este mundo Luis Napoleón Morones, el siniestro hampón, secretario de Industria en el gobierno de Calles y su cómplice en el magnicidio de Obregón y en otros crímenes? ¿Qué sentiría la madre de José de León Toral cuando Concepción de la Llata, la famosa Madre Conchita, otra de las autoras intelectuales del crimen de La Bombilla, nació en Querétaro en 1891? ¿Ni en ese momento María Toral llegó a sentir algo, al menos algo? ¿No fue privilegiada con otras apariciones ni oyó voces extrañas, cuando supuestamente Dios iba a guiar la mano asesina de José, su hijo? ¿Nada…? ¿Esos nacimientos no serían motivo y razón de dolores adicionales a los anunciados frente a la parroquia de Lagos? ¿Nadie la premiaría en vida o en el más allá por el deber cumplido? ¿La premiaría el Señor antes de descansar, ahora sí, eternamente? ¿Entendería como premios los once hijos que Dios le mandó sin detenerse a considerar la precaria posición económica de la pareja que formó con Aureliano de León? Algo parecía agitarse en el espíritu de los católicos mexicanos de aquellos tiempos, pues un año después de esta visión, al día siguiente de la muerte de Juárez, el obispo Sollano, de León, tuvo otra no menos consternadora: ¡El alma del Benemérito descendiendo al infierno!

Orozco y Jiménez estudia apasionadamente en una institución jesuita, la misma orden religiosa expulsada de España en 1762 y de Francia en 1859 precisamente por incendiaria y sediciosa y por estar agazapada en buena parte de las revueltas contra la autoridad constituida. Nunca fueron novedad los destierros de jesuitas y tampoco lo serán en México. Alabado sea el Señor… Los acontecimientos se daban, sí, estallaban revoluciones o se practicaban golpes de Estado sin que jamás se encontrara una mano visible. Ahí estaba el estilo y la gran escuela. En 1885, una vez conferida la tonsura y lograda su ordenación sacerdotal, celebró su primera misa en la capilla del referido colegio. Tiempo después recibiría en la Universidad Gregoriana su borla como doctor en filosofía y en 1896 otra borla, esta vez como doctor en Sagrada Teología por la recién inaugurada Universidad Pontificia, una vez cumplido el requisito de dominar el latín, el italiano, el francés, el portugués y el inglés. Un políglota completo, con conocimientos profundos y bien arraigados, además de un temperamento forjado para enfrentar con coraje y determinación la adversidad. Un egresado del Pío Latino de Roma estaba adiestrado y preparado para oponerse a cualquier tipo de acción orientada a minar el poder de la iglesia. No habría tregua ni cuartel ni descanso ni piedad ni compasión al tratarse de defender el patrimonio, los intereses o cualquier tipo de derecho eclesiástico, reconocido o no por las leyes. Como todo jesuita, jura el voto de obediencia absoluta e incondicional al Papa, una autoridad infalible, según lo dejara claramente asentado el propio Pío Nono: *perinde ac cadaver*, hasta la muerte misma, además de los votos monásticos de pobreza y castidad...

Orozco y Jiménez es preconizado obispo de Chiapas gracias al nombramiento expedido por el Papa León XIII en 1902, en atención a sus sobrados merecimientos como distinguido jesuita e ilustre académico. Leopoldo Ruiz y Flores es distinguido con el honor de ocupar la cátedra durante la ceremonia. Con el tiempo, breve por cierto, el recién ungido obispo pondría a prueba dos habilidades firmemente adquiridas a lo largo de su carrera: la primera, desarrollaría su deslumbrante talento para enriquecerse a título personal con todo el peso de su autoridad espiritual; la segunda, llevaría a la práctica, por primera vez, sus conocimientos estratégicos para desestabilizar gobiernos, comenzando con el chiapaneco, según las enseñanzas aprendidas en Roma, lo cual le acarrearía, digámoslo eufemísticamente, la salida forzada de Chiapas, acusado de practicar y fomentar actos encubiertos de sedición. Por supuesto que no había nada nuevo bajo el sol...

El nuevo obispo entra triunfante a San Cristóbal de las Casas el 3 de diciembre de 1902. Convencido de la importancia de ejecutar los principios contenidos en la encíclica *Rerum Novarum*, los del catolicismo social, desde los primeros años de su gestión obispal aprende a hablar el tzotzil y el cakchiquel, lenguas útiles para propiciar un gran acercamiento con los indígenas, su carne de cañón. Se rodea de mujeres porque ellas controlan espiritualmente a los hijos, a los hermanos y principalmente a los maridos por medio de las conversaciones *post coitum*, el momento preciso en que los hombres están más laxos, entregados y receptivos a la voz meliflua de sus parejas. Sus cónyuges se rinden ante ellas sin percatarse. Son conducidos, guiados, orientados apostólicamente con la misma imperceptible delicadeza con que la humedad penetra en las paredes. Ellas gobiernan. Ellas mandan. Aprovechémoslas. De esta suerte tendremos a las familias en el puño de nuestras manos. Si nuestra Santa Madre Iglesia domina a las familias, nos habremos apoderado de la sociedad, y quien controle a la sociedad dominará a la nación… Está claro, clarísimo… Apropiémonos de las mentes de las mujeres y el país será nuestro. Ellas tienen más necesidad de rezar y de asistir a todos los servicios religiosos. Ellas, más que los varones, son las que dejan las urnas y los cepillos llenos de dinero para poder cumplir con nuestras obligaciones piadosas de amor y compasión al prójimo. Ellas, supuestamente las más frágiles entre los siervos de Dios, son las que más influencia ejercen en sus esposos. Sus flaquezas son nuestra fuerza. Gran paradoja: el Señor nos ha ordenado que hagamos uso de la habilidad femenina para hacernos dueños del mundo, no sólo de México…

Una vez diseñada la estrategia a seguir, tan pronto como en 1903, Orozco, el obispo, crea la Asociación de Damas Católicas, una organización virtuosa y ejemplar especialmente eficaz para alcanzar los objetivos eclesiásticos a través del confesionario. Las damas católicas serán soldaderas de la fe, espías incondicionales y sin goce de sueldo al servicio del clero, batallones de fanáticas ávidas de perdón, fuentes fidedignas de conocimiento de cuanto acontezca en recámaras, comedores, parques, jardines, oficinas públicas y privadas, prostíbulos… Agentes de dominio, embajadoras de la compasión humana para controlar a la sociedad y conquistar con toda discreción los objetivos eclesiásticos, cualquiera que éstos sean, a lo largo y ancho de la nación.

El obispo Orozco nunca se dará por satisfecho con su actividad pastoral: fundará escuelas, conformará una organización obrera para controlar, también, el mercado del trabajo.[12] Actualizará, no faltaba más, los aranceles diocesanos para todos los servicios religiosos de la misma manera en que se ajustan los cargos a los clientes de una gran corporación a cambio de la contraprestación recibida. ¿Cuál caridad? Integra, acompañado por un grupo cerrado de sacerdotes, un inventario de eventos y actividades a cargo de la iglesia por los que es menester cobrar los debidos honorarios. En esta santa casa, la casa de Dios, no se regala nada… Discuten los términos, así como los importes, la duración de los trabajos, la personalidad económica del cliente… perdón, del feligrés, hasta establecer un catálogo de cuentas perfectamente conformado. De dicha conversación salió la siguiente tabla de conceptos, ya abreviada:

Por un bautismo simple, $1.25; los bautismos solemnes y con pila adornada, $5.00; por repiques en la Catedral, $5.00; por repiques en las iglesias parroquiales, $1.00; por los bautismos que haga el Ilustrísimo Señor Obispo,[13] además de los derechos parroquiales, $15.00; por un certificado simple, $.50; por un certificado legalizado, $2.50; por tocar el órgano en el bautismo, $2.00; por matrimonio de ladinos hasta las ocho de la mañana, sin solemnidad, $12.00; por matrimonio solemne hasta las doce, $20.00; por matrimonio de los menos acomodados, $8.00; por los matrimonios de indígenas, $3.00; cuando el matrimonio sea celebrado por el Ilmo. Sr. Obispo, además de los derechos parroquiales darán para el Seminario Conciliar, $30.00; matrimonios de madrugada en hora lícita, además de los derechos parroquiales, $6.00; cuando los interesados quieran mayor número de cantores en los bautizos y matrimonios solemnes pagarán por cada cantor $.50; por una misa rezada en cualquier iglesia, $1.00; por una misa rezada con responso, $1.25; por una misa cantada, $3.00; por una misa cantada con revestidos de 6 a 8 a.m., $5.00; por una id de 8 a 10, $7.00; por una id de 10 a 12, $10.00… Por una misa cantada con ministros y vigilias de 6 a 8, $10.00; si esa misa fuere en la Iglesia Catedral haciendo uso de adornos, pagarán quince pesos… Inhumaciones de restos en la Iglesia Catedral, $50.00; en otras iglesias a beneficio de las mismas, $25.00; por vísperas y matinés, por cada acto, $3.00… Cuando se soliciten misas, funerales, bautizos o matrimonios en las capillas de las fincas o en las filiales de la Parroquia, los derechos serán los ya expresados y cuando la distancia pase de tres leguas se aumentarán, siempre que los interesados den el avío, $25.
Dado en San Cristóbal Las Casas, abril de 1908
Aprobado
FRANCISCO, Obispo de Chiapas[14]

Monseñor Orozco era financiero antes que pastor y, como dijera Plutarco Elías Calles, general antes que sacerdote, dado su extraordinario talento militar. Este notable obispo de San Cristóbal compraba haciendas a precios irrisorios sabiendo por las esposas de los dueños, obviamente a través de los confesionarios, las cantidades que estaban dispuestos a recibir en última instancia a cambio de sus tierras, para que de inmediato se diera el santo milagro de la oferta esperada a través de un tercero desconocido. El obispo nunca daría la cara. Negaría los hechos, la evidencia misma, soy inocente, soy un hombre de paz, soy un pastor de almas: Señor, perdónalos, Señor, no saben lo que hacen, no entienden de qué me acusan... ¿Cómo no creer en Dios en semejantes circunstancias? La hacienda vendida mágicamente al precio deseado. El Espíritu Santo lo sabía todo. ¡Una maravilla! Donemos, mi amor, una parte del precio en reciprocidad por el favor recibido, ¿no...?

Francisco Orozco y Jiménez se convirtió en latifundista en Chiapas, desde luego recurriendo a testaferros para que su nombre no apareciera en ningún registro oficial o privado: Insisto: ¡Que nunca se perdiera de vista que él era un hombre dedicado a la divulgación del Evangelio y en ningún caso un mercader, un fariseo de esos que Jesús había expulsado del templo llamándoles raza de víboras! No, él no pertenecía a semejante familia de reptiles. Él sabría hacer los negocios y ejecutar las intrigas políticas sin que jamás se advirtiera la presencia de sus manos ni alguien pudiera distinguir su anillo pastoral a la hora de suscribir un documento: soy rico y poderoso, no tonto... ¿Y tus votos monásticos de pobreza? ¡Que nadie se equivoque: soy rico y no tonto! ¿De qué servían tantas extensiones de terreno si no era para dedicarse al negocio de la madera, recurso natural en el que Chiapas era y es tan pródigo? ¿Madera? ¡Madera!, de algo deben servir todos estos espléndidos robles de la región. Se hizo talador. ¿Que las superficies adquiridas, los enormes pastizales, podían ser dedicados inteligentemente al desarrollo del ganado vacuno? ¡Claro que sí! Se hizo también ganadero. Era, antes que nada, obispo, sí, pero también se había convertido en talador, en ganadero, en industrial y en introductor de sal en Ixtapa y, acto seguido, para compensar, fungía como cañero explotando azúcar en Chiapilla, entre otras actividades que le reportaban una gran liquidez y exceso de flujo de efectivo, por lo que no tuvo otra alternativa que empezar a colocar dichos fondos, en todo caso piadosos, a una módica tasa del diez por ciento. En ese momento operó como banquero camuflado o agiotista, es lo mismo. Como el obispo de nuestra historia compró periódicos e imprentas, también se hizo periodista y editor, de la misma manera en que adquirió un buen número de acciones de la empresa industrial San Cristóbal.[15] Ahora también era accionista... Un hombre completo, ¿no?

¿Por qué salió de Chiapas si disfrutaba tanta prosperidad y gozaba del justificado respeto de los fieles y los indígenas lo adoraban como a una deidad? Muy sencillo: Orozco y Jiménez había decidido, dentro de su tradicional esquema de juego del todo o nada, que San Cristóbal de las Casas volviera a ser la capital del estado en lugar de Tuxtla Gutiérrez, tal y como había acontecido durante la época de la colonia, cuando San Cristóbal era el asiento de los poderes de la provincia de Las Chiapas. "El obispo de nuestra historia levantó a los indios en armas para tomar Tuxtla por la fuerza, prometiéndoles exención de contribuciones y reparto de tierras si lograban cambiar la mesa de los poderes a San Cristóbal, de tal manera que Orozco pudiera hacerse del control total del Estado, ya no sólo en el orden espiritual, sino también en el político, además de lo que se pudiera lograr en el económico. Los indígenas, ávidos de parcelas, formados en hileras de varios cientos, entraban diariamente a San Cristóbal para ser armados con escopetas, machetes y lanzas compradas piadosamente con las limosnas del pueblo."

El odio inoculado por el obispo Orozco y Jiménez, que nadie olvide ese nombre, se desbordó en la entidad cuando a finales de 1911 miles de indígenas, entre ellos un buen número de chamulas encabezados por Jacinto Pérez, un "rezador", jefe de catequistas del obispo, tomó las armas y marchó decidido a vencer a los tuxtlecos para someterlos a los dictados de Orozco. ¡Cuánto dolor habrá experimentado el sacerdote sedicente cuando los alteños fueron derrotados en los alrededores de Chicoasén! ¡Cuánta experiencia acumularía dicho prelado en el manejo de indígenas y de indigentes, todo un capital que le resultaría de gran provecho en los dolorosos años de la sangrienta rebelión cristera! Era incomparable el poder económico que pudo acumular Orozco en Chiapas con el que adquirió en lo personal en la arquidiócesis jalisciense. ¡Baste decir que se sintió con la capacidad militar suficiente y necesaria como para desafiar al mismísimo Estado!

Un hombre volcánico, quien a partir de entonces sería conocido como El Chamula, provocador, insaciable, indomable, sumamente talentoso e industrioso además de inteligente, una auténtica amenaza para el equilibrio social y político del Estado, capaz de convocar a una nueva guerra entre ciudades chiapanecas, acusado en el ámbito local y nacional de dirigir el movimiento armado sancristobalense distrayendo los recursos de su diócesis para fines ajenos a la caridad y a la piedad, un sacerdote enriquecido. ¿No iba a ser degradado y enviado a una humilde parroquia en Ocosocuautla, una vez conocida su feroz personalidad, en lugar de encumbrarlo a uno de los máximos niveles de la jerarquía eclesiástica de México? Por supuesto que no, un obispo de sus tamaños, preparado para todo tipo de eventualidades en la mejor academia de Roma, desde luego que sería trasladado y promovido como arzobispo a Guadalajara, arquidiócesis desde la cual jugaría un papel protagónico en la pugna entre el Estado y la Iglesia en la década de los veinte, o sea, en tan sólo 10 años más...

El 9 de febrero de 1913, curiosamente el día del inicio de la Decena Trágica que culminaría con el salvaje asesinato de Madero y de Pino Suárez, el nuevo arzobispo hizo su arribo a la sede de su arquidiócesis "a bordo de un elegante carruaje tirado por cuatro briosos corceles decorados con enormes plumeros multicolores colocados en las cabezas y que eran conducidos por otros tantos palafreneros vestidos con llamativas libreas". Se escuchaba cómo el pueblo, conmovido y emocionado, lo distinguía al hacerle justicia con gritos en coro o aislados a lo largo de las avenidas de la capital tapatía: "¡Viva el mártir de Chiapas! ¡Viva, viva, viva!". Las calles de la ciudad habían sido adornadas, al igual que una buena parte de sus edificios, para darle la más feliz bienvenida al ilustrísimo mitrado, quien expresó su más profunda emoción al descubrir un buen número de arcos triunfales diseñados con miles de flores frescas, en especial claveles rojos, utilizados para escribir su nombre con enormes caracteres de modo que nadie lo pudiera olvidar. Los feligreses lo ovacionaron con gritos de júbilo mientras agitaban banderitas tricolores a lo largo de la Avenida Alcalde hasta llegar al Santuario de Guadalupe, a donde llegó a media mañana para entonar un Salve solemne de acción de gracias.

Su rostro pálido, de corte extraordinariamente delicado, su piel blanca cuidada con todos los afeites a su alcance, la ausencia de arrugas a sus casi cincuenta años de edad, su mirada bondadosa y comprensiva, los movimientos lentos de sus brazos agradeciendo las ovaciones e impartiendo la bendición a la chusma enardecida, a la cual obsequiaba sonrisas por doquier, tal y como correspondía a un auténtico amante de la paz y de la convivencia civilizada, hicieron de Orozco y Jiménez un auténtico príncipe de la iglesia, y lo asemejaron a un distinguido integrante de los más altos rangos de la nobleza europea.

Una semana después de tan cariñosa recepción, el otrora obispo Chamula recibió la sacra investidura del palio en la Catedral, la insignia que acredita su dignidad superior, ceremonia muy concurrida a la que asistieron fieles y devotos de las más diversas actividades y estratos económicos de la sociedad y de la región. Especial alegría le provocó al ilustre prelado constatar la presencia del alteño Miguel María de la Mora, encargado en esta solemne ocasión para ocupar la cátedra, entre otros representantes de la iglesia católica. ¡Qué influencia tan nefasta ejercería Miguel María de la Mora en el destino de México y qué poco se sabía de él!, según pude constatar en los documentos que tuve a mi alcance. De la misma manera en que Luis N. Morones había sido cómplice de Calles en el asesinato de Obregón, Miguel María de la Mora lo había sido de Orozco y Jiménez en el mismo magnicidio y en otras fechorías similares.

Monseñor Orozco divide el territorio arquiepiscopal en veintiún foranías. Lo moderniza. Nombra vicarios a párrocos acreditados. Revalúa los aranceles vigentes por los servicios religiosos prestados y, ¿cómo no?, los actualiza: se trataba de una fuente vital de ingresos para financiar sus planes. ¿A dónde se va sin recursos económicos? Distribuye cargos orientados a eliminar cualquier asomo de oposición al predominio eclesiástico. Prohíbe la lectura de nueve diarios impíos y analiza las posibilidades regionales para desarrollar nuevos negocios. En 1913 visita a Victoriano Huerta en Palacio Nacional. ¿Cuál no sería la sorpresa del arzobispo tapatío cuando el dictador se arrodilló en dos ocasiones ante su majestad eclesiástica, una en el momento de saludarlo en el despacho presidencial y la otra al despedirse, y en ambos casos besó su anillo pastoral?[16] El significado político era evidente...

¿Qué sentirá un arzobispo o cardenal de cualquier parte del mundo cuando un jefe de Estado no sólo practica una breve genuflexión y humilla ligeramente la cabeza ante su presencia, sino que, por si fuera poco, se prosterna ante él poniendo ambas rodillas en el piso, suplicando además una bendición, comprensión divina, apoyo y perdón, mientras se persigna en busca de la indulgencia y de consuelo?

—¡Cuánto poder! ¿Cómo contener al clero ante semejante obsecuencia? —dijo una vez Ave Tito—. ¿Cómo convencerlos de que no son los amos del mundo? ¿Cómo dominarlos y someterlos a las leyes temporales dictadas por los hombres? ¿Quién se les puede poner enfrente?

Por supuesto que Huerta fue liberado por Su Excelencia, dotado de poderes celestiales, de cualquier culpa por el asesinato de Madero, de Pino Suárez, de Belisario Domínguez y de Serapio Rendón, entre otros tantísimos más… ¡Alabado sea el Señor!

Cuando, para el horror de la jerarquía católica, las tropas huertistas eran derrotadas en 1914 por el Ejército Constitucionalista —"las hordas carrancistas", según Orozco y Jiménez—, los prelados decidieron reunirse en la Ciudad de México con dos objetivos claros y precisos: uno, emitir el día de la Festividad de Nuestra Señora del Carmen una carta pastoral colectiva a sus respectivos diocesanos, rechazando cualquier vínculo con el tirano, declarándose víctimas inocentes de una persecución injusta, y dos, ver la manera de huir del país, abandonarlo a la brevedad para salvar el pellejo, en lugar de ofrecerse como mártires y víctimas para ser crucificados, tal y como lo fue Jesús. Esos pasajes estaban bien para las clases de catecismo, pero de ninguna manera para vivirlos en carne propia. Más valía un día en la vida que un millón de años en la gloria eterna, ¿no? Y más, mucho más, si ese día en la vida era de los que vivían los arzobispos…

En 1912 Orozco y Jiménez tuvo que abandonar violentamente el estado de Chiapas; en 1914, a un año de haberse hecho cargo de su arquidiócesis en Guadalajara, partirá, por primera vez, al exilio, acompañado por sus pares.[17] Regresará disfrazado a finales de 1916, para ser expulsado de México en julio de 1918 y otra vez en 1925, durante el gobierno de Zuno en Jalisco, sin dejar de tomar en consideración que durante todo el conflicto cristero, de 1926 a 1929, estuvo misteriosamente escondido, dedicado, como siempre, a labores incendiarias fuera del alcance del ejército y de la policía. Todo lo anterior, para terminar con los destierros de 1929 y 1932, para regresar a morir en 1936. Una fichita, ¿no? Por algo sería…

La vida de mi abuelo había sido, como él decía, una obra de arte, la que corresponde a un artista de su categoría: un hombre dueño de un productivo y eficiente rancho cafetalero en Veracruz del que vivió y vive la familia y que le permitió salir adelante con ciertos lujos mucho más allá del elemental decoro. La mejor prueba de ello consistía en haber logrado capacidad económica suficiente para poder dedicarse a coleccionar todo aquello que llamaba su curiosidad. Llevó la fiesta en paz, estructurando armónicamente su existencia, así como el rompecabezas de su historia personal. Al final del camino murió rodeado de sus seres queridos, reconocido, amado, respetado y confiado en que yo me dedicaría para siempre a la novela histórica. Sólo tuvo una mujer: mi abuela, a la que conoció cuando ambos eran muy niños y la que lo acompañó desde el pupitre al altar y a la tumba. Jamás se separaron. Una pareja ejemplar, muy a pesar de que el viejo se daba sus escapadas para hacer travesuras con la debida discreción.

Mi padre tenía objetivos totalmente distintos. Hombre de empresa, serio, responsable administrador del rancho, ambicioso al extremo de haber llegado varias veces al Salón del Café en París en busca de un reconocimiento para los productos mexicanos; buen conversador, divorciado, eso sí, de la política, buen proveedor de la casa porque nunca nos faltó nada en el orden material, no así en el emocional. En ese terreno carecimos de un padre presente, juguetón, comprometido, interesado y sobre todo respetuoso, cariñoso y protector. Él siempre estaba en juntas o en reuniones que lo atrapaban la mayoría de las noches, inclusive una buena parte de los fines de semana. Convencido de las ventajas de educar a sus hijos con arreglo al miedo para que nadie se saliera de control, cuando no llegaba a comer festejábamos sus ausencias en la mesa, el momento ideal, según él, para imponer, invariablemente a gritos desaforados, el orden en la tropa… Nunca nos ayudó con las tareas ni nos hizo la cena ni supervisó, ni mucho menos nos preparó algo para comer durante los recreos escolares ni recuerdo que nos haya comprado una golosina ni leído el cuento esperado antes de dormir ni tengo en la memoria un solo día en que nos hubiera llevado en sus ostentosos coches al colegio, ni que nos hubiera sorprendido recogiéndonos a la salida. Tampoco estuvo presente en nuestros cumpleaños y, cuando eventualmente llegaba a asistir, lo hacía de prisa y de mala manera. Nunca viajamos con él, salvo cuando lo acompañamos en dos ocasiones, muy apresuradas por cierto, a Acapulco, desde luego para cerrar un par de negocios. ¿Cuáles vacaciones? Crecí sin padre, salvo para el caso de los regaños y de los castigos, oportunidades que aprovechaba para saciar un coraje retenido, cuyo origen sólo con el transcurso del tiempo pude llegar a entender.

Me hubiera encantado echar con él una "cascarita" en un jardín o en la calle o en un balneario o haber jugado, tan sólo alguna vez, con un balón o con una raqueta al tenis, al ping-pong o al béisbol o echado unas carreras de natación, o que hubiera asistido a verme competir. No, tampoco me correteó en la playa ni se sentó conmigo a hacer castillos de arena ni nos aventamos cubetadas de agua de mar ni se prestó al juego de las traes ni a los quemados, ni lo veo haciendo arcos ni la cola en la víbora de la mar ni arrebatándonos la silla cuando se acababa la música ni rompiendo la piñata y regalándonos los dulces que él hubiera ganado ni dando golpecitos con la gallina ciega ni corriendo como loco durante los quemados. No, no estuvo, no está ni estará… No puedo ignorar la profunda sensación de vacío, la dolorosa oquedad producida por su ausencia ni la pérdida de haber crecido sin esos afectos que hoy, a mi edad, ya no puedo desarrollar ni hacer crecer porque nunca fueron sembrados. Prefirió invertir su tiempo en sus negocios y en sus putas que obsequiárselo generosamente a sus hijos…

El porte de mi padre, su elegancia, su estilo de finas maneras, galán por naturaleza y definición, magnético y simpático, de mirada llena de picardía, exquisito, dueño de una gran labia para abordar y seducir a las mujeres, fueron atributos que lo condujeron a lo largo de una interminable noche oscura y sin estrellas a un despeñadero del que sólo podría salir muerto en vida… Y, en efecto, cayó verdaderamente muerto en vida. Lo que para cualquier persona podría ser un privilegio, una gran ventaja, un premio, un don de nacimiento, un raro atributo, en realidad se había convertido en una maldición que lo había roto por dentro. Vivió en apariencia una vida plena hasta que la edad, el paso implacable de los años, lo hizo reflexionar y lo ayudó a descubrir la profundidad irreparable de sus fracturas. Todo fue un embuste, un vil engaño, una traición. A partir de esos días empezó a dejar de hablar y de levantar siquiera la cabeza para saludar. Se empezó a apagar gradualmente hasta parpadear como la flama de una vela a punto de extinguirse.

Alfonso Mújica había sido un hombre extraordinariamente bien parecido. Alto, delgado, esbelto, cenizo el pelo, tersa la piel de su rostro, escrupulosamente atendido con diferentes afeites y cremas europeas para esconder las arrugas y disfrazar el transcurso del tiempo. Vientre plano, voz sobria e imperativa, nariz roma, para él un claro motivo de presunción. Una y otra vez exhibía el perfil "apolíneo" que ni su edad había podido borrar. Su barba cerrada, sus cejas anchas, bien pobladas, la evidencia de nuestros orígenes ibéricos, su pelo abundante y perfectamente cepillado, alineado, bien atendido y, por si fuera poco, su sonrisa franca y contagiosa, su verbo, ¡ay!, su verbo: como él decía, el arma más eficiente para conquistar mujeres, antes, mucho antes que el físico y, claro está, su amor por la ropa, por los trapos, porque "había que tener bien vestido al muñeco", hacían de él un personaje irresistible para el sexo opuesto. ¡Cuántas damas se habían derrumbado ante él y las había tenido una y otra vez en las mañanas, inventando desayunos en hora de oficina, al mediodía, cuando los maridos asistían a las comidas de negocios y en las noches o entre semana, cuando sus parejas salían de viaje! Siempre hay tiempo para el amor, Ignacio, sólo hay que buscarlo con imaginación y audacia… Todas quieren entregar sus mejores prendas, lo importante es saber pavimentar el camino para que te las entreguen guardando lo más posible su sentido del honor y de la dignidad… Al final una es más puta que la otra…

Mi padre tuvo excelentes oportunidades para formar una familia que le reportara amor, estabilidad y paz a lo largo de su vida. Margarita, su primera mujer, con la que procreó dos hijas, era una espléndida persona, invariablemente bien intencionada, amable, receptiva, risueña, entusiasta, interesada en la historia y en la filosofía, buena ama de casa, excelente madre, optimista e invariablemente dispuesta a someterse a los caprichos de su marido. Todo, lo tenía todo con ella, era la pareja ideal para él y, sin embargo, "como las viejas se me resbalan, ¿qué quieres que haga, darle un portazo en la cara a lo mejor de la vida?". Un buen día no pudo resistir los encantos de una feliz "doncella" de la que se enamoró perdidamente, tal y como le pasó con otras tantas más, tirando a la alcantarilla el hogar que había logrado formar y en el que no le faltaba nada. Empezaron los pretextos, las reuniones de última hora, las cenas alargadas, tú sabes mi amor, esto es muy importante para los dos, apelo a tu paciencia por esta vez, y, por supuesto, comenzó por llegar tarde a su casa hasta que las "juntas" se hicieron tan pesadas que dejó de ir a dormir, situación que obviamente no toleró la hacendosa Margarita, quien lo esperaba a diario con una sonrisa y muchas veces con un pastel confeccionado por ella y las niñas o con un dibujo hecho *con todo cariño para mi Papá*, o simplemente con un buen argumento extraído de un libro para discutirlo con él frente a dos whiskies. Sí, sí, pero el señor no llegaba, no se presentaba y ahí se quedaban olvidados sobre la mesa los dibujos, los pasteles o la frase subrayada que sería un buen motivo de reflexión. Nada. Si la dulzura llegó a conmoverlo en alguna ocasión, simplemente no lo demostró. Mi padre no llegaba, y cuando finalmente lo hacía se presentaba con un estado de ánimo que ni él mismo soportaba o excedido en copas o agotado, sin energía, ya no se diga para hacer el amor con su mujer, sino imposibilitado siquiera para jugar, al menos un rato, con sus hijas. Dejaba lo mejor de él en el lecho de sus amantes para venir a vomitar a la casa sus culpas.

Tal vez, siempre me dije en mis adentros, si mi padre hubiera sido gordo, chaparro, calvo, ignorante, acomplejado y odioso, nunca hubiera tenido tantas oportunidades para destrozar su vida ni se le hubieran atravesado tantas mujeres hermosas, las cuales constituían una tentación absolutamente irresistible para él. ¿Cómo ver a una hembra hermosa y no tenerla, aquí, entre mis manos, bajo el peso de mi cuerpo, como se doma a una potranca salvaje, sujetándola firmemente de las crines? ¿Cómo resistir tanta belleza y dejarla pasar, así, simplemente dejarla pasar, cuando se me está ofreciendo? De haber sido enano, calvo, lampiño, de aliento pestilente, odioso, de ojos inexpresivos, un mediocre sin gracia, tal vez habría alcanzado a ser más feliz. ¿Por qué razón concurrían tantos atributos en una sola persona? ¿No bastaba con ser bien parecido? ¿Por qué, además de la labia, la sonrisa, la ocurrencia, el léxico refinado, el comentario atinado, la respuesta precisa y la mirada provocativa? No podía ser guapo y tonto o, al menos de inteligencia media, en lugar de ser buen mozo, brillante, simpático, buen vendedor y excelente hombre de negocios? ¿Todo en uno? ¡Era una maldición administrar exitosamente tantas cualidades!

La diversión podrá ser muy intensa y fascinante, sí, ni hablar, ¿quién no desea poseer a una mujer hermosa, como dijera Vasconcelos, el máximo tesoro de la Creación? ¿Quién no…? Sólo que el precio a pagar por el solo hecho de convertirse en vicio es muy elevado. Las quiero a todas, a las que veo, con las que sueño, a las que deseo, a las que imagino y a las que no conozco… Se tiene mucho, pero al final de la vida no se tiene nada. Las mujeres no son potrancas ni son salvajes ni tienen crines ni patas ni se les monta ni se les doma. Son seres humanos fantásticos, inexplorados, dignos de la máxima consideración. Cada una de ellas puede significar una aventura por la que vale la pena vivir, aunque, claro está, hay de todo en la viña del Señor… ¿No te das cuenta de que tu reto en la vida es poseerlas después de un proceso de convencimiento y cuando finalmente te creen y ceden, con alcohol o sin él, y se te entregan, tan pronto las tienes a través de engaños o sin ellos, ya no sabes con qué pretextos abandonarlas para dedicarte a buscar nuevas oportunidades de placer sin percatarte de que el hartazgo te está matando? ¿De eso se trata el amor? ¿Ese es el amor? ¿Verdad que nunca entendiste qué es una pareja, y menos para toda la vida?

Cada vez que te acuestes con una nueva mujer confirmarás cómo ceden a tus pretensiones y las calificarás en términos muy despectivos sin advertir cómo vas perdiéndoles el respeto y despreciando nada menos que a la mitad del género humano al realizar una generalización absurda y perversa. Nunca hagas el amor con una mujer más de veinte veces porque corres el peligro de enamorarte, era uno de los tres consejos que nos daba mi padre cuando mi hermano y yo éramos todavía muy jóvenes. Nunca salgas de viaje más de una semana con la misma mujer porque te puede dar mal de cabina, una enfermedad repentina que hace imposible, irresistible, su compañía en el mismo espacio; por esa razón cuando abandonaba el país "por negocios", cambiaba de "trenes", como él decía, y mandaba entonces de regreso de Londres a la interfecta, para recoger la debida refacción en París, con la que permanecía hasta su regreso tan sólo siete días después.

—Una y otra y otra más, así, escúpelas, denuéstalas, envíciate con las que te rodean y verás lo que queda de ti o, mejor dicho, lo que ha quedado de ti —le repitió mi abuelo una y otra vez sin obtener de él la respuesta esperada—. ¿Querías demostrar que todas son putas? Pues escúchame muy bien: Jamás lograrás ese objetivo porque es falso de entrada. Si buscas mujeres para una noche, las encontrarás para una sola noche… Si, por contra, deseas dar con una pareja, con una compañera para toda la existencia, sin duda darás también con ella. Si te rodeas de mujerzuelas de la alta o de la baja clase social que se acercan a ti por tu dinero o por tus regalos o por tus viajes o por tu supuesta generosidad, entonces no te quejes de que ellas se rindan al ver el grosor de tu cartera. ¿Qué esperabas? No te sorprendas de recibir aquello por lo que estás pagando. El amor no es una cuestión de pesos y centavos. Estás comprando, siempre compraste. Te dan objetos mercantiles a cambio de tu dinero. Entraste en un juego donde no se puede dar cabida a los sentimientos. Las monedas son frías, inexpresivas. Yo te doy, tú me das… Eso es todo. Aquí no hay sentido del honor. Hay precio. ¿Cuánto vales? Disfracémoslo lo mejor que podamos para no reducir nuestra relación a una mera transacción comercial. Yo te doy mi dinero, tú me das tu cuerpo. Tú estarás conmigo mientras mis recursos no se agoten y yo estaré contigo mientras tus carnes estén firmes y no se escurran; hasta antes, mucho antes de la náusea.

—La mayoría de las mujeres que conozco —le disparaba mi abuelo al centro de la frente— disfrutan su familia y no están dispuestas a abandonarlo todo a cambio de una satisfacción vulgar y pasajera. Ellas representan la moral y la virtud en el hogar, son las verdaderas forjadoras de la nación, las que fijan los principios rectores de la conducta, las maestras milagrosas, las verdaderas educadoras de la patria, las mejores cómplices de la vida, de modo que reducirlas a meros objetos sexuales es tanto como ignorar lo mejor de la existencia: su lealtad, su fidelidad, su solidaridad, sus felices diferencias con nosotros, su ternura, su sagacidad, su intuición, su fiereza a la hora de defender el amor, un sentimiento que se debe descubrir, explotar y disfrutar antes de que la pálida con su dedo índice, huesudo y casi sin piel, helado, encogiéndose y estirándose, nos llame a la rendición final de cuentas…

No, pero ningún argumento tenía la suficiente fortaleza para convencerlo y hacerlo desistir de la actitud suicida con la que mi padre enfrentaba sus relaciones con las mujeres.

—Eres muy joven para entenderme. No has vivido lo suficiente como para darte cuenta de lo que te pierdes con ese discurso monacal. Pareces curita de pueblo, un mojigato cualquiera que debe tener una doble o triple vida mientras me vienes a dar a mí lecciones de ética y de felicidad. Te ha contagiado tu abuelo, hablas por su boca… Cuando no puedas tener una erección te acordarás de mí. Verás lo que es sufrir el dolor de una vida desperdiciada cuando ya todo es irremediable. Se te escapará lo mejor de la vida entre las manos en tanto le das vueltas y más vueltas al mundo femenino buscando valores de los que carecen. Las mujeres son carne, objetos de uso y de placer. No te compliques la existencia idealizándolas ni pensando que son seres superiores. Están hechas para que las poseamos y para aprovecharlas cuando están en su mejor momento. ¿Qué pasa cuando no te comes una fruta madura? Se pudre, ¿verdad? Pues a las mujeres hay que devorarlas antes de que envejezcan y se echen a perder, para ello tenemos muy poco tiempo…

¡Claro que se divorció de Margarita justificándose con todo género de explicaciones que, en el fondo, ni él mismo admitía! Las escuché una y otra vez en mi edad adulta, pudiendo constatar la falsedad de sus afirmaciones. Yo conocía la gran calidad humana de Márgara y había tenido la oportunidad de verla a contraluz. Éramos buenos amigos y dominábamos, de sobra, las debilidades de su marido. Ninguna mujer en el futuro le aguantaría ni una mínima parte de lo que Margarita le consintió a "aquél", como ella lo llamaba para ya ni pronunciar el nombre de mi padre. Ella sí llegó a estar enamorada, tuvo la oportunidad de descubrir dicho sentimiento, en ese sentido fue una privilegiada, pero a él se le pasó de noche… ¿Quién seguía en este fracaso matrimonial, del que yo heredé dos medias hermanas? Siguió Gabriela, su nueva esposa, una actriz de cine muy hermosa y extraordinariamente simpática. La lectura no era una preocupación para ella.

—Todas las personas cultas que conozco son unas mamonas y yo no quiero ser mamona. Tanta letra daña el espíritu. Seré muy pendeja, pero eso sí, soy muy feliz. ¿Quieres ser doctora en filosofía e historia y saber cuándo se echó un pedo Napoleón, para lo cual tienes que pasar muchas horas encerrada en las bibliotecas con tal de descubrir qué comió el emperador o prefieres tomar de la vida lo que te da, cuando te lo da y como te lo da?

Se separaron cuando Gabriela se dio cuenta de las intenciones de mi padre, que se resumían en un refrán misógino: "La mujer, como la escopeta, en un viejo rincón y cargada…". Todo acabó cuando ella le respondió una noche, ante la negativa de mi padre a usar un preservativo: ¿Por qué mejor no vas a embarazar otra vez a la más vieja de tu familia? Todo se acabó: Adiós, Gaby, querida Gaby…

Con Margarita mi padre tuvo dos gemelas, con Gabriela, otra hija y con Sonia, mi madre, la última de sus tres esposas legítimas, dos varones y otra niña, eso sin tomar en cuenta los hijos que pudo tener fuera de matrimonio. No en balde los maridos engañados, los cornudos, le rompieron la cara y le tiraron los dientes varias veces, hasta que decidió usar pistola al cinto y llevar otra en la guantera del automóvil. Si me tratan de matar nos iremos cuando menos dos al infierno. Lo que fuera, pero no dejaría su doble o triple vida… Eso sí que no… ¿Saldo? Otra media hermana y una nueva amiga para siempre. ¡Cuánto desperdicio! ¡Cuánto daño! ¡Cuántas vidas arruinadas! ¡Cuánto vacío!

Sonia, mi madre, es una mujer generosa, poco risueña, de mirada triste, aparentemente pasiva, que disfruta su carrera como abogada. Formó parte de las primeras generaciones de mujeres que asistieron a la universidad y que pudieron votar en las elecciones federales. No somos un cero a la izquierda ni servimos sólo para preparar alimentos en el fogón como nuestras abuelas: exigimos derechos al igual que los hombres, exigimos respeto, así como empleo, consideración social en las mismas condiciones, en igualdad de circunstancias. No, ella no es una mujer bella, pero sí es atractiva y elegante, aun cuando pocas veces la he visto vestida de otro color que no sea el negro. Cariñosa, lo es; buena conversadora, excelente madre, invariablemente presente, activa y entusiasta con nuestra educación. En una ocasión, después de que cumplí treinta años, le pregunté devorado por la curiosidad:

—¿Por qué te casaste con mi padre después de que conociste sus fracasos matrimoniales? ¿No sabías que era un mujeriego y lo que le hizo a otras lo repetiría contigo, sin lugar a dudas? ¿No era claro que a ti te pasaría lo mismo?

—No, Nacho, no —me contestó en voz baja, ella siempre hablaba en voz baja—, yo siempre pensé que conmigo sería diferente, que de mí sí se había enamorado y que finalmente apreciaría el hogar que yo le proporcionaría. Me perdí por él y como dice Gabriela, cuando piensas con el culo —sonrió esquivamente— los resultados no se hacen esperar. Me casé ilusionada, pensando que podría cambiarlo para concluir finalmente que un caníbal siempre será un caníbal, un alacrán, un alacrán y un rufián, siempre será un rufián. Lo demás sólo acontece en los cuentos de hadas: si la gente cambia con los años, sólo lo hará para mal.

De pequeño no entendía las ausencias de mi padre; sólo cuando en la juventud empecé a adquirir conciencia de la realidad, pude darme cuenta del olor a perfume barato con el que llegaba en las noches a la casa. La mezcla era curiosa, porque antes de bajar del automóvil se empapaba la cara con su loción favorita, de modo que pudiera disimular lo que había estado haciendo toda la tarde en sus "reuniones de última hora". Por alguna razón instintiva dejé de besarlo al saludarlo, más aún cuando esos aromas, con el paso de los años, me empezaron a producir náusea al sentir que era un hipócrita que se proyectaba ante nosotros como un hombre intachable pero llevaba una doble vida con un doble mensaje y además, educaba con arreglo al miedo: si quieres realmente controlar una organización, aún cuando sea la familiar, haz que te teman y verás cómo todo marcha bien a pesar de que no estés presente. Sí, claro, que te teman, tendrás un policía invisible las veinticuatro horas, pero por el otro lado yo advertía que había estado pasando la tarde muerto de la risa, revolcándose con mujeres.

El temor con el que crecí llegó a ser de tal manera intenso e incontrolable que, con el solo hecho de escuchar su voz cuando en ocasiones nos convocaba a la merienda, me resultaba imposible contener los esfínteres y empapaba el pantaloncito del pijama o se me descomponía de plano el intestino. Él nunca supo por qué tardaba tanto tiempo en sentarme a la mesa… ¡Qué feliz era cuando el tirano no se encontraba en casa! ¡Qué felices éramos todos cuando no humillaba a mi madre a gritos, la callaba con violencia verbal o intentaba largarla a la cocina, con las gatas, con las de tu clase, cuando ella era una gran señora admirada y reconocida por sus hijos y por la sociedad y además tenía una profesión! Eso sí: cómo olía a perfume de puta, mil veces de puta, re puta… Pues bien, confundido con esos contrastes, empecé a perderle el respeto por incongruente y cruel. Él sabía que invariablemente llegaría un momento en sus tardes y noches de jolgorio, varias veces a la semana, en que tendría que suspender la fiesta para presentarse en nuestra casa. Esa era una realidad incontestable. Bueno, bien, pero el hecho de apartarse de sus puterías para venir a hacerse presente como padre, ese regreso a la realidad doméstica, ese privarse de lo que más le gustaba por culpa nuestra, lo enloquecía, lo perturbaba cargándolo de una furia exagerada que desahogaba con nosotros, sus hijos y su mujer, sus víctimas.

La pérdida de la inocencia me permitió advertir cómo mi padre veía a mis compañeras de la escuela y más tarde a las de la universidad, cuando estudiábamos juntos en la casa, y no sólo eso, sino que tampoco me pasó desapercibida la forma en que observaba los movimientos de las hijas de sus más cercanos amigos.

—Para mí no hay carta despreciable —decía al sentirse descubierto en sus apetitos inconfesables.

—Pero si son las hijas de tus amigos.

—El fruto prohibido es el más sabroso: a más limitaciones e impedimentos morales, más duración de la eyaculación.

—¿Y si se llega a saber?

—Cuando se sepa me preocupo, ahora, por lo pronto lo disfruto…

—¿Y si te pasara a ti? ¿Qué un amigo muy querido tuyo se metiera con una de mis hermanas?

—Mato, en ese caso, mato.

—Y entonces, ¿por qué te expones a tanto? Imagínate la vergüenza si te descubren… Imagínate el riesgo que corres…

—Espérate a que me suceda. Por lo pronto, no sería mala idea que te registraras en un seminario para hacer la carrera de sacerdote. Serías un buen redentor de almas, ¿sabes? ¡Con gusto asistiría a la ceremonia en que te hagan la tonsura!

Redentor o no de almas, en una ocasión encontré a una querida amiga en un restaurante en el que yo comía con mi padre. Al pasar frente a nuestra mesa le pedí que nos acompañara unos instantes para actualizarme con los últimos años de su vida. Yo la quería mucho. Nos habíamos copiado recíprocamente en la escuela, nos habíamos ayudado, nos comprendíamos, nos desahogábamos uno con el otro de los fracasos amorosos; su compañía, en fin, me era muy querida y apreciada. ¿Cuál no sería mi sorpresa cuando nos retirábamos todos juntos y Elena me dio una tarjeta con los datos de mi padre? Él se la había dado en un breve descuido mío, para que ella lo llamara… Tuve una sensación de asco combinada con coraje al ver cómo se despedía a bordo de su automóvil último modelo. Sí, pero el niño asustado desde muy pequeño me impedía todavía responder y sujetarlo por las solapas para estrellarlo contra una pared: ¡Respeta a alguna mujer en tu vida, carajo! No, no me atrevía. Continuaba viviendo con el temor, como si yo no hubiera crecido. Su voz me dominaba, me paralizaba y cómo no iba a someterme si, tal vez, la había escuchado desde antes de nacer. Estaba grabada en el fondo de mi inconciente, obligándome a actuar como un robot. No tardaría en llegar el día en que, rompiendo con todo el sentimiento de nobleza heredado de mi madre y a pesar de esa maldita voz que me vencía, finalmente yo me impondría haciendo añicos las cadenas de sometimiento que me tenían atenazado y enfrentándolo, con todo género de palabras. Con los puños cerrados, a gritos y escupitajos, empujones y los más diversos calificativos, podría volver a respirar sacudiéndomelo para siempre, enfrentándolo de hombre a hombre. ¡Qué fácil resultaría todo! En el fondo y en la superficie era un cobarde, un gran actor con las mujeres, un embaucador con gran labia a quien yo desenmascararía; valiente, eso sí, con mi madre, a la cual extraviaba con sus gritos infernales hasta apabullarla, disminuirla y anularla alevosa y ventajosamente; un salvaje con los menores, con los chiquillos, en especial con sus hijos, aun con aquellos que todavía teníamos los dientes de leche y éramos más susceptibles de hundirnos y aterrorizarnos ante su voz de trueno; un traidor con sus amigos a quienes, no podía ser de otra manera, apuñalaba por la espalda seduciendo a sus hijas… Y el día menos pensado, la vida me puso en una terrible situación que finalmente me permitiría descubrir de qué estaba hecho yo: de sal, madera, acero o mierda…

Las páginas del México posrevolucionario continuarían escribiéndose con sangre: Victoriano Huerta mandaría acribillar a tiros a Madero y a Pino Suárez; Carranza a Emiliano Zapata; Obregón a Carranza, a Villa, a Francisco Serrano y a otros tantos más a la siniestra voz de que "gobierna más quien mata más"; más tarde Calles, Morones y la iglesia católica acribillarían a Obregón en un pacto implícito, desconocido por la mayoría de los mexicanos.

México acabó agotado, destruido, mutilado y enlutado cuando finalmente concluyó el conflicto armado. A partir de 1915 empezaría el tortuoso proceso de reconstrucción nacional. ¿La industria? ¡Paralizada, destruida o quebrada al igual que la mayoría de las empresas del país! ¿Las arcas de la nación? ¡Vacías! ¿La carestía? ¡Incontrolable, por los cielos! ¿El peso mexicano? ¡A la deriva! ¿El crédito doméstico o foráneo? ¡Inaccesible o inexistente! ¿El desempleo? ¡Galopante! ¿El ahorro interno? ¡Erosionado! ¿La producción nacional y las exportaciones mexicanas? ¡Por los suelos! ¿El campo? ¡Desangrándose y abandonado! ¿La inversión extranjera? ¡Totalmente suspendida! ¿Las familias? ¡Enlutadas, mutiladas, hambrientas, enfermas y desesperadas! ¿La moral social? ¡Despedazada y agotada! ¿La confianza entre nosotros mismos? ¡Severamente lastimada! ¿Nuestra imagen exterior? ¡Convertida en astillas! El país no tardaría en empezar a moverse pesadamente con el mismo esfuerzo con que lo harían las ruedas de un vieja locomotora oxidada.

Woodrow Wilson, jefe de la Casa Blanca, había reconocido diplomáticamente al régimen de Carranza como el gobierno de facto de México en octubre de 1915. Esta decisión despertó una gran rabia y resentimiento en la iglesia católica mexicana y norteamericana, que habían venido cabildeando en los altos círculos de Washington, junto con empresarios yanquis, respecto a la necesidad impostergable de intervenir militarmente en México para proteger sus intereses e imponer a un títere a su gusto y necesidad, en la inteligencia de que jamás se podría tratar de un revolucionario. Nos salvó, escribí en mi cuaderno de notas, el hecho de que el káiser alemán, Guillermo II, hubiera estado diseñando cautelosamente una estrategia para provocar un conflicto armado entre Estados Unidos y México. Se trataba de entretener al Tío Sam, distraerlo militarmente, de modo que no pudiera ir al rescate de Francia e Inglaterra, ambos países a punto del colapso en razón de la embestida bélica alemana. En lugar de invadir México y caer en el juego de los germanos, Wilson ignoró las peticiones de empresarios y sacerdotes católicos de su país y se apresuró a reconocer a Carranza, lo cual no sólo le costaría un sinnúmero de votos católicos en las elecciones de 1916, sino que lo convertiría en blanco de acusaciones al responsabilizarlo de cuanto pudiera pasar en México por haber apoyado a unos bandidos para gobernar el país... Si los constitucionalistas secuestran y fusilan a sacerdotes y continúan violando monjas; si los constitucionalistas expropian los bienes del clero y los de los inversionistas norteamericanos pagando o no la debida indemnización; si los constitucionalistas insisten en convertir las escuelas y conventos católicos en caballerizas, cuarteles y prostíbulos; si los constitucionalistas convierten a México en un centro de incubación comunista, Wilson y sólo Wilson será el culpable de cuanto acontezca al sur de nuestra frontera.

Aceptado, ¿pero qué le preocuparía más a Wilson, verse involucrado en el corto plazo en la guerra europea y que esta delicadísima coyuntura lo sorprendiera con un frente militar abierto con México, o tal vez preferiría reconocer, a regañadientes, el gobierno de Carranza preservando la precaria estabilidad de su administración sin comprometer el uso de las fuerzas económicas y militares que, sin duda, requeriría para aplastar a Alemania y al Imperio Austro-Húngaro? Mejor, mil veces mejor, concentrar toda su energía en Europa. Obviamente, curas y empresarios tendrían que esperar a tener una mejor oportunidad...

La revolución ya había concluido, salvado el caso de los zapatistas reducidos al estado de Morelos. Villa ya era un cartucho quemado... ¿Solución? Hacer exactamente todo lo contrario a los planes del káiser. ¿Qué tal comenzar entonces por reconocer al gobierno de facto de Carranza? En efecto: por dicha razón Wilson tuvo que pronunciarse por el reconocimiento diplomático.

México se levantaba entonces pesadamente del piso. Se quitaba el polvo del rostro ensangrentado. Se revisaba las palmas de las manos, las piernas y la cabeza para conocer y empezar a evaluar el impacto de los golpes, la magnitud de las heridas y la profundidad de los daños. El dolor se sentía en todo el cuerpo. Su mirada delataba cansancio. Sus ropas rasgadas y andrajosas reflejaban su miseria y la dureza del combate por la existencia. Apenas respiraba. Su pulso era imperceptible. Imposible levantar los brazos y enderezar la espalda. ¡Cuánta dificultad para mantenerse de pie con los ojos abiertos! La desgana se contagiaba, el abandono también. ¿Cuáles eran las razones para seguir viviendo? Una, dame una, una sola justificación… Alzaba la mirada para contemplar el cielo como si le exigiera explicaciones. ¿De qué se trató toda esta matanza? ¿A dónde íbamos con otra destrucción generalizada cuando todavía no superábamos los efectos de la del siglo anterior? Las rodillas le temblaban. El castigo había sido devastador y excesivo. ¡Dejen en paz al clero! ¡Eso nunca!

De la misma manera en que Huerta había clausurado la Casa del Obrero Mundial, una organización aglutinadora de uniones y trabajadores, y fusilado o encarcelado, según fuera el caso, a sus líderes, Venustiano Carranza se vio obligado a condenar a muerte a los huelguistas, a los traidores. Se trataba de reconstruir al país, toda la nación debía cooperar, sumar y sacrificarse. No habría contemplación para quien intentara sabotear el proceso económico. ¡El paredón para los líderes sindicales que lucran con la catástrofe de nuestro país! Clausura dicho centro obrero, arresta a sus dirigentes y los condena a muerte, entre ellos a Luis Napoleón Morones, el Gordo Morones, bandido y personaje siniestro, un criminal que posteriormente se asociaría con Calles a lo largo de sus dilatadas carreras políticas. ¿Quién le salva la vida a Morones precisamente en ese momento, cuando Carranza lo había condenado a muerte por proponer y apoyar la suspensión de labores en las empresas? ¡Ay!, paradojas de la historia: se la salva nada más y nada menos que el mismísimo Álvaro Obregón, a quien Morones corresponderá en La Bombilla, en un auténtico alarde de lealtad, participando como autor intelectual de un exitoso plan para privarlo de la vida. ¿Dónde está el agradecimiento en la política, más aún en el México bronco, en donde la víctima, con el paso del tiempo, se convierte en victimario?

Mientras el país se endereza y los burócratas regresan a sus oficinas, los empresarios revisan sus inventarios y aceitan sus máquinas registradoras y muchos campesinos abandonan el uniforme militar para ponerse el traje de manta y colocarse, de nueva cuenta, atrás de la yunta, en tanto las Adelitas se deshacen de las cananas y se aprestan a desarrollar faenas domésticas, monseñor Orozco y Jiménez regresa con la máxima discreción a su arquidiócesis el 20 de noviembre de 1916, después de dos años de ausencia de Guadalajara. La paz tenía un plazo perentorio. Pronto, muy pronto, tan pronto como noventa días después, cuando las autoridades civiles supieron de su estancia en el Estado, giraron una fulminante orden de aprehensión para detenerlo como "responsable ante el Gobierno del delito de alta traición a la Patria". ¿A cualquiera se le hace un cargo así? ¿Sería que el señor arzobispo abusaba del tiempo de los fieles cuando les leía en voz alta diversos pasajes del Evangelio y por ello lo mandan detener, se encontrara donde se encontrara? Sólo que a él no iban a amedrentarlo: permanecería en libertad, escondido y disfrazado en el interior del país, es más, dentro de la frontera de su arquidiócesis, pero, eso sí, en un estricto anonimato, protegido por los fieles para mantener en el más riguroso secreto el paradero del dignatario, futuro miembro de la nobleza pontificia, "asistente al Solio de San Pedro y Camarero Privado de Su Santidad",[18] que, en aquella difícil coyuntura, había dormido y dormiría en petates de palma tejida en rancherías de los Altos de Jalisco. Esta ausencia daría a Orozco y Jiménez, durante dos años, la suficiente protección y libertad de movimientos como para burlar los esfuerzos que se hicieron por aprehenderlo y para continuar febrilmente con los trabajos de sedición en contra de las disposiciones oficiales. Volvería, pero para ser expulsado de nueva cuenta del país a mediados de 1918. ¡Claro que durante su ocultamiento fundó varios seminarios clandestinos y sociedades secretas, ordenó a un buen número de seminaristas en misas nocturnas, cantó la misa en lugares públicos, abiertos, contraviniendo lo dispuesto por la ley suprema de los mexicanos, y organizó clandestinamente el combate a la Constitución recién promulgada. Por si fuera poco, recorrió la arquidiócesis en continuas visitas pastorales y todavía se dio tiempo para recolectar, entre los fieles, setecientos dólares para el "óbolo de San Pedro" y otros seiscientos para "aguinaldo del Papa", cantidades que supuestamente envió a la Santa Sede en diciembre de 1917.[19]

Diecinueve días después de promulgada la Constitución, el episcopado mexicano, excepción hecha de Francisco Orozco y Jiménez, que se halla en el cerro agitando a su grey, dio a la luz una carta pastoral colectiva en la que protestaba violentamente contra el máximo ordenamiento jurídico de los mexicanos:

No pretendemos inmiscuirnos en cuestiones políticas. Tenemos por único móvil cumplir con el deber que nos impone la defensa de los derechos de la Iglesia y de la libertad religiosa. En nuestro carácter de jefes de la Iglesia Católica protestamos contra la tendencia de los constituyentes destructora de la religión, de la cultura y de las tradiciones. Protestamos contra semejantes atentados en mengua de la libertad religiosa y de los derechos de la Iglesia y declaramos que desconoceremos todo acto o manifiesto contrario a estas declaraciones y protestas.

Así nada más. Orozco publicará más tarde su propia pastoral y pedirá que sea leída en todas las iglesias y parroquias de su arquidiócesis. No acataremos la Constitución porque es contraria a la ley de Dios. *Non possumus.* La ignoraremos sean cuales sean las consecuencias. Cada púlpito será un cañón desde el que dispararemos las sagradas balas de la verdad. El Señor es nuestro único juez. Sólo a Él le rendiremos cuentas.

La autoridad no puede ignorar los llamados de la iglesia a desconocer la Carta Magna. El gobernador de Jalisco, por su parte, clausura ocho templos de Guadalajara, en los que se había leído la incendiaria pastoral de Orozco y Jiménez: la Catedral, Mezquitán, Santuario, San José, Mexicaltzingo, Capilla de Jesús, San Francisco y el Carmen.[20]

Orozco y Jiménez desconoce las facultades de cualquier juzgado secular para calificar sus acciones, erigiéndose él mismo "respecto a los católicos de su arquidiócesis" en el único "juez competente, con plena autoridad, inherente a mi cargo pastoral" para absolver "las abominaciones, sacrilegios, vejaciones y toda la persecución" a que conducen las leyes constitucionales. La protesta del alto clero es de dimensiones nacionales…

El arzobispo tapatío no estaba dispuesto a permitir la contaminación ideológica en los territorios de su responsabilidad. Prohíbe la lectura de periódicos como *Pitágoras, El Kaskabel, La Gaceta de Guadalajara, Jalisco Nuevo, El Gato, El Malcriado, El Día, El Correo de Jalisco* y *El Amigo del Pueblo.* Sólo aprueba su propia prensa, la que él había venido adquiriendo en Jalisco o la que él controlaba, de la misma manera en que lo había hecho en Chiapas. La misma escuela, la misma práctica, los mismos resultados…

Hay quien prevé el estallido de una nueva Guerra de Reforma. La iglesia católica, otra vez la iglesia católica, se opone a la marcha del país y convoca al sabotaje, todavía no a las armas, no para defender a Dios ni a la virgen de Guadalupe, a nadie se le persigue por sus ideas religiosas, a nadie, absolutamente a nadie, sino que empiezan por articular diferentes movimientos civiles, algunos de carácter violento, con tal de no someterse a la ley ni perder los privilegios recuperados veladamente durante la dictadura de Porfirio Díaz, quien se negó a continuar y a concluir la obra faraónica iniciada por Juárez, el auténtico Padre de la Patria y del Estado mexicano.

¿Por qué el clero se oponía, con todo lo que tuviera a su alcance, a la Constitución de 1917? Porque la Carta Magna del siglo XX se diseñó para acabar radicalmente con la preponderancia de la iglesia católica en México, en la inteligencia de que la de 1857 había fracasado en su intento de someterla al imperio de la ley. México daba tierra a los campesinos que no la tenían; reconquistó los derechos sobre el petróleo concedidos a capitalistas extranjeros; consagró el principio de la igualdad en las relaciones obrero-patronales y construyó un sistema moderno de educación. La iglesia no entendió nada, es más, no quería entender nada. Nunca entendería... Esta vez el Congreso Constituyente, surgido como consecuencia de la revolución, ajustaría viejas cuentas con el clero. Se iría a fondo, y a fondo significaba negar la personalidad jurídica a las instituciones religiosas llamadas iglesias. Se le retiró dicha personalidad, de esta suerte la iglesia ya no tendría existencia legal ni derecho de comprar, poseer o administrar propiedades inmobiliarias en forma directa o a través de terceras personas, ni podría afectarlas en hipoteca. Le amarraban económica y financieramente las manos al monstruo devorador de la energía nacional. ¿Cómo podía tener patrimonio quien no existía de cara a la ley? Un fantasma. El gobierno federal tenía las facultades para decidir qué inmuebles podrían destinarse a servicios religiosos. Cualquier iglesia que se quisiera construir en el futuro requeriría autorización del gobierno y, en caso de obtenerla, inmediatamente pasaría el inmueble a formar parte del patrimonio de la nación. Así lo disponía la Constitución redactada por una nueva generación de liberales mexicanos, esta vez los del siglo XX.

Los templos, casas curiales, locales de asociaciones religiosas, residencias obispales, seminarios, conventos, escuelas, hospitales y hospicios, entre otros inmuebles, pasaban a ser propiedad de la nación. Se vería después qué hacer con otros activos a nombre de testaferros, vulgares prestanombres, cómplices de la iglesia para ayudarla a crear y más tarde a esconder su gigantesco patrimonio, a cambio de una indulgencia plenaria.

El clero no podría crear más órdenes monásticas, estaban fuera de la ley, y tendría que confinar las ceremonias religiosas exclusivamente al interior de los templos y siempre bajo la vigilancia de un oficial. Ya no se impartirían más misas fuera de los recintos eclesiásticos. Se reglamentaban las ceremonias religiosas. Sólo los mexicanos por nacimiento podrían llegar a ser sacerdotes y, una vez cumplido dicho requisito, serían considerados por la legislación civil como cualquier otro profesional. Cada legislatura estatal autorizaría el número de sacerdotes que podrían operar en sus respectivos territorios, dejándose muy en claro que dichos profesionales deberían abstenerse, en todo caso, de criticar de manera pública o privada las leyes de la nación, a los funcionarios o al gobierno en general, así como sus políticas y decisiones. No sólo ya no tenían bienes, sino que ahora se les prohibía hacer referencias en torno a la autoridad. La Constitución les limitaba su derecho a la libertad de expresión. Imposible opinar de política. Ni una palabra. Cero. ¡A callar! ¿Entendido? Los curas no podrían, en lo sucesivo, invitar a la sedición desde los púlpitos, so pena de hacerse acreedores a las penas establecidas por la ley, ni podrían votar ni desempeñar cargos públicos ni asociarse ni reunirse con objetivos políticos. Es decir: ni votar ni ser votados. ¡De regreso a las sacristías! Quedaron prohibidas las publicaciones periódicas que pudieran ser consideradas religiosas por su título, por su contenido o por sus tendencias generales, así como prohibidísimos los partidos políticos que indicaran alguna filiación religiosa. Y lo que más les dolió de cara al futuro: la educación pública o privada sería laica. Las asociaciones religiosas y los sacerdotes estaban impedidos de establecer o dirigir escuelas elementales. Se imponía el laicismo, el progreso, la evolución racional del hombre sin darle cabida a dogmas ni a artículos de fe ni a otras deformaciones que afectaban el desarrollo mental de nuestros niños. ¿Cómo impartir clases de anatomía humana, de reproducción animal con lujo de detalles a los jóvenes alumnos, hablarles del semen y del óvulo, de la fecundación y cómo se logra el producto, para después explicarles el dogma del verbo encarnado?

¿Sólo el alto clero se oponía a la promulgación de la Constitución de 1917? Por supuesto que no. Entre los grupos más radicales opuestos a la Carta Magna se encontraban también los empresarios petroleros, los mineros y los ferrocarrileros, todos ellos fundamentalmente extranjeros. Claro que se tenían que oponer al artículo 27, una disposición que establecía para su sorpresa y azoro: "El suelo y el subsuelo son propiedad de la nación". Con sólo unas palabras se privaba a los extranjeros de sus inversiones y propiedades en el país. Y quien estuviera explotando los yacimientos petroleros, nuestros riquísimos pozos, el subsuelo de la Huasteca y del litoral del Golfo de México, ¿ya no sería dueño de ellos, así porque sí? ¿Y las minas y sus generosas vetas de oro, plata y otros yacimientos? ¿Todos sus bienes pasaban a formar parte del patrimonio del Estado mexicano? ¿Y ya? ¿Y los ferrocarrileros sólo quedaban como dueños de sus durmientes, vías y estaciones porque los terrenos, el suelo, eran propiedad de la nación mexicana, ese conjunto de desnalgados y huarachudos que firmaban con una cruz mal hecha y, además, temblorosa? Eso lo veríamos. Para eso estaban los marines, precisamente para dichos muertos de hambre, tal y como lo habían demostrado en Nicaragua, en El Salvador, en el propio México, en Cuba y otros países. ¡Ajaá...! ¡Quien se atreva a tocar a las empresas norteamericanas radicadas en el exterior, en buena parte la base de la prosperidad de Estados Unidos, enfrentará el poder de los cañones yanquis! ¿Quién tendrá más capacidad de fuego? Nadie juega con los bienes del Tío Sam, y menos los diputaditos del constituyente mexicano. ¿Conocerán esos mamarrachos la boca oscura de un cañón?

En enero de 1917 se produce, por fin, la noticia no confirmada de los arrestos de Miguel de la Mora, obispo de Zacatecas, y del arzobispo Orozco y Jiménez, de Jalisco, quienes habían permanecido ocultos por varios meses. Las órdenes son terminantes: fusílenlos por sediciosos y por ser enemigos de la paz pública en México. Calles, a la sazón gobernador de Sonora, le pide a Carranza que se abstenga de tener piedad para los acusados y que ignore las peticiones para salvarles la vida:

> Señor don Venustiano Carranza
> Primer Jefe del Ejército Constitucionalista
> A nombre de los revolucionarios de Sonora, respetuosamente pido a Usted que si un Consejo de Guerra sentencia a muerte al Arzobispo Orozco, de Guadalajara, y al obispo Miguel María de la Mora, la sentencia sea ejecutada sin atender pe-

ticiones de extraños en su favor, ni la voz de los traidores que tomarán de portavoz a todas las beatas del país.

Muy respetuosamente

Gral. Plutarco Elías Calles[21]

El escándalo es mayúsculo. Un señor arzobispo y un obispo, su subordinado, al paredón. Serían pasados por las armas. Preparen… Apunten… ¡Fuueegooo!… Se empezaba a construir un nuevo México. Nos soltábamos de las rémoras del pasado. Nos liberábamos de las amarras que nos impedían navegar, surcar los siete mares sin prejuicios ni miedos ni culpas falsas. Las maniobras diplomáticas dan la vuelta al mundo. Tan las dan que el propio Papa Benedicto XV envía un telegrama al presidente Woodrow Wilson, suplicando la intervención personal del mandatario norteamericano ante el salvajismo mexicano. Al jefe de la Casa Blanca se le pedía ejercer su gran influencia sobre México para salvar a los obispos y proponer un juicio imparcial… El Vaticano pensaba que el presidente Wilson tenía la última palabra en los asuntos mexicanos.[22]

El asunto, de trascendencia internacional, se resuelve muy fácilmente. Se conmuta la pena máxima por el destierro. No habían arrestado, en primer lugar, a Orozco y Jiménez, sino a José Garibi Rivera, su secretario particular, quien, con el paso del tiempo, alcanzaría una de las máximas jerarquías en la escala eclesiástica: llegaría a ser el primer cardenal mexicano y participaría en el cónclave para elegir a Paulo VI. En segundo lugar, Miguel María de la Mora, obispo de Zacatecas y en tanto tal supeditado en todo al metropolitano de Guadalajara, es expulsado del país. Asunto terminado. Wilson, el Papa, Garibi y de la Mora vuelven a respirar.

El arzobispo de Jalisco permanece en el anonimato. Sabe muy bien que si los *consusuñaslistas* dieran con él, sería pasado por las armas. Se oculta porque sabe las que debe, ¿por qué hacerlo si no? Son conocidas sus actividades sediciosas, sus invitaciones reiteradas a no acatar el orden legal impuesto por la soberanía nacional. Aquí no hay más soberanía nacional que la dictada por Dios e interpretada amorosamente por uno de sus más devotos siervos, como sin duda lo soy yo… En Jalisco, curiosamente en Jalisco, se intensificaron las tensiones día con día. ¿Y cómo no iba ser así si Orozco y Jiménez hacía constantes llamados a la feligresía para desconocer la Constitución, además de incitar al pueblo a la rebelión, una vez calificadas como sacrílegas las disposiciones relativas al sometimiento de la iglesia a la suprema potestad del Estado?

Escondido en el municipio de Totatiche, al noreste de Jalisco, en la primera semana de julio de 1918, Orozco y Jiménez tuvo una de sus reuniones secretas con su brazo derecho, el padre José Garibi Rivera, de regreso clandestinamente en el país. Ambos sacerdotes conversaban sentados a un lado del arroyo de Teocaltiche mientras uno de los asistentes reunía leña para encender una fogata ante el arribo de la noche. Resultaba curioso contemplar al arzobispo desprovisto de su indumentaria eclesiástica, esos atuendos impresionantes de seda decorados con brocados de oro y plata y pedrería muy fina, a la cual se sumaba la estola dorada decorada con motivos bíblicos bordados a mano durante años por monjas devotas, sin olvidar la mitra, igualmente ostentosa para darle al ministro religioso un aire de santidad, además del cayado, el del pastor, labrado en plata pura y rematado con un Cristo de plata. El prelado estaba recostado en el suelo sobre un sarape de Saltillo sin exhibir su pesada cruz pectoral, también de oro, con rubíes y esmeraldas engarzados a lo largo de esa joya tan propia de las altas autoridades de la iglesia, especialmente útil para impresionar a los creyentes. Monseñor Orozco, bien lo sabía él, sería expulsado del país cualquier día. Tal vez él mismo provocaría el destierro para convertirse en mártir, crear un conflicto político con su exilio forzoso, darles muchos motivos de penitencia a la grey y notables oportunidades a las beatas de Guadalajara para elevar plegarias por su salud y feliz regreso a la Patria. ¿Quién lo iba a identificar a lo largo de una línea fronteriza de miles de kilómetros, además muy poco controlada, entre México y Estados Unidos?

A Orozco no le preocupaba mayormente el exilio porque una vez en el extranjero desplegaba una febril actividad diplomática tanto cruzando información con la alta jerarquía católica norteamericana, como intercambiando, en Roma, puntos de vista confidenciales con el Papa Benedicto XV, para suplicar su intervención y apelar a su comprensión respecto a los complejos problemas "religiosos" de México.

¿Pero por qué, hijo mío, el odio de Obregón, de Calles y de los revolucionarios en contra de nuestra iglesia siempre comprensiva y colaboradora en todo lo relativo a alcanzar el bien común? ¿Por qué el rencor y la furia, señor arzobispo?, bien pudo preguntar, como sin duda lo hizo, el propio Papa.

Orozco había aprendido la técnica de entrar y salir subrepticiamente del país, con todo tipo de camuflajes, nada menos que de otro Francisco, también cura, éste de apellido Miranda y Morfi, quien en el siglo XIX llegó a gobernar al país por un par de años escondido tras la figura de Félix Zuloaga y algo menos en la de Miguel Miramón. Había sido especialmente activo en lograr la derogación de la Constitución de 1857, en coronar con éxito sus esfuerzos para que Santa Anna regresara al gobierno por última vez, así como para que Maximiliano encabezara el segundo imperio. Pues bien, Miranda y Morfi había sido desterrado en varias ocasiones pero invariablemente se las arreglaba para regresar disfrazado de cualquier personaje a México para continuar en sus andanzas orientadas a preservar el sagrado patrimonio de Dios en contra de los diablos liberales. El pueblo lo acogía en secreto en sus casas a pesar de todas las advertencias y peligros. El pueblo devoto veía por él. Lo distinguía como a un santo. Lo alimentaba, lo ocultaba, velaba su sueño, procuraba su salud y bienestar a cualquier precio con tal de ganarse el favor de Dios.

Hablando pausadamente mientras miraba el fuego, Orozco dijo:

—No me avergüenza, José, vivir escondido y al acecho de los consusuñaslistas. Ya pronto regresaré a Estados Unidos y a Europa para seguir entrevistándome con el Papa Benedicto, quien quiere conocer los pormenores de lo que acontece en México. Por lo que hace a mi persona, no tengo la menor duda de que si me llegan a aprehender me pasarán por las armas después de someterme a un juicio sumario de menos de un minuto, de esos que practican esos bandidos, con el pelotón de fusilamiento como jurado y un teniente como juez, que llevará un fuete en la mano izquierda y una pistola en la derecha para darme el tiro de gracia.

—En el fondo son unos cobardes, señoría —repuso Garibi tomando todas las precauciones a sabiendas de que hablaba con un hombre inteligente, el vocero más destacado de los curas intransigentes, dotado con una apabullante capacidad de mando y de poderes de alguna manera hipnóticos con los que sometía a los feligreses y a quienes le rodeaban. Era un símbolo de la oposición a la revolución y a las leyes sacrílegas que se impondrían tan pronto disminuyera la polvareda.

—Claro que son unos cobardes, con la sola diferencia que puede más, mucho más, nuestro verbo que sus balas y si en un momento dado nuestro verbo fuera insuficiente, Dios, Nuestro Señor, nos dará licencia, te lo aseguro, para defender Sus sagrados intereses como más convenga a Su santísima causa —exclamó Orozco mientras dibujaba figuras caprichosas en el polvo.

—Ya lo creo, monseñor: Dios no puede permitir que una cáfila de bandidos acabe de golpe con Su Iglesia que lleva casi dos mil años de rescatar almas extraviadas y en pena. Estos indios seguirían siendo antropófagos, como los aztecas, si no hubieran llegado nuestros misioneros a catequizarlos. ¡Caníbales, eran unos caníbales! Hoy en día seguirían siendo caníbales…

El frío se imponía mientras el sol apagaba los colores del fértil valle, de los árboles, de los pastizales y del río. Los trinos juguetones de los pájaros en busca de sus nidos desaparecían gradualmente.

Poniéndose de pie de cara a la hoguera, el arzobispo exhibía su espesa barba. Iba disfrazado con la cachucha inglesa que le obsequiara un sobrino político y un pantalón de mezclilla con pechera y tirantes, y daba la impresión de ser un simple minero. Habló en voz baja, sin referirse a los comentarios de Garibi:

—Mira, José, esa Constitución fue redactada por el diablo en una noche de insomnio… Está confeccionada por soldados y políticos con la única finalidad de esclavizar cada vez más a la esposa de Cristo. Nosotros no podemos ser esclavos de los caprichos de unos rufianes, asaltantes que nos quieren convertir en unos verdaderos parias.[23] Dios nos ha nombrado Sus representantes para defenderlo…

Garibi, siempre precavido, se abstuvo de comentar lo primero que se le ocurrió. Con Orozco no cabían los argumentos fuera de lugar ni las improvisaciones. De sobra conocía los extremos de intolerancia de su superior ante la estupidez humana. No perdonaba. Después de clavar una mirada reprobatoria entre ceja y ceja de su interlocutor, lo clasificaba con toda severidad sin que nunca nada ni nadie pudiera retirarle la etiqueta firmemente adherida a la frente. El vicario había pensado en hermético silencio: ¿Por qué Dios tiene que nombrar representantes para defender sus intereses si es todopoderoso? ¿No se basta Él mismo? ¿Pide ayuda a quienes pueden menos que él? Obviamente, continuó con otros razonamientos aduciendo, sentado en el suelo, si acaso recogiendo levemente las piernas:

—El día en que nos sometamos a los políticos desaparecerá la Santa Madre Iglesia Católica de México y con ello el país se extraviará en las densas tinieblas del infierno, de donde nosotros siempre lo hemos rescatado.

Orozco giró en dirección de Garibi. Este hombre habrá de sucederme alguna vez como arzobispo de Guadalajara, pensó mientras observaba el rostro iluminado de su subalterno. Cada palabra la pasa a la báscula el querido Pepe y sólo si da el peso deseado la pronuncia. Es un joven diplomático de la vieja escuela. Un hallazgo en mi vida.

—Nunca me imaginé que el año pasado el gobierno fuera a clausurar ocho templos en los que se leyó mi pastoral ni mucho menos que se atreviera a arrestar a nuestros sacerdotes —dijo mientras regresaba la mirada a la hoguera.

—La respuesta fue feroz, creímos que iba a estallar otra guerra como la de Reforma. Sólo que estos nuevos Benitos del siglo xx no tienen los tamaños del apestoso indio zapoteco... Hay órdenes de aprehensión en contra de todos nosotros. Ya no queda ningún prelado en el país. Hizo usted muy bien en comenzar a firmar sus comunicaciones secretas con el nombre de Pascual.[24]

—Hermano mío: todo lo puedes hacer sabiéndolo hacer y todo lo puedes decir sabiéndolo decir, esa ha sido una máxima en mi vida —respondió con la misma paz celestial con la que impartía la bendición—. ¿Acaso crees que voy a ser tan insensato como para dejar pruebas y evidencias de mi conducta, documentos íntimos, confidenciales, para que después los historiadores y, lo que es peor, los malditos novelistas amantes de la mentira exhiban mis huellas y me delaten? Seré Pascual en lo sucesivo.

La noche fría los obligó a pedir un par de frazadas. Había mucho de qué hablar. Resultaba imperativa la actualización de la información para tomar decisiones impostergables.

Garibi estaba acostumbrado a ver a Orozco en actitud beatífica. Recordaba sus suaves modales, su sonrisa llena de paz y de amor con la que contagiaba a sus fieles, sus lentos movimientos con la mano derecha en tanto bendecía a los concurrentes a los servicios religiosos y se dirigía al altar mayor en la Catedral de Guadalajara. Siempre le pareció estar en contacto con un santo. Sin embargo aquella noche el arzobispo, en un arranque de rabia, pateó una y otra vez el suelo en su impotencia por la próxima publicación del decreto 1913 que emitiría el gobierno de Jalisco, por medio del cual se reduciría el número de sacerdotes que podrían oficiar la misa, los cuales quedaban obligados a inscribirse en una oficina como condición para ser autorizados a ejercer en sus respectivas diócesis. Sentenció:

—¿El gobernador cree que somos unos maleantes a quienes puede obligar a ir a la policía a firmar para cumplir con las reglas de la libertad condicional? —su mirada mostraba el aplomo del líder, la determinación del guía que conoce a su rebaño para poder organizarlo y conducirlo por los caminos ordenados por Dios.

—Lo que debemos hacer, Su Señoría, y lo apunto con el debido respeto —acotó Garibi Rivera pensando en la posibilidad de dar un buen trago de tequila para meterle calor al cuerpo—, es darle al gobierno una muestra de nuestra fortaleza. Si ellos se crecen y nosotros nos disminuimos, bien pronto nos aplastarán como a cucarachas...

—A eso, precisamente a eso he venido el día de hoy: a hablar contigo por si llegaran a arrestarme en cualquier coyuntura. Me siguen los pasos con una lupa...

Estaba emocionado el arzobispo al comprobar una vez más la excelente comunicación que disfrutaba con su vicario. Se acercó a él, se sentó en cuclillas a un lado y colocando su mano derecha en el antebrazo de Garibi le hizo saber su plan para oponerse a esa atrocidad de decreto. No en balde su preparación como jesuita le había ayudado a diseñar una estrategia de respuesta a las agresiones oficiales. La experiencia personal y la histórica adquirida en los libros le habían enseñado a no bajar jamás la guardia ni a abandonar la plaza, hubiera o no muchas bajas. Continuó así:

—Quiero que, estando yo o no, en cualquier momento podrían atraparme, organicemos los primeros capítulos de resistencia pacífica y para tal efecto, tomando en cuenta que las mujeres son las que ejercen el gasto doméstico y ellas están con el Señor y con nosotros, a ellas debemos pedirles la suspensión de las compras de víveres, cancelar abruptamente los consumos de toda naturaleza, evitar ir al teatro, a los mercados, a las tiendas.

—¿Un boicot comercial...?

—En efecto, un boicot comercial —repuso Orozco con un entusiasmo desbordado—. Si prospera, y prosperará, pondremos al gobierno de rodillas, porque al quedarse las empresas con sus mercancías en sus bodegas, la ausencia de ingresos les hará despedir al personal, se complicarán las posibilidades de pago a proveedores y a bancos, así como se imposibilitará el pago de sus impuestos. Un golpe demoledor, seco, en pleno rostro. El efecto se producirá en cadena cuando los anaqueles de las tiendas se encuentren vacíos y quiebren los comercios e industrias, además de las instituciones financieras, al no poder cobrar sus intereses, y el fisco no pueda sufragar los gastos de la nómina de los burócratas al desplomarse la recaudación tributaria.

El obispo no se percataba, pero hablaba como un hombre de negocios, algo que indudablemente era. Por esa razón había invertido fuertes cantidades de dinero en las acciones del Banco Nacional de México y en otros grupos financieros, y además en periódicos, imprentas, minas y aserraderos. Sin duda sabía dónde darle al gobierno aprovechando la fuerza económica de las mujeres. El púlpito y los confesionarios se constituirían en herramientas para ejecutar los planes.

Garibi veía al rostro a Orozco devolviéndole una mirada sobria e intensa, cargada de admiración.

Cuando iba a intervenir fue interrumpido por el arzobispo, quien apenas empezaba a delinear sus planes por si lo apresaban:

—Pruebas de fortaleza es lo que necesita el gobierno para medirnos y respetarnos, como tú decías. Pruebas de fortaleza les daremos para que sepan y entiendan de una buena vez por todas a quién se enfrentan.

—El boicot los hará doblar las manos. Gran idea, lo felicito. Instrumentémoslo de inmediato. ¿Qué gobierno soportaría una parálisis masiva, intensa y eficiente? —preguntó Garibi, tan goloso como entusiasmado.

—Otra, Pepe —agregó Su Excelencia dirigiéndose a su subalterno con su apodo favorito, el que lo hacía sentirse inmensamente cómodo—… No sólo ejecutaremos el boicot si me llegaran a aprehender, sino que quince días después de que me arresten tendrás el tiempo suficiente para suspender todos los cultos en la ciudad de Guadalajara y un mes después en toda la arquidiócesis. Veremos si el ejemplo cunde en todo el país. Al menos esa es la apuesta en ambos casos. ¿Te imaginas que mis hermanos obispos y arzobispos me acompañaran en esta decisión y entre todos paralizáramos el país sin que pudieran comprar ni leche ni blanquillos ni tortillas ni pudieran cumplir con sus obligaciones religiosas?

—¿Cómo? —saltó esta vez Garibi alarmado, poniéndose de pie—. ¿Y la gente que quiera casarse o la que desee bautizar a un hijo o solicite los santos óleos, la extremaunción a un enfermo, o simplemente la misa o la confesión…? ¿Qué…? ¿Quién dará esos servicios religiosos tan necesarios o más que las tortillas y los frijoles…?

—Nadie, Pepe, nadie —adujo con toda sobriedad el arzobispo—. Que no haya nada: se trata de crear un conflicto al gobierno colocándonos en los extremos, la única forma de ganar en una crisis. Imagínate las calles de Guadalajara y las del país si siguen nuestro ejemplo, llenas de desempleados, cesantes, porque las fábricas y comercios están paralizadas y la gente protesta por hambre y desesperación y además, y por si fuera insuficiente dicho malestar, todavía les quitaremos la paz espiritual, la tranquilidad de conciencia, sepultando a todos los fieles en el pecado y en la culpa porque nadie imparte los servicios religiosos… ¿Cómo se van a desahogar ante la falta de alimentos, por un lado, y de la ausencia de un confesor espiritual por el otro? Veremos marchas de protesta, expresiones callejeras de toda naturaleza… Nosotros imprimiremos volantes en mis imprentas y vaciaremos textos en mis periódicos, compraremos a columnistas y periodistas, convenciendo a la gente de que el único responsable de que no haya tortillas en los mercados ni paz espiritual en los hogares es el gobierno: o nos deja en paz y deroga sus decretitos y su miserable Constitución, o nosotros haremos que la chusma los derroque, y si cometieran la grave irresponsabilidad de abrir fuego para deshacer la protesta callejera, entonces habrían caído en nuestras manos: meteremos a las hordas irritadas de ciudadanos ávidos de justicia en el palacio de gobierno para linchar al gobernador y más tarde al propio Presidente de la República… Creo que vamos a necesitar un par de muertitos, Pepe…

—Bien, muy bien —contestó Garibi lleno de vitalidad y verdaderamente harto de recibir golpe tras golpe y de poner, una y mil veces, la otra mejilla. Ni siquiera hizo mención alguna de los muertitos. Ya era hora de dar una respuesta sonora, puntual y eficiente. Lo de las mejillas estaba bien, muy bien pero para el catecismo. Estrelló el puño de su mano derecha contra la palma de la izquierda en un alarde de felicidad y de plenitud—. ¿Conque querían medir fuerzas con la iglesia, no niñitos…? Pues aquí les va su padre para romperles la cabeza contra los muros… —adujo envalentonado, sin evaluar sus ejemplos.

—Y hay más —remató Orozco con placer al ver la respuesta de su más preciado discípulo—: cuando me arresten, y tal vez yo lo provoque, habrás de colocar moños negros en cada casa, deberás convocar a marchas diarias de fieles que tomarán la calle para protestar en contra de la pérdida de mi libertad y abrir la vía legal, la única que reconocerás públicamente como de nuestra autoría, porque los únicos

responsables del boicot y de la suspensión de servicios serán los terceros: recuerda que debes saber aventar la piedra y esconder la mano…

—¿Cuál es la vía legal?

—El amparo, Pepe, tendrás que ampararte contra el decreto
alegando que la iglesia siempre será institucional y defenderá sus
derechos en términos de las leyes vigentes, aun cuando por abajo
soliviantemos al rebaño para que nos ayude a cumplir con las instrucciones dictadas por Dios…

—Cubramos todos los flancos, ¿no?

—Todos Pepe, todos, aunque de buena fuente puedo decir
que el propio presidente Carranza está con nosotros pero, obvio, no
puede exhibirse como un pro clerical en tanto está rodeado de diablos
liberales que lo crucificarían si abre sus barajas.

—¿Carranza con nosotros? —preguntó boquiabierto Garibi
sin dar crédito a lo que oía—. Pero si él fue uno de los impulsores de
la maldita Constitución…

—Estás en un grave error —respondió Orozco acariciándose
las barbas y regresando a su lugar después de arrojar un par de piedras
al arroyo—. Carranza se opuso a la Constitución. Todo lo que él
deseaba era modificar algunos artículos de la de 1857. El texto de la
actual salió en contra de su voluntad. Es el mismo caso de Ignacio
Comonfort cuando alegaba que con la Constitución de 1857 no se
podía gobernar y sin ella, tampoco.

—Si Carranza no fue, ¿entonces quién, Su Excelencia? —preguntó Garibi con cierta ingenuidad—. ¿Pero entonces él no fue el
autor del desaguisado en contra de la iglesia? ¿Y Francisco Mújica?

—Sólo hay una persona, no te confundas, y esa persona se
llama Álvaro Obregón: ese es el único responsable, no hay más…
¡Que nunca se te olvide lo que hizo al tomar Guadalajara hace apenas
cuatro años! Es un salvaje. Sólo espero que Dios, Nuestro Señor, me
conceda la oportunidad de vengar las ofensas de que fuimos víctimas.
¿Cómo se atrevieron a volver a tomar por asalto la Catedral de Guadalajara el 17 de julio del año pasado? ¡Que nunca se te olvide el 17
de julio! ¡Maldito 17 de julio! No puedo deslindar a Obregón de todo
esto. Es el Diablo que se encuentra agazapado en la cabeza del gobernador. Él y sólo él manda tras bambalinas…

—El apetito de venganza nos destruye, ¿no Monseñor? Es un
sentimiento poco sano —agregó Garibi provocando suavemente al
arzobispo.

—Al contrario Pepe, todo lo contrario, recuerda que "por justicia y amor estamos obligados al deber de reparar y expiar", debemos "compensar las injurias de algún modo inferidas al Amor increado, si fue desdeñado con el olvido o ultrajado con la ofensa"; la expiación "es necesaria para que totalmente se extingan los pecados... Con palabras de San Agustín: "Dame un corazón que ame y sentirá lo que digo".[25] La venganza nos da vida, nos permite volver a respirar, a liberarnos de la carga de la humillación, de la vejación... La venganza nos rejuvenece, nos permite deshacernos de los venenos internos, del dolor del alma, de la rabia contenida. La venganza nos purifica al poder desechar el rencor que nos impedía sonreír y volver a acariciar el rostro de un niño o de un hombre...

Garibi guardó silencio pensando tal vez que la expresión "acariciar a un hombre" respondía con la debida limpieza al hecho de acariciar apostólicamente a un ser humano. Prefirió ignorar la aseveración y entenderla como un gesto de generosidad de Su Excelencia. ¡Nunca descubriría lo equivocado que estaba!

—Respecto a Obregón, comparto su punto de vista: el Señor habrá de darnos la oportunidad de saldar cuentas en esta vida todavía, y no sólo por la Constitución y la violencia que ha desatado en contra nuestra sin justificación alguna, sino por haberse erigido como un abierto enemigo de las causas de Dios, a quien por supuesto, no teme... La justicia se hará, monseñor, no lo dude, no lo dude, Jesús es sabio y justo...

—A Carranza le va a convenir el numerito del boicot y de la suspensión de actividades religiosas, así como las manifestaciones que vamos a armar y el amparo que vamos a presentar. Mientras más grande hagamos el borlote más armas le daremos a Carranza para negociar con el gabinete y con el Congreso... No olvides que siendo gobernador fue generoso amigo de los jesuitas, nuestros queridos hermanos, de Saltillo, a los que ayudó con buen dinero para los colegios y en cuyas ceremonias pronunciaba emotivos discursos.[26] Imagínate: su ideal educativo consistía en que el Estado no impartiera educación alguna: ¡sería el Paraíso para nosotros![27] Si ha querido comenzar por aplicar los artículos antirreligiosos de la Constitución precisamente en Jalisco es porque conoce la fuerza de nuestras convicciones y nuestra determinación para defenderlas recurriendo a cuanta herramienta encontremos a nuestro alcance.

—¡Claro! —saltó Garibi—. Ya me imagino los discursos de Carranza alegando que no es el momento para provocar a la iglesia y hacer detonar una nueva Guerra de Reforma ahora que estamos saliendo de una revolución tan devastadora. ¿Quién quiere una nueva revuelta, otra rebelión armada…? Nadie, ¿verdad…? Pues entonces dejemos al clero en paz, ¿no?

—Y no sólo eso, Pepe, Carranza nos necesita para aprovechar el poder de nuestros púlpitos y reelegirse. Será nuestro nuevo Porfirito…

—Pero si el postulado de la revolución es sufragio efectivo, no reelección, monseñor… —aclaró Garibi con lujo de cinismo mordiéndose la lengua en la oscuridad. Lo pinchaba, bien sabía él que provocaba a su superior, para lo cual no tenía que esforzarse mucho.

—¿Cuándo has visto a un político mexicano que se ajuste a su palabra cuando ya se cruzó la banda en el pecho?

—No lo hemos visto ni lo veremos, pero por lo mismo es el mejor momento de aprovecharnos de Carranza. Hay que venderle cara nuestra solidaridad.

—Es correcta la tesis, sólo que nosotros no somos los únicos que presionamos a Carranza. La iglesia católica norteamericana y los Caballeros de Colón se han estado reuniendo con las máximas autoridades de la Casa Blanca para presionar y obligar a Carranza a derogar los artículos de la Constitución opuestos a nuestra Santa Madre Iglesia… No debemos olvidar que Huerta —agregó suspirando profundamente mientras contemplaba con arrobo el lucero vespertino, el primero en aparecer en la inmensidad de la bóveda celeste—, nuestro Huerta, fue derrocado a balazos gracias al apoyo militar, económico y diplomático que Wilson le concedió a Carranza y si éste, por su bien, tiene todavía un dejo de memoria, debe reconocer la deuda política adquirida con Washington, que como todos sabemos, o al menos deberíamos saber, está acostumbrado a cobrar a cañonazos las faltas, omisiones, o llamémoslos descuidos, de los olvidadizos… Él está endeudado políticamente con Wilson, jamás debe perderlo de vista si es que aprecia su pellejo… Los servicios recibidos nunca deben ignorarse… El Barbas de Chivo de ninguna manera debería enemistarse con Wilson, quien, en justificada represalia, bien podría apoyar a otro grupo beligerante y retirar al vejete ese de un papirotazo del gobierno que, como bien lo saben ambos, está sostenido con alfileres. Carranza —concluyó el prelado sin ocultar un poderoso aire de satisfacción—, por otro lado, tampoco deseará tener otro enfrentamiento con nosotros, por ello lo veremos autorizar una peregrinación multitudinaria, en octubre, a la Villa de Guadalupe, lo prohíban o no sus leyes o su mugrosa Constitución... He ahí otra prueba de fuerza. Nunca cedas, pelea, debate, rebate, invierte, juégatela, lucha, arrincona, aprieta, asfixia, avanza, duerme despierto, trabaja dormido, pero jamás dejes de insistir en tus objetivos con cuantos medios tengas a tu alcance sin dejar, por lo que más quieras, una huella comprometedora... Un error de esa magnitud sólo te exhibiría como un imbécil...

A continuación afirmó una serie de conceptos que sólo a los ilusos les dejaría duda sobre las intenciones del prelado para acaparar el poder:

—Tenemos un derecho irrenunciable e incuestionable. Nunca permitiremos la disgregación del imperio de Cristo. Aquí no hay más autoridad que la emanada del Palacio Arzobispal. Somos un Partido Católico, grande, viril, incontrastable. Nuestras fuerzas alcanzan todo: podemos pasar sobre los mandatos de la autoridad, podemos burlarnos de la gente armada, podemos violar las instituciones. Hoy nos congregamos en una procesión de aspecto religioso, pero ya ven quiénes somos, y lo que somos. Hoy, mañana, el día que nos plazca podremos derribar lo existente, echar abajo la autoridad, elevar sobre nuestros hombros a uno de los nuestros y establecer nuestro reinado. Si no lo hacemos todavía es porque no lo queremos; pero hemos demostrado que tenemos a nuestra disposición sobrados elementos para ello, porque somos el número, la fuerza, el torrente impetuoso que todo lo arrolla y arrebata.[28] Prescindir de Dios en política es deshonrarlo; contar con Dios es darle la honra que se le debe. No hacer caso de Dios ni de sus derechos es impío; respetar sus derechos es lo justo.

En algún espacio de silencio, cuando se encontraban abordando diversos temas de menor importancia y se disponían a arribar al feliz capítulo de las conclusiones, les fueron servidos unos tazones de barro cocido con caldo tlalpeño bien caliente, en el que abundaban el pollo deshebrado, los ejotes, las zanahorias, las papas, el chile chipotle y gordas rebanadas de aguacate, a lo que seguirían unos platos llenos de frijoles, tiras de carne asada, dos salsas, una verde y otra roja, bien picantes, al gusto de Su Señoría, sin faltar las tortillas recién *hechecitas* del gusto del *siñor* arzobispo. Cuando concretaban los términos para llevar a cabo tanto el boicot como la suspensión de servicios religiosos, fueron sorprendidos felizmente por dos ilustres visitantes, incondicionales de Orozco y Jiménez, quienes concurrieron a su llamado en la inteligencia de que la semana entrante el arzobispo se entregaría a las autoridades de tal forma que pareciera una detención lograda exitosamente por las fuerzas policiacas y militares del gobierno federal. Se dejaría arrestar para detonar primero un escándalo mayúsculo y luego el conflicto político largamente planeado. Cada puerta de cada casa, departamento o ranchería, para ya ni hablar de la Catedral o de cualquier otra parroquia pueblerina, debería ostentar un enorme moño negro en señal de luto por los ataques injustificados a la iglesia y por el arresto de un auténtico santo. Perdónalos, Señor, no saben lo que hacen…

Uno de los recién llegados era, nada menos, Bernardo Bergöend, un ilustre desconocido en la historia de México y sin embargo, una figura de gran calibre escondida aviesamente por los historiadores mercenarios al servicio del clero, pero que había ejercido, como muy pocos, una influencia notable en el mundo de las ideas retardatarias a lo largo de siglo XX en nuestro país, además de su siniestra participación en los catastróficos conflictos creados al gobierno mexicano a través de las organizaciones fundadas tanto por él como por Anacleto González Flores, su acompañante en esa noche estrellada, un fanático religioso que no pertenecía a la jerarquía eclesiástica, pero dueño de una notable capacidad de convocatoria, un católico apasionado de gran verbo y elocuencia, un profesional de la sedición, especialmente hábil para crear uniones secretas oponibles a los planes y proyectos de los constitucionalistas. Llamó la atención el hecho de que Bergöend besara el anillo pastoral de Orozco y Jiménez, mientras que Anacleto besó la mano, acariciándola discretamente en la penumbra, sin retirar la mirada de los ojos de Su Excelencia… Monseñor Orozco se cargó de un repentino y sorprendente entusiasmo… Se requerían acuerdos, instrucciones, directrices y consejos durante la ausencia del alto prelado. ¿Cómo se repartirían las diversas responsabilidades? ¿Cómo se comunicarían? ¿Si el arzobispo era desterrado, jamás sería fusilado, volvería disfrazado otra vez a territorio nacional para tramar estrategias conjuntas? ¿Cuáles serían los códigos secretos, los seudónimos, los lugares en donde se encontrarían en fechas y horas concretas para acordar alguna política distinta a lo planeado, según las circunstancias que se fueran presentando?

Los cuatro personajes se acomodaron alrededor de la fogata para intercambiar puntos de vista, conocer las últimas noticias en relación a los planes del gobierno, acordar nuevas estrategias de respuesta y disfrutar la exquisita merienda campirana. El aroma del asado podía despertar hasta el más apagado de los apetitos. El acento francés de Bergöend era prácticamente imperceptible. Se trataba de un hombre de complexión robusta, cabello escaso, prematuramente canoso, de mejillas sonrosadas aunque marchitas por haber expuesto durante muchos años el rostro al recio poder del sol mexicano. De los tres interlocutores Bernardo Bergöend era, tal vez, el menos expresivo, el menos elocuente, el menos ávido de lucimiento verbal. Jamás se le vería acaparar una conversación y, sin embargo, le disputaba la primera posición a Orozco y Jiménez en lo relativo a creatividad, inventiva, imaginación y ardor jesuítico para acometer las tareas de rescate, defensa e integración de la iglesia católica. Ningún jesuita como ellos dos. Uno más aguerrido que el otro, los dos expertos en organización de las masas para oponer un frente común al gobierno. ¿Qué más daba que fuera callado si cuando intervenía en una conversación deslumbraba con su talento y sus conocimientos adquiridos desde sus primeros años de formación religiosa en Francia?[29]

El padre Bergöend había entendido un principio político de eficacia fundamental para oponer a las reiteradas agresiones de los gobiernos liberales: la sólida unión de los católicos mexicanos, la razón y el origen de su verdadera fuerza. Su objetivo fundamental consistía en lograr que los fieles se tomaran de la mano para mostrar un frente indestructible, con absoluta sumisión a la Santa Sede, para repeler, impedir, controlar y sofocar nuevas intromisiones de las autoridades federales y estatales en el desarrollo de la iglesia católica. Este distinguido y feroz sacerdote había sido profesor de filosofía en el Instituto Jesuita de San José en Guadalajara en 1907. Se trataba de un religioso decidido e inquieto, forjador de héroes, mártires, beatos y santos, que había fundado el Partido Católico Nacional en 1911 y encabezado el Centro de Estudiantes Católicos Mexicanos en 1912. Según las enseñanzas de sus maestros franceses, necesitaba crear una estructura jurídica para aglutinar a la sociedad y nada mejor que iniciar el proceso de acercamiento a través de la juventud. Realizó entonces sus mejores esfuerzos para constituir formalmente en 1913, al amparo de la breve dictadura de Huerta, en la Ciudad de México, la Asociación Católica de la Juventud Mexicana, la ACJM, de corte pequeño burgués, "lo más brillante, adinerado y prestigioso de los jóvenes católicos de México", copiada de la Association Catholique de la Jeunesse Française, para restaurar el orden social cristiano en México. Se había propuesto crear un tejido social bien amarrado, compacto, cerrado, integrado por personas entre los quince y los treinta y cinco años de edad, todos ellos mexicanos y fervientes católicos. Imposible que una nueva corriente liberal, como la del siglo pasado, los volviera a sorprender desorganizados... Los ricos herederos de hoy, los jóvenes, nuestros jóvenes, serán los poderosos donadores del mañana. Cerremos filas desde hoy mismo...

El señor arzobispo Orozco y Jiménez y el padre Bernardo Bergöend habían trabado una alianza siniestra, una férrea estructura de resistencia: la ACJM había sido fundada con la idea de constituir el semillero de los católicos del futuro, pero con un detalle peculiar: tendría un carácter militarista oculto, desde luego oculto. Su lema ultrasecreto sería "La Iglesia contra el Estado".[30] De esta organización surgiría, con el paso del tiempo, la Liga Nacional para la Defensa de la Libertad Religiosa, LNDLR, el brazo armado de la iglesia, y una organización eclesiástica encubierta, otra cantera de donde saldrían, en su momento, bien capacitados y convencidos de ganarse la paz celestial, entre otros asesinos, los del general Álvaro Obregón, además de quienes atentaron contra Emilio Portes Gil y Pascual Ortiz Rubio. ¡Claro que José de León Toral formaba parte de dicha liga, al igual que Luis Segura Vilchis, quien intentara matar en noviembre de 1927, ocho meses antes de La Bombilla, al Manco de Celaya arrojándole unas bombas al auto en el que cruzaba el Bosque de Chapultepec cuando se dirigía a los toros! ¿Y los hermanos Pro? ¡Por supuesto que ellos también eran integrantes de la LNDLR, como también lo fueron Carlos Diez de Sollano, Aniceto Ortega, Carlos Castro Balda, Manuel Trejo Morales, "José González", Joaquín Navarro, Oswaldo Robles, Nahum Lamberto Ruiz, María Elena Manzano, Daniel Flores, Fernando Amor, todos ellos ligueros consumados, así como connotados criminales, uno de ellos, hoy, beatificado...! ¡Horror! ¿Quiénes fungían como figuras clave, tanto en la ACJM como en la LNDLR, durante la rebelión cristera? ¿Quiénes participaron activamente en el diseño de los planes para privar de la vida al presidente electo de México? Por supuesto que Orozco y Jiménez y el padre Bergöend... ¿Cuál "no matarás"?

Bergöend demandaba que el pueblo mexicano no se limitara a renovar la consagración de la nación al Sagrado Corazón de Jesús en la Basílica de Guadalupe durante la dictadura de Huerta, ceremonia que incendiaría a los revolucionarios en los años por venir, pues era una provocación abierta, la mejor evidencia de la actuación de la mano negra clerical, sino que exigía un derramamiento del catolicismo invadiendo absolutamente todo, dominando hasta la última de las conciencias, incluidas, claro está, las de los funcionarios del gobierno: todo, he dicho todo. Hablamos de un Estado clerical o, mejor dicho, de acuerdo a las estructuras políticas de nuestros ancestros, los aztecas, nos referimos a un Estado teocrático militar. Aquí queda un resumen de su pensamiento especialmente útil para quienes saben interpretar las entrelíneas. En el siguiente párrafo el padre Bergöend se expresa a viva voz:

> Cristo vive, Cristo reina, Cristo impera, fue el himno con que los mayores saludamos al Señor, y los jóvenes repetimos delirantes: ¡Viva Cristo, reine Cristo, impere Cristo! Sí. ¡Reine Cristo! Pero… Señor, ¿va tu reinado a permanecer más tiempo circunscrito a las naves de tus templos y en los corazones de tus fieles? No, señor, que ya en nuestros pechos no cabes; tu inmensidad necesita ocuparlo todo, y si has de ser Rey de nuestra Nación, si has de ser Rey de México, despéjense nuestros campos, ábranse las puertas de nuestras ciudades y llénalo todo, Señor, abrázalo todo.

Mientras se acomodaban Bergöend y Anacleto sobre el sarape y alrededor de la fogata que, por cierto, despedía una cantidad enorme de chispas y les acercaban, antes que nada, los tazones con el caldo bien sazonado, en espera de la cecina servida con una buena ración de guacamole revuelto con chile y presentado con totopos tostados, Su Excelencia, en una actitud inusual, eso sí, nada espontánea, le preguntó a Bergöend a quemarropa, con su conocido humor seco:

—Padre, ¿seguiremos acatando el *Non serviam*? ¿No obedeceremos?

Bergöend, intencionalmente lento en sus respuestas, esta vez repuso de inmediato con una sonrisa en los labios:

—No, Monseñor, mientras el padre de toda revolución continúe siendo Satanás, es evidente que nunca obedeceré ni deberemos obedecer, es más, nadie debe obedecer, porque hacerlo equivale a acatar las disposiciones del diablo, quien siempre guió de la mano a los revolucionarios mexicanos o a cualesquiera otros, para ni hablar de los constitucionalistas que coronaron la obra de Mefistófeles poniéndola en blanco y negro y promulgando una legislación suicida para la gran tragedia de México.

Orozco le dirigió una mirada cargada de afecto y respeto. Las revoluciones, en efecto, eran diabólicas porque arrasaban con lo construido por diversas generaciones de seres humanos. Dicha fuerza bruta, indomable, salvaje y devastadora era capaz de atropellar brutalmente hasta los sagrados intereses de la iglesia. ¿Y la revolución francesa? ¿Y la rusa? Tenía razón Bergöend: a las revoluciones las llevaba de la mano Lucifer. Bastaba ver el desastre de la iglesia católica después de la revolución mexicana… Mira nada más cómo quedamos.

—Si las revoluciones insisten en agredir al Señor, a su sacratísimo patrimonio y a sus intereses —repuso finalmente Orozco viendo también de reojo y con gran simpatía a Anacleto—, a nosotros nos toca regresar a la iglesia a la posición prevaleciente hasta antes del estallido del movimiento armado. Darle marcha atrás a las manecillas del reloj… A todas luces nos conviene la inmovilidad, el divino *statu quo*… Como bien decía nuestro inolvidable Miguel Miramón, asesinado villanamente en el Cerro de las Campanas: Bienvenida la hermosa reacción —agregó como el sacerdote que invita a la meditación al final de la misa—. La evolución moral de la sociedad, escúchenme muy bien, no es más que una invitación al libertinaje. El avance de la ciencia invariablemente se dirige contra las convicciones de Dios y de las Sagradas Escrituras. La famosa ilustración y la cultura aparta a los estudiosos de la iglesia y a la larga, como a Galileo y a Giordano Bruno, los convierte en herejes. Nosotros nunca hemos salido beneficiados ni de las revoluciones ni de las ideas progresistas ni del juicio vomitivo de los liberales… Dios, la Iglesia y el Papa enseñan que el liberalismo es una impiedad. La doctrina católica no reprueba ninguna forma de gobierno, siendo justa, pero sí reprueba el liberalismo en cualquier forma de gobierno.

Bergöend no perdía detalle de cada palabra pronunciada por Su Excelencia, aun cuando la merienda se le enfriaba sin haber probado bocado. No les habían concedido siquiera la cortesía de "dejarlos llegar" cuando la conversación ya estaba mucho más que ardiente. El sacerdote francés no perdió nunca de vista la gran oportunidad de volver a estar con el arzobispo, pues expresar sus opiniones ante Su Majestad se traduciría en ventajas adicionales para instrumentar sus

planes en el corto plazo y poder influir cada vez más en los acontecimientos. Siempre se había propuesto, sin lograrlo, que Su Excelencia
no pudiera dar un solo paso sin consultarlo previamente con él.

—Ninguno de nosotros puede estar de acuerdo con las revoluciones, Monseñor, pero como dicen en estas tierras, para que la
cuña apriete debe ser del mismo palo...

—¿Qué quieres decir? —preguntó inquieto Garibi.

—Bueno —agregó Bergöend al constatar los rostros sorprendidos de sus interlocutores—, los problemas de México no se resol-
verán nunca por medio de la diplomacia, ni aunque fuera la vaticana,
ni por métodos de la democracia política basados en el sufragio universal, sino exclusivamente a la mexicana, esto es, recurriendo los
católicos a la fuerza para repeler la violencia revolucionaria.[31]

—¿La violencia contra la violencia? —cuestionó Orozco con
sobriedad—. Esa debería ser la última alternativa, padre, mientras
tanto luchemos por la vía del convencimiento.

—De acuerdo, Monseñor, sólo que usted podrá comprobar
que mi experiencia en este generosísimo país no es otra: al final terminaremos recurriendo a las armas como en la misma Guerra de Reforma. No hay parlamentos posibles. No hay negociaciones eficientes.
No hay interlocutores racionales, sólo fanáticos opuestos a nuestra
causa. No hay términos medios. No hay comprensión respecto al
papel constructivo de nuestra iglesia ni oídos susceptibles de entendimiento ni amor filial ni afecto ni respeto a nuestros principios.

Bergöend concluyó mientras finalmente recogía en un
totopo una generosa porción de guacamole que devoró deleitándose
con los intensos sabores de este país que tanto decía amar. México
vive en los extremos también en la mesa: la comida es muy picante;
los postres son muy dulces, las frutas son muy carnosas y llenas de
jugo, los tequilas, al igual que los mezcales, son demasiado fuertes.
¿Quién resiste de pie más de tres tragos? El sol calcina, las lluvias han
de ser torrenciales, no se conocen las lloviznas. Vivimos en zona de
huracanes y, por si fuera poco, en territorios sacudidos por temblo-
res. Todo ha de ser brutal. La vegetación es muy agresiva, verdes
intensos, humedades selváticas y, en contraste, ahí está el desierto...
Nada es escaso. Es el todo o la nada. Existimos invariablemente en
los límites. La vida o la muerte. La felicidad o la desgracia. Nadie
mejor que los mexicanos para reír de sus tragedias y para ponerle
música a sus dramas...

—Yo soy amante de la paz, padre, al menos lo soy hasta ahora, al igual que Monseñor —agregó Anacleto en términos parsimoniosos para darle su lugar al arzobispo—. Yo todavía creo que si te golpean debes poner la otra mejilla y coincido en aquello de que no quieras para otro lo que no quieres para ti y, sobre todo, jamás violaría el mandamiento de "no matarás" —adujo mientras daba un trago al agua de horchata recién servida.

—Lo acepto, estoy de acuerdo, yo pensaba así cuando era joven, sólo que después de haber vivido arraigado a México desde principios de siglo y de haber visto y estudiado las reacciones de estos siervos de Dios en el continente americano, hoy a mis cuarenta y siete años de edad y tú a tus treinta, concédeme el privilegio de la experiencia al menos por ser mucho más viejo que tú —contestó amigablemente el padre Bergöend, como quien es incapaz de matar una mosca—. Tarde o temprano volverán ustedes, los mexicanos, por más que este país sea mi segunda patria, a resolver sus diferencias con las manos, con todo y que las revoluciones no hayan convenido nunca a la iglesia. Sólo a balazos retendremos el lugar que, sin duda, nos corresponde siempre y cuando no olvidemos jamás las organizaciones sociales religiosas en las que nos apoyaremos para preservar los espacios que nos merecemos por disposición del Señor.

—Por ello, la asociación católica de jóvenes y el proyecto de la liga, ¿no? —intervino siempre prudente Garibi sin ignorar la admiración que sentía Orozco por Bergöend, un sabio en organización de masas a las que tanto temía el gobierno y ante las cuales los funcionarios públicos se amedrentaban, se empequeñecían, se doblaban y hasta se hincaban en la intimidad de sus oficinas, cuando se ejecutaban las multitudinarias protestas callejeras en las capitales del país.

Las concentraciones de personas en las plazas públicas significaban la exhibición de un puño de acero muy en alto, capaz de hacer añicos las estructuras de la autoridad. Se trataba de espléndidas expresiones de fuerza para que los funcionarios oficiales se dieran una mediana idea de los poderes y del tamaño del enemigo a vencer. Tenemos *sólo* diecinueve siglos de experiencia en el manejo de seres humanos y de sus pasiones… Algo habremos aprendido, ¿no…?

Los ahí presentes sabían que Orozco había organizado a los chiapanecos para tratar de cambiar la capital del estado de Tuxtla Gutiérrez a San Cristóbal Las Casas, de modo que contuviera en su mano tanto el poder político como el espiritual. El económico caería por gravedad. Es decir, se hubiera tratado de un supremo cacique de facultades omnímodas. Imposible perder de vista que ningún obstáculo lo había detenido durante su gestión al frente del obispado de Chiapas, ni siquiera cuando decidió llegar al extremo de provocar un conflicto armado en aquella entidad. De modo que la violencia no era una herramienta desconocida para Su Excelencia. Era un recurso extraordinariamente eficiente si se sabía utilizar con habilidad política. Por lo demás, siendo ya arzobispo de Guadalajara, continuó ejerciendo como "administrador apostólico" de la diócesis de Chiapas. Así era de aquilatada su gestión en Roma y de respetados sus puntos de vista ante el Sumo Pontífice…

—Insisto en que la violencia debe ser la última opción… Por lo pronto, utilicemos a la ACJM, es decir, a todos los *acejotaemeros* de Jalisco que con tanto éxito ha reunido y consolidado Anacleto, a raíz de la idea del padre Bergöend, para garantizarnos el éxito del boicot y de la suspensión de servicios religiosos —precisó Orozco mientras pedía que le retiraran el plato prácticamente intocado.

El arzobispo había decidido no aparecer jamás en las fotografías como un prelado obeso, de gran papada, con todas las dificultades previsibles para su desplazamiento personal, una bola de sebo alimentada diariamente por los bizcochos y el chocolate, al que era invitado cada tarde por la inmensa colonia de beatas adineradas, a quienes no podía defraudar ni por la influencia que ejercían en sus maridos en el lecho o fuera de él, ni por la capacidad económica de las familias con las que podía llevar a cabo las obras ordenadas por Dios.

Bergöend era reacio a acaparar las conversaciones. Siempre había preferido escuchar, pero en esta ocasión las circunstancias le impedían adoptar su vieja costumbre. Ese momento, histórico para él, lo aprovechó hábilmente para revelar el corazón de su estrategia, misma que presentó lo más camuflada posible: nosotros —no quiso involucrarse a título personal— debemos formar cumplidos caballeros y ciudadanos, padres de católicos verdaderos y forjadores de héroes y de mártires.[32]

—Claro que mártires —exclamó Anacleto, saltando como si hubiera sido poseído por un repentino furor—. ¿Qué mejor que entregarle nuestra existencia a Dios, ofrecérsela como una muestra de nuestro amor hacia Él y de nuestra capacidad de sacrificio? Él murió por nosotros crucificado y atravesado por una lanza… Nosotros debemos seguir su sapientísimo ejemplo y dar nuestra vida a cambio de Su perdón, de Su sagrada indulgencia para lograr la absolución el día del Juicio Final. ¿Acaso hay algo más hermoso que el calvario y la muerte en el nombre sea de Dios? —remató el hombre a quien Orozco admiraba… ¿admiraba?: mucho más que admiraba en su inconfesable intimidad.

—¿De verdad estarías dispuesto a entregarle tu vida a Dios con tal de arrancarle una sonrisa de piedad? —preguntó en voz apenas audible Su Excelencia mientras que Bergöend no ocultaba su satisfacción.

—Por supuesto, Monseñor, sólo espero fervientemente que Él me imponga una prueba en el momento en que lo desee.

El sacerdote francés no pudo contener su impulso y, aún con la boca llena y mordiendo un chile con el lado derecho de la dentadura, alcanzó a decir:

—Eso es exactamente lo que necesitamos, una nación entera de mártires como Anacleto, un auténtico ejército de mártires —en su entusiasmo, no se percataba de que escupía pedazos de carne sobre el sarape—; de esa suerte desarmaremos al gobierno porque por más fieles católicos que asesinen a balazos siempre surgirán cientos, miles de feligreses más dispuestos al cadalso con tal de obsequiar su vida al Señor. Todos somos católicos en México, hasta los hipócritas lo son… ¿Matan mil? Pues ahí aparecen ahora diez mil… ¿También los acribillan? Entonces de cada esquina, de cada pueblo, de cada puerto, de cada calle, camino vecinal o carretera aparecerán más contingentes de mártires, cientos de miles, tal vez millones dispuestos también a la sagrada ofrenda. Ellos no pondrán la otra mejilla, sino que devolverán golpe tras golpe, ojo por ojo y diente por diente: no irán sumisos al matadero, se inmolarán para ganar la gracia de Dios… ¿Qué prefieres: un pequeño sacrificio en la Tierra, unos simples años de penas y sufrimientos para complacer a Dios o la eternidad en el Paraíso rodeado por coros de arcángeles que cantarán elegías dedicadas a los hijos favoritos de Jesús y de la Virgen de Guadalupe…?

Casi sin detenerse, concluyó:

—Llegará un momento de conmiseración, de compasión, en que los soldados federales depondrán las armas, las arrojarán al piso con tal de no asesinar a un solo fiel más ni volverse a llenar las manos con la sangre, nada menos que de sus hermanos. Ese será el momento en que nos volveremos a apoderar del gobierno para que vuelva a ser un nuevo reino de Dios y Él y sólo Él, únicamente Él, nos diga cómo conducirlo y administrarlo para la satisfacción y bienestar del pueblo de México.

En el ambiente había un calor producido no sólo por los leños de la fogata. Con el rostro enrojecido por el reflejo parpadeante de las llamas, Orozco se puso de pie para acercarse a Bergöend. Una vez a su lado y cuando éste intentaba también levantarse, sintió la mano del prelado deteniéndole sólo para acariciarle la cabeza y darle una bendición prolongada que culminó cuando el padre francés besó el anillo de Su Excelencia, quien precisamente en ese 1918 cumpliría cincuenta y cuatro años de edad. Con toda su inmensa jerarquía a cuestas volvió a su lugar negando en silencio con su cabeza. ¡Cuán agradecido estaba con Dios desde que le había puesto a Bergöend en su camino! Gracias, mil gracias te doy Señor, exígeme pruebas para mostrarte mi infinito agradecimiento.

Al percatarse del impacto de sus palabras y antes de que Orozco regresara a su lugar, luego de echar una mirada de reojo a Anacleto, Bergöend volvió a la carga como todo un experto en aglutinaciones y uniones sociales:

—México no se hizo independiente con la Declaración de Independencia de 1810, sino en 1747, con la consagración de México a la Virgen de Guadalupe... Sin nuestra Virgen Morena, Nuestra Señora del Tepeyac, México se hubiera desbaratado. En ese momento ya era imposible reconocer la personalidad del sacerdote extranjero que casi nunca participaba en debates abiertos y, por lo general, alcanzaba sus objetivos en corto, en la soledad de las sacristías o de los lujosos despachos episcopales —esa noche se apoderaría definitivamente de Orozco—. Para constituir esta nación era necesario que el indio amara al español como hermano y el español al indio del mismo modo... Esto era imposible. ¡Sólo un milagro de Dios! ¡Y Dios hizo el milagro! Nos envió a su Santísima Madre... No tiene explicación humana la supervivencia de México...

Mientras que Garibi preparaba una respuesta para no quedarse atrás en los reconocimientos y bebía café en un jarro, Bergöend remató:

—El factor histórico principalísimo que, como principio de cohesión, ha unido a estos varios elementos raciales de México hasta formar con todos ellos una nueva nacionalidad, la nacionalidad mexicana es, sin duda, la Virgen de Guadalupe, nuestra Santa Patrona, la Autora de la sociedad civil, de la unidad todavía de la Nueva

España… esto es, el nacimiento de una misma nacionalidad. ¿Qué hubiera sido de nosotros sin su santa presencia…? Bendito sea el día de su aparición. Ese día milagroso nació México.

—Cierto —intervino finalmente Garibi—. Por esa razón y para arrastrar a las masas, nuestros queridos rebaños, tanto el cura Hidalgo puso en su estandarte a la Guadalupana como Carranza, un siglo después, convocó a la revolución con su plan, claro está, otra vez de Guadalupe, siempre de Guadalupe, de otra manera jamás habría logrado sumar a sus huestes ni siquiera a un triste indio con bigote aguamielero…

En ese momento creyó haber cometido una indiscreción al proyectar una sombra de racismo en su comentario, pero escasamente tuvo tiempo para arrepentirse porque el resto del grupo lo festejó con una sonora carcajada, que Orozco acompañó con una prudente sonrisa.

—A propósito de Carranza, tengo una apuesta —intervino el prelado poniendo los brazos tras la espalda, apoyados los puños sobre el piso y extendiendo las piernas en busca de una posición más cómoda; empezaba a extrañar sus equipales pero no quería desaprovechar el momento de euforia—. Estoy convencido de que la nueva Constitución será letra muerta a menos que Carranza emita las leyes reglamentarias respectivas… Sin ellas de nada servirán sus desdichados trabajos de 1917…

—¿Y en qué consiste la apuesta? —preguntó Anacleto, sorprendido por la actitud del prelado, tan poco inclinado a gestos de acercamiento.

—Yo apuesto a que Carranza no mandará una sola iniciativa al Congreso para instrumentar las leyes federales que vengan a limitar finalmente a nuestra amada Iglesia. De hacerlo, como el decreto 1913, verán ustedes cómo será de una vida muy efímera. No nos preocupemos… En primer término es un católico convencido de la vieja guardia porfirista, pero además, no quiere exponerse a una nueva revolución por el solo hecho de atacarnos ni provocar, mucho menos, una nueva intervención armada norteamericana…

—¿Por qué una intervención armada? —cuestionó Anacleto, llamado a ocupar un papel muy destacado en los acontecimientos futuros.

—Porque la Constitución le ha creado a Carranza enemigos formidables, como lo son los empresarios extranjeros afectados por sus disposiciones y, por tanto, los enemigos de Carranza, los dueños del dinero en México, son nuestros amigos, nuestros amigos incondicionales, con los que debemos aliarnos otra vez para enseñarle nuestras fortalezas y que su gobierno entienda que no estamos solos —Orozco se cuidó de confesar sus importantes inversiones en la industria petrolera, razón de más para aliarse con los afectados por la Constitución, en realidad, sus socios—. Mientras más decretos expida Carranza como el que muy próximamente va a salir a la luz pública, por medio del cual impone gravámenes a los terrenos petrolíferos, más nos acercará a los magnates extranjeros del oro negro. A más impuestos a los inversionistas foráneos, más fuerte será nuestra alianza con los enemigos del régimen. Mientras más patriota pretenda ser Carranza, más se acercarán de nueva cuenta los acorazados yanquis a Veracruz y a Tampico y más posibilidades tendremos de que lo derroquen y que se coloque en el poder mexicano a un presidente hecho de acuerdo a nuestras necesidades: para eso tenemos al clero católico norteamericano, nuestros mejores cabilderos en el Congreso, en los altos círculos financieros de Nueva York y, por supuesto, en la Casa Blanca: quien se meta con la iglesia católica mexicana se mete también con la inversión extranjera y, por lo mismo, con las poderosas armadas foráneas, nuestros más leales aliados. ¡Que quede muy claro!

Bergöend, intrépido, agregó sin ocultar su satisfacción:

—Esa tesis es perfecta, Su Señoría, sólo que además de buscar alianzas extranjeras para fortalecer nuestra posición deberemos continuar reforzándonos en lo interno, cerrar aún más las filas de nuestros seguidores, ampliar nuestro frente nacional con estructuras inexpugnables, creando a la brevedad el Partido Nacional Republicano, una copia del Partido Católico Mexicano que yo fundé en 1912… No importa que el nombre no pueda tener ninguna acepción religiosa, según la nueva basura constitucional vigente… Los católicos siempre sabremos cómo integrarnos, digan lo que digan las leyes temporales…

Se hizo un breve silencio, como si Bergöend se hubiera atrevido a corregir a Su Excelencia. Un momento más tarde todo quedó claro:

—Dos cabezas piensan más que una, Bernardo —adujo el prelado sin ocultar su satisfacción y llamando por su nombre, conducta otra vez inusual en él, al sacerdote francés, quien se sentía el triunfador de la reunión. Es mío, se dijo, Orozco es mío, lo sé, lo sé, lo sé…

—Y cien mil piensan más que dos —repuso Anacleto al constatar el estado de ánimo de Orozco—; por ello propongo que, en lugar de dos o cuatro, seamos miles o cientos de miles los que pensemos y luchemos por nuestra causa, para lo cual propongo la creación de un periódico, por lo pronto regional, en el que compartamos nuestras reflexiones y conclusiones con los lectores de modo que ellos nos correspondan con sus valiosas opiniones dirigidas a nuestra editorial. Así estaremos todos más unidos y podremos abrazar con gran éxito nuestras más caras metas, como dijo el padre Bergöend, tomados firmemente de la mano.

Orozco compartía el punto de vista, no en balde había tenido una experiencia triunfante en el obispado de San Cristóbal, en donde había comprado varios diarios y adquirido imprentas, entre otros objetivos, para imprimir volantes destinados a convencer a la comunidad de las sagradas intenciones del Señor... Recibió con gran entusiasmo la propuesta enviándole al querido Anacleto un elocuente guiño que el maestro de escuela y antiguo seminarista supo apreciar en todo su valor...

La reunión terminó cuando trajeron los postres, consistentes en frutas secas, ate con queso y galletas y dulce de zapote confeccionado con jugo de naranja. Cuando ya todos se retiraban a sus respectivas tiendas de campaña Orozco y Jiménez se congratuló con Anacleto porque finalmente regresaría de Colombia el queridísimo padre Toral, un hombre imprescindible. ¿Toral? ¿El mismo apellido que el del asesino del presidente Obregón...? ¡Claro! ¿Y cómo no iba a ser el mismo si se trataba de su primo, hijo de su tía María, hermana de su padre, todos ellos, al igual que una buena parte de las familias Toral, nacidos en Jalisco, precisamente en Jalisco y en los Altos, para más precisiones...?

La noche transcurrió con toda tranquilidad hasta que algunos gorriones anunciaron con su juguetón revoloteo el arribo de la alborada...

La vida puede dar giros inesperados con actos tan simples como abrir una puerta. El destino me tenía reservado un encuentro la tarde lluviosa del primero de septiembre de 1976, precisamente el día en que Luis Echeverría anunció una devaluación monetaria. Jamás olvidaré la escandalosa ovación que, de pie, le tributó el Congreso de la Unión al Primer Mandatario, al Intérprete de la Voluntad Ciudadana, al Jefe de la Nación, al Líder de las Mayorías del País, al haber logrado la hazaña de empobrecer aún más a un México ya con millones de compatriotas postrados en la miseria. Ese fue su gran mérito… El poder legislativo mexicano sólo ha servido, con muy raras excepciones, a fines decorativos. ¿Necesitamos, a los ojos de la comunidad internacional, de una Cámara de Diputados y otra de Senadores para cubrir las apariencias de una república federal de respeto? Bien, constituyámoslas: que los legisladores pasen a ocupar sus curules, pero advertidos de que únicamente lo harán para vestir la estructura política mexicana de cara al mundo. De verdadera democracia nada: se trata de un teatro, mejor dicho de un circo, de una carpa. Que nadie se confunda, ¿eh…? En lo interno gobernará sin más limitaciones que sus propios caprichos el Tlatoani Sexenal, el Señor Presidente de la República, un imponente cacique con autoridad omnímoda, irrefutable, incuestionable, imbatible a lo largo y ancho del país. El Estado será él, sólo él, por seis años, de la misma manera que encarnará la ley, la interpretará y la aplicará de acuerdo a sus estados de ánimo y a sus conveniencias políticas y personales. ¿Quién se hubiera atrevido a plantarse enfrente de este jefe de la nación con capacidad para disponer de la vida y hacienda de los mexicanos? ¿Quién…?

Las ideas se me agolpan en la mente, se atropellan a la hora de escribir. La pasión y el coraje en ocasiones me desvían de mis objetivos, como sucedió cuando intentaba contar las relaciones con mi padre, unos párrafos atrás. En fin, mi vida dio ese giro inesperado al abrir la puerta de una galería de pintura en Polanco, en la Ciudad de México, donde conocí a Mónica. Yo contaba con escasos treinta años de edad y ella apenas con veinticinco. ¡Quién tuviera treinta años, preciosos treinta años…! Verla y perderme por ella fue lo mismo. Me la presentó Marta, su tía, la dueña de ese pequeño museo, en el que Mónica ayudaba ocasionalmente cuando se inauguraba una nueva muestra de artes plásticas y su presencia era requerida para atender a un grupo de invitados, posibles compradores. Mónica recibió el encargo de mostrarme la obra de un destacado pintor oaxaqueño que ya había colgado exitosamente su obra en Soho, Nueva York. Nunca he podido recordar el nombre del pintor ni retengo con claridad el tema de sus trabajos ni su técnica ni sus fantasías ni el colorido, sólo me acuerdo de Mónica, de sus ojos negros llenos de vida, de su optimismo contagioso, de su mirada intensa, escrutadora, curiosa y hasta candorosa. Desde un principio me hizo sentir que yo le estaba descubriendo el mundo, que mis comentarios eran geniales, que mis intervenciones, cuando no inteligentes y sabias, eran humorísticas y graciosas y la sorprendían, la invitaban a reflexionar o bien, la hacían desternillarse de la risa, porque yo era el hombre más simpático de la tierra. ¡Caray! En esta exposición no hay más artista que yo, me dije sonriente, satisfecho ante la recepción que me brindaba esa mujer excepcional que despertaba en mí sentimientos desconocidos.

Me explicó cuadro por cuadro mientras yo admiraba su vestido blanco, sin mangas, corto, del que sobresalían unas piernas macizas, bien torneadas, unos brazos largos y unos hombros delicados tostados por el sol. Su piel morena me hechizaba. Su escote, ciertamente pronunciado, me reveló la existencia de unos senos bien formados, plenos, desafiantes, que yo contemplaba esquivamente tratando de no perder el hilo de la conversación. Su cabellera larga, castaño oscuro, lacia, caía bien cepillada, lustrosa y suelta, sobre su espalda. Como si lo anterior no fuera suficiente, Mónica era de una estatura media; estaba hecha a mi precisa medida: no soporto a las mujeres altas, a las grandes, que cuando me dan la mano siento estar tomando la de un jugador norteamericano de básquetbol… No podía escapar a su atención mi esfuerzo por entenderla y responderle de modo que yo no pareciera un débil mental por estar cumpliendo con menesteres propios de un hombre que sabe aquilatar la belleza femenina. Ella lo percibía. Lo supo desde un principio. Me concentraba, por cortesía, en sus explicaciones. En realidad ella no festejaba mis intervenciones que yo, por otro lado, intentaba hacer lo más doctas, amenas y agraciadas posibles, sino que en el fondo se burlaba de mi notable incapacidad de disimular mis emociones y de ocultar la atracción que sentía por ella. Lo descubrió, según me confesó más tarde, desde el momento mismo en que la vi a los ojos por primera vez.

—Como jugador de póquer te hubieras muerto de hambre, Nachito. Tu mirada te delata, te denuncia: me dejaste conocer todo tu juego al verme con esa mirada que tienes de borrego a medio morir. Pude leer tus pensamientos y conocer tus sentimientos con la misma claridad con la que contemplas un paisaje a través de una ventana. ¿Cómo puedes ir por la vida tan tranquilo cuando cualquier persona, aun un intruso, un desconocido, puede ver en tu interior y hacer contigo lo que le venga en gana?

—No te confundas —repuse tocado por el comentario—: a ti te di las llaves de mi vida con tan sólo conocerte… La clara, la transparente, eras tú, al igual que la que dice todo al hablar, al ver, al reír, al explicar, al contar, al narrar, al mover las manos, al arreglarte el pelo, al parpadear, al caminar, al girar y dar vuelo a tu falda plisada para pasar a ver el siguiente cuadro; al escucharme, al festejar mis ocurrencias, al voltear, al cruzar pícaramente tus brazos e inclinar la cabeza preparándote para soltar una carcajada como si ya supieras de antemano mi comentario, al mover tus dedos morenos como si tocaras unas castañuelas, al señalar algo en el óleo, una chispa, un punto luminoso, al mojarte los labios, al agradecerme el detalle de ayudarte con el abrigo o de acercarte la silla. Al subirte el tirante de tu vestido blanco, al consultar la hora en tu reloj, al abrir los ojos sorprendidos cuando me dirigía a ti, al tomar la copa de vino tinto por el tallo y chocarla delicadamente con la mía clavándome tu mirada en el alma, al tomarme del brazo y conducirme a la pared en donde estaba colgada la pintura principal, la mejor, la que se había seleccionado para aparecer en la invitación. Que tú me vieras con esa claridad no significa de ninguna manera que los demás cuenten con una capacidad similar ni que yo me presente ante todos como un libro abierto… Tú sí que eras elocuente en cada momento, al menos conmigo…

Al terminar de recorrer la exposición le confesé mi incomodidad por no haber entendido nada… ¿De qué se trataba toda esa obra plástica, qué había querido decir el autor, de qué nacionalidad era el artista, cuál era su escuela, en dónde se había formado, era académico, autodidacta, cuál era la técnica utilizada? Nada, no había comprendido ni una palabra ni retenido un solo concepto. ¿Me puedes explicar todo de nueva cuenta, Mónica? ¿Sabes?, soy de lento aprendizaje…

No la pude convencer. Mónica reía a placer. Festejaba la ocurrencia. Se daba cuenta de la trampa. Dedicarme más tiempo sólo hubiera justificado una reclamación de Marta a ambos. Era demasiado el público asistente y muy escaso el personal para atenderlo. Cedí cuando ella me pidió que nos viéramos otro día, posando cálidamente una mano en mi antebrazo. Yo accedí de inmediato, siempre y cuando la cita para nuestro nuevo encuentro no se difiriera por más de dos horas, el tiempo que yo consideraba prudente para la clausura de la recepción. Era un sábado. Imposible esperar a verla hasta la semana siguiente. Una eternidad. Algo impensable, inimaginable, intolerable. ¿Nos vamos a cenar hoy mismo? Mónica, por lo que más quieras en tu santa vida, no abandones a su suerte a este pobre náufrago que finalmente encontró una tabla de salvación… Una sonrisa cómplice y el arreglo del cuello de mi saco con sus dedos frágiles confirmaron su decisión: tendría que esperar a que se fuera el último invitado… No se lo confesé en ese momento, pero estaba dispuesto a esperarla toda la vida…

Esa misma noche cenamos, claro que cenamos. Me sentía tan próximo a ella, tan identificado que, como Pablo Neruda, pude haber preguntado: ¿Quieres que te cuente cómo eras cuando todavía no habías nacido? Recuerdo claramente cuando tomamos dos martinis de manzana y, acto seguido, nos pusieron enfrente los menús de un tamaño excepcional, dos hojas blancas enormes de papel grabado, que nos impedían vernos a la cara. Fuimos advertidos del inminente cierre de la cocina dadas las altas horas de la noche en que habíamos llegado. Mientras Mónica, oculta tras la carta, hacía su selección, yo le pregunté:

—¿Qué se te antoja…?

Sin dejar de leer me respondió de inmediato:

—Una ensalada y un poco de salmón ahumado. ¿Y a ti…?

—¿Te gustan las emociones fuertes…? —disparé un tiro al aire.

Tras un momento de silencio contestó:

—Sssí, pero depende…

No pude esperar. Le contesté directo, en tres palabras, pronunciadas en voz muy baja escondiéndome, como podía, tras las grandes hojas del menú:

—A mí se me antoja invitarte a ir a Chicago…

Enmudeció. Se produjo un silencio muy pesado. ¿Se levantaría bruscamente de la mesa con un *por quién me has tomado*, arrojándome la servilleta a la cara? ¿Había sido demasiado audaz? Sin hacer aspavientos ni escandalizarse, respondió lacónicamente:

—¿Cuándo…?

—Mañana mismo.

Sentía el pulso acelerado en las sienes, en las muñecas, en el pecho. Reventaría de la emoción.

—Pero no tenemos ni boletos de avión.

—Ese es mi problema y los problemas se hicieron para resolverlos —aduje con resolución. ¿Acaso eso iba a ser un obstáculo?

—De acuerdo. Me encanta la idea, vayamos… Ahora dime qué se te antoja de cenar —insistió sin que en ningún momento pudiera escrutar su rostro oculto tras de la carta.

Creí haber encontrado a la mujer largamente idealizada y soñada en la persona de Mónica… Al llegar a Chicago tomamos, a sugerencia de ella, dos habitaciones. Tenía que respetar, como caballero, esa parte tan delicada del pudor femenino. De insistir en dicha coyuntura atropellando sus justificados pruritos, todo el plan se hubiera desplomado escandalosamente como cuando se derrumba una torre de copas de cristal. No me fue fácil resignarme a dormir solo en aquella ocasión, y menos aún con las fantasías que me acosaban. Sin embargo, acepté, no tenía otro remedio. A la noche siguiente, a la hora de despedirme frente a la puerta de su cuarto, cuando me retiraba de nueva cuenta sin insistir, bastó un fugaz contacto de nuestros labios para que nos perdiéramos en un arrebato amoroso del que tardamos varios días en despertar. Únicamente el primer día pudimos conocer la ciudad y hacer un paseo por el río. El resto del tiempo lo dedicamos a saciar a la fiera que habitaba en nuestro interior. No asistimos ni a escuchar los *Dos preludios* de Debussy interpretados por Sviatoslav Richter, por más que Mónica era una fanática consumada del piano. Únicamente logramos llegar media hora antes del cierre al Instituto de Arte y al Centro Cultural, olvidamos la inmensa gama gastronómica de Chicago y no disfrutamos los poderosos vientos de la famosa *Windy City*. ¿Qué más daba? Chicago siempre estaría ahí, de hecho había estado en los últimos dos siglos. Chicago podía esperar, pero nuestro romance no. Imposible. Un furor desconocido nos atrapó en el pasillo del hotel. Al abrir lentamente su blusa mirándola a los ojos comprobé que no me había equivocado, ahí estaba ella, la mujer en su máximo esplendor. Sus senos eran como los había imaginado. Poco a poco conocía sus secretos. Dios me hablaba. Me premiaba. Me recompensaba. Ahí estaba la mejor evidencia. Cuando anudé su cabellera con ambas manos me detuve unos instantes para contemplarla mientras la penetraba con la mirada. ¡Qué mujer! *Sweet Lord!* Hermoso espacio, breve espacio el que me regalé para llenarme los ojos con aquella imagen. Antes de arrodillarme y de hundir mi cara en sus carnes di gracias al cielo por el milagro. Pareciera que nos hubieran tenido separados a la fuerza durante muchos años y finalmente nos liberaban abandonándonos a nuestros deseos, a nuestras fuerzas, a nuestra imaginación y a nuestros impulsos hasta que una mínima y extraña voz, apenas audible, nos sugirió pasar a su habitación para gozar de nuestra intimidad. Recogimos su bolso, nuestros abrigos, mi saco y un zapato, tirados en el piso. ¿Qué sucedía, si llevábamos escasas horas de conocernos y todo indicaba que nuestra relación se remontaba a una eternidad?

Entramos al cuarto atropellándonos, cayéndonos al piso, nos arrebatábamos la ropa, me tiraba de la corbata, yo jalaba el cierre de su falda, cuando finalmente nos pudimos poner de pie. Yo disfrutaba su furia, su apetito, su ser mujer, su orgullo de serlo, su sorpresa, su vigor, su fuerza, su ímpetu, sus desinhibiciones: era una mujer, mujer, mujer ávida del contacto conmigo. ¡Qué privilegio! Yo respondía, no podía ser menos, con la misma suave violencia. El fuego nos devoraba. Nuestras lenguas recorrían compulsivamente nuestras pieles como si buscaran un pozo para saciar la sed. No había territorios prohibidos ni caricias atrevidas. Todo el horizonte era nuestro, el universo también: éramos los amos del infinito. Nos palpábamos, nos tocábamos, nos abrazábamos, nos estrechábamos, nos apretábamos, nos besábamos, nos separábamos, respirábamos, jadeábamos y nos volvíamos a atrapar, nos entrelazábamos con fiereza, como si nos quisiéramos arrebatar la vida. Ven, tómame, Ignacio, San Ignacio, Nacho, Nachito, mi Nacho, vida de mi vida, amor de mis amores, viajemos juntos, sujétame fuerte, respira, inspira, suspira, aspira, dame una lluvia de estrellas, lléname de luz, lléname de ti, invádeme, acércame tu pecho para sentir que existes, sentir tus latidos, tu pulso, tu ser, que eres de verdad, que eres mío… No me dejes, retenme, encájame tus dedos, muérdeme, sórbeme, chúpame, encomiéndate… Déjame respirar tu aliento, dámelo, dame tu lengua, hagámonos uno, fundámonos, respiremos juntos, exprímeme, duende, ven duende, mi duende, mi mago, tómame el pelo, agárrame, abrázame la cabeza, sujétame las nalgas, atrápame por todos lados, poséeme, devórame, cómeme, penétrame, soy tuya, agítate, aprieta el paso, presiona con las piernas, déjate ir, grita como yo, vuela, cae, sube, baja, ya vamos, ya, sujétame, me desintegro amor, tócame toda, cúbreme con mil manos, bésame con mil lenguas, recórreme con mil dedos, ya, ya vienes, ya, Dios, estallo, muero, vivo, caigo, exploto, no puedo más, Nacho, Nachito, mi Dios, mi hombre, mi emperador, mi rey, mi César, mi conquistador, mi Dios, mi santo, mi beato, mi sol, mi héroe, mi líder, mi guía, mi titán, mi faraón, mi monstruo, mi ay, ay, ay…

Chicago fue morir y vivir, nacer y gozar, saciar la sed y perecer por ella, entregarnos y volver a dormir desfallecientes sin otro

deseo que el de tenernos. Las charolas con los alimentos se acumula-
ban intactas en el pasillo, al igual que los periódicos tirados por debajo de la puerta se mezclaban los unos y los otros, en tanto nuestras
ropas aventadas por toda la habitación, una parte, la íntima, arrojada
sobre la pantalla de una lámpara de pie, bien podrían haber sido
motivos de inspiración para la composición de una obra maestra del
arte erótico.

Juramos no volvernos a separar por nada ni por nadie. Nos
teníamos, nos habíamos descubierto entre miles de millones de seres
humanos que pueblan la Tierra. Habíamos dado el uno con la otra en
esta gran tómbola que es la vida. Un hallazgo, todo un hallazgo. Éramos la pareja, el origen mismo de la humanidad. La razón de todo.
La primera explicación de la existencia. Ya éramos. Nos teníamos.
Estábamos identificados. Nos cuidaríamos, nos acompañaríamos, nos
protegeríamos, nos aconsejaríamos, nos atenderíamos a la hora de la
enfermedad, nos consultaríamos nuestras decisiones, estaríamos presentes a la hora del dolor, nos lameríamos las heridas cuando se diera,
inevitablemente, una tragedia, nos acariciaríamos el pelo, nos enjuga-
ríamos las lágrimas, nos divertiríamos escuchando música juntos,
lloraríamos en la ópera o reiríamos en el teatro, nos arrebataríamos la
palabra ante las afirmaciones de los pensadores y de los filósofos, dis-
cutiríamos al analizar la composición de las obras de arte cuando vi-
sitáramos los museos, brindaríamos con todos los vinos del orbe,
descubriríamos nuevos sabores, viajaríamos por los cinco continentes
y por los siete mares, nos retrataríamos rodeados de los jefes de una
tribu africana y en la Quinta Avenida y en la ciudad vieja de Shangai
y en un campamento en Tangañica y en los campos Elíseos y en Chi-
chén Itzá y escalando el Popo y haciendo cola para entrar a un teatro
en Broadway. Nos teníamos. Éramos de nosotros, sólo de nosotros.
Nos gozaríamos por el resto de los restos. Todo dependía de nosotros,
de saber cuidar nuestro amor alimentándolo cada día.

Mónica era inagotable, vivaz, intensa, graciosa y atrevida. En
una ocasión en que el gran pianista Vladimir Ashkenazy interpretaría
en el Palacio de las Bellas Artes el Preludio en Do menor de Sergei
Rachmaninoff, nos fue imposible conseguir buenas localidades y nos
tuvimos que resignar a sentarnos en la parte alta del tercer piso, contra toda mi mejor voluntad. Mónica, según yo iría descubriendo, no
resistía la adversidad; sin embargo, en esa ocasión logró controlarse
y dedicarse a escuchar buena música, aun cuando no fuera en los

lugares deseados. En el intermedio, cuando se prendieron las luces, Mónica descubrió que un palco del último nivel, en el extremo izquierdo, estaba vacío, ante lo cual no tardó en desenfundar el estilete florentino para decirme:

—Un caballero que se respeta debe complacer a su dama consiguiendo el palco vacío para que ella disfrute de una mejor audición…

Y se retiró al tocador envuelta en su abrigo negro, puesto que pasábamos por un crudo invierno. Quedé atónito unos instantes, hasta que decidí tratar de cumplir con mi elevado encargo recurriendo a mi mejor imaginación y verbo, mucho verbo, para convencer a los empleados responsables de esa área. Tras recurrir a todo género de argumentos y entregar una espléndida gratificación me abrieron la puerta del palco, reservada ahora sí para Mónica y para mí. ¡Quién sabe qué hubiera sido de nosotros si no hubiera logrado sus propósitos…! Mientras buscaba rostros conocidos entre las butacas del anfiteatro, de pronto escuché que alguien abría la puerta, por lo que me puse inmediatamente de pie para facilitarle el paso a Mónica a un pequeño vestíbulo, alejado de la vista del público, en el que me dispuse a ayudarla a desprenderse del abrigo.

—Estaba segura de que lo lograrías, mi héroe. Ya me estás acostumbrando, como tú dices, a que lo que más trabajo te cuesta son los milagros, los imposibles los haces con la zurda…

Yo trataba de explicar los obstáculos salvados para conseguir el palco cuando, para mi sorpresa histórica, al desprenderse ella del abrigo quedó desnuda: se había quitado en el tocador un vestido negro muy ligero que llevaba, así como la breve ropa interior, prendas que había guardado, quién sabe cómo, en su bolsa. Así, tal y como había llegado al mundo hacía ya casi veintiséis años, se encontraba Mónica en aquel palco cuando un poderoso aplauso del público anunció el regreso al escenario de Ashkenazy. Yo me sentía aturdido debajo de los reflectores cuando Mónica apagó la luz del vestíbulo, colocó el abrigo en el piso a modo de tapete, se acostó delicadamente sobre él pidiéndome que dejara entreabierta la puerta que daba al anfiteatro, atorándola con uno de mis zapatos para poder escuchar mejor. A continuación me extendió los brazos para que la acompañara, obviamente sin ropa, en aquel lecho de amor improvisado.

Quedé paralizado, inmóvil. Me imaginé arrestado, acusado de todos los cargos posibles, que irían desde inmoralidad y tal vez hasta daños a la nación, esposado por la policía mientras trataba de escapar a las cámaras indiscretas de los fotógrafos tapándome con ambas manos las partes pudendas. Hacer el amor en esas condiciones era demasiado pedir. No lo lograría ni aun cuando ella fuera la reencarnación de la mismísima Afrodita. Imposible, ni imaginando el arribo de Venus y su estela de estrellas podría complacerla esa noche. Mis facultades varoniles me abandonaron en un instante, como huyen los soldados cuando saben perdida la batalla sin esperar siquiera el toque de retirada. A correr, sálvese el que pueda. Los veía aventando al aire los rifles y las espadas con tal de llegar a un lugar seguro para salvar la vida, aun cuando yo, lo que trataba de salvar, en mi desesperación, era mi honor.

Mónica empezó a acariciarme los zapatos con el pie desnudo sin bajar los brazos, tal y como las sirenas habrían llamado a Ulises. Su figura morena armonizaba con el color oscuro del abrigo. ¿Cómo negarse…?

—¿Y si alguien abre la puerta por error o desea compartir el palco, a sabiendas de que nosotros sólo ocupamos dos sillas? —pregunté consternado, sin saber qué hacer ni ofrecer un argumento válido.

—Ven mi rey, mi faraón, mi Dios, mi emperador, ven, ven, ven, sol, luz del universo, ven…

Si nunca hubiera podido explicar semejante aventura a mi familia y a mis amigos queridos, y menos aún después de que vieran la fotografía en los periódicos, tampoco supe nunca cómo me atreví a desprenderme de mi corbata, de mi saco, de mis pantalones, camisa y demás, hasta caer postrado a su lado con todas mis gloriosas armas inutilizadas de antemano y con un frío peor a los que se viven en la Antártida. Mis manos estaban congeladas. Vi flashes, muchos flashes, gente, mucha gente burlándose y escandalizándose del escritor supuestamente tan serio y docto. Cuesta mucho trabajo y años, muchos años, construir un nombre y sin embargo, éste se puede destruir en un segundo: basta una fotografía en la prensa o en las revistas de vida social para que todo un prestigio se derrumbe en un instante. ¡Cuánto había trabajado en mi vida para hacerme un lugar como novelista político en la historia de México para que todo se desplomara en un abrir y cerrar de ojos!

No, no había hombre poderoso ni faraón ni emperador ni Dios ni nada: había un hombre menguado, aterrorizado que empezó a reaccionar al sentir los dedos de Mónica caminar y recorrer mi espalda. Su aliento ardiente en mi oído equivalió a un par de tragos de aguardiente. Empecé a escuchar en lontananza las notas vibrantes arrancadas por Ashkenazy a su piano de cola. Fue una buena señal. Me reconciliaba. Muy pronto sentí los dedos de mis pies, las piernas, las manos: empezaba a circular la sangre. El muerto volvía en sí mientras las manos de aquella santa mujer revivían hasta al músico más insignificante de la orquesta que habitaba en mi interior. Oí los violines, los alientos, los timbales, los fagots, las violas, los chelos, los platillos. El calor me regresaba al cuerpo y con él mis poderes.

—No te rindas, príncipe, rey de los cielos, hazme tuya. Nací para ti: tómame, es tu hora, es nuestro momento, es nuestra existencia, es nuestra oportunidad…

Así entre acordes, suspiros y respiros, lamentos e invocaciones, acompañamos a Ashkenazy a lo largo y ancho del teclado, tocando en todas las llaves, claves y tonos, cambiando las hojas de las partituras, saliendo del *andante ma non brioso* al *allegretto* y entrando al *allegrísimo*, al *piano*, al *pianísimo* para arremeter de nueva cuenta con un *molto vivace* y, acto seguido, *un lento maestuoso*, hasta la culminación después de interpretar uno a uno, con la debida cadencia, todos los movimientos de la obra, según Rachmaninoff, además de las improvisaciones, que estuvieron a nuestro cargo. Nunca como en esa noche entendí el genio magistral de ese gran poeta ruso de la música. Cuando la orquesta ya no podía más y los platillos anunciaron la parte más poderosa de la composición, Mónica y yo estallamos en un grito ahogado al llegar simultáneamente al *grand finale*, en tanto los instrumentos, uno a uno, dejaban de sonar, como si una catarata de notas se convirtiera gradualmente en un fugaz hilo de agua que, al agotarse, muy pronto se convertiría en un goteo aislado hasta llegar al silencio total. En ese momento, cuando el público se había puesto de pie para ovacionar a Ashkenazy, Mónica y yo soltamos una carcajada porque hicimos nuestro el aplauso, un aplauso que yo, más que ella, me merecía a rabiar. Ashkenazy salió varias veces al escenario a agradecer al público, actitud que imitaba Mónica para agradecer, asimismo, los favores recibidos. ¡Cuánta simpatía! Al abandonar el teatro, un grato sentimiento me perseguía escalinatas abajo. Jamás olvidaría la travesura vivida en el palco. De hecho, cuando he tenido la oportunidad de volver a Bellas Artes me resulta imposible no dedicar un breve guiño y un discreto aplauso al palco, ese nicho de los milagros.

Mis relaciones con Mónica fueron sufriendo un terrible deterioro como consecuencia de sus inopinados estallidos de violencia, que empezaron a repetirse sin que ella pudiera hacer nada o muy poco para controlarlos. El daño fue abriendo entre nosotros una pequeña fisura que más tarde se convertiría en un despeñadero, que ninguno de los dos podría salvar. Empezamos a saludarnos por cortesía, ¿cuál amor?, de un lado al otro del abismo hasta que dejamos de oírnos y de vernos por completo. Pero eso ya es otro capítulo... Para cerrar este pasaje, sólo debo recordar las sabias palabras de Gabriela, mi segunda madrastra: *Toma de la vida lo que te da, cuando te lo da, cuanto te dé y como te lo dé...* Eso mismo hice. Jamás me arrepentí...

Entonces mi padre, sabiéndonos severamente distanciados, invitó a Mónica a cenar para hablarle de mí y tratar de arreglar nuestras diferencias, ayudado por una botella de vino...

La historia patria me apasiona, me cautiva, me atrapa y me estimula, aún más cuando la investigación me permite descubrir las mentiras escondidas por los mercenarios al servicio del gobierno o de la iglesia. ¡Qué mezcla de coraje, frustración y alegría se revive en mi interior cuando doy con los embustes de estos criminales sociales que han provocado dolosamente tanta confusión! ¿Quiénes han sido los peores enemigos de México? ¿Por qué nos seguimos sentando con ellos a la mesa? ¿Por qué nos han engañado? ¿No lo sabíamos? ¿Por qué lo consentimos y bebemos su veneno como si no nos dañara? ¿Qué hemos hecho o estamos haciendo para controlarlos e impedir que sigan perjudicándonos? ¿Por qué no los denunciamos? ¿Somos cobardes o ignorantes y por ello no actuamos amarrándoles las manos o desterrándolos como en los siglos anteriores? ¿Qué nos pasa? Si somos ignorantes, ¿por qué razón no salimos de ese estado tan lamentable que nos impide tomar el rumbo correcto? ¿Quién o qué nos impide salir de la oscuridad? ¿Cuál es el obstáculo para acceder a la ilustración, al conocimiento y acercarnos lo más posible a la verdad? ¿Qué hacemos para salir del letargo, de la postración, de esta catastrófica indolencia? Tenemos que sacudir por las solapas a los mercenarios de la historia, a los responsables de la narración oficial, exhibirlos, expulsarlos de las universidades, retirarles la credibilidad, humillarlos, abandonar sus libros en las librerías y bibliotecas y darles la espalda en las academias, de las que deberían ser expulsados por bribones. ¡Hagámoslo! ¿Es conveniente señalar a los funcionarios públicos que se han sumado a la comisión de este delito intelectual por haber ayudado a redactar con recursos públicos las mentiras que tanto han dañado a la nación? ¡Castiguémoslos! ¿Es la prensa escrita o la electrónica? No la leamos, no la veamos, no la oigamos, pero hagamos algo para sancionar a los enemigos de la verdad… Imposible continuar con estos niveles de confusión perniciosa, esta ignorancia tan deprimente, esta inacción tan destructiva. Tomemos el camino de la luz, es la hora.

A los treinta años empecé a apartarme de la administración del rancho. Un sueño pesado me invadía cuando se comparaban las ventas de un mes a otro o se evaluaba el comportamiento de los mercados o se ponía la lupa en la contabilidad. Había estudiado leyes para no contaminar la atmósfera familiar con más fracasos académicos y personales. Yo había sido un pésimo estudiante, la oveja negra, negrísima de la familia, pero no por holgazán, nunca fui holgazán ni nada parecido, la realidad es que mi mente estaba permanentemente invadida por diversas fantasías. Tenía fuego en la cabeza. Para hacerlo constar contaba aquella anécdota, que me dibujaba de punta a punta, cuando un maestro de física de la secundaria desarrollaba una ecuación escribiéndola con la mano derecha en alto, apoyada en el pizarrón, mientras mantenía la izquierda adherida a la espalda, con la palma abierta extendida hacia nosotros, de modo que parecía un auténtico pirata inglés del siglo XVI. Entonces, en lugar de concentrarme en la lección y entenderla para evitarme problemas, empezaba a navegar por el mar sin límites de mi imaginación, donde el maestro era el Capitán Tormenta y tras desenvainar la espada con la mano derecha se colocaba la izquierda adherida al dorso para desafiar airadamente a los intrusos, fueran cuantos fueran, lo mismo daba: ¡Vengan aquí, cobardes, prueben el filo de mi espada!

—¡Ignacio Mújica! —tronaba de golpe la voz del profesor, que me arrancaba violentamente de mis fantasías para que fuera a terminar la operación… Imposible. Ni siquiera recordaba el camino al pizarrón ni el nombre del maestro ni el de ninguno de mis compañeros de clase ni dónde estábamos ni cuál era el tema abordado ni en qué país o lugar me encontraba, sólo sabía de piratas que surcan con sus bajeles la Indómita Mar Océano.

¿La escuela? Un fracaso rotundo. ¿La Facultad de Derecho? Una experiencia humana, notable y formativa, sólo que mi intención era estudiar en la de Filosofía y Letras, con lo cual, tal y como me veía mi padre, saldría con cola de caballo a la calle, huaraches de naranjero, morral, aretes, barba y mugre de cien siglos encima. ¿Eso quieres ser en la vida? ¿Un muerto de hambre? Mejor ven al rancho y ayuda a los campesinos a recolectar el café. Ganarás más así que dominando las aberraciones de Sócrates. Te pagaremos a destajo. ¿A quién le importa Sócrates, Nacho? Por favor, el hombre ya conquistó la luna... ¿Tú crees que una mujer de la clase alta, la única que te conviene, va a aceptar a un tragaletras en su casa y en su cama? Pon los pies en el piso al menos una vez en tu vida... Estudié, entonces, leyes contra mi voluntad y trabajé, también contra mi voluntad, en la recuperación de la cartera vencida de los deudores del rancho, entre otros rubros, durante tres años hasta que no pude más y decidí ingresar en un despacho de abogados para litigar asuntos mercantiles. El escándalo por mi renuncia fue mayúsculo; sin embargo, a pesar de los gritos, amenazas, advertencias y humillaciones paternas, insistí en mi decisión y me retiré por aburrimiento. Sí, me aburría hasta las lágrimas tratando de cobrar deudas de empresas y de centros de distribución de café. Salí harto, absolutamente harto, soñando con mi independencia.

Mi padre me despidió de las oficinas del rancho con las siguientes palabras:

—A la suerte no se le patea y tú la estás pateando en el hocico. La vida te la va a cobrar cara, muy cara, y a ella no le podrás regatear descuentos. La pagarás al contado...

Salí de su empresa sin voltear atrás. Por algo los ojos no están en la nuca.

Mi experiencia como pasante y después como litigante fue maravillosa, más aún por la exquisita calidad humana y técnica de los socios, mis jefes, en el bufete. Sólo que con el paso del tiempo la sangre se me empezó a convertir nuevamente en veneno. O externaba yo mis sentimientos y mis pensamientos y los narraba o reventaría en mil pedazos por dentro. Todo me incomodaba. Mi oficina, por más que estaba en un décimo piso con vista al bosque de Chapultepec, y aunque había adquirido el estatus de socio, empecé a detestarla, al igual que a los clientes y sus asuntos, que no sólo me volvían a aburrir, sino que ahora me irritaban, me desesperaban por la pérdida de tiempo. ¿Qué me importaban un embargo o una apelación o que corriéramos un gran riesgo si perdíamos un amparo o si se nos escapaba un término o no interponíamos un incidente clave para ganar el asunto? ¡Al diablo con todo: clientes, asuntos, litigios, términos, amparos, demandas y contrademandas, al diablo, al diablo, al diablo…! ¡Al diablo con el derecho, con los tribunales, con los jueces y magistrados! ¡Al diablo con mi vida pasada! Al diablo con mi padre y sus consejos: Nunca pierdas de vista que tu mejor amigo es el dinero y tu mejor amiga, tu chequera: es lo único confiable en la vida. Son incondicionales, leales, útiles y eficientes: tu camino es hacer dinero fácil y gozarlo hasta el final de tus días. No se te olvide que vivimos en el país de la impunidad y el que no roba es un pendejo… ¡Al diablo con los hurtos y la corrupción: ¿Por qué manchar mi nombre, mi dignidad y mis manos con algo que además no me importaba? ¿De cuando acá con el dinero se podía comprar felicidad y realización personal? ¡Al diablo, al diablo, al diablo…!

Yo sentía haber nacido para contar, para narrar, para describir y a ello me dedicaría, tuviera que pasar por encima de quien tuviera que pasar… Fue en esos años cuando, soltero todavía, empecé a convivir intensamente con mi abuelo, con Ave Tito, a quien le confesé en primera instancia mi deseo de dedicarme a la narrativa, a escribir: yo quería ser escritor. Sólo tenía una vida y no estaba dispuesto a dedicarla ni a la política ni a los negocios ni a la abogacía. Mi camino estaba en el reino encantado de la literatura. Si no había tenido una infancia feliz, había llegado el momento de ser un adulto pleno escribiendo los cuentos que siempre me imaginé desde pequeño. Los escritores escriben, lo decía Borges, con la misma seriedad con la que juega un niño. La vida es juego y los juegos la vida son. Sería escritor y lo fui. Si fracasaba en el intento, al menos sabía que esa voz que me torturaba y me obligaba a escribir era una voz espuria, falsa. Volvería a las leyes o lavaría ropa ajena. Lo que fuera. La vida es búsqueda y riesgo. Continuaría en la búsqueda y correría todos los riesgos necesarios. Sólo hay un camino, y no tiene regreso. No hay más oportunidades. Únicamente hay una existencia. La clave para vivirla consiste en descubrir la fórmula encerrada en una palabra: ahora…

—Lo que más me gustaría hacer, abuelo —le confesé un día a Ave Tito —, es escribir y ser escritor de tiempo completo. La literatura es la reina de todas las artes.

—Eso está bien, m'ijo, pero nunca te metas de bruja si no sabes de hierbas…

—Hablo en serio, abuelo —repuse tras de soltar la carcajada. Ante mi advertencia recuperó de inmediato la compostura, por más que su deseo hubiera sido seguir bromeando todo el día.

—¿Por qué entonces no te dedicas de cuerpo y alma a lograrlo, a trabajar únicamente en lo tuyo? —me preguntó Ave Tito como si la pregunta no tuviera ninguna importancia.

Después de meditar unos instantes la respuesta, y como no sabía qué contestar, simplemente aduje:

—No lo sé, Ave Tito, en realidad no sé por qué no hago lo que más quiero en la vida…

—¿Me quieres decir que quieres ser escritor pero que no sabes por qué no lo eres?

La pregunta así planteada me desnudaba. Busqué mil pretextos para defenderme. Fracasé.

—Así es —repuse finalmente, ocultando lo más posible mi confusión y mi vergüenza. ¿Para qué mentir?—. Nnno, no lo sé…

—¿No has pensado que, tal vez —agregó con gran cautela—, estés paralizado por el miedo que te impide dar el golpe de timón que necesitas para ir a donde deseas?

—¿Miedo? Yo no tengo miedo —exclamé como si me hubiera herido en el centro de mi sensibilidad—. Sólo estoy confundido.

—No te alteres, hijo mío —comentó en plan paternal, conociéndome de sobra—. Todos tenemos miedo a lo desconocido y muchas veces a lo conocido, ¿o crees que el torero no pasa miedo mientras espera en el centro del ruedo a que salga la bestia enloquecida, al igual que el cantante de ópera en tanto se levanta el telón o el piloto de autos de carreras antes de la arrancada o el de aviones cuando acelera a fondo para levantar el vuelo con cuatrocientos pasajeros a bordo o el ingeniero que inaugura un puente y piensa que se puede caer por sobrepeso o por un terremoto, o el cardiólogo que abre el pecho con el bisturí temiendo perder la vida del paciente o el astronauta que no sabe si volverá a la Tierra o el escritor que ignora cómo tomará el público su novela? ¿Te das cuenta…? ¿Miedo? Todos tenemos miedo, Nachín, los que sobresalen y tienen éxito son quienes logran controlarlo y por esa razón se lanzan decididos a la conquista de su vida. Además, recuerda lo que tan bien decía Álvaro Obregón: "El hombre más valiente es el que domina su propio miedo".

Entendí. Era ahora o nunca, antes de que la resignación, odiosa palabra, me invitara a aceptar una realidad que yo despreciaba. Fue entonces cuando me lancé a la conquista de mis deseos, de mi propia persona, a la conquista de los placeres escondidos en las letras. ¿Cómo poder con los demás si, para comenzar, no puedo ni conmigo mismo…? Con el tiempo, a través de mis novelas, llegué a vivir ciento cincuenta vidas; fui diez veces presidente de México, tres veces jefe de la Casa Blanca, senador, recién casada, gatillero, dictador centroamericano, káiser, cura, obispo, arzobispo, Papa, piruja, petrolero, notario, campesino, ingeniero hidráulico, bananero, monja, empresario metalúrgico, joyero, espía al servicio de Alemania… ¿Quién puede superar esta hazaña? Desde entonces vivo de mis libros, de mis queridos libros, mi mejor herencia, mi mejor patrimonio, el verdadero origen de mi felicidad y de mi plenitud. Valioso en la vida es lo que no se puede comprar con dinero. Mi satisfacción profesional está mucho más allá del alcance de la más robusta de las chequeras. La vida nada me debe, nada le debo, estamos en paz… Sí, sí, pero me faltaba una pareja, una mujer con la que compartir sabores y sinsabores, una compañera, no simplemente alguien para pasar la noche. A veces era mil veces preferible una masturbación a una presencia insoportable cuando se ha extinguido la fiebre de la carne. ¡Cuántas veces al ducharme, después de una entrevista "amorosa", deseaba salir y no encontrarme todavía en el lecho a la indeseable que con voz de gato de angora me invitaba a volver a su lecho todavía cálido para intercambiar más besos y caricias! Prefería la muerte, pero antes que nada tenía que ser caballero aunque sus insinuaciones me provocaran el vómito. ¡Cuánto control se requiere para dar o recibir una caricia indeseada…! ¿Cabe la palabra náusea?

¿Mónica? Ya volveremos a ella…

Los hechos se habían sucedido a gran velocidad, sobre todo después de que Orozco y Jiménez había sido desterrado sin más trámites a Estados Unidos en aquel 1918. El gobernador de la Mitra había declarado duelo por el exilio de Orozco y Jiménez: durante un mes no habría misas cantadas ni rosarios solemnes. Además, impuso una penitencia de visitar diariamente al Santísimo, abstención de paseos, "muy particularmente del cine indecente y de los bailes pornográficos".[33] La elevada jerarquía del prelado impidió que fuera fusilado, como sin duda eran los deseos de Obregón y de Calles, pero no podía ignorarse el peso de Roma ni su influencia en la Casa Blanca, además del furor doméstico que se produciría de haberlo colgado de la rama de un frondoso ahuehuete del bosque de Chapultepec. A ningún funcionario del gobierno federal ni del estatal le interesaba crear un mártir que uniera a los católicos fanáticos como un solo hombre en contra del Estado. Mejor, mucho mejor, simplemente largarlo a patadas del país…

Orozco y Jiménez y el maestro Anacleto mantuvieron en todo momento una fluida comunicación a través de mensajes encriptados mientras aquél permaneció en el exilio. El prelado confiaba a ciegas en la capacidad de convocatoria de Cleto; por ello le encomendó la impresión y distribución de volantes para que repartiera masivamente en las ciudades y pueblos más importantes de la arquidiócesis. Se lanzaba la piedra y se escondía rápidamente la manga púrpura de la sotana. ¿Cómo llegar a descubrir que el propio prelado los había redactado y había coordinado a la distancia la colocación del material incendiario en calles y avenidas? Él, en todo caso, podía alegar inocencia. Alguien está utilizando indebidamente mi nombre con fines aviesos, la utilización de su imagen ante el gobierno local y el federal, alegaba desde el destierro. Soy incapaz de conducirme en los términos de los que me acusan mis enemigos. Una calumnia. Una venganza, eso es, una venganza de las personas que desean el mal para nuestra Santa Madre Iglesia, bien podría alegar para escapar a cualquier acusación. ¿Hay pruebas…? No. Los volantes aparecieron en varios estados de la República, así porque sí… Milagro, milagro, milagro… Pues entonces hablemos de otra cosa, ¿qué tal, por ejemplo, de la terminación de la guerra mundial y la derrota de Alemania y del Imperio Austro-Húngaro? He ahí, precisamente ahí, su notable habilidad para manipular a las masas. ¿Acusarlo? Eso cualquiera; ahora bien, probarle los cargos, todavía no había nacido quien pudiera hacerlo. Uno de los textos anónimos, por supuesto anónimos, que caían en manos de los ciudadanos, decía:

> Católicos: es preciso que volviendo por nuestra dignidad, que volviendo por nuestra hombría, nos decidamos de una vez por todas a hacerles la guerra, pero una guerra sin cuartel, emprendiendo la más formal de las Cruzadas en la siguiente forma: 1º Que nadie, absolutamente ningún católico, y por ningún motivo, compre la prensa impía… 2º Que de hoy en adelante nadie compre ni favorezca a los anunciantes de dichos periódicos ni a quienes se vea que los compran o leen. 3º Que no acudamos a ningún profesionista, ya sea abogado, médico, ingeniero, etc., que haga gala de anticatólico. 4º Que no ocupemos a ningún artesano ni trabajador que haga

profesión de impío, lea, defienda, proteja la prensa impía o contemporice con el decreto 1913. 5º Que no vayamos a ningún teatro ni cine, aunque se pongan piezas morales… 6º Que retiremos nuestras relaciones, ya sean comerciales, sociales o afectuosas de todos los que de alguna manera son enemigos de nuestras santas creencias. Es decir, que nos separemos por completo de los que quieren, consciente o inconscientemente, exterminar nuestra religión. ¡Que deslindemos los campos! Así lo exigen las circunstancias! ¡Así lo pide nuestro honor! ¡Seamos hombres! Consideremos como traidores y como a tales hagámosles la guerra a todos los católicos que, no correspondiendo a nuestro llamado, sigan protegiendo a los partidarios del decreto 1913. En nuestras manos están sus estómagos, puesto que los católicos somos la inmensa mayoría y sin nosotros no podrán vivir… ¡Ánimo pues, católicos, que aún nos quedan nuestras mejores armas![34]

Y finalmente:

> ¡Alerta, Católicos…!
> No matricules alumnos en las escuelas sin Dios. No ocupes los autos y tranvías. No concurras a los templos hasta que oficien libremente en ellos los sacerdotes católicos. No compres lujos en los almacenes de ropa. No dejes el luto ni retires las protestas de nuestras causas. Aplaza el pago de las contribuciones hasta que se haga justicia a los católicos.[35]

En 1919 se acomodaban las fuerzas políticas de cara a las elecciones del año siguiente, fecha fatal en la que Venustiano Carranza debía entregar el poder en los términos establecidos por la Constitución de 1917. Sufragio Efectivo. No Reelección. Eso disponía la Carta Magna como la más sobresaliente conquista de la revolución. Obregón, quien había renunciado a la Secretaría de Guerra desde 1917 para dedicarse a las faenas agrícolas, en particular a la producción y exportación de garbanzos a la Unión Americana, esperaba, frotándose las manos con la fértil tierra de Sonora, el feliz momento en que presentaría su candidatura a la Presidencia de la República por el cuatrienio 1920-1924. Esperaba, sí, que Carranza aceptara pacífica y respetuosamente el final de su mandato y le entregara el poder sin oponer resistencia, ni militar ni política. Él, en 1917, se había hecho a un lado aceptando a regañadientes un mejor derecho del jefe del Ejército Constitucionalista para constituirse en jefe de la nación. Cedió muy a pesar de haber materialmente aplastado a Huerta y a Villa en el campo del honor y de contar, por esa sola razón, con todo el crédito político y público para ser el amo del país... ¿Quién se lo iba a discutir, si el ejército estaba de su lado? ¿Cuándo se vio a Carranza ni remotamente cerca del frente, en donde tronaban los obuses y las granadas como la que le había arrancado en Celaya el brazo derecho a Obregón? ¿Cuándo el jefe del Ejército Constitucionalista se expuso y estuvo cerca de la balacera? ¿Cuándo percibió el olor a pólvora? El mérito militar como general revolucionario invicto le correspondía, sin ningún género de dudas, a Álvaro Obregón, quien, por esta ocasión y sólo por esta, sabría esperar. Tenía que hacerlo para cuidar la fachada y no aparecer como golpista. Por si fuera poco, él había sido uno de los principales artífices de la Constitución, que en su artículo 82, párrafo VII, exigía a los candidatos "no haber figurado directa o indirectamente en alguna asonada, motín o cuartelazo".

En lo que hacía a la iglesia católica, ésta había continuado su intenso proceso de organización popular sin descuidar los frentes domésticos ni los internacionales. La suspensión de servicios religiosos y la oportuna y eficaz ejecución del boicot comercial le había reportado espléndidos dividendos políticos y sociales a la arquidiócesis de Guadalajara y a la iglesia católica mexicana en lo general, al extremo de que se había presionado al gobernador Diéguez para que derogara, como de hecho y de derecho lo derogó, el decreto que establecía un número específico de sacerdotes por parroquia o iglesia y además los obligaba a inscribirse, uno a uno, en un registro público como cualquier otro profesional. Y claro, en el marco de estos sucesos, incluida la proclividad del presidente Carranza a evitar mayores conflictos con la iglesia, no se debería perder de vista la gira realizada por el jefe de la Casa Blanca por Europa en enero de 1919, en especial la visita de cortesía que le hizo a Benedicto XV para festejar y analizar las derivaciones del triunfo de los aliados, de la *Entente Cordiale*, en contra principalmente de Alemania y del Imperio Austro-Húngaro y la suscripción de los Tratados de Versalles. El Sumo Pontífice, expresión que a mi abuelo, Ave Tito, le sacaba verdaderamente urticaria, no dejó de abordar el problema mexicano, tanto el derivado de los decretos petrolíferos de Carranza como la política de éste y de los jacobinos mexicanos en contra de la iglesia católica.

La reunión se llevó a cabo en la biblioteca del Vaticano, y durante ella Woodrow Wilson le confesó al Papa, moviendo escasamente los labios, las incomodidades en sus tratos con los mexicanos, individuos imposibles de comprender:

—Yo apoyé militar y económicamente a Carranza para que pudieran deshacerse del monstruo de Victoriano Huerta, ¿y cree usted que en algún momento he sentido un reconocimiento, un agradecimiento genuino de su parte? Yo creía que como socios podía sugerirle, recomendarle, insinuarle alguna directriz o alternativa diferente recurriendo a la vía diplomática, pero nuestra presencia, Su Santidad, los incendia, los enloquece, los confunde y los irrita. Son vecinos realmente muy pintorescos…

El Papa sonreía con expresión beatífica, disfrutando la oportunidad de conversar con uno de los hombres más poderosos del planeta. En el centro de una enorme sala se encontraba la Piedad, otra versión de las esculpidas por el genio de Miguel Ángel.

—Créame que haré mi mejor esfuerzo por explicarle a Carranza las ventajas de gozar una convivencia respetuosa y civilizada, pero debo advertirle que está rodeado de fanáticos, según me informan los diplomáticos acreditados en México. Él cedería con relativa facilidad, pero los constitucionalistas están jugando ahora con mucho éxito, y por primera vez en su historia, a la democracia —agregó Wilson, maravillado por la riqueza cultural de la Santa Sede. ¡Cuántas obras de arte! ¡Cuántos libros incunables! ¡Cuántos tesoros! ¡Cuánto poder sin ejército para defenderlo!

—Dios, señor presidente, y su iglesia católica, le han de agradecer su intervención para convencer a esos buenos hombres, estos mexicanos, tan buenos como confundidos, de las ventajas de vivir en armonía. Usted, que en los últimos años ha luchado tanto por la causa de la paz, conoce mejor que nadie sus beneficios y nosotros, invariablemente adoradores de la fuerza de la palabra, nos negamos a echar mano de otros recursos que sólo el Señor, con Su santa sabiduría, nos podría indicar la conveniencia de utilizarlos. Usted sabe que Él siempre ha tenido y tendrá la última palabra. Ahora, por lo pronto le pedimos encarecidamente use su influencia para evitar asperezas futuras. A nadie escapa que a usted le basta apretar un botón para que esos chicos desorientados vuelvan al orden. Continúe su proceso de paz también en México, señor presidente: intervenga usted para que esa Constitución de inspiración demoníaca no llegue a aplicarse en el futuro. Usted y sólo usted puede evitar males mayores...

—Lo haré, haré lo mejor que pueda...

—No se sorprenda usted, señor presidente, de las dificultades para entender a los mexicanos. Cada uno de los prelados que viene a verme me trae una versión diferente de lo que sucede en México... si usted me perdona el atrevimiento, sería conveniente, tal vez, mandar a México a monseñor Burke a que investigue la realidad de lo que acontece, y de esta suerte, tanto ustedes como nosotros, contaremos con una información más precisa para tomar la decisión correcta de forma en que usted pueda ayudarlos financieramente...

Wilson levantó la ceja.

—¿Podría precisar el concepto, Su Excelencia?

—Sí, señor, presidente —la reunión no podía ser más protocolaria y regida por la más estricta etiqueta—. Carranza bien podía ser visitado por nuestros obispos que, esperamos, ya empiecen a regresar gradualmente a México una vez concluidas las persecuciones, de modo que el arzobispo Ruiz y Flores pudiera ofrecerle un préstamo a México, el cual necesita como un enfermo la boquilla del oxígeno.

—¿Un préstamo...?

—Sí, señor presidente, un préstamo a México proveniente de Washington, tendría un efecto notable en nuestras relaciones con Carranza y en las de la Casa Blanca con el gobierno mexicano.

—¿En qué mejorarían las de ustedes, las del Vaticano, con Carranza si nosotros les damos el dinero? —preguntó Woodrow Wilson con su rostro impertérrito esperando una genialidad de Su Santidad, porque no se podía ocultar la experiencia diplomática de la iglesia en los últimos diecinueve siglos.

—Es sencillo, señor: nuestro arzobispo Ruiz y Flores se entrevistará con el presidente mexicano para ofrecerle esos recursos frescos provenientes de la tesorería norteamericana. Carranza se quedará muy agradecido con ustedes por haberle concedido el préstamo que tanto demanda su administración en estos momentos y con nosotros, a cambio de nuestra intermediación para obtener el dinero, el presidente de México se convencería de la necesidad de adquirir un compromiso con nuestra iglesia para derogar esas leyes satánicas que tratan de imponer los jacobinos en su eterna ceguera. Todos salimos ganando: ustedes pacifican su frontera, los mexicanos vuelven a obtener empleo y trabajo y reconstruyen su país; ustedes prestan dinero, cobran intereses y nosotros logramos la derogación de la Constitución. ¡Viva la paz entre los hijos del Señor!

El guía espiritual expresó tal júbilo mientras levantaba la cabeza en dirección al ábside, como si intentara buscar el rostro de Dios.

Carranza no sólo había solicitado al Congreso en noviembre de 1918 la modificación de los artículos anticlericales 3, 27 y 130 de la Constitución, una propuesta que hubiera dado marcha atrás a las conquistas revolucionarias, sino que permitió la repatriación del Episcopado a mediados de 1919, entre ellos obviamente la del arzobispo de Morelia, Leopoldo Ruiz y Flores, y la de Orozco y Jiménez, quien fue objeto de una recepción apoteósica a su llegada a Guadalajara, una celebración de la que todavía se guarda memoria, para celebrar su sonoro triunfo en todos sus planes y estrategias —urdidas con Anacleto, Garibi y Bergöend la famosa noche de la fogata en campo abierto en Totatiche, Jalisco— contra el gobierno estatal y el federal. En febrero de 1919 se derogó el decreto 1913, se reabrieron las iglesias, se volvió al ejercicio del culto y se levantó la consigna de no comprar ni consumir ni pagar impuestos.

—Dios está con nosotros —exclamaría Orozco y Jiménez en su júbilo por haber doblegado al gobierno—; el Señor nos manda evidencias de Su beneplácito por todos los medios posibles.

Esta exitosa estrategia política, este precedente nefasto, llenaría de confianza y seguridad al clero y lo invitaría a repetir, con mayor énfasis, la misma estrategia en todo el país en 1926. El boicot comercial y la suspensión de servicios religiosos, el ejemplo de Orozco y Jiménez, se llevaría a cabo ese año a lo largo y ancho de la República para someter a sus deseos al gobierno de Calles y provocar su derrocamiento a través de un gigantesco incendio de dimensiones nacionales. El sonoro éxito obtenido en Jalisco por la iglesia encabezada por El Chamula se constituía en un acicate. Podemos. Vayamos siempre adelante. En lo sucesivo la iglesia católica ya no cedería: ejecutaría sus planes y utilizaría sus fuerzas a través de partidos políticos, de organizaciones secretas o públicas, aprovecharía sus fuerzas financieras y sus relaciones en el exterior para combatir cualquier agresión contra su sagrada causa. Había aprendido la lección dictada por Juárez. Una vez había sido suficiente…

Así, con el beneplácito de Benedicto XV, nace la Asociación de Damas Católicas, una calca de la que había fundado Orozco y Jiménez diez años atrás en San Cristóbal de las Casas, en la que él mismo fungirá como presidente, de la misma manera en que surgen los Caballeros de Colón gracias a la iniciativa de Su Excelencia: una activa organización de hombres católicos, de gran personalidad económica, copiada de la de Estados Unidos para hacerse de enormes recursos y aprovechar su influencia en cuanto foro fuera posible para proteger y beneficiar a la iglesia. Son, en principio, los padres de los integrantes de la ACJM, los jóvenes católicos acomodados, los "acejotaemeros". Orozco crea el Centro de Estudios Católicos Sociales para "instaurar todo en Cristo". Se funda, de acuerdo con Bergöend, el Partido Nacional Republicano, el PNR, una nueva versión del Partido Católico fundado en los años de Madero. El padre José Toral Moreno, primo hermano del asesino de Álvaro Obregón —Toralito, apelativo cariñoso con el que el arzobispo de Jalisco se dirigía a él en privado—,[36] le propone a Su Excelencia la posibilidad de crear un Congreso Regional Obrero Católico para controlar a los trabajadores adscritos a la arquidiócesis. Unámonos, Monseñor… Es felicitado con el mayor entusiasmo por la superioridad. Su apellido adquiere renombre. ¿Quién contaría con más fuerza, las organizaciones obreras de Morones o las católicas patrocinadas por Orozco y Jiménez, llamadas a extenderse por todo el país? El conflicto estaba planteado. ¿Quién se apoderaría de esos mercados políticos, la iglesia o el gobierno? Se constituye la Confederación de Asociaciones Católicas de México. Es claro, clarísimo que se cierran filas. Se aprietan los puños. Se construye una hermética unión religiosa, un muro inexpugnable, un enorme valladar. Se traban alianzas inconfesables con las empresas extranjeras afectadas por las disposiciones constitucionales. Se pagan diferentes publicaciones para llamar a la resistencia católica e impedir la aplicación de la Carta Magna. La alta jerarquía católica sueña con una nueva dictadura militar de corte clerical. Este país fue nuestro, es nuestro y seguirá siendo nuestro… Orozco y Jiménez se cartea con las máximas autoridades católicas de Estados Unidos y, por supuesto, informa al Papa y a la jerarquía vaticana de lo acontecido en México, según su muy particular punto de vista.

Mientras la iglesia católica lubrica sus máquinas de escribir, compra linotipos nuevos, aceita las carabinas, evalúa sus recursos económicos, políticos y sociales, prepara a sus feligreses, los organiza adelantándose a los acontecimientos y garantiza sus apoyos domésticos y foráneos, Álvaro Obregón observa cómo habían transcurrido dos interminables años supuestamente alejado de la política en su rancho La Quinta Chilla sin que Venustiano Carranza le hubiera dirigido la palabra, si acaso le habría enviado un par de misivas intrascendentes a él, al militar invicto, por quien debería haber mostrado el ahora Barbas de Chivo, ya no el Señor Presidente de la República, un justificadísimo agradecimiento. Nada: no oye nada, no se le informa de nada, no se le toma en cuenta, no se le nombra. Es un apestado con todo y sus relevantes méritos en el campo de batalla. La patria no le reconoce sus haberes en la reconquista de la democracia ni su lucha valiente y encarnizada para recuperar la libertad después de haber derrocado a Huerta, el sanguinario dictador, y derrotado al bandolero de Villa. Que ni siquiera se le ocurra, que no pase por su mente la idea pasajera de aspirar a la Presidencia de la República. Nada. Nada, lo que es nada. ¿Qué hacer ante semejante deslealtad? Si no se me reconocen mis merecimientos, entonces yo los haré valer para que nunca nadie se vuelva a olvidar de mí…

En esas reflexiones se encontraba el Manco de Celaya cuando el 1 de julio de 1919 decidió enviar un telegrama a Carranza anunciándole su decisión de informar a la nación su deseo de contender por la presidencia y, por si ello fuera insuficiente, todavía incluyó en el texto una crítica a la administración del Varón de Cuatro Ciénagas. El jefe del Estado mexicano tronó en un ataque de rabia. Alega en la intimidad que efectivamente Obregón era su candidato, pero que al no haber sido respetuoso de las más elementales formas de convivencia política, es decir, haberse acercado amigablemente a Palacio Nacional, con la debida discreción y obligada consideración debida a su superior jerárquico, a negociar sus planes políticos y además, haberse atrevido a exhibir ciertos errores del gobierno, Álvaro Obregón había caído de su gracia y afecto. Buscaría a partir de esa fecha otro candidato para sucederle. Piensa en varias personalidades, entre ellas en Ignacio Bonillas, el embajador mexicano ante la Casa Blanca, un desarraigado a quien Carranza manejaría tras bambalinas a su antojo en los años por venir. Lanza la candidatura de "Míster Bonillas" a finales de 1919. ¿No abriría entonces una competencia electoral democrática para que el pueblo escogiera libremente al mejor? El "tapado", como se ve, no constituía ninguna novedad. La picardía mexicana, el ingenio humorístico de la nación, especialmente útil para destruir figuras políticas, el sarcasmo a su máxima expresión, hace acto de aparición en los escenarios políticos. "Bonillas es el nuevo Manco González de don Porfirio". "¿Cómo vamos a tener un presidente que ni siquiera habla español?". Bonillas será a partir de entonces Flor de Té, en alusión a la "historia de una pastorcita abandonada que ignoraba hasta el nombre de sus padres".

Obregón recibe el apoyo de diversos partidos, de diferentes gobernadores y grupos políticos del país, de organizaciones obreras creadas y patrocinadas por Luis N. Morones, como la CROM, Confederación Regional Obrera de México, y el Partido Laborista Mexicano, que tendría su primera convención nacional en Zacatecas en 1920. El gobierno, como se ve, también arma sus estructuras obreras. Iglesia y autoridad se disputan el mercado político de los trabajadores. Buscan fuerza, apoyos, palancas. El recio político sonorense tiene un arrastre vigoroso. Las mayorías se adhieren a su candidatura. Se erige como un contrincante invencible. El ejército está de su lado, los caciques también. Lo que comenzó con unos vientos moderados del norte, muy pronto adquiere la jerarquía de huracán. Nada parece detenerlo, ni siquiera la declaración premonitoria de Carranza, quien pronosticó en abril de 1920: "Si Obregón entra al poder se repetirá el periodo histórico de 1876, cuando don Porfirio se hizo cargo de la Presidencia para, al término de su mandato, poner en el puesto a un incondicional, quien, a su vez, le volvería a entregar el mando para no volver a salir de él."[37]

¿Quién se atreve a hablar así? ¿Un Carranza que pretendía nombrar a Míster Bonillas o a "Flor de Té" para la presidencia repitiendo los errores que él mismo le criticaba a Porfirio Díaz? Sin embargo, el jefe de la nación no se equivocaba: después de Obregón vendría Calles, su querido paisano, y, al concluir el mandato de éste, el Manco se reeligiría ignorando los más caros postulados de la revolución, a lo largo de la cual expuso tantas veces la vida en sus empeños por regresar al México democrático de Madero. Así de importante fue el movimiento armado para Obregón. Así de grave sería la traición hacia los principios más caros consignados a sangre y fuego en la Constitución de 1917.

En abril de 1920 se inicia "un juicio" contra el Manco. Éste ventea el peligro, lo husmea, lo percibe en el viento. Casi siempre supo distinguir el peligro y evitarlo, salvarlo, evadirlo, controlarlo. Carranza intentaba veladamente que el sonorense no pudiera continuar con su campaña presidencial. Se trataba de aprehenderlo con cualquier pretexto, descarrilar su proyecto electoral, abortar, aun cuando fuera transitoriamente, su carrera política. Obregón escapa de la trampa. Huye en razón a los consejos todavía fraternos de Luis N. Morones:

—Vienen por ti Álvaro: te van a matar o por lo menos desaparecer…

El Manco entiende la amenaza, acepta la presencia del peligro. Una noche, cuando la policía secreta carrancista está a punto de atraparlo, salta desde un coche en movimiento para rodar entre los arbustos de un parque cercano al centro de la Ciudad de México. Sin ser advertido por sus perseguidores, aborda otro automóvil, se disfraza de ferrocarrilero y huye por tren hacia Guerrero, perdido en el anonimato. No necesita más pruebas de los alcances del Barbas de Chivo. Derrocará a Carranza. No habrá contemplaciones. Recuerda en su soledad de La Quinta Chilla aquello de que quien hace la revolución a medias cava su propia tumba. No se detendrá ante nada ni ante nadie. Se trata de encabezar el Poder Ejecutivo Federal, él, un hombre nacido en tierra de nadie, sería un sucesor mucho más que digno de Juárez, de don Benito Juárez, el Benemérito de las Américas, de Lerdo de Tejada, de Pancho Madero. Sí, sí, él, Álvaro Obregón, despacharía en el futuro en la oficina más importante de México, desde la que se escribía a diario la historia de México. Nunca desaprovecharía la oportunidad. Se empieza a redactar el Plan de Agua Prieta. No hay tiempo que perder. Adiós don Venus, adiós, adiós…

Para Carranza no habría exilio ni destierro para que, tarde o temprano, regresara por sus fueros con el apoyo de alguna potencia militar a segar la vida de Obregón o a destituirlo del cargo. El Manco no podía ignorar el apoyo militar concedido por Estados Unidos al Barbas de Chivo durante la revolución. ¿Podrían volver a auxiliarlo financiera y militarmente como lo habían hecho en contra de Victoriano Huerta? ¿Repetirían ahora la misma estrategia en contra del propio Obregón? La mejor solución consistía en acabar con la vida de Carranza. ¿Matarlo…? ¡Por supuesto que matarlo! ¿Cómo podría sostener la Casa Blanca a un cadáver, por más virajes diplomáticos que diera para proteger sus intereses? El 23 de abril de 1920 se expide el Plan de Agua Prieta gracias, principalmente, a Calles, a Salvador Alvarado, a Gilberto Valenzuela y a Fito de la Huerta, sin que se deba ignorar la presencia de Samuel Yúdico y de Celestino Gasca, laboristas del círculo de Luis N. Morones, también implicado en el levantamiento. Más tarde se unirían al movimiento Arnulfo Gómez, Pascual Ortiz Rubio y Manuel Peláez, quien ya se había rebelado contra Carranza. Todos aplauden de pie cuando terminan la redacción del artículo primero: "Cesa en el ejercicio del Poder Ejecutivo de la Federación el C. Venustiano Carranza".

Ahí quedó plasmado el propósito central del movimiento. De acuerdo. Sólo que Obregón iría más allá, siempre iría mucho más allá. Derrocaría al presidente a través de un golpe de Estado. Lo haría arrestar. Le impediría fugarse. Vivo constituiría una amenaza permanente. Una vez preso y encarcelado le estrellaría la cabeza contra el piso, lo colgaría de un poste telegráfico para que, acto seguido, los buitres no dejaran ni una sola huella del Varón de Cuatro Ciénagas. Lo estrangularía si fuera preciso, lo fusilaría o le aplicaría la ley fuga. Como fuera, lo importante no era desaparecerlo del territorio de la República, sino del mundo. Lo mandaría a un viaje sin regreso, al del eterno silencio, buscaría cualquier pretexto, inventaría un ardid, tal vez llegaría a argumentar que su muerte se debía a un suicidio, era lo mismo, pero eso sí: conjura o no, complot o no, lo privaría de la vida… ¿A enemigo que huye puente de plata? ¡Qué va…!: A enemigo que huye mátalo antes de que él acabe luego con tu gobierno y hasta con tu vida. ¿La cárcel? Los hombres pueden salir de prisión, evadirse con cochupos, sobornos y maniobras, no hay duda. Pero los muertos, del hoyo no salen… Te lo garantizo, como te aseguro que no hay general mexicano que aguante un cañonazo de cincuenta mil pesos, para no hablar de la cantidad de dólares que le pueden dar los gringos a Carranza para acabar conmigo en otro de sus giros inexplicables… No hay espacio para los dos en México.

¿Pero asesinar a Carranza te colocaría en una posición similar a la de Victoriano Huerta cuando se manchó con la sangre de Madero al mandarlo asesinar por medio de Francisco Cárdenas?

Todo depende de cómo se escriba la historia y, sobre todo de quién la escriba.

A la larga la verdad siempre aflora, como bien lo sentenció un ilustrísimo chiapaneco.

Cuando la verdad aflore, si es que algún día aflora, todos estaremos muertos y las críticas se estrellarán contra la lápida de mármol blanco que estará custodiando mis restos, esos sí sordos, absolutamente sordos y ciegos.

¿Lo importante es el poder a cualquier costo...?

A cualquier costo, aun cuando la pregunta suene como una impertinencia.

Carranza no pasará a la historia como un líder sanguinario.

Cuando aflore la verdad se sabrá que Carranza era un hombre de pasiones y sabía satisfacer sus odios, ¿o se olvidó quién ordenó, con arreglo a traiciones y ardides, el asesinato de Emiliano Zapata? ¿No es cierto que don Venustiano quisiera esconder bajo mucho metros de tierra esta terrible realidad de la que jamás logrará escapar? Él y sólo él acabó con la vida de ese espléndido líder agrario...

Fue un grave error, lo concedo. Matar te convierte en un salvaje que niega los avances de la civilización, la importancia y trascendencia de las instituciones. El caso de Emiliano fue una excepción, acéptalo ahora tú.

¿Error, haber mandado asesinar a Zapata y ya? ¿Así se resume todo? Si te gusta el argumento del error, quédate con él. Es tuyo. Te lo regalo. Ahora bien, ¿debemos entender como otra excepción el fusilamiento del ingeniero Alberto García Granados porque éste tenía en su poder las pruebas, unas cartas, que revelaban las negociaciones entre Huerta y Carranza, en las que don Venustiano le pedía al dictador que lo distinguiera como su secretario de Gobernación y ante la negativa de éste, a más de un mes del asesinato de Madero, es cuando finalmente el Barbas de Chivo decide ejecutar su Plan de Guadalupe publicado con anterioridad? Para Carranza, no nos engañemos, no hubiera habido revolución si Huerta lo hubiera aceptado en su gabinete, pero ni el chacal ni Madero lo quisieron nunca formando parte de sus respectivos gobiernos. Lo rechazaron. Que se quedara como gobernador de Coahuila... El camino al poder presidencial está regado de cadáveres y de traiciones, ¿o tampoco cuenta la ejecución "legal" de Felipe Ángeles, ese brillantísimo artillero que Carranza ejecutó sin miramientos? ¿Otra excepción? ¿No intentó Carranza matar a Félix Díaz urdiendo otra magistral felonía? Villa, hablemos de Villa: ¿era una carmelita descalza? Creo que era el más sanguinario de todos, a pesar de sus lloriqueos...

¿Matarás también a un presidente...?

Silencio.

¿Serás un golpista más. como Huerta y Díaz?

Otro silencio, éste más prolongado...

Las manifestaciones de apoyo y las repetidas adhesiones al Plan de Agua Prieta no tardaron en reproducirse en todo el país. La inmensa mayoría del ejército le dio la espalda a Carranza, el Jefe Nato de las Fuerzas Armadas, sumándose a los sublevados. Cuando el movimiento rebelde avanzó dinámica y aceleradamente hacia la capital de la República, Carranza decidió, según era de esperarse, que no negociaría con golpistas ni mucho menos se rendiría. Acto seguido, abandonó la Ciudad de México dirigiéndose de nueva cuenta al Puerto de Veracruz en los primeros días de mayo de 1920 a bordo de un tren seguido de una caravana de sesenta vagones. No iría muy lejos. Para él no habría puente de plata ni guirnaldas de oliva ni un recuerdo de gloria ni un laurel de victoria ni mucho menos un sepulcro de honor. Los planes del presidente se frustraron cuando la enorme comitiva fue atacada por los flancos al llegar a la estación de Aljibes, Puebla, de donde fue imposible continuar porque la vía de ferrocarril había sido destruida y, por si fuera poco, el jefe de la guarnición de Veracruz se había unido a los insurrectos. Se encontraba ante un callejón sin salida. Carranza no tuvo más remedio que incursionar en la sierra a caballo, acompañado de una reducida escolta y de un pequeño grupo de colaboradores leales. Sólo que, ¡oh, sorpresa!, en el camino tuvo a bien encontrarlo Rodolfo Herrero, quien en septiembre de 1917 había sido confirmado general brigadier por el general Manuel Peláez, un militar a sueldo de los petroleros extranjeros que encabezaba un ejército de guardias blancas en las Huastecas, de modo que ni las tropas ni las disposiciones de los constitucionalistas pudieran ingresar a esa parte del territorio nacional. Peláez, un miserable vendepatrias, nombró a Rodolfo Herrero jefe de operaciones en aquella zona en la que precisamente se internaba Carranza, quien, justo es recordarlo, tenía cuentas pendientes con los petroleros por los decretos que había dictado, al igual que Pancho Madero, para obligarlos a colaborar con los gastos y el crecimiento de la nación. ¿O se les iba a permitir que explotaran los recursos no renovables de México a título gratuito? Don Venustiano era un auténtico patriota defensor del patrimonio de la República y, por lo tanto, él no pasaría por ahí: jamás lo consentiría… Ahí, en la sierra de Puebla, encontraría una parte de las respuestas a su política y a su conducta.

¿Quién se ganó la inmediata confianza de un presidente prófugo de sus propios poderes y se ofreció a conducir a Carranza hasta un lugar seguro? ¡Herrero, Rodolfo Herrero! ¿Quién se había adherido amañadamente al Plan de Agua Prieta y era, por la vía de los hechos, subordinado de Álvaro Obregón? ¡Herrero, Rodolfo Herrero! ¿Quién era el cacique que conocía como la palma de su mano la sierra de Puebla y las Huastecas? ¡Herrero, Rodolfo Herrero! ¿Quién recibió un telegrama dictado por el Manco de Celaya, enviado a través del general Alberto Basave y Piña, en el que se ordenaba lo siguiente: "Bata usted a Venustiano Carranza y rinda parte de que Venustiano murió en el combate"? ¡Herrero, Rodolfo Herrero! ¿Quién condujo al jefe de la nación hasta unas cabañas en Tlaxcalantongo la noche del 20 de mayo de 1920, se despidió de Carranza asegurándole que ahí estaría a salvo y que a la mañana siguiente continuarían la marcha hacia Coahuila? ¡Herrero, Rodolfo Herrero! ¿Quién ordenó a un piquete de sus soldados camuflados, la mayor parte de ellos empleados de las compañías petroleras, que abrieran fuego al amanecer del día 21 y que dispararan principalmente en dirección a la choza en que descansaba el ciudadano jefe del Poder Ejecutivo Federal de México? ¡Herrero, Rodolfo Herrero! ¿Quién dispuso que si Carranza intentaba huir de su cabaña ante la lluvia de balazos fuera acribillado a tiros sin dejar la menor duda de su fallecimiento? ¡Herrero, Rodolfo Herrero! ¿Quién cumplió al pie de la letra con las instrucciones de Obregón y acabó con la vida del presidente de la República, el segundo jefe de Estado mexicano asesinado en un lapso de tan sólo siete años a partir de la Decena Trágica? ¡Herrero, Rodolfo Herrero! ¿Quién recibió órdenes del coronel jefe de Caballería, Lázaro Cárdenas del Río, para que "Carranza no saliera vivo de su sector", órdenes que, a su vez, había recibido del propio Obregón?[38] ¡Herrero, Rodolfo Herrero! ¿Quién fue degradado militarmente para cubrir las apariencias pero jamás pisó la cárcel ni mucho menos enfrentó a un pelotón de fusilamiento en cumplimiento de una condena por magnicidio y, sin embargo, volvió a trabajar posteriormente para el gobierno federal? ¡Herrero, Rodolfo Herrero! ¿Quién pudo salir ileso después de varios intentos de asesinato ordenados por Obregón en la inteligencia de que sabía demasiado? ¡Herrero, Rodolfo Herrero! ¿Quién no tuvo la misma suerte y cayó herido de muerte en 1923 por los sicarios obregonistas? ¡Alberto Basave y Piña![39] ¿Razones del crimen? Había transmitido a Herrero las instrucciones vertidas personalmente por el Manco para ejecutar a Carranza. Basave fue el primero en comunicar a Obregón la muerte del presidente en acatamiento puntual de sus instrucciones. Resultaba imposible que una persona con semejante información pudiera terminar sus días en paz. Basave y Piña fue asesinado…

Álvaro Obregón recordaba palabra por palabra, coma por coma, los párrafos mas relevantes de la promoción que el propio general Alberto Basave y Piña había elevado en diciembre de 1920 ante la Suprema Corte de la Nación:

El que suscribe, Alberto Basave y Piña, ciudadano mexicano, ante este alto cuerpo como mejor proceda comparece y expone:

Que en cumplimiento de mi deber como ciudadano, declaro y señalo ante esta Suprema Corte de Justicia de la Nación, como único autor del delito que se persigue, al señor general Álvaro Obregón.

Que el señor general Álvaro Obregón dio las órdenes al suscrito para transmitirlas al general Herrero, para que se batiera a la comitiva del señor Carranza y se rindiera parte de que el señor Carranza había muerto.

Que esta Suprema Corte de Justicia, por los caminos de la Ley consigne al señor general Álvaro Obregón, autor de la muerte del señor Carranza, a que declare y rechace, si puede, el cargo que pesa sobre su conciencia.

Que este mismo material lo traslado en copias a todas las cancillerías y prensa de todo el mundo y a toda la prensa nacional mexicana, con objeto de que se conozca al señor general Obregón como verdadero autor del crimen cometido en la persona del presidente de la República, don Venustiano Carranza.

Que de antemano rechazo el cargo que el reo de homicidio calificado, Álvaro Obregón, pueda hacerme para eludir su responsabilidad, de que estoy perturbado de mis facultades mentales.[40]

Efectivamente, se publicó en algún periódico ese libelo indigno del menor crédito.

Pero si el escrito lo dirigió a la Suprema Corte de Justicia, eso no le quita su carácter de libelo.

¡Ah!, ¿entonces por qué mataron tan arteramente a Basave y Piña?

Él sabrá qué cuentas tenía pendientes con la vida, yo sólo supe que un día lo asesinaron. Hasta ahí mi información.

¿Lo mataron porque sí…? ¿No tuviste nada qué ver, Alvarito?

La razón la ignoro, pero nunca tuve nada que ver.

¿No te parece que en el país de la impunidad es muy curioso que tus enemigos amanezcan zurcidos a puñaladas, envenenados o acribillados a tiros? No se trata de ciudadanos comunes y corrientes, se trata de individuos de la oposición o que no han estado de acuerdo con tus formas desaseadas de conducirte o son simples revolucionarios movidos por la mística de la democracia y del progreso que no encontraron espacio ni comprensión en tu tiranía disfrazada de gobierno republicano.

Yo no tengo la culpa de que la gente se muera o la maten…

Te voy a hacer memoria del magnicidio de Carranza para que veas cómo coincide con la versión de Rodolfo Herrero y tú me dirás si Carranza se suicidó o no…

Te escucho.

El general Herrero condujo a la distinguida comitiva encabezada por el presidente de la República hasta unos jacales ubicados en San Antonio Tlaxcalantongo. En el trayecto Herrero no pudo ser más amable ni condescendiente con el jefe de la nación, a quien le aseguró, una y otra vez, su más incondicional lealtad.

Alguna sensación extraña, un presentimiento siniestro acosó a Carranza al llegar a aquel miserable caserío extraviado e incomunicado a la mitad de la sierra de Puebla al que sólo se podía llegar por medio de una vereda muy difícil de transitar y con notables peligros porque al perder el equilibrio uno de los hombres o de las bestias podían precipitarse en un abismo de incontestables consecuencias. En Tlaxcalantongo no existía más que la estructura de una iglesia antigua, completamente destruida por el paso del tiempo y las agresiones del medio ambiente, además de un número limitado de jacales a punto de derrumbarse y que habían sido confeccionados con tablas muy delgadas de madera y ramas que hacían, de alguna manera, las veces de techos.

Mientras el presidente de la República contemplaba en silencio aquellas chozas miserables, el general Herrero dijo en tono sombrío: "Por ahora, señor, este será el Palacio Nacional…"

Sin responder a semejante comentario, Carranza se apeó para ingresar en el jacal que compartiría con su secretario privado, Pedro Gil Farías; con el secretario de Gobernación Aguirre Berlanga; el secretario de Telégrafos Mario Méndez y dos capitanes del ejército. El resto de la comitiva se repartió entre las chozas inmundas. El único mobiliario con el que se encontró el presidente consistía en una mesa de madera colocada sobre el piso de tierra, que se tambaleaba con cualquier movimiento y escasamente se sostenía de pie. De inmediato improvisaron las camas con las sillas de montar adheridas a las paredes de madera.

Cuando Carranza supo que el general Herrero había abandonado precipitadamente Tlaxcalantongo para socorrer, supuestamente, a un hermano suyo herido en una pelea en Patla, los colaboradores más cercanos de Carranza supusieron, y con razón, que habían caído en una trampa, y solicitaron al presidente su autorización para abandonar de inmediato ese lugar antes de que cayeran sobre él los traidores y los acribillaran a balazos. Don Venustiano se opuso a huir fundando su decisión en el hecho de que el resto de la comitiva estaba fatigada y que resultaba imposible exigirles un esfuerzo adicional en una noche helada y, además, lluviosa. Con el rostro grave y adusto repitió, en voz muy baja, sus propias palabras pronunciadas antes de abandonar Palacio Nacional, el 7 de mayo de 1920, en dirección a Veracruz: "Van a ver cómo muere un Presidente de la República". A continuación agregó, como si estuviera rezando lo dicho por el general Miguel Miramón en Querétaro: "Que Dios esté con nosotros durante estas próximas horas".

El silencio de la noche se interrumpió a las cuatro de la madrugada de ese 21 de mayo de 1920, cuando la comitiva presidencial fue violentamente despertada por múltiples gritos de ¡Muera Carranza! y ¡Viva Obregón, hijos de la chingada!, en tanto que disparaban montados a caballo en dirección a todas las chozas, en particular, claro está, la ocupada por el presidente, quien, sintiéndose herido, alcanzó a comentarle a Aguirre Berlanga: "Tengo rota una de las piernas, no me puedo levantar". Después de lo anterior pidió que lo abandonaran y que se salvaran los que pudieran. Su hora, bien lo sabía él, había llegado. El capitán Ignacio Suárez trató de incorporar a Don Venustiano sentándolo sobre el piso de tierra; lo rodeó por la espalda con su brazo derecho diciéndole:

¡Señor... señor...!

De la garganta del presidente escapaban escasos espasmos respiratorios. Carranza agonizaba. Tenía heridas en la espalda y en el pecho. Lo habían acribillado. Eran exactamente las cuatro y veinte de la madrugada.

En tanto que el presidente pronunciaba palabras inentendibles, fue suficiente un vómito de sangre para que Ignacio Suárez comprendiera que Venustiano Carranza había muerto.

La sorpresa de este capitán del ejército fue mayúscula cuando Ernesto Herrero entró a la choza de Carranza seguido de Facundo Garrido y otros tantos hombres de aquél sosteniendo una pistola con el cañón humeante en cada mano para rematar al presidente. Sin embargo, Carranza ya había muerto, cualquiera podía constatarlo. Los más íntimos colaboradores del jefe de la nación, desarmados, tuvieron que asistir al espectáculo de ver cómo le arrancaban a Carranza el reloj con leontina, además de los anteojos, la pistola, el fuete, su sombrero, la chaqueta, unas polainas y se robaban su máquina de escribir portátil con la que pensaba redactar algunas notas postreras, pero la oscuridad de la noche se lo impidió.

Yo me chingo este recuerdito, ¿y tú…?

Los subordinados al general Rodolfo Herrero buscaron afanosamente los cuerpos de Ignacio Bonillas y Luis Cabrera, sin que la suerte los socorriera. Ambos habían logrado huir a pesar de las instrucciones de Obregón de acabar, sobre todo, con el primero para que no intentara crear un gobierno en el exilio que después pudiera adquirir alguna fuerza económica y militar a través del reconocimiento diplomático de terceros países ávidos del petróleo mexicano y complicar sus tareas de gobierno. Sólo que "Flor de Té" no era un hombre de esos alcances ni mucho menos tenía planes distintos a los dispuestos por Venustiano Carranza, el verdadero poder atrás de la silla presidencial. ¿Solo…? ¿A dónde iría solo, sin el Varón de Cuatro Ciénagas?

Más tarde, cuando su familia recibió la cartera de Carranza, encontró en ella un crucifijo y una medallita religiosa. En ésta aparecía esta inscripción: "Madre mía, sálvame".[41]

Yo no soy un asesino… Carranza se suicidó en el interior de su choza… Esa es la verdad…

¿Carranza era de los hombres que se suicidan? Mientes Álvaro, mientes. Tú lo mataste. Ahí está el telegrama con la orden: "Bata usted a Venustiano Carranza y rinda parte de que murió en el combate." Y no sólo eso: los colaboradores que lo acompañaban dicron cuenta y razón de que tenía rota una pierna como consecuencia de los balazos y, que yo sepa, nadie se trata de suicidar dándose un tiro en una extremidad. Luego la lluvia de proyectiles que cayó sobre el humilde jacal, en donde los asesinos habían alojado específicamente a don Venustiano, acabó con su vida.

¡Yo no maté a nadie, soy inocente… El telegrama debe ser falso. Yo no maté a nadie…!

Bueno, en efecto, tú no lo mataste, correcto, hiciste que lo mataran, ordenaste que lo acribillaran porque, como tú dices, los hombres escapan de la cárcel pero no salen del hoyo... Bien visto, eres un criminal aun peor, mucho peor que Victoriano Huerta, y además mentiroso, el telegrama es verdadero, tan es verdadero que así le fue al general Basave...

¿Peor que Huerta? De ese cargo me defenderé a balazos. Es inaceptable...

Huerta, el famoso chacal, ¿no pasó a la historia por haber asesinado, perdón, perdón, por haber mandado asesinar a Madero?

Es correcto. Por esa razón convocamos a una revolución que le costó al país un millón de muertos, además de la destrucción de la economía y el consecuente atraso, pero derrocamos al tirano. Lo derrocamos...

No nos distraigamos. ¿Huerta mató o no a Madero?

Sí, sí, lo mandó matar. Es cierto.

¿Y tú, Álvaro Obregón, no mandaste asesinar al presidente Carranza, con lo cual te convertiste en otro Huerta o en un maestro del chacal?

No es lo mismo...

No veo diferencia alguna, ambos son magnicidas.

Yo no maté a Carranza, él se suicidó, insisto...

Tú y yo sabemos que mientes. De la misma manera que lo sabe Cándido Aguilar y lo sabe el general Juan Barragán, miembro de la escolta personal del Varón de Cuatro Ciénegas al momento de su asesinato en Tlaxcalantongo. Lo sabe todo México: tú eras el principal beneficiario de su muerte.

¿Los carrancistas son tus testigos? ¿No crees que adolecen de subjetividad?

Quien no lo sabe, lo intuye y habemos muchos que lo sabemos a ciencia cierta. Las pruebas en tu contra son aplastantes.

Soy inocente... Los historiadores al servicio del Estado me absolverán... Lo verás... Un día, magnicida o no, asesino o no, erigirán un monumento en mi honor y en mi memoria... Al tiempo...

Capítulo 2
El mercado espiritual

Agraristas: empuñad las armas que os da la nación para defenderos de los tiranos. Matad a los que no respetan ni la santidad de vuestras iglesias, ni la libertad de vuestra conciencia, ni la honra de vuestras familias, ni la vida de vuestros sacerdotes... Uníos al Ejército Defensor de la Libertad para que el triunfo nos cueste menos sangre y sólo se derrame la de los verdaderos culpables.

MANUSCRITOS DEL MOVIMIENTO CRISTERO

Voy a matar por Cristo a los que a Cristo matan, y si nadie me sigue en esta empresa, voy a morir por Cristo, que harta falta hace, para que de la sangre venga, como está escrito, la redención.

LUIS NAVARRO ORIGEL,
PRIMER CRISTERO LEVANTADO EN ARMAS

Este pueblo mexicano no merece que yo sacrifique una sola hora de mi sueño. ¡Es un pueblo de traidores y de cobardes que no me merece! Demasiado he hecho por redimirlo. No volveré a ocuparme de él.

JOSÉ VASCONCELOS

OBJETO QUE LES FUERON RECOJIDOS Á LOS FANÁTICOS ASALTANTES DEL TREN DIRECTO, QUE ENCABEZADOS POR LOS FRAILES BANDIDOS ANGULO, VEGA Y VIZCARRA, FUERON COMPLETAMENTE DISPERSADOS POR LAS FUERZES DEL GOBIERNO. EN SUS ÚLTIMOS REDUCTOS DE CERRO GORDO.

OCOTLÁN. JAL. 5-3-27.

Una tarde oscura de septiembre de 1977, mi abuelo y yo nos sentamos en los equipales de su biblioteca, de cara al jardín de su casa en San Ángel Inn, a escasas dos cuadras del restaurante que lleva el mismo nombre, en el Callejón de la Cita, como antes precisé. Ahí esperamos el arribo de la lluvia mientras le hacía un esbozo de la personalidad de la Madre Conchita, una de las autoras intelectuales del asesinato de Álvaro Obregón. Al viejo le gustaba sentir la fuerza del viento que precede a la precipitación, así como los olores a vida, a salud y a esperanza que desprende la tierra cuando se humedece. Las copas de los árboles empezaron a agitarse, las hojas secas sobre el césped se elevaron envueltas en remolinos formados por un viento caprichoso, heraldo de la tormenta, en tanto el cielo, casi negro, se enfurecía, rugía y se estremecía en relámpagos anunciando el arribo inminente de la reina de la vida: la lluvia, que empezó a producirse cuando las nubes congestionadas reventaron en millones de gotas disparadas desde el firmamento para renovar el ciclo de la existencia. Las puertas y ventanas de la casa se azotaban furiosamente mientras mi abuela, desde la planta superior, gritaba pidiendo ayuda para cerrar las ventanas antes de que se empaparan tapetes, maderas, pisos, telas y muebles coleccionados a lo largo de su vida.

—Tito, haz algo, no te quedes ahí abajo, como bodoque, mientras nos inundamos. Dile a tu Nachito del alma que mueva sus nalguitas y me ayude antes de que nos ahoguemos…

El abuelo sonreía, pero no se movía ni me permitía ayudar.

—Llevo cincuenta años y pico oyendo la misma cantaleta. Cuando acabe de cerrar las ventanas verás que me reclamará: Gracias, gracias, güevoncito, no te hubieras molestado en ayudar a esta pobre vieja a la que le debes todo y algo más…

En efecto, escuchamos cómo se cerraban una a una las ventanas y el comentario llegó al azotar furiosamente la última:

—Gracias, gracias, güevoncito, no te hubieras molestado en ayudar a esta pobre vieja a la que le debes todo y algo más.

La carcajada de mi abuelo me contagió.

—Después de tantos años de matrimonio ya sabes qué va a decir tu mujer, a qué horas lo va a decir, cómo lo va a decir y dónde lo va a decir…

—Se conocen al derecho y al revés, ¿no…?

—Así es Nachín, es cierto, m'ijo, no hay novedades, no, no las hay, menos aun en las relaciones sexuales. En este aspecto ya no se te antojan los besos jugosos, arrebatos inevitables cuando la pasión te domina. Es más, al principio, deseas comerte a tu novia a besos y cuando te casaste lamentas no habértela comido…

Ave Tito y yo reímos hasta las lágrimas. Tras haber compartido una vez más su sentido del humor y constatado que los ojos le brillaban al hacer un comentario jocoso, traté de volver al tema pero fui interrumpido:

—Es más, Nacho: a nuestra edad tampoco hay pasión ni intercambio carnal, sólo queda, hermoso y gratificante, el agradecimiento por una compañía tan bella, incondicional y solidaria. Los impulsos eróticos, la necesidad del contacto físico, son reemplazados por la paz, la admiración, la comprensión, la amistad, el agradecimiento y la simpatía… Se acabó un sentimiento, un ímpetu vigoroso y vital, pero la vida te obsequia otro mucho más duradero… Uno sustituye al otro.

—Muchas parejas revientan cuando se termina el apetito sexual. Si te casaste porque el sexo te enloquecía, sabrás en qué se convierte el matrimonio cuando el aroma y la textura de la piel de tu pareja, lejos de provocarte, te irrita.

—¡Claro, Nachín, y se equivocan! El sexo es tan sólo una parte, pero hay más, mucho más que los placeres del lecho. Conozco matrimonios que no soportan la soledad. Marido y mujer se quedan viendo a la cara sin saber ni qué hacer ni qué decir, a partir del momento en que los hijos se casan y abandonan el hogar paterno para hacer su propia vida, como lo hicimos nosotros y lo repetirán las siguientes generaciones. Su vida en común giraba en torno a sus vástagos y, tal vez, al sexo, pero cuando éstos no están y la comunicación carnal es de hecho inexistente, el vacío acaba con la pareja. Se extingue el interés y desaparecen las gratificaciones, o sea, el aliento para continuar con tu vieja.

—No puedes vivir en función de terceros y descuidar tu vida conyugal hasta que no quede nada de ella. ¿Qué vas a hacer cuando tengas que echar mano de una relación inexistente de tiempo atrás sin que te dieras cuenta? Empiezan juntos y acaban juntos, pero solos…

—Cierto, Nacho —agregó mi abuelo con la mirada perdida en uno de los fresnos más altos de su jardín—. Yo siempre saco a tu abuela de la casa para oxigenarla y orearla, la invito aunque sea al rancho para estar con ella y saber qué pasa en su interior y escuchar sus latidos y sentir su pulso. ¿Se casaron nuestros hijos…? Bien: comienza entonces otra hermosa etapa de nuestra relación. Disfrutémosla. Probemos la estructura que construimos durante tantos años.

—¿Y la eterna soltería, Ave?

—Yo, en lo personal, no veo otra forma de resolver la vida. No ir dejando partes de ti con cientos de mujeres hasta perder de vista quién eras, a qué viniste y qué sigue… Acuérdate de que cada mujer se lleva algo tuyo… Te van desmantelando gradualmente hasta que no queda ni una leve sombra de lo que eras —el abuelo exhibía un aire de sobriedad, muy raro en su persona. Tal vez pensaba en las desviaciones de mi padre—. Acuérdate, por ejemplo, del pie de la escultura de hierro de San Pedro en su basílica, allá en el Vaticano. Si te fijas —entornó la mirada como si la estuviera viendo—, de tanto ser tocado y sobado por los turistas, porque alguien dijo que acariciarla reportaría buena suerte, hoy han desaparecido los dedos y sólo queda lo que parece un muñón del santo… Ese mismo ejemplo debemos aplicarlo a los hombres: de tanto entregar lo tuyo, de prostituirlo y de jugar con tus sentimientos, te conviertes en un ser irreconocible, en un monstruo, finalmente.

—Tan es cierto lo que dices, abuelo, que yo mismo me he perdido con muchas mujeres y al final, harto de ellas, quería largarlas a patadas de mi departamento. No me decían nada. Cuando finalmente se retiraban me inundaba un vacío y un pesimismo insoportables. ¿Cuál es el placer de la aventura diaria y de compartir tu intimidad con personas desconocidas? —le pregunté pensando en la vida, destructiva y destruida, de mi padre.

El abuelo soltó una repentina carcajada sin que yo pudiera entender el origen de su hilaridad. ¿Habría dicho algo tan cómico como para recibir esa respuesta? En mi extrañamiento Ave Tito aclaró:

—Siempre comparé a los hombres que llegan a su casa no a hacer el amor con sus esposas, qué va, sino a cumplir, a tener relaciones a la fuerza ocultando lo más posible su hartazgo, soportando besos y caricias indeseadas, con aquellos años en que éramos niños y salíamos de la escuela a devorar las jícamas y los pepinos pelados, servidos en un cucurucho de papel con mucho polvo de chile habanero, limón y sal, sin faltar desde luego la mugre de las manos del despachador... ¡Nunca una jícama casera supo igual, nunca!

—¿Qué tiene que ver, Ave...?

—Pues que cuando comiste un par de cucuruchos retacados de fruta picante y todavía te echaste un chicharrón caminero al medio día —repuso alegre—, tenías que disimular tu falta de apetito y comer a la fuerza, con tal de evitar una reprimenda, los platillos preparados por tu madre con tanto cariño. ¿Entiendes? El mismo esfuerzo que teníamos que hacer para comer sin hambre se repetía en la vida adulta cuando habías sacado a pasear al perro a media tarde en lugar de trabajar en tu oficina, y al regresar a la casa todavía tenías que cumplirle a tu domadora para que no te fueran a cachar en tus andanzas vespertinas...

Solté la carcajada. Así que "sacar a pasear al perro..." ¿Inventaría esos comentarios y refranes? Parecía contar con uno para cada ocasión.

—En la infancia te regañaba tu madre por la falta de apetito y en la vida adulta, tu esposa, también por falta de apetito, pero del otro, Nacho, del otro... En los dos casos te iba materialmente de la fregada si te llegaban a pescar en la mentira.

—¿Fuiste feliz con la abuela? —le pregunté con el ánimo de comprobar que yo también estaba en el camino correcto y mi padre en el equivocado. Pobre de él, moriría en la amargura.

—Hoy me volvería a casar con ella, hoy mismo me comprometería de nueva cuenta a pasar una segunda, tercera o cuarta vida a su lado. Nada tiene sentido sin tu Ava. Nunca nadie me ha dado ni me podría dar lo que me dio y me da, Nacho: yo me saqué la lotería, encontré lo que quería, tuve suerte, misma que te deseo con todo el corazón.

—¿Suerte, abuelo? ¿Se necesita suerte...?

—Obviamente necesitas de la suerte para encontrar a tu media naranja; ahora bien, si diste con ella, si tuviste esa fortuna, entonces debes hacer acopio de paciencia, de talento, de dulzura y de imaginación para salvar los baches propios del camino, más aún si nunca pierdes de vista que las relaciones amorosas, por su propia naturaleza, son pasionales y, por lo mismo intensas, dejando en muchas ocasiones muy poco espacio para la razón. ¡Cuidado cuando la ira y el falso orgullo se apropian de ti…! ¡Cuidado!

—¿Cuál es tu palabra preferida para resumir la experiencia matrimonial, Ave…?

—La tolerancia, Nacho, la tolerancia y el verdadero amor. Las mentiras no se sostienen en la cama por mucho tiempo ni la compañía íntima las tolera. Muere de sofocación. Todavía no conozco a ningún mujeriego feliz, debe haberlos, pero yo no los conozco. No se imaginan lo que se pierden —agregó en tanto se dirigía a la puerta de vidrio para dejarla entreabierta de modo que no nos mojáramos los zapatos ni se empapara la duela ni los tapetes. Se estaba cayendo materialmente el cielo.

—Ve ahora al otro extremo, Nacho, y piensa en las monjas y en los sacerdotes que hacen su voto de castidad y renuncian, o al menos tratan de hacerlo, al amor carnal y al erotismo, a la sensación de acariciar la piel del ser querido y de extraviarte en sus humedades —arguyó mientras se dirigía de regreso a su equipal.

—Los votos de castidad son contra natura y, por lo mismo, provocan las perversiones más degradantes en las que puede caer una persona —repuse entusiasmado, acomodándome en el equipal guerrerense como si me dispusiera a enfrentar una discusión candente—. ¿Por qué los sacerdotes católicos no se casan como los protestantes y tienen mujer e hijos, en lugar de contaminar a la sociedad con degeneraciones inaceptables en líderes espirituales? —exclamé en un brote de coraje—. Es imposible ir en contra de los instintos. ¿Cómo pedirle a alguien que se ahogue como un bulto sin tratar siquiera de flotar para salvar la vida? ¿Cómo renunciar al instinto de supervivencia o al de reproducción? ¡Es estúpido!

—Tan tienes razón que basta con mirar las desviaciones en las que caen los curas al tener relaciones con menores, abusando de su autoridad espiritual y del candor y miedo de los adolescentes. ¡Cuántas mujeres no han sido ultrajadas por estos rufianes en el interior de las sacristías y cuántos chiquillos no han sido víctimas de los sacerdotes, sus maestros en las escuelas religiosas!

—Por eso mismo sacaron los confesionarios a los pasillos de las iglesias, abuelo, porque en las sacristías era más fácil manosear, tocar y poseer a los feligreses víctimas de estos depravados.

—Aun si así fuera, ¿qué haría Dios con ellos, con semejantes degenerados…? Si Él no los castiga y los sentencia a vivir en las calderas del infierno por toda la eternidad, entonces no habría que creer en Dios.

—Si Dios los manda con Satanás, abuelo, nosotros no lo veremos ni constataremos su castigo, suponiendo que lo haya —rematé tratando de no dar escapatoria a estos malvados delincuentes que destruyen la parte más noble de la sociedad y todo por dinero, porque a los curas católicos se les obliga permanecer célibes para que sus bienes sean heredados por la iglesia y, en ningún caso, por sus herederos sanguíneos. Nada tiene que ver aquí el pecado original, ni cuentos de esos, ¡vamos hombre!, se trata de la misma vulgaridad de siempre: de dinero y sólo de dinero, a cambio del cual prostituyen a la sociedad convirtiéndola en víctima de sus perversiones.

—Sería bueno mutilarlos para que no pudieran hacer daño a nadie —exclamó el viejo a modo de conclusión.

—No abuelo, mutilarlos los llenaría todavía de más rencor en contra de la sociedad. Imagínate las venganzas de horror cuando abandonaran la prisión ante la imposibilidad de condenarlos a purgar una cadena perpetua… Seres antisociales que ya no tienen nada qué perder… No, Ave, no, antes yo creía en la posibilidad de descerebrarlos en algún laboratorio de las cárceles estatales, pero caí en cuenta de que con nuestros impuestos tendríamos que seguir pagando esa carga social —repuse satisfecho al tener un mejor argumento que él—. Ahora he llegado a la conclusión de que lo mejor sería decapitarlos, con un aparato parecido a la guillotina. Bastaría la denuncia soportada con diferentes elementos de prueba aportados cuando menos por cinco víctimas de esos execrables degenerados para decapitarlos, claro está, cumpliendo con todos los requisitos y posibilidades de apelación que consignara la ley y, desde luego, afilando muy bien la hoja para cortar de un solo tajo las cervicales…

—¡Bien, Nacho, bien! —se me quedó viendo el viejo, sorprendido por mi radicalismo—. Pero correrías el peligro de privar de la vida a muchos inocentes, por más que fueran curas… Ese es el principal problema de la pena capital.

—Con una inyección de pentotal sódico me confesarán todo, abuelo, absolutamente todo. Ese compuesto relaja la voluntad como ningún otro… Se trata de un producto químico infalible para dar con la verdad para que, una vez descubierta, puedas correr a revisar, como te dije, la hoja de la guillotina de modo que tenga el filo adecuado para desprenderles la cabeza del tronco de un solo tajo. Medidas de esa naturaleza provocarán un comportamiento ejemplar de los sacerdotes y de las monjas que se empeñan en satisfacer sus necesidades sexuales abusando de los feligreses...

—No puedes dejar de ser abogado, ¿verdad?

—Lo que no quiero dejar de ser nunca es escritor, abuelo.

—Pues entonces escribe, Nacho, escribe —me dijo tomándome con fuerza del antebrazo, con inusitada emoción—. Cuenta historias verdaderas de sacerdotes y monjas como la Madre Conchita, casi una desconocida en el México de nuestros días. Con un tema así atraparás a un inmenso número de lectores y echarás luz sobre nuestro pasado reciente... El tema no puede ser más apasionante. ¿Quién conoce la vida de la abadesa? ¿Quién había oído siquiera hablar de ella? ¿Era lesbiana? —el abuelo volvió a la silla, acariciándose las mejillas con el índice y el pulgar de la mano derecha.

—Quien sostenga semejante tesis es un ignorante o un malintencionado —dije con desenfado—. Una vez concluido el juicio por magnicidio en contra de Obregón, ella fue condenada a veinte años de prisión en las Islas Marías, como sabes, y ahí, en cautiverio, contrajo nupcias con Carlos Castro Balda, un dinamitero experto en explosivos, uno de los cómplices más conspicuos, un terrorista también involucrado en la muerte de Obregón, quien, por la misma razón, purgaba una pena en el reducido archipiélago.

—Muchas lesbianas se casan sólo para disimular socialmente sus inclinaciones sexuales —me interceptó mi abuelo...

—Es cierto —agregué entrecruzando los dedos y colocándome ambas manos en la nuca, estirándome como un gato somnoliento—, sólo que en el convento en Tlalpan o las calles de Zaragoza o del Chopo, donde manufacturaban bombas o tramaban atentados terroristas o crímenes como el de Obregón, Conchita y Castro Balda ya sostenían relaciones amorosas e inclusive se daban escenas de celos, como cuando María Elena Manzano, otra fanática religiosa adoradora de la abadesa, otra asesina, enamorada también de Castro Balda, se sintió muy despechada y ofendida cuando éste le confesó que el amor de su vida era precisamente Concepción Acevedo de la Llata, la famosa Madre Conchita...

—¿Cuáles votos de castidad, ¿no...? —dijo Ave Tito y comentó que en las fotografías la abadesa no parecía ser una mujer muy atractiva—. ¿Cómo la ves tú?

—A mí no me llama la atención, esas pulgas nunca brincaron en mi petate, abuelo, como tú siempre dices, pero no dejo de reconocer que tenía su encanto y sensualidad, sobre todo por sus ojos negros, su piel blanca, pelo castaño oscuro casi siempre cubierto con un tocado con el que ocultaba cualquier perfil erótico y su calidad de mujer. A mí me parece un ser asexuado, frío, inexpresivo, casi siniestro, capaz de cualquier cosa…

—Una monja no podía ser de otra manera… además de ser bajitas y astutas, son más punzantes que un piquete de víbora de cascabel. Una mujer recluida en un convento, obligada a esconder las formas de su cuerpo, que renunció al amor, a ser madre de familia, a la compañía del sexo opuesto, eso sí, sin dejar de masturbarse, y en cambio decidió casarse con Dios, aspirando a ser una de sus esposas favoritas…

En ese momento le conté a mi abuelo cómo la Madre Conchita se quemaba el pecho y los brazos con hierros incandescentes para obsequiarle su amor y su dolor al Señor. Los "fierritos", como ella los llamaba, eran hierros candentes con la figura de Jesús y se los proporcionaba su propio padre.[1] La Madre Conchita no era la única perdida por la pasión religiosa.

—El masoquismo y las desviaciones fanáticas tienen un origen familiar. Imagínate si yo le voy a dar a tu hermana María Luisa un hierro como el utilizado por los rancheros para marcar el ganado con el fin de que se queme la cara, los brazos y el pecho… ¿Hasta dónde puede llegar una persona que comenzó a vivir con semejantes perversiones…? —remató Ave Tito con una expresión de náusea en el rostro.

—Sí que estaba loca la vieja —repuse.

—¿Loca, Nacho…? ¿Ya te diste cuenta de que desde que se inventaron los locos y los enfermos mentales se acabaron los hijos de la chingada? ¿Eh? Ahorita ya sólo existen locos y enfermos; los hijos de la chingada, m'ijo, se murieron todos de repente, ¿no? Ya no hay maldad en la Tierra… Alabado sea el Señor…

Me reí más, mucho más, cuando recordé que la Madre Conchita dormía con los brazos en cruz, amarrada y tendida boca abajo sobre las lajas heladas del convento donde inició su noviciado. Y no sólo eso, sino que también exigía que la crucificaran, obviamente sin que le perforaran las manos, sino sólo atada, pero eso sí, colgando durante toda la noche a pesar de los riesgos de morir asfixiada. Imagínate cómo sería su fanatismo que las propias autoridades conventuales y un padre italiano, conocido por "ser muy santo y culto", le prohibió hacer esos sacrificios en el nombre de Dios.[2]

Ave Tito y yo intercambiamos puntos de vista respecto a la abadesa, una mujer singular que había torcido la historia de México a partir de su involucramiento en el asesinato de Obregón. ¿Qué hubiera sido de nuestro país si Obregón hubiera llegado al poder por segunda ocasión a cumplir un mandato, esta vez de seis años? La Madre Conchita, los arzobispos Orozco y Jiménez, de la Mora y Ruiz y Flores, además de Plutarco Elías Calles y Luis N. Morones, nunca lo dejarán saber: ellos, entre otros, segarían la vida del famoso e invencible Manco de Celaya.

La Madre Conchita, nacida en Querétaro en 1891, había sido trasladada por el arzobispo Mora y del Río a un convento en Tlalpan, en la Ciudad de México, el 22 de septiembre de 1922, cuando ella contaba con treinta y dos años de edad. Su fervor católico, su sentido de la disciplina para cumplir sin objeciones las instrucciones dictadas por la superioridad, su demostrada capacidad de sufrimiento, su abnegación, sus profundas convicciones selladas con sangre para defender en cualquier terreno a la iglesia católica sin reparar en costos, consecuencias ni peligros, le permitieron escalar vertiginosamente los peldaños necesarios para encabezar un convento y dirigir un nutrido grupo de monjas, a quienes les inculcaría la trascendencia de convertirse en mártires y padecer todo género de sacrificios, penas y dolores, sobre la base de una obediencia ciega e incondicional, para ganarse el favor de Dios con todos los sufrimientos imaginables. Él sabría premiar en el más allá la abstinencia, la humildad, la castidad, la devoción, así como todos los padecimientos corporales sufridos para demostrar su amor hasta llegar al martirio mismo, la obra maestra que les permitiría ocupar un justificado lugar en el Paraíso, siempre cobijadas por el Espíritu Santo.

¡Mata a Obregón y no sólo te salvarás tú y todos los que se apelliden como tú, sino que conquistarás la simpatía y el amor de Dios por toda la eternidad!

En lo que hacía a la marcha del país, a los magnicidios de dos presidentes mexicanos se sumaban los asesinatos de militares, sacerdotes, periodistas, civiles, además de desapariciones de individuos, traiciones, homicidios, violación de garantías individuales, devastación de la economía y de la confianza ciudadana. Se había promulgado una nueva Constitución, reglas modernas de convivencia entre los mexicanos, cuya imposición volvería a costar sangre, luto y mutilaciones, sin olvidar la presencia de una pavorosa hambruna, peste, desempleo, parálisis, venganzas insatisfechas y rencores acumulados, a pesar de la interminable tragedia sufrida en un ambiente de ignorancia y revanchismo que impedía el acceso a las herramientas para iniciar el proceso de reconstrucción. El analfabetismo facilitaba la manipulación de las masas por parte del gobierno y de la iglesia, que se disputaban el mercado espiritual y el político de millones de personas extraviadas, temerosas o desesperadas, propensas a ser arrastradas por emociones y nunca por razones.

Adolfo de la Huerta fue nombrado presidente interino de la República el 1 de junio de 1920 para concluir el mandato de Venustiano Carranza, hasta el último día de noviembre de ese año. Tras la toma de posesión, el mayor Adolfo Ruiz Cortines entregó al gobierno delahuertista ocho millones de pesos en oro recuperados del convoy carrancista en Aljibes,[3] que serían destinados a la pacificación del país y a licenciar a una parte del ejército.

El triángulo sonorense integrado por De la Huerta, Obregón y Calles llegaría al poder para marcar la historia de México a lo largo del siglo XX. Los tres, en su debido momento, saldrán tal y como llegaron a Palacio Nacional: por la fuerza. El primero, el ex mandatario interino, huirá a Estados Unidos para tratar de escapar del largo brazo criminal de la diarquía Obregón-Calles, después de promover un movimiento armado en contra de la candidatura presidencial de Calles; el segundo morirá asesinado a tiros en La Bombilla y el tercero será expulsado violentamente del país durante el gobierno de Cárdenas. La herencia siniestra de Obregón y Calles, una vez caído De la Huerta, provocará daños irreparables al país, pues el sangriento sistema de caudillaje creado por ellos impedirá la alternancia en el poder, así como la oxigenación, los relevos, tan indispensables como necesarios para darle juego a la oposición. El legado callista se convirtió, con el tiempo, en una tiranía corporativa sexenal, la del Partido Revolucionario Institucional, una dictadura perfecta, retrógrada y hermética, entre cuyos saldos, una vez practicados los balances preliminares de su catastrófica gestión, se encuentra la existencia de cuarenta millones de mexicanos sepultados en la miseria a finales del siglo xx. ¿Cómo defenderse de este cargo devastador?

No creo en las culpas absolutas, escribí en mi cuaderno de apuntes para no dejar conclusiones importantes a la memoria, pero si el PRI dominó durante casi tres cuartas partes de ese siglo gracias a la comisión de los más sofisticados fraudes electorales, urdidos para impedir el acceso de la oposición a los mandos del país, ¿acaso todo lo acontecido en México durante esos catastróficos setenta años, bueno o malo, no es de la responsabilidad exclusiva de ese partido? Imposible compartir con nadie los éxitos o los fracasos: ambos le pertenecen al PRI de pleno derecho.

A pesar de lo dispuesto por la fracción VII del artículo 82 de la Constitución, la cual establecía que no podrían ocupar la Presidencia las personas que "hubieran participado directa o indirectamente en algún levantamiento, motín o golpe militar", Álvaro Obregón, líder militar del Plan de Agua Prieta y por ende un golpista, llevó a cabo su exitosa campaña electoral. De nada sirvieron las protestas de Alfredo Robles Domínguez, candidato de la oposición por el Partido Nacional Republicano, formado por algunos de los integrantes del Partido Católico Nacional, en el sentido de descalificar la participación del Manco. Bergöend y Orozco y Jiménez lanzaban todo tipo de invectivas anónimas por cuantos medios tenían a su alcance sin el menor resultado. Los cuantiosos recursos eclesiásticos invertidos en la campaña de Robles se habían traducido en un colosal desperdicio. El dinero de Dios era sagrado: cuidado con gastarlo en proyectos equivocados...

Robles Domínguez se llamó triunfador absoluto y exigió airadamente ser considerado el presidente legal, legítimo, de los mexicanos. Una vez acribillado Carranza, Obregón ganó las elecciones ignorando las críticas, los insultos, las advertencias, las denuncias y hasta las amenazas, el 5 de septiembre de 1920, con 1,131,751 votos, contra 47,441 de su contrincante. Tomaría posesión el 1 de diciembre de ese mismo año, a pesar de que la iglesia sostenía desde los púlpitos: "No dejemos entrar a Obregón. Es un hombre que viene combatiendo a la religión. Este hombre va a destruir los templos y va a colgar a los sacerdotes",[4] a encarcelar a las monjas, a clausurar escuelas católicas, a tomar iglesias y conventos, a calumniar a la clerecía. Imposible olvidar que se trata de uno de los demonios más influyentes en la redacción de la Constitución de 1917... Que nunca se olviden sus promesas demoníacas: "Os ofrezco para el porvenir derrumbe de iglesias, abolición de la misa, incendio de confesionarios y lo que hice en el tiempo de Santa Brígida: vestir a los cristos con el traje revolucionario y fajarles la canana y colocar en sus manos el rifle redentor que en santa hora nos procuró el gran Wilson". El acceso de este monstruo al poder equivale a darle un tiro de gracia al catolicismo mexicano. No lo permitamos…

Pero, Alvarito, ¿cómo te atreviste a competir por la Presidencia si estabas descalificado legalmente al ser un golpista que contribuyó, con notable eficiencia, al derrocamiento de don Venustiano Carranza, Presidente Constitucional de los Estados Unidos Mexicanos?

No escucho… no escucho nada…

La Carta Magna, la flamante Carta Magna que tú ayudaste a redactar y a tratar de imponer, te impide, por esa razón, competir por la titularidad del Poder Ejecutivo.

¿Por qué demonios has de perseguirme a cada paso que doy? ¿No tienes algo mejor que hacer?

Todo lo que busco en tu persona y en tu carrera política es congruencia y respeto a las leyes y a las instituciones por las que dieron la vida un millón de mexicanos.

No hay nadie mejor que yo para ocupar ese cargo.

Eso no te corresponde decidirlo a ti, sino a la nación y a través del recuento de las boletas electorales.

Este país todavía no tiene la madurez necesaria para decidir por sí solo.

Ese ha sido siempre el argumento de los dictadores para eternizarse en el poder.

Yo no soy un dictador, el pueblo votó por mí y me eligió en buena lid.

En primer lugar, estabas descalificado para competir, y en segundo, tus elecciones estuvieron viciadas de principio a fin. En un país casi totalmente católico, ¿me dices que ellos obtuvieron tan sólo el cuatro por ciento de los votos? ¿Quién te va a creer semejante sandez cuando, desde el púlpito, la iglesia empujó a los feligreses a votar por Alfredo Robles Domínguez? Es clarísimo que el clero te odia, eres su peor enemigo y, sin embargo, ¿perdió de una manera tan contundente? ¡Vamos, hombre, vamos…!

El fin justifica los medios… Ahora verás cómo cambiaremos el viejo rostro de México y disfrutaremos las inmensas ventajas de vivir en un gobierno democrático y no atrapados en una estructura clérigo-militar como la que a la larga hubiera encabezado Robles Domínguez, un acólito dependiente de la Mitra… Si hubiera ganado el candidato de la reacción, este país se hubiera ido para atrás, como los cangrejos, por eso les llaman precisamente *cangrejos* desde la época de Juárez, porque sólo van para atrás…

Pretextos, Álvaro, pretextos, la verdad es que tú sigues la máxima de don Porfirio…

¿Cuál…?

Quien cuenta los votos gana las elecciones, y tú contaste los votos y por ello las ganaste, con impedimentos legales o sin ellos.

Bobadas, sólo bobadas, yo haré una reforma educativa con Pepe Vasconcelos, que sacará a este país para siempre del mundo de las tinieblas para elevarlo a una posición luminosa, desde la cual podrá, ahora sí, elegir lo más conveniente de cara a su futuro. Yo seré quien ponga la primera piedra de ese promisorio futuro.

Serás un presidente espurio porque violaste la Constitución y alteraste el recuento de los sufragios.

Nadie puede ni podrá probar semejante afirmación. Este pueblo desmemoriado se olvidará de esos cargos ridículos cuando le demos la vuelta al país como a un calcetín y lo modernicemos después de tantas catástrofes políticas, económicas y militares.

Washington no reconoció tu gobierno con el pretexto de que eras un golpista…

Ese es un pretexto pueril: ni un chiquillo de cinco años aceptaría semejante justificación. Si la Casa Blanca no reconoce diplomáticamente mi gobierno es porque le preocupan las disposiciones constitucionales en torno al petróleo y me exige garantías de que no aplicaré la ley en contra de sus inversionistas, sus chicos, unos rufianes a los que la marina de Estados Unidos protege en el mundo entero con el poder de sus cañones.

¿No te importa la ilegitimidad que te exhibe como a un farsante?

¿Y a ti no te importa irte mucho a la chingada?

Tus insultos no me llegan, se me resbalan. Careces de los poderes necesarios para ofenderme. No los tienes. Nunca los tendrás. Jamás te los concederé. Por lo pronto aquí te dejo un parrafito para que te enteres lo que dice de ti el pueblo que supuestamente te eligió:

Obregón es dominado por una ambición sin medida y una vanidad casi infinita: por ellas se explican todas las pésimas cualidades y algunas de las buenas que lo distinguen. Fatuo, presuntuoso, pedante, petulante en grado sumo, siempre dispuesto a "representar", verdadero comediante; hacedor de frases, decidor de chistes verdes, codicioso, sintiéndose capaz lo mismo de emular a Napoleón que de ser consumado banquero, agricultor asombroso, periodista sagaz y hasta inspirado poeta; cursi en el sentido más substancioso de la palabra; pronto siempre a contraer toda clase de compromisos y preparado siempre para violar, con el mayor descaro, la palabra empeñada; determinado a valerse de cuantos le rodean para satisfacer una inaudita ansia de grandeza y de dominio; sordo a los sentimientos de la amistad, verdugo de sus amigos y de cuantos le ayudaron a encumbrarse; capaz de todas las indignidades. Valiente, sí, audaz, hombre de recursos de magnífica retentiva geográfica; la lucha bélica lo vigoriza.[5]

Las relaciones entre Plutarco Elías Calles y Luis Napoleón Morones se estrecharon durante los últimos años del carrancismo, cuando el primero era gobernador y jefe militar de Sonora y Napo, Napito, creaba el Partido Socialista Obrero y un año más tarde, en 1918, fundaba la Confederación Regional Obrera Mexicana, CROM, organización en la que Calles percibió enormes posibilidades de lucro político, más aún cuando conoció las relaciones internacionales, en particular las que Morones tenía con las uniones de trabajadores en Estados Unidos. Siendo Calles secretario de Guerra durante el gobierno interino de Adolfo de la Huerta se identificó con el destacado líder obrero, invitándolo a acercarse al triángulo sonorense junto con su representación obrera para fortalecer la candidatura presidencial de Álvaro Obregón.

—Te aseguro que no te arrepentirás de ingresar en nuestro grupo, un grupo de triunfadores, te lo garantizo…

Calles y Morones padecieron infancias difíciles por razones diversas. El primero, hijo bastardo nacido de una relación entre su madre y el empleado de un ayuntamiento sonorense, de nombre Plutarco Elías Lucero, fue adoptado a la temprana muerte de su madre por su tía materna y por su marido Juan Bautista Calles, de quien tomó su segundo apellido. El futuro presidente de la República, quien llevaba la política en la sangre porque su abuelo, don José Juan Elías, y el hermano de éste, Francisco, habían sido gobernadores de Sonora, empezó a ganarse la vida prestando sus servicios en una cantina, más tarde como operador de un hotel en Guaymas, hasta llegar a ser maestro e inspector de escuela. Trece años menor que Calles, Morones, eternamente enfermizo, siendo secretario de la Presidencia Municipal de Pachuca sufrió una parálisis facial que le produjo un tic en el labio superior y en el párpado derecho que lo acompañaría, junto con otros males, toda su vida. Electricista, empleado de la Mexican Light and Power Company, donde funda el Sindicato Mexicano de Electricistas, y de la Mexican Telephone Company, decidió desde muy joven dedicar su vida a fomentar la unión de los obreros, enseñándoles a construir importantes organizaciones sindicales, dueñas del suficiente capital político como para merecer la consideración, el temor y el respeto de cualquier gobierno. A ambos los devoraba una intensa pasión por la política, por el ejercicio del poder y, sobre todo, los unía un humor sádico, sarcástico, absolutamente cruel y despiadado, un vínculo sangriento que les llevó muchos años entender. Sus encuentros y conversaciones se hicieron más frecuentes durante el interinato delahuertista y en la medida en que se acercaba el 5 de septiembre de 1920, fecha en que se llevarían a cabo las elecciones presidenciales. Calles ocupaba en aquel entonces el cargo de secretario de Guerra, en tanto Morones fungía como director de los Establecimientos Fabriles Militares, la fábrica de armamento del gobierno federal.

Ambos funcionarios se identificaban también por su marcada posición anticlerical, muy a pesar de que tanto Calles como Morones habían sido monaguillos y acólitos en su adolescencia. Calles, por su parte, sirviendo en la Parroquia de la ciudad de Hermosillo, "acostumbraba robarse las limosnas que depositaban los fieles".[6] Los hábitos se adquieren desde la infancia…

En cuanto a Morones, dicha experiencia, que duraría cinco largos años,[7] lejos de acercarlo a la iglesia, lo había apartado desde que había podido asomarse, cuantas veces quiso, por una ventana para conocer la realidad de lo que ocurría, tanto en los confesionarios como en el interior de las sacristías. Nunca olvidaría cómo el sacerdote despedía apresuradamente a los acólitos de la parroquia de Santa Cruz Acatlán para imprimir su mejor esfuerzo, hija mía, en el proceso de purificación de tu alma, mancillada por tu novio que te tocó indebidamente sin haberte casado por la ley de Dios. Sólo que yo, para salvarte del infierno y espantar al Diablo de tu cuerpo, debo acariciar con mis manos puras, previamente lavadas con agua bendita, todas aquellas áreas de las que abusó ese desdichado bandido en tu santa inocencia.

—Pero padre, me tocó donde mi mamá dice que no me debe tocar nunca ningún hombre...

—Tu madre es una sabia, pero pierde de vista que yo soy representante de Dios aquí en la Tierra y que Él, en su Santa Gloria, me dio las llaves para curar de todos los males a las ovejas de mi rebaño... De modo que quítate el vestido, hija mía, y evítate cualquier pena porque no eres la primera mujer a la que libro de las tentaciones de Satanás, que como verás, no puede entrar a esta casa, la del Señor, porque está llena de cruces, de las que él debe huir...

—¿El vestido, padre...?

—Por supuesto, hija, el vestido... Pon tu ropa interior, toda tu ropa interior, sobre esa silla, de modo que te acerques a mí como Dios te trajo al mundo: no te preocupes, porque estás en Su casa y Él todo lo ve y lo sabe, como sabe a la perfección lo que te estoy pidiendo por tu bien.

—Pero esto mismo me lo pidió mi novio en la oscuridad para que no me diera tanta vergüenza, padre.

—Hablas con un pastor de la iglesia que tiene poderes sobrenaturales. Ahora mismo puedo ver todos tus secretos a través de tu ropa, de modo que no tienes nada qué ocultarme, te veo a contraluz y, por favor, no compliques mi tarea porque tengo otra misa que dar en unos cuantos minutos y el tiempo y la paciencia se me agotan... Si no estás de acuerdo retírate y espera con justificado terror la venganza de Lucifer al salir de este templo... Si quieres que te libre de culpas tengo que recorrer el mismo camino que siguió tu novio para que accedas pura al cielo el día de mañana...

—La mujer de escasos veinte años de edad, una analfabeta, claro está, se acercó al sacerdote, querido Plutarco, sólo para que yo pudiera ver cómo hundía su boca, su nariz, sus manos y lo que puedas imaginarte en el cuerpo de aquella infeliz que salió de la iglesia mil veces peor de lo que entró, pero advertida de que tenía que volver a seguir su purificación, eso sí, sin comunicarle a nadie su tratamiento, so pena de caer en excomunión y tener que pasar la eternidad en el infierno... ¡Hijos de la gran puta!

Escenas como la anterior las pudo presenciar muchas veces Morones, el monaguillo, cuando el sacerdote se sentía fuera del alcance de las miradas del público o de sus asistentes, de la misma manera en que pudo descubrir cómo el propio pastor se embolsaba el dinero de las limosnas y de los bautismos y de las primeras comuniones y de las bodas y de cualquier otro servicio religioso, participando a su diócesis sólo la mitad, o menos, de lo que en realidad recaudaba su parroquia. Si algo le sorprendió, igual o más que nada, fue saber que la gente del barrio[8] se había ido enterando de las fechorías cometidas por el bribón del cura y, sin embargo, ningún padre ofendido o novio lastimado o marido herido se presentaba en la sacristía para sacarle las tripas a puñaladas o vaciarle la cartuchera de la pistola en la cabeza al sacerdote de mierda. A pesar de que las quejas de los feligreses aumentaban semana tras semana, al cura se le dejaba hacer y deshacer, como si realmente se tratara de una figura divina e inmaculada, la cual disfrutaba de todas las licencias concedidas por el cielo para ejercerlas en la tierra. ¿Qué tipo de país es este que no protesta ni cuando se le daña en lo más íntimo? ¿Hasta qué punto el terror sufrido durante tres siglos de abusos y atropellos perpetrados por la Santa Inquisición, otra macabra institución católica, había mutilado para siempre al pueblo de México? Sácale los ojos con tus pulgares al que mancilló a tu hija y abusó de su inocencia. Denuncia. Grita. Divulga los hechos ocultando el nombre de la ofendida.

Morones fue también víctima de los curas y no porque hubiera padecido en lo personal abusos de cualquier naturaleza, como ocurriría con incontables casos de varones menores de edad, sino porque pudo comprobar los delitos sexuales y los desfalcos cometidos por esos hombres de Dios en contra de su propia iglesia. Imposible volver a creer en ellos. ¡Hipócritas! ¡Criminales! En alguna ocasión, en algún momento, la vida habría de concederle la dorada oportunidad de hacerle justicia a los inocentes y, por supuesto, al país en donde cometían masivamente ilícitos de toda naturaleza apoyados en su autoridad espiritual. Canallas, mil veces canallas… por ello disfrutaba la conversación de Calles cuando éste le narraba las medidas que había tomado a lo largo de su carrera en contra de la alta jerarquía católica de México. ¿Y cómo Morones no iba odiar al clero si en noviembre de 1914 un grupo de siete obispos había emitido una pastoral colectiva que prohibía a los católicos mexicanos, bajo pena de excomunión,[9] asistir a los mítines o leer las publicaciones de la

Casa del Obrero Mundial, su casa, por la que él tanto había luchado para defender la causa de su sector y que casi le cuesta la vida cuando Carranza ordenó su fusilamiento por alentar las huelgas? Que no me cuenten nada de los reaccionarios. Me los sé de memoria…

Luis Napoleón Morones aceptó concederle a Obregón, junto con Samuel O. Yúdico, el apoyo electoral de los obreros adscritos a las centrales de la CROM, que Morones controlaba con mano de hierro a través del Grupo Acción. El máximo líder obrero condicionó el respaldo solicitado a la creación de una Secretaría del Trabajo para ser ocupada por él mismo, así como a la promulgación de una ley reglamentaria del artículo 123 de la Constitución que le aportaría una gran fuerza a su sector para compensar sus servicios de campaña, entre otras peticiones de similar trascendencia. En política no hay favores a título gratuito. Cuando el Manco se cruzó finalmente la banda presidencial en el pecho se olvidó de las promesas, tal y como había acontecido en otros eventos parecidos. ¿Quién era el macho que se iba a atrever a exigirle cuentas al jefe de la nación, amo y señor del ejército mexicano y titular de todos los poderes, del municipal, del estatal y del federal? ¿Quién habla? ¿Quién murmura? ¿Quién se queja? Ya deberías saber la suerte que siguen los tercos inconformes… ¿Puedes imaginarte lo que te sucedería con el simple hecho de que yo apretara un botón? Morones es confirmado en el mismo cargo ejercido durante el interinato delahuertista como director de los Establecimientos Fabriles, desde donde recibe la comprensión y la ayuda, el consuelo fraterno de Plutarco Elías Calles, el señor secretario de Gobernación, quien le aconseja enriquecerse en el cargo para obtener y disfrutar al menos algo de la reciprocidad esperada. El líder obrero no tuvo otra opción más que la dolorosa resignación, sepultándose en la corrupción absolutamente impune.

—Pero Plutarco, esto es un atropello, ¡qué manera de pagar la de tu paisanito! ¿Así es como cumple y cumplirá con sus compromisos…? —preguntó furioso, con el rostro desencajado, esa auténtica bola de sebo llamada Morones.

Calles trató invariablemente de serenarlo, pero el líder obrero nunca olvidaría el desprecio ni el incumplimiento de la palabra empeñada.

—El puesto que me ofrece me humilla, es fiel reflejo de la imagen que tiene de mí… ¿Te das cuenta del ridículo en que me deja con mis agremiados? ¿Cómo crees que me verá Samuel Yúdico a partir de hoy? Le he perdido la confianza a Obregón. Es más, me las pagará... ¡Sólo por ti no le aviento en su puta jeta a toda la CROM para crearle un conflicto nacional! —arguyó Morones en su inconfundible lenguaje soez, furioso por no formar parte del gabinete ni llegar a ser el señor secretario del Trabajo.

—Haz dinero y gózala, Luis, ya veremos después —repuso Plutarco Elías Calles inconmovible, sentado tras el escritorio de cedro tallado a mano y espléndidamente barnizado que utilizara Sebastián Lerdo de Tejada hasta antes de ser derrocado por Porfirio Díaz—. Hay tiempo para todo —todavía aclaró el secretario de Estado más importante del gobierno obregonista, el hombre de las más estrictas confianzas del jefe de la nación—. Por lo que hace a Yúdico —dijo con el ánimo de tranquilizarlo—, le hablaré al oído y lo nombraré ayudante de la Secretaría de Asuntos Laborales para negociar con él cualquier asunto relativo a dicha materia. No te preocupes. Lo que sí, Luis —subrayó con el rostro adusto—, reforcemos a la CROM: no juzgues tu futuro a la luz de tu presente cargo, es transitorio. Aprende a masticar en público una serpiente viva sin hacer el menor gesto... Trágatela mientras todavía se mueve, pero no manifiestes la menor inconformidad. Sé solidario, leal a las causas de la revolución, no cuestiones jamás las órdenes de la superioridad. Acátalas sin chistar como un buen soldado formado en los cuarteles más disciplinados. Obedece, cállate y sonríe. Ya vendrá tu momento, nuestro momento... Nunca pierdas de vista que la CROM, la CROM, la CROM, será la fuente de nuestro poder, Luis, nuestro, tuyo y mío, ¿soy claro...? ¡Que no pase un solo día del gobierno de Obregón sin que la fortalezcamos; la vamos a necesitar!

Calles admiraba la volatilidad de su querido amigo. Realmente su pasión por la política era contagiosa, de la misma manera en que era sorprendente el caudal de información con que contaba en relación a sus adversarios de la arena política, a quienes jamás les retiraba los ojos de encima. Analizaba cada uno de sus movimientos con una gran lupa, nutriéndose con los datos proporcionados por sus agentes secretos, infiltrados en sus organizaciones.

—Obregón no me dio la secretaría porque me teme, Plutarco... Yo propuse la creación de los batallones rojos durante la revolución, fundé, junto con otros la CROM, el Grupo Acción y el Partido Laborista Mexicano, dirigí los tres primeros congresos nacionales obreros, en 1916, 1917 y 1918 y más aun: lo ayudé a escapar en 1919 de las manos de Carranza y tomé parte activa en el Plan de Agua Prieta, que lo encumbró definitivamente: ¡yo estuve en Sonora cuando se proclamó ese plan!, ¿y de qué me sirvió? —enrojeció Morones en uno de sus conocidos arrebatos—. ¿Todo se olvidó? ¿Nada cuenta? Me teme, Plutarco, me teme y por eso me ignora y me desprecia —encolerizado, Morones se puso de pie con todo su peso a cuestas, colocándose tras el respaldo de la silla en la que se encontraba sentado. Así, enfrente de Calles, cruzado de brazos, continuó quejándose de la deslealtad de Obregón—. ¿Cómo me pides ser noble cuando sólo me daña y me lastima?

—No, no es correcto —contestó de inmediato Calles sin reprender a Morones por los calificativos utilizados, una prueba innegable de la amistad que disfrutaban—. No te dio la secretaría porque le teme a la CROM y piensa, con razón, que si le da más fuerza al Partido Laborista como a la confederación, con el tiempo no los podrá controlar... ¿Lo entiendes, Luis, lo entiendes? Ni él ni nadie, ni tú mismo, vas a alimentar a un monstruo que tarde o temprano te va a devorar, ¿verdad? —concluyó echando para atrás el sillón hasta dar casi con la pared para aparecer flanqueado por dos enormes banderas tricolores guardadas cuidadosamente en unas vitrinas.

—Es lo mismo, Plutarco: temer al Partido Laborista y a la CROM, finalmente es temerme a mí, dado que somos lo mismo, somos uno...

—Pues ese uno que tú dices, Luis, es mío: entiéndelo como quieras... Esa fuerza, que tú has reunido con el paso de los años, es nuestra —Calles cruzó la pierna, dejando ver sus zapatos perfectamente boleados y bien amarrados con agujetas que eran rematadas con un nudo invisible sin que se pudiera ver a dónde iban a dar los extremos. Una auténtica intriga. Sus brazos descansaban a los lados del sillón.

—Bien, bien, ahí está el Partido Laborista y la CROM para cuando tú lo dispongas, está y estará a tus órdenes, Plutarco, pero tu amigo Álvaro no sólo es un traidor en lo que hace a mi persona, sino que permite el avance de un enemigo común sin oponerle la menor resistencia.

—¿Te refieres a la iglesia católica?

—¿Y cuál otra, secretario? La iglesia ha venido organizándose de tiempo atrás, sumando fuerzas, trabando alianzas, atreviéndose a invadir nuestros territorios políticos y dificultando seriamente mis tareas de aglutinamiento, tanto de trabajadores como de obreros y profesionales. Nos quiere arrebatar el mercado de los trabajadores mexicanos.

—Tenemos que detenerlos promulgando las leyes reglamentarias de la Constitución —interceptó Calles la advertencia.

—¡Claro!, siempre y cuando Obregón, tu amiguete, se decida a redactarlas y a promulgarlas, sólo que eso es un viejo cuento en el que tampoco creo. Carranza no hizo nada al respecto y Obregón, te lo juro por los clavos de Cristo, la dejará pasar sin tocar al clero con tal de no desquiciar su gobierno provocando un nuevo levantamiento armado, al que sin duda convocará la iglesia cuando alguien intente siquiera volverse a meter con sus intereses.

—Eso lo veremos, Napoleoncito, no olvides que no soy precisamente fray Calles... Acuérdate que a través del presbítero Ernesto O. Llano[10] inventé una iglesia mexicana para competir con la católica cuando fui gobernador de Sonora. Expulsé de mi estado a cuanto cura pude y contribuí con mi influencia a que largaran del país a la alta jerarquía por más que esas atribuciones no me correspondían. El clero sabe que soy un hueso duro de roer. Se irán con cuidado. Sabe, porque lo sabe, que le pedí a Carranza el fusilamiento de Orozco y Jiménez y del obispo De la Mora, un par de incendiarios enemigos de la paz pública. Sabe —insistió en voz baja— que considero a la iglesia una perpetua amenaza para el gobierno mexicano.[11] Esto apenas comienza...

—Esto apenas comienza, sí, por supuesto que apenas comienza, pero ellos nos llevan una gran ventaja, un largo trecho caminado. Los jesuitas son como la rabia, por eso mismo los han corrido, largado a patadas de tantos países. Ellos no han perdido el tiempo y han creado grupos, uniones, partidos, ligas, centros y asociaciones, y nosotros sentadotes, chupándonos el dedo. Sólo un ciego no ve ni mide el peligro que se cierne sobre nosotros.

—Sí que lo veo y mido, Luis —respondió Calles con sequedad—, pero mis planes para llegar a la Presidencia me aconsejan manejarme con absoluta discreción y no enseñar mis cartas... Roma no se hizo en un día...

—Pues mientras tú tomas precauciones políticas y Obregón cuida la estabilidad de su gobierno, la iglesia, y sobre todo Orozco y Jiménez, nos ganan todas las partidas.

—No olvides que el gobierno puede concederle prestaciones en metálico a los trabajadores, siempre y cuando estén registrados en la CROM; los demás, quienes pertenezcan a organizaciones católicas, tendrán que esperar… Nosotros podemos otorgar beneficios fiscales a través de las empresas con los que la iglesia no puede competir. Nuestras ayudas se miden en pesos y en centavos, en la inteligencia de que es más fácil extraer agua del desierto de Altar, allá en mi tierra, que obligar al clero a darle dinero a sus agremiados. Pídanle ayuda económica al Señor que todo lo puede, pero no a nosotros… Ya sabes que cuidan el sagrado patrimonio de Dios como cancerberos —concluyó Calles recurriendo al sarcasmo, raro en él—. El gobierno tiene recursos, Napo, de los que ellos carecen…

—Hay ocasiones en que me siento incomprendido precisamente cuando la fiera se me viene encima y conozco a ciencia cierta su peligrosidad.

—El arzobispo Orozco y Jiménez es el Diablo mismo, Luis, tenemos que amarrarle las manos, ni hablar, sólo que él no es el conflicto más grave que enfrenta el obregonismo —agregó el secretario de Gobernación como si quisiera resumir los abrumadores problemas que enfrentaba el gobierno para apelar a la paciencia del líder obrero—: nos está golpeando mucho la resaca, la contracción económica derivada de la Guerra Mundial, por un lado y, por el otro, hemos gastado enormes recursos en repatriar a miles de braceros mexicanos que fueron a Estados Unidos atraídos por supuestos salarios altos, sólo para comprobar que ni siquiera podrían encontrar empleo. La repatriación ha costado una fortuna, como nos está costando el desplome de los precios de las materias primas, el cobre, la plata y el plomo, que han caído escandalosamente en todos los mercados, de la misma manera en que ha afectado la exportación de ganado, de ixtle, de pieles y de henequén… No sólo se ha visto lastimada la minería, sino los impuestos que recaudábamos por esa actividad industrial. Nos ha salvado el petróleo…

—Hablas como si fueras el secretario de Hacienda —advirtió sorprendido Morones ante el caudal de información que manejaba su querido amigo Plutarco.

—En esta oficina te enteras hasta de los chismes de las verdulerías. Estás obligado a escuchar todas las voces, a las personas de diferentes signos políticos y religiosos. De la misma manera en que te visitan académicos, universitarios, legisladores, jueces, empresarios, artistas, comisiones de estudiantes, sacerdotes de las más diversas jerarquías, periodistas y militares, también recibes soplones, traidores, delatores, líderes obreros, abogados, representantes de diferentes sectores extranjeros, colegas de diferentes ramas del gobierno y hasta familiares de todos ellos que te plantean desde problemas personales hasta complejos conflictos de Estado. No hay enemigo pequeño. El más insignificante de tus huéspedes puede tener una información crítica. Para que te des una idea, hasta a mi bolero lo escucho con toda la atención del caso…

—¿Y no mandas traer de inmediato a los equipos de limpieza cuando abandona tu oficina una comitiva de curas?

Calles sonrió sin contestar la pregunta.

—¿No te revisas la cartera cuando se retiran? —soltó una carcajada Morones, agregando—: pero eso sí, de llegar a presentarse aquí un líder obrero de la CROM sin mi conocimiento me lo chingo, ¡ah, pero sí que me lo chingo, Plutarco! Tú, antes que nadie, estás obligado a comunicarme la menor deslealtad en mi gremio, ¿estamos? Vivimos rodeados de cabrones, ayudémonos entre los dos…

—Así lo haré, te lo aseguro —dijo Calles con una sonrisa sardónica que no agradó a Morones—. En este cargo tienes toda la información del país pero sin las responsabilidades del presidente. Es una escuela maravillosa.

Morones escuchaba cada palabra hasta con los poros. De sobra conocía la trascendencia de ese puesto y sus posibilidades futuras de llevar la nave a buen puerto, y Calles sabía, ¡ah, que si sabía!, llevarla a buen puerto, porque ahí le esperaría nada menos, que la Presidencia de la República.

—Ahora mismo —continuó Calles desahogándose por primera vez desde que había llegado a la Secretaría de Gobernación— espero levantamientos armados por parte de algunos carrancistas o bonillistas o simplemente antiobregonistas resentidos o enemigos de la paz pública. En particular hay un tal Enrique Gorostieta, quien capitanea un grupo integrado fundamentalmente por Francisco León de la Barra, René Capistrán Garza, el obispo Valdespino, Guillermo Pous, Guillermo Rubio Navarrete, Joaquín Mass, Francisco González, hijo del presidente Manuel González, y Guadalupe Sánchez[12] y que está decidido a derrocar a Obregón con fondos proporcionados por petroleros norteamericanos… La iglesia, desde luego, está detrás de ellos, pero nunca dejarán ver la mitra…

—Y si sabes quiénes son, ¿por qué no los envenenamos uno a uno como a Benjamín Hill, nuestro ilustre secretario de Guerra? Ya viste que Obregón ni siquiera chistó… ¡Y eso que eran primos hermanos![13]

—No, Luis —acotó Calles—, no, en esta circunstancia lo que importa es sorprenderlos, atraparlos y encarcelarlos para exhibirlos ante la opinión pública descalificándolos, encuerándolos. En el caso de Hill fueron otras las razones y otro el remedio… Si tienes la información confidencial úsala, descúbrelos, apréhendelos y lúcete con el presidente, llénate el pecho de medallas, haz que el jefe de la nación se sorprenda y no pueda prescindir de ti ni siquiera para elegir el menú con el que piensa obsequiar a un jefe de Estado que nos visite… Matarlos, en este caso, es muy burdo y torpe… Pierdes enormes oportunidades de lucimiento.

Morones tenía otro estilo, otra educación, otra formación política, otros principios, otra imagen, otras formas de dirimir diferencias; en efecto, así era, pero en el fondo sentía que ambos estaban hechos del mismo barro y no se detendrían en llegar a cualquier extremo con tal de conquistar y retener el poder. En esas reflexiones se encontraba hundido cuando de repente interrumpió el silencio con una sonora carcajada, al recordar una escena en la que Calles había intervenido a resultas de un juicio, a través del cual se iba a decidir el fusilamiento del general Pablo González, el mismo que había acordado con Guajardo la traición para asesinar a Emiliano Zapata con la conformidad del propio Carranza, el presidente de la República.

—¿Te acuerdas, Plutarco, cuando el Consejo de Guerra que juzgaba a Gonzalitos lo sentenció a ser pasado por las armas y sus abogados se opusieron a la condena alegando que el tribunal no estaba integrado por militares de la misma jerarquía que el acusado, sino por oficiales con rangos inferiores? "¿Esa es la razón?", dijiste en mi presencia al conocer los argumentos de la defensa. "Sí, señor", te confirmaron sobriamente los jueces. "Pues entonces —comentaste para la sorpresa de todos los presentes— ascenderé a los jueces integrantes del Consejo de Guerra al rango de generales únicamente para que firmen la sentencia, acto seguido volverán a tener los grados que ostentaban antes de iniciar el juicio. Serán generales sólo por una hora. ¡A trabajar…! ¡Fusílenlo!" Nunca olvidaré la cara de pendejos que pusieron los jueces cuando los largaste de tu oficina.[14]

El secretario de Gobernación deseaba plantear la maraña de complejidades que tendría que desatar para salir airoso de su elevado encargo público, el tercer ministerio que ocupaba después de abandonar la Secretaría de Industria en la administración de Venustiano Carranza para sumarse al Plan de Agua Prieta y de su cargo, como secretario de Guerra, durante el interinato delahuertista. La conversación terminaría en un incendio e iba acercándose a él. Calles dijo:

—Ahora fíjate bien, Napito, México tiene, como siempre, un enemigo muy poderoso a vencer. Jamás dará la cara, se mueve como un fantasma y es capaz de arrebatarte de golpe todas las conciencias.

—No digas más, Plutarco —interceptó Morones volviendo a su asiento y sentándose en la orilla mientras cerraba instintivamente los puños—. Ese fantasma, como tú lo llamas, sólo puede ser la iglesia, la gran hipnotizadora del pueblo de México, grandísimos cabrones...

—En efecto, Luis, no podían ser otros —repuso Calles sin recurrir a palabras altisonantes—. Queremos hacer una reforma agraria y repartir tierras entre los campesinos muertos de hambre y la iglesia salta y apuñala por la espalda al gobierno y a sus feligreses alegando en los púlpitos que quien se atreva a recibir un bien expropiado, aunque se trate de una parcela para la propia supervivencia de la familia, será excomulgado. Es decir, los afortunados que finalmente podrían contar con una oportunidad para matar el hambre, se irán al Diablo en lo que les quede de vida... Imagínate el grito de "Tierras o sacramentos", el lema de algunos bandoleros que se agitan en los montes movidos por los curas. ¿No es el colmo? Otra vez el clero en contra del bienestar social.

—¿Pero de qué te sorprendes, Plutarco? —volvió Morones a ponerse de pie mientras colocaba los nudillos sobre la cubierta de madera del histórico escritorio. ¡Cuánto esfuerzo desarrollaba el líder obrero en una maniobra en apariencia muy simple, pero en la práctica muy compleja dado su enorme peso!—. El clero cuenta con enormes propiedades, como en el siglo XIX, sólo que las tiene a nombre de testaferros. Al expropiárselas a sus supuestos dueños estás privando, sin querer, a la iglesia de un patrimonio que mantenían escondido y disfrazado, del cual con toda seguridad obtendrían jugosos dividendos, en tanto el pueblo se muere de hambre después de la revolución. ¿Por qué iban a oponerse al bienestar de la gente, salvo que la medida lastimara intereses materiales que nunca debieron detentar? Pinchamos en hueso al expropiar tierras con el objetivo de repartirlas, ignorando que los auténticos propietarios, ocultos tras escrituras espurias, eran los propios prelados de la iglesia. Y por esa razón excomulgan... ¿Sabías que el arzobispo Ruiz y Flores es dueño de medio Guanajuato?[15]

—Y no sólo eso, Luis. El clero está asociado con los terratenientes, de quienes recibe enormes cantidades de dinero para patrocinar sus movimientos... Es evidente que lleva siglos suscribiendo compromisos inconfesables con los hambreadores de la nación, los latifundistas, y por ese motivo, éstos se oponen, junto con la iglesia, al reparto de tierras —sentenció el secretario—. De modo que —agregó poniéndose de pie— no sólo protegen, como tú apuntas, sus bienes personales a nombre de testaferros, sino que también están coludidos con los latifundistas que Venustiano tampoco quiso tocar porque bien sabía en lo que se metía...

—Pues a expropiar, Plutarco, a expropiar masivamente...

—No, Luis, no, en primer lugar porque Álvaro, como agricultor exitoso que ha sido, piensa que en los repartos agrarios sólo se reparte más miseria si no van acompañados de capital, tecnología y orientaciones comerciales, pero en segundo lugar porque ¿de qué te sirve expropiar, sean de quienes sean los terrenos, si las parcelas que pretendes entregar para rescatar a la gente del hambre no te las aceptan los beneficiarios a punto de la inanición porque la iglesia los castiga con excomuniones? Una canallada, Luis, una canallada. Los pobres que se resignen, como dice Orozco en sus pastorales, que de los ricos me ocupo yo, ¿no?

—¿Por qué no nos habrán conquistado los ingleses e implantado la religión protestante? Estados Unidos nunca se vio obligado a desperdiciar sus energías para combatir, como México, a una iglesia que lucha encarnizadamente por el dinero, por sus privilegios y por sus bienes —adujo Morones humillando la cabeza en señal de resignación.

—Piensa bien lo que dices, Luis, porque tus queridos colonos que llegaron en el Mayflower mataron a cuanto aborigen se encontraron en el camino hasta desaparecerlos a todos del mapa.

—Pues tal vez eso hubiera sido mejor: el problema de México —exclamó Morones en un alarde de honestidad, por más crudo que resultara su comentario— comenzó cuando nació el primer mestizo, fue una mezcla muy desafortunada.

—Es tarde, muy tarde para reparar ese daño —atajó Calles caminando por su despacho en donde aparecía colgada en la pared, justo enfrente de la mesa de juntas, una pintura con el tema de la batalla de Puebla, ganada el 5 de mayo por Ignacio Zaragoza. Al pie del inmenso óleo aparecía una leyenda: "Las armas nacionales se han cubierto de gloria". Calles volvió a la carga después de echarle una breve ojeada a esa obra maestra—. Hoy por hoy la iglesia torpedea nuestra reforma agraria y no sólo eso, hace lo propio con la educativa cabildeando en todos los foros para derogar el artículo tercero de la Constitución y amenazando con la violencia de no ver satisfechos sus deseos.

—¡Claro que están en contra de la reforma agraria y de la educativa, como lo están y, lo sé de buena fuente, en contra de la petrolera porque se han asociado, como siempre, con los enemigos de México! —afirmó Morones acercándose al centro del despacho, en el que se encontraba Calles con el rostro severo que lo caracterizaba. Sí que era una persona obesa el director de los Establecimientos Fabriles. Con cuánta dificultad se desplazaba…

—No, no, Luis, el clero no sólo está con los petroleros extranjeros como aliados en contra de las más caras causas de México por una supuesta solidaridad, dado que ambos resultaron perjudicados con la promulgación de nuestra Constitución. No, la iglesia es una inversionista importante en la industria petrolera. Si hacen causa común con los petroleros extranjeros es porque tienen también intereses comunes qué defender —sentenció Calles revelando secretos de Estado ignorados por la prensa y el público—. No te confundas: la iglesia sólo es leal con el poderoso y el rico en tanto son poderosos y ricos, luego los arrojan como una colilla de cigarro a la basura. El clero posee terrenos a nombre de indígenas huastecos patrocinados por jerarcas mexicanos relacionados con los abogados de esas compañías. "¿Se explica de algún modo el proyecto de abrir dos obispados más, el de Huejutla y el de Papantla, los dos curiosamente ubicados dentro de la zona petrolera y ambos con pocas iglesias, con escasos sacerdotes y con mínima jurisdicción, cuando existían las diócesis de Tampico, Veracruz, Tulancingo y San Luis?"[16]

Poniendo una mano en el hombro del secretario de Gobernación, Morones exclamó con la vista depositada en el tapete persa colocado sobre la duela perfectamente pulida del segundo despacho de México:

—De la reforma laboral, la del trabajo, la que es de mi incumbencia, ni hablemos: el propio Papa, para ya ni hablar de Orozco y Jiménez con todos sus secuaces, están en contra de nuestro proyecto político por considerarlo socialista.

—Pusiste el dedo en la llaga, Napo —contestó eufórico Calles al sentirse acompañado por un interlocutor inteligente, informado y comprensivo, un compañero leal de la misma ideología, principios y objetivos—. Los propósitos más caros de la administración de Álvaro chocan frontalmente con la iglesia, que nos pretende arrinconar para apropiarse de nueva cuenta de los supremos poderes del Estado y hacer de este país una perfecta colonia clerical, pero no lo consentiremos. No a la reforma agraria. No a la reforma petrolera. No a la reforma laboral. No a la reforma educativa. No al progreso de México. A cada paso que pretende dar, el México liberal se estrella con la iglesia y sus mezquindades. Sólo espero que no tengamos que volver al uso de las bayonetas para someterlos una vez más por la fuerza…

—Ellos al menos saben que tanto tú como Álvaro, tu amigo, no el mío —agregó cáusticamente el líder obrero—, son radicales, y se imaginan que recortarás aún más el número de sacerdotes por iglesia, parroquia o catedral y que tratarás de gravar fiscalmente las limosnas de los fieles si es que llegas a detectarlas… Acuérdate de que tienen bolsas dobles como los magos, más aún cuando se trata de dinero en efectivo…

—Sí, sí, Luis, pero eso no es suficiente…

—¡Claro que no lo es! —repuso furioso Morones—. Francisco Orozco y Jiménez y sus secuaces, entre ellos un tal Bernardo Bergöend, un francés inmiscuido en todo esto, según me dicen mis primeros reportes, continúan armando organizaciones católicas-obreras, amenazando con la excomunión a quienes se sumen a nuestra CROM… Ahí están —disparó como una ráfaga de ametralladora— los Operarios Guadalupanos, la Unión Católica Obrera, el Partido Católico Nacional, el Centro de Estudiantes Católicos, la ACJM, la LDLR, el primer Congreso Regional Católico de Obreros, la Confederación Nacional Católica del Trabajo, el Curso Social Agrícola en la Escuela Salesiana de Artes y Oficios del Espíritu Santo, Santo… y además hay sindicatos agrícolas dirigidos por sacerdotes, el Secretariado Social Mexicano para controlar y unificar las obras católico-sociales de todas las Diócesis del país, la Unión Católica de Empleados de Comercio, el Banco de Crédito Popular, el Congreso Social Agrícola y la Unión de Damas Católicas. Mientras todo esto sucede y ellos se preparan, nosotros permanecemos atados de manos. ¿Te das cuenta? Quieren acabar con nuestra fuerza. Sólo un ciego no ve la realidad ni mide el peligro que se cierne sobre nosotros... No tardará en presentarse la violencia, Plutarco...

Cuando el secretario de Gobernación iba a intervenir fue interrumpido por un Morones desbordado que alegaba:

—Mandarme a que me pudra a los Establecimientos Fabriles en lugar de dedicarme a organizar las fuerzas obreras para oponerlas a las que el clero está creando todos los días es un error craso, imperdonable, Plutarco: yo soy quien puede arrebatarles, palmo a palmo, el mercado obrero y Álvaro me manda a fabricar cuetes y a importarlos... ¡Que se vaya muchas veces al carajo! ¡Qué desperdicio! ¡Qué manera de poner en manos de la iglesia el futuro de México!

—Tú haz cuetes, como dices; que no falten para sofocar los motines que, sin duda, se presentarán. Gana dinero, llénate las bolsas a tu gusto, hermano, pero no sueltes la crom, contrólala férreamente y quien se te oponga sólo me lo haces saber.

—Quien se me oponga sabré qué hacer con él antes de traer problemas a esta oficina, de la misma manera en que sé cómo combatir al clero...

—¿Cómo lo combatirías, Luis?

—Recurriendo al mismo remedio utilizado para envenenar a Benjamín Hill y al poeta José Novelo —volvió Morones al mismo ejemplo, por lo visto, su favorito.

—¿Quieres envenenar a toda la clerecía? —repuso Calles sin hacer el menor comentario respecto al asesinato de un colega de gabinete, a pesar de saberse cómplice del crimen.

—Por supuesto que no, Plutarco, no me alcanzaría todo el veneno del mundo para acabar con ellos, pues se multiplican como ratas de cañería...

—¿Entonces, cómo...?

—Con bombas, hermano —continuó Morones como pez en el agua—. Pones un explosivo a los pies de la Virgen de Guadalupe sin que a mí me castigue la Divinidad levantándome siquiera un padrastro... ¿Cuáles castigos del cielo? Ese argumento es válido para espantar a los pendejos... La Virgen vuela y ya. No pasa nada, absolutamente nada. Sólo se despedaza una muñeca de trapo y cerámica... Eso es todo —concluyó ufano—. Puedes guardar las cargas de dinamita en una mochila o en un costal en el lugar deseado y accionarlas con alarmas de reloj para que estallen a una hora precisa en las puertas de las catedrales o de las iglesias, en los altares, en los púlpitos y en los confesionarios, de modo que advirtamos al clero que vamos por todas porque lo hemos descubierto una vez más. El miedo hará que la gente acuda con menos frecuencia a los servicios religiosos, pague menos limosnas y se cuestione qué estará haciendo la iglesia, su iglesia, al merecer tanto castigo.

—¿Y dónde pondrás las bombas? —cuestionó Calles sin alarmarse por la propuesta ni calificarla de descabellada.

—Pienso hacer volar altares, iglesias, palacios arzobispales y catedrales con dinamita, pero prefiero no darte detalles para que tú, el día de mañana, puedas alegar desconocimiento de mis decisiones que, créeme sabré disfrazar al estilo clerical.

—¿Volar altares? —cuestionó intrigado Calles sin moverse del centro del despacho y guardándose las manos en los bolsillos, como si quisiera evitar toda responsabilidad.

—En efecto, Plutarco: sólo quiero que conozcas el resultado de mis investigaciones y te percates de la enorme ventaja que nos lleva Orozco y Jiménez asociado con la Mitra.

—¡Cuéntame ahora mismo: estamos solos, nadie nos escucha!

Morones le explicó en detalle a Calles su proyecto dinamitero.

—¿Se lo digo al presidente?

—Me pongo en tus manos. Esa es tu decisión. La mía era informarte.

—Debe saberlo para que tenga amartillada una explicación cuando lo aborde la prensa. No creo que le moleste la idea…

—Tú llevas el timón en ese sentido.

Dicho lo anterior abrazó efusivamente al secretario, lo vio por algunos momentos al rostro como si sellaran un pacto secreto, tomó su sombrero de fieltro gris rodeado por una gruesa banda negra y abandonó el despacho. Los pasos de Morones se perdieron en los pasillos del ministerio de Gobernación. Cualquiera hubiera podido decir que sonreía…

Calles meditó por unos instantes la trascendencia de la decisión. El gobierno, en todo caso, negaría cualquier relación o participación alguna en los hechos. ¡Qué gran oportunidad le deparaba el destino al poder contar con Morones para aplastar a una diabólica institución que había sepultado con enormes cantidades de tierra los deseos de superación y la evolución material e intelectual del pueblo de México!

Obregón y Vasconcelos crean la Secretaría de Educación Pública y emprenden la empresa faraónica de construir, por lo menos, mil escuelas oficiales laicas, absolutamente laicas, en acatamiento a lo dispuesto por el artículo tercero de la Constitución. Hubieran podido superar ese número de no haber sido por el estallido de la rebelión delahuertista cuando se acercaba la sucesión presidencial, a finales de 1923. Calles duplicará esa cifra durante su mandato. Se contarían tres mil trescientas instituciones educativas en ocho años. Llegaba la hora de la luz, del conocimiento, de la cultura, de la revolución educativa, de la evolución, del progreso, de cambiar los huaraches llenos de costras de lodo por calzado moderno, del incremento de ingresos familiares a través del dominio de una técnica, de un oficio o de una especialidad académica.

Ya no se comería con las manos, sentados en cuclillas en el piso alrededor de un tlecuil calentado con leña o carbón, sino en sillas a la mesa, con tenedor, cuchara y cuchillo y utilizando una parrilla doméstica para calentar alimentos. En el futuro no se acarreará el agua con cubetas recorriendo largas distancias, sino que se disfrutará de agua corriente al abrir una llave en la casa, sí, en la casa, no en un jacal misérrimo si acaso techado con cartones para cubrirse de las inclemencias del tiempo. Se industrializará el país, se editarán millones de libros, se descubrirán otras realidades, nuevas alternativas, otras opciones para salir del estancamiento ancestral, se obtendrán explicaciones para entender y salir del atraso, se conocerá a los eternos enemigos de México, se dará un brusco viraje al buque de la nación para encaminarlo a horizontes más prósperos en donde sea respetada y aquilatada la dignidad humana. Aparecerán, como por arte de magia, universidades y más universidades para recoger y encausar a los egresados de las escuelas públicas. Las empresas florecerán por los cuatro puntos de la rosa de los vientos. Las ofertas de empleo se multiplicarán, se disparará el ahorro familiar, todo ello gracias a la educación, sí, a la educación, una panacea, una auténtica panacea. Es caro, muy caro invertir en ella, pero es mucho más caro no hacerlo. Es mucho mejor preparar ejércitos de maestros y no de soldados. Vengan el vidrio, el cemento, los tabiques, los gises, los pupitres, los pizarrones: construyamos un nuevo México desde las aulas. Mejor, mucho mejor cuidar la barba en la peluquería y no recortar el bigote sentado en una silla a la intemperie; mejor la clínica que la partera doméstica, mejor el cirujano que el brujo curador del mal del viento con incienso y bailes rituales; mejor el olor a perfume que el de sudor rancio de centurias; mejor el camión de redilas y el tractor que la yunta, el burro de carga y las mulas; mejor el escusado que la letrina; mejor conocer el mundo que permanecer por generaciones en los linderos de la milpa; mejor expresarse en castellano y además en su propia lengua; mejor la cama que el petate; mejor un tapete que el suelo de tierra; mejor la piscina que el jagüey en donde abrevan los animales; mejor un medicamento industrial que una pócima... Es mejor invertir hoy en escuelas y no el día de mañana en cárceles; es mejor pagar el costo de la educación y no el de la miseria...

En tiempos de Obregón, México vivió un verdadero renacimiento de los valores nacionales, una vuelta a los orígenes. Abundaban los bailes típicos, los orfeones y todo tipo de festivales musicales. Surgen los músicos de excepción, los poetas, los pintores de dimensiones internacionales como Diego Rivera, José Clemente Orozco, David Alfaro Siqueiros y Roberto Montenegro. Esta corriente de titanes se adueña de los muros de venerables edificios coloniales para expresar el evangelio social de la Revolución. El dolor y la tragedia se expresan en forma artística, en colores, en acordes, en enormes piedras de mármol, en sextetos. Despierta el gran talento nacional escondido durante la dictadura. México habla, canta, recita, retrata y filma. Tenemos mucho qué decir con la pluma, con el pincel, con la batuta, con la voz, con el cincel y el martillo. Hemos tragado tanto, nos han reprimido tanto, hemos llorado tanto y hemos sufrido tanto que es hora de recurrir al arte para gritar nuestra verdad. Que se nos escuche, que se nos vea: somos los mexicanos que finalmente nos expresamos.

"La enseñanza religiosa —dice Obregón— entraña la explicación de las ideas más abstractas, ideas que no puede asimilar la inteligencia de la niñez, esa enseñanza contribuye a contrariar el desarrollo psicológico natural del niño y tiende a producir cierta deformación de su espíritu, semejante a la deformación física que podría producir un método gimnástico vicioso: en consecuencia, el Estado debe proscribir la enseñanza religiosa en todas las escuelas primarias, sean oficiales o particulares." El dictamen contenía además una apreciación de interés: "Si la fe ya no es absoluta en el pueblo y han comenzado a desvanecerse las creencias en lo sobrenatural, el poder civil acabará por sobreponerse." Insiste entonces en el artículo tercero: Habrá libertad de enseñanza; pero será laica la que se dé en los establecimientos oficiales de educación, lo mismo que la enseñanza primaria, elemental y superior que se imparta en los establecimientos particulares; ninguna corporación religiosa, ministro de algún culto o persona perteneciente a alguna asociación semejante podrá establecer o dirigir escuelas de instrucción primaria, ni impartir enseñanza en ningún colegio. Las escuelas primarias particulares sólo podrán establecerse sujetándose a la vigilancia del Gobierno. Porfirio Díaz estaría pateando las tablas de su ataúd...

¿No bastaba acaso repetir que después de trescientos años en que la iglesia estuvo a cargo de educar, noventa y ocho por ciento de la población quedó sepultada en el analfabetismo y en el atraso? ¿Más preponderancia de la iglesia en las escuelas para repetir la historia? Es preferible una nueva revolución: ¡Fuera los curas de las aulas! ¡Son envenenadores de la mente de nuestros hijos! ¡Son deformadores de la razón!

El Congreso aprueba un presupuesto sin precedentes para la universidad nacional. A la Secretaría de Educación Pública se le otorgan recursos insospechados, un escandaloso éxito obregonista. Se empiezan a proporcionar los desayunos escolares gratuitos. Imposible educar ni enseñar ni capacitar a nadie con el estómago vacío. Se abren bibliotecas en el Distrito Federal para entusiasmar al público con la lectura. Muy pronto se abrirán en todo el país para despertar la curiosidad por el conocimiento y el saber. Por supuesto que ahora no habrá libros prohibidos ni se crearán grandes pilas con ellos para incinerarlos ante los feligreses. Ya no hay herejías. A nadie se le quemará vivo en la hoguera de la Santa Inquisición por pensar o leer textos opuestos a los intereses de la iglesia. El conocimiento es abierto, libre, sin restricciones. A nadie se le perseguirá por sus ideas. Bienvenidas las ideas. Bienvenida la apertura intelectual. Mueran los principios inquisitoriales. Se importan prensas y maquinaria de Estados Unidos para imprimir copias baratas de los grandes clásicos: Homero, Cervantes, Platón, Dante, Goethe... Las escuelas reciben ediciones de *Don Quijote* y diccionarios de la lengua española por primera vez en la vida del país. La SEP obsequia dos millones de libros para ser leídos en las aulas, además de cientos de miles de textos de geografía e historia.

La iglesia tendría que haber estado de acuerdo con la ilustración, con la nutrición y con la alfabetización de los menores y haber hecho repicar alegremente todas las campanas del país hasta la eternidad. ¿Cuándo el clero iba construir tres mil escuelas, si sólo educaron a un grupo reducido de privilegiados a lo largo de su negra historia? El ruido producido en los campanarios tenía que haber sido ensordecedor y haber alcanzado hasta la última ranchería perdida en la serranía. El analfabetismo en personas mayores de diez años llegaba al sesenta y siete por ciento en 1920. Las medidas y las políticas educativas estaban más que justificadas.

No se oye, sin embargo, ni un solo tañido. Nada. Silencio total cuando se habla del arribo de la era de la razón. En los púlpitos y en los campanarios se canta o se invita a la misa. Punto. De progreso y de educación de las masas ni hablemos. A más ignorancia, más limosnas, más necesidades de pedir socorro ante las calamidades originadas por la miseria. A más embrutecimiento de las masas, más dinero, sí, dinero en los cepillos, en las urnas de las catedrales, iglesias y parroquias.

Vasconcelos declara: "La primera campaña no se dedicaría al alfabeto, sino a curar las enfermedades y a limpiar las ropas de los niños". También es hora de lamernos las heridas. ¿Quién se las lame a la nación? México se prepara con entusiasmo para dar el gran salto. He ahí una de las justificaciones de la revolución mexicana: crear un nuevo país, convertir en astillas al *ancien régime*, la dictadura porfirista, que había heredado casi un ochenta por ciento de analfabetos antes de desplomarse en un gigantesco charco de sangre. Se trataba de hacer añicos los antiguos esquemas, despedazarlos, abriendo el paso al progreso, un progreso al que la iglesia se opondrá: ésta todavía tiene la audacia y el cinismo de exigir el derecho de educar a los pequeños, de pervertirlos con dogmas irracionales de extracción medieval, en lugar de ceder paso a las ciencias, al campo de lo empírico, a las pruebas de laboratorio, las únicas herramientas demostrables y creíbles para desarrollar un sentido crítico resistente a los artículos de fe en los alumnos del siglo XX. La historia se encargó de demostrar una y otra vez a dónde fue a dar México cuando la iglesia se erigió como educadora o el PRI se nombró el gran maestro del pueblo: ¡Horror!

Claro que no podía faltar el humor negro de Obregón. En una ocasión, cuando era presidente de la República y esperaba el tren en una estación semidesierta, de pronto pasó un indio sentado en las ancas de un asno. A falta de una silla de montar y sin estribos, sus piernas colgaban a un lado y a otro del animal, que se desplazaba pesadamente.

—¿Cómo se llama este pueblo? —preguntó el Manco rodeado de su comitiva.

—Quién sabe, siñor...

—¿No sabes quién soy yo...?

—No, siñor... Asté perdonará...

—¿De dónde eres?

—De aquí mesmamente, siñor...

—Pero eso es extraño, ¿acabas de llegar hoy mismo a este pueblo y por eso no sabes cómo se llama?

—No siñor, aquí nací, aquí nacieron mis apacitos y mis tatas, siñor...

Obregón no salía de su asombro. Sabía de los niveles de ignorancia prevalecientes en el país, pero le resultaba una auténtica agresión, una sorpresa deprimente, que el nativo ni siquiera conociera el nombre del pequeño poblado en el que había nacido y pasado toda su vida y en el que seguramente moriría, como habían muerto sus abuelos, sus padres y, seguramente, morirían sus hijos y sus nietos. El jefe de Estado le obsequió una moneda al hombre aquel, un invidente, un inválido para todo objeto. Lo despidió con una palmada en el hombro. Acto seguido le dijo al oído a Calles, su secretario de Gobernación:

—Dile, por favor, a Pepe Vasconcelos, que le envíe a este individuo los *Diálogos* de Platón y la *Divina comedia* que editó la SEP, a su muy digno cargo, para la "desasnalfabetización" del indio... A este sí va a ser fácil desasnarlo...

—Sí Álvaro, sí, sin duda le va a ser de mucha utilidad leer las obras completas de Eurípides —agregó Calles en su conocido tono ácido—. ¿Pero sabes para quién son especialmente útiles estos tipos que no saben ni cómo se llaman? ¿Lo sabes...? —insistió—. ¿Sabes quién los aprovecha a toda su capacidad y mejor que nadie?

—No, ¿quién? ¿Quién puede hacer algo con esta gente? —cuestionó lleno de curiosidad Obregón viendo a la cara a su paisano, conocido por su escaso sentido del humor.

—La iglesia, Álvaro, la iglesia quiere tener millones de estos muertos de hambre: es más fácil manipular a un pobre diablo como este sujeto que a un chamaco de primaria. Por esa razón el clero no quiere que eduques, le estás arrebatando su mercado natural...

La debacle entre Mónica y yo empezó a producirse durante un viaje que hicimos a Egipto con nuestro mejor ánimo de pasarla bien y, además, claro está, de aprender de aquella sorprendente civilización, una de las más impresionantes de la historia. La fractura que jamás pudimos reparar por más intentos que hicimos antes de naufragar irremediablemente se dio cuando regresábamos de visitar las pirámides de Giza, en un momento en que ambos no podíamos estar más satisfechos después de haber vivido un día pletórico de experiencias cautivadoras, difíciles de olvidar. Habíamos visto tantas veces las fotografías a todo color de ese magnífico patrimonio de la humanidad que, cuando las tuvimos al alcance de la mano y las contemplamos de sol a sol, sentimos habernos reconciliado con la vida. En esa parte de la conversación nos encontrábamos, haciendo una evaluación de los recorridos, recordando el maravilloso paseo que habíamos dado montando en camellos y repasando cada momento de esa mañana, cuando el guía que hacía las veces de chofer vio por el espejo retrovisor cómo tenía colocado mi brazo derecho sobre los hombros de Mónica. Observé una extraña mueca de malestar en su rostro. El hombre no tardó en manifestar su contrariedad en su mejor español, aprendido en la escuela, haciendo gala de su educación y respeto hacia nosotros:

—En un país musulmán, señores, constituye una agresión el hecho de abrazar a una mujer en público. Una actitud así es contraria a nuestras costumbres y a nuestra religión. Absténganse de tener expresiones públicas de cariño no sólo mientras estén a bordo de este automóvil, sino en cuanto lugar abierto se encuentren en Egipto.

Cuando, sentados en la parte trasera, empezaba a recorrerme a la izquierda del vehículo para desmantelar la posibilidad de cualquier ataque y me apartaba de Mónica acatando las instrucciones del guía, ésta cuestionó repentinamente a nuestro interlocutor mirándome de reojo con un desprecio sorprendente:

—¿Y qué pasa si seguimos abrazados? ¿Nos va a multar la policía, o qué? —agredió en tono ríspido e insolente.

—No, señorita —repuso Anwar, todavía recuerdo el nombre y el aspecto de aquel hombre que echó mano hasta de sus últimos depósitos de paciencia—. Que nos multara la policía es lo mejor que les podía pasar a ustedes y a mí: la verdad —continuó explicándonos los peligros cuando yo ya había cumplido con sus instrucciones—, en cualquier semáforo pueden salir unos fanáticos, de esos que abundan en estas tierras, y destruir mi automóvil, con el que me gano el pan y el de mis hijos, y eso no es lo peor —todavía subrayó el nivel de riesgo—: después de acabar conmigo se lanzarán encima de ustedes con resultados que no me quiero ni imaginar… De modo que —concluyó como el juez que dicta una sentencia dando un golpe sonoro con el mallete— cuídense y cuídenme, por lo que más quieran… ¡Sepárense!

El argumento de Anwar me sonó perfectamente creíble y lógico, por lo que no tuve la menor duda de concederle la razón. Cierta o no, válida o no, era una súplica que nos estaban haciendo, misma que me vi obligado a satisfacer sin oponer argumento alguno. Al país que fueres, haz lo que vieres… Era su coche, éramos nosotros, era su país, eran sus costumbres, era su religión, era su realidad, era una petición que no podía ignorar por nuestra propia seguridad. Yo tenía que ver por la integridad física de Mónica. Al menos, esa sentí que era mi posición como hombre.

—Eres un marica, un pobre diablo, como este infeliz —se refería a Anwar, el chofer—, tronó Mónica fuera de control. ¿No te das cuenta de que lo devora la envidia porque nunca ha tenido a una mujer como yo y por esa miserable razón quiere separarnos, y tú ahí vas de calzonazos, porque pantalones desde luego no tienes, a hacerle el Jueguito a este acomplejado de mierda que nunca ha comido caliente en su vida?

—Señorita —trató de mediar Anwar para hacerla entrar en razón…

—No estoy hablando con usted, ¿o sí…? —repuso Moni como si blandiera una navaja—. Entonces, ¡cállese, por favor, pero cállese para siempre! Ahora mismo me dirijo a este pedazo de piojo que se decía mi galán, mi compañero para toda la vida, el que estaría en las duras y en las maduras, el que juró bajarme el cielo y las estrellas y conquistar el universo para mí —agregó Mónica poseída de un ataque de rabia de proporciones pocas veces vistas—. No entiendo qué vine a hacer contigo al culo del mundo…

En algún momento todavía pensé en tocarle discretamente la rodilla con el deseo de calmarla e invitarla a la reflexión para no continuar haciendo un ridículo tan grotesco ante Anwar, pero de pronto observé cómo mi mano volaba rumbo al mismísimo Valle de los Reyes, a cientos de kilómetros de El Cairo. Cualquier palabra o invocación me pareció inútil, más aún cuando gritaba como una desquiciada sin percatarse, tal vez, ya ni de lo que decía. Se golpeaba las piernas como si no fueran suyas y se llevaba los puños a la altura de la cara haciendo un último esfuerzo antes de rasguñarme el rostro o tirarme de los cabellos. El chofer contemplaba la escena aterrorizado a través del retrovisor. Yo no podía salir de mi estupor.

—Cobarde, cobarde, no me mereces, nunca me mereciste… Me das asco, me das pena, lárgate, lárgate.

Enmudecí. La veía como a un bicho extraño. No era mi papel contestarle los insultos, por más que el apelativo de piojo me había llegado al alma… No estuve dispuesto a entrar en un intercambio de insultos, uno más soez y procaz que el otro. Decidí entonces dar por terminada la lamentable escena y en media calle, en el centro de El Cairo, obviamente sin hablar una sola palabra de árabe, descendí precipitadamente del vehículo, no sin decirle:

—No sé con quién vine a Egipto. No sé quién eres. No sé de dónde saliste. Algo debo haber hecho mal en mi vida para merecerme una mujer como tú… Espero no volver a verte nunca más…

Dicho lo anterior cerré la puerta con el debido cuidado y le regalé a Anwar una propina excesiva en dólares sin esperar el cambio. No había tiempo para más. Él se quedaba a bordo con la fiera… Cuando vi cómo se alejaba el vehículo y me hundía en una marea humana, al atardecer, en un lugar inhóspito para un extranjero, pensé no sólo en llegar al hotel, sino en buscar la mejor alternativa para abandonar Egipto a la brevedad, en el primer avión que saliera a donde saliera.

Una vez superado el primer escollo, a salvo dentro de nuestra habitación, me tiré encima del teléfono para llamar a cuanta línea aérea pudiera trasladarme a Europa. De ahí volaría sin mayores contratiempos a México para reemprender mi investigación en torno a la Madre Conchita, al arzobispo Orozco y Jiménez, a Calles y a Morones. No me los podía quitar de la cabeza. ¿Qué demonios estaba haciendo en Egipto y con quién estaba del otro lado del mundo? ¿Qué se me había perdido en Egipto con esa mujer tan dulce y tierna que se convertía en una fiera salvaje al ver una mala cara de las que había tantas, tantísimas?

Pero, ¡oh!, sorpresa, en el anochecer sólo salían aviones rumbo a Sudáfrica, imposible volar al viejo continente. Tendría que esperar al amanecer. Ni hablar. ¿Registrarme en otro cuarto antes de que llegara Mónica? ¡No había otra habitación! Era temporada alta, *we are sorry, sir*… ¿Otro hotel? La misma razón. Me iría a dormir al aeropuerto con mi maleta, como en los viejos tiempos de estudiante.

¿Un tren? Me iría en tren a cualquier estación de Egipto… Una tontería. ¿Rentar un coche? Otra tontería más. Se me cerraban las posibilidades. Pensaba en ir a pasar la noche en el vestíbulo del hotel cuando escuché, habían pasado al menos tres horas del pavoroso conflicto, que alguien abría la puerta de la habitación. Deseaba que fuera la recamarera para hacer los servicios nocturnos. Muy pronto saldría de dudas. Era Mónica. Al entrar cargando su mismo peso en culpas, se recargó contra la pared sin pronunciar palabra alguna. Miraba fijamente el piso. Estaba abatida. La observé de reojo. Lo que horas antes había sido un nido de amor en donde nos bañamos juntos, nos enjabonamos con mucha espuma retorciéndonos de la risa al tocarnos juguetones las partes sensibles, nos secamos, nos besamos, nos hicimos el amor, nos dimos el uno a la otra el desayuno en la boca, entre miradas de admiración y picardía, todavía envueltos en nuestras batas de toalla blanca con el escudo del hotel grabado en hilos rojos a la altura del corazón, antes de salir a comernos el mundo como eternos enamorados ajenos a nuestro cruel destino, sí, sí, lo que de mañana había sido un paraíso, el reino encantado de las sonrisas, de noche se convirtió en una cárcel asfixiante en donde, por supuesto, no había espacio para los dos.

La noche anterior nos percatamos de que la cama, siendo enorme, nos había sobrado en tamaño. Apenas si habíamos utilizado la mitad. La habitación nos parecía un estadio y el baño un galerón en el cual podríamos llegar a perdernos. Un día después la cama se había hecho diminuta, ni siquiera suficiente para que cupiera un niño, ya no se diga una persona mayor. Los espacios se habían encogido. Imposible respirar. En muy poco ayudaría abrir las ventanas. Me sofocaba. No podía más. O ella o yo. Obviamente, ella. Yo era un caballero. Aventaría mis pertenencias en mi maleta y me retiraría sin pronunciar palabra. ¿Qué más había que decir? ¿Qué agregar? No cabía ninguna explicación, de la misma manera en que ambos no cabíamos en la habitación. Mónica, sin embargo, seguía muda y cabizbaja.

En el momento en que me puse de pie para sacar mis trapos del guardarropa, me percaté de que ella se movía imperceptiblemente hacia la puerta con el deliberado propósito de impedirme el paso. Al menos esa fue mi fantasía original. No puse mayor atención en el detalle. Fui al baño a tomar mis objetos de aseo. En un instante estaba, maleta en mano, listo para salir del pequeño infierno en que se había convertido nuestro viaje. Me dirigí entonces, sin más, hacia la puerta. Nadie hubiera podido dudar de mi determinación para salir de ahí a la brevedad. ¿Salir...? Huir, en todo caso, huir... Piojo, por primera vez en mi vida alguien me había llamado piojo... Al tratar de abandonar la habitación ella abrió los brazos en cruz para impedirme el paso. Me vio a la cara. Le devolví la mirada sin soltar mi equipaje. Pensé en empujarla o, al menos, suplicarle que se retirara, que no complicara más las cosas. Nunca fui de malas maneras ni de malos tratos. Siempre quise conducirme con delicadeza, más aún tratándose de mujeres. Mi padre era un sujeto violento e irascible y había decidido, de buen tiempo atrás, no parecerme en nada a él. Por ende, tenía que ser amigo del diálogo, de la negociación cortés, del convencimiento amable y respetuoso. De modo que nada de gritos ni de jaloneos ni de amenazas. No utilizaría la fuerza, no, nunca recurriría a ella, menos tratándose de Mónica, con quien había pasado momentos inolvidables. ¿Acaso podía olvidarme del palco de Bellas Artes o de cuando hicimos el amor en un baño, a bordo de un avión gigantesco, al volar a Europa y ella me hizo saber, a media película, que no llevaba ropa interior y que quería seducirme a la mitad del Atlántico y a treinta y tres mil pies de altura?

—¿A dónde vas...?

—A cualquier lugar que no sea este cuarto...

—Arrepiéntete de lo que me dijiste.

—Arrepiéntete tú, tienes tiempo de sobra para hacerlo. Nos podían haber matado en el coche o te podrían haber lastimado. Eres una irresponsable.

—¿Por qué le creíste al chofer?

—Por tu bien.

—¿Por mi bien...?

—No voy a comenzar el numerito otra vez. Si todavía no has entendido nada de lo que ocasionaste, búscate alguien que te eduque y que te enseñe el abecé de la vida. Yo no soy tu tutor...

—Tú comenzaste...

—Quítate de la puerta.

—Pídeme perdón...

—Quítate de la puerta o te atropello.

—No eres capaz.

—No me pongas a prueba.

—Sí te pongo. Inténtalo.

Se me secó la boca. Se me aceleró el pulso. Sentía los golpes del corazón en las sienes. ¡Cómo era cierto aquello de que unas personas sacan lo mejor de uno y otras lo peor!

—¿Me estás provocando?

—¡Por supuesto!

Me arremangué. Estaba perdiendo el control. Sólo la derribaría y saldría. No toleraría su insolencia. Todo tenía un límite. ¿O acaso debía suplicarle, invitarla a sentarnos y hablar civilizadamente como dos viejos amigos?

Al dar el primer paso rumbo a la puerta, Mónica se derrumbó y cayó al piso envuelta en un ataque de llanto. Lloraba compulsivamente mientras golpeaba el piso con los puños. ¿Pasaría por encima de ella abriendo la puerta a la fuerza, abandonándola a su suerte en ese país desconocido? Lo haría, sí, lo haría, ¡claro que lo haría! Bien merecido lo tenía.

—Quítate o te quito.

—Nacho, no, Nacho, no, no, no… Perdón Nacho, perdón, perdóname, me volví loca, soy una estúpida —agregó mientras tiraba una y otra vez de mis pantalones.

—Quítate, te digo, ahora soy yo el que no responde de mí, es mi turno: ¡suéltame, carajo!

—Vete, está bien —me dijo levantando la cabeza de modo que pudiera ver su rostro enrojecido, descompuesto y congestionado por el llanto—. Sólo hazme un favor antes de irte…

—Tú dirás —repuse cortante, concediendo la última posibilidad antes de atropellarla—. Ya sabes que las lágrimas de una mujer no me conmueven, ¡habla!

—¿Me harás el favor? —insistió entre sollozos.

—¡Habla!

—Sólo quiero que antes de no volverte a ver en mi vida me abraces por última vez.

—¿Cómo me pides algo que no siento?

—No sentirás nada, Nacho, pero concedérmelo sería un acto de generosidad de tu parte: dame un abrazo y vete. Tienes razón: me lo merezco.

—Tu boleto está en la caja fuerte. Está abierta.

—Dame un abrazo, el último.

—No puedo, perderé el avión. No tengo tiempo.

—¿Me dejas entonces que te lo dé como despedida?

—No soltaré ni la maleta.

—No la sueltes.

Se puso de pie lentamente en tanto se enjugaba las lágrimas. Acto seguido se secó la cara con las mangas de su blusa, se echó para atrás el pelo negro, color azabache, lacio, largo, sedoso, fresco, perfumado, magnético, hechizante, en el que había envuelto mis manos, mi cabeza, mis dedos extraviándome en mil fantasías. Me paralicé. De pronto trató de abrirse o de cerrarse el último botón de la blusa. No lo sé… Pensé que se iba a desnudar. Mi mente me jugó una mala pasada. Me traicionó. Me llenó de imágenes de nuestro viaje a Chicago, de cuando fuimos a correr al Nevado de Toluca y nos desnudamos para abrazarnos y rodar entre carcajadas en la nieve. La recordé con su vestido blanco escotado el día en que la conocí o tallándole delicadamente la espalda con sus jabones humectantes. Me perdía, Mónica me perdía, que si lo sabía ella. Después de ajustarse unos pantalones blancos que había exhibido cuando montamos a los camellos, otra mañosa insinuación más, abrió los brazos, dio dos breves pasos y me atrajo sutilmente, poniéndose "de puntitas", como a mí me gustaba…

El contacto de su cuerpo, adherido al mío como una calcomanía, me estremeció. ¡Cómo olía! Su aroma natural me enervaba. Su piel me perturbaba. Echaba mano de su último recurso, su carta más fuerte, no contaba con otro tiro en la recámara de la pistola. Acertó. En un principio no correspondí a sus caricias, pero no tarde en hacerlo con mi brazo izquierdo, el único que mantenía libre. De pronto me perdí. Solté finalmente la maleta. Al Diablo con la maleta. Me rendí, sí, me rendí. Fracasé en mis planes. Exploté. Me enloquecí. La estrujé. La apreté. La besé. La sofoqué. Me mareé. La estrellé contra la puerta, sin soltarla ni separar nuestros labios. Me tocaba como si se asfixiara y se despidiera de la vida y quisiera irse con algún recuerdo en el tacto. Respiraba aceleradamente, al igual que yo. Pateó la maleta. Me arrancó la chamarra con todo y camisa, yo a ella la blusa. Los botones salieron disparados por toda la habitación. Me quitó los pantalones y yo a ella los suyos sin dejar de besarnos ni de rebotar contra la puerta y la pared, guardando el equilibrio prodigiosamente. Como si le fuera a dar una serie de latigazos, la puse violentamente de espaldas a mí, la azoté contra la puerta para liberarla del sostén y bajarle las pantaletas a jalones. Necesitaba un castigo. Yo se lo daría mientras que ella, tal vez, sonreía en su interior. Me había atrapado. Me había retenido. Giró en plan de revancha hasta que ambos quedamos felizmente expuestos a los caprichos de la fortuna. Nos saciamos entre gritos, groserías, ten, ten, espérate mi roble, mi rey, mi faraón, Nacho, Nachito, mi Tutankamon. Soy tu Nefertiti. Tómame papá, mi dios, mi Anubis, mi Ra, mi Osiris, mi Horus, mi Hare Krishna, mi Xibalbá, mi Quetzalcóatl, mi serpiente emplumada, emplumadísima, mi Kukulkán, mi Kukulkancito, mi Neptuno, mi Poseidón, Nacho, Nachito, mi Nacho, suéltate, ven te recibo, lléname de ti, mi Santísima Trinidad…

—Pero eso sí, piojo tu padre, pendeja…

Sí, sí, Moni y yo volvimos a fracasar después de llevar a cabo patéticos esfuerzos por continuar una relación que hacía agua en popa, en proa, a babor y a estribor. Nos hundíamos. Lo sabía, lo sabía con la misma claridad con la que veo la tinta negra y el papel blanco al escribir estas líneas y, sin embargo, rechazaba lo que me anunciaba la razón y me recomendaba mi intuición. "En esta vida también hay que saber correr", me decía Ave Tito, "pobre de aquel que no supo hacerlo a tiempo". Experimentaba la sensación de llevar clavada una señora estocada ascendente con orificio de entrada en el estómago y de salida en la nuca. Sangraba por todos lados. Sufría de derrames internos. Había perdido la confianza y la seguridad, los adhesivos imprescindibles en una relación social, política, económica o amorosa. ¿A dónde se va sin ese elemento mágico? Imposible construir nada perdurable sin un buen pegamento. Me dirigí a ella con gran cuidado, sabiendo, desde luego, que manipulaba material sumamente inflamable. La menor fricción con Mónica se encendería en un instante, en menos tiempo de lo que se produce un simple chasquido de dedos. ¡Zap! Y no sólo eso, también debería cuidar mis palabras, calcularlas y medirlas antes de pronunciarlas, para evitar malos entendidos y susceptibilidades. Los mudos se comunican con señas, y con ellas se disminuyen los niveles de explosividad. Llegué al extremo de pensar en comunicarme con ella con mímica, sobre todo después de que, en una ocasión, al ir a hacer un largo recorrido en bicicleta por el Ajusco, hasta Cruz Blanca, ella bajó una pendiente de casi noventa grados y a gran velocidad llamándome desde abajo para que yo repitiera la hazaña. Me negué. Preferí dar una vuelta un poco más larga y menos pronunciada para llegar a donde ella me esperaba. La recepción no pudo ser más agresiva.

—Eres un gran maricón: no puedo creer que una niña tenga más calzones que tú…

Sin más explicaciones y, sin esperar a saber si esta vez bromeaba o se trataba de otro arranque incontrolable, en mi incertidumbre y desazón, monté de nuevo y seguí mi camino sin contestarle a pesar de los gritos que profería para que me detuviera. No lo hice, seguí de frente y pasé de largo nuestro automóvil hasta llegar agotado al departamento. Nuestro nido de amor… ¿Resultado? El pleito esta vez había sido porque yo no aguantaba bromas… ¿Otro resultado? No nos entendíamos y lo peor, ya no quería entender nada ni saber de nada ni luchar por nada ni discutir por nada. Soñaba con mi libertad, con mi tiempo, con mi soledad. En México nadie conocía al padre José Aurelio Jiménez, tal vez sobrino del arzobispo Orozco y Jiménez,[17] un cómplice adicional, integrante de la iglesia católica, en el asesinato de Álvaro Obregón. ¿Por qué no investigar más aún los pasos de este otro asesino intelectual, una figura clave en el crimen, en lugar de pelearme a muerte por no haber bajado la misma pendiente que Mónica?

En cualquier momento se podría dar el derrumbe definitivo. Al desplomarse ruidosamente toda la estructura desaparecerían hasta los cimientos. Y el derrumbe se dio —¿podría haber sido de otra manera?— en el contexto y términos más imprevisibles.

Decidí cortar por lo sano o todavía medianamente sano, para lo cual pensé en acabar con una relación que ya me reportaba mucho más amargura que placer y bienestar. Si llevaba a cabo mis planes en un café, Moni podría tirar la mesa completa y tomarla a gritos conmigo enfrente del público. Moción cancelada. En el departamento corría el peligro de que arrojara la vajilla entera entre gritos y desahogos. Todos los vecinos se enterarían de una nueva rivalidad entre nosotros. Alternativa desechada. La ejecución de mis planes en un parque tenía el inconveniente de poder ser vistos por alguien en pleno combate. Opción igualmente impracticable. Caí en cuenta de que el mejor escenario podría ser, tal vez, mi propio automóvil mientras hacíamos un lento recorrido por la carretera a Toluca. Ahí hablaríamos, pensaba en mi inocencia, teniéndola completamente controlada y fuera de los ojos de los curiosos. ¿Sí…? Cuando le expliqué, o mejor dicho, cuando traté de explicarle la conveniencia de separarnos por algún tiempo para meditar las posibilidades reales de continuar nuestro camino juntos, Moni me preguntó con sorprendente tranquilidad:

—¿Me estás cortando?

—Por supuesto que no, mi amor, sólo pretendo hacerte saber —cuidaba en exceso mis palabras— que cuando una pareja pelea más de lo que disfruta, y me temo que ese es precisamente nuestro caso, debemos tener la madurez para reflexionar nuestra realidad y descubrir a solas los motivos de tantos conflictos para analizar reposadamente las posibilidades de continuar o no: démonos tiempo, eso es todo, mi vida...

En ese momento y, por toda respuesta, abrió la puerta del automóvil y trató de arrojarse al asfalto con el coche en marcha y a media carretera. La salvó el hecho de tener colocado el cinturón de seguridad, que no se pudo zafar con la prisa deseada, y también que logré tomarla del cabello cuando se aventaba. Hasta la fecha sigo sin entender cómo no nos volcamos aparatosamente, en razón del giro violento que instintivamente di al volante al hacer mi mejor esfuerzo por detenerla. Ambas piernas me temblaban tan pronto pude parar el vehículo sobre el acotamiento. Discutimos, peleamos, nos volvimos a insultar, nos gritamos mientras me percataba del peligro de cortar abruptamente lo que había comenzado como uno de los momentos más afortunados de mi vida.

Un psiquiatra me recomendó que extinguiera gradualmente la relación, bájale cada día la flama, hasta que se acabara por completo. Moni y yo estábamos a punto de cumplir un año de vivir bajo el mismo techo; sin embargo, nuestra convivencia se envenenaba gradual e irreversiblemente a pasos agigantados. Ambos insistíamos en negar la realidad gracias a los felices momentos que disfrutábamos cuando la violencia no irrumpía como un vendaval en nuestras vidas, destruyendo a su paso lo que todavía quedaba de pie. En un principio era un deleite subir en el elevador, abrir la puerta del departamento y seguir escuchando recitales o conciertos de piano a los que ella era tan devota y que compartía prácticamente con todo el vecindario. Nos besábamos, nos mirábamos, nos estrechábamos, nos revisábamos y, a continuación, después de descalzarme, me retiraba el saco y la corbata y, una vez enfundado en una bata corta y servida una copa de vino blanco, cualquier Chardonay francés de preferencia, a media luz, continuábamos oyendo obras de Chopin, de Beethoven, de Liszt, de Mozart, de Brahms, de Schumann o de Schubert, sin duda los clásicos, interpretados a todo volumen por Rubinstein, Claudio Arrau, Jozef Hofmann, Sergei Rachmaninov, todo un repertorio de grandes pianistas, en los que no podía faltar

Horowitz, Brendel ni mucho menos Sviatoslav Richter, para ya ni hablar de Maurizio Pollini, quien comenzaba a despuntar, junto con Marta Argerich, como dos de los más sobresalientes alumnos del maestro Benedetti Michelangeli, el auténtico monstruo de Moni. Me volví, en fin, un fanático del piano. Muchas veces llegamos a viajar por horas con tal de escuchar a uno de los famosos concertistas, de los que guardábamos pósters colgados en la biblioteca con los rostros de los artistas.

Yo empecé a tener contacto con la música desde muy joven, en aquellos años cuando, a través de mi abuelo materno Max Curt, un magnífico prusiano, escuché por primera vez la *Pequeña serenata nocturna* de Mozart. Quedé fascinado, la composición me pareció un auténtico cuento de hadas. El viejo hacía el enorme esfuerzo de ir a comprar los sábados en la mañana el obligado pastel de manzana, nuestro favorito, el *apfelstrudel*, en una tienda alemana de delicatessen de la colonia Roma, para comerlo en las tardes en su humilde departamento de las calles de la Morena, acompañado de sendas tazas de chocolate caliente grueso y amargo. Acto seguido, prendía su tocadiscos, una caja de zapatos con bocinas adheridas a los lados, y tratábamos de oír con la mayor claridad posible las piezas preferidas de mi Opa, según colocaba la aguja en el surco deseado, si es que no le fallaba el pulso y lo ponía en el siguiente o en el anterior, desahogando su frustración con un muy germánico: *Ach diese grosse Scheisse, Mensch!*: "¡Ay!, esta gran mierda, hombre", que esperaba con una sonrisa benévola y amable. En él, siempre pensaba en él cuando me cuestionaba cómo agradecerle a una persona cualquier bien que me hubiera hecho si desgraciadamente ya no estaba a mi lado para podérselo decir a los ojos y tomándolo de la mano. Pero mira, Opa, mira, mira, mira: tu *Enkelchen* aprendió y hoy es feliz gracias a que escucha música la mayor parte del día. *Danke schön, Opa, vielen dank, wirklich, vielen dank…* Con él, con Max Curt, mi Opa, tengo contraída otra deuda impagable, además de mi amor por la música, en la que siempre encontré comprensión, refugio, exaltación y paz. Él me dio una fórmula mucho más que probada para alcanzar cualquier objetivo que me propusiera:

—Si quieres tener éxito en tus proyectos, Enkelchen —repetía como si fuera Otto Eduardo Leopoldo von Bismarck, conde de Bismarck-Schönhausen, Duque de Lauenburg, Príncipe de Bismarck—, apréndete tres palabras de memoria…

Yo me las sabía de sobra y contaba con muchos años para poner en práctica sus consejos, pero me encantaba volverlo a oír repitiendo siempre la misma sabia sentencia con el mismo tono sobrio y ronco de un alto magistrado prusiano: *Disziplin, Disziplin und Disziplin!*

En ese agónico proceso de descomposición me encontraba con Moni cuando mi padre fue informado, por boca de mi madre, de las dificultades crecientes que enfrentábamos casi a diario. Por todo ello no tuvo una mejor idea que invitarla a comer "para poner su grano de arena" y ayudar a resolver nuestras diferencias. El encuentro se dio, obviamente, a mis espaldas, entre tú y yo, que Nacho no sepa nada porque sabes cómo es ese muchacho, todo lo malentiende… Durante la reunión, según supe más tarde después de vivir otro pasaje violentísimo con Mónica, el último, fui el centro de la conversación: yo era muy joven e inexperto, a pesar de tener treinta años. No había madurado, emocionalmente parecía haberme quedado anclado en mi época de adolescente, no había evolucionado, no era el hombre bragado, formado y definido que debería ser. Me había extraviado en la música y en los libros gracias a los consejos perniciosos de mis abuelos. Empezaba a tener un éxito sorprendente como novelista, pero ni siquiera sabía bailar, no sabía llevar a una mujer en la pista de baile y lo mismo habría de acontecer en la cama, en donde yo debería llevar las iniciativas propias de un varón que se respeta, pero un hombre que no sabe bailar, por lo general tampoco sabe conducirse exitosamente en el lecho.

—Es un intelectualito más aburrido que un ostión en ayunas. Conmigo no pudo trabajar, jamás se disciplinó ni soportó las presiones de la oficina. En el despacho también fracasó y ahora resulta que quiere ser poetita… bebamos, bebamos Moni…

Las cargas de coraje, frustración y malestar que tenía Mónica en contra mía le impidieron contestarle a mi padre en tiempo y forma. Estaba muy confundida sentimentalmente, a lo que no ayudaba su temperamento apasionado y rabioso. Me defendió como pudo, en voz baja y con escasos argumentos ante un interlocutor amañado, sobrado y extraordinario intérprete de cada movimiento, palabra, mirada, retoque, arreglo del cabello, de la falda, de los labios y de los aretes de su futura presa. Desentrañaba significados en cada gesto o mueca de las mujeres. Hubo un momento, durante la conversación en el que ella dejó de intervenir en mi rescate, guardó silencio, humilló la cabeza y escuchó la catilinaria disciplinadamente.

Mi padre entendió su actitud sumisa y callada como un triunfo, más aún cuando, antes del vino tinto, habían tomado un par de martinis secos. Se empleó a fondo diciéndole al oído que ella se merecía toda la felicidad de la tierra, que sus arranques de rabia no tenían por qué producirse ni mucho menos agredir a un hombre maduro como él, en cambio a mí me despedazaba por ser un menor de edad con cuerpo de adulto que ni siquiera sabía a dónde dirigir mi vida... Respecto a mi madre, él ya tampoco la aguantaba, no la soportaba, también estaba harto y no tenía con quién gastar todo su dinero y compartirlo generosamente en esos últimos años de su vida... Buscaba una compañera que, curiosamente, reunía todas las calificaciones y especificaciones de Mónica.

Ella, abrumada, reducía sus expresiones a asentir tímidamente con la cabeza. Era la señal esperada, que mi padre interpretó equivocadamente. En ese momento él metió su mano abajo del mantel para posarla encima de la rodilla de Mónica. No lo hubiera hecho. Nunca se debería haber atrevido. Cometió un gravísimo error al confundirla con sus mujerzuelas ávidas de dinero, en el entendido de que Moni estaba ávida, sí, pero de vivir, soñar, viajar, escuchar a Mauricio Pollini hasta altas horas de la noche, escalar, pasear en bicicleta, asistir al cine, a los conciertos y correr en las playas desnuda, pero eso sí, con el hombre que ella amaba y deseaba. ¿Cómo ella, Mónica, se iba a prostituir por dinero, por poder político o por nada? Era una mujer auténtica, transparente, honorable, intensa, dispuesta a beberse el agua de los océanos, a cometer cualquier género de locuras, pero con quien ella sentía afinidad, reciprocidad, cariño, ternura y comprensión.

Mónica saltó de la mesa como si le hubieran arrojado a la cara una cubeta llena de víboras gelatinosas. De inmediato se puso de pie para contemplar a media luz el rostro sorprendido de mi padre. Sus ojos despedían relámpagos. Sus labios temblaban de la ira.

—Es usted un marrano degenerado. Nacho me lo había dibujado a usted a la perfección, sólo que jamás le concedí estos alcances.

—Es que...

—No se explique, cerdo asqueroso, lo tengo muy claro. Hace usted muy mal en generalizar a las mujeres y peor aún en exhibir de esta manera tan vulgar su ausencia de principios y de valores... Pobre de usted, lo que le espera...

Mi padre permaneció sentado, justificando su conducta como un malentendido, mientras Mónica se acercaba a la mesa para tomarse el último trago de vino. Una vez dejada la copa sobre la mesa, le escupió hasta la última gota en la cara en tanto él trataba de evitar que el chorro le empapara la cabeza y lo despeinara. Al terminar el episodio, tomó su bolsa, se secó los labios con una servilleta y se la arrojó al rostro con las siguientes palabras:

—Límpiese la cara con este trapo, porque ni muerto ni en el infierno podrá usted limpiarse nada más. Es usted una basura humana —instantes después, cuando se disponía a abandonar el lugar, alcanzó a decir—. Su mujer lo engañó, señor Mújica, usted jamás pudo engendrar un hijo como Nacho... ¡Piénselo! Busque a su verdadero padre entre sus conocidos...

Mónica llegó al departamento descompuesta, llorando como una Magdalena. No tuve ni siquiera la oportunidad de abrazarla porque pasó como un huracán, aventó la bolsa a un sillón y con los ojos inyectados todavía por el coraje, me apuntó a la cara:

—¿Qué le contaste a tu padre de mí? ¿Por quién me toma? ¿Qué cree que soy, una cualquiera porque vivo contigo sin habernos casado? ¿Le sugeriste que probara irse a la cama conmigo por la facilidad con que lo hice contigo, eh?

Me quedé paralizado.

—¿De qué estás hablando, Moni?

—Nada de Moni, Mónica, por favor —repuso limitándome—. ¿Acaso no sabías que me invitó a comer para seducirme, no te lo avisó? ¿No fue un acuerdo entre ustedes?

Sentí que la cabeza se me inflaba como un globo. La sangre zumbaba en mi cuerpo. Las palpitaciones escandalosas no tardaron en producirse. La carne se me petrificó. Me entumí en un instante. ¿Alucinaba? Un escalofrío me recorrió la espalda. Las dificultades para respirar se hicieron presentes.

—¿Te quieres explicar de una vez? —pregunté tartamudeando.

—Nunca nadie en mi vida me había ofendido así como lo hizo ese monstruo que tienes por padre —gritó pateando el suelo y relatándome, paso a paso, lo acontecido hasta concluir la narración completamente desbaratada.

—¿Y tú entonces crees que llegué a un acuerdo con él para compartirte, una tarde con él y otra conmigo, no? —grité ahora a mi vez sin que nunca me hubiera conducido así con ella.

—Es muy rara la invitación, algo sabe...

—¿Algo sabe…? ¿De qué…? ¡Habla! ¿Qué tiene que saber o qué supones que le dije? —pregunté desaforado—. ¡Escupe!

Mónica se dio cuenta de su error cuando era demasiado tarde.

—Si tú crees que llegué a un acuerdo con ese criminal para que te acostaras con él, ¿qué haces en esta casa? ¿Qué haces conmigo? ¿Qué opinión tienes de mí para aceptar esa barbaridad?

—Entiende, Nachín, como lo nuestro fue muy rápido pensé que en algún momento me habías identificado como a una persona fácil, tal vez es una de las culpas que nos persiguen a las mujeres —adujo sin percatarse que se metía en un laberinto del que jamás podría salir. Dejaba de gimotear para adquirir una actitud mucho menos teatral con la que intentaba atraparme. Cambió de inmediato de estrategia.

—Nada de Nachín —repuse a mi vez—. ¿Piensas entonces que vivo con una mujer que es capaz de acostarse con el primero que se le atraviese, aunque paradójicamente se trate de mi padre?

—¡Claro que no…!

—¿Entonces por qué me acusas de un pacto entre rufianes? ¿Soy un rufián? —me dirigí a ella tomándola por los brazos y sacudiéndola como a una muñeca de trapo—. ¡Contéstame, carajo! ¿Soy un rufián? ¿Te traté acaso como tal…?

Moni se asustó. Nunca me había visto así de alterado. Intentó recular, pero ya nada tenía sentido.

—Ahora soy yo el que te va a pedir un favor diferente al que tú me pediste aquella noche en Egipto —argüí bajando la voz y sin soltarle los brazos—. Quiero que cuando regrese de ver a mi padre tú no te encuentres en esta casa. Toma tus cosas y lárgate, no tenemos nada de qué hablar: se acabó, ¿me entiendes? ¡Se acabó!

—Nacho, escúchame —alcanzó a decir cuando me acercaba a la puerta…

Con el picaporte en la mano le contesté con la máxima serenidad a la que pude recurrir sin siquiera volverme a verla.

—No quiero verte más ni admito pretextos ni seducciones amañadas… Quiero que te largues. No puedo convivir ni un instante con una mujer que me cree capaz de semejante bellaquería. Nunca me conociste ni entendiste nada ni viste en mi interior los valores como para pasar la vida juntos. Lo nuestro es un embuste, siempre fue un embuste. No sé, la verdad, por qué pasaste tanto tiempo a mi lado. ¿Qué buscabas…?

—Tu amor, Ignacio, tu amor...

—Cuando vuelva no quiero ver nada tuyo en esta casa, comenzando por ti... Esta vez no quiero trucos... ¡Te vomito!

El portazo sacudió todo el edificio.

Un padre es un padre, me dije camino a su casa... y un monstruo es un monstruo, repusieron mis voces internas. ¿Lo golpearía? ¿Cómo golpear a un padre y menos, mucho menos, por una mujer que no valía la pena? Sólo que mujer o no, la afrenta me la había hecho a mí, continué con mi debate en solitario. Enfrentarse violentamente con la persona a la que "únicamente" le debía la vida, requería de un gran esfuerzo, el mismo que debería realizar para romper las más elementales barreras del respeto y consideración por el solo hecho de ser uno de los autores de mis días... No tenía nada que consultar con mis hermanos... Este era un claro problema sólo dirimible de hombre a hombre. El peso de su autoridad me imponía, pero debería poder salvarlo. Su imagen grabada en mi mente desde niño, cuando mojaba los pantalones del pijama con tan sólo oír su voz, se me reproducía en esa noche lluviosa de septiembre de 1977. Tenía que vencer todas mis resistencias, aplacar mis temores y no verlo como si tuviera cinco años de edad y él fuera el gigante invencible. Mientras más me disminuyera a sus ojos, más crecería él frente a mí. De esa suerte perdería la partida. Me presentaría derrotado. Él sabía muy bien percibir las debilidades ajenas para aprovecharlas en su beneficio. Adquiriría ventajas en mi perjuicio al medir mi voz, mi actitud, mi determinación. Si flaqueaba, acabaría conmigo de un papirotazo. Nunca pensé que en una misma noche me quedaría sin padre y sin mujer. Así era la vida. Había que tomarla como venía. Una debilidad sería catastrófica. Tenía que enseñarle una cara que él jamás había conocido, ni siquiera supuesto. Se la mostraría, ¡ah, que si se la mostraría...!

Al llegar a su casa y pedir por él, se presentó como si nada hubiera ocurrido. Todavía estaba vestido elegantemente con saco y corbata. Se dirigió a mí en términos cariñosos, sorprendido por la visita a esas horas de la noche. Él negaría todo, lo sabía de lejos. Por algo siempre sostenía: "Don Negón es don Chingón..."

Se acercó a besarme y lo detuve bruscamente. Este rechazo abrupto no tenía precedentes con ningún hijo. ¿Quién se hubiera atrevido? La culpa le impidió largarme de la casa ante una recepción tan grosera de mi parte.

—Quiero hablar contigo en el jardín —ordené con toda la templanza exigida por las circunstancias.

—Hablemos en la sala, como gente civilizada.

—En la sala no, porque nos puede oír mi madre y ella es inocente.

—¿Qué cosa tan grave ha pasado, buen Dios, que ni siquiera podemos hablar en mi casa?

—¡Salgamos! —troné—. Salgamos antes de que pierda la paciencia.

—A ver si cuidas tus formas, muchachito, estás hablando con tu padre, por si no te habías dado cuenta...

—O sales o te jalo, ¡escoge!

Se dobló, se dobló como todos los cobardes, eso sí, muy valientes con las mujeres indefensas.

—¿Acaso vas a matarme?

Seguí de frente sin contestarle. Una vez afuera le dije, sujetándolo por las solapas a pesar de la resistencia que oponía:

—Hoy te atreviste a comer con Mónica a mis espaldas.

—Sólo trataba de ayudarlos. Supe que habían tenido problemas. ¡Suéltame o no respondo...!

—¿No respondes de qué? —le dije tratando de elevarlo del piso como a un costal de papas—. A ver, atrévete a tocarme un pelo, provócame, gran cabrón, eso es lo que me falta para soltar los puños... A escondidas mías querías ayudarme, ¿verdad?

—Nunca hubieras entendido mi participación desinteresada.

Entonces jalé el gatillo para tronarle en la cara lo que siempre quise decirle de niño pero era totalmente impotente para hacerlo:

—Jamás, escúchame bien, maldito buitre, en lo que te quede de vida volverás a saber de mí. Ya no estoy en tu empresa, ya no dependo de ti, sobrevivo gracias a mis trabajos, de ti ya no quiero ni tengo nada —lo solté mientras la voz quebrada por la emoción me traicionaba—. Si pudiera devolverte el semen con el que me procreaste, en este mismo instante te lo devolvía. Me das asco. No tengo nada qué agradecerte. Estoy en paz con la vida. No vuelvas a dirigirte a mí. Te prohíbo que menciones que soy tu hijo. Yo también te negaré. Te lo juro.

Sólo oí un "Nacho, ven te explico, hijo mío", mientras me desvanecía en la oscuridad.

Carranza, Obregón y Calles llegaron al poder por medio de la fuerza. El primero accedió a la Presidencia como jefe del Ejército Constitucionalista, después de haber derrocado a Victoriano Huerta con arreglo al Plan de Guadalupe. El segundo llegó a Palacio Nacional una vez asesinado don Venustiano, el máximo líder de la revolución, a través de otro plan militar como lo fue el de Agua Prieta. Calles. El tercero se ajustará la banda tricolor en el pecho hasta 1924, una vez sofocado un levantamiento armado detonado por el ex presidente Adolfo de la Huerta por medio de su histórico Manifiesto de Veracruz. Los tres personajes tratarían, en sus respectivos momentos, de legitimar su ascenso a la Primera Magistratura del país por medio de elecciones federales, aun cuando, en el caso de los últimos dos, aquéllas serían severamente cuestionadas. Las diferencias políticas no se dirimían en los Congresos, sino en los campos de batalla. Los mexicanos no habíamos aprendido a hablar ni a parlamentar para alcanzar la satisfacción de nuestros intereses por medio de acuerdos civilizados: tú me das y yo te doy. Continuemos. Cedamos. Apartémonos de los extremos. Recurramos a las palabras en lugar de las balas. Pensemos en las instituciones. Imaginemos un México mejor. Crezcamos. Evolucionemos. Todos debemos tener acceso al bienestar. No volvamos a caer en la tentación de la barbarie. Prescindamos de las sogas para colgar a los disidentes. Escuchemos en lugar de amenazar. Apliquemos la ley sin asesinar. Negociemos sin perseguir ni matar. Reconozcamos la presencia de la oposición sin acariciar el gatillo. Construyamos un país democrático sin caudillos ni tiranos. Hablémonos. Entendámonos. Aceptémonos. Sacudámonos la herencia autoritaria española. Toleremos la expresión libre de las ideas. Hagamos de México un país habitable para todos, un espacio ideal de convivencia en el que tengan cabida las más diversas voces, tendencias e ideales: disfrutemos lo que tenemos sin destruir nuestros sueños, los sueños de todos.

Recordemos que Obregón había tomado posesión del cargo el primero de diciembre de 1920. Se trataba de echar siete paletadas de tierra sobre los acontecimientos de Tlaxcalantongo y otras atrocidades de menor jerarquía. Olvidar lo pasado y dedicar el tiempo, la energía y el talento a la construcción de un gran presente y de un inmejorable porvenir. ¿Quién podía cuestionarle a México esos merecimientos después de las tragedias padecidas? A sembrar entonces y a cosechar en el corto plazo, no sin antes controlar en el puño a las fuerzas políticas de la nación y particularmente al ejército, ávido de más prebendas y de más reconocimientos para mantener la calma y las ambiciones desbocadas en el interior de los cuarteles. Exigió y negoció con los generales más belicosos la rendición incondicional y la deposición de las armas, continuando la labor pacificadora iniciada, con tanto éxito, por su antecesor, su paisano Adolfo de la Huerta. Los generales más influyentes recibieron enormes propiedades agrarias, ranchos provistos de tierras fértiles, ricas en agua, para convencerlos de las ventajas de guardar sus carabinas en vitrinas, los uniformes en sus vestidores y las condecoraciones en sus bibliotecas o salas de armas, reservadas únicamente para admiración de los familiares y amigos. Obregón reparte entonces ocho veces más tierras que Carranza y, sin embargo, decepciona a quienes deseaban socializar el campo mexicano, expropiando aun las pequeñas propiedades, para convertir al país en un gigantesco ejido improductivo del que se desprenderían dos terribles consecuencias: el éxodo a Estados Unidos de mexicanos que abandonarían el país en busca de trabajo al carecer de lo estrictamente indispensable para explotar sus milpas y el consecuente desplome de la producción agrícola nacional, del que se derivaría la importación masiva de alimentos. México moriría de hambre y se desangraría sin sus brazos más jóvenes. Ya había pasado por otras razones. Volvería a ocurrir. Bien lo sabía él como agricultor exitoso. Se trataba de generar riqueza y no de destruir la existente...

Como se recordará, Álvaro Obregón se distinguía por ser un gran contador de chistes, un eterno bromista dotado de gran sentido del humor. Habría que imaginar el rostro del público cuando en una conferencia declaró, como general en jefe del Ejército Mexicano y comandante supremo de las fuerzas armadas: "Los tres enemigos de México son el capitalismo, el clericalismo y el militarismo. De los dos primeros podemos librar al país, pero, ¿quién lo liberará de nosotros mismos? ¿Cómo liberar al país de los libertadores?"[18]

Obregón resultó ser un gran narrador de anécdotas, con las que dibujaba a la perfección el perfil de sus compatriotas. Se burlaba abiertamente de las debilidades de los mexicanos y de la manera como tratábamos de resolver los problemas, muy a nuestro particular estilo, con un singular talento para alcanzar los objetivos planteados acatando *tangencialmente* la ley. Véase si no lo ocurrido cuando el presidente Carranza invitó al ministro de España a un banquete en el Castillo de Chapultepec por haber sido la Madre Patria la primera potencia europea en reconocer diplomáticamente a su gobierno. En ese acto oficial, cubiertas ampliamente todas las formalidades y el protocolo, le fue robado de su chaleco al embajador ibérico, el invitado de honor, un reloj de oro recamado con piedras preciosas. El representante español sospechó de inmediato de sus dos interlocutores sentados, según lo disponía la etiqueta, a ambos lados de su lugar. A la izquierda estaba Obregón, a quien le faltaba el brazo derecho, de modo que resultaba imposible culparlo de una acción deleznable de esa naturaleza. Al otro lado se encontraba Cándido Aguilar, quien no era manco pero tenía paralizada la mano izquierda, curiosamente la que colindaba con el diplomático.

—Mi reloj, señores, me han robado mi reloj —se quejó.

—Yo me lo hubiera quedado porque era muy bonito, señor ministro, tuve la oportunidad de verlo cuando usted consultó varias veces la hora durante la comida, pero tendría que haber hecho un acto de circo para robármelo: fíjese, me falta la mano derecha —alegó en su defensa el famoso Manco mostrando el muñón cubierto por una manga hueca...

Ante el rostro contrito y contrariado del ministro, Cándido Aguilar, el yerno de Carranza, se precipitó en la respuesta para aclarar lo mismo que Obregón:

—Con gusto hubiera agregado esa pieza a mi colección, pero como usted verá, tengo paralizado el brazo izquierdo, de modo que sólo si fuera yo contorsionista, señor ministro, podía haber hecho semejante peripecia.

—Esto no es un gobierno, es una cueva de ladrones —tronó desesperado y furioso el embajador, poniéndose enérgicamente de pie y ajustándose chaleco y saco con el ánimo de abandonar el banquete sin tardanza.

En ese momento fue interceptado por el propio Carranza, quien le devolvió el reloj con un:

—¡Tome usted y calle de una vez!

El diplomático no pudo contener su asombro. Un hombre que no estaba a su lado sino enfrente de él había cometido la fechoría...

—¡Ah, señor presidente, por algo le llaman a usted el Primer Jefe...!

Otra escena que Obregón contaba jocoso mientras se secaba las lágrimas de la risa, la protagonizó Francisco Serrano, su hijo putativo, un hombre hecho a su imagen y semejanza, que el propio Manco había formado en el campo de batalla y en el dominio de una buena cantidad de suertes políticas y finalmente había aprendido la lección, exhibiéndose ante su maestro como un segundo lúcido y eficiente que había llegado a secretario de Guerra en la última parte del gobierno obregonista. En una ocasión el joven abogado Ramón Treviño había sido capturado por el ejército, acusado de formar parte de la rebelión delahuertista y, por ende, condenado a muerte por el propio Serrano. El hombre de leyes protestó alegando lo improcedente de la sentencia, pues él no era militar y por ende el tribunal carecía de la debida jurisdicción. Francisco Serrano resolvió el problema firmando un despacho que dio a conocer a los periódicos: "Con fecha de hoy se concede el grado de general del ejército mexicano al licenciado Treviño". Anexo iba otro mensaje: "Fusile al general y licenciado Ramón Treviño".[19]

Ese humor mexicano que Obregón tanto festejaba, así somos, ¿qué le vamos a hacer?; si nunca cambiaremos, celebrémoslo, se puso de manifiesto también en una entrevista concedida a Vicente Blasco Ibáñez, un acreditado escritor español, a quien Obregón interrogó de la siguiente manera:

—¿Usted no sabe cómo encontraron la mano que me falta?

—No, no sé.

—Pero sí sabe que perdí este brazo en una batalla, ¿verdad? Sí sabe eso, ¿no…?

—Sí, cómo no. En Celaya.

—Me lo arrebató un proyectil de artillería que estalló cerca de mí cuando estaba hablando con mis ayudantes. Después de hacerme la primera cura, mis gentes se ocuparon de buscar el brazo por el suelo. Exploraron en todas direcciones. No encontraban nada… ¿Dónde estaría mi mano con el brazo roto?

—Uno de mis ayudantes expresó la seguridad de encontrarla: Tengo una forma infalible, mi general.

—¿Cuál? —repuso Blasco Ibáñez intrigado.

—Ese ayudante mío, sacándose del bolsillo un azteca, una moneda de oro que levantó sobre su cabeza en el mismo lugar de los hechos, provocó que saliera de inmediato del suelo una especie de pájaro de cinco alas. Era mi mano que, al sentir la vecindad de una moneda de oro, abandonaba su escondite para agarrar el dinero con un impulso arrollador.[20]

Ese era Obregón, el pícaro insaciable que restableció la Secretaría de Educación y construyó centenares de escuelas públicas; reparó y construyó miles de kilómetros de líneas férreas y telegráficas; redujo los efectivos del ejército; renegoció la deuda exterior y, no sin esfuerzos, consiguió el reconocimiento internacional, salvo el de Gran Bretaña. Se trataba de un jefe de Estado dotado de una gran capacidad de trabajo; sin embargo, no pudo controlar las huelgas que paralizaban al país y amenazaban la estabilidad de su gobierno. Si a Carranza le estallaron ciento setenta, al Manco le detonarán casi el doble, trescientas diez, durante su mandato. Años más tarde, ya en 1928, a finales del gobierno de Calles, cuando Morones llegó a ser secretario de Industria y líder indiscutible de la CROM, confederación que vivía su apogeo, tan sólo se darán siete huelgas.[21]

Obregón sabe a ciencia cierta que Luis Napoleón no sólo no controla a los obreros, sino que los incita en su contra. Se acerca en secreto a otros líderes cromistas como Celestino Gasca y posteriormente al propio Samuel Yúdico, hermano político e incondicional de Morones. El sonorense intriga. Piensa en crear una central campesina opuesta a la CROM, opuesta a Morones, quien detenta el poder político de la clase trabajadora del país. Las rivalidades todavía son mudas, sordas, absolutamente silenciosas. Son bombas de tiempo. Se accionarán en cualquier momento. Los resentimientos y la desconfianza recíproca son mechas prendidas, cortas, muy cortas, extraordinariamente cortas. Es entonces, en 1924, que Obregón decide mandar matar a balazos a Luis Napoleón Morones. Un mal bicho, ratero, venal, podrido, desleal, truculento y asesino…

Obregón sabía de sobra del estilo y la capacidad negociadora de Morones para concluir definitivamente con las huelgas; sin embargo a su gobierno, curiosamente, le estallaban una tras otra como si la CROM quisiera desquiciar su administración. Cuando un líder sindical de cualquier empresa presentaba un pliego petitorio, con su debido emplazamiento, sin haberlo acordado antes con Morones, el representante de los trabajadores recibía una sospechosa llamada para ir a comer… A la hora de los aperitivos, antes de leer siquiera las cartas, Luis Napoleón hacía su primer extrañamiento:

¿Por qué te quieres morir tan pronto…?

¿Yo…?

Sí, tú…

Yo no me quiero morir, ¿quién dice esa pendejada?

Yo…

¿Por qué…?

Porque estallar una huelga sin mi consentimiento implica declarar la guerra a la CROM…

Los patrones nos explotan, nos matan de hambre con sueldos de miseria…

Ese punto ni lo discuto…

¿Entonces…?

Es imposible cualquier emplazamiento fuera de nuestra órbita…

¿Por qué, por qué tenemos que afiliarnos contra nuestra voluntad a la CROM?

Por dos razones políticas y jurídicas, por mis güevos… ¿Es suficiente el argumento?

Pues por los míos no aceptaremos presiones…

Bien….

¿Bien qué…?

Voltea y revisa tu entorno. Todos estos hombres que ves comiendo pacíficamente son asesinos a sueldo que quién sabe de dónde salieron ni cómo llegaron aquí. Con que yo truene los dedos o dé una voz aumentarás de inmediato de peso, porque te llenarán el pecho y la panza de plomo. Cualquier movimiento extraño que hagas y te irás para el otro lado… y es claro que no me refiero a Estados Unidos… Acuérdate de que la huelga de tranviarios acabó en un día luctuoso porque fueron muertos o heridos muchos obreros de ese ramo que se opusieron a acatar mis sugerencias… No pierdas de vista que las oficinas de la CGT fueron tomadas por soldados de acuerdo con mis instrucciones, y todo porque esos malvados se me estaban alebrestando. Una huelga no autorizada por mí acaba, por lo general, a balazos. El propio Obregón anunció que si estalla el conflicto ferrocarrilero lo resolverá por medio de las armas: imposible que permitamos la paralización del país. Ocuparemos militarmente las sedes de los sindicatos opuestos a la CROM, sea el de panaderos o el de tortilleras…[22]

Esas son chingaderas…

Más lo son tus intenciones de promover una huelga sin mi beneplácito.

¿Beneplácito…? ¿Pero quién carajos te sientes…?

La máxima autoridad obrera del país.

¿Quién te nombró?

Yo…

Pues no estoy de acuerdo…

¿Quieres que truene los dedos para que empiece la fiesta de las balas…?

Silencio.

¿Y que tal que mejor nos afiliamos al obrerismo católico que encabeza el padre Toral desde Guadalajara?

No lo intentes, mejor no lo intentes, no te conviene, pero además te pregunto: ¿crees que Toral o el arzobispo Jiménez le van a conseguir empleo a tu gente y le van a incrementar los salarios o le van a conseguir tierras, casas, escuelas y alimentación? La iglesia sirve para los rezos, la primera comunión, los bautizos, las bodas de plata y esas pendejadas, pero cuando ya se habla de otorgar prestaciones a la gente, cuando se trata de pagar o de dar dinero te dirán que le pidas a Dios comprensión y ayuda… Reza, hijo mío, Él sabrá obsequiarte con su Santa Gracia de acuerdo a tus merecimientos…

Es que yo…

Es que nada: acércate a mí y te haré senador de la República o diputado del Partido Laborista y además te llenaré los bolsillos de dinero, no de bilimbiques, sino de pesos de plata de los buenos; ahora, bien, desafía mi poder, rétame y el choque conmigo equivaldrá a un encontronazo de frente con una locomotora de bajada y a toda velocidad…

¿Ser senador…?

Sí, tú y los tuyos…

¿Cuánto dinero…?

Lo veremos en su oportunidad. Te garantizo que te hará sonreír…

Salud, brindo por la CROM y por la larga existencia de Luis Napoleón Morones…

Bien, hermano, yo brindo por tu amor a la vida, es contagioso…

¡México empezaba a pudrirse!

El líder obrero, conocido por su proclividad al dinero fácil, un sujeto acusado de haber desfalcado a la Compañía Telefónica y a los propios Establecimientos Fabriles, era especialmente hábil en evitar estallidos derivados de conflictos laborales, pero igualmente experto en hacer explotar bombas en las iglesias y catedrales del país con el ánimo de hacer entender a la iglesia católica la conveniencia de apartarse de la organización de sindicatos, privilegio de la CROM, cuyo mercado obrero no estaba dispuesto a compartir con nadie, menos, mucho menos con la iglesia católica, a la que se debería combatir largándola de sus terrenos sin permitir intromisiones ni desafíos. ¿Cómo se atreven a competir conmigo? Ellos que se dediquen a la catequesis.

De acuerdo a lo pactado con Calles, el secretario de Gobernación, Morones detonó el domingo 6 de febrero de 1921 la primera bomba en las puertas del arzobispado en la Ciudad de México. El imponente portón del siglo XVIII fue convertido en astillas en cuestión de segundos. Se trataba de una respuesta, ciertamente sonora, a las acerbas críticas de monseñor José Mora y del Río en contra del socialismo. El alto prelado tendría que medir en el futuro la trascendencia de sus palabras. El escándalo alcanza las primeras páginas de todos los periódicos. Se culpa a Obregón del atentado; sin embargo la iglesia acepta, sin confesarlo públicamente, que el Manco no es ni puede ser socialista ni tiene por qué defender esa ideología enemiga de la propiedad privada. Obregón es propietario, será propietario y morirá propietario. El Manco ya domina políticamente al país sin el apoyo de grupos fanáticos. Durante la revuelta carrancista, especulan los purpurados, persiguió a la Iglesia por compromiso con las facciones revolucionarias extremistas. En aquel momento se entendía su posición, sí, pero ahora, en su calidad de jefe de Estado, ¿por qué convertirse en un rabioso jacobino cuando, por otro lado, ha permitido que la iglesia rehaga sus cuadros y abra nuevos seminarios? Obregón, al menos eso creía una parte del episcopado, volvía a golpear a la Iglesia como víctima de las circunstancias. No desea, por ningún concepto, una nueva confrontación por una sola y simple razón: desea eternizarse en el poder al estilo de nuestro querido don Porfirio y para ello tiene que satisfacer dos requerimientos: primero, transar obligatoriamente con nosotros, con el clero, y segundo, al igual que Díaz lo hizo con el Manco González, abrir un breve paréntesis, tan breve como de cuatro años, para entregarle transitoriamente el poder a Plutarco Elías Calles, su fiel subordinado. Álvaro no querrá resucitar conflictos innecesarios… No, claro que no, ¡válgame Dios…! ¿Llegará a ser nuestro nuevo Santa Anna, nuestro Zuloaga, nuestro Miramón o nuestro Porfirio…? Se ve difícil, muy difícil, pero al tiempo…

Una semana más tarde aparecen banderas rojinegras en las torres rematadas en forma de campana de la Catedral de México, así como en las catedrales de Morelia, Puebla, Guadalajara, San Luis Potosí, Colima, Querétaro, León, Tuxtla Gutiérrez, Durango, Toluca, Oaxaca, Tlaxcala y Pachuca. No puede ser más clara la agresión en contra de la iglesia católica. Son los obreros, opuestos al predominio eclesiástico en sus propios sindicatos. ¿No son evidentes los colores? No queremos al clero en las organizaciones laborales. ¡Fuera! ¡Manténganse en las sacristías! Lean la Biblia. Nadie detiene a Morones: estallan otras bombas en los arzobispados de Durango, Puebla y Michoacán, en donde perecen diez creyentes y resultan heridos un sinnúmero de fieles. El 23 de abril de 1922, Francisco Múgica, gobernador de Michoacán, le envía a Obregón un telegrama urgiéndolo respecto a la apremiante necesidad de tomar una acción "militar, pronta y enérgica sobre todo en contra del clero y los hacendados", y el presidente le contesta burlonamente que no encuentra "forma de combatir militarmente a esos dos factores, y menos al primero, cuya dirección radica en Roma". Múgica leerá varias veces la respuesta sin aceptar una sola palabra...

Las acciones terroristas continúan cuando en Guadalajara, el 26 de marzo de 1922, los "rojos", los obreros, la CROM, en pleno, desfilan con sus imprescindibles banderas rojinegras, y al llegar frente al templo de San Francisco injurian y agreden a puñaladas y balazos a los fieles que salen de misa, matando a seis y a un papelerito. Obregón les promete a los católicos hacerles justicia. Orozco y Jiménez duda, no cree en las palabras del presidente ni en las de ningún funcionario público de cualquier jerarquía.

El 28 de abril de 1921 Su Ilustrísima se entrevista con Obregón, unos meses antes de que el presidente de la República aceptara asistir a la celebración del centenario de la consumación de la independencia nada menos que en la Catedral de México, donde Agustín de Iturbide fuera entronizado como emperador. Orozco se queja de los atentados en contra de la iglesia a lo largo y ancho del país. México se puede volver a incendiar si se atacan los valores, principios y creencias de la nación. ¿Quién quiere otro incendio, general? Se abstiene de llamarlo señor presidente en señal de respeto a su investidura. No despertemos otra vez al México bronco: usted, mejor que nadie, sabe lo que cuesta convencer a los alzados para que depongan las armas, las guarden en un baúl, junto con sus espadas y cartuchos, y regresen a la vida civil. ¿Quién quiere volver a ver los cadáveres de los ahorcados colgados a lo largo de las vías, en los postes del telégrafo? Obregón entiende la amenaza, arruga el entrecejo. No deja de sorprenderle la audacia del prelado y, sin embargo, dejando pasar la bala, ofrece las garantías a su alcance para evitar nuevos estallidos en la medida en que Orozco no insista en las invitaciones a la violencia, cargos que monseñor declara inadmisibles. Jamás ha invitado a nadie a la revuelta ni a la resistencia armada. Soy inocente de semejantes acusaciones. Obregón desea creerle, lo desea, pero tampoco le cree. Cuenta con evidencias de lo contrario. Monseñor, Su Ilustrísima, Su Excelencia es un incendiario que invita a la resistencia armada desde los púlpitos. Lo ha confirmado de muchas maneras. El secretario de Gobernación lo ha abastecido con pruebas irrefutables. Entre muecas y gestos, El Chamula le expresa al presidente su deseo de colocar en enero de 1923 la primera piedra para construir un monumento a Cristo Rey en el Cerro del Cubilete. Es una prueba innegable de buena fe hacia la iglesia católica, mi general. Orozco lucía una sonrisa sardónica desplazándose en una actitud reptante por la oficina presidencial. Lo veremos. Plantéelo por escrito…

Tres meses después, el 4 de julio de 1921, estalla otro artefacto, esta vez en la residencia episcopal de Orozco y Jiménez. El nombre del destinatario no puede prestarse a confusión alguna. El bombazo va dirigido al único responsable. La explosión se da donde vive el gran culpable, el que no se cansará de tratar de arrebatarle el mercado obrero a la CROM. En México hay muchas arquidiócesis, ¿por qué la agresión se lleva a cabo en esa, precisamente en esa? En política no se responde porque sí, ¿verdad? Nadie podía detener a Morones, como no fuera Calles, quien también promete imponer el orden, mientras se llega a los extremos cuando el 14 de noviembre, terminada la misa conventual, estalla en la Basílica de Guadalupe una bomba a los pies de la Virgen. El explosivo, un cartucho de dinamita de la que se usa en las minas, fue colocado por un novato, de otra suerte los daños hubieran sido mayores, pero rompió las planchas de mármol del altar y aflojó los tornillos que sostienen el cuadro de San Juan Nepomuceno. La noticia circuló con rapidez vertiginosa por toda la República. Una imponente manifestación de fieles recorrió las calles del Distrito Federal para protestar por el atentado cometido en contra de la Reina de los Mexicanos y Patrona de la América Latina. El comercio cerró sus puertas y las familias enlutaron las fachadas de sus casas. La Catedral fue notoriamente insuficiente para dar cabida a las innumerables personas que pretendían entrar. Se había llegado muy lejos. La palabra *herejía* quedaba chica, era un término insignificante, una palabra hueca para describir lo ocurrido. ¿Quién se había atrevido a atentar en contra de la Patrona de México, la que había creado a la nación y aglutinado a los compatriotas bajo un común denominador? Castigo, castigo para los demonios que han lastimado gravemente el corazón espiritual de los mexicanos. Después de la madre biológica no existe una figura más pura en este país, que ha sobrevivido gracias a Su Sacratísima Presencia.

Para rematar, Morones ejecuta un ataque armado en contra de la central de la Asociación Católica de la Juventud Mexicana, en la capital de la República. ¿Quién organizaba los atentados? ¿Por qué razón no daba la cara? La policía no identificaba a los culpables. ¿Estarían en contubernio con la autoridad? Tráiganlos atados de pies y manos, colgados de un palo como los cerdos para que aquí, frente al altar, los sacrifique ante la mirada misericordiosa de Dios sacándoles los ojos con los pulgares... ¡Quién fuera sacerdote azteca para amarrar en lo alto de la pirámide de Huitzilopochtli, sobre la piedra de los sacrificios, a estos enviados de Lucifer, con el objeto de extraerles el corazón después de encajarles un puñal de obsidiana en el pecho rompiéndoles de un golpe las costillas! ¡Con cuánto gusto lo exhibiría después, todavía palpitante, al pueblo herido y mancillado en sus creencias! Es un cobarde el que coloca bombas o banderas en las iglesias y huye sin que se conozca su identidad. Orozco y Jiménez, conoce a la perfección las ventajas de convertirse en fantasma. Una mano negra o púrpura mueve las piezas del ajedrez, sin que nadie pueda atraparla. Morones y Orozco podrían haber ido a la misma escuela.

¿Quién coloca y hace estallar las bombas? Se habla, entre otros, de Juan Esponda, empleado de la Presidencia de la República. Es Obregón, claro que es Obregón, el mismo de siempre, el gran hipócrita: por un lado se acerca a nosotros amigablemente, pero por el otro hace volar por los aires nuestros altares y amenaza la vida de nuestros prelados; nos permite reagruparnos como si reviviera don Porfirio, abrir más seminarios para capacitar a más curas, pero no podemos olvidar las fechorías cometidas, las terribles persecuciones sufridas por nuestros sacerdotes y monjas, sus arbitrarios encarcelamientos, sus destierros obligatorios, las calumnias vertidas en contra del sacerdocio, el asalto y toma de iglesias y conventos y el robo de sus sagrados bienes, la clausura de escuelas católicas, cuando tomó Guadalajara y la Ciudad de México durante la revolución. Ahora resulta que quien fue, en el fondo y en la forma, el autor de la Constitución demoníaca de 1917 y nombró, nada menos que a Plutarco Elías Calles secretario de Gobernación, un Mefistófeles disfrazado, sale ahora cínicamente a mostrarnos un rostro amable animado repentinamente de un deseo de reconciliación con nuestra Santa Madre Iglesia. ¿No será que pretende evitar un conflicto que bien podría lastimar sus planes para eternizarse en el poder y, por ello, pretende usarnos…? No nos engañemos: este Lucifer vestido de santurrón nos necesita para preparar una dictadura militar atea: no lo permitiremos. El Diablo siempre será el Diablo, de la misma manera en que Obregón siempre será Obregón. Nosotros soñamos con un Estado militar eclesiástico, jamás con una dictadura atea.

De cualquier manera el presidente de la República, don Álvaro Obregón, asiste a una misa solemne en la Catedral de México para conmemorar el primer centenario de la consumación de la independencia, así como el feliz arribo al poder de Agustín de Iturbide, el fundador del Primer Imperio Mexicano, quien declarará: "La independencia se justificó y se hizo necesaria para salvar a la religión católica".[23] Calles y la CROM se opusieron a la asistencia de Obregón al regio evento. Calles y la CROM fracasaron en su intento de hacer desistir al Manco. Iría y fue. Los ensotanados aplaudieron a rabiar. La asociación anticlerical fracasa también en su objetivo de hacer abortar la histórica visita presidencial a la Catedral. Si se persignó o rezó o comulgó o se arrodilló es irrelevante. Su presencia en la ceremonia sorprendió a unos y a otros, a católicos y a liberales, a los ex diputados constituyentes, a sacerdotes de todas las jerarquías y de todos los credos, a periodistas reaccionarios, a los progresistas y a la sociedad en general. ¿El Manco en misa…? ¿El Manco? ¡Lo que tiene uno que ver y tragar en estos días! El niño pródigo ha vuelto a casa… ¡Amén! ¿Qué conclusiones podían extraerse de la visita de Obregón al templo más importante de todos los mexicanos? ¿Se acabarían los bombazos y se restauraría la paz? ¿Se reformaría la Constitución socialista? La asistencia del jefe de la nación para honrar a Iturbide, el primer emperador mexicano, un militar sanguinario y venal a las órdenes de la iglesia católica, enterrado por obra y gracia de Dios, claro está, en la propia Catedral de México, ¿no tenía un significado notable?

¿De dónde había surgido la idea de semejante invitación? En el fondo se trataba de un proyecto de la Unión Sindical de Obreros Católicos de Guadalajara, originado en el Palacio Arzobispal de la Perla de Occidente, para abrir nuevas perspectivas al sindicalismo católico, un tema que materialmente descomponía el voluminoso estómago del Gordo Morones. Se celebraría un Congreso Nacional de Obreros Católicos con la doble finalidad de honrar la memoria de don Agustín de Iturbide y de lograr que "los trabajadores católicos de la República salgan de ese estado de aislamiento y dispersión en que se encuentran". No están aislados ni están dispersos, están unidos, muy bien cohesionados: son unos auténticos cabrones inmiscuidos en política que ya se olvidaron del Evangelio, dirá Morones. El Chamula movía con gran destreza, desde Jalisco, sus torres, sus caballos y sus alfiles. Controlaba sus emociones y pensaba, reflexionaba, meditaba profundamente cada jugada, de la misma manera en que lo hacía Obregón al recibir al delegado apostólico, monseñor Ernesto Filippi, con quien lleva a cabo un breve pero sustancioso, intercambio epistolar. Las relaciones con el Vaticano son estables y eficientes. Atrás quedaban, en apariencia, los años en que Benedicto XV había tenido que salir a apoyar al clero en contra de la Constitución de 1917, de la misma manera en que el Papa Pío IX, en el siglo pasado, había tenido que hacer lo propio en contra de la Carta Magna de 1857, lanzando excomuniones a diestra y siniestra para quienes se atrevieran a acatarla. El Pontífice Máximo y el jefe de la nación se felicitaban por el arribo de una nueva época, reservándose sus justificados temores, tan justificados que, en su momento, Obregón expulsaría a patadas del país al tal Filippi...

Orozco y Jiménez no descansa, tendrá todo el tiempo para hacerlo en la eternidad. Su Ilustrísima sueña, en sus escasos ratos de ocio, con las manos discretas, nobles y expertas de Anacleto González Flores, Cleto, su segundo. Un encanto de hombre, una auténtica fantasía viviente: buen orador, dueño de un verbo incendiario y rabioso. Un convencido católico, fogoso, amante de la causa, defensor inclaudicable de las causas divinas y apuesto servidor incondicional de los repentinos caprichos de Monseñor.

Su Excelencia, Dios nos coja confesados, decide enviar a su embajador plenipotenciario, el padre José Toral Moreno, sí, Toral,

Toralito, por toda la República para visitar a los obispos y garantizar su asistencia al Congreso Nacional Obrero y obtener su acuerdo para el nacimiento de la Confederación Nacional Católica del Trabajo, una confederación similar a la CROM, pero que a diferencia de la Regional Obrera Mexicana, quedaría consagrada "al Sacratísimo Corazón de Jesús", para lo cual se colocaría una placa en el monumento a Cristo Rey con una leyenda alusiva: "El Primer Congreso Nacional Obrero pone a los pies de Cristo Rey la naciente Confederación Nacional Católica del Trabajo. Guadalajara, abril de 1922".[24] En la puertas del recinto donde se desarrolla el congreso se reparten volantes redactados por Orozco y Jiménez con el siguiente texto:

> Todos los hombres que se dedican a estudiar los problemas sociales… convienen en que estamos en presencia de dos corrientes de ideas diametralmente opuestas que se disputan la hegemonía del mundo y acabarán, la una o la otra, por conquistar el dominio de las masas populares. Estas dos corrientes son: la de la restauración cristiana de la sociedad y la de la revolución social. La primera tiende a restablecer y consolidar el orden social sobre las únicas bases posibles, que son la justicia y la caridad; la segunda tiende a destruir y a hacer imposible todo orden social.[25]

Morones, en su furia, piensa en bombas, bombas, más bombas. ¿Cómo competir con Cristo? Orozco y sus secuaces le arrebatarían el mercado político de los trabajadores por el que había luchado tanto. Imposible llegar a un solo acuerdo con los cabecillas de un movimiento y de un gobierno ateos, se repetiría en silencio El Chamula. Juárez nos sorprendió confiados y distraídos. No volverá a pasar. En esta ocasión los jacobinos, los herejes enemigos de Dios y de los hombres, tendrán su castigo aquí en la Tierra como en el Cielo. Nadie parece poder contener a la aplanadora clerical. Ese mismo año de 1922 se ejecutan los viejos proyectos armados por Bergöend y Orozco en la clandestinidad. Es la hora feliz de la acción. Actuemos. Después de dar un paso se debe dar el otro o rodaremos por el piso. Nada de medias tintas. Caminemos con la cara al sol, desafiando la fuerza del viento. Se realiza la primera Convención Nacional de la ACJM en un incandescente ambiente de belicosidad antirrevolucionaria. René Capistrán Garza exalta los ánimos al exigir una reversión de la historia de México, a detener el proceso de descristianización iniciado desde los años de la reforma juarista.

"Los liberales pretenden un pueblo sin Dios y tuvieron una horda de bandidos; querían un país sin religión ni historia, una sociedad sin ética y obtuvieron el desastre. Sólo la Providencia nos anunció la perdición. Entre el terrorífico colapso ha surgido, del fondo del alma nacional, una juventud católica armada… La ACJM está lista para actuar, ha madurado lo suficiente como para saltar a la arena política y a cualquier otra para defender el espíritu de Cristo…"[26]

Bergöend aplaudirá con fuerza y entusiasmo hasta no poder levantar ni siquiera el meñique… El buen entendedor advierte las amenazas ocultas en las entrelíneas: se habla de defender el espíritu de Cristo nada menos que con las armas. Surgen sigilosamente las primeras bases cristeras. Se escuchan los tambores de la guerra en lontananza. El discurso incendia a Orozco. Se inflama. Se le dilatan las pupilas y las fosas nasales. Sólo a través de la guerra derrocará a los regímenes ateos provenientes de la revolución socialista que podría acabar con lo mejor de México y con la obra piadosa de Jesús. Se enerva, saliva abundantemente. Se apresta al ataque como una fiera. La lentitud con que hace la señal de la santa cruz contrasta con la violencia que lo devora por dentro. Sueña con la aplicación de la justicia divina.

La Unión de Damas Católicas organiza también su primera convención. Nadie permanece inmóvil. Se trata de un ejército en marcha. Hombres, mujeres, jóvenes: defendamos las grandes causas del Señor. En el foro, igualmente incendiado, sólo existe un tema fundamental: derogar el artículo tercero de la Constitución. ¿Quién es el Estado para decidir si la educación de los niños debe o no ser laica? Sólo los padres tenemos ese derecho. Las mujeres se unen. Ellas son quienes inculcan la religión en el hogar, las responsables, junto con los curas, de la formación espiritual de la niñez, de las generaciones del futuro. Cierran filas de acuerdo a las instrucciones del párroco, del padre, del cura, del obispo y de las monjas. ¿A quién le cree el pueblo de México? ¿A los sacerdotes, a los maestros de escuela, a los políticos, a los periodistas o a los intelectuales? ¿A quién? ¿Quién tiene el crédito para conducir a los grupos y a las masas? Orozco y Jiménez sonríe, de sobra conoce la influencia determinante que el sexo débil tiene en la familia y en la sociedad. Convéncelas a ellas y el cuerpo de la nación caerá por sí solo. El Chamula intercambia miradas pícaras con Anacleto González Flores. Cleto se las devolverá con la misma devoción y ternura. Monseñor admira el talento creativo de Bergöend, jesuita incansable de quien Dios debe estar muy orgulloso. Se habla de la conjura de los jesuitas.

Cuando las relaciones Estado-Iglesia parecen adquirir un nivel propicio para avanzar, Orozco y Bergöend acuerdan dar el paso siguiente. Son incontenibles. En el lenguaje del arzobispo sobresale el uso de una palabra, su favorita, la que domina en los cinco idiomas que habla y escribe casi a la perfección: ¡avanzar! Se trataba de un hombre dueño de una sólida cultura universal, una deslumbrante inteligencia y un temperamento de extracción militar incapaz de someterse a ideas distintas a las suyas. Un prelado de excelencia, convencido férreamente de sus objetivos y del sentido que tenía este breve paso por la vida. Jamás desaprovecharía esta efímera oportunidad que Dios le había concedido para imponer la ley divina. Cuando Obregón felicita a Pío XI por su elevación al papado, El Chamula considera llegado el momento preciso para iniciar la construcción del monumento a Cristo Rey, un proyecto concebido diez años atrás, durante la efímera dictadura de Victoriano Huerta. Ernesto Filippi, el delegado apostólico, arzobispo de Bulgaria, aparentemente invitado por la curia mexicana con el pretexto de buscar un acercamiento con los católicos exaltados y el herético gobierno obregonista viene, en realidad, como representante del Sumo Pontífice y como ministro extranjero de cultos, a colocar la primera piedra de una gigantesca estatua de Cristo de veinte metros de altura y ochenta toneladas de peso, en cuya base se encontraría una moderna basílica en forma de globo terráqueo que descansaría sobre ocho columnas de concreto, las ocho provincias eclesiásticas de México. Unos ángeles arrodillados a los pies del Monarca le ofrecerían dos coronas: una, la del Martirio y otra, la de la Gloria.

Filippi y el clero mexicano no ignoraban que todo acto religioso de culto público deberá celebrarse por ministros mexicanos por nacimiento dentro de los templos. Sin embargo, un extranjero lleva a cabo la ceremonia fuera de una iglesia, en contra de las más elementales prevenciones y recomendaciones de funcionarios anónimos y de cabilderos. El evento va porque va y fue. El ahora obispo de San Luis Potosí, Miguel María de la Mora, a sugerencia de Orozco, es nombrado orador principal en la santa ceremonia de proclamación de Cristo como rey de México.[27]

El propio delegado apostólico, en uso y abuso de una ilegítima capacidad de convocatoria, ofrece cínicamente la indulgencia plenaria a quienes asistan a la inauguración del monumento. Oficia indirectamente. "Basta con que estéis presentes en este histórico momento, aquí, en el Cerro del Cubilete, y recibáis mi bendición, hijos míos, para que seáis exonerados, gracias a la infinita misericordia de Dios, de cualquier pecado cometido en este Valle de Lágrimas. El Señor se apiade de todos nosotros."

Filippi no sólo desafía a las leyes y a los poderes temporales de los mexicanos, sino que se atreve a retar la incontrovertible autoridad del Señor cuando osa extender un perdón absoluto e incondicional a los pecadores, cualquiera que haya sido la falta cometida, colocándose muy por encima del Tribunal encargado de llevar a cabo el Juicio Final. De la misma manera en que viola la Carta Magna, el delegado invade las esferas de la estricta competencia de la Divinidad. ¿Las creencias cristianas no establecen que Dios juzgará la conducta de sus hijos? ¿No se decía que cada hombre sería procesado ante el gran trono blanco, según sus obras, ya sea que éstas hubieran sido buenas o malas, antes de la resurrección? ¿Así es? ¿Dios es el Gran Juzgador? ¿Entonces por qué Ernesto Filippi se arrogó facultades exclusivas de Dios y sin conocer siquiera la gravedad de las faltas cometidas por miles de pecadores a través de la confesión ni haberlos sometido a un proceso, aun cuando fuera a nivel terrenal, les concedió la indulgencia plenaria sin conocer la voz inapelable del Señor, la última, la definitiva, la que retumbaría por todos los cielos cuando hiciera uso de la palabra al inicio del Juicio Final? ¿Se trataba de un mero intercambio político, es decir, tú asistes a la ceremonia de colocación de la primera piedra del monumento a Cristo Rey, hijo mío, y yo, por mi parte, te concedo la indulgencia plenaria a ti y a todos los que te acompañen, hayas hecho, lo que hayas hecho? ¡Con cuánta facilidad se podía llenar, sobre esa base, un estadio o una plaza de toros! ¿Quién podía competir con semejantes poderes, la CROM o el partido laborista? ¡Bah! Ni pensar qué hubiera acontecido en el Cerro del Cubilete si el tal Filippi, en lugar de otorgar el perdón total, hubiera amenazado con la excomunión a quien no se hubiera presentado a la ceremonia.

Obregón y Calles deliberan a puerta cerrada en el Castillo de Chapultepec, en un salón decorado con una inmensa pintura con el tema del fusilamiento de Maximiliano en el Cerro de las Campanas. Desde las alturas del famoso Cerro del Chapulín ambos prevén el estallido de un conflicto diplomático con el Sumo Pontífice y sin embargo acuerdan la expulsión fulminante del país de Filippi, el delegado apostólico. Calles recuerda el texto del artículo treinta y tres de la Carta Magna: el Ejecutivo de la Unión tendrá la facultad exclusiva de hacer abandonar el territorio nacional, inmediatamente y sin necesidad de juicio previo, a todo extranjero cuya permanencia juzgue inconveniente.

Interviene Estados Unidos de parte del Papa. Roma le suplica a Obregón dar marcha atrás a su decisión. En diversos frentes integrados por diversos países se libran verdaderas batallas diplomáticas. ¿Resultado? El delegado se larga. El Sumo Pontífice opina… El delegado se larga. ¿Verdad que Juárez pasó por las armas a Maximiliano a pesar de la protesta mundial? Harding, jefe de la Casa Blanca, sugiere… El delegado se larga. La grey católica mexicana suplica piedad… El delegado se larga. El clero alega que es una arbitrariedad… El delegado se larga. La prensa ataca la medida. El delegado se larga. La sociedad reclama esta agresión imperdonable en contra de su religión… El delegado se larga. Nadie ha hablado de religión, sino de acatamiento incondicional a la ley. ¿La decisión se debe entender como el rompimiento de hostilidades en contra de la iglesia de Jesús? El delegado se larga. Tiene que abandonar México de inmediato.

Filippi enfurece. ¡Soy representante del Papa!

—Agarre sus chivas y vámonos, señor —le pide una comisión de uniformados de la Policía Privada de la Secretaría de Gobernación encargada de escoltarlo hasta la estación de Buenavista, donde abordaría un tren que lo llevaría a Estados Unidos.

—Sea usted educado, diríjase a mí como Su Excelencia: "Haga usted el favor de tomar sus pertenencias, señor arzobispo"… De acuerdo a mi jerarquía tengo derecho a ser tratado como Su Ilustrísima…

—Toma tus tiliches y vámonos de una buena vez, pinche curita —le responden tronándole los dedos.

En el momento en que Filippi abandona el país, se descalza y golpea una de sus zapatillas contra la otra:

—No me llevaré ni el polvo de México —dice en su coraje, sin percatarse de que insultaba a la grey—. No quiero nada de estos indios salvajes… Que Dios los bendiga, si es que se atreve…

El episcopado en pleno suscribe un mensaje al Papa expresándole sus condolencias: "Sírvase presentar al Santísimo Padre nuestra pena e indignación, por arbitraria, injusta y despiadada expulsión del Delegado Apostólico, monseñor Ernesto Filippi. Lamentamos ofensa inferida implorando perdón."

El clero no se da por vencido. Anuncia la realización de un Congreso Eucarístico Internacional a celebrarse hasta octubre de 1924, seis semanas antes de que Obregón entregara el poder. Ya veríamos si el Manco era capaz de atentar en contra de una imponente misión de la alta jerarquía católica mundial. Lo comprometerían ante el concierto de naciones, lo inmovilizarían por si intentaba repetir las ofensas sufridas ya no en la persona de un delegado pontificio, sino de la cúpula eclesiástica planetaria. Obregón publica una contestación:

> La religión católica exige a sus ministros nutrir y orientar el espíritu de sus creyentes. La Revolución que acaba de pasar exige al Gobierno de ella emanado nutrir el estómago, el cerebro y el espíritu de todos y cada uno de los mexicanos, y no hay en este otro aspecto básico de ambos programas nada excluyente y sí una armonía indiscutible. Yo lamento muy sinceramente que los miembros del alto clero no hayan sentido la transformación que se está produciendo en el espíritu colectivo hacia orientaciones modernas, en cuya transformación están perdiendo fuerzas cada día las doctrinas afectivas y abstractas y robusteciéndose las efectivas y sociales. Los postulados del verdadero socialismo están inspirados en las doctrinas de Jesucristo, quien, con toda justicia, está siendo considerado como el socialista más grande que haya conocido hasta ahora la humanidad. Yo invito a ustedes, con la sinceridad que caracteriza a los hombres de la Revolución y los exhorto para que, en bien de la humanidad, no desvirtúen ni entorpezcan el desarrollo del programa esencialmente cristiano y esencialmente humanitario, por lo tanto, que el Gobierno surgido de la Revolución pretende desarrollar en nuestro país. Atto. y S.S. - Álvaro Obregón.[28]

Otra de las preocupaciones centrales del Manco de Celaya consistía en la obtención del reconocimiento diplomático por parte de las grandes potencias, encabezadas, desde luego, por Estados Unidos.

Falso, mil veces falso que la Casa Blanca rechazara su gobierno porque éste era la consecuencia de un cuartelazo. Obregón, para los presidentes Wilson, Harding y Coolidge, no pasaría de ser un tirano al estilo de los dictadores centroamericanos. ¿Derrocaste a Carranza y después lo mandaste matar con tus esbirros? ¿Sí…? Entonces eres un golpista y, además, asesino. *It's clear like water, Mr. Obregon…* El jefe del Estado mexicano no ignoraba el fondo de esta política norteamericana. ¿De cuando acá les preocupaba tratar con gorilas, aun cuando él no lo fuera, si el hemisferio sur estaba poblado por primates, auténticos dictadores, que habían accedido al poder por medio de la violencia, en muchas ocasiones gracias al apoyo de los temidos *US Marines* y se mantendrían en sus elevados cargos siempre y cuando respetaran y alimentaran con dinero y privilegios a las empresas yanquis, de las que dependía el gran poder económico del odioso Tío Sam, un maldito pirata con rostro amable? Bastaba con que Obregón se comprometiera a traicionar el sangriento y devastador proceso revolucionario, es decir, a no aplicar la Constitución ni sus aberraciones suicidas, como las relativas a que el suelo y el subsuelo son propiedad de la nación, para que el Departamento de Estado reconsiderara de inmediato su posición y lo aceptara como el genuino presidente de la República. Si les entregaba el petróleo, en ese instante dejaría de ser un golpista…

¿Nos vas a dejar entrar a saco en tus ricos territorios petroleros? ¿Nos permitirás explotarlos a nuestro antojo, archivando tus leyecitas?

Sí, señor.

¿Es necesaria la presencia nuevamente en Veracruz de nuestros acorazados cargados de obuses y de otros buenos argumentos para hacerte entrar en razón?

No, señor.

¿Quieres que la Casa Blanca invente un nuevo pretexto, de los tantos que ha inventado, para intervenir militarmente a México buscando la manera más eficiente de anexar a la Unión Americana, esta vez, tus terrenos ricos en yacimientos de oro negro?

No, señor.

¿Lo pondrás por escrito?

Sí, señor…

¿Quieres seguir siendo presidente de estos sombrerudos?

Sí, señor.

¿Sabes lo que te va a pasar si te opones a nuestros deseos?
Sí, señor.

Entonces, ¿quién dijo que Álvaro Obregón Salido era un gorila? ¡No, señor!, es el jefe del Estado mexicano, electo democráticamente en términos de sus leyes, por lo que es acreedor de nuestra mejor consideración y respeto. ¡Que vuelvan los *marines* a sus bases en territorio norteamericano! ¡Arríen las banderas de la guerra! ¡Se ha impuesto la razón! ¡Viva mister O'Brian o mister O'Bregón! ¡Viva la paz! ¡Viva la convivencia civilizada entre todos los pueblos de la tierra! ¡Viva el orden jurídico! ¡Viva la democracia! ¡El respeto al derecho ajeno es la paz!

En este entendido, no tardarían en reanudarse las relaciones diplomáticas.

Obregón había saltado previamente a la tribuna para declarar, en dos de sus informes presidenciales, que Estados Unidos había propuesto un Tratado de Amistad y Comercio, cuyos términos vulneraban la soberanía nacional. Imposible aceptarlo, afirmaría exaltado en ambas ocasiones: lo rechazaremos con toda la fuerza de la razón y de la dignidad política de México.[29]

El reconocimiento diplomático tenía que llegar. Se acercaba la sucesión presidencial. Plutarco Elías Calles recibiría la estafeta y continuaría la obra de los sonorenses. Era previsible un brote de violencia si los descontentos con la elección de su paisano decidían recurrir a las armas para impedirlo. Ni el ejército ni la iglesia católica querían saber de Calles. El choque por rivalidades y por ambiciones políticas podría presentarse unos meses después de ser nombrado públicamente el candidato del Manco como el futuro titular del Poder Ejecutivo Federal. Por supuesto que habría campaña electoral, claro que sí, como decía Adolfo de la Huerta en su manifiesto: Obregón le prestaría la Presidencia a Calles durante cuatro años para volver a colocarse en el pecho la banda tricolor hasta morirse con ella. ¿No resultaba entonces evidente que la candidatura de Calles tendría que resultar exitosa por el propio interés de Obregón? Al fin y al cabo se sabía que quien cuenta los votos gana las elecciones... A los eternos insatisfechos les tenía reservada una bala o un hueso, porque siguiendo la misma filosofía porfirista, perro con hueso en el hocico ni muerde ni ladra... A lo que él agregaría, con su clásico sadismo: perro con tiro en la cabeza debe ser enterrado... ¿Y Villa? Sí, Pancho Villa, el Centauro del Norte... ¡Ay, ay, ay! Sólo que para comprar armas

Obregón requeriría de la ayuda financiera de Estados Unidos, que no la concedería si no se modificaba la Constitución y se extendían todas las garantías jurídicas y políticas necesarias para que los petroleros norteamericanos continuaran saqueando a placer los ricos yacimientos mexicanos. ¿Qué más daba que el Manco fuera o no un golpista? Ese sería el pretexto para no venderle municiones y abandonarlo a su suerte, de tal forma que lo devoraran vivo sus adversarios: la verdad apestaba a chapopote…

Los acuerdos en el Castillo de Chapultepec entre el presidente Obregón y Calles se repiten cada vez con más frecuencia. Se comunican telefónicamente varias veces durante la jornada. No es suficiente, nada es suficiente. Se requieren cuando menos una o dos reuniones diarias, además de los intercambios de opiniones durante los finales de semana. Comen o desayunan o pasean juntos por la explanada, a un lado del alcázar, cuando no lo hacen por las avenidas del bosque, contando, desde luego, con la debida protección de sus escoltas a muy corta distancia. Las conversaciones son interminables. Analizan las consecuencias de no disfrutar el reconocimiento diplomático del gobierno de Obregón por parte de Estados Unidos, una potencia mundial que había adquirido el reconocimiento internacional a raíz de su exitosa campaña militar en Europa, que cambió el rostro del mundo al concluir la Gran Guerra en 1918, una auténtica amenaza continental. También abordan el tema del eterno conflicto con la iglesia católica y, sobre todo, el de la sucesión presidencial, en la inteligencia de que la administración del Manco terminaría el año entrante, el último día de noviembre de 1924. ¿Quién no hubiera deseado estar presente durante estas históricas charlas, en las cuales se determinaba no sólo la suerte de personas, empresas, instituciones, políticos y militares, sino la del propio país?

En uno de sus paseos por el bosque, en los que Calles solía llevar del brazo a Obregón y todavía le hablaba al oído, como si la intimidad en la que se encontraban fuera insuficiente, luego de recorrer la Calzada de los Poetas llegaron a los Baños de Moctezuma, en donde cinco siglos atrás, según le había comentado Pepe Vasconcelos al presidente, había comenzado Nezahualcóyotl, señor de Texcoco, la construcción de un impresionante acueducto diseñado por él mismo para abastecer a la Ciudad de México-Tenochtitlan con agua de los manantiales de Chapultepec. Esos eran los gigantes mexicanos que habían sorprendido a los españoles con una obra hidráulica edificada por notables ingenieros, a pesar de desconocer el arco de medio punto inventado por los romanos. La obra, de corte faraónico, había funcionado por centurias con una doble vía para permitir, por un lado, que una de ellas operara con la debida normalidad, en tanto la otra era sometida a trabajos de mantenimiento. El secretario de Educación obregonista acostumbraba deslumbrar a ambos sonorenses no sólo con su insaciable necesidad de construir escuelas a lo largo y ancho del país e imprimir libros y distribuirlos febrilmente, sino con sus conocimientos de historia de México. ¿Cuántas veces insistió en que la construcción de la gran Tenochtitlan sobre un lago implicaba todo un desafío en materia de ingeniería civil, más aun cuando la obra se llevó a cabo en el corazón de una zona sísmica? Otras tantas ocasiones subrayó que a principios del siglo XVI la capital del Imperio Azteca era la ciudad mejor iluminada del mundo... ¿Cómo olvidarlo, Álvaro? No, no podemos dejar semejantes pasajes en el tintero de la historia...

—¿No te parece un éxito que hayamos podido instalar finalmente una mesa de negociaciones con el presidente Harding? —preguntó el presidente sintiendo la seguridad de la compañía de su secretario de Gobernación mientras contemplaba un ciprés.

—No tengo la menor duda de que es, en principio, un gran logro, Álvaro —repuso cortante Calles, esperando la obligada pregunta de su paisano.

—¿En principio...?

—Sí, Álvaro, en principio —agregó sin soltarlo del brazo y sin dejar de caminar—. Los gringos se parecen a los curas y a las putas: se mueven únicamente cuando hay dinero de por medio. Donde hay dólares o probabilidades de hacerlos o de robárselos, ahí los encontrarás, como perros rabiosos agachando las orejas y enseñado los dientes antes de atacar a mordidas.

Obregón soltó una carcajada.

—¡Quihúbole, tú, mira nomás... tan bien portadito que sales en las fotos, siempre bien peinadito y propio, y mira con las palabritas con las que te diriges al Ciudadano Jefe de la Nación!

—Álvaro, hablo en serio, carajo, los gringos nos van a pedir medio país a cambio del reconocimiento diplomático.

—¿Y crees acaso que no lo sé? —arguyó tratando de recuperar la formalidad—. ¿Cuántas veces lo hemos comentado?

—Entonces no bromees con eso, por favor...

—¡Ah!, ¿ahora me regañas…? —repuso Obregón sin dejar que la conversación adquiriera un tono áspero.

—¿Cómo supones que me voy a atrever o a pensar siquiera en eso? Discúlpame, hermano, pero hay ocasiones en que la presión no aplasta pero molesta —agregó con cautela para no parecer un derrotista—. Se viene encima el cambio de gobierno cuando no tenemos a todo el ejército de nuestro lado —era marcada su preocupación—. Entiende, por favor, que no le voy a enseñar al Papa a dar la bendición, ¿verdad que no?

Obregón agradeció en silencio la referencia a la hermandad, pero esa mañana estaba especialmente eufórico por el hecho de haber logrado llevar a la mesa de negociaciones a los norteamericanos.

—Compararme con el Papa equivale a una mentada múltiple de madre, querido Plutarco…

Calles guardó silencio ante el nuevo destello de buen humor. Apretó la quijada. Hizo un rictus de dolor. Bien pronto tendría que operarse las mandíbulas antes de que el malestar acabara con su estado de ánimo, con su paciencia y con su equilibrio.

—Pues claro que tienes toda la razón, Plutarco —cambió Obregón de golpe el tono de la conversación al constatar una vez más las dolencias de su leal subalterno—. O los méndigos yanquis me reconocen este mismo año o podríamos enfrentarnos a otro levantamiento armado que nos sorprendería con los calzones abajo.

—Así es, Álvaro, estamos entre dos fuegos. Por un lado van a condicionar el reconocimiento diplomático a la entrega del petróleo con la consecuente traición a la revolución y a la Constitución y, por el otro lado, si nos mantenemos en un papel nacionalista, o nos invaden los gringos o veremos cómo nos defendemos del intento de nuestros colegas militares para arrebatarte el poder —sentenció Calles soltando al presidente y trenzando los dedos atrás de la espalda.

—¿Cómo que arrebatarme el poder…?

—Sí, Álvaro, derrocarte —repuso Calles—. O te derrocan los yanquis o te derroca nuestro ejército…

—En todo caso será derrocarnos, Plutarco —agregó Obregón intentando nuevamente convencer a su secretario de una realidad que éste a todas luces preveía—. Es evidente que tú y sólo tú debes sucederme en el Castillo de Chapultepec, y si me derrocan, como tú dices, habrán acabado también contigo. De modo que —concluyó como un buen padre de familia— te recomiendo que uses mejor el plural…

Veremos cómo nos defendemos de nuestros colegas militares y de los mierdas gringos para que no nos arrebaten el poder, ¿no…? —continuó repitiendo e imitando el tono utilizado por Calles, el Turco, apodo impuesto por sus opositores con el ánimo de resaltar su condición de hereje, de enemigo acérrimo y confeso de la institución católica.[30]

Calles detuvo la marcha. Se quedó paralizado. Por supuesto, nunca llegó a dudar de que se le concedería semejante honor, sólo que de imaginarlo a saberlo había un trecho largo, muy largo, inmensamente largo. Anclado en el piso giró la cabeza, se quitó el sombrero de fieltro gris para clavar la mirada en el rostro de su querido amigo. Habían sido muchos los años de campaña desde sus inicios como maestro y humilde funcionario público en su estado natal hasta el brutal asesinato de Madero, el estallido de la revolución, el derrocamiento de Huerta, la derrota de Villa, su paso como gobernador de Sonora y más tarde como integrante del gabinete de Carranza, de Adolfo de la Huerta y del propio Obregón, tres ministerios, hasta alcanzar la cima de su carrera política accediendo hasta la mismísima Presidencia de la República.

¿Abrazar a su amigo a modo de agradecimiento por la distinción? Los arranques emotivos constituían la mejor evidencia de falta de madurez. Semejantes muestras de cariño irritarían a Obregón, además de no ser propias de la personalidad de Calles, un hombre frío, hermético, calculador y metódico, en el que no cabía el menor rasgo de espontaneidad. ¿Darle la mano y estrechársela efusivamente? Dicha práctica era inviable entre ambos. Si nunca habían acostumbrado saludarse de esa manera parecería artificial y carente de autenticidad recurrir a inusuales muestras de afecto entre ellos. ¿Besarlo? Menos, mucho menos. ¿Ni abrazarlo ni apretarle la zurda ni besarlo…? ¡No, claro que no! ¿Entonces qué…? ¿Cómo expresar los sentimientos?

Sin moverse ni dar un solo paso más, clavando la mirada en los ojos del presidente, Calles simplemente le puso la mano derecha sobre el hombro, sujetándolo con firmeza, y con la debida sobriedad, sin que se le moviera un solo músculo de la cara, expresó con voz acerada:

—De sobra sabes que no te fallaré, Álvaro: tenemos que honrar al millón de mexicanos que dio la vida a cambio de tener y heredar un México mejor. Te juro por esos muertos y por nuestra amistad que continuaré tu obra para materializar los objetivos de la revolución —sintió un repentino nudo en la garganta. Plutarco, por favor: ¡control! Es la hora suprema. No puedes reaccionar como un chiquillo a quien finalmente le compraron su juguete. Seriedad. Sobriedad. Dignidad y altura—. Te prometo acelerar el proceso de reconstrucción nacional y educar a las masas para escapar de la esclavitud en la que nos sepultó la iglesia cuando sólo vio, durante siglos, por la instrucción de los privilegiados, los mismos que hoy, curiosamente, detentan la riqueza del país…

Concluyó bruscamente para no parecer un orador pueblerino en campaña por la presidencia municipal ni darle a Obregón el placer de comprobar cómo se le estaba quebrando la voz. Todavía tendría que esconder su respiración desacompasada, que delataría su nivel de tensión. Las manos empapadas las guardaría en las bolsas de su pantalón. Las gotas de sudor de la frente las retendría el sombrero. Las piernas temblorosas las disimularía de cualquier manera. No se derrumbaría: estaba claro. Obregón nunca descubriría los golpes del corazón en el pecho. Imposible detectarlos. De llegar a palidecer se pellizcaría discretamente las mejillas y trataría de bostezar para limpiarse con el pañuelo cualquier huella de humedad del rostro. ¿Él, Plutarco, el hijo de padre desconocido, en Palacio Nacional, despachando como Jefe del Estado Mexicano? Gritar, correr, trepar por los árboles, rodar cuestas abajo, volar como mariposa, llorar, sí, llorar, cantar, reír, lo que fuera, pero ante todo debería guardar la compostura. ¿Arrojarse del alcázar envuelto en la bandera tricolor…? ¡Qué tributo! Su esposa… ¿se lo podría decir a su esposa? ¿Cómo tomaría la noticia? ¿Y si se lo contaba a sus amigas y comadres…?

Álvaro Obregón, más cálido y franco, selló el pacto abrazando únicamente con el brazo izquierdo, claro, a su querido paisano. Su comportamiento fue más natural y espontáneo. Se retiró el sombrero de carrete con la izquierda para abanicarse el rostro. A pesar de la sombra proyectada por los ahuehuetes, el calor de la primavera en ese 1923 era intenso… Descansaba al haber comunicado finalmente la decisión después de haber analizado meticulosamente la personalidad de Francisco Serrano y la de Adolfo de la Huerta. A Serrano lo perdían el alcohol, las mujeres y, sobre todo, las apuestas, el juego. ¿A dónde iría el país y su obra personal en manos tan irresponsables? El ejército estaba con De la Huerta. Entregarle otra vez el poder constituía una temeridad. No pondría la iglesia en manos de Lutero. Nadie mejor que Calles, el heredero más confiable y sólido. Lo había visto actuar al frente de la Secretaría de Gobernación. Su gran error se llamaba Morones, Luis Napoleón Morones. Habría que buscar la forma de deshacerse de él…

—Tienes todos los merecimientos políticos y amistosos para lograrlo, además del temple y de los conocimientos para luchar, desde la presidencia, por el bienestar del país. Tú conoces las necesidades de México y sabes cómo satisfacerlas. Eres, sin duda, el mejor hombre: lo he meditado una y otra noche en la soledad del Castillo —confesó el presidente en tono reposado. Respiraba a plenitud. Llenaba los pulmones como si le hubieran retirado un corsé. La carga sobre su espalda pesaba menos, mucho menos. A partir de ese momento compartiría responsabilidades con su paisano sin que nadie supiera que, en realidad, ambos gobernaban conjuntamente al país—. Pongámonos a trabajar, Plutarco, tenemos un largo trecho por delante.

—No sé qué hayas pensado en torno a esta decisión —atajó Calles con toda discreción—. Lo más conveniente, creo yo, sería mantenerla en absoluto secreto.

—Más nos vale, Turquito, de otra suerte, tus competidores meterán tu cabeza y tus manos dentro de una tabla para lanzarle piedras al negro como en las ferias de pueblo —adujo en su conocido lenguaje humorístico, cargado de sabiduría popular—. La noticia, tienes razón, se dará en el momento político adecuado, es decir, cuando tengamos más o menos amarradas las manos de los changos de Catemaco y ya no nos puedan dar de manazos…

—¿Qué tienes con los changos de Catemaco? —preguntó Calles sorprendido por el argumento tan curioso.

—¿No sabes por qué los changos del lago dan de manazos, Plutarco…? —cuestionó Obregón, a punto de soltar una carcajada de las suyas.

—No —repuso el Turco, confundido.

—Pues dan de manazos, hermanito, cuando alguien trata de agarrarles los güevos —aclaró apenas a tiempo, cuando la risa era incontrolable.

—¿No se dejan…?

—¡Noooo, claro que no…!

Calles negaba con la cabeza una y otra vez, sabiendo que su paisano jamás cambiaría.

—Álvaro —Calles volvió a enhebrar la aguja de la conversación, mientras el presidente se secaba las lágrimas con su paliacate michoacano de color rojo intenso, con el que escandalizaba al cuerpo diplomático al sonarse escandalosamente la nariz—, ya que hablas de changos, me preocuparon sobremanera las declaraciones de Villa en la entrevista que le concedió a Regino Pagés Llergo. ¿Cómo se atreve este infeliz mamarracho a manifestar públicamente su preferencia por Adolfo de la Huerta?

—Eso no es lo peor, Plutarco —interrumpió el Manco sin moverse, tieso como una estatua en el mismo lugar del bosque en el que se llevaban a cabo los duelos para dejar a salvo la dignidad en el siglo XIX—. Lo verdaderamente grave fue su afirmación de que con un par de chiflidos de arriero puede reunir a cincuenta mil de sus Dorados para apoyar, en su caso, la candidatura de Fito a la Presidencia de la República —remachó atusándose el bigote como si fuera una práctica propia de los momentos en que tomaba decisiones trascendentes.

—En algún momento mis asesores me dijeron que Villa estaba tranquilo y resignado en su rancho de El Canutillo, que no constituía peligro alguno, sólo que jamás le quité el ojo de encima sin que él supiera que tengo incrustados a varios campesinos espías que cobran en secreto en las nóminas de Gobernación —aclaró Calles con el rostro impertérrito.

—¿Y qué sugieres? —preguntó Obregón, tratando de probar a Calles al tomar una decisión como su candidato a la Presidencia—. ¿Qué harías?

—Yo propongo, Álvaro, que lo matemos. No veo otra alternativa —repuso. Su rostro no delataba la menor emoción.

Obregón no parpadeaba. No acusó sorpresa alguna ante una propuesta tan dramática y radical. ¿Matar a Villa? Arrancó una hebra de pasto y empezó a morder una de sus puntas. En apariencia, contenía la respiración. Su rostro eternamente generoso y risueño se contrajo gradualmente. No, no era momento para más bromas. Escrutaba detenidamente el rostro de su paisano. Silencio. El presidente levantó la cabeza para revisar la copa de los árboles, como si un pájaro lo hubiera distraído. Meditaba. Obregón ya había intentado en dos ocasiones asesinar a Villa, pero sus esbirros habían fracasado. Nunca se supo ni se sabría, por supuesto, nada del autor intelectual del atentado. Se cuidaría de dar esa información a Calles. Entonces el jefe del Estado, el mismo que había jurado cumplir y hacer cumplir la Constitución y las leyes que de ella emanen, colocó su mano izquierda sobre el hombro de Calles, su hermano de innumerables batallas, para confesarle al oído, después de constatar que estaban solos y estarían solos en esa histórica charla:

—No hay alternativa, Plutarco, como tampoco la tuvimos con Carranza. Vivos constituían una amenaza para el sistema y para nuestros planes de gobierno. Acuérdate de mi lema para cuando recibas la investidura: de la cárcel salen, del hoyo no… Mira cuánta gente morbosa visitó la tumba de Venustiano en un principio. Hoy ni quien le aviente ni un pinche cempasúchil al maldito Barbas de Chivo… Lo mismo pasará con Villa: empezará un gran escándalo y luego este pueblo desmemoriado se olvidará por completo de él y de lo que defendía —adujo con la misma voz de quien da el pésame a una viuda tratando de esconder una sonrisa sarcástica.

—Tenemos que matarlo, Álvaro y matarlo antes de que los zopilotes empiecen a dar de vueltas en lo que pronto será un cadáver. No quisiera grupos organizados en torno a Villa para atacarnos posteriormente. Acabemos con él sin concederle a sus seguidores tiempo para apoyar la candidatura de Fito… No le demos alas a los alacranes, ¿no crees? Sólo espero que cuando Fito asista al entierro del Centauro entienda el mensaje: eso es lo que les pasa a quienes se adelantan a las decisiones del general Obregón…

Todo parecía indicar que se trataba de una operación de rutina, aunque no fuera el caso.

—Las declaraciones anteriores de Villa estuvieron dentro de lo aceptable, sobre todo cuando explicó su desacuerdo con que el noventa y siete por ciento de toda la población del país en 1910 careciera de tierras, mismas que estaban detentadas por ochocientos treinta y cuatro latifundistas, entre norteamericanos, españoles, mexicanos, por supuesto, además de las haciendas propiedad de prestanombres de la iglesia —agregó Calles tratando todavía de comprender y medir el alcance de las palabras del líder militar de la División del Norte—, al igual que cuando dejó en claro que el día en que un maestro de escuela ganara más que un general, entonces se salvaría México. ¿Cómo no coincidir con él, Álvaro?

El presidente no perdía detalle de las palabras vertidas por su secretario de Gobernación. Desde luego que no era un hombre de dudas ni de prejuicios ni de confusiones. Sabía lo que tenía que hacer y lo ejecutaba sin tardanzas ni titubeos. Sí que sabía sujetar el timón del barco insignia de la nación como un gran capitán adiestrado para sortear todas las tormentas.

—Ni Venustiano ni, por lo visto Villa, entendieron nada. Si ambos hubieran comprendido que su tiempo había acabado, su destino, Plutarco, hubiera sido muy distinto. Los toreros y los políticos debemos retirarnos cuando el público todavía nos aplaude en las plazas, en los congresos y en las calles —dijo Obregón como si le pesara la decisión. ¡Cuánta torpeza y falta de visión y de sensibilidad! Villa tendría que haber continuado jugando a la escuelita en El Canutillo y cruzando marranos en lugar de romper su juramento de no volver a inmiscuirse en asuntos políticos ni militares.

—¿Cuándo sugieres que pongamos manos a la obra? —preguntó Calles pidiendo instrucciones a su superior. ¿Para qué más explicaciones y lamentos? ¡Acciones!

—Ya Plutarco, ya, no tenemos tiempo qué perder. Se acerca la fecha para registrar candidatos a la presidencia, por un lado, y por el otro, no quisiera que Warren ni los gringos sentados para discutir el reconocimiento de mi gobierno se espanten con un nuevo levantamiento armado nada menos que patrocinado por Villa, el matón de Columbus que tanto odian —concluyó poniéndose de nuevo el sombrero —ocúpate de no dejar rastro y de no fallar: no dejemos un tigre herido ni enseñemos las nalgas ante la opinión pública, por favor, te lo suplico…

—Todo se puede hacer sabiéndolo hacer y todo se puede decir sabiéndolo decir… Álvaro, no te preocupes —arguyó Calles, satisfecho de acabar con un enemigo que podría ponerle muchas piedras en sus aspiraciones presidenciales. El acuerdo de esa mañana sellaría una vez más las relaciones amistosas con Obregón. ¿Se podría pedir más confianza entre dos políticos? ¡Esa era una auténtica fraternidad!—. Algo te garantizo: Villa no pasará del próximo mes de julio. Eso te lo aseguro.

—Hazlo bien, Plutarco, hazlo bien y pronto: no te pido nada más. No permitas que nada nos rebote… ¿Te fijas qué maravilloso es el uso del plural?

—Confía —concluyó Calles—. Lo importante era tomar la decisión sobre la base de que ambos estuviéramos de acuerdo. Con Carranza hubo dudas y acusaciones; en este caso, no las habrá, corre por mi cuenta…

Hay ocasiones en que los hombres no se percatan de que han dado un paso en falso y están suscribiendo su propia sentencia de muerte. Si Madero no hubiera llamado a Huerta y si Zapata no hubiera creído en Guajardo ni Carranza hubiera intentado perpetuarse en el poder imponiendo a Flor de Té ni Villa hubiera abierto la boca, ninguno de ellos habría acabado prematuramente en cuatro tablas a tres metros bajo tierra. Eso pensaba Obregón al tomar, ahora él, del brazo a su querido e insustituible paisano, en tanto se dirigían de nueva cuenta a la Calzada de los Poetas rumbo al Castillo de Chapultepec.

Por su parte, Calles trataba de digerir, sin pronunciar palabra, una de las afirmaciones de Obregón: *los toreros y los políticos debemos saber retirarnos cuando el público todavía nos aplaude*... ¿El presidente Obregón sabría hacerlo o caería víctima de sus propias afirmaciones? ¿Él sí se retiraría a tiempo sobre la base de que una de las máximas conquistas de la revolución prohibía, con meridiana claridad, la reelección del titular del Ejecutivo? ¿Quedaba alguna duda? Nadie podía volver. ¿El Manco lo intentaría? ¿Volvería...? Esperaba, de todo corazón, que Obregón no se estuviera equivocando con él, tal y como lo había hecho Porfirio Díaz al imponer al otro manco, al manco González, su compadre del alma, al igual que Carranza había desvariado al tratar de eternizarse en el cargo a través del tal Bonillas... Él, Calles, no sería la comparsa ni el payaso de nadie, ni pasaría a la historia como el Manco González ni el imbécil de Bonillas. Sufragio Efectivo. No Reelección. ¿Esa era la máxima? ¿Sí? ¡Pues a cosechar garbanzos en Sonora después de escuchar el último aplauso del graderío...! ¡A respetar la Constitución o a asistir a una nueva fiesta de las balas!

Pasaron de nuevo por los Baños de Moctezuma. Calles recordó las palabras de Vasconcelos cuando mencionaba que al propio Maximiliano le gustaba nadar en esas aguas frías, siempre y cuando quedara debidamente garantizada la ausencia de todo género de público. Lo mismo hacía Porfirio Díaz después de una carrera a pleno galope desde las cuadras del Castillo. El tirano oaxaqueño recordaba aquellos años de su infancia en que podía chapotear en los escasos jagüeyes de su tierra en la época de lluvias. Había sido el último presidente en poder refrescarse en esas aguas históricas antes de que se secaran para siempre.

Obregón no quiso saber la verdad en ese momento. ¿Calles le ordenaría a Morones llevar a cabo el asesinato de Villa? Mejor ignorarlo, pensó mientras seguía caminando, hundido en sus reflexiones. Ese criminal del Gordo se las pagaría al contado y sin descuento en algún momento de su vida. ¿Qué más daba que fuera el brazo derecho de su secretario de Gobernación? ¡Qué curioso!, se dijo mientras avanzaba cabizbajo sin soltar a Calles. ¿Por qué la gente dirá "Dios, Nuestro Señor, así lo quiso" cuando alguien muere por cualquier razón? En el caso de Carranza y de Villa, entre otros tantos, él mismo, Obregón en persona, había decidido privarlos de la vida, y no precisamente cumpliendo órdenes del Señor, ¡qué va! ¿A poco Dios le había instruido que acabara con los días de Basave y Piña o con los de Francisco Murguía, ambos en poder de información comprometedora para probar el involucramiento del Manco en el asesinato de don Venustiano en Tlaxcalantongo? ¿Y el general Lucio Blanco? ¿La Virgen le pidió que también lo mandara matar? ¿Le ordenó ella la enorme cantidad de crímenes ejecutados en su larga carrera hacia el máximo poder del país? ¿Qué tenía que ver Dios en sus planes?

Cuando pasaban frente al famoso ahuehuete que contaba con más de seiscientos años de vida y discutían la manera de informarle a Adolfo de la Huerta que la transmisión del poder presidencial recaería en la persona de Calles, dado que Obregón se dedicaría a la cosecha de garbanzos y De la Huerta bien podría ganarse la vida impartiendo clases de solfeo en atención a la poderosa voz con que lo había dotado la naturaleza, se detuvieron al ver un letrero cuya presencia había pasado inadvertida. Tal vez ni el propio Vasconcelos conocía su existencia en el corazón del bosque de Chapultepec:

"Sepan los habitantes de la Nueva España que habéis nacido para callar y obedecer y no para discurrir ni opinar en los altos asuntos del gobierno. C. F. de Croix, Virrey de la Nueva España."

Ambos altos funcionarios se vieron a la cara. Obregón, un hombre de respuestas rápidas, mente ágil y sagaz, no tardó en soltar el primer comentario que le llegó a la mente:

—Imagínate, Plutarco, a mí hasta la cocinera me sale respondona y rejega... ¡Nada mejor le podría suceder a este país de jodidos que tanto pinche indio ignorante cerrara el hocico y nos dejara a nosotros decidir lo mejor para el país sin que te saltaran en cada surco, en cada milpa, detrás de la yunta, machete en mano, a decirte algo que ni siquiera entienden...! Tenía razón el virrey: nacieron para callar y obedecer, ¡qué van a entender esos muertos de hambre de los asuntos de gobierno! A ver, que se sienten a discutir con Warren y sus tiburones lo relativo a mi reconocimiento diplomático...

Ahora Calles era el eufórico y ni aun así mostraba sus sentimientos. Su hermetismo no dejaba de llamar la atención. El Turco afirmó entonces que la iglesia había hecho una gran pinza con el gobierno, en primer lugar porque ambos obligaban a los fieles y a los gobernados a callar y a obedecer, unos por lo dicho por el virrey de la Croix y los otros porque las decisiones del Señor no se cuestionan ni se critican, simplemente se aceptan con resignación.

—¿Te das cuenta cómo ni unos ni otros te dejan decir ni manifestarte ni gritar ni protestar? Si lo haces, Álvaro, o te vas a las mazmorras de la Santa Inquisición a sufrir todo tipo de torturas, o bien te recluyen en las cárceles del Estado por sedicioso o, en el peor de los casos, te mandan al infierno, sólo por toda la eternidad, acusado de oposición a las órdenes de Dios —concluyó levantando los brazos, invocando la comprensión de los cielos—. Nos mutilaron, nos grabaron la nuca con hierros incandescentes, Álvaro, en los trescientos años de conquista: el que abra la boca se chinga…

—Pues sí, paisano, que se chingue, esa es ley de vida, ¿o crees que yo puedo decir lo primero que me venga a la mente?

—¿Tú…? Por supuesto que sí. Eres capaz de burlarte de la cara del muerto en pleno velorio. ¿Qué te importan los formalismos? Pareciera que mientras más obstáculos te encuentras, más tienes la necesidad de esquivarlos o de brincarlos o de salvarlos porque detestas la adversidad y las reglas, ¿o quieres que te diga por dónde te pasas las reglas y a los opositores o a tus críticos?

—Ahora resulta que soy un hijo de la chingada y tú la bella princesa de los cuentos, ¿no…?

Calles soltó una risotada y decidió abrazar a su paisano, sin poder aguantar las carcajadas. Los acontecimientos los hermanaban, se querían, se necesitaban, confiaban el uno en el otro, se querían, se respetaban en un principio por provenir del mismo terruño y porque la vida los había acercado al extremo de depender recíprocamente en sus carreras políticas. La gente podía argumentar que Calles no era nadie sin Obregón y que éste último podía salir adelante sin contar con su paisano. La vida se encargaría de demostrar lo contrario.

Cuando empezaban a remontar el viejo camino que conducía al Castillo, Obregón, sintiendo el cálido brazo de Calles sobre sus hombros, adujo para dar por concluida esa conversación:

—¿Has oído hablar de la Maldición de Tecumsé o la Maldición de los Veinte Años, Plutarco?

—Nnnnoo —repuso Calles sorprendido, pensando tal vez que se trataba de una nueva broma del presidente.

—Pues mira: Tenskwatawa, un profeta indio que según los de su tribu pudo descubrir el origen de la maldad, maldijo a los presidentes de Estados Unidos y sentenció que los jefes de la Casa Blanca que hubieran ganado las elecciones en un año terminado con cero morirían en el cargo.

—¿Y quién le va a creer a un piel roja que no sabe ni leer ni escribir? —atajó Calles cuando se percató de que la conversación iba en serio.

—No lo tomes a guasa, porque el indito ese acertó: William Henry Harrison, electo en 1840, Abraham Lincoln, en 1860, James Garfield, en 1880 y William McKinley, en 1900, todos murieron en el cargo, Plutarco, de modo que el navajito ese o sioux o comanche o lo que fuera se las traía en serio...

—¿Y a dónde vas con el punto? —adujo Calles lleno de curiosidad.

—Pues a recordarte, querido amigo, que Warren G. Harding fue electo en 1920 y que si el indio patarrajada no se equivoca en su maldición, tal vez se nos muera Warren en el puesto y su desaparición nos complicaría todas las negociaciones para obtener la ayuda financiera gringa —arguyó apretando el único puño—. Igual no pasa nada y el momento político transcurre con toda normalidad, pero lo que yo no me perdonaría es que los acontecimientos me sorprendieran con los calzones en la mano.

—Mejor ni pienses en eso porque jalas la mala suerte —saltó Calles como si rehuyera el disparo de un francotirador.

—Sí, debo pensarlo, debo pensar en todo, Plutarco, porque no podemos pasar como novatos. Además —pareció preocupado—, con los fraudes de que acusan a Harding y a sus amigos, no le vaya a dar un patatús al viejito y tendremos que empezar de nuevo con Calvin Coolidge.

—Yo sólo espero que a tu indio ese no se le hayan pasado los tragos de whisky barato y que tú ya no llames a la mala suerte con pensamientos negros —concluyó Calles ya en la explanada del Castillo, dándole un abrazo al presidente—. Gracias, hermano, sabré devolverte tu esfuerzo y la confianza depositada en mi persona. Siempre estarás muy orgulloso de mí.

Obregón nunca supo la razón de su malestar aquella tarde, cuando se despidió de su secretario de Gobernación. Si no tenía otra alternativa más que saludar a la gente extendiéndole la mano izquierda, ¿por qué razón al estrechar la de Calles un mal augurio le recorrió el cuerpo? Él no era prejuicioso ni supersticioso; entonces, ¿por qué el repentino malestar? Nunca le había acontecido algo similar con su paisano. ¿Sería la maldición del indio Tenskwatawa aplicada a México? Después de todo él, Álvaro Obregón, también había sido electo en 1920. ¿Ese presagio maldito también podría alcanzarlo?

Cuando el Turco descendía en su automóvil cuesta abajo, caía la tarde en tanto una luz anaranjada iluminaba la inmensidad del horizonte. El día agonizaba. La noche golosa le arrebata los colores a los árboles, a los caminos, al entorno. Las siluetas de los volcanes lucían tímidamente a la distancia en ese crepúsculo anaranjado. La primavera revitalizaba, embravecía, inyectaba vida y entusiasmo también a los políticos. Tenía unas inmensas ganas de reír y tendría que hacerlo a solas…

Cuando regresé a mi departamento después del terrible altercado con mi padre, el último que deseaba tener con él en la vida porque, según mi determinación, jamás, en ningún caso, en ninguna circunstancia podríamos volver a compartir una mesa ni estar bajo el mismo techo ni vivir en la misma colonia ni casi radicar en el mismo país, me encontré con que Mónica efectivamente había cumplido con mis órdenes. No había ni rastro de ella, salvo el aroma de su perfume, que me perseguiría todavía por muchos años, al igual que su risa contagiosa. Una carta, una carta me dejó encima de la almohada que en tantas ocasiones habíamos utilizado para hacer el amor. "Perdón, Nacho, mi amor: nunca te olvidaré, perdón, perdón, perdón. Siempre tuya, tu Moni." Arrugué la hoja con todo y sobre y la tiré violentamente a la basura junto con casi todos sus recuerdos. ¡Cuánta paz en mi entorno! ¡Cuánto trabajo me había costado escapar del ojo del huracán! ¡Qué fácil era hacerse de más colonias, decía Bismarck, pero qué difícil salirse de ellas! Revisé rápidamente las habitaciones para corroborar que no quedara huella de aquella magnífica promesa de mujer. ¡Qué completa era! Ni hablar, pero no estaba hecho para vivir en un permanente remolino que un día, con su fuerza enloquecedora, podría romperme el cráneo contra cualquier muro. La paz, mi paz, viva la paz…

Volví a mis trabajos con la confianza y esperanza de no volverme a enfrentar a nuevos conflictos que me apartaran de mi quehacer como escritor. Estaba obligado a contar la historia del magnicidio de Álvaro Obregón exhibiendo a la luz pública el rostro de los autores materiales e intelectuales de ese escandaloso crimen político, la trama, las justificaciones, las razones, y, sin embargo, por una u otra razón, todo parecía estar en contra de la ejecución de mis planes. Las mujeres, mi padre, los entuertos amorosos, los problemas económicos, los familiares, las crisis monetarias creadas por la irresponsabilidad de los presidentes-emperadores, de esos corruptos o ineptos de extracción priísta que gobernaban sexenalmente México con poderes que ya hubieran soñado los dictadores más intransigentes de cualquier latitud y tiempo. Por si lo anterior resultara insuficiente, todavía tenía que enfrentar más adversidades para poder dar con los archivos buscados afanosamente durante años, sólo para descubrir que estaban mutilados. Los expedientes perdidos, las hojas arrancadas, las fotografías desaparecidas, los textos incompletos como si alguien, o tal vez grupos de investigadores contratados a sueldo por un ente o entes perversos, se hubieran dado a la tarea de extraviar, en razón de una clara consigna, las pistas indispensables para descubrir la identidad de los responsables de uno de los asesinatos más sonados del siglo xx. ¿Quién se había dedicado con endiablado empeño a cortar los hilos indispensables para poder salir de la oscuridad del laberinto? Sólo existían tres posibilidades: o se trataba de la iglesia católica decidida, como siempre, a impedir la revelación de la verdad en los acontecimientos criminales en los que había participado arteramente o me enfrentaba, no sería nada nuevo, a los cancerberos del gobierno dispuestos a esconder los secretos de Estado a cualquier precio o bien, los dos casos juntos: iglesia y gobierno unidos en un contubernio criminal para conquistar un objetivo de interés común: ocultar la realidad para no ver devaluada su imagen pública...

De pequeño siempre fui muy necio, calladamente necio y terco, con tal de salirme siempre con la mía. Creo que la formación de mi carácter fue una consecuencia de mi entorno y de mis circunstancias. La razón más sobresaliente para explicar la cadena de fracasos escolares se encuentra en mi tendencia natural a la divagación, a la aparición inesperada de fantasías originadas por una inmensa gama de situaciones que iban desde los movimientos de los maestros cuando exponían un tema en clase o un simple tic, una mueca, la manera de tomar la regla o un gis o un simple cigarrillo o bien, el tono de voz al explicar un pasaje histórico o leer el párrafo de una novela o de un poema del siglo de oro español, a la foto de un científico con un grano en la nariz, tal vez un chancro sifilítico, o la de un sujeto obeso que bien podría ser un espléndido cantante de ópera por su voluminosa caja torácica, me transportaban a mundos muy distintos de lo que acontecía en el interior de las aulas. Estaba o no estaba. Karin, mi futura mujer, mi güera, mi güereja, siempre me decía y no dejaba de llamarme cariñosamente el no-ausente porque, sentado a su lado, al mismo tiempo bien podría estar viajando por el reino encantado de la imaginación a los lugares más remotos y hechizados.

—¿Estás, amor? —me dice como quien llama cuidadosamente a la puerta para consultar cualquier duda cotidiana.

De modo que el hecho de no poder seguir las explicaciones de los maestros se traducía en un fracaso más a la hora de presentarme como un fantasma a los exámenes, momento dramático en el que ignoraba siquiera cómo colocar las hojas en blanco en forma vertical u horizontal de acuerdo a las instrucciones del profesor. Me reprobaron en cuanto curso, clase o materia fui inscrito. Me doctoré en todos los grados escolares, desde el jardín de niños en que fui violentamente separado de mi hermano Ricardo por el solo hecho de ser un año mayor que yo. Esa sensación de absoluta soledad me acompañó para siempre en los salones. Fue mi primer contacto con la impotencia, con la autoridad que no me escuchaba, que ignoraba mi llanto, mi rabia y que me abandonaba a mi suerte hasta que concluyera con el capítulo de los caprichos encerrado, bajo llave, en el cuarto de los objetos perdidos. ¡Claro que yo era un objeto perdido! ¿Y a quién le importaba…? Más tarde entendí que ese momento marcó mi vida al extremo de convertirme en un eterno rebelde. Hoy lo acepto: fui rebelde, soy rebelde y, sin duda, moriré rebelde.

A mi tío Luis, quien decía que era incapaz de respetar a un hombre que no consumiera cuando menos tres postres al día, el mismo que me sepultaba en secreto con libros de lectura obligatoria de acuerdo a mis años —uno nunca está completamente solo en la vida—, lo escuché en una ocasión hablando con mi padre en la biblioteca, el lugar de los castigos y de las represiones más severas, una estancia que con el tiempo adoraría en la vida, siempre y cuando no fuera la paterna:

—Alfonso querido —le decía a mi padre, invitándolo afectuosamente a la razón—, Nacho es un niño poeta y no lo puedes tratar como a los demás. Él sueña, navega, imagina, juega con las palabras como si fueran perlas hasta hacer collares y pulseras para regalárselas a las princesas: apenas tiene nueve años y ya se le ve la sensibilidad del artista…

—Es un zángano, compadre: es capaz de engañarlo a usted y a quien se le ponga enfrente porque sabe inspirar compasión y lástima como nadie… Hace usted mal en dejarse convencer por ese chamaquito mañoso que más bien parece enano por su madurez y maldad —respondía mi padre.

—Por favor, Poncho, ¿cuándo se ha visto maldad en un chamaco de nueve años?

—Yo nunca lo había visto hasta que me tocó en mal momento y con mala suerte un hijo del que me avergüenzo.

—¿Se avergüenza usted…?

—Escúchelo bien, nunca se lo he dicho a nadie: pero me arrepiento de haberlo procreado y sí, señor, me da vergüenza ser su padre. Sólo me da disgustos. ¿Por qué no confesarlo?

—¿Pero sabe usted que en mi casa ese chiquillo sería el orgullo de mi familia?

—No le digo que se lo lleve porque muy pronto acabaría con su matrimonio, con su paz y con la de quienes lo rodean. A la primera expulsión de una escuela me lo regresaría de una oreja.

—¿Ya lo han expulsado de la escuela?

—Bueno, no, en realidad exagero en eso…

—¿Por qué no lo inscribe en una que tenga preferencia por las artes, por las humanidades, en la que se encuentre a sus anchas?

—Porque es un zángano, compadre, se lo repito, el trabajo le saca ronchas, es amigo de lo fácil. ¿Por qué sus hermanos pueden y él no?

—Pues porque cada hijo es distinto y usted tiene un diamante en bruto al que le debe dedicar tiempo, esfuerzo y cariño para pulirlo.

—Pues yo no le tengo ninguna de las tres cosas. Sólo respeto a quien se esfuerza, a quien se mata por alcanzar la cumbre, a quien desea conquistar el éxito a base de trabajo, de dedicación y empeño por llegar a ser alguien en la vida y no un parásito amañado como lo es él…

—¿Por qué las metas de usted han de ser las mismas para Nacho? ¿Por qué el chamaco debe copiar forzosamente su concepto del éxito? Lo que para usted es un triunfo para él o para cualquier otra persona puede no serlo. ¿Por qué afirmar que esto es lo único que te honra y te distingue? ¿Por qué el dinero ha de ser la única medalla que acredita el éxito?

—Si usted insiste y le da esos consejos a Nacho lo único que va a lograr es confundirlo más, embravecerlo y acabar de desquiciarlo. Sólo va a conseguir desviarlo de su camino irremediablemente. Se va a extraviar porque a usted lo escucha y lo respeta.

—Cámbielo de escuela.

—Primero que ese pedazo de zángano me demuestre que puede con el mismo colegio que sus hermanos, así y sólo así dejará de comer con las gatas. A mi mesa no vuelve. Esa es para los hombres de trabajo.

—¡Viejo…! —era la voz de mi madre, la comida estaba lista. Apenas tuve tiempo de esconderme para que no descubrieran que escuchaba la conversación con la oreja pegada a la puerta. Hubiera sido mi final. ¿Cómo defenderme de ese cargo? Yo era la vergüenza de mi padre. Menuda confesión. Tendrían que pasar muchos años para que yo descubriera la realidad, me atreviera a enfrentarla y resultara que el avergonzado era yo, únicamente yo.

Crecí en la adversidad y por ello mi carácter se fue forjando como si asistiera a una escuela de guerreros de élite. Me las arreglaría para aprobar cada año de la misma manera que Edmundo Dantés, el Conde de Montecristo, había logrado escapar del Castillo de If, en contra de toda expectativa, para vengarse de sus enemigos. Me bastaba un no para convertirlo en un sí. Los obstáculos se hicieron para saltarlos. Los problemas se presentan para resolverlos. Los nudos para desatarlos. Me empezaron a fascinar los retos. Me motivaban los desafíos. Lo que más trabajo me costaba resolver eran los imposibles, los milagros estaban al alcance de mi mano izquierda, reía confiado en mi interior. ¿Triunfador es el que vence y nada a contracorriente y no se ahoga y se agarra de las ramas y no se duele cuando se estrella contra las rocas y lucha y se resiste y no se resigna y no cede y no se entrega hasta llegar a una orilla o sujetarse de un cable o de lo que sea con tal de no caer en la cascada sin final? ¿El que triunfa es quien llega al otro lado aun cuando no quiera llegar al otro lado? Va. Juego. Las cartas o los dados, las fichas, lo que sea. Empecemos. Que cada quien recurra a lo que su imaginación le sugiera. Sólo que cuando gané, porque, por supuesto que llegué y gané, me percaté de que nunca había querido llegar a ese lugar inhóspito, frío, divorciado de mis deseos, en donde no encontraba nada mío, nada con qué identificarme, extraño, alejado, hueco, vacío y finalmente inútil. ¿Qué desperdicio? ¡Qué va! Había hecho músculo, me había probado, me conocía, ahora sabía de mis fuerzas antes ocultas, las había descubierto, al igual que otros recursos insospechados como los poderes de mi imaginación aplicados a la vida diaria, la utilización de la audacia para conmover y convencer, el poder de mi verbo —como me dice Karin, tu lengua es un arma mortal—, todo ello enmarcado dentro un concepto de la justicia heredado de mi abuelo Max y su noble estructura prusiana. Había perdido tiempo pero ganado experiencia con la que recuperaría espacios, reconocimientos, prestigio perdido, satisfacciones, placeres, paz y desarrollo personal sin tener que complacer a nadie ni quedar bien con nadie ni traicionarme por nadie: quedaba ampliamente despejado el camino a la autenticidad y, por ende, a la felicidad.

Por todo lo anterior, al encontrar los archivos mutilados, los expedientes perdidos, las fotografías desaparecidas y los textos arrancados o tachonados, las puertas nuevamente cerradas, los cancerberos, convertidos en mil padres, gruñendo, el sometimiento a trámites burocráticos interminables para obtener la credencial y el derecho a consultar los expedientes, tácticas dilatorias ampliamente conocidas para impedir el acceso a la verdad, cuando todo ello se presentaba de golpe para no poder descubrir los detalles del asesinato de Obregón, más, mucho más se me despertaba ese coraje histórico que explotaba en mi interior ante las trabas, el hoy no, mañana sí o quién sabe, no tenemos la llave, el que fotocopia no vino, falta una firma de autorización, no han devuelto el libro, está perdido, el director no ha vuelto, ese dato es del fondo reservado, se trabaja con documentos originales a los que sólo tienen acceso ciertas personas entre las que no se encuentra usted, ¿qué quiere que haga si falta la mitad de la investigación?, a saber quién se la llevó, presente su queja en la oficialía de partes, cuando yo llegué ya estaba así, nunca supe qué pasó con las cajas que se llevaron a la oficina del director, soy nuevo… ¿Ah, no…? ¿Conque el muro es inexpugnable? ¿Con que no se puede? ¡Ajá, ajá, ajá…!

Nunca imaginé que todas las lágrimas vertidas durante mi infancia ante tanta adversidad y desprecio harían de mí, en la vida adulta, un sujeto indomable. Las negativas me pierden, me extravían, la resistencia arbitraria me enerva, los excesos de autoridad me desquician, las evasivas también, detesto el poder del Estado, los sentimientos de impotencia me incendian, los de subordinación, acatamiento obligatorio, sometimiento incondicional me perturban y me agreden. ¿Anarquista? Sí, tal vez lo sea. ¿No es una maravilla el anarquismo, una de las máximas utopías? Vivir sin autoridad. Aquí nadie da órdenes. La comunidad se conduce dentro de reglas establecidas y las asume por propia convicción y conveniencia recíproca. ¿Qué tal?

¿Y Karin? Nos habíamos conocido en la escuela preparatoria. Nunca había visto a una mujer tan hermosa y llena de vida. Creí, en ese entonces, que jamás volvería a encontrar a una persona que la superara en sus cualidades. ¿Deportista? Sí, sí, lo era, aun cuando, debo aceptarlo, no de las mejores, pero al fin y al cabo deportista. De estatura media, pues como antes dije, nunca soporté a las muchachas más altas que yo, ni siquiera a las de mi tamaño, ella reunía todos los requisitos, de la misma forma en que sus manos —una obsesión para mí en lo que hace a la imagen femenina—, espléndidamente bien cuidadas, proporcionadas y blancas, muy blancas, me llamaban continuamente a acariciarlas y a besarlas. Si se trataba de dar un concierto de piano con la orquesta del colegio, ahí se ofrecía ella a participar y a ensayar compulsivamente, recorriendo una y otra vez el teclado, cambiando cuantas veces fuera necesario las páginas para repetir hasta darse por satisfecha, el pasaje deseado. El padre de Karin, alemán de nacimiento, le inculcó la importancia de la disciplina, el coraje de la constancia, el ánimo del vencedor y la risa del triunfador. Nadie podía permanecer serio cuando ella festejaba una anécdota o reía festejando un chiste. Contagiaba de inmediato a los presentes, tanto con su sonrisa como con la paz interior que infundía en su entorno. ¿Cuál de nuestras compañeras se hubiera atrevido a decir que tenía unas piernas mejor torneadas que las de ella? ¿Cuál? Trilingüe natural, amante del canto, asistía a los ensayos del coro y llegó a viajar por medio mundo luciendo esa voz sin la cual el grupo coral palidecía y perdía una buena parte de su vitalidad. ¡Cuántas veces la vi ubicada al centro, enfrente de la directora, interpretando obras por lo general de autores alemanes, vestida con su traje azul claro, su falda más allá de la altura de la rodilla, su pelo rubio, ensortijado, peinado con caireles, cayendo sobre los hombros para despertar la envidia, evidente, clara, franca de mis condiscípulos! ¡Pobres, los acompañaba en su pena y en su dolor! Cuando sostenía las partituras entre sus manos parecía flotar, juro, lo juro, que en alguna ocasión levitó después de alcanzar una nota a la que sólo llegaban las cantantes italianas después de muchos años dedicados a educar la voz.

Si con algo me dominaba Karin no era con sus formas de mujer, un privilegio de la vista y de los sentidos, si a algo no podía oponerme ni lo resistía, si algo me derrumbaba y me abatía era al peso de su mirada. La fuerza de sus ojos me sepultaba en la esclavitud más abyecta y resignada. Ella lo sabía. Yo, por mi parte, distinguía con precisión el momento adecuado en el que decidía ser obedecida de inmediato. Claro que saltaba a besarla, a acariciarle el pelo, el rostro, a ponerme de rodillas, a verla, a contemplarla sin pudor ni reservas. Eso sí: nunca abusó de mi absoluto servilismo. ¿De qué me sirve ser rey si después de todo seguiré siendo tu esclavo? Así era, así fue y así sería. He ahí una muestra indiscutible de su inteligencia.

Salimos meses y años. Me resultaba evidente que nos llegamos a convertir en uno y que la separación, un rompimiento abrupto, bien podía costarme la vida. La altura y la intensidad amorosa en una relación siempre me produjeron vértigo. Viajábamos los fines de semana a su rancho en Tepoztlán cuando ambos éramos universitarios y ella convertía líneas dibujadas en el papel en edificios, en enormes volados, en espacios que pronto se convertirían en casas, en salones de congresos, en aeropuertos. La magia de los arquitectos. De un trazo firme en una hoja de papel blanco se desprendía un muro y del muro resbalaba agua en forma de cascada que al iluminarse en las noches creaba ambientes de sorpresa y recogimiento. Yo estudiaba leyes, ella construía mundos, creaba nuevos conceptos de vida. Cuántas veces la aparté del restirador y la besé en el cuello, en los labios y la atraje con fiereza hacia mí para devorarla mientras ella se dejaba hacer y se entregaba en apariencia, sin percatarme de que con una de sus manos tomaba la jarra de agua y me la vaciaba hasta la última gota dejándome pasmado y helado, momento que aprovechaba para salir corriendo ahogada en carcajadas como una chiquilla perseguida por el lobo de los cuentos hasta el jardín, al pie del Tepozteco, en donde alcanzaba a derribarla haciéndola tragar pasto para luego voltearla, inmovilizarla y, después de obligarla a arrepentirse de sus fechorías, hacerla mía mientras el sol me picaba en la espalda y a ella en el rostro.

Hacíamos recorridos a caballo por las haciendas abandonadas de Morelos. Nos apeábamos frente a un ojo de agua, teníamos uno favorito cerca de Cocoyoc, o en el recodo de un río y nos refrescábamos desnudos, nos amábamos en el preciso momento del cenit después de retozar con el agua, hundirnos, ahogarnos a carcajadas para festejar nuestra unión eterna, incomparable, indestructible. ¡Qué equivocados estábamos en nuestra juventud…!

Las coyunturas de la vida no nos favorecieron. El momento crítico llegó y nos sorprendió muy jóvenes. Al menos yo no me sentí listo, error de errores, tropiezo de tropiezos, equivocación de equivocaciones, para unirme en matrimonio con ella. Gran tontería. Yo no pasaba de ser un pasante muerto de hambre, confundido con mi carrera y con mi futuro. Buscaba justificaciones para existir, las razones para ser, explicaciones válidas que le dieran algún sentido a mi vida, que me llenaran de propósitos, de ideales, de objetivos claros y precisos. No podía con mi alma y ¿me iba a echar encima la de ella para amargarla con mis complicaciones, con las intervenciones de mi padre, de quien todavía en aquellos años no podía desprenderme? Tenía que dejarla ir y la dejé ir contra mi voluntad, mis deseos más genuinos y profundos, mi fervor reverencial hacia ella, mi admiración y mi amor más desbocado. Fui un cobarde. No me quise ver como tal pero lo fui, sí, sin duda lo fui. Sólo yo sé lo que la lloré, la extrañé y sufrí su pérdida a través de insomnios interminables, noches de angustia y de luna fija, inmóvil, colgada apática de la bóveda celeste. Karin, no, Karin, no, no, no… Y Karin se fue, se casó, se perdió en tanto yo me resbalaba incontenible al fondo de un pozo interminable tratando inútilmente de arañar las paredes musgosas, de detenerme de alguna manera antes de ir a dar quién sabe cómo al espejo de agua después de una caída que, por lo visto, nunca iba a tener final. Si ese fue el momento de la precipitación al mundo del más allá basta imaginar los años que me tomó regresar a la superficie y volver a tener contacto con el sol, con el aire libre, apartado de una oscuridad nauseabunda y depresiva.

Laurel, una bellísima azafata norteamericana, me sacó del fondo del pozo casi un año después, cuando no quedaban ni rastros de lo que yo era. Fue una relación efímera pero, debo reconocerlo, gracias a ella recuperé la fe en la vida. Ella volaba la ruta de Nueva York-Ciudad de México. En uno de esos vuelos la conocí cuando regresaba de una universidad de la Urbe de Hierro. Con el tiempo contado, nuestras entrevistas amorosas nos dejaban rendidos, molidos, exangües, aun cuando, justo es decirlo, la resistencia a la separación matutina nos ayudaba a esperar abrazados el amanecer guardando todo el silencio posible para no despertar a la compañera de trabajo con la que obligatoriamente tenía que compartir la habitación. ¡Juventud, divino tesoro, te vas para no volver…! Todo se acabó cuando cambiaron su ruta y la reubicaron para dar el servicio a Hawai. Nos despedimos. La única comunicación que tuvimos semanas después fue una respuesta a una carta mía en la que le recordaba la pregunta que me había hecho el día que hicimos por primera vez el amor: ¿Cómo dices que te llamas, charrito mexicano?

Con la felicidad reflejada en sus líneas cerré el capítulo "Laurel." Su presencia fue la de una mano amiga que te rescata cuando una ola te azota y te avienta furiosa entre tumbos, golpes y fracturas. ¿Dónde está la superficie y dónde está el fondo? ¡Detengan esto, me muero, me ahogo, auxilio…! Laurel me rescató. Sanó mis heridas. Me obligó a beber champán, sí, a volver a la vida, a la reconciliación, a la risa, al amor, a la diversión y a las travesuras… Ven, tómame, sal, abre los ojos, despierta, siente tus manos, ve tu cuerpo, brinca, salta, date de cachetaditas con cariño, ve lo guapo que eres, charrito, disfruta tu sentido del humor, no enloquezcas, no vale la pena, percibe tu inteligencia: nada justifica la muerte ni la renuncia al sol. *Karin is gone, but you are here…*

—*Enjoy forever the meaning of only one small word: Now, my love, now…!*

Tienes mucho por hacer, *darling*… Bebe, veme, abrázame, huéleme, absórbeme, báñame, tócame, súbeme, bájame, resucita, charritou pendejitou… Gracias, Laurel, dondequiera que te encuentres, gracias, gracias, gracias… Tu hermana, la que hiciste favor de presentarme, estaba mona, ni hablar, pero nunca me gustó tanto como tú. Imposible sustituirte con nadie. A ti te debo mi proceso de resurrección…

A Karin no la volví a ver sino hasta más de un año después de haber roto con Moni. Había avanzado notablemente en la investigación de mi novela. Me recuperaba. Había tenido el tiempo suficiente para lamerme las heridas. Nos volvimos a encontrar una tarde, consultando títulos de novelas en una librería en uno de aquellos días en que teníamos que prepararnos para administrar la abundancia, según López Portillo… Al levantar la mirada di con la de ella. Sentí que el piso se abría y me tragaba. Me quedé petrificado. Le hice una radiografía inmediata. Como veas te verán: el paso del tiempo no la había dañado. Su mirada era, tal vez, menos brillante, carecía de la fuerza del lucero vespertino, pero era ella, Karin. Me acerqué, me acerqué mucho, tenía que verla a la mínima distancia sin tratar de disimular emoción alguna. Que las conozca o las reconozca. ¿Cómo mostrarle a ella, sí, a ella una doble cara, un doble rostro? ¿Mentirle? Si nunca recurrí a ese procedimiento cobarde, menos iba a hacerlo en esa situación. Palidecí y mis manos se me helaron y se humedecieron. ¿Qué más daba?

—¿Cómo estás? —pregunté cohibido.

—A ti mejor ni te pregunto, estás igual.

—¿Y tú? Cuéntame de ti, güereja —me atreví a llamarla como lo hacía una década atrás.

Un raro impulso me llamó a tomarla de la mano. ¿Y si había llegado acompañada? Me abstuve de besarla, ni siquiera como a una vieja amiga. Sí que era hermosa. No había cambiado. Tomamos un café. Dos. Tres. Agua, más agua. Hielo, más hielo. Empezaron a apagar las luces. Cerraban la librería. Era hora de marcharnos. ¿A dónde ir? Recorramos el mundo.

—Yo tengo un tapete, mágico, ¿te subes Nacho…?

—Con una condición…

—¿Cuál…?

—Que me dejes agarrarme muy fuerte de ti. Ya sabes que me aterrorizan las alturas…

—Péscate de donde quieras, chulo, pero, por lo pronto, vámonos de aquí. ¿Qué te parece un paseíto por la eternidad…?

Karin se había casado. Se había divorciado sin tener hijos. Haríamos la prueba, una prueba que deseábamos pudiera durar una, dos o tres vidas, por lo menos. Ésta vez nos casamos y no sólo eso, nos casamos con la música, con las artes, con el jugo de naranja, porque no tomaba ni una gota de alcohol ni comía carne de pescado ni de res ni de pollo, ella no devoraba cadáveres. Se alimentaba con frutas y legumbres, siempre y cuando éstas no hubieran crecido bajo tierra. Prohibido probar siquiera los tubérculos, las zanahorias o, en otro orden de ideas, imposible comer cualquier producto de origen animal como unos huevos rancheros con sus totopos o unos motuleños con sus rebanadas de plátano macho y sus chícharos: nada. Manzanas, peras, sandías, melones, zarzamoras y papayas, lechugas, coles, alcachofas y berenjenas. Limpiemos la sangre. Y eso sí Nachito, Nene, nada que te embrutezca aún más, ni el champán francés ni aunque sea tu odiosa Dom Perignon ni el whisky Blue Label que te reduce a la animalidad ni el viejo Calvados de la Normandía ni el licor de pera de la Alsacia ni los vinos tintos de Burdeos, veneno, veneno puro para la mente, te mata las neuronas, las pocas que tienes, amorcito, ni los fabulosos *steaks* de Smith and Wollensky ni las enormes papas de Idaho ni los *stone crabs* del Joe's: un crimen en contra de la naturaleza, al igual que el paté de *foie gras*, que exige la enfermedad del hígado del ganso para el deleite de los humanos. ¿Tragas cochinita en tus tacos? ¿Provocas la matanza de lechones hembras, maldito criminal? ¿Cómo te atreves a probar el caviar, la hueva del esturión y matas a millones de seres vivos de los que depende la supervivencia del género humano? ¿Rompes así, porque sí, con cadenas ecológicas? Asesino, Nacho, eres un asesino. Acabas con una simple mordida con seres vivos que tienen el mismo derecho o más que tú a existir… La explicación me conmovió porque ya antes Moni me había llamado piojo y ahora sucedía que un simple embrión de pescado, por cierto exquisito si se ingiere con un gran trago de vodka bien frío, tenía más derechos que yo…

—Pero, Karin, ¿cómo es que te eriges como defensora de los animales y tienes puestos zapatos de cuero? La piel, ¿no es un producto animal? ¿No tienen que matar a la bestia para que tú no uses botas de hule? Sé congruente, amor…

—La mejor congruencia consiste en hacerte una llave de judo o darte un karatazo: en mi otra vida fui —en su anterior matrimonio— yudoca y karateca, ponme a prueba, desafíame, fastídiame con tus preguntas impertinentes y te olvidas de ser escritor porque sólo podrás ganarte la vida como vendedor de lotería…

—¿Y tus guantes de piel? ¿Y tu abrigo de visón?

Entonces se me acercaba al oído, me llamaba al mismo tiempo con el dedo índice para que me acercara como quien desea contar un secreto para dispararme a quemarropa:

—¿Por qué no te vas a chingar a tu madre, maldito espantasuegras?

Nos besábamos, nos besábamos todo el día. El buen humor salvaguarda nuestra cordura. No hay nadie perfecto. Acepta resignadamente las debilidades ajenas tal y como el pinche prójimo tiene que aceptar las tuyas. ¿Quién puede arrojar la primera piedra para afirmar lo contrario? Karin, por su parte, tendría que cargar con un fantasma que vivía en diferentes mundos, un sujeto distraído, apartado, ausente, quien, como ella decía, si la cabeza fuera de quitar y poner bien podrías dejarla olvidada en cualquier baño. Y yo, Nacho, tendría que comer hierbas como cualquier rumiante y apartarme del bordeaux, del scotch, del paté, del caviar y, en general, de los manteles largos. ¿Qué más daba…? ¿O acaso iba a ir al restaurante Alain Ducasse en el Plaza Athénée, en París, a pedir una orden de buena alfalfa de la Dordoña ni siquiera servida a la mantequilla negra por ser producto animal? Una orden de alfalfa, *s'il vous plaît* y ¡ya! Agua sin hielo, por favor, que vamos a cantar. Nos cuidamos la garganta… La tenía a ella y sus fanatismos. Un ser humano íntegro, generoso, amable, pacífico, receptivo, comprensivo, cordial, estable y brutalmente inteligente. ¿Trataría de cambiarla? No: debo tomarla o dejarla como es. Aceptarla. La misma tarea le correspondía a ella. ¿Cuántas veces la dejé plantada por llegar a un lugar distinto y a una hora diferente de la convenida? Tolerancia, decía mi abuelo, la tolerancia es la clave de la supervivencia de todo matrimonio. Apréndete para siempre esa palabra mágica.

Por mi parte, continué investigando, derribando obstáculos y afianzándome en mis convicciones respecto a la identidad de los autores mercenarios contratados por el clero o por el gobierno para redactar una historia oficial adaptada a sus necesidades políticas, sociales, educativas en que permaneciera incólume la imagen pública de ambos. Quien enajena su información, su talento y su prestigio a cambio de un puñado de pesos está cometiendo un crimen social, un atentado contra una comunidad ya de por sí confundida, ignorante y desorientada. La conduce de nueva cuenta al despeñadero, a la ruina y a la desesperación, esta última una pésima consejera de la que se debe vivir apartado sin permitir que inyecte veneno en nuestros oídos. Seguir los pasos de José Francisco Ponciano de Jesús Orozco y Jiménez no fue una tarea fácil, como tampoco lo fue dar con los de Francisco Xavier Miranda y Morfi en el siglo pasado, ambos personajes ciertamente influyentes en la historia de México. Rastrear la figura de Luis Napoleón Morones no significó, ni mucho menos, el mismo esfuerzo que en el caso de los prelados, sin embargo su presencia en la vida de la nación debe ser aquilatada en su justo peso porque él, Morones, fue nada menos que el padre del sindicalismo mexicano, el mismo que, de acuerdo con Calles, empezó a embotellar al movimiento obrero suprimiéndolo, reprimiéndolo, sometiéndolo y conteniéndolo en un puño, negándole el derecho a una organización libre y democrática, la que era de esperarse a la conclusión del movimiento armado. Morones fue el primer cacique que mutiló las legítimas aspiraciones de los trabajadores, lucró con ellas en su beneficio y las utilizó, las manipuló a su antojo y en provecho de un sistema cada vez más cerrado y orientado a hacer callar y a controlar a los trabajadores del país como si se tratara de un solo hombre que aplaude la corrupción y la descomposición del gobierno. Morones fue un hombre leal y confiable, siempre y cuando se le respetaran sus elevadas cuotas de poder en el gobierno federal, en el de los estados de la República y en las cámaras de diputados y senadores y, por supuesto, se le permitiera robar y enriquecerse impunemente y sin limitación, en el marco de un liderazgo absolutamente podrido llamado a inmovilizar a la patria, mientras él saqueaba tranquilamente la tesorería del país ante la mirada "distraída" del jefe del Estado. Ese era uno de los precios de su lealtad. Las revoluciones, bien lo decía la historia, sirven para concentrar aún más el poder o no sirven para nada... Fidel Velásquez sería uno de sus alumnos más destacados, al igual que toda la cáfila de bandidos que invariablemente lo rodeaban y que lo sucedieron en el poder.

Recojo aquí un texto en el que consta la protesta de los trabajadores mexicanos, seguramente impulsados por Álvaro Obregón, que revelan la imagen pública de Morones a mediados de 1923:

Morones salió del taller, era esclavo, miserable como lo somos nosotros todavía, ganaba el pan con el sudor de su frente, producía para los burgueses y era nuestro compañero de miserias. Pero Morones no fue a la Revolución, se aferró al faldón del soldado y se hizo rico. Morones usa automóvil manejado por un esclavo, y otros esclavos atienden la comodidad de su persona: va a vuestros mítines en potente auto comprado con el sudor de los que sufren, de los proletarios, e insulta nuestra miseria con el escandaloso uso de alhajas adquiridas a costa del sudor de nuestra frente... Morones os dice, como decía Porfirio Díaz: que no estáis preparados para ningún movimiento libertario, que debéis soportar todavía por mucho tiempo el peso de vuestras cadenas, mientras él vive fastuosamente con el precio de su vergonzosa traición. Por eso ahora hemos acordado de una manera definitiva y concluyente desconocer a la Confederación Regional Obrera Mexicana, de la que éramos miembros, porque no queremos ya seguir sancionando el oprobioso espectáculo de la "mafia amarilla". Invitamos fraternalmente a todos los compañeros de clase y de lucha que se unan.[31]

¡Claro que se trataba de embotellar al movimiento obrero! ¿Al movimiento obrero, nada más…? Por supuesto que no: el objetivo político de la diarquía Obregón-Calles consistía en embotellar también a la prensa libre, a los periodistas y a los caricaturistas, sin olvidar a los malditos columnistas; a la democracia, a la libertad, a las instituciones, a los derechos electorales, a la Constitución; embotellar a los legisladores, a los senadores y a los diputados, a la sociedad en general; a las autoridades encargadas de impartir la justicia, embotellar a cualquier autoridad, es decir, embotellar todo. México, según los nuevos gerifaltes, no estaba listo para la democracia; es más, nunca estaría listo… ¿Embotellar…? Bueno, en realidad, volver a embotellar, a controlar disfrazadamente a la nación, como en los mejores tiempos del tirano, de Porfirio Díaz, ¿cuál don Porfirio…? ¿Don…? México adoptaba veladamente el mismo sistema autoritario y venal como si la revolución y su millón de muertos fuera una mera cuestión de estadística y la Carta Magna no pasara de ser un conjunto de buenos propósitos, un simple catálogo de deseos sociales que algún día, a saber ni cuándo ni cómo, podrían materializarse.

¿Justicia? El 23 de julio de 1923, Francisco Villa, en realidad Doroteo Arango Arámbula, el querido y respetado general de la División del Norte, el famoso Centauro, fue brutalmente asesinado en Parral porque afirmó, entre otras declaraciones, "que Fito de la Huerta, un buen hombre con defectos, señor, pero son debidos a su mucha bondad, no se vería mal en la Presidencia de la República". Villa no fue llamado civilizadamente a juicio alguno para responder por su conducta, cualquiera que ésta hubiera sido. ¿Carranza sí…? Se volvió a olvidar el contenido promisorio del artículo 14 de la Carta Magna, aquello de que "nadie podrá ser privado de la vida… sino mediante juicio seguido ante los tribunales previamente establecidos, en el que se cumplan las formalidades esenciales del procedimiento". ¿Qué? ¿Cuál Constitución Política de los Estados Unidos Mexicanos, la votada con tanto orgullo patrio por el Constituyente de 1917? ¿Cuáles garantías individuales? ¿Cuál evolución social de México? ¿Cuál México moderno, el del imperio de la ley…?

Mi general dorado, un ideólogo de la revolución, impulsor de la reforma agraria y defensor del antirreeleccionismo, un campesino con talla de estadista, amado por todos los suyos, el último promotor de la nueva Constitución, según contaba Martinillo, tenía que ser asesinado, liquidado, baleado y rematado: su desaparición de todos los escenarios del país era impostergable e inevitable. Sólo faltaba la orden de fuego. Tenía que producirse una lluvia de balas de alto calibre, balas expansivas, balas disparadas a mansalva, balas alevosas, balas criminales que acabarían con la vida de un mexicano ejemplar, de esos que nacen una vez cada dos siglos... Todo estaba perfectamente organizado. Un vendedor de dulces se quitaría el sombrero cuando Villa pasara frente a él a bordo de su automóvil. Tenía que verlo, comprobar su presencia en el interior del vehículo y hacer de inmediato el movimiento con el sombrero. La señal esperada. Los asesinos cortan cartucho. Están seguros de que podrán abrir fuego contra su presa en cualquier momento. Se apostan, cada uno, en su lugar. Cuentan con todo el tiempo para apuntar cuidadosamente. Lo hacen, sin embargo, con el pulso tembloroso. No cualquiera se atreve a dispararle a Pancho Villa. Su fama de héroe invencible impone a los criminales. Cuando en la última esquina el vehículo de mi general da la vuelta, se accionan los gatillos. La descarga de fusilería es atroz, imponente, ensordecedora. Los rifles escupen fuego una y otra vez. Aciertan. Vuelven a acertar. Hacen blanco desde todos los rincones con suma facilidad. Cargan. Vuelven a disparar hasta que se hinchan los dedos índices. Un regimiento, una división, todo un ejército disparaba desde una casa siniestra para acabar con la vida del famoso divisionario y con la de sus compañeros de viaje. No debe sobrevivir ni uno solo para contarlo. Aquí nadie puede contar nada: ¿entendido? El famoso Dodge de mi general se enfila en dirección a un árbol contra el que se estrella. Su motor se silencia de inmediato. Al mismo tiempo acallan las bocas de los rifles humeantes de los criminales. En el amanecer de Parral sólo se escuchan lamentos aislados, ayes de dolor que se van apagando gradualmente. El silencio ahora es total, sólo interrumpido cuando uno de los asesinos sale de la casa alquilada para disparar a quemarropa el tiro de gracia sobre el cráneo desecho de mi general, quien se encuentra colgando de la puerta del vehículo con la mano derecha todavía sobre su pistola, como si quisiera desenfundarla y morir combatiendo. Las balas expansivas le habían destrozado el pecho y la cabeza. Su fotografía macabra se sumará a la de Zapata, a la de Carranza y, más tarde, a la de Obregón, porque el que a hierro mata, a hierro muere… a veces, sólo a veces…

Plutarco Elías Calles recibe un telegrama en clave. Lo abre precipitadamente. Rompe el sobre sin recurrir al cuchillo de obsidiana negra que usa como abrecartas. La angustia se refleja en sus dedos. Se encuentra solo, absolutamente solo. Apenas se estaba reponiendo de la dolorosa operación de la mandíbula a que se había sometido en Estados Unidos. Choca el puño derecho contra la palma de la mano izquierda. ¡Ya está, carajo! Telefonea a Obregón sin pérdida de tiempo.

—Uno menos, Álvaro: Pancho ya no saldrá de la cárcel ni del hoyo.

—¿No hay duda?

—¡No!, no la hay. Fue rematado. Tengo todas las garantías.

—¡Uf! Veremos la reacción de la prensa…

—Estaba lleno de enemigos…

—Cierto, siempre fue muy impulsivo, pobre…

—Tú me dirás cuándo anunciamos al público mi candidatura. Con Morones te había mandado decir lo conveniente que sería mi separación del gabinete para evitar alguna crítica, aunque infundada, que pudieran hacer nuestros enemigos: pero me separaré cuando tú lo juzgues conveniente, y para el caso, te agradeceré que me mandes formular mi renuncia en los términos que juzgues convenientes, pues tengo la seguridad de que para estos casos tu golpe de vista es el mejor…[32]

El Manco sonrió. ¡Qué estilo…!

—Esperemos al acuerdo con los gringos. "El asunto debe aplazarse por algunos días hasta que se conozca el resultado definitivo de las conferencias de nuestros delegados, el cual espero se dará a conocer definitivamente antes del 15 del próximo agosto; pues siendo este asunto de la más alta trascendencia y estando tan próxima su resolución, creo que el resultado debe esperarse antes de provocar ningún cambio…"[33] O en otras palabras —agregó cáusticamente el Manco—, debes lanzarte cuando nos garanticen el abasto de armas y la lana… Primero cubrámonos las nalgas, ¿no crees? —una carcajada—. Ya le cobré la pérdida de mi brazo derecho, paisanazo —otra carcajada.

—Te tendré informado, hermano…

Sangre, sangre, más sangre, nuestro pasado lo ahogamos en sangre. Fuimos y somos incapaces de hablar, de parlamentar, de negociar. Nos resulta difícil, si no es que imposible, recurrir a la fuerza de las instituciones para lograr la imposición del mejor argumento. En lugar de apelar a la ley, resolvemos nuestras diferencias con las manos a la antiquísima usanza del paleolítico. Nuestra conducta es cavernícola. Nos matamos y nos volvemos a matar entre nosotros sin percatarnos de la velocidad en que nos precipitamos en el atraso, en el oprobio y en la vergüenza. La voluntad que subsiste es la del más fuerte, finalmente la de quien más mata, sin que necesariamente gobierne mejor. La historia de México está saturada de traiciones y conjuras, ejecuciones sin juicio previo y asesinatos, emboscadas y sabotajes derivados de las luchas para alcanzar o mantener el poder. Como última expresión de la razón y en nombre de la libertad, el progreso o el respeto a la Constitución o a una simple orden inconfesable, los pelotones de fusilamiento han segado la vida de muchos hombres ilustres ante la inutilidad del diálogo, la consigna sorda y la lucha fratricida por retener la autoridad y el mando. ¿Qué hicimos con nuestros "padres fundadores", además de otros personajes no menos notables? ¿Miguel Hidalgo? ¡Fusilado! ¿Allende? ¡Fusilado! ¿Aldama? ¡Fusilado! ¿Jiménez? ¡Fusilado! ¿José María Morelos? ¡Fusilado! ¿Miguel Bravo? ¡Fusilado! ¿Francisco Javier Mina? ¡Fusilado! ¿Iturbide? ¡Fusilado! ¿Vicente Guerrero? ¡Fusilado! ¿Ignacio Comonfort? ¡Asesinado! ¿Santos Degollado, el gran Santitos? ¡Asesinado! ¿Melchor Ocampo, uno de los grandes autores de la Reforma? ¡Asesinado! Y ya, a principios del siglo xx: ¿Aquiles Serdán? ¡Asesinado! ¿Francisco I. Madero? ¡Asesinado! ¿José María Pino Suárez? ¡Asesinado! ¿Gustavo Madero? ¡Asesinado! ¿Belisario Domínguez? ¡Asesinado! ¿Serapio Rendón? ¡Asesinado! ¿Adolfo Gurrión? ¡Asesinado! ¿Emiliano Zapata? ¡Asesinado! ¿Venustiano Carranza? ¡Asesinado! ¿Ricardo Flores Magón? ¡Asesinado!

Y ahora Francisco, Pancho Villa, también asesinado...

Benito Juárez se lo preguntó mejor que nadie: ¿Por qué México, mi país, es tan extraño que está formado, a mitad y mitad, de una fuente inagotable de ternura y de un pozo profundo de bestialidad?[34]

Esa bestialidad a la que se refiere Juárez, ¿no es la misma que se exhibía cuando se utilizaba un hierro al rojo vivo para marcar en la cara a los esclavos americanos de Carlos V? ¿O será aquella que mostraban los habitantes del México precolombino cuando se atormentaban a sí mismos perforándose las orejas, la lengua y otras partes del cuerpo con largas espinas de maguey? O bien, ¿la bestialidad se veía reflejada en el hecho de levantar la piel del pene con unas navajas para introducir unas varitas de paja a lo largo de la carne viva del miembro, acción que si bien producía un dolor inenarrable, no era nada cuando a aquéllas se les prendía fuego con el ánimo de obsequiar a los dioses con el humo? Imposible olvidar cuando, entre cinco hombres, obligaban a acostarse boca arriba, sobre una losa, a un condenado mientras le sujetaban la cabeza, los brazos y las piernas para facilitar el trabajo de un sacerdote, quien elevaba un cuchillo de obsidiana entre ambas manos asestando un tremendo golpe en el pecho con el que rompía las costillas y arrancaba, entre gritos de horror, el corazón para exhibirlo, todavía palpitante, ante el público antes de depositarlo en una pequeña vasija frente al altar. ¿No sacrificaban a ciertas personas arrojándolas a una hoguera, tal vez anticipándose a la pira inquisitorial de la benévola iglesia católica, para extraerles el corazón aún latiendo antes de morir calcinados? ¡Que no se olvide tampoco la costumbre de degollar a dos mujeres esclavas en lo más alto del templo para desollar cuidadosamente su cuerpo, de tal manera que al día siguiente dos indios principales pudieran vestirse con los cueros todavía húmedos y utilizar los rostros como máscaras! Y ya que hablamos de barbarie, recordemos la antropofagia de los aztecas, cuando éstos, según fray Diego Durán, le enviaban a Moctezuma el muslo de un prisionero para que lo comiera en un banquete público, a sabiendas de que el resto del cuerpo lo devorarían entre los principales y sus familiares servido con maíz, eso sí, hervido, en una escudilla o cajete…

Sería conveniente buscar en ese salvajismo prehispánico el rastro de la sangre con la que se ha escrito la historia patria, pensé durante unos instantes.

Muerto Villa, ¿muerto…?, bueno, dicho sea sin eufemismos, acribillado a mansalva, a continuación se debería dar el siguiente paso: llegar a los acuerdos necesarios con los gringos para que del reconocimiento diplomático de Obregón se desprendieran las armas y los recursos financieros. México ya resentía presiones de sus acreedores europeos y éstos, a su vez, exigían a la Casa Blanca, a través de los conductos adecuados, la solución del problema mexicano antes de tener que enfrentar un nuevo conflicto originado en nuestra eterna insolvencia. Calles y Fito de la Huerta discrepaban del presidente en las concesiones a otorgarle a los petroleros norteamericanos a cambio de la suscripción del tratado. Carranza había defendido el patrimonio nacional con dignidad, patriotismo y audacia muy a pesar de la catarata de amenazas recibidas ante su justificada intransigencia. Don Venustiano había cumplido en ese sentido con sus elevados deberes como primer mexicano; sin embargo, el secretario de Gobernación obregonista tenía que escoger entre la Presidencia de la República o un nuevo desconocimiento de la Constitución del que se derivaría el despojo de una parte de los recursos naturales de México.

—Por lo menos, Álvaro —alegaba Calles—, no te obligues a un acuerdo escrito en materia petrolera ratificado, además, por el Congreso: trata de dejarme las manos libres para poder maniobrar políticamente durante mi gobierno. Las palabras se las lleva el viento... Habla, maréalos, duérmetelos, pero no firmes nada que implique la entrega del oro negro.

¿El suelo y el subsuelo son propiedad de la nación? Bueno, sí, pero con algunas variables, ¿es claro, no...? No seamos tan radicales. El Turco tendría que apoyar a Obregón y aceptar la comisión de otra felonía al ignorar, una vez más, la Carta Magna con tal de poder cruzarse en el pecho la banda tricolor con el águila azteca grabada con hilos de oro. Ambos decidieron traicionar a la patria y la traicionaron...

¿En qué hubiera consistido la sumisión a los principios políticos ortodoxos? Muy sencillo: en respetar la democracia supuestamente conquistada a raíz del movimiento armado. ¡Que México hablara, que México protestara, que México decidiera su porvenir, ya era hora, muy a pesar de las masas analfabetas que, tal vez, ni concurrirían a las urnas! Es decir, en lugar de que Obregón se convirtiera en el gran elector y heredara un ejemplo catastrófico que infligiría daños irreversibles al país en las futuras generaciones, tenía que haber dejado en manos de la ciudadanía la decisión final respecto a la identidad de la persona llamada a ocupar la jefatura del Poder Ejecutivo Federal. Ni Obregón ni Calles tenían por qué apresurarse a suscribir unos tratados reñidos con nuestras leyes y principios sólo porque deseaban hacerse del armamento necesario para imponer por la fuerza la candidatura del Turco, ignorando la voluntad ciudadana. Que el pueblo decidiera el perfil del candidato idóneo para llegar a Palacio Nacional. ¿Que el electorado se hubiera podido equivocar? ¡Por supuesto! ¿Y Obregón no podía cometer el mismo error al nombrar él mismo a su sucesor, en lugar de que lo hiciera la mayoría de los mexicanos? ¿Que la nación hubiera votado masivamente por el aspirante apoyado por la iglesia católica y hubiera ganado porque desde los púlpitos se hacía política a pesar de las prohibiciones constitucionales? ¡Claro que ni el clero ni el ejército ni los presidentes ni los políticos ni la población, es más, nadie respeta las leyes en este país, de acuerdo, sólo que cada quién invariablemente tendrá un pretexto superior para oponerse al arribo de la democracia! De la misma manera en que un infante aprende a andar dándose golpes, una nación joven tendrá que aprender, en carne propia, las consecuencias de sus decisiones en las urnas. Ya está bien de padres protectores que interpretan el sentir de las masas. ¿Nunca vamos a aprender a andar? Equivoquémonos extrayendo experiencia de nuestro proceder. No somos menores de edad. Las lecciones son dolorosas, en efecto, pero ayudan a construir el porvenir que creemos merecernos.

¿Llegaron los católicos al poder, los ensotanados, camuflados como siempre? ¿Ellos mandan ahora?

¿Y cómo fue su gestión pública?

Un fracaso total.

Pues ya no voten por ellos, castíguenlos con las boletas electorales.

Es que cuando los sacerdotes o los militares llegan al poder se aferran a él y sólo es posible largarlos a balazos y los balazos nos atrasan, nos hunden, desperdiciamos fuerzas y energía que bien deberíamos utilizar en trabajar, en crecer, en prosperar y no en someter a los caudillos o en derrocar a los tiranos. Mientras el acceso al poder no se institucionalice, México no evolucionará. ¿Por qué nos tocaron esas lacras?

Es la herencia española. Pero, a ver, ¿Juárez no era un político laico? Ni era militar ni mucho menos de extracción clerical…

Juárez murió con la banda presidencial en el pecho, como hubieran querido hacerlo Porfirio Díaz, Victoriano Huerta, Venustiano Carranza, Álvaro Obregón y, como sin duda deseará acabar sus días Plutarco Elías Calles. Laicos, católicos o militares, todos quieren eternizarse en el poder y si a todos vamos a sacarlos a balazos nunca terminaremos los procesos revolucionarios y México se hundirá en el ayer y en el atraso que sólo crea, a su vez, más desigualdades sociales contra las que los mexicanos luchamos a través de nuevas revoluciones… ¿Te das cuenta cómo es un círculo vicioso?

¿Y cuál puede ser el remedio…?

La creación de un partido político en el que quepamos todos, en el que se pueda satisfacer el apetito político de todos y se permita la posibilidad de robar impunemente a todos. Así ya no habrá resentidos…

Tarea difícil, ¿no…?

La política-ficción se nos da a los mexicanos con mucha facilidad. ¿No era, al menos, ese el objetivo del partido de la revolución institucionalizada, el PRI, un barbarismo político, filosófico y moral?

Un partido político en el que se le pudiera dar cabida a todos, ¿eso es democracia? ¿O mejor dicho, ya nos encaminábamos hacia la dictadura perfecta?

El presidente Harding había hecho saber, a través de sus representantes Charles Beecher Warren y John Barton Payne, que garantizaría el reconocimiento diplomático de Obregón, siempre y cuando se concluyera con las disputas en torno a las propiedades agrícolas de los estadounidenses en México y se llegara a un acuerdo, aun cuando fuera oral, en relación a las inversiones de las compañías petroleras en el país. El jefe de la Casa Blanca sabía que sus pintorescos vecinos al sur de la frontera únicamente modificarían el artículo veintisiete de la Constitución cuando sintieran en la garganta la punta de las bayonetas yanquis. Tendría que buscar una solución eficiente para dejar a salvo los bienes de sus compatriotas durante el gobierno de Obregón, sin llegar a un conflicto armado ni tratar de modificar la legislación, algo así como el principio válido para administrar durante tres siglos a la Nueva España: Obedézcase, pero no se cumpla… ¿Qué tal…?

Cuando Alberto J. Pani, Ramón Ross y Fernando González Roa avanzaban rápidamente en las discusiones y términos para poner en manos de sus contrapartes estadounidenses los supremos intereses del país de la manera más decorosa posible, en uno de los momentos críticos, cuando estaban en el umbral del acuerdo definitivo, al punto del ¡salud, colegas!, sucedió exactamente lo que Obregón tanto temía. De golpe se materializó el peor de sus miedos.

En sus sueños se repetía, una y otra vez, la pesadilla de sentir cómo caía en un precipicio sin final. Despertaba en las noches con el pulso acelerado, las sábanas empapadas de sudor y con el pecho al aire al haber tratado de abrir la camisa de la pijama y arrancado, en su angustia, todos los botones.

Calles le había sugerido, a lo largo de una de sus interminables pláticas en las avenidas del Bosque de Chapultepec, que, por favor, se abstuviera de llamar a la mala suerte pensando en que Warren Harding, el presidente de los Estados Unidos, siguiendo la maldición impuesta por Tenskwatawa, el profeta indio Shawnee, pudiera fallecer en el ejercicio del cargo por haber sido electo en un año que terminaba con el número cero. ¿Cómo crees que un indio piel roja va a poder influir en una situación de esas con sus profecías? Seamos serios Álvaro, seamos serios… Los antecedentes son meras casualidades…

Serios o no, casualidades o no, maldiciones válidas o no inspiradas al sonido de los tambores mientras Tenskwatawa bebía una pócima hecha con veneno de víbora de cascabel y sangre de castor macho recién parido, lo cierto es que Harding, el mismísimo jefe de la Casa Blanca, falleció repentinamente el 2 de agosto de 1923, víctima de un paro cardíaco originado por la presión sufrida por un grupo de cercanos amigos, conocidos como la "Banda de Ohio", acusados de haber incurrido en negocios ilícitos en los que estaba involucrado su gobierno.[35] Se trataba de otro presidente electo en un año que terminaba en cero, y muerto antes de terminar su administración. De modo que Tenskwatawa se las traía… Obregón y Calles se paralizaron. Se vieron el uno al otro al rostro en busca de explicaciones racionales. No las encontraron.

—No me culpes a mí, Plutarco, de que jalo nada, el vejete se murió porque le tocaba. Sólo los guajolotes se mueren en la víspera de la Navidad… ¡Qué fácil sería jalar también lo bueno y que los conflictos se resolvieran jalando con la mente. Esas son pendejadas de beatas de sacristía, perdóname, pero lo son…! Ya no me digas que jalo nada, ¿quieres?

—Mis informantes me han venido comunicando que Calvin Coolidge, ya desde la vicepresidencia, apoyaba a Harding para que se suscribieran los acuerdos. No nos preocupemos de más —repuso sin hacer la menor alusión a las beatas.

—Yo creo, según me dicen, que todo va, todo sigue, continuamos, pero el pinche sustito que me dio Pani al comunicarme la noticia casi me provoca un doble ataque al corazón. Salté como si hubiera metido el pie descalzo en un zapato lleno de alacranes...

—¿Doble...?, ¿por qué doble...? —cuestionó cauteloso Calles en espera de otro chascarrillo a los que era tan proclive su paisano.

—Sí, doble, porque, por un lado, la desaparición repentina de Harding puede alterar nuestros planes para lograr el reconocimiento en el corto plazo, lo único seguro es la muerte... y, por el otro, porque yo también fui electo, no lo olvides, en un año que termina en cero, carajo...

—Eso déjaselo a los gringos, Álvaro, no me vengas con que crees en la maldición de Acamapichtli o en la venganza de la Malinche: ahora eres tú quien está diciendo pendejas.

—Estoy incómodo, Plutarco, siento como un vacío en el estómago.

—El vacío déjamelo a mí. Tú ya te vas, ¿qué sentido tendría que te mataran? En ese caso el blanco sería yo, porque no todos me quieren y desearían torpedear mi arribo a Chapultepec con cuanto petardo tuvieran a la mano.

Obregón arrugó el entrecejo. Guardó silencio. Paseó la mirada de arriba abajo revisando de cuerpo entero a Calles. No logró obtener ninguna otra sensación.

—Yo te dije que Harding murió de un paro cardíaco, nadie habló de matar... ¿Matar...? ¿Por qué matar...?

—Bueno, en ese caso —contestó Calles sin darse por aludido y casi tartamudeando—, tú tienes mejor salud que yo: mis achaques no me dejan en paz, además, en orden cronológico, yo soy mayor, hermano...

En agosto 15 de 1923 se llegó finalmente a un acuerdo en torno a los Tratados de Bucareli. La solución "a la mexicana" se dio sin tocar en lo absoluto la Carta Magna. Que nos escuchen con toda precisión los reaccionarios de todos los tiempos: no daremos un paso atrás en el nuevo orden jurídico establecido a raíz de la revolución. Ni uno solo, ¿está claro, clarísimo? Jamás complaceremos a los reaccionarios, a los causantes del atraso en el país, a los enemigos del progreso, pero eso sí, retrocederemos en materia política, legal y social, cuantas veces sea necesario, en todo aquello que nos impongan las circunstancias para facilitar nuestra estancia en el Castillo de

Chapultepec. ¿Confuso…? Cuidado con los calificativos y con los arrebatos emocionales: nada de hablar de traiciones ni de felonías… De la misma manera en que la lana es la lana, el poder es el poder… La historia nos ha enseñado hasta la saciedad que quien lo suelta, jamás lo recupera… De acuerdo a los conceptos anteriores, tan banales como cerriles, se permitió oralmente, para no dejar huella, que las empresas petroleras siguieran explotando nuestros yacimientos, las riquezas de nuestro subsuelo, supuestamente propiedad de la nación, tal y como lo venían haciendo desde principios de siglo, "sin otra alteración que la de una simple sustitución jurídica de sus derechos de propiedad". La ley suprema se mantuvo inalterable; el despojo de los bienes de la nación continuó inalterable; la explotación de nuestros veneros siguió inalterable; las violaciones constitucionales observaron un ritmo inalterable. Todo permaneció inalterable… El proceso de putrefacción del gobierno, también… Por algo afirmaban los chinos, y con justa razón, que lo primero que se pudre del pescado es la cabeza…

"No se aplicará retroactivamente la Constitución en los casos en que los dueños de terrenos o los propietarios de derechos petroleros hubieran hecho saber, antes de que aquella entrara en vigor, su deseo de trabajar el subsuelo petrolero." ¿Qué…? ¿Cómo…? Las Constituciones son retroactivas por definición. Imponen un nuevo orden jurídico, nuevas reglas de convivencia, nuevas bases de organización política, una nueva estructura del Estado, nuevos derechos, nuevas obligaciones, nadie podría argumentar en su beneficio los principios de una Carta Magna derogada. ¿Qué hacer para no dar ni un paso atrás, sino muchos y muy largos en la misma dirección, sin que pareciera una infamia? Un simple acuerdo oral con los diplomáticos enviados por Harding y Coolidge derogaba de golpe el máximo código nacional, el supuesto orgullo de los mexicanos.

¿Todo por qué? Porque Obregón había decidido imponer a Calles, a como diera lugar, como su sucesor. De la Huerta se opuso. De la Huerta fue ignorado. Vasconcelos se negó. Vasconcelos fue ignorado. Alessio Robles lo condenó. Alessio Robles fue ignorado. Piensan en la renuncia. El gabinete obregonista entra en crisis. El gabinete fue ignorado. ¿La nación advierte y denuncia? No, la nación permanece apática, como si asistiera a una representación teatral en la que la trama no fuera de su incumbencia. Si protestara también sería ignorada. Aplaudirá o llorará pero, acto seguido, permanecerá inmóvil. El principio y el final se contemplan desde la butaca. No hay más. Telón. Los integrantes del Partido Cooperatista en el Congreso de la Unión pronuncian discursos incendiarios. Demuestran su coraje y valentía. Se exponen. Los legisladores fueron ignorados a pesar del griterío. ¿No basta con ignorarlos…? ¿No…? ¿No entienden…? ¡No…! ¿Diputados y senadores cooperatistas siguen de bravucones entorpeciendo la marcha patriótica de los asuntos públicos? ¿Ah, sí…? Entonces que venga Morones, don Luis Napoleón: ¡Hay que matarlos, Gordo…! Ocúpate de ellos… Usa veneno, sogas, pistolas, asfíxialos con las manos o haz que los atropelle un automóvil conducido por un borracho a cambio de cuarenta pesos… Es igual: México te lo agradecerá de la misma manera en que Dios sabe premiar a sus fieles… A éstos los recompensan en el más allá; nosotros aquí en la tierra, con dinero, mucho dinero, o con puestos públicos para robar a placer… ¿Qué tal? Escoge: ¿la gloria o la lana o ambas, al fin y al cabo las indulgencias plenarias están al alcance del enorme bolsillo de los ricos? Los pobres que se jodan, como siempre… Ellos no conocerán la justicia ni aquí ni en el cielo, y todo por falta de recursos económicos. ¿Cuánto cuesta el paraíso?

Los Tratados, llamados de Bucareli, se aprobarán por las buenas o por las malas. Ley de vida. Regla política doméstica. La prensa también sería ignorada. Calles llegará porque llegará. ¿Que no se puede ignorar la voluntad política del pueblo de México…? ¡Ay, mira, mira: no me vengas a tratar de espantar con un fantasma! Tu dichoso pueblo sólo sirve, si acaso, para poner los muertos en las guerras civiles y para cantar el himno, por lo general, siempre desafinado y entonado con decepcionante apatía… Una nación exhibe la fortaleza de sus convicciones al cantar su himno, al interpretar cada una de sus estrofas con pasión, entusiasmo y orgullo, sin retirar la mirada del firmamento, saludando devotamente su bandera con un nudo en la garganta y la piel estremecida, de pie, erguido como una tabla, sin parecer un grupo de aburridos peregrinos que entona monótonamente la letanía de las posadas antes de entrar a beber el ponche navideño… Bienvenida, señores, la nueva democracia mexicana, la conquistada después de los años negros del movimiento armado: ¡Bienvenidas la libertad y las garantías individuales en estos promisorios años veinte! ¡Valió la pena el sacrificio! Inclinemos nuestra cabeza para glorificar a los nuevos padres de la patria… Descansen en paz los muertos… Ni su sacrificio ni su inmolación fueron en vano… ¡Viva,

viva Obregón, viva el gran héroe inmaculado de la revolución! Levantémosle un monumento... Se lo merece...

El día 22 de agosto de 1923, cuando apenas habían concluido los servicios funerarios de Harding y éste acababa de ser enterrado con todos los honores relativos a su elevada investidura, es recibida la conformidad del presidente Coolidge. Ya hay convenio. Estamos. Firmemos lo firmable. Mostremos lo mostrable. Hay una convención especial y una convención general que se refieren a indemnizaciones y a derechos agrarios. El acuerdo en materia petrolera es verbal y quedará sujeto a la dignidad política y personal de las partes. El gobierno mexicano es autorizado para anunciar la reanudación de relaciones entre los dos países. Coolidge está orgulloso a pesar de que sus inversionistas no se muestran satisfechos. Nunca lo estarán. Ni aun anexándoles una buena parte de México obtendríamos su conformidad total. En ese caso protestarían porque en los nuevos estados petroleros, ahora ya americanos, más estrellas para nuestra bandera, tendrían que someterse coactivamente a leyes estadounidenses, a diferencia de los países bananeros, en donde no pagan impuestos ni se les controla cada gota de aceite producido. ¿No es más conveniente, mis muchachos, imponer con la ayuda de nuestras cañoneras a un dictador hecho a sus necesidades que les permita practicar la evasión fiscal a placer, a cambio de incluirlo en la nómina negra de sus empresas con tal de que proteja sus intereses? Hagamos equipo para captar dólares. Procedamos, pero cancelemos, al menos por el momento, las presiones en contra del gobierno obregonista...

Los primeros tres años de la administración del Manco se distinguieron por las dificultades diplomáticas, las amenazas y las grandes tensiones, pero al fin y al cabo se impuso la mejor de las razones. A escasas horas de la llegada del anhelado telegrama proveniente de la Casa Blanca al escritorio de Henry P. Fletcher, el embajador del tío Sam, Obregón es notificado: su gobierno ya no será ilegal a los ojos del mundo. Ya puede contar con la amistad desinteresada de Coolidge y del pueblo de los Estados Unidos...

Calles no tardará en festejar la buena nueva. Su nominación se da a conocer puntualmente durante la Convención del Partido Laborista Mexicano, un mero apéndice de la CROM en la capital tapatía, el propio día 22. Las casualidades no existen en política.[36] El abasto oportuno de armas y dinero quedó debidamente garantizado. Morones se mostraba exultante. Estrenaba un nuevo anillo con un enorme diamante engarzado por un joyero belga. Su colección era impresionante. Finalmente sería nombrado secretario de Estado. Su lugar siempre estuvo en el gabinete, ni duda cabía, pero Obregón nunca lo había comprendido. El líder obrero se distinguía de lejos como el hombre más cercano del futuro presidente. ¿Que toquen las campanas para celebrar el acuerdo con la Casa Blanca? No tocará ni una sola, ¡qué va!, más aún cuando ya se conoce la candidatura de Plutarco Elías Calles, el maldito Turco, el Mefistófeles moderno, el mismísimo Lucifer encarnado, a la Presidencia de la República. Bergöend, Orozco y Jiménez, el padre Toral, Anacleto, Garibi Rivera, Miguel María de la Mora y el arzobispo Ruiz y Flores ven en el hecho de que Calles anunciara su candidatura en Guadalajara, precisamente en Guadalajara, el principal foco rebelde en contra de la ley y de la autoridad del gobierno, una advertencia temeraria. Ven venir al monstruo. Esto sólo podrá concluir en un baño de sangre. La violencia estallará. No hay acercamiento ni negociación posible con un enemigo de semejantes proporciones. Sabíamos que Obregón era un traidor. Este nombramiento es obra suya, única y exclusivamente suya, y suya será la responsabilidad de lo que de aquí en adelante ocurra…

Obregón confirma la buena nueva en su informe presidencial el día primero de septiembre de 1923: Estados Unidos y México reanudan sus relaciones diplomáticas. ¿Del petróleo y del precio de los acuerdos? ¡Ni una palabra! ¡Viva! ¡Viva! ¡Viva…! Imposible pasar a la historia encabezando un gobierno ilegal a los ojos del mundo. ¿Y a los de México…? Qué más da…

El Manco resuelve, junto con Calles, desconocer los poderes en el estado de San Luis Potosí. Una arbitrariedad en contra del Partido Cooperatista, el de Adolfo de la Huerta. Es la gota que derrama el vaso. Si los acuerdos de Bucareli habían resultado indigeribles, insoportables, un atentado en contra de la patria, el ataque a las instituciones potosinas se convierte en un conflicto ético insalvable para Fito de la Huerta, el secretario de Hacienda obregonista, su paisano, el presidente sustituto a raíz del asesinato de Carranza. El rompimiento es insuperable y la consecuencia directa no podía ser otra que la renuncia irrevocable. Ni Vasconcelos, secretario de Educación Pública, ni Miguel Alessio Robles, secretario de Industria y Comercio, soportan la imposición de Calles. Ambos también dimitirán. Adiós próximamente a una política editorial y educativa nunca antes vista en la historia de México. La crisis en el gabinete es grave, evidente. Calles va porque va. Punto. A otra cosa. Cambiemos el tema. Asunto concluido. La decisión es irrevocable. No se aceptan opiniones ni puntos de vista opuestos. Si es necesario recurrir a las armas para imponer su candidatura, que no cupiera la menor duda de que se recurrirá a las armas, para eso se habían entregado los yacimientos petroleros a los yanquis...

De la Huerta, el pacificador, el político constructor de instituciones, comprometido con el país y sus grandes causas, un demócrata respetuoso de las conquistas revolucionarias, sufre muchas noches de tortuoso insomnio antes de decidir aceptar su candidatura a la Presidencia, sobre todo después de haberse cansado de declarar su intención de no participar en los próximos comicios y de saber la trascendencia de su decisión. No ignoraba el estilo ni los alcances de sus paisanos sonorenses. Oponérseles constituía un suicidio político y personal. Se jugaba la vida y en el lance se aventuraba, una vez más, la estabilidad política de México. Obregón y Calles iban por todas. No cederían, cayera quien cayera, mataran a quien mataran, pasaran encima de quien pasaran, costara lo que costara. El cerco se fue estrechando. Bien pronto De la Huerta se dio cuenta de la imperiosa necesidad de recurrir a un movimiento armado si deseaba preservar la vigencia de las instituciones y velar por la modernización política y económica de México. Su temperamento conciliador era su peor enemigo. ¡Aquí no se trata de sentar a nadie alrededor de una mesa de negociaciones con el objetivo de hablar, de intercambiar opiniones, de ceder, de apartarse de los extremos para llegar a un acuerdo! No señores, no, entendámonos: se trata de matar. ¿Discutir? Ya agotamos la agenda antes de abordarla. Esto se resuelve a balazos. Quien tenga más tiros en la cartuchera, tenga el apoyo de Coolidge y sea más hábil en el manejo de las armas y en la conducción de los ejércitos, ganará la discusión. Empecemos. ¿Quién dispara primero? En el fondo es un problema de sangre fría. ¿Tú la tienes Fito...? ¿El *bel canto* endurece los sentimientos como los del sepulturero, quien no se conmueve ante el dolor ajeno? Obregón le prestará la Presidencia a Calles por tan sólo cuatro años. El presidente no entiende en ese momento otro lenguaje que el de las armas. Los argumentos son insustanciales, los calificativos surgen despuntados, insípidos, irrelevantes, al igual que las palabras no trascienden ni hieren ni dan en el blanco. Luego el Manco tratará de volver a ocuparla con el ánimo de no volver a desprenderse de ella jamás. Sueña con ser enterrado no sólo con la banda cruzada en el pecho, sino envuelto en el lábaro patrio. Es mío, es mío, México es mío… Porfirio, ¿cómo le hiciste…? Yo no me podría apoyar en la iglesia.

El 4 de diciembre Adolfo de la Huerta recibe un informe confidencial. Lo lee a solas y con todo detenimiento: Obregón y Calles, sus hermanos en los campos de batalla, sobre todo cuando se trataba de derrocar a Vitoriano Huerta, el chacal, han decidido matarlo, sus paisanos del alma lo van a asesinar. Arnulfo Gómez suscribe los pormenores del arresto del ex secretario de Hacienda, quien desde luego sabe, a ciencia cierta, en qué consiste una aprehensión al estilo obregonista… Querido Fito: ¿te negaste a dar clases de solfeo mientras yo me dedicaba a sembrar garbanzos en Sonora? Pues escúchalo bien: no volverás a cantar, es más, ni siquiera podrás ver, de nueva cuenta, la luz de la alborada. Te has extraviado, te has indisciplinado, has ofendido nuestra causa política, nos has desobedecido, osas enfrentarte a nosotros y tendrás que enrostrar las consecuencias… De la Huerta se sabe contra la pared. Se convence ahora más que nunca de que la única alternativa para acabar con la diarquía Obregón-Calles es organizar una sublevación armada de dimensiones nacionales para hacer respetar la vida, la libertad y la propiedad de todos los habitantes nacionales y extranjeros, deslindar las prerrogativas de los obreros y las obligaciones de los patronos, resolver el problema de la distribución de la tierra, hacer valer el peso de los sufragios, garantizar para siempre la soberanía del pueblo, permitir el derecho de las mujeres a elegir a sus gobernantes, intensificar los procesos de instrucción pública en forma práctica y, por todo ello desconoce al Poder Ejecutivo de la Unión, a los gobernadores de los estados y representantes del Congreso de la Unión que hayan secundado y secunden la labor imposicionista y conculcadora del presidente de la República… Dado en la Heroica Veracruz, a los siete días del mes de diciembre de 1923. Adolfo de la Huerta.

He ahí los puntos básicos del Manifiesto de Veracruz, suscrito por el mismo De la Huerta, en buena parte en contra de su voluntad porque hubiera preferido, una y mil veces, derrotar en las urnas a Calles a tener que hacerlo en el campo de batalla. ¡Que la ciudadanía decida, de ella depende el destino de México…! Falso, mil veces falso, el futuro está en la mano manchada de Obregón. El punto de vista del pueblo no será acatado ni respetada su voluntad en el momento de sufragar. Seamos civilizados. Consultemos a la opinión pública: ella tiene la última palabra. No provoquemos otro conflicto armado porque un tirano en ciernes desea perpetuarse en el poder. ¿Los mexicanos no aprendimos nada, ni siquiera las razones por las cuales estalló la revolución? ¿Y el chacal, el usurpador? ¿Obregón no sacó ninguna lección de Tlaxcalantongo? ¿Y el asesinato de don Venustiano? ¿Por qué entonces volver a desconocer la voluntad ciudadana, repetir una y mil veces la historia? La imposición de candidatos conduce a la violencia, otra vez a la violencia y, sin embargo, ahí va el Manco repitiendo el ejemplo de don Venustiano. Horror. ¿Por qué recurrir a las armas para dirimir nuestras diferencias en lugar de acatar el resultado de unas elecciones libres y limpias? ¿Nunca maduraremos? Sin embargo, bien lo sabía De la Huerta: no existía otra opción si se querían respetar los postulados del movimiento armado que recurrir a las balas, a las balas, sólo a las balas.

Por esos días el cónsul Wood y el vicecónsul Mayer entrevistan a don Adolfo en Veracruz. Su misión diplomática consistía en convencerlo de la importancia de aceptar la validez de los Tratados de Bucareli. Wood le urgirá al oído:

—Señor De La Huerta: nosotros nos hemos dado cuenta del apoyo que tiene de todo el pueblo, de todo el país, quisiéramos que no quedara usted descartado de la amistad de Estados Unidos. ¿Por qué no contesta usted diplomáticamente que va a estudiar el asunto? No dé una negativa rotunda.

—No —replicó De La Huerta—, yo no puedo dejar un solo minuto de duda sobre mi actitud con respecto a esos arreglos que ustedes mismos, en su conciencia, reprueban. Estoy seguro de que el señor Hughes y todos los elementos de su gobierno se dan cuenta de la infamia que cometen con mi país los hombres que actualmente dirigen su gobierno, después de haber oído mis puntos de vista y de haber quedado convencidos de que no debían exigir tratado previo ni privilegios especiales para sus nacionales, como se ha establecido.

—Sin embargo —insistió Wood—, mi consejo sería este: que dijera usted que lo va a estudiar.

—¿Pero cómo voy a decir que lo voy a estudiar si son asuntos que tengo perfectamente estudiados? —repuso sorprendido don Adolfo—. Yo los desmentiría a ustedes si lo dijeran. No quiero que se crea, ni ahora ni nunca, que he tenido vacilación alguna sobre ese punto. La sola sospecha de que yo hubiera podido vacilar, sería una mancha que caería sobre mis hijos.

—Pues lo siento mucho —comentó Wood—, porque realmente un hombre como usted, que tiene a toda la opinión pública de su parte, quedará descalificado. Hemos visto que aquí hay más que una revolución, un gobierno, pues está usted dando garantías que no siempre se encuentran dentro del terreno que domina Obregón y no quisiéramos, repetimos, que quedara usted descalificado.

—Qué le vamos a hacer —comentó De La Huerta.

—Pues va usted a perder…

El político estaba presente, no así el hombre con la garra, la determinación, la audacia, la enjundia y la tenacidad de un Obregón, además un gran estratega militar. El Manco lo tenía muy bien visto: dedícate al *bel canto*, Fito, educa tu voz y la de terceros. Pon una escuela de solfeo. Da clases de ópera y si quieres también de canciones rancheras, pero déjanos la alta política a Plutarco y a mí. Le tenía tomada la medida. De la Huerta había caído en la trampa diseñada por el presidente y por Calles, el candidato.

—El levantamiento de Fito nos permite llevar a cabo una gran purga en el ejército, Plutarco —conversaron en alguna ocasión a finales de diciembre de 1923, a bordo de un lujoso automóvil Ford del año cuando viajaban del Castillo de Chapultepec rumbo a Palacio Nacional.

—Fito mordió la carnada antes de lo que pensaba —adujo Calles mientras veía los esfuerzos de los empleados del Distrito Federal para desahogar un inmenso charco, producto de otra inundación de las que padecía en forma recurrente la Ciudad de México a falta de redes eficientes de desagüe.

—No nos confiemos —agregó el presidente subiendo la ventanilla que los separaba del chofer—. Las paredes oyen —exclamó al retomar la conversación haciendo muecas como si los estuvieran espiando—. En estos momentos debes temer hasta de la persona que se encuentre sentada a tu lado: puede tener planes para matarte, de modo que aguas, hermano…

Calles prefirió ver por la ventana cómo se trabajaba para concluir las obras de extracción de aguas sucias y de desechos de la Ciudad de los Palacios y se construían más calles adoquinadas artesanalmente. Se abría el paso a la modernidad, por lo menos desde el punto de vista urbano…

—Afortunadamente, entre tú y yo no tenemos esos problemas, presidente, por ello, aprovechemos esta coyuntura para descremar al ejército.

—Son unos cabrones, Plutarco. Apenas ayer le di dinero al general Estrada para que ese infeliz, muerto de hambre, se casara, y

hoy me entero de que también se levantó en armas al lado de Fito…
—concluyó con un claro dejo de amargura.

—En política casi no existen las lealtades —adujo Calles
cuidadosamente, a modo de no quedar incluido en la generalización—. Son demasiados los intereses en juego y muy escasos los
principios morales de la gente, por esa razón no me duelen prendas
cuando tengo que pasar por las armas a los traidores —concluyó el
candidato al advertir la presencia de un letrero con el siguiente mensaje: Droguería Grisi, la casa de las famosas tabletas Bayer, las de la
cruz estampada en cada tableta, la que no permite imitaciones. Si le
duele es porque usted quiere… ¡Cuántas veces había ingerido esas
pastillas para calmar el dolor de mandíbula!

Obregón guardó silencio. En su interior tenía aprendida de
memoria su propia definición de deslealtad: traidor es una persona
que discrepa de mis puntos de vista…

—Ya con el apoyo gringo y con nadie mejor que Fito a la cabeza del movimiento, los alzados no me servirán ni para un diente.

—No nos servirán —repuso Calles, alerta como siempre
para interceptar las insinuaciones, descifrar los dobles sentidos y estar
al acecho de cualquier amenaza o advertencia envuelta en los comentarios del jefe de la nación.

—No nos servirán, Plutarco, tienes razón: el plural sigue
siendo muy importante. Si quieres gobernar en paz tenemos que
limpiar al ejército de maleantes.

—No me saldrás ahora con que tu política de profilaxis militar implica tan sólo encerrar y enjuiciar a estos perros uniformados
que nos morderían el cuello a la primera oportunidad.

—Por supuesto que no —adujo atusándose el bigote, señal
para distinguir el momento en que el presidente tomaba una decisión
trascendente—. Los seguiremos matando en caliente, al estilo más
decantado de un porfirismo de corte moderno. Donde encuentren a
los generales rebeldes se les someterá a un juicio sumarísimo, tanto
que todo el proceso no nos llevará más tiempo que el necesario para
preparar, apuntar y disparar… Los tres movimientos mágicos para
liberar al país de sus libertadores… Ellos violan la ley al levantarse en
armas, yo les aplicaré lo dispuesto por mi propio código fusilándolos
sin trámite. Uno, dos, tres… ¡Fuego! ¡Fuego! ¡Fuego! Forjemos al
nuevo México en los paredones…

Obregón se acarició el mentón. Tenía la mirada fija en la nada.

—Desde que el Partido Cooperatista lanzó la candidatura de Fito entendí que sería muy difícil ratificar los Tratados de Bucareli en el Congreso. Ya ves cómo el senador Field Jurado se las ha arreglado una y otra vez para que no exista el quórum legal en el Senado. Si por lo menos la Constitución estableciera que por simple mayoría se pudiera lograr la ratificación estaríamos del otro lado, pero el voto de las dos terceras partes no lo obtendremos sin contar con los delahuertistas y ellos jamás nos complacerán, están entercados y decididos a que no llegues a Palacio Nacional —agregó Obregón provocando abiertamente a su paisano en tanto esbozaba una repentina sonrisa al ver a un conjunto de perritos bailarines dirigidos por su adiestrador, mientras saltaban a través de unos aros en plena vía pública entre los aplausos, sobre todo, de los niños. Como nunca le faltaba el buen humor, dijo para sorprender a Calles—: A ese domador deberíamos llevarlo al Congreso para que nos controle a los legisladores y los enseñe a bailar al ritmo que se nos dé la gana, ¿no…?

—Me está colmando el plato, el tal Field, Álvaro: ya logramos lo más difícil, que era seducir y convencer a los gringos, y ahora nos sale este mequetrefe suicida dispuesto a que no se ratifiquen los Tratados —Calles vio de reojo a los perritos saltarines y no hizo comentario al respecto—. Ayer mismo faltaron doce cooperatistas a la hora de pasar la lista y otra vez no se pudo instalar legalmente la asamblea. Ya me tienen hasta la madre con sus sabotajes… Sólo nos falta que ahora se nos vayan a alebrestar los gringos y se nos caiga encima todo el teatrito por culpa de estos grandes pendejos…

—¿Qué sugieres? —cuestionó el Manco volteando a ver el rostro acerado de Calles. Bien sabía que había dado en el centro de la diana con su comentario incendiario. Ni un músculo se movía de la cara del candidato. Su mirada opaca revelaba la dureza de su temperamento. Los vacíos emocionales, las carencias amorosas de la infancia de los líderes políticos, por lo general los sufren y los pagan los gobernados. Tal vez el Turco nunca pudo superar ser hijo de padre desconocido, entre otros dramas de su existencia.

—Darle a Field y a sus secuaces un tiempo prudente para hacerlos entrar en razón…

—¿Y si no ceden en el plazo que les fijemos? No tenemos nada que ofrecerles para negociar, salvo entregarle la Presidencia a Fito —volvió a pinchar Obregón profundamente en los costados. Calles se dolía sin quejarse.

—Si se resisten a pesar de los ofrecimientos que sabré hacerles llegar escondiendo obviamente mi identidad, entonces le diré a Morones que se ocupe de ellos…

—¿Ocuparse de ellos es matarlos? —preguntó Obregón exhibiendo una sonrisa pícara que le cubría todo el rostro.

—En efecto… Acabaremos con ellos. Tal vez le inventemos a Field la venganza de un marido resentido que decidió ultimarlo a balazos.

—¿Mandarás asesinar a un senador de la República, Plutarco…? —cuestionó el Manco haciéndose el sorprendido.

—Y a quien se ponga por en medio, hermano —repuso Calles en voz baja, casi inaudible, torciendo el labio inferior como quien transmite un secreto—. ¿Acaso crees que voy a perder la presidencia por el capricho de uno de estos hijos de la chingada, sean o no senadores o lo que les dé su puta gana?

—Plural, Plutarco, plural: ¿Acaso crees que vamos a perder la Presidencia por el capricho de uno de estos hijos de la chingada…?

—Pues no, no la vamos a perder, Álvaro: el Gordo Morones tiene la medicina adecuada. Sólo estamos buscando el pretexto perfecto, la ocasión adecuada para que todos entiendan, de una buena vez por todas y para siempre, que no jugamos, no toleramos, no consentimos y no aceptamos retos de nadie —repuso el Turco sin exhibir el menor malestar a pesar de que, en este caso, el uso del plural lo había agredido. Cuidado con Obregón, como él bien decía, era capaz de quitarle las herraduras a un caballo lanzado a pleno galope.

—Ya se están tardando con la búsqueda del pretextito, Plutarco. Estos cooperatistas se nos salieron del huacal. De verdad creen que Fito va a ganar. Es nuestra obligación sacarlos del error pero ¡ya!, y ya es ya… De modo que andando, porque es gerundio…

—Hasta para morir hay que ser oportuno, presidente. Hay muchas personas que fallecen en el momento menos oportuno —contestó Calles echando mano de sus escasos recursos de paciencia. El tono le irritaba. Los tengo en la mira, sólo espero la mejor ocasión para no fallar, entonces apretaré el gatillo. Soy el primer interesado, de verdad créeme, en que los Tratados se ratifiquen para que no se nos vaya a levantar el muerto…

—Eso crees tú, querido paisano, a saber quién tiene más interés…

Obregón pasó distraídamente la vista por un pequeño paquete de diarios ubicado sobre el asiento, entre él y el candidato. En el de encima se anunciaban los programas del Teatro Principal, del Iris, del Ideal, del Lírico, del Politeama, del Regis, además de los cines en donde se empezaban a escuchar los gritos de ¡cácaro…!, como el Olimpia, el Imperial, el Tacuba y el Teresa, en San Juan de Letrán y Delicias. ¿Quién tuviera tiempo para asistir al teatro…?, pensó mientras un uniformado saludaba marcialmente al jefe de la nación al llegar al Patio de Honor en Palacio Nacional. Los dos grandes amigos subieron la escalera lentamente sin dejar de hablar un instante. Apenas se percataron de que estaban flanqueados por una guardia de granaderos. El sonido de un clarín daría posteriormente la orden de descanso.

Lo último que se les escuchó decir fue una anécdota protagonizada por Orozco y Jiménez y el propio Obregón durante una boda en Guadalajara en la que contraía nupcias el oficial mayor de la Secretaría de Guerra:

—¿…y vas a creer que cuando nos encontramos, cara a cara, yo me presenté sonriente, Álvaro Obregón, presidente de la República, y él me contestó escuetamente, Francisco Orozco y Jiménez, arzobispo de Guadalajara, muy a pesar de que ya nos conocíamos y hasta nos habíamos entrevistado?[37]

—¿Y ya…? ¿No te extendió la mano?

—¡Qué va…! Se siguió de frente con una arrogancia que no me había tocado vivir. Óyeme, después de todo yo soy el jefe del Estado. ¿Alguna atención me merecía, ¿no?

—Creo que Orozco perdió una gran oportunidad para acercarse a ti y tender un puente para arreglar diferencias. Era muy diferente una audiencia oficial que un encuentro social, qué tonto… ¿Y qué hiciste?

—Pues ese se jaló rumbo al altar improvisado iniciando la procesión y no tuve más remedio que seguirlo, ahí de tarugo…

—¿Y se sirvió después una cena o algo?

—Orozco se sentó de un lado de la mesa y me ignoró toda la noche, como si yo no existiera… Entonces me dediqué a hablar con Zuno y con Pancho Serrano, que siempre trae anécdotas escogidas. No sabes cómo quiero a ese pelao. El huerco me hace reír a carcajadas.

—¿Y no interpretó Orozco tu risa como si se burlaran de él?

—Yo lo vi de reojo cuando ponía su boquita como de culo de gallina.

—¿Se te pudo alebrestar el curita?, ¿no…?

—Pues acabando el banquete se fue, obviamente sin despedirse.

—Yo creo —repuso Calles burlón— que te faltó tacto y estilo diplomático.

—¿Por qué? —repuso el presidente de la República apretando los músculos del rostro ante la reclamación de su paisano.

—Si te hubieras arrodillado para besarle el anillo pastoral, otro gallo hubiera cantado…

—Vete a la chingada, Plutarquito, pero cuando yo te diga. Espérate cinco minutos y ya. Ni modo que te vayas cuando tú quieras…

Plutarco Elías Calles disfrutaba la decisión presidencial de pasar por las armas y sin juicio previo a los generales sublevados. El levantamiento armado patrocinado por Adolfo de la Huerta se encontraba en su apogeo. La responsabilidad recaería sobre los hombros de Obregón, el titular del Ejecutivo. Calles era inocente, tan sólo se trataba de un candidato a la Presidencia, sin facultades en el gobierno de la República del que, además, ya no formaba parte. Los crímenes que se dieran, cuando se dieran y como se dieran no serían de su incumbencia. La inmensa mayoría de las fuerzas armadas no estaba con Calles, entonces, la inmensa mayoría de los altos oficiales del ejército, una vez degradada, cubiertos los ojos con una banda negra, arrancados los galones y las condecoraciones, sería atada de pies y manos a un palo enterrado precipitadamente para que el eco macabro de las descargas de fusilería se escuchara a lo largo y ancho del país. Comenzaba una nueva fiesta de las balas. Se labraba el destino de México. Nadie podría olvidar las consecuencias de haberse atrevido a protestar. Se instala una nueva generación de reaccionarios mexicanos opuestos a la evolución política de México que serán llamados a gobernar al país a lo largo de todo el siglo xx. Mientras más mates, más gobernarás, hermano Plutarco, y mientras más controles y contengas en tu puño a los otros dos poderes de la Unión, mejor para México: aceptemos que democracia y analfabetismo se repelen. Eduquemos a la gente y luego, más tarde, quién sabe cuándo, concedámosle al pueblo el derecho de decidir…

Empieza entonces una de las represiones más crueles y sangrientas de nuestra historia. Coolidge acuerda no mandar armas ni municiones a Veracruz, donde se encuentra De la Huerta. Obregón no recibe los navíos solicitados, pero en cambio la Casa Blanca le manda once aviones Havilland, treinta y tres ametralladoras, quince mil rifles Enfield, cinco millones de municiones y otros pertrechos.[38] Una compensación mínima para permitir que los petroleros extraigan impunemente nuestro oro negro y Obregón y Calles se afirmen en el poder. Edward Doheny, el presidente de la Huasteca Petroleum Company, abastece a Obregón con diez millones de pesos, "una ayuda simbólica a nuestro movimiento".[39] Es nuestro hombre, apoyémoslo o no nos quejemos después... ¿A dónde hubieran ido a dar sin el respaldo de Estados Unidos? Recibirán el tiro de gracia puntual y certero el sesenta por ciento de los jefes militares de la revolución, los queridos compañeros de armas, los mismos que se jugaron la vida al lado de Álvaro Obregón, quien convertido en político no tendrá empacho en ejecutar a la alta jerarquía castrense atendiendo a tres objetivos: Uno, imponer a Calles en la Presidencia. Dos, asegurar, de esta suerte, su retorno al Castillo de Chapultepec cuatro años más tarde, habiendo acabado con las posibilidades de una futura resistencia armada. Tres, ejecutar una purga masiva en los cuarteles, seleccionando cuidadosamente a los oficiales leales a la causa.[40] Al apoyar a Calles y mandar asesinar a los altos oficiales, Obregón estaba trabajando eficientemente en la consolidación de su carrera política y garantizándose su regreso "pacífico" al poder a partir de 1928. En lo que hacía al Turco, éste dejaba hacer al presidente, en la inteligencia de que el exterminio de la oposición lo beneficiaba abiertamente en la consecución de sus objetivos políticos. Cuando el camino quedara libre de adversarios ya sólo restaría una delicada tarea por ejecutar: matar al Manco. Nadie sabe para quien trabaja...

De la Huerta declara: "El general Obregón no se ha limitado a violar la soberanía de los estados, a destruir la independencia del Poder Legislativo y desconocer al Poder Judicial de la Federación, resumiendo en su persona, anticonstitucionalmente, los tres poderes que encarnan nuestra soberanía; ha hecho más: investido con la facultad de velar por la observancia de las libertades públicas, conforme a nuestras leyes, ha empleado el inmenso poder que el pueblo le depositó en sus manos para aherrojar esas libertades convirtiéndose en líder político de la impopular candidatura del general Plutarco Elías

Calles, a fin de asegurarse más tarde una inmediata reelección, que la nación rechaza y nuestra ley condena".[41]

Un párrafo como el redactado por Adolfo de la Huerta en 1923 hubiera sido válido para el resto de los presidentes mexicanos del siglo xx, admiradores irredentos, alumnos destacados e insuperables del Manco Obregón. Todos resumirán en su persona, anticonstitucionalmente, los tres poderes que encarnan nuestra soberanía. Todos impondrán su criterio en jueces, magistrados y ministros, al igual que en diputados y senadores. Todos designarán a su sucesor para ocupar Palacio Nacional. Todos se erigirán como los grandes y únicos electores. Todos destruirán la democracia. Todos disfrazarán al Congreso de la Unión con ropajes republicanos para aparentar ante el mundo la existencia de un modelo de Estado acorde con los tiempos modernos. La gran farsa política. Todos controlarán a la prensa y mutilarán, discretamente o no, la libertad de expresión. Todos ignorarán las garantías individuales de acuerdo a sus conveniencias políticas y a sus estados de ánimo. Todos comprobarán la sumisión absoluta del pueblo a sus designios y caprichos como si viviéramos en la época colonial y la ciudadanía todavía temiera los castigos de la Santa Inquisición o dirigiera los destinos del país el gran Tlatoani, quien contaba con sobradas facultades para sacrificar en la piedra de los sacrificios a los rebeldes.

Cuidado con quien se atreviera a levantar la cabeza y protestara. Pocos lo harán, y quien se expusiera sería encarcelado, desaparecería o se le encontraría muerto en circunstancias extrañas. Ahí circularían por el gran estrado de la historia Lázaro Cárdenas con su Manuel Ávila Camacho; Ávila Camacho con su Miguel Alemán; Miguel Alemán con su Ruiz Cortines; Ruiz Cortines con su López Mateos; López Mateos con su Díaz Ordaz; Díaz Ordaz con su Luis Echeverría; Luis Echeverría con su López Portillo; López Portillo con su De la Madrid; De la Madrid con su Salinas de Gortari; Salinas de Gortari con su Ernesto Zedillo, a falta de su Colosio…

¿Qué aprendimos de Porfirio Díaz, así a secas, sin el *Don*, y de su manco González o de Carranza con Bonillas o de Obregón con Calles y de Calles con su odioso Maximato? Nada, no aprendimos nada. Nunca aprendemos nada. Nos tropezamos invariablemente con la misma piedra que, además ya advertimos en nuestro camino. Los mexicanos no aprendemos de la experiencia ni tapamos el pozo donde se ahogó el niño…

El 27 de diciembre el Senado aprobó la convención especial de reclamaciones, no así la general, la que establecía canonjías inaceptables a favor de los norteamericanos en perjuicio de los mexicanos. No pasaría. Los mexicanos, argüía Francisco Field Jurado, no sólo no deberían quedar en igualdad de circunstancias en relación a cualquier extranjero, era su propio país, sino que deberían poder disfrutar de cualquier privilegio adicional respecto de ellos. Acordó entonces con sus colegas cooperatistas continuar, a como diera lugar, con la estrategia de sabotaje e impedir la reunión del quórum necesario para votar la medida. La cabeza visible en el ardid era la de él, la del organizador, y las de otros tres de sus colegas. Era la hora del patriotismo. Para eso, precisamente para eso, habían sido electos. Para velar por los supremos intereses del país. Ellos eran los defensores del patrimonio y de los derechos de los nacionales.

Mientras tanto, los simpatizantes del movimiento delahuertista fueron hostigados en cualquier frente en que se encontraran. El diario *Mañana*, a título de ejemplo, fue invadido por una turba de maleantes encabezada por Luis N. Morones, disfrazado de mecánico, con el deliberado propósito de destruir la prensa y los muebles y secuestrar, de ser posible, al editor responsable, de modo que la publicación no volviera a aparecer. ¡Cuánto placer produce convertir en astillas el patrimonio ajeno, sobre todo si es propiedad de un triunfador! Sobra decir que no quedó un solo tornillo utilizable de la imprenta, desaparecieron los bienes canjeables por dinero y se desconoció la suerte del director del medio hasta que su cadáver fue encontrado en un suburbio de la Ciudad de México: había sido brutalmente asesinado con la sevicia de un fanático…[42] Morones leyó la noticia deteniendo los periódicos vespertinos con la mano izquierda, en tanto los dedos de la derecha se mantenían hundidos en un recipiente de plata labrada lleno de agua tibia, la de su preferencia, para aflojar bien la cutícula y evitar sangrados innecesarios mientras se sometía a su *manicure* semanal. ¿Le pongo brillo en la uñas, don Luis?

Otros obregonistas consumados se unieron al movimiento armado para apoyar con las armas en las manos la candidatura del Turco. Uno de ellos, tal vez el más destacado, fue nada menos que Rodolfo Herrero. ¿Herrero…? ¿El asesino, el traidor de Carranza en Tlaxcalantongo, incorporado una vez más al ejército mexicano para defender los intereses de la patria? Por supuesto: Arnulfo Gómez lo había enlistado con órdenes precisas de recuperar Papantla, misión que cumplió a la perfección[43] mientras que Obregón y Calles se hacían los desentendidos recordando a los perritos bailarines de la Alameda. Qué simpáticos, ¿no?

La oportunidad esperada con ansiedad por Calles y por Morones se dio cuando el gobernador de Yucatán, Felipe Carrillo Puerto, un fiel soldado laborista, es asesinado por tropas leales a De la Huerta, quien lamenta y se duele del hecho. Es la revolución, se le dice. Sí, pero no sobre la base de matar como salvajes, responde apesadumbrado. No es el hombre para enfrentar el momento histórico de México. Discrepaba de Carrillo Puerto cuando éste declaró: "Si los comerciantes acaparan los víveres y a ustedes les falta el pan, pues a ir a las tiendas, a demoler las puertas y saquear todas las existencias. Dinamitemos la Cámara de Diputados, exterminemos cuanto antes el Senado y acabemos con la Suprema Corte. Ya no más manifestaciones pacíficas. Ya no más palabrería, lo que el pueblo necesita es imponerse. Hay pues, que poner en práctica los principios bolcheviques. Hagamos ondear la bandera roja de las reivindicaciones."

Carrillo Puerto luchó, durante los veinte meses de su mandato, porque las mujeres ejercieran el derecho de voto, ¿por qué razón estaban impedidas constitucionalmente de elegir para un cargo público a la persona de su preferencia? El "Apóstol de la Raza de Bronce" detectó los factores de atraso en su tierra, en el Yucatán que invariablemente quiso ver crecer y prosperar, y para ello promovió el reparto de tierras, vio por el bienestar y rescate de los indígenas, incorporó nuevas técnicas de cultivo, explicó e impuso modalidades para la planificación familiar, combatió el alcoholismo e impulsó el rescate de zonas arqueológicas mayas. ¿La recompensa, para quien después sería declarado Benemérito de Yucatán? Morir asesinado a balazos, junto con sus hermanos y otros colegas de campaña. Sus últimas palabras, lanzadas desesperadamente al cielo antes de ser pasado por las armas, fueron: ¡No abandonéis a mis indios! Alma Reed, su amante, su Peregrina, según rezaba la letra de la canción compuesta en su honor, lo lloraría hasta el último día de su vida.

En el alevoso asesinato de Carrillo Puerto percibió Calles el arribo de la oportunidad esperada para oprimir el gatillo y acabar con la vida del senador Field Jurado. Se destrabaría la ratificación de los Tratados en el Congreso, se normalizarían las relaciones con Estados

Unidos, restando ya tan sólo acabar de aplastar hasta el último brote de violencia impulsado por los delahuertistas en contra de su candidatura presidencial. Según los cooperatistas, los acuerdos con Coolidge constituían actos flagrantes de traición a la patria, una claudicación de los principios revolucionarios, sobre todo porque dejaban indefensos a los mexicanos en el ejercicio de sus derechos en comparación con los extranjeros y porque los yacimientos de petróleo no serían propiedad de la nación.

Field Jurado decidía cotidianamente los nombres de los senadores cooperatistas que deberían ausentarse de las sesiones para que en ningún caso pudieran estar presentes los treinta y ocho representantes requeridos por la ley para poder iniciar legalmente la sesión. De nada servían las amenazas de los callistas ni de los obregonistas, finalmente el mismo grupo, ni de los laboristas, cada vez más belicosos y violentos. Los insultos y las reclamaciones subían de tono, los calificativos cada vez más altisonantes obligaban a los legisladores en ocasiones a llevarse la mano a la pistola, animados de acariciar por lo menos la cacha de marfil. El 14 de enero de 1924 fue la fecha escogida por Calles y Morones para concluir con el empantanamiento legislativo que amenazaba abiertamente su candidatura. El presidente Coolidge, impaciente, tamborileaba con los dedos de su mano izquierda la cubierta del escritorio sobre la que Abraham Lincoln firmara sus iniciativas para abolir la esclavitud, el mismo en el que se apoyara para redactar su famoso discurso de Gettysburg. Ese día precisamente, cuando se propuso guardar luto por tres días en honor a la memoria de Felipe Carrillo Puerto, el Gordo Morones, quien había renunciado a la dirección de los Talleres Fabriles Militares para ocupar su curul en el Congreso, subió a la tribuna en tanto se guardaba un sospechoso silencio en el recinto parlamentario. Las palabras que dirigió a continuación iban dirigidas como proyectiles mortales al centro de la frente de los legisladores cooperatistas, en especial a la del grupo de "senadores obstruccionistas" que se negaban a aprobar los convenios que le proporcionarían oxígeno y vitalidad a la nación:

Los responsables de esta hecatombe son los mismos diputados cooperatistas que, escudándose en el fuero, pretenden hacer un sarcasmo de la revolución. Son los mismos que aquí cínicamente se sientan en estas curules y cobran las decenas de la tesorería. Esta serie de individuos arrogantes, ayer orgullosos, levantados, cínicos, que no despreciaron ocasión de volcar sus iras en contra del elemento revolucionario, son los cómplices de ese asesinato perpetrado en la persona de Carrillo Puerto. El movimiento obrero lo sabe y habrá de castigarlos por encima de todas las consideraciones y por encima de todas las dificultades que opongan las conveniencias legales del momento.

¿A dónde iremos a parar, sí, a dónde iremos a parar, amparados en el criterio de benevolencia —que en este caso resultaría suicida— y amparados en un criterio de esa naturaleza permitiéramos que aquí mismo, en el asiento de los poderes federales, continuara esa serie de intrigas, de espionaje y de traición llevadas a cabo en la forma más cínica y cobarde?

Pero qué pobre sería el movimiento obrero de México si no tuviera a su alcance medios eficaces para castrar a esas gentes que no tienen virilidad, ni los tamaños necesarios para castrarlos... pueden creerlo, señores cooperatistas... que el tiempo está contado y que más rápidamente de lo que piensan, irán sintiendo la acción punitiva, la acción de castigo, de venganza y de protesta que perpetrará el movimiento obrero de México... Y si creen que el fuero habrá de ser respetado por el movimiento obrero, se engañan de la manera más clara y contundente: El fuero lo respetarán las autoridades; el movimiento obrero no lo respetará... El gobierno nada tiene que ver con esta acción que llevará a cabo el movimiento obrero; él dará las garantías, porque es preciso que las dé; pero a pesar de estas garantías, la resolución, la sentencia del movimiento obrero se cumplirá... y por cada uno de los elementos nuestros que caiga en la forma en que cayó Felipe Carrillo Puerto, lo menos caerán cinco de los señores que están sirviendo de instrumento a la reacción... y este deber es vengar, castigar a los asesinos de Carrillo Puerto. Yo pido, yo quiero, que mis compañeros los que comulguen con las ideas del movimiento obrero a este respecto se pongan de pie. (Una de las mayores vergüenzas parlamentarias de México se consumó cuando unánimemente se pusieron de pie la mayoría de los presentes para tributar una nutrida ovación al líder obrero.)

Al recoger la manifestación de confianza y de solidaridad que habéis dado al movimiento obrero, podéis tener la seguridad de que no pasarán muchos días en que comience a hacerse sentir nuestra obra punitiva.[44]

A diferencia de Morones, quien viajaba en automóvil de lujo con chofer, tal y como corresponde a un líder obrero probo y notable que vive exclusivamente de su sueldo, don Francisco Field Jurado —aquí el uso del *don* equivale a ceñir, ¡oh, patria!, sus sienes de oliva—, el honorable senador de la República se transportaba en camión y, desde luego, sin escoltas ni guardaespaldas. Seguir sus pasos resultaba una tarea sumamente sencilla, más aún cuando Field no creía en las amenazas de muerte vertidas desde las filas laboristas y que aparecían publicadas en los diarios de la nación. Perro que ladra no muerde. Ni siquiera se inmutó cuando otro colega legislador, José M. Muñoz, manifestó desde la tribuna: "En vista de que usted ha creído guasa que se le va a matar para hacerse justicia la acción directa, manifiesto a usted que esta tarde será usted asesinado: un senador que salió con el presidente de la República a Celaya ha traído la orden de asesinarlo a usted".[45]

Field Jurado retó a los criminales, denunció los planes de Morones, leyó lo asentado por la prensa, escuchó los comentarios y recomendaciones de sus colegas, pero en ningún caso aceptó la posibilidad real de que se pudieran materializar las amenazas de los laboristas. El domingo 22 de enero de 1924 Calles acordó, en clave, con Obregón la fecha para ejecutar el asesinato, uno más. ¿Qué más daba? Lo difícil era matar la primera vez pasando por encima de los pruritos, principios y valores, ¿luego…?, luego empuñar un arma o mandar a terceros a que se "ocuparan" de los enemigos resultaba ciertamente más sencillo. El valiente senador campechano dejaría de existir al día siguiente, precisamente el lunes 23. Calles le encargó el asunto aquel, ya sabes, el que te conté, ¿te acuerdas…?, el de los necios…

Sí, claro, ¿cuándo?

No debe pasar de mañana. Es un compromiso. No falles…

Yo me ocupo. Ya era hora. ¡Cómo te tardaste!

Hasta en la cocina hay tiempos…

Ya me andaba yo desesperando.

Tienes el control. Son tuyos.

Field Jurado fue materialmente cazado por cuatro pistoleros en plena vía pública. Con más precisión, fue victimado como un perro rabioso en las esquina de las calles de Córdoba y Tabasco en la

Ciudad de México. El senador patriota fue abatido a tiros, acribillado a balazos, ocho en distintas partes del cuerpo, unos en la cara, otros en el cuello y otros más en la espalda, además de los impactos fallidos que fueron a dar a la cortina y a las paredes de una marmolería. Perdió la vida a manos de José Prevé, Ramírez Planas y un tal Jaramillo, todos ellos colaboradores y ayudantes, matarifes y asesinos a sueldo de Luis Napoleón Morones.

En tanto baleaban a Field Jurado, se accionaba la segunda parte del plan: secuestrar a tres senadores igualmente opositores a la ratificación de los Tratados de Bucareli. Enrique del Castillo, Ildefonso Vázquez y Francisco J. Trejo fueron privados de la libertad por otros matones laboristas. Con las pistolas colocadas en las sienes les comunicaron la benevolencia que sólo por esta vez había tenido el movimiento obrero, pero también que de insistir en el sabotaje legislativo correrían la misma suerte que su compañero de curul, de cuyo repentino y triste fallecimiento conocerían a través de los periódicos…

El plan de Obregón y Calles funcionó a las mil maravillas. El presidente condenaría el detestable crimen como un atentado a la nación. Llamaría la atención a Morones obligándolo a someterse a la justicia. Ella tendría la última palabra en el caso de que se le encontrara culpable de los hechos de los que era acusado. El presidente aprovechará el crimen para tratar de sacudirse a Morones. También sabía demasiado. Estaba cerca, muy cerca del poder y más cerca aún de Plutarco. Hasta aquí llegaste, Napoleoncito… El jefe de la nación responde al crimen en los siguientes términos desde la ciudad de Celaya a través de una carta dirigida a Morones:

> Yo no quiero dudar ni por un solo momento de la sana intención que a usted le inspiró la declaración pública que hizo en un viril discurso en que vigorosamente defendió a la actual administración; pero aquella declaración, que anunciaba los desgraciados sucesos que posteriormente ocurrieron, arroja una solidaridad sobre el gobierno que presido que, de aceptarlo sería su ruina moral y causaría más daños, seguramente, que la traición de los Estrada, Sánchez y Maycotte… Cuando yo leí su discurso, creí, sinceramente se lo digo, que se trataba de una hostilidad como acostumbran las organizaciones obreras, pero nunca creí que se llegara a semejantes hechos; no sólo creo, con la misma sinceridad, que

usted no inspiró actos de esta naturaleza, pero el público tiene la obligación de juzgar los hechos por la apariencia que presentan, mientras no se esclarezcan lo suficiente para deslindar responsabilidades... he llegado a la conclusión de dirigirme en lo sucesivo directamente a quien está encargado, con carácter de interino de los Establecimientos Fabriles, para que quede de hecho así establecida una independencia entre usted y la administración que presido, que quite a los enemigos del gobierno el arma que están esgrimiendo de que esos atentados fueron anunciados e inspirados por un alto funcionario de la administración pública; rogándole solamente que estudie a conciencia mi situación y que me diga si estoy en lo justo... Que las organizaciones sociales ejerzan represalias contra los partidos políticos que les han asesinado líderes como Felipe Carrillo Puerto y muchos otros, es asunto que a mí no me corresponde resolver personalmente; pero con mi carácter de autoridad me corresponde tratar de impedirlas y consignar a los autores a las autoridades respectivas cuando esos actos se realicen; pero que aparezca un gobierno constituido aplicando esas medidas para deshacerse de sus enemigos políticos es algo que no cabe dentro de mi conciencia y que figuraría como una mancha sobre mi vida pública a la que he destinado toda mi buena fe y toda mi moral... Yo me he sentido más obligado que nunca para conservar la más estrecha solidaridad con usted y los míos en estos momentos en que la reacción usa todas las armas de la infamia y de la traición para confundirnos, pero creo fundamentalmente que se faltó a la mutua consideración de que nos debemos al anunciar que en defensa del gobierno se ejecutarían actos de esta naturaleza y ejecutarlos después, sin sondear previamente mi sentir personal, máxime recordando haber desaprobado actos de mucha menos significación, los que con el mismo carácter se me consultaron por usted... Le envío un saludo afectuoso y me suscribo como siempre su atento amigo. Su S. S. -Álvaro Obregón[46]

El Senado de la República protestaría exigiendo la aplicación indiscriminada de la ley, señalaría a los responsables y exigiría castigo tanto para los asesinos como para los secuestradores. Calles lamentaría la violación a la soberanía de uno de los poderes de la Unión y demandaría la aplicación de las sanciones correspondientes para esos mexicanos que todavía no han entendido los alcances de la contienda democrática y pretenden dirimir las diferencias a balazos. Pensemos en términos jurídicos, juzguémoslos y condenémoslos a las penas a que haya lugar. El México posterior a la revolución es diferente. La prensa criticaría el retorno a la barbarie, en tanto la sociedad denunciaría airadamente, eso sí, a la hora del café, en la sobremesa, junto con unos digestivos importados de Francia, el atropello sufrido por los representantes populares. ¿Cuándo dejará de existir el México bronco? ¡Salud!

Los asesinos le exigen protección a Morones, sí, pero antes el dinero, luego nos dispersaremos por el país hasta que se calmen las aguas… Entre la mafia, aunque parezca mentira, se respetan los acuerdos. El líder cromista paga, los tranquiliza y les sugiere viajar… Uno de los asesinos se esconde en la oficinas del propio líder obrero con el cañón de la pistola todavía humeando. Es el colmo. Vasconcelos renuncia, ahora sí en términos irrevocables. No pude formar parte de un gobierno de asesinos.

En otro orden de ideas, la Convención General a la que se oponían Field y los suyos, los cooperatistas, fue ratificada días más tarde después de guardar el debido luto en el Senado. Fue aprobada por veintiocho votos contra catorce. Muchos legisladores alegaron el impedimento de poder leer siquiera el contenido de los Tratados y que la insistencia sería entendida como una violenta manifestación de rebeldía que acarrearía las debidas consecuencias… ¿Qué prefieres, plata, vida y felicidad o miseria, muerte y tragedia? ¡Escoge! Morones nunca fue juzgado ni sometido a una investigación judicial, si bien se presentó a declarar voluntariamente ante el juez mintiendo cínica, descarada e impunemente. Se preparaba, eso sí, para encabezar, a mucha honra, la Secretaría de Industria y Comercio en la administración de Plutarco Elías Calles. Por supuesto que saldría en la foto del gabinete el día de la toma de posesión, 1 de diciembre de 1924, sentado, desde luego, a un lado del presidente de la República.

Pocas veces en mi existencia me había encontrado con una profesional más comprometida con su carrera. Karin pasaba la vida haciendo trazos, imaginando volúmenes, sugiriendo soluciones arquitectónicas. El comedor del departamento de tus amigos hubiera sido un éxito si no hubieran matado la vista a la ciudad levantando un muro para separarlo de la sala. Aire, aire, necesitamos aire y luz. Abramos los espacios para respirar con amplitud y descansar la mente. Oxigenémonos. Llenémonos de optimismo y de vigor. Busquemos la transparencia. ¿A quién en su sano juicio se le ocurre poner un asoleadero al final de la alberca, de modo que los paraguas y las tumbonas te impidan ver el mar? Suprimamos los obstáculos que te impiden contemplar el infinito. ¿Esto es un baño o una capilla funeraria? El ingeniero, o mejor dicho, el hojalatero que diseñó la estructura de este edificio nunca imaginó que las columnas quedarían a la mitad de la estancia, ¿verdad? Pasaron de noche por la universidad... Su pasión por las líneas y por la limpieza de las formas crecía al mismo tiempo que su admiración por los *maistros*. Tan fue así que con el tiempo me preparaba para desayunar unos huevos a la albañil; al medio día, tacos sudados, quesadillas al comal con jalapeños o picadillo con tortillas y frijoles de la olla para rematar con un membrillo de postre. Un banquete. Comía con ellos muchas veces en las obras sus nopales asados con salsa borracha y, llegado el caso, como un exceso, se preparaba una rebanada de queso Cotija asado que devoraba con tortillas, sentada igualmente en cuclillas alrededor del fogón improvisado y bebiendo *chescos*, sin que nadie osara a faltarle el respeto a la querida *arqui*.

—Si este país hubiera educado mejor a la población seríamos invencibles, Nacho. Estos hombres tienen un talento creativo realmente sorprendente. Me impresiona su capacidad de improvisación. Por esa razón se los arrebatan los gringos. Si a la mano de obra mexicana y a la portentosa imaginación que nos caracteriza le agregáramos adiestramiento y capacitación universitaria, diseñaríamos y fabricaríamos aviones y automóviles, construiríamos rascacielos y puentes que despertarían la admiración del mundo. Todo lo que nos falta es información, mucho más información.

Un día Karin decidió ponerse un lápiz en la oreja que portaba enredado en el pelo. Era una parte de su personalidad. Evidentemente copiaba a Kiko, su carpintero favorito, quien lo llevaba colocado de la misma forma, sólo que ayudándose con la eterna gorra de la que no se separaba ni para bañarse, como él decía. Mi mujer llevaba puesto el lápiz en todo momento del día porque en cualquier coyuntura podría verse obligada a explicar un objeto a un cliente o el detalle de un plano a un *maistro*, por lo que tenía que estar lista para dibujar sobre la banqueta o en el piso cubierto de la obra. Lo curioso del caso es que ahí no terminaba su pasión por ese utensilio mágico, sino que también lo usaba como adorno para ir a las cenas o reuniones sociales o hasta políticas. Y, por favor, que nadie fuera a creer que los tenía de lujo, de oro amarillo y piedras preciosas, según el diseño de un joyero. No, claro que no, se trataba del mismo grafito que llevaba mordisqueado y sin goma a los eventos que exigían la más rigurosa etiqueta… Con su lápiz y el indispensable flexómetro en la bolsa o colgando de un cinto, por si era menester medir algo o dar la proporción de un salón… Ella imponía su moda con audacia y simpatía. Baste imaginar las miradas discretas de las señoras de la sociedad, quienes la contemplaban como si estuviera loca o fuera una excéntrica, calificativo que se apresuraba a honrar cuando fumaba, al final de las comidas, sus cigarrillos *Faros*, obviamente sin filtro, los preferidos de su plomero, cuya cajetilla dejaba descuidadamente sobre el mantel para sorpresa de los presentes. Sobra decir que el humo apestaba a zorrillo anciano…

Cuando íbamos de regreso a la casa escuchaba sus carcajadas con tan sólo recordar la cara de esta o aquella señora que me miraba como si fuera a comerme su mano o a robarle su anillo. Esa gente se viste leyendo el guión, habla leyendo el guión, come leyendo el guión, se sienta leyendo el guión, hace el amor, cuando lo hace, leyendo el guión y va al baño leyendo el guión. Son incapaces de la menor naturalidad y espontaneidad. Me fascina escandalizarlas…

—Toma en cuenta que forman parte de una generación de mujeres que no fue a la universidad y si acaso asistió a la primaria. No es fácil ver a una mujer joven, guapa y elegante como tú llevando un lápiz de carpintero en la oreja: sé benévola con ellas.

—Lo soy, sólo que pudieron haber hecho algo más en su vida que engordar, hacerse la manicura, ir al salón de belleza, darse masajes, jugar a las cartas en la tarde mientras sus maridos les pintan los cuernos porque a ellas o les da asco o flojera hacer el amor.

—No generalices…

—Acuérdate de tu amigo, ese que su mujer le confesó su decisión de no volver a acostarse con él, a su edad ya no estaba para semejantes intercambios, y por ello le permitió que se metiera con quien se le diera la gana, siempre y cuando cumpliera con tres condiciones, la primera que tomara todo género de precauciones para que no le fueran a contagiar una enfermedad incurable y mortal…

—Sí, me acuerdo…

—La segunda, que fuera discreto y no se exhibiera en la plaza de toros con sus novias, y la tercera, que no se fuera a enamorar… ¿Qué tal?

—Las dos primeras condiciones son salvables, la última es imposible…

—Las tres son un descaro, Nacho: esto del matrimonio está mal planteado. Una mujer, por lo general, a los setenta años, como es el caso, ya es un conjunto de pellejos y no está dispuesta a tolerar las manos traviesas de su marido por debajo de las sábanas: no quiere saber de los placeres de la carne ni de los besos jugosos e impetuosos y, por el contrario, un hombre a los setenta u ochenta todavía puede tener hijos y le encanta corretear a las jovencitas de veinte o treinta…

—¿Y qué propones para remediarlo?

—Copiar el ejemplo de mis amigos Beatriz y Francisco: él le lleva diecinueve años, una buena diferencia. A los dos se les acabará la libido al mismo tiempo. Beatriz a los setenta no querrá ni por asomo sentir las caricias de un vejestorio de noventa y Francisco ya sólo podrá recordar sus amores de cuando podía y le apetecía. Ambos terminarán sus epopeyas eróticas al mismo tiempo. Eso es pura sabiduría.

—Sólo te recuerdo que hay a quienes no les basta tener una mujer joven en casa, sino que todavía se pintan el pelo, se hacen cirugía en la cara y en el pecho, se estiran, se ponen ropa con la que hacen el ridículo, se compran coches deportivos, se someten a dietas mortales para perseguir chamaquitas o comprarlas.

—Yo no te hablo de excepciones ni de maniáticos sexuales, Nacho —adujo Karin trayendo a mi mente, sin desearlo ni pensarlo, una serie de imágenes despreciables de mi padre—; te hablo de la generalidad. Tú y yo somos casi de la misma edad, pero eso sí, te advierto, tú me engañas a la edad que sea y yo te corto tu cosito con unas tijeras oxidadas y sin filo, para que te mueras de la pellizcada o de tétanos… Yo no pongo condiciones, reyecito: te castro…

Una me dice piojo y la otra me castra: ¡caray con el sexo débil!

Una mañana, a principios de los años ochenta, cuando vaciaba ficha tras ficha los históricos pleitos entre Orozco y Jiménez y José Guadalupe Zuno, gobernador de Jalisco y obregonista por los cuatro costados, "ex seminarista, quien no obstante los lazos familiares que lo ligaban con Orozco y Jiménez, antepuso sus deberes oficiales",[47] sonó el timbre de mi departamento. Estaba transcribiendo una afirmación de Anacleto digna de todo un líder reaccionario: "La quiebra de valores humanos provocada, alimentada, producida por la democracia contemporánea es evidente", me encontraba solo y no quise dejar de garrapatear la idea para no perderla. Ya luego sabría la identidad del intruso y los motivos por los que se atrevía a visitarme, ¿sería un vendedor de los que van de puerta en puerta?... nunca lo hubiera adivinado, pero antes tenía que dejar constancia de que el arzobispo se había atrevido a amenazar a Zuno con el estallido de la violencia en caso de que obligara a un solo sacerdote a obedecer al gobierno civil. El sometimiento de un cura a una ley anticristiana sólo podría lograrlo por la fuerza, lo cual traería como consecuencia la alteración del orden, porque, como increíblemente se atrevió a consignar por escrito Orozco y Jiménez, la más insignificante indicación de la autoridad eclesiástica "bastaría para levantar al pueblo en contra de un mandato indebido". Zuno, a quien Francisco Angulo, cura de San Francisco de Asís, municipio de Atotonilco, le había confesado días antes, refiriéndose a Orozco y Jiménez: "yo lo he acompañado en sus aventuras armadas llevando mi rifle y mi carrillera terciada",[48] extrañado por una amenaza tan abierta y clara, tan cínica tomando en cuenta las circunstancias, se limitó a responder el 20 de julio de 1923 que él no tenía "la obligación de buscar la armonía con el clero, sino su obediencia a las leyes. En cuanto a su amenaza de alterar el orden público, tendría mucho gusto en demostrar que sabría cómo preservarlo con el debido rigor". Quedaba, pues, bajo la responsabilidad del arzobispo todo movimiento armado... ¡Qué lenguaje y qué actitud en una autoridad eclesiástica!

¿Cómo era posible, apunté precipitadamente a lápiz con la esperanza de poder leer posteriormente mi letra, que un arzobispo amenazara con un nuevo estallido revolucionario si se obligaba a los curas de su diócesis a cumplir con una ley votada por el Congreso del Estado?

Cuando sentí que iban a derribar la puerta me apresuré a abrir. Era mi madre. Se había quedado pegada al timbre con la mano izquierda, mientras que con la derecha asestaba los golpes.

—Nacho, Nacho, Nacho...

Abrí. Estaba pálida y demudada. El rostro desencajado, las ojeras profundas, tal vez no había dormido en la última semana. Sus manos temblaban de ira.

—Entra, entra, ¿qué te pasa, qué sucede…?

—¿Estás sordo? Niñito, llevo horas tocando. No me fui porque vi tu automóvil estacionado en la calle —entró finalmente mientras yo le ofrecía asiento y un vaso con agua.

—¿Quieres algo más fuerte?

—No. Agua, m'ijo, sólo agua…

—Estaba yo en el baño cuando escuché el timbre, perdóname —me disculpé de regreso de la cocina—. ¿Por qué esa cara? ¿Por qué viniste hasta aquí? Nos hubiéramos visto en un café…

—¿En viernes y con este tráfico?

—Cuando fuera y a la hora que fuera, tratándose de ti.

—Gracias, Nacho —dijo después de dar un sorbo—. Sé que odias las visitas a media mañana porque no te dejan trabajar en tus libros, pero esto es muy importante. Sólo tú lo puedes saber.

—Tú no eres una visita, mejor cuenta, ¿qué sucedió?

—La semana pasada regresamos, tu padre y yo, de un crucero por el Caribe, como te acordarás.

—Sí, por supuesto.

—Ya no te quise contar nada de lo que pasó porque dejé pasar los hechos como una mera casualidad, la pendeja de mí, ¿vas a creer?

—Cuenta, por favor, no me pongas más nervioso.

De pronto suspendió la narración como si hubiera escuchado un ruido extraño.

—¿Está la güera en casa?

—No, ya sabes, está pegando ladrillos en las obras.

—Bueno, es que no quiero que esto trascienda, m'ijo.

—No te preocupes, pero habla, ¿qué pasó en el crucero?

—Pues una noche que tu padre y yo bajamos a cenar todos emperifollados, porque has de saber que el capitán nos invitó a su mesa, tan pronto nos sirvieron los postres, nos fuimos a un bar a bailar con música de nuestros tiempos…

—¿Y…? —insistí ansioso.

—Pues has de saber que en una de esas vueltas que das a la hora de la samba levantando las manos y moviéndolas como si fueran panderos, estábamos muy contentos, ves, y de repente me encontré con —suspendió de improviso la narración—… A ver, sí, mejor así, ¿con quién crees que me encontré, Nachito de mi vida y de mi corazón?

—Ni idea, mamá, ¿cómo quieres que lo sepa?

—No quiero que lo sepas, sino que te lo imagines…

—No me imagino a nadie, ¿con quién te encontraste, ya dímelo —respondí devorado por la curiosidad. Algo importante tenía que haber pasado,

—Pues mira, mi vida —bebió un poco más de agua.

—Mamá, ya está bien…

—Pues mira, Nacho, me encontré con Moni…

—¿Con Moni en el barco? —salté como si alguien hubiera dado la voz de fuego. ¿Con Moni, mi ex…?

—Con Moni, tu ex, tú lo has dicho, con Moni, tu ex…

—¿Y qué diantres hacía en el barco? —pregunté con total incredulidad.

—Bailaba con un marinero, uniformado de azul y blanco, por cierto, pero bien apretadita, la canija.

—Bueno —repuse descansado—, es una casualidad que se hayan encontrado, después de todo ella puede hacer y deshacer su vida como se le dé la gana.

—En eso vamos de acuerdo, Nacho, yo misma iba a ir a saludarla pero estaba muy acaramelada.

—¿Y por qué no lo hiciste?

—Porque cuando me disponía a hacerlo le mostré a tu padre la escena de Moni con el marinero y no sabes cómo se puso.

—¿A él qué le importaba? ¿Qué hizo…? No veo por qué debería ponerse de ninguna manera…

—Pues no sabes las maldiciones y los insultos que pronunció en voz baja y el trabajo que me costó impedir que fuera a tranquearla.

—¿A tranquearla? —repuse yo, indignado y sorprendido por no haber escuchado esa palabra en muchos años.

—Pocas veces lo había visto tan fuera de sí. En ese momento no entendí nada, a jalones me lo llevé de la pista hasta que llegamos a cubierta a respirar aire fresco. Ahí golpeó los barandales y pateó el suelo como si le hubiera dado un ataque de rabia. Pero, ¿qué te pasa?, le dije, no es para tanto, Moni puede hacer de su vida lo que le plazca.

—Claro —insistí tratando de comprender esa reacción.

—Incapaz de decirme la verdad, según lo descubrí más tarde, sólo me explicó que era una falta de respeto hacia ti, que tú no te merecías ese trato y que así quedaba demostrado por qué ella, desde luego, jamás hubiera podido ser la mujer de tu vida.

—Ahora sucede que él va a defender mi honor, ¿no…?

—¿Cuál honor ni que nada? Ya más o menos recuperado de su inexplicable ataque de furia, quien sabe qué hubiera pasado si yo no hubiera ido a bordo, nos fuimos a tratar de dormir pero él no logró hacerlo sino hasta que se tomó dos de sus pastillas más fuertes. Antes de eso dio más vueltas que una víbora en comal.

—¿Y tú cómo te explicas todo esto, mamá?

—Yo no entendía nada hasta el día de hoy en que fui a visitar a tu tía Meche, que está internada en el hospital.

—¿Qué tiene que ver mi tía en todo esto?

—Nada, Nacho, nada, ¿qué va tener que ver la pobre?, lo que pasa es que al llegar a un semáforo me encontré, casualidad de casualidades, a tu padre en su cochezazo, acompañado de… ¿de quién vas a creer?

—¡No sé, demonios! ¿De quién? —estaba de pie, deseoso de conocer el desenlace.

—Pues de Moni, cariñito, de la misma Moni, tu ex, la del crucero, Nachito, la tipa esa…

—¿Moni con mi papá…?

—Moni con tu papá, para que te lo sepas, rey…

—Es que no puede ser, mamá…

—No, claro que no puede ser y menos en mi caso, porque tú y ella ya no tienen afortunadamente nada qué ver, pero tu padre es mi marido, por si no lo sabías, y me engaña con tu ex novia…

—¡Es que no tiene llenadera este miserable! —enfurecí—. ¿Y desde cuándo salen? —pregunté a mi madre como si ella conociera toda la historia.

—Desde cuándo no lo sé, lo que sí sé es que los perseguí, olvidándome de tu tía Meche. Ellos no me habían visto hasta que los pude alcanzar y me les cerré como si yo fuera una de esas policías de las películas que van en sus patrullas a atrapar delincuentes. Nadie podía conmigo en esos momentos…

—¡Ah, caray! ¿Y entonces…?

—Pues me acerqué a la ventanilla y ahora sí, m'ijito, vas a ver llorar a Dios en tierra de hombres: hubieras visto la cara de pedo, tú lo perdonarás, que me puso tu padre cuando me acerqué como si quisiera tirarle hasta el último diente. Créeme, Nachito, se le bajó la sangre hasta los calzones. Su cara cambió de color en un instante hasta ponerse como ese papel de tu escritorio. Pálido como estaba trató todavía de explicarse tartamudeando, mientras Moni deseaba saltar por la ventana dejándole todo el problema a aquel, pero no te preocupes, yo traía para los dos —contaba mi madre sin llorar. No venía a hacer una escenita de celos ni a representar un papel de mujer engañada y ofendida.

Yo mismo estaba sorprendido por su audacia.

—Conque te ibas de viaje a una convención de cafetaleros a la que yo no podía ir, ¿no? —lo encañoné, como tú dices.

—Efectivamente, mi vida —respondió tu padre sin poderse mover; estaba paralizado, sorprendido en fragancia… no, en flagrancia o como se diga—. Voy a Veracruz a la convención que te conté. Me encontré a Moni en un sitio de taxis y la estoy llevando a un taller para que recoja su automóvil, mi vida…

—¡Mi vida, madre, o madres, o como se diga! Te estás escapando con esta maldita mujer que ha comido en mi mesa, le he servido, la he aconsejado, la he recibido con cariño como si fuera de la familia, fue la amante de nuestro hijo, no su novia, su amante, y todo lo que yo le he dado es amor y ella me paga con una puñalada trapera.

—Sonia, yo te juro… —trató de defenderse tu ex.

—No jures, princesita, ni niegues lo evidente, sales con este gandul por dinero y las mujeres que salen con los hombres por dinero, ya sabes cómo se llaman, ¿o ahora me vas a salir con que lo quieres y se aman y se van a casar, no?

—Me lleva sólo por mi coche, Sonia, te lo juro…

—¿Me lo juras, niñita? ¿Crees que me puedes hacer taruga? —dije colocando las manos en la portezuela mientras los bocinazos de los coches me recordaban una y otra vez a tu abuela—. Bien: abramos la cajuela y si encuentro ropa de mujer en una maleta, ¿te rindes? ¿A dónde va mi marido con una vieja como tú y además con su ropa si no es para pasar un fin de semana de idilio? ¿Abrimos la cajuela, reina…? ¡Todavía no nace quien me pueda ver la cara de pendeja…!

Mi madre parecía otra persona, no la que yo había conocido. Me sorprendió. ¿De dónde habría sacado de pronto tantas agallas?

—Una menos, Nacho, cuando se quedó callada me di cuenta de que la tenía en mis manos. Hubieras visto la cara. Quería llorar o morirse pero tenía que aguantarse y entonces es cuando te vengué, m'ijito, te vengué de todas las que te había hecho esa zorra.

—¿Qué le dijiste? —pregunté sin salir de mi estupor.

—A ver Mónica, encabrónate ahora como lo hacías con mi hijo hasta ulcerarlo, a ver, a ver, a ver… Quiero verte.

—¡Ya está bien! —dijo tu padre—. Quita tu coche y déjame llevar a esta niña a su taller o no voy a llegar a mi convención. Deja de estar inventando cosas.

—¿Inventando, Alfonso…? ¿Qué te apuestas a que en la cajuela hay ropa de mujer, de esta zorra? ¿O ahora resulta que eres abonero? A ver, ¿en qué hotel te vas a hospedar? Quiero ver cuántos invitados van a tu convencioncita. Habla, a ver, habla… ¿A que no hay convención alguna, chulo…?

—Quítate o no respondo…

—¿No respondes de qué? —pregunté furiosa mientras los insultos me llovían como tormenta tropical. ¿Vas a venir con bravuconadas ahora? ¿Crees que me vas a impresionar?

—¡Sonia, por el amor de Dios, estás interrumpiendo todo el tráfico!

—¡Alfonso, por el amor de Dios, estás arruinando mi vida, grandísimo miserable! ¡Claro que nunca debí creer en ti! Tendrían que haberme bastado las razones por las que te divorciaste dos veces. Lo malo es que me enamoré y la cabeza me dejó de funcionar.

—Hablémoslo cuando regrese. Ahora, por favor, déjame salir.

—Váyanse ya, está bien, pero quiero que escuchen dos cosas más: la primera que ahora entiendo que la invitaste al crucero, grandísimo tramposo, iban juntos y aquí tu taruga nunca iba a darse cuenta, ¿verdad? ¿Acaso creíste que no sospechaba de tus necesidades diarias de masajes, o tus salidas a meditar o a respirar la brisa del mar? Me ofende que me creas tan bruta, Alfonso, pero es muy fácil engañar a quien cree en ti ciegamente. Todas las veces que te busqué para acompañarte en los bares o en el gimnasio o en proa, porque a ti te gustaba desafiar al mar, nunca te encontré por una única y simple razón: no te busqué en el camarote de esta perra.

—¡Sonia, basta…!

—¡De la que se salvó mi Nachito del alma, esta no sólo es bronca, también es puta…!

—¿Te vas a callar…?

—Sí, ya me voy a callar, pero antes quiero que sepas que cuando regreses de tu convención te deberás buscar dónde dormir, salvo que quieras hacerlo en el burdel de esta…

—Ya lo veremos…

—No veremos nada, rey, ahora mismo compraré unas cajas y las llenaré con tus cosas: verás a dónde voy a echarlas.

—El departamento es mío —contestó el muy ruin…

—Está bien, tendrás que entendértelas con tus hijos antes de que me lances a la calle —dejó mi madre en claro para rematar lanzando un dardo envenenado con el que mataba su matrimonio en términos irreversibles—. Ya sé que te lo han dicho muchas veces, pero como me lo comentó Margarita, tu primera mujer, una vez al oído: si tu padre, si el querido Ave Tito, se hubiera masturbado en un baño público en lugar de haberte engendrado, le hubiera hecho un bien a este país… Ahora lárgate, ya te puedes ir, feliz fin de semana, espero que se te levante…

Una sensación inexplicable de alivio me invadió repentinamente. ¿Qué más tenía que hablar con mi padre después de esa conversación? Nada, ¿verdad? Mónica era una decepción más para mí. Yo creía, como novelista y estudioso de la conducta humana, haber aprendido a distinguir la maldad, el interés avieso, la perversión, la verdad oculta en los movimientos e intenciones de mis semejantes, pero me había equivocado. Era evidente que nunca había captado la verdadera personalidad ni los móviles de ella. La pesadilla recurrente que empezó a asediarme consistía en una extraña visión en la que una niña pequeñita me obsequiaba cariñosamente un ramito de rosas frescas, perfumadas, unos capullos cubiertos por gotas de rocío que yo me llevaba inocentemente a la nariz para olerlas y agradecer el gesto, sin percatarme de que una víbora coralillo había sido escondida ahí para matarme.

—¿Entonces crees que tuvo la audacia de invitar a Mónica al mismo barco y pensar que no la ibas a ver?

—Por supuesto: ella sabía en qué comedor íbamos a estar, en cuál íbamos a desayunar, a qué horas iríamos al casino: conocía todas las rutinas. Nosotros siempre caminaremos por el lado izquierdo del barco, tú hazlo por el derecho. Ponte cachucha y lentes oscuros.

—¿Y entonces por qué se fue a bailar con el marinero jugándose el todo por el todo?

—Porque se aburrió. Es bastante indigno, me imagino, que te prohíban salir del camarote como si fueras una maleta. Tal vez se disgustaron porque debe ser horrible andar a escondidas y viajar como un bulto debajo de la cama sólo para esperar a que el santo señor venga a manosearte. Ya ves cómo es de brava tu Moniquita: no te voy a explicar yo a ti cómo funciona el angelito… A todos nos resultó muy evidente cómo tronaba como chinampina a la de tres y, por eso, la gatita le resultó respondona.

En el fondo me seguían lastimando los insultos disparados en contra de Mónica. No podía engañarme. Había llegado a quererla intensamente. La realidad me había quitado la venda de los ojos. Ella decidió colocarse en la posición ideal para morir lapidada. ¡Qué manera de hacerse daño! Imposible defenderla. Le había perdido todo el respeto. Su imagen estalló como una burbuja de jabón. No quedó nada.

—¿Y qué vas a hacer cuando regrese mi padre de su convención? —pregunté al ver a mi madre más tranquila.

—Ponte de acuerdo con Ricardo y María Luisa. Cuento con ustedes, mis hijos. Tu padre siempre utilizó el dinero como una herramienta para controlarme. Estoy en sus manos económicamente. Seguro va a insistir en el chantaje para que yo haga lo que se le dé la gana. Sólo que esta vez se acabó.

Pensé en mi hermana María Luisa, que siempre había llevado una espléndida relación con mi padre. Era el momento de aprovecharla, aun cuando, justo es decirlo, en los últimos años se había venido lastimando la de mi madre con ella. No entendía las razones; sin embargo, Mari representaba el primer recurso, la avanzada para atacar el problema. La buscaría para delinear una estrategia. Tres años habían transcurrido desde mi rompimiento con Mónica. ¡Cuánta agua había pasado debajo del puente en ese periodo…!

Una vez exonerado Morones de cualquier responsabilidad en torno al asesinato de Field Jurado y relevado, además, de los cargos por secuestro de tres senadores de la República —como siempre acontece en la historia judicial de México, nunca se vio tras de las rejas ni a los autores materiales ni a los intelectuales de semejantes crímenes—, acusó tanto a Orozco y Jiménez como al gobernador Zuno de ser delahuertistas, el peor pecado político de la época, y de haberse sumado al intento de golpe de Estado para derrocar a Álvaro Obregón. Son sediciosos. Depongámoslos, expulsémoslos, desterrémoslos o encarcelémoslos.

El Chamula se siente agraviado por semejantes acusaciones. Las sabe falsas. Imagina el rostro obeso del intrigante. Protesta. Jamás estuve implicado en un plan de esa naturaleza. El señor Adolfo de la Huerta lo sabe a ciencia cierta. Su presencia en el país es inconveniente en estos momentos, piensa Calles en medio de su campaña, pues en algunos poblados se ha visto obligado a salir al paso de las protestas de grupos de fanáticos: "Yo respeto el cristianismo porque sé que Jesucristo fue el primer amigo de los desvalidos y esos que les han aconsejado que vengan a gritar *Viva Cristo Rey* no son capaces de darles un pedazo de pan ni un pedazo de tierra que labrar para llevar el sustento a sus hogares, ni son capaces tampoco de fundar una escuela para estos pobres chiquillos que desearía la reacción vivieran siempre en las tinieblas del fanatismo… Yo recomiendo a los que están gritando *Viva Cristo Rey*, digan a quienes les aconsejaron desde el púlpito, ¡que ya nos encontraremos en el campo de la lucha y que los volveremos a derrotar como los hemos derrotado siempre!… Nosotros no venimos combatiendo ninguna religión; como revolucionarios hemos luchado en contra del clero mismo porque se respeten todas las creencias y todas las opiniones".[49]

Abundaban por todas partes, asimismo, volantes como aquel en que se lamentaban: "¡Oh tierra bendita de la Virgen Santísima de Guadalupe… ¿Cómo podrás permitir tú Virgen Pura, que un hombre ruin, de las lejanas tierras exóticas del Oriente, tal como un Elías Calles, que no sintió mecer su cuna bajo tus frondas y en esta misma tierra, que desde el Tepeyac cubres con tu manto de áureas estrellas y de bondad infinita, pueda, engañando a las multitudes con falsos evangelios, instigarlas para que lo eleven al poder, para después continuar su obra de anarquía, de despojo, de asesinato, de violación, más allá del Soviet ruso?… Señor Presidente Obregón: Los varones fuertes, como vos, sirven de centinelas para guardar el honor nacional, y un deshonor será si le prestáis vuestro apoyo para asaltar el poder."[50]

Definitivamente Orozco debe irse, de lo contrario le pediría a Morones echar mano de su imaginación para deshacerse de él, eso sí, sin matarlo, pues la iglesia lo podría convertir en mártir. El clero aprovecharía su "martirio" para movilizar a las masas, a las estúpidas masas que responden a emociones y no a argumentos. ¿Cuándo se ha visto a una muchedumbre que razone? Condúcela, como al ganado, entre gritos, balazos y silbidos. Asústala, enardécela, provócala, sacúdela, apasiónala, estimúlala, desquíciala y manéjala entonces a placer. Luis, Napito: hazle llegar a este apóstol un par de mensajitos anunciándole su viaje prematuro al más allá en caso de que ignore las sabias recomendaciones de salir "a consultas a la Santa Sede." Las advertencias se dan. Las amenazas podrían cumplirse en cualquier momento. Recordemos al pobre Field. Tuvieron el descaro de anunciar públicamente su ejecución.

Orozco y Jiménez se reúne con Bergöend, con Garibi Rivera, con Anacleto para trazar una estrategia. Los cuatro coinciden en la conveniencia de solicitar una audiencia con el presidente de la República así, hombre a hombre y cara a cara, para hacerle saber la injusticia de que está siendo objeto. Acuerdan redactar un comunicado en el que el arzobispo dejaría bien asentado que "era una fábula que hubiera dado algún dinero a los rebeldes, siendo bien notoria la penuria de la Iglesia". Juraba además, "solemnemente, por el Santo Nombre de Dios, que eran absolutamente falsas las imputaciones que me hacen en el sentido de haber tomado alguna participación en esa revolución." Al concluir la sesión El Chamula ve de reojo a Anacleto con la esperanza de que esta vez no tenga que abandonar la Catedral apresuradamente, como en días pasados. Quiero pasar más tiempo contigo a solas, Cleto. Acomoda tu agenda de modo que esto sea posible… Te necesito…

El 19 de marzo de 1924, un mes antes de la segunda entrevista, Obregón declara públicamente: "considero infundada la versión de que Orozco y Jiménez encabeza un grupo de hombres armados en los Altos de Jalisco".[51] El estado mayor eclesiástico aplaude en la intimidad. Presidente y arzobispo recuerdan la conversación sostenida tres años atrás, en abril de 1921, poco después del estallido de una bomba en el Palacio del Arzobispado y unos meses antes de la sorpresiva asistencia de Obregón a la Catedral de México con motivo de la celebración del Centenario. Anacleto propone la compra de un automóvil ex profeso para efectos del traslado de Su Ilustrísima al Distrito Federal. Impidamos la posibilidad de cualquier fuga de información. La reunión secreta se debe llevar a cabo dentro del más riguroso hermetismo. Que Su Excelencia viaje en el "fotingo" por carretera, hasta Palacio Nacional. La discreción nos exige prescindir del uso del ferrocarril. Su presencia en la capital de la República debe pasar inadvertida, al igual que todo el trayecto.[52]

Que entre discretamente por la puerta pequeña que da a la calle de Corregidora…

No, por supuesto que no, ¿están locos?, por ahí, se dice, salía Juárez en las noches a contratar mujerzuelas. Esa entrada la maldijo el Diablo. No permitamos que Su Ilustrísima utilice esa entrada que facilitó la comisión de pecados mortales que el maldito indio zapoteca ya estará purgando en la galera más recalcitrante del infierno…

¿Que vaya disfrazado como lo hacía en las barrancas de Jalisco…?

¿Su Excelencia disfrazado? Exhibiría su juego, además de ser una indignidad. Por elemental respeto a su elevada investidura, que vaya vestido como corresponde a todo un príncipe de la iglesia.

Obregón recibió finalmente al prelado en abril de 1924. El jefe de la nación le extendió la bienvenida de pie, en la adusta oficina presidencial, excediéndose en atenciones, dentro de las reglas marcadas por el protocolo diplomático. Ni siquiera Colunga, el secretario de Gobernación, sucesor de Calles, estuvo presente. Por supuesto, evitaron el tema de la boda en Jalisco en donde el prelado se negó a saludar al Manco. ¿Para qué las asperezas? Obviamente, tampoco conversaron respecto al vandalismo de que fue objeto la iglesia católica durante la toma de Guadalajara en los años de la revolución ni cuando el mismo Obregón despojó a Orozco de su automóvil para su uso personal en aquellos años. La rispidez en esta coyuntura no conduciría sino a aumentar las posibilidades de un nuevo destierro de Su Excelencia. Nunca te arranques las costras…

Vestido con su sotana carmesí, sin la menor arruga, como si no hubiera viajado en automóvil, manteo y sombrero de teja, el alto prelado luce la imprescindible cruz pectoral colgada del cuello por una gruesa cadena de oro. Era claro que El Chamula había olvidado las palabras de Jesús dirigidas a un joven que pretendía seguirlo: "Ten en cuenta que las zorras del campo tienen un agujero donde guarecerse y los pájaros del cielo tienen un nido; y en cambio, yo no tengo ni dónde reclinar mi cabeza". Tal parecía que intentaba contrastar los poderes de la tierra con la excelencia de lo eterno. El arzobispo impactaba con su indumentaria, su léxico escogido, su presencia, su deslumbrante elegancia y la imponente seguridad en sí mismo, las características de un auténtico jerarca de la iglesia. Así entró el prelado, con toda su dignidad a cuestas, en el despacho presidencial después de que un militar galardonado, enfundado en un uniforme de gala, tocara delicadamente a la puerta de la oficina más importante del país.

La entrevista duró menos de una hora. La preocupación central de Orozco, una de las que había justificado su visita, a pesar de todos sus prejuicios, consistía en convencer al jefe de la nación de su inocencia: ni en esta ocasión, ni en ninguna otra, podría admitir ser acusado de golpista y menos, mucho menos, de magnicida con tal de derrocar a un gobierno, por más anticlerical que fuera. Ni hablar, por esa razón vengo aquí, a darle la cara y a exponerle una realidad que usted, tal vez, desconoce.

Obregón lo dejó expresarse sin interrumpirlo. En el fondo admiraba a ese personaje tan convencido de sus ideas y que estaba dispuesto a defenderlas con todo aquello que tuviera a su alcance. Por supuesto que era un guerrillero camuflado, un incendiario, un enemigo del orden público, un sedicioso que infectaba a la sociedad enfrentándola a la autoridad con el pretexto de la salvación de las almas, cuando en realidad el conflicto, como siempre, se reducía a un mero problema de dinero y de poder político y de impunidad para violar la ley. No podía negar, asimismo, que tenía enfrente a un adversario de consideración con una notable habilidad en la manipulación de las masas, comparable, si acaso, al Gordo Morones, ese infeliz del que debía deshacerse, mandarlo matar, no sólo por no respetar su elevada investidura y haberle creado innumerables conflictos a su gobierno, sino porque resultaba inadmisible, tal y como ya empezaba a correr la voz, que Calles pudiera nombrar secretario de Estado a un mandril asesino, a un vulgar ratero que no sólo no le guardaba lealtad al obregonismo, sino que haría todo lo posible, y más, por vengar la afrenta de no haberle concedido un puesto en su gabinete y por haberlo amonestado públicamente por el asesinato del senador Francisco Field Jurado, crimen del cual el Manco, por otro lado, había sido previamente informado y cuya ejecución le convenía abiertamente. Morones era un dolor de cabeza, más aún en sus planes para regresar a Palacio. Había que liquidarlo antes de que fuera demasiado tarde. La fecha acordada, quisiera o no quisiera el Señor, no podía exceder, de ninguna manera, del primero de diciembre, precisamente el día de la toma de posesión de Plutarco.

—¿Y qué me cuenta de la ACJM, monseñor? —preguntó Obregón cáusticamente—. Me dicen que está usted detrás de esa organización que en cualquier momento se puede convertir en pandilla para derrocar al gobierno federal —comentó como si ya nada lo sorprendiera—. Me dicen, además —continuó sin retirar la mirada del rostro del prelado—, que usted creó la Orden de los Caballeros de Colón, aquí en México, para capitanear una asociación de empresarios tan ricos como católicos, dispuestos a financiar una revuelta militar para imponer a un jefe de Estado hecho a la medida de su iglesia, al estilo de Santa Anna o de Porfirio Díaz.

—¡Alabado sea el Señor! —repuso Orozco persignándose con la cruz pectoral de oro y esmeraldas labrada por artesanos venecianos. ¡Qué manera de iniciar una conversación, Dios mío!—. Si las personas —se abstuvo de utilizar el término *gobernantes*— fueran más a menudo a misa y se confesaran con más asiduidad, no cometerían estos atentados en contra del honor. ¡Con cuánta ligereza y facilidad se puede mancillar la dignidad de un hombre! —el tono del prelado fue pausado y solemne; no dejó filtrar la menor emoción tampoco en sus ademanes—. La ACJM y los Caballeros de Colón son organizaciones de jóvenes o de empresarios que sólo justifican su existencia por su indeclinable amor al Señor. ¿Se les puede criticar acaso por ser genuinos amantes de su religión? ¡Hasta dónde llega la maldad humana…!

—Sí —interceptó el Manco—, pero con ese pretexto de supuesto amor son capaces de convocar a la revolución cuando nadie interfiere, en realidad, con sus creencias espirituales.

—Está usted mal informado, señor presidente, créame, tal vez está usted malinformado por alguno que otro jacobino que no nos quiere… A lo mejor…

—¿Que no los queremos? —interrumpió Obregón bruscamente—. ¿Cómo explica entonces que en mis dos primeros años de gobierno haya extendido treinta y siete permisos para la construcción de templos católicos y veintiuno para los evangélicos? ¿No les restituí las iglesias confiscadas durante la lucha armada? —repuso como si estuviera disparando una ametralladora—. ¿No le permití a usted mismo llevar a cabo la coronación de la Virgen de Zapopan? ¿No pudieron reanudar sus grandes reuniones de principios de siglo como el Congreso Social Agrícola o el Congreso Nacional Católico Obrero, celebrado justo en su tierra, en Guadalajara? ¿No surgió de ahí mismo la Confederación Nacional Católica del Trabajo, mientras la Asociación Católica de la Juventud Mexicana realizaba su reunión nacional en la Ciudad de México? ¿Eh…? La Unión de Damas Católicas, ¿no realizó también su primer congreso nacional en 1922? ¿Y me dice que no los queremos? ¿Qué me cuenta de instituciones como el "Ropero de los Pobres", la del "Perpetuo Socorro" y la del "Aguinaldo del Niño Pobre"?[53] ¿Se puede imaginar las presiones que he recibido para impedir que ustedes se organicen como lo están haciendo para poder enfrentarse en mejores condiciones al futuro gobierno? Por favor, seamos honestos, ni Carranza ni yo les aplicamos la Constitución como se debe y todavía me sale con que no los queremos...

—Debo recordarle —devolvió los golpes Orozco y Jiménez— que la Constitución a la que usted se refiere no prohíbe, de ninguna manera, la formación de esas entidades fraternas que acercan a los mexicanos entre sí y ante Dios. Son inocuas. ¿A quién quiere usted que les haga daño la Unión de Damas Católicas o la coronación de nuestra sacratísima Virgen de Zapopan?

—¡Ah!, ¿entonces son ustedes unos malagradecidos? ¿Cree usted que no me desgasté en lo interno al autorizarlo o, dicho al revés, no cree usted que bien me las hubiera podido arreglar para haber impedido el nacimiento o evolución de cualquier organización católica? Si las toleramos, malo, y si no las toleramos, malo también, ¿no..? No me subestime, por favor... No le voy a enseñar al Papa a dar la bendición, ¿verdad?

Obregón no era un político menor ni desmemoriado. Se trataba de un funcionario agudo, conspicuo, conocedor y lacerante. No se podía bajar la guardia con él ni soltar comentarios indebidamente sopesados porque la respuesta podría ser feroz. No conocía la clemencia. Cuando podía asestar un golpe no dudaba en hacerlo, más, mucho más aún cuando se trataba de la iglesia católica, una institución a la que despreciaba y aborrecía con sobradas justificaciones.

El arzobispo hubiera querido protestar por las autorizaciones concedidas a los evangélicos, pero le resultaba imposible tratar siquiera de defender su deseo de aspirar al monopolio del mercado espiritual de México, aun cuando los católicos representaban una mayoría aplastante, imbatible.

—¿Es falso entonces que los Caballeros de Colón puedan aportar sus inmensos recursos para financiar los objetivos desestabilizadores de la ACJM?

—Por supuesto que es falsa la aseveración —exclamó el arzobispo bajándose la sotana a la altura de los tobillos para que sólo se pudieran distinguir sus zapatillas negras de charol. Tenía las piernas perfectamente cerradas. Con los dedos índices y los pulgares de cada mano alineó, con suma delicadeza, los pliegues y la caída de la tela—. Nuestras organizaciones son pacíficas...

—Hasta que no lo sean, monseñor. Todo parece indicar que la unión de fuerzas que ustedes estructuran no tiene otro propósito que el de desestabilizar a mi gobierno o al siguiente, si es que llegara a ganar el general Calles.

—Nosotros nos dedicamos a las grandes causas de Dios y no a patrocinar golpes armados, pero eso sí, por la misericordia del Señor no quisiéramos ver a Calles en la Presidencia… Sin embargo, bien lo sabemos, tendremos que resignarnos a la infalible voluntad de Jesús y aceptar sus sagrados designios. Él sabrá por qué lo hace…

—¿Por qué no quieren a Calles? Es un buen hombre…

Orozco hubiera querido decir que era un notable hijo del Diablo, un hombre que no había nacido de vientre humano sino de una hiena, que era la reencarnación misma de Juárez en el siglo xx, la versión moderna, que utilizaría su inmenso poder y no descansaría hasta no ver destruido el imperio sagrado de Dios. Su paisano extraviará al país en la perdición moral hasta sepultarlo de nueva cuenta en el reino de las tinieblas, del que la iglesia católica había tratado de rescatar a la nación desde el arribo de los primeros sacerdotes que vinieron a combatir la idolatría. Calles, tarde o temprano, con tal de aplicar la Constitución tal y como había sido redactada en el infierno, llevaría a una confrontación similar a la Guerra de Reforma. De hecho ya estaban incendiando al país gobernadores satánicos anticlericales, anticristianos, anticatólicos, antihumanitarios como Garrido Canabal en Tabasco, José Guadalupe Zuno en Jalisco y Francisco Múgica en Michoacán. A Carrillo Puerto, el de Yucatán, afortunadamente, gracias a Dios, ya lo habían fusilado por haber sido una mala oveja. Si Calles llega al poder derramará sangre porque incitará al indio contra el blanco, al pobre contra el rico, al obrero contra el patrón, al ateo contra el religioso, al mexicano contra el mexicano… Escúchame bien, maldito Obregón, si el Turco, ese malvado portador de un inagotable depósito de rencor musulmán en contra de Cristo, llegara a tomar posesión de Palacio Nacional a finales de año, serás el único e inexcusable culpable de los males que le acarrees a México. Tú lo impusiste a sangre y fuego, pues a sangre y fuego lo derrocaremos…

—Por supuesto que es un buen hombre, señor presidente, sólo que podría estar un poco confundido por rodearse de tantos enemigos de Nuestra Santa Madre Iglesia —adujo finalmente Orozco viéndose el anillo pastoral de oro macizo.

El triunfo del Turco, continuó pensando el prelado mientras estructuraba su discurso, sólo será posible si se roban los votos, secuestran las urnas y balean las casillas, es decir, si se comete un gigantesco fraude. De sobra conocía el arzobispo las escasas posibilidades con que contaba Ángel Flores, el candidato de los católicos a la Presidencia, para ganar las elecciones del próximo mes de julio. De la Huerta, por otro lado, ya había sido derrotado, se había ejecutado una auténtica carnicería del ejército mexicano, a raíz de la cual Fito había decidido exiliarse en Los Ángeles para sobrevivir, del otro lado de la frontera, gracias a las clases de solfeo… La decisión ya la tomó Obregón, el gran elector. La voluntad de la nación no cuenta, ni contará en las elecciones de 1924 ni en las 1928 ni en las de 1932 ni en cualquier otra. Estos sonorenses disputarán para siempre el poder hasta que se percaten de la imposibilidad de compartirlo y entonces ya sólo quedará uno y ese uno seguirá siendo nuestro eterno enemigo. La suerte, pues, está echada…

—No tendrán ningún problema con él, se los garantizo yo… Uno es el político de campaña y otro, muy distinto, el que trabaja en ese escritorio y se pone a gobernar, su excelencia —agregó Obregón señalando el mueble, esa joya de la ebanistería mexicana sobre la que Juárez suscribiera documentos de valor histórico con los que cambió el destino del país—. No se alarmen por sus declaraciones, a veces pueden ser un tanto cuanto atrevidas.

Obregón recordaba la información confidencial que obraba en su poder en torno a la actitud tradicionalmente subversiva de El Chamula. Por supuesto que era un destacado sedicioso, un peligroso rebelde por su talento, inteligencia, arrojo, amplia cultura y conocimiento de las fibras sensibles del mexicano. En fin, un personaje de cuidado y respeto. No se trataba de un humilde cura pueblerino, además pequeñito, ignorante, tímido, oscuro de piel, con la dentadura incompleta y la mirada esquiva, no, qué va, sino de un hombre de gran prestancia física, perfil latino, piel blanca, alto, bien parecido, arrogante y petulante en extremo, sí, pero además se trataba de un estratega agudo y extraordinariamente hábil con eficientes relaciones en Washington y en Roma. Sabía cómo se había evadido, cuantas veces fue necesario, de la justicia. Se le había aprehendido y desterrado sin encarcelarlo ni fusilarlo para evitar una respuesta social que pudiera, tal vez, incendiar al país. Por alguna fundada razón se le había acusado de traición a la patria y había estado sujeto a muchas persecuciones. Él, este humilde jesuita, incapaz siquiera de elevar la voz, había promovido, oculto desde el anonimato, el cierre de las iglesias, la suspensión de servicios religiosos, además de la prohibición de llevar

a cabo compras, salvo las estrictamente indispensables, en su arquidiócesis para poner de rodillas al gobierno de Jalisco al no poder recaudar impuestos ni evitar el cierre de empresas ocasionado por el
escandaloso desplome de las ventas. Ya ni hablar del desempleo en el
Estado, que se tradujo efectivamente en parálisis económica, en marchas callejeras, en protestas ciudadanas que hubieran podido derrocar
al gobierno local. Con la iglesia hemos topado, Sancho… ¡Imposible
imaginar la misma política ejecutada a nivel nacional! Incvitablemente
se desataría la violencia. ¿Qué hacer con los templos cerrados sin
poder tener acceso a la confesión, a la imprescindible bendición de la
extremaunción, a la posibilidad de contraer matrimonio religioso? ¿La
opción era el infierno? ¿Y el bautizo? ¿Nos iremos al Diablo por culpa
del gobierno? ¿Cómo desatender la compra de alimentos según las
órdenes vertidas por los párrocos de iglesias y catedrales de México?
¿El hambre? ¿Y mis niños? ¿Cuánto tiempo se podría controlar una
situación de tal nivel de explosividad social? La gente sin misa y sin
comida, so pena de caer en pecado mortal y por ende en la excomunión… ¡Qué barbaridad! Claro que la batalla la ganó ampliamente El
Chamula, sobre todo ante un Carranza tan temeroso como obsequioso. ¡Cómo olvidar cuando Orozco amenazó a Zuno con un levantamiento armado si se obligaba a los curas a cumplir con la ley
como cualquier otro ciudadano! El presidente estaba frente a un hombre de gran consideración que, con su hablar pausado y comprensivo,
parecía incapaz de la menor violencia, cuando ya había comandado
exitosamente pequeños ejércitos de rebeldes. Miserable, si hubiera en
el Patio de Honor una pira de la Santa Inquisición, como la que éste
y sus ancestros construyeron, lo quemaría vivo ahora mismo hasta que
no quedaran ni las cenizas del mal bicho.

—De modo, señor presidente, que no es mi deseo retirarme
del país por el momento, menos aún cuando estoy acusado injustifi-
cadamente de sedición —exclamó Orozco, expresándose con gran
cuidado como si pisara la superficie fina de hielo en un lago—. Mi
partida sería vista como una fuga, una remoción, un nuevo destierro
o una muestra de cobardía, las cuatro posibilidades muy inconvenientes para mí, y porque además, señor mío, estamos organizando
el Magno Congreso Eucarístico Internacional para finales de este
año. Yo le agradecería su comprensión para que desestimaran los
cargos en mi contra y me permitieran continuar con mis trabajos
evangélicos. Es más, el derecho canónico prescribe que los pastores

visiten cada cinco años la Santa Sede para informar del estado de las diversas actividades apostólicas a nuestro cuidado. Mi última visita fue en 1919, por lo que ahora, en 1924, como jefe de la iglesia tapatía, tendría que cumplir con mis obligaciones pastorales, pero, sin embargo, estoy dispuesto a apelar a la benevolencia del Sumo Pontífice para diferir, por esta vez, mi viaje *Ad limina apostolorum*, con tal de ayudar a mis hermanos a que sea un éxito nuestro evento, además de ver por el desvanecimiento de las imputaciones dolosas de que soy nuevamente víctima.

—Yo creo, monseñor, y se lo digo con todo respeto, usted y yo ya nos hemos reunido con antelación —adujo Obregón dando un golpe con su mano en el descansabrazos de su asiento capitoneado con cuero negro, la señal de que la entrevista había concluido—, que lo mejor sería, en esta ocasión y porque las aguas están muy revueltas ahora, en plena campaña, que se apartara usted algún tiempo del país aun cuando, de sobra lo sé, es usted inocente de las acusaciones de los eternos malosos.

—¿Y el Congreso Eucarístico Mundial, señor…?

—La Iglesia cuenta con un poder de organización mayor que el propio gobierno federal, de modo que pida usted ayuda a sus queridos hermanos. Tal vez el arzobispo Ruiz y Flores podría encargarse de él… ¿no cree?

—Si soy inocente, defiéndame —agregó El Chamula mostrando un rasgo de su carácter impetuoso, una falta imperdonable ante la máxima autoridad del país.

—Defenderlo, señor mío, me llevará tiempo y confundirá a la nación, además, en época de elecciones. Sería una imprudencia ciertamente inconveniente para ambos. Concedámonos tiempo. No es una petición desbocada, ¿verdad?

La mirada cargada de sevicia del arzobispo, ya puesto también de pie, podía haber sido la de uno de los verdugos del Tribunal de la Santa Inquisición en el momento de la autorización para torturar a un indígena en el potro del descoyuntamiento, de modo que no le quedara ni un solo hueso sano.

—Si tiempo necesita, tiempo tendrá, señor presidente —repuso el prelado encaminándose a la puerta. Mientras recogía el bonete, colocado sobre una silla, lo acosó de golpe una catarata de fantasías tan negras como atrevidas. Tiempo es lo que este miserable le suplicará algún día a Dios antes de morir, pero el Señor, en su inmensa sabiduría,

no se lo concederá. Bien sabe Él que Obregón es el causante de todo.
La Virgen de Guadalupe habrá de escuchar mis plegarias. Sin Obregón
no hay Calles y sin Calles advendrá la paz y la luz… Señor, apiádate de
este país tan necesitado de tu suprema guía…

¿Y si se fuera, ahora mismo, sobre Obregón, lo derribara y lo
inmovilizara boca arriba con las piernas y lo estrangulara, al fin y al
cabo al presidente de la República no podría defenderse más que con
el brazo izquierdo? Se oirían algunos taconeos dados con las medias
botas del sonorense hasta que el ruido se fuera desvaneciendo gradualmente. ¿Una cobardía aprovecharse así de un inválido? Babosa-
das: en la guerra todo se vale con tal de acabar con el enemigo… Su
Excelencia contaba con todas las ventajas a su favor. ¿No estaban,
además, completamente solos? Lo podría asfixiar en cuestión de minutos para cambiar la historia de México, en manos de estos barba-
janes. A veces las situaciones se ven mucho más complejas de lo que
son en realidad. Así, con sus manos y en un instante, podría hacerle
un gran bien a la patria que le agradecerían todas las generaciones de
católicos por venir. Acto seguido, bajaría parsimoniosamente las escaleras con sus barandales cubiertos con latón y se retiraría a bordo
de su fotingo, como cualquier ciudadano que termina su audiencia
con el primer mandatario. Pero, ¿y si había espías detrás de las paredes? ¿O el uniformado todavía esperaba atrás de la puerta? No, el plan
resultaba de imposible ejecución. Cualquiera lo señalaría a él como
el autor material del crimen. El arzobispo Orozco y Jiménez asesina
al titular del Ejecutivo Federal. ¡Cuánto descrédito para la Iglesia! No,
no se podía ser tan burdo. Desde el Colegio Pío Latino, en Italia, le
habían enseñado a aventar la piedra y esconder la mano. Sería imperdonable ignorar sus conocimientos y su experiencia para dejarse llevar por sus impulsos a esas alturas de su vida.

En ningún momento pensó Orozco en ofrecer su anillo pastoral para que lo besara el presidente. Se hubiera expuesto a una
humillación, inadmisible para un hombre de su jerarquía. Es más, ni
siquiera se dieron la mano, tal y como pudo comprobarlo el uniformado que, sin pronunciar palabra alguna, lo condujo de regreso a su
fotingo. A lo máximo que llegaron ambos personajes fue a obse-
quiarse, recíprocamente, un breve asentimiento de cabeza. Ya se vería
quién la perdía primero…

La iglesia católica ha ayudado a la resignación del pueblo, a
su sometimiento, a su embrutecimiento, pensó Obregón mientras

veía al purpurado descender por la escalera de cantera que conducía al Patio de Honor. Educaron a los ricos sepultándolos en prejuicios irracionales y se olvidaron de las masas, una parte fundamental de su mercado espiritual que se financia con el goteo permanente de las limosnas. Sería bueno que en su Congreso Eucarístico elevaran a la categoría de pecado mortal la flojera, el alcoholismo, la violencia familiar, la irresponsabilidad o el hecho de morir en la miseria o de haber tenido más hijos de los que se podían mantener. Ese tipo de condenas son las que provocarían la superación de la sociedad. Tal parece que los españoles trajeron a Cristo a América para crucificar al indio. Todos ganaremos cuando se vaya a Italia este general-arzobispo. Plutarco ganará más, mucho más...

El alto prelado se vio obligado por las circunstancias a abandonar nuevamente el país en mayo de 1924. "Cargada el alma de tristezas y desilusiones, mas íntegra su confianza en la causa de Dios, partirá haciendo sus últimas recomendaciones para la celebración grandiosa del Congreso Eucarístico, del cual se ve privado muy a su pesar".[54] Se destierra por un año a sabiendas de que no estará tampoco presente durante el resto de la campaña de Calles, ni para las elecciones... Esperaba que el tiempo apagara tanta animosidad en su contra. El 2 de mayo anuncia su visita reglamentaria a Roma, solicitando por ello las oraciones de su clero y de sus fieles.[55] En realidad, a Morones y a la CROM les interesaba deshacerse de ambos líderes porque uno y otro creaban organizaciones obreras que competían con la suya, la de dimensiones federales, en la que, por supuesto, las rivalidades eran inaceptables. Quien no esté en mi confederación, simplemente no existe... El arzobispo continuaba clamando su inocencia, insistiendo, una y otra vez, en demostrar la falta de pruebas, el atropello cometido en contra de su persona, en tanto se embarcaba resignado y cnfurecido rumbo a Nueva York, donde abordaría el trasatlántico *Mauritania* para navegar rumbo a Italia, en donde se entrevistaría con el Papa Pío XI para explicarle su versión de los acontecimientos mexicanos. Estaba harto de los destierros necesarios y de los obligados. El Sumo Pontífice y el gobierno de Obregón habían llegado a un acuerdo secreto para retener, por aquellas latitudes, al conflictivo arzobispo tapatío, a cambio de nombrar a un nuevo delegado apostólico, el sustituto de Filippi, que ajustaría los dispositivos diplomáticos para lograr un acercamiento político que permitiera superar las diferencias originadas por la feroz resistencia de la iglesia a acatar las disposiciones legales mexicanas, a las que El Chamula se oponía con su reconocida fiereza, complicando las negociaciones.

El 16 de agosto de 1924 Orozco y Jiménez, arzobispo de la diócesis de Jalisco, cruza por la Plaza de San Pedro deteniéndose unos instantes al pie del obelisco egipcio enclavado en el centro de ese enorme espacio abierto que podría hacer las veces de atrio de la Basílica. No puede contener la ansiedad. Se acerca al Portone di Bronzo. Ahí es saludado por la guardia suiza. Se identifica. Es escoltado mientras sube por una amplia escalinata hasta llegar al Cortile San Dámaso. La ascensión, peldaño a peldaño, no agota a Su Excelencia. Ha pasado largas temporadas oculto en Los Altos de Jalisco. Ha montado a caballo. Ha caminado, ha trepado y bajado cerros. Su complexión es la de un hombre delgado, saludable, fuerte. No se cansa. Nunca se cansará. No se cansará jamás de nada. Pocos minutos después es conducido a la contigua Stanza Clementina. Ahí aguardará al Santo Padre, al Vicario de Cristo Crucificado, quien se presenta a tiempo. La puntualidad es una cortesía de reyes. El Chamula, con una rodilla en el piso, besa devotamente la mano del Sumo Pontífice. Pío XI le pide ponerse de pie, no sin antes bendecir su cabeza. La audiencia es en privado, están solos, ni siquiera se encuentra presente el secretario de Estado ni se percibe la presencia de un intérprete. ¿Para qué? Su Excelencia domina el italiano, aprendido en el Colegio Pío Latino muchos años atrás. El Papa le brinda una paternal acogida y mayor agradecimiento cuando Orozco y Jiménez le entrega 66,600 liras, el Óbolo de San Pedro, que ha logrado reunir en Guadalajara días antes de su partida,[56] así como una cantidad similar como "Aguinaldo del Papa", tal y como había procedido en 1917.[57] La grey tapatía es muy generosa, Su Santidad…

La conversación es breve, sustanciosa. El Vicario no pestañea. No condena ni las peores bajezas del gobierno de Obregón. No olvidará una sola palabra ni dejará de interpretar cualquier doble mensaje del discurso del prelado. Entiende, en ese momento, la realidad de la situación política mexicana. Orozco le pide una encíclica furibunda para que el pueblo de México se oponga, como un solo hombre, al gobierno del Manco y al del Turco. Quién sabe cuál de los dos será peor. Necesitamos su bendición, Santo Padre… Nos atacan, nos humillan, nos desprecian, nos expropian, nos imponen el número de sacerdotes por templo, nos arrebatan la educación de los creyentes, nos privan de personalidad jurídica, no existimos, nos impiden tener bienes, entre otras calamidades y ahora llegará a la presidencia el padre mismo de Satanás, usted disculpará… Ilumínenos con sus plegarias y con su razón universal.

El Sumo Pontífice invita a la comprensión, al sosiego, a la paz, a las oraciones. Todo es obra del Señor. Paz entre los hombres de buena voluntad.

—Pero es que yo…

—Quédate un tiempo por aquí, en Europa, reposa tus emociones hijo mío… Oye la voz del Señor dentro de ti…

—Pero es que yo…

—¿Qué tal si viajas por Tierra Santa? Escucha ahí mismo el mensaje de Cristo desde el Reino de Dios. Visita los lugares de la vida y ministerio de Jesús, comenzando por Nazaret, donde el Ángel del Señor visitó a María y ella, acogiendo la presencia del Espíritu, permitió la Encarnación del Verbo…

—Es que yo, Santo…

—Escucha, escucha, hijo mío, no te impacientes: Belén, la ciudad del rey David, tú lo sabes muy bien, fue escogida por Dios para el nacimiento del Mesías. En un humilde pesebre María da a luz al niño Jesús. Ahí el niño es adorado por los pastores y luego por los reyes de Oriente. Visítalo, te llenarás de amor, te reconciliarás contigo…

—Es que yo, Santo Padre…

—Tienes que ir al río Jordán, en donde Jesús fue bautizado; visita el desierto en donde ayunó el hijo del Señor y se sometió a las seducciones del Demonio para vencer la tentación y reparar la debilidad de Adán; mójate con las aguas del lago de Galilea, en donde Jesús comenzó su llamado al arrepentimiento y a la conversión…

—Es que yo, Santo Padre…

—Contempla el lugar donde Jesús realizó el milagro de Caná y convirtió el agua en vino; siéntate en Cafarnaúm a recordar las curaciones de Jesús; asiste al Monte de las Bienaventuranzas para volver a oír el Sermón de la Montaña; estremécete en el Cenáculo en donde Jesús celebró la Última Cena; no te pierdas Getsemaní y repite la Oración del Huerto —continuaba el Papa colocando paternalmente su mano en la rodilla de El Chamula.

—Padre, Santo Padre…

—Ve al Santo Sepulcro en el Monte Calvario y vuelve a vivir la tragedia de Jesús —dijo poniéndose de pie y dirigiéndose a la puerta, llevando afectuosamente del brazo al prelado mexicano—.

Créeme que te he escuchado. Tus palabras quedan aquí en mi corazón —agregó llevándose la mano al lado izquierdo del pecho. Sus
mancuernillas con las llaves de San Pedro, labradas en oro, resultaban
impresionantes.

—Padre, Padre, Santo Padre…

—Dime, hijo mío, mis oídos son todo tuyos…

—Gracias por su infinita paciencia y comprensión. Iré, claro
está, con su permiso y bendición a Tierra Santa. Gracias por escucharme. Sé que usted me entiende y comprende a sus pastores mexicanos, gracias, muchas gracias. Únicamente quisiera pedirle un gran
favor.

—Tú dirás…

—Hay en Guadalajara un siervo de Dios que no es sacerdote,
pero podría ser, con todo respeto, el mejor de nosotros. Yo le pido
gracia y comprensión para que le sea otorgada la condecoración *Ecclesia et Pontifice*. Su nombre es Anacleto González Flores.

—Cuenta con ello a tu regreso. Sé que eres justo, Francisco,
como Francisco de Asís. Tu nombre estará siempre iluminado por un
enorme haz de luz blanca, la de la protección, y por lo mismo, basta
que lo pidas para que te sea concedido. Búscame cuando vuelvas de
Tierra Santa y seguiremos conversando. Lo que mencionas reviste la
mayor importancia para mí. Ahora, por lo pronto, ve con Dios.

Cuando Orozco y Jiménez salía de la Stanza y atravesaba el
corredor encristalado de la Loggia y descendía por la magnífica escalera rumbo a la salida, sin la compañía de la guardia suiza, sintió una
gran paz interior. El Papa lo recibiría de nuevo. Bien sabía él que sus
palabras lo habían calado. Lo había dejado tocado. Volvió a cruzar el
Cortile San Dámaso y salió en busca de la columnata de Bernini por
la escalera del Portone di Bronzo. La vida era maravillosa. Una audiencia privada con el Papa era un privilegio para la causa. ¿Y el
premio para Anacleto, su querido Cleto? ¿Qué cara pondría? Ahora,
a viajar…

A su regreso el Papa le pedirá dar una misa el veinticuatro de
diciembre, para celebrar la Navidad. Orozco y Jiménez concluiría el
año de 1924 en Italia, "pontificando una misa solemne de media
noche en la Gran Basílica Franciscana".[58] Anacleto González Flores,
el "maestro", mientras tanto, pronunciará un conceptuoso discurso
en Guadalajara… Como respuesta a esa incontenible explosión del
espíritu oprimido, el gobernador Zuno ordena, al día siguiente, la

clausura de los seminarios Mayor y Menor, bajo el pretexto pere-grino, a falta de causas reales, de que los establecimientos no reúnen las condiciones de higiene exigidas por los reglamentos de Salubri-dad.[59] Orozco le escribe a Garibi Rivera para "concederle más apoyos, muchos más a ACJM, apoyo moral y económico: para que trabajen con grande empeño en los fines que tiene esa institución en sus obras sociales".[60] Prepárense. El Diablo está por llegar. Estamos advertidos. Un descuido sería imperdonable. Desespera fuera de su diócesis. El gobierno se atreve a todo porque él se encuentra ausente. Aun a la distancia lo acusan de querer dar un golpe de Estado. Es imposible regresar, ni siquiera subrepticiamente. De ser atrapado por la policía de Gobernación quedaría en evidencia ante el Papa. Adiós carrera eclesiástica. Lo mandarían de cura a la parroquia más inmunda de la Chontalpa. No, no por favor. Debe entonces esperar y escribirle, sobre todo a Cleto, a Anacleto, a él en doble clave…

Meses más tarde, en octubre de ese mismo año, circularía una carta en la que constaba la promesa del Papa a Obregón de destituir a Orozco y Jiménez de su cargo para nombrar a "un arzobispo que siga una política de cordialidad con el Gobierno, además de un nuevo Nuncio Apostólico que impondrá esa misma línea de conducta a los elementos del clero que se ocupan de sembrar divisiones y mala at-mósfera para nuestras leyes".[61] Se dice que " el gobierno del general Obregón logró que Monseñor Orozco y Jiménez, cuya presencia no le era grata, fuera retenido en Roma a cambio, favor con favor se paga, de que la Santa Sede enviara un nuevo delegado apostólico. Ni pensar en el acreditamiento de un nuncio, elevado cargo que reque-riría la suscripción de un concordato previo entre la Santa Sede y México, un tratado diplomático imposible de lograr en un país laico, cuya Constitución de 1917, desconocía toda personalidad jurídica a la Iglesia y a sus ministros".[62]

Así y todo, ni la ausencia del prelado ni la actitud concilia-toria de Roma paliaron la ya institucionalizada agresividad de los organismos católicos hacia el programa revolucionario de reformas socioeconómicas.[63]

La iglesia católica no estaba dispuesta a quedarse fuera de la competencia por la Presidencia de la República. Escondiendo anillos pastorales, cruces pectorales, rosarios, dinero de las limosnas propu-sieron y sostuvieron entre candilejas la candidatura de general Ángel Flores, militar revolucionario, ex gobernador de Sinaloa durante el gobierno de Carranza y de Obregón, además de un distinguido político. Se daba por descontado que Calles ganaría por medio de un fraude electoral, pero en un país mayoritariamente católico bien valía la pena hacer el esfuerzo por conquistar por la vía de las urnas la investidura más importante de la República.

Orozco y Jiménez y Bernardo Bergöend se adelantaban, como siempre, a los acontecimientos. Iban siempre un paso o más adelante. Ya desde 1922 el sacerdote francés había fundado en Jalapa el Partido Fascista Mexicano, de vida efímera, colocando a la cabeza a Guillermo Pous.[64] La tendencia, muy clara, va desde la Asociación Católica de la Juventud Mexicana al Partido Fascista Mexicano, la Liga Defensora de la Libertad Religiosa,[65] los Caballeros de Colón, todos coordinados por la iglesia católica, por supuesto que por la iglesia católica, que siempre volverá, nunca se resignará a perder en foro alguno. ¿Dinero para sostener la campaña electoral de Ángel Flores? Facilita cinco millones de pesos. ¿Se requerían también partidos y estructuras políticas para conquistar el Palacio Nacional por la vía civilizada? Bergöend construye dos trampolines para Ángel Flores en 1924: se apoya en el Sindicato Nacional de Agricultores y crea la Liga Política Nacional. Integrante destacado de esta última fue Luis Segura Vilchis, su muchacho favorito, quien en noviembre de 1927 será el jefe del comando terrorista clerical encargado y adiestrado para asesinar a Álvaro Obregón en el Bosque de Chapultepec. ¿Más estructuras? Aparecen el Partido Popular Mexicano y la Unión Patriótica Electoral. El clero iba, como siempre, con todo y por todo.

El propio Bergöend no se cansaba de proponer la fórmula idónea para resolver los complejos problemas políticos mexicanos:

—El sinarquismo es una ideología totalitaria diseñada para acabar con la anarquía de los malditos sonorenses imponiendo una dictadura de extracción ostensiblemente fascista. Dios me ampare…

En el Congreso denuncian al clericalismo y al militarismo enemigos de la revolución, escondidos tras la bandera negra, la de los "fascisti", los reaccionarios, los Caballeros de Colón, los grandes propietarios, los políticos del antiguo régimen, deseosos de un nuevo movimiento armado. Pretenden el caos porque el orden legal no les satisface y por esa razón desean destruirlo.

Anoté en mi cuaderno de notas cuando el sueño me vencía y requería un apretado resumen de mis conclusiones:

"¿Qué opciones le quedaban a México? ¿Una, que la herencia callista llamada PRI gobernara México durante más de siete décadas sin permitir la alternancia en el poder de ningún otro partido político diferente al tricolor y que el país se agusanara y se pudriera en la corrupción y arrojara un saldo al final del siglo XX de cuarenta millones de mexicanos sepultados en la miseria o bien, la segunda, una dictadura clérigo-militar, totalitaria, similar a la franquista, para regir los destinos de la nación hasta la muerte del tirano, como si se hubieran olvidado los trescientos años de la Colonia, en donde la iglesia cogobernó al país? ¡Qué nunca se olviden los horrores de la Inquisición ni los Torquemadas modernos! ¡Ahí radica uno de los orígenes del atraso!"

Ángel Flores sabía que se jugaba la vida al competir electoralmente en contra de Plutarco Elías Calles. Había conocido de sobra a Obregón y a Calles durante la revolución y afirmado sus respectivas vocaciones criminales durante el movimiento delahuertista. ¡Cuántos colegas militares, generales de alto rango, habían sido acribillados sin haber sido sometidos a un Consejo de Guerra! ¡El terror se instalaba de nueva cuenta en México! ¿De qué había servido el movimiento armado? ¿Cuántas garantías individuales se habían verdaderamente conquistado?

Antes de terminar su periodo de gobierno en Sinaloa, Ángel Flores decide competir por la Presidencia de la República, mal, muy mal aconsejado por los conservadores y los sacerdotes. Recorre en su gira de propaganda más de la mitad de las entidades federativas. Su campaña presidencial fue un fracaso que lo desprestigiaría como figura pública.

Plutarco Elías Calles continuó su marcha ascendente rumbo al Castillo de Chapultepec a pesar de las acusaciones de haber sido impuesto por Obregón y del nuevo baño de sangre sufrido por el país a raíz de las diferencias entre políticos y militares para alcanzar el poder. Los sonorenses lo sujetarían con la mano firme. Siete mil personas habrían perdido la vida en la revuelta delahuertista. El Turco ganaría, obviamente, las elecciones de julio de 1924 con 1,340,634 votos, contra 250,500 de Ángel Flores, su único oponente, candidato del PNR. De nada sirvieron los gritos de protesta ni las escandalosas denuncias de fraude, fraude y fraude. El Turco llegaría a la Presidencia de la República por medio de amenazas, cohechos, intimidaciones, asaltos, secuestros de senadores, descarados desfalcos del tesoro público para financiar ilícitamente su campaña electoral, fusilamientos ilegales y ejecuciones criminales como las de Pancho Villa y Field Jurado, así como la que estuvo a punto de sufrir Manuel García Vigil. Quedaba sentado el principio sobre el cual el PRI gobernaría más de siete décadas al país. Se instalaba finalmente la civilidad después de un sangriento proceso revolucionario. Morones, por su parte, como uno de los más grandes artífices de la construcción del México moderno, sumaba una fechoría más a su largo acervo delictivo al tratar de dinamitar el periódico *Excélsior* por haberse atrevido a publicar algunos ataques a los laboristas por la forma en que procedían en sus esfuerzos por apoyar a Calles. En su carácter de juez y ejecutor de quienes él consideraba enemigos del régimen, decidió dinamitar el diario, supuestamente en acatamiento de instrucciones telegrafiadas por el Turco. Obregón tuvo que intervenir para que no se llevara a cabo el atentado terrorista. El Manco negaba con la cabeza mientras insistía en silencio: Morones es un dolor de cabeza. Resultaba en extremo conveniente no olvidarlo jamás.

Una de las fechas largamente esperadas por los sonorenses finalmente se dio: Calles fue declarado presidente de la República el 27 de septiembre de 1924, mientras los católicos lo llamaban monstruo, vicioso, cruel, un Nerón, un tirano… La Iglesia y los petroleros extranjeros levantaron el entrecejo cuando escucharon una parte de su encendido discurso: "Tengo razones de Estado para hacer cumplir la Constitución. México es un país laico y republicano. Con la Carta Magna de 1917 enfrentaré a la ideología de la reacción." Obregón se retiraría dos meses más tarde para dedicarse a la cosecha de garbanzos en su rancho de Sonora…

Por lo que hacía a las relaciones con la iglesia católica en los últimos meses del gobierno de Obregón, éstas no pudieron concluir en peores términos. Todo comenzó cuando el Papa Pío XI bendijo el Congreso Eucarístico a celebrarse en octubre de 1924 con las siguientes palabras:

Digno es en verdad este propósito de vuestra reconocida vigilancia; ni por un momento podemos dudar que ese clero y ese pueblo, que se distinguen por su ardiente fe, responderían llenos de entusiasmo a vuestro llamado, más aún, ya de antemano nos regocijamos al prever a la nación mexicana aclamando en compacta muchedumbre, públicamente, a Cristo Rey, y poniendo toda esperanza de salvación sólo en Aquél que es el camino, la verdad y la vida.[66]

El mensaje de Pío XI enarbolaba el grito de guerra de los católicos: Cristo, Rey en México, el mismo que había ocasionado, entre otras razones, la expulsión de Filippi. Se refería a muchedumbres y a la aclamación pública de Cristo Rey, cuando la Constitución prohibía específicamente las ceremonias abiertas, las públicas, las realizadas fuera de los templos. ¿Verdad que al Sumo Pontífice no le podía pasar desapercibida esta limitación legal, más aún cuando se la repitió el propio Orozco el día de la audiencia en el Vaticano? ¿No estaba clara, clarísima la mano de El Chamula, así como evidente el acto de provocación al gobierno, que no podría pasar inadvertido? El arzobispo de Jalisco tenía la suficiente sensibilidad política para anticipar la reacción de Obregón, de Calles y de Morones y prever las consecuencias en México de las palabras del Sumo Pontífice. ¿Otro error de cálculo? ¿No entendieron con Filippi? ¡No!: entonces el presidente Obregón ordenó la consignación penal de los integrantes del Congreso ante la Procuraduría General de Justicia, es decir, encarcelaría a prelados y asistentes. A los extranjeros, entre los que figuraban varios mitrados, los expulsaría del país aplicándoles el artículo 33 de la Constitución. Por si fuera poco, dispuso la destitución inmediata de los empleados públicos que hubieran tomado parte en cualquiera de los eventos. El 12 de octubre, de acuerdo a los antecedentes, se declaró la clausura del Congreso, además de cancelarse las procesiones programadas, actos religiosos en plena vía pública. Obviamente que Jesús Eucarístico, de acuerdo a la ley, tenía prohibido aparecer en las calles y en las plazas…

Bergöend vio desplomarse al piso uno de sus más viejos y caros proyectos. Orozco y Jiménez apretó las mandíbulas, cerró los ojos y maldijo en silencio con los brazos en alto durante varios minutos. Si él estuviera en México… Garibi Rivera escribió su versión, igualmente incendiaria, mientras Anacleto pensaba en consolar a El Chamula. Sólo él tenía las palabras adecuadas, las que se traducían en panaceas para el alma dolorida del arzobispo. Ruiz y Flores protestó inútilmente, al igual que Pascual Díaz. Y Miguel de la Mora distribuyó panfletos anónimos de protesta entre la grey. El arzobispo de México, José Mora y del Río, se recluyó a elevar sus plegarias en privado sin dejar de pensar en la Madre Conchita. Hacía mucho tiempo que no la citaba a confesión… Se tomaban posiciones, se medían fuerzas, se preparaban discursos, se garantizaban los apoyos externos, se contaban los ahorros, se repasaban los haberes en las cuentas de cheques, se aceitaban las carabinas 30-30, se engrasaban los revólveres, se compraban metros de soga y se afilaban los machetes. El sueño dorado de Orozco y Jiménez para unir fuerzas a nivel nacional e internacional se convirtió en pesadilla, pero ninguna peor que la seguridad de contemplar impotentes el acceso al poder del Turco…

A Obregón se le venía el tiempo encima, le faltaban tres semanas escasas para entregarle formalmente el cargo a su sucesor y, sin embargo, no se había decidido a concluir una asignatura que tenía pendiente, por lo menos, dos años atrás. Tenía obligatoriamente que mandar matar a Luis Napoleón Morones y no había encontrado la alternativa ni el momento ni a los personajes de su más absoluta confianza para que se hicieran cargo de una operación sumamente delicada. ¿Un veneno en la sopa, como había hecho el propio líder cromista con su querido Benjamín Hill? ¿Contratar a unos sicarios para que lo balearan en plena vía pública, tal y como había acontecido en el caso de Field Jurado? ¿Volver a llamar a Melitón Lozoya, a Librado Martínez y a los hermanos Sáenz Pardo para que organizaran un plan como el que había acabado con Pancho Villa? ¿Escoger a los enemigos más acérrimos de Morones para que organizaran una balacera de la que el líder obrero saldría herido de muerte? ¿A quién llamar? ¿Cómo hacerlo? Imposible, en este contexto, pedir la ayuda de Calles, su paisano, su brazo derecho…

Empieza a atar cabos. Debe apresurarse. El día en que entregue la banda presidencial nada volverá a ser lo mismo. Adiós poder, adiós glamour, adiós consideraciones a una investidura perdida, adiós lealtades, adiós compromisos y adiós la posibilidad de dar órdenes y exigir su ejecución perentoria, inmediata, expedita. Cayó en cuenta entonces de las declaraciones injuriosas vertidas por Morones tan recientemente como el domingo pasado en el Teatro Iris de la Ciudad de México. Conoce el temperamento impulsivo, frenético del líder obrero. Tuvo muchas oportunidades de verlo actuar personalmente cuando trabajaban por la misma causa. Sólo hay que pincharlo, tan sólo un poco, para que se convierta en una auténtica fiera. Era menester saber aprovechar semejante debilidad en su beneficio. Entendido el cómo, a través de una provocación, faltaba el dónde y el quién. ¿Dónde? En la mismísima Cámara de Diputados. Morones formaba parte de la última legislatura. ¿Quién? Pensó entonces en su gran amigo, un obregonista de pura cepa, valiente e impetuoso, que había recibido un sinnúmero de favores por parte del Manco a lo largo de su carrera política. Me debe muchas. No le he cobrado ni una. Es la hora de llamar al general José María Sánchez, un soldado que sabe acatar las instrucciones…

El plan se llevaría a cabo el 12 de noviembre en pleno recinto legislativo, durante una de las últimas sesiones de la legislatura, dieciocho días antes de la toma de posesión de Plutarco Elías Calles. A pesar de no tratarse de una sesión secreta, ese preciso miércoles no se permitiría la entrada al público. Desde principio de semana el diputado Morones había empezado a recibir anónimos escritos en tono soez, amenazándolo de muerte. El mismo martes una voz femenina le advirtió, por teléfono, que se llevaría a cabo un atentado para asesinarlo. El diputado Morones ignoró la llamada. Nunca se sabrá la identidad de aquella mujer ni mucho menos el mensaje que deseaba transmitirle ni algún detalle en torno a la conspiración.

Después de que Antonio Díaz Soto y Gama había mencionado cómo los buenos revolucionarios deberían poder demostrar el origen de sus bienes y, en su caso, el de su fortuna, el general José María Sánchez se puso lentamente de pie y se dirigió a la tribuna para dirigir unas palabras a sus colegas. Morones se acomodó en su curul anticipando una agresión verbal del militar en respuesta al discurso pronunciado por él mismo en días pasados.[67]

—A mí no me gusta que me ataquen por la espalda, Morones. A los hombres se les ataca de frente —exclamó el general Sánchez dirigiéndose, sin preámbulo alguno, a su colega diputado, conociendo, desde luego, los antecedentes, la audacia y la falta de escrúpulos del máximo líder cromista.

La trampa funcionaba a la perfección, Morones entraba en el redil sin percatarse del engaño:

—¡Soy más hombre que usted! —exclama, exaltado, Morones—. Apréndaselo de memoria para siempre —alcanzó a agregar al tiempo que abandonaba su escaño y se dirigía maldiciendo a Dios padre en el camino a la tribuna, mientras se llevaba precautoriamente la mano al costado derecho.

Alguien invita entonces desde uno de los estrados a ambos contendientes a salir a la calle para dirimir sus diferencias en un duelo con armas de fuego en pleno siglo XX y en una de las cámaras integrantes del Poder Legislativo Federal, la creada por el Constituyente para negociar, hablar y parlamentar civilizadamente:

—¡Que salgan solos! —apoyan a voz en cuello las minorías, ávidas de circo y fiesta, sobre todo por el calibre de los contendientes. ¿Cómo perderse un acontecimiento de estas dimensiones? Sería un material excelente de conversación para acompañar el tequila o el café cargado con piquete…

El general Sánchez no se inmuta al contemplar la figura obesa de Morones al pie de la tribuna. No pierde la serenidad. En el fondo lo desprecia por cobarde.

—Está usted obligado —dice el militar— a probar sus cargos, compañero, de otra suerte designaré a la persona que me represente. Espero —amenaza temerariamente— que si usted es hombre, haga lo propio y nombre al suyo.

—¿Para qué padrinos, hijo de la chingada? —desafía Morones acercándose a la tribuna como si Sánchez, desde las alturas, se sintiera más protegido . Salgamos ahora mismo a la calle. ¡Maricón…!

José María Sánchez baja de la tribuna y queda de pie a pocos pasos de Morones, a quien detienen sus amigos. Morones mantiene la diestra en un costado. Sánchez le dice que su representante es el diputado Filiberto Gómez. Que él nombre al suyo y, cuando quiera…

—Señor diputado, es usted una cagada humana —le escupe materialmente el cromista a su colega.

Con esa terrible injuria estalla el caos en el recinto. Martín Torres defiende a Morones, mientras que Jesús Ponce lo increpa, lo denuesta, en tanto saca un revólver automático con el ánimo de hacer justicia en el Congreso de la Unión. En ese momento la presidencia levanta la sesión ante el nivel de peligrosidad y el desorden que priva. Ponce siente la presencia de Campillo Seyde y Ramón Ramos, con quienes forcejea furiosamente para no ser desarmado. Entre los empujones y las patadas se escapa un tiro. La señal esperada para dar inicio al verdadero zafarrancho. A ese disparo se sucede una intensa lluvia de tiros desde diversos ángulos de la sala. José María Sánchez se encuentra en la plataforma, cerca de la escalerilla. Tiene su revólver empuñado. Los escaños sirven de parapeto, los pasillos de trincheras. Detonan más de doscientos disparos. Las huellas de los proyectiles quedan en las paredes y hacen blanco en el texto escrito con letras doradas de la autoría del Benemérito de las Américas, además de dañar los nombres de otros próceres de la patria: "El Respeto al Derecho Ajeno es la Paz". ¿Qué es el respeto? ¿Cómo se impone? ¿Adónde acaba mi derecho y comienza el ajeno? ¿A quién le importa la paz…? Fuego, fuego, fuego…

El espectáculo es pavoroso. En el desconcierto, unos diputados se esconden bajo sus asientos, otros tratan de escapar y se precipitan por los vomitorios o trepan a la plataforma, se escudan en la tribuna a esperar el final de la refriega o se tiran al suelo cubriéndose la cabeza o se amparan con los pupitres o permanecen inmóviles, ocultos tras una columna, haciendo el menor bulto posible para seguir disparando. El fuego es intenso, graneado. El ruido es ensordecedor. El pánico y la furia se perciben en los rostros. Hay voces que piden calma. Basta, razonemos, alegan sin salir de su escondite. Somos representantes del pueblo, ¡carajo! La Honorable Cámara de Diputados sesiona en pleno…

—¡Esto es vergonzoso! —exclaman algunos diputados llamando inútilmente a la cordura. Jamás en los anales parlamentarios se había llegado a tal exceso. ¡Basta!, por favor, ¡basta, ya!

Los tiros se hacen cada vez más esporádicos. Llega la Cruz Roja. Algunos diputados se atreven a sacar la cabeza con la debida precaución. Ya nadie dispara. Los médicos ambulantes empiezan a buscar heridos. Los parlamentarios mexicanos habían terminado de discutir, se les explica. Retiran a uno y otro en camillas. Los ayes son estremecedores.

Luis Napoleón Morones está demacrado, apenas puede sostenerse en pie. Tiene el rostro de un cadáver. Exhibe la tez pálida del difunto. Se palpa, se ausculta, se toca. Encuentra una enorme mancha de sangre en el pecho. Deja caer su pistola, una escuadra, al piso. Está vacía. En la trifulca había agotado las balas. Desfallece. Siente desplomarse. El general José María Sánchez o Jesús Ponce habían dado en el blanco, en el inmenso abdomen del líder obrero, hiriéndolo de gravedad. Las órdenes son las órdenes, más aún para los militares fieles y agradecidos.

—¡Ya me asesinaron estos hijos de la chingada! —exclamó Morones llevándose la mano derecha al pecho—. Me han asesinado…

El cromista es ayudado a bajar la escalinata hasta depositarlo en su automóvil para transportarlo rápidamente a un sanatorio. Se nos muere. Para el país sería una pérdida sin precedentes… Qué Juárez ni qué nada… ¡Sálvenlo, por el amor de Dios!

La puerta de cristales que comunica con el guardarropa estaba convertida en astillas. En los pasillos se percibían varios impactos. En el muro del vómito, cerca del palco de prensa, fueron a dar numerosos proyectiles de todos calibres. Alguno penetró en el palco de los cronistas. En la tribuna se distinguen varios orificios de bala, una de las tantas evidencias de que se había abierto fuego masivamente también sobre la persona de José María Sánchez. El secreto se había filtrado. Las paredes en Palacio Nacional hablaban o Morones tenía oídos en todas partes…

El líder obrero presentaba una herida causada con un arma de fuego con orificio de entrada como de seis milímetros de diámetro un centímetro debajo de la tetilla izquierda y salida en el omóplato del mismo lado, que en su trayectoria interesó el pulmón. El estado del herido era serio, sin ser desesperado. Los médicos auguraban una feliz recuperación… Las noticias buenas para unos pueden ser pésimas para otros.

—Es bochornoso lo acontecido —declara el presidente electo.

Obregón condena el acontecimiento como una auténtica vergüenza para la historia legislativa del país. ¡Quién representa a este pueblo, caray…!

La Secretaría de Gobernación manifiesta tener en su poder informes de sus agentes secretos que detallan la imposibilidad de que el proyectil que hirió al diputado Morones haya sido una "bala perdida". Por el contrario, fue un proyectil disparado ex profeso y la hipótesis más admisible es que la persona que disparó sabe tirar y tuvo tiempo para apuntar. ¿Se tratará de un militar? No se puede achacar a la mala suerte la herida localizada en el cuerpo del máximo líder obrero. Resulta a todas luces evidente la intención deliberada de privarlo de la vida, dado que todo el recorrido seguido por Morones se encuentra rodeado de huellas de bala, lo que prueba que José María Sánchez no fue el único que disparó en su contra. El Partido Laborista y en este caso su vocero, Samuel O. Yúdico, mano derecha de Morones, contrito y agobiado por el dolor y el pesar, comparte fundadamente esta opinión, misma que transmite a los periodistas el mismo día de los sucesos junto con los primeros informes sobre la salud de Morones. ¡Que mueran los enemigos de la gran causa obrera!

Morones sobrevivió al atentado. Volteaba a ambos lados para encontrar a los culpables, tanto a los autores materiales como al autor intelectual. Así, sin plural, en el último caso. El rencor lo invadía, lo devoraba según recuperaba la conciencia al salir de los anestésicos. La represalia imponía. ¿Que Obregón deseaba despedirse de la presidencia matándolo para garantizarse el control absoluto de Calles? Lo veríamos. El Manco había fallado. Luis Napoleón nunca erraba los tiros ni se equivocaba en las dosis para administrar veneno... Al tiempo, Alvarito, al tiempo: la venganza es un platillo exquisito que debe servirse bien frío...

Cuando la hoja de calendario anunció la llegada del primero de diciembre de 1924, Calles se colocó la banda tricolor en el pecho en el Estadio Nacional frente a más de treinta mil personas, una muchedumbre nunca antes vista para celebrar un episodio político de esta naturaleza. No faltaron, desde luego, los legisladores vestidos con yaqué y sombrero de copa, los mismos que habían aplaudido de pie las amenazas vertidas por Morones en contra del senador Field Jurado. Se vio conversando animadamente a los obreros industriales, a los campesinos, a los representantes del cuerpo diplomático, a los políticos, a los indígenas acarreados de diferentes partes del país, a los empresarios, banqueros y maestros de los más diversos niveles escolares. Una vez que el nuevo jefe del Estado hubiere jurado guardar la Constitución y las leyes que de ella emanan o si no que la patria se lo demandara, la inmensa mayoría de la audiencia empezó a entonar las notas vibrantes del himno nacional. Al concluir este momento de gran emotividad patriótica, fueron soltados miles de globos tricolores, además de liberadas un sinnúmero de palomas que el público ovacionó con aplausos y chiflidos, mientras que los cadetes del Heroico Colegio Militar hacían detonar sonoras salvas de artillería y los aviones de la fuerza aérea volaban en círculos sin que nadie, salvo muy pocos, recordaran que el jefe de la Casa Blanca se los había facilitado al Manco para poder aplastar a De la Huerta, el cantante y, por ende, lograr la imposición sangrienta de Calles...

La gran fiesta política mexicana, que se repetiría en el futuro una y otra vez al inicio de cada administración presidencial, llegó a su máxima expresión cuando Luis Napoleón Morones, el señor secretario de Industria y Comercio, ingresó lentamente, demacrado, convaleciente y ayudado por sus asistentes, al estadio. La concurrencia, puesta de pie, según se iba percatando de su presencia, estallaba en escandalosa ovación como la merecida por un héroe que casi da la vida por la salvación de la patria… el prohombre herido después del atentado en la Cámara.[68]

—¿Por qué aplaude tanto la gente? —preguntaría Calles.

—Está llegando Morones, señor, le aprecian el hecho de continuar en la política después del atentado.

El destacado funcionario devolvía las muestras de justificado afecto levantando levemente la mano derecha y sonriendo con las obvias dificultades que le imponían las circunstancias. Ese era el pueblo de México, el que sabía reconocer el valor de los inválidos, de los heridos, compensándolos con tasas crecientes de poder en función de su sacrificio, de su martirio. El pobre cojo de Santa Anna, quien había perdido una pierna gracias a la mala puntería de un artillero francés —que de haber acertado habría cambiado para bien el destino de México y hoy en día tendría una avenida o tal vez hasta un monumento en el Paseo de la Reforma—, el famoso César Mexicano, el Napoleón del Oeste, había sido premiado nueve veces con la Presidencia de la República, una retribución justa y necesaria para el peor traidor conocido a lo largo de la dolorida historia de México. Pobrecito, quedó cojo por nuestra culpa, nuestra culpa, nuestra gran culpa, gratifiquémoslo, es más, si quiere que robe o que mate, se lo merece…

El Manco había abordado el tren rumbo a su querida Sonora con el rostro desencajado después de haber sido informado de un pacto secreto, firmado el último día del mes de noviembre, entre Calles y Morones, en el que ambos convinieron que el líder de la CROM ocupara la Secretaría de Industria y Comercio.

Los cromistas recibieron embajadas, cuarenta diputaciones, once senadurías, gobernaturas como la de Lombardo Toledano, direcciones generales en empresas propiedad del Estado, además del Consejo del Ayuntamiento de la Ciudad de México, a cargo de José López Cortés, quien mucho tendrá que explicar en torno a sus relaciones con la Madre Conchita… El nuevo presidente y el líder cromista acordaron, además, disolver el Ejército Nacional para sustituirlo con batallones rojos proletarios, todo ello, desde luego, con el respaldo presupuestal del gobierno federal para fortalecer la organización de la central obrera, a cambio de lo cual ésta juraba apoyar "por medio de movimientos de trabajadores, todos los acuerdos, disposiciones y decretos que emanan del Gobierno".[69] Obregón comprendió que sobrevendría una división mortal entre obreros y soldados al conceder el general Calles a la CROM una enorme fuerza política, que garantizaba la sucesión presidencial de Morones. "Si Morones, ahora sin duda el hombre más fuerte del callismo, llegara a la Presidencia —concluyó, ya sentado en su cabina—, a mí no me quedaría más que el destierro... o el cerro". El Manco no pensó en una tercera posibilidad para completar la rima: el entierro.

Capítulo 3
Para mayor gloria de Dios

Podéis matar y estar tranquilos con vuestras
conciencias porque los teólogos así lo han dispuesto.
Matad y estad en paz, hijos míos. Los mandamientos
deben ser interpretados, no los toméis al pie de la letra.
Si visteis agotados todos los medios pacíficos debéis
asesinar para defender vuestros derechos sociales y
políticos para hacer valer la santa voluntad de Dios.
Seáis todos vosotros benditos en la hora suprema de
apretar el gatillo para acabar con los infieles.

PACUS MARTINUS I, PONTIFEX MAXIMUS

¿Quién puede conseguir a un piadoso asesino que
alquile su puñal? Necesitamos un candidato a beato
que ofrezca su vida a cambio de la de Obregón y que
sea santificado a través de su martirio.

MADRE CONCHITA

Álvaro Obregón posa junto al auto donde sufrió un atentado con bombas y disparos de pistola.

Un domingo de junio de 1978, Ave Tito me telefoneó para invitarme a su casa a merendar en lugar de a cenar, porque según él una reunión así, tempranera, propiciaba una conversación más reposada y amena. Su voz era cansada, monótona y casi diría, aburrida. Desde el fallecimiento de mi abuela, tres meses atrás, el viejo se había desplomado como si hubiera perdido de golpe cualquier interés en la vida.

Mientras nos servían unos tamales de Oaxaca, envueltos en hojas de plátano, y colocaban sobre la mesa una jarra de chocolate caliente, vi una charola llena de pan dulce, mi favorito. No sabía si comenzar con un cocol, un moño, una concha de vainilla, una trenza o un cuerno, y opté por un garibaldi.

La invitación había respondido al deseo de mi abuelo de despedirse. Se iba, estaba harto, y cómo no iba a estarlo, si la mayor parte de sus amigos ya había muerto, ya no estaban ni los de la ciudad ni los de su querida Tierra Caliente. La falta de mi abuela, que vivió única y exclusivamente para complacerlo, había tenido el efecto de un tiro en la frente. La vejez mina, acaba, fatiga. ¿Quién se atreve a hablar de las maravillas de la tercera edad cuando ésta significa la pérdida de facultades físicas, el desvanecimiento de la memoria, el consumo obligatorio de medicamentos, la imposibilidad de conciliar el sueño de noche y de controlarlo durante el día?

—Nacho: sólo quería informarte que me voy a morir.

—¿Cómo, así nada más? ¿Quién te dio permiso…?

—Ya no quiero estar, hijo mío, todo se repite, todo me desespera y todo me irrita.

—Pero en una carta que me escribiste hace muchos años me decías que cuidara mis ilusiones con la misma paciencia con la que se cuida a una flor. Las ilusiones son el gran bagaje, el gran patrimonio de la vejez, decías, y que no debería permitir que el cansancio o la rutina acabaran con ellas. Aliméntalas cada día, me repetías.

—Ese es el problema, Nacho y, por ello me despido, porque ya no tengo ilusiones ni paciencia ni flores en mi jardín y si las tuviera tampoco me interesaría alimentarlas ni cuidarlas, ¿ves? Te mueres cuando ya no tienes por qué vivir y yo ya no tengo por qué vivir…

—¿Y tus nietos? —pensé en recurrir a un ejemplo que enternece y refresca a los viejos.

—¿De verdad crees que voy a vivir por mis nietos? Que los cuiden sus padres. Yo ya cumplí.

Según hablaba Ave Tito, más me convencía de que entre nosotros no se requerían justificaciones para alargar su vida. Ya no coleccionaba nada ni asistir a subastas le llamaba la atención, como tampoco le importaban un bledo los problemas del país. Le tomé la mano y vi en su mirada un sentimiento de melancolía y agradecimiento.

—Tienes tiempo para pensarlo, Ave, no hay prisa.

—Dile a tu hermana María Luisa que sea buena, no veo bien a esa chiquilla, está angustiada. Abraza a mi querido nieto Ricardo. Trataré de hablar todavía con ellos.

—María Luisa está de mírame y no me toques porque no ha encontrado pareja…

—¿Por qué crees que no ha encontrado pareja?

—Por su carácter. Por cualquier razón te dice hasta de qué te vas a morir…

—¿Es tan fácil la respuesta, m'ijo? No, no es tan sencillo, hay veces en que la analizo, la observo en silencio y me da la impresión de que si pudiera gritar lo haría, si pudiera llorar como si hubiera enloquecido, también. Tengo la impresión de que carga una piedra muy pesada y nadie lo sabe, sólo ella, quizás.

—¿Y qué podría ser?

—¿Ves…? Nacho: ya no tengo fuerza ni energía para eso. Todo lo que espero, como siempre te lo dije, es que los problemas no me persigan por toda la eternidad. Quiero la pérdida de conciencia absoluta. Ya no quiero ni en el cielo ni en la tierra preocuparme por los problemas de nadie. Deseo la paz de los sepulcros, y si ésta no existe, entonces eso se llama infierno.

Cambié el tema. Le conté a mi abuelo los avances de mi libro, los descubrimientos nuevos, el análisis que había logrado perfilar sobre la personalidad de la Madre Conchita, sus poderes ocultos, cómo lograba de hecho hipnotizar a las personas con la mirada, en particular a León Toral, y sobre todo el papel que habían jugado el gobierno de Calles y la iglesia en el crimen de La Bombilla, una curiosa alianza en plena guerra cristera. Él me seguía por consideración y cariño, pero, no podía evitarlo, ya no estaba… Había tomado la decisión de morirse, y tres días después mi madre me llamó para decirme:

—Tienes que ser fuerte, Nacho, yo sé cuánto lo querías…

—¿Mi abuelo, Avé Tito…?

—Sí…

—¿Qué pasó? —pregunté con la piel estremecida y la garganta asfixiada.

—Hace un momento llamaron de su casa para informarnos que había amanecido muerto. Lo siento, Nachito, lo siento por ti…

—Voy para allá…

—No te lo aconsejaría. Tu padre se está haciendo cargo de los trámites funerarios. No sabes cómo lloraba, parecía un niño a quien le hubieran arrancado su juguete. Bien dice el dicho que nadie sabe lo que tiene hasta que lo pierde…

Decidí quedarme en casa con mi recuerdo, mi patrimonio, algo que nadie podría arrebatarme. ¿Quién iba a creer en las lágrimas de mi padre? Me desplomé en un sillón. Me cubrí la cara con las manos. ¡Cuánta sabiduría, hasta para morir! Él decidió el momento tan pronto se dio cuenta de que sólo seguían cargas, depresiones, pérdidas, repeticiones, vacío… Fui a despedirme de él esa misma noche a la agencia funeraria acompañado por Karin. Esperaba no encontrar a nadie. Sólo quería tocar las tablas de su ataúd. Dedicarle unos pensamientos de agradecimiento. Desearle la pérdida total de conciencia en la que yo, por supuesto, creía. ¡Qué suplicio el de la vida eterna! Es más bien un invento diabólico. ¿Quién puede resistir un castigo de esos?

Avé Tito y yo estuvimos juntos por última vez. Su recuerdo me inyectaba calor, simpatía, paz, comprensión. Él y sólo él usaba la palabra adecuada para cada momento. Sus palmadas en mi espalda, su sonrisa contagiosa cuando soltaba una expresión propia de su tierra, sus guiños cuando daba con la solución de un problema del que él me había dado las claves. "No se puede ser feliz sin ser valiente", una de sus frases célebres, me había servido para abrirme paso en la vida y para ser yo, sin volverme a traicionar. ¿Quieres ser feliz en el amor? Pues comprométete con una mujer, apuéstale todo a ella. Decídete, juega, sé valiente: escoge. ¿Quieres ser feliz en tu profesión? Comprométete con una carrera, la que te guste, la que te llame sin detenerte ante consideraciones de terceros. Que no te importen las críticas: sé, escoge, juégate el todo por el todo. Arriésgate. Sé valiente. ¿Quieres ser feliz en la riqueza? Pide barajas, métele toda tu energía, tu talento, tu dedicación, tu esfuerzo: tendrás éxito en todo lo que emprendas, siempre y cuando estés dispuesto a empeñar lo mejor de ti con tal de conseguirlo. Empéñate. Arriésgate, pero sin perder de vista que la opulencia pudre a la gente. Pobre de aquél que sólo tiene recursos económicos…

Lloré a mi abuelo, lloré su pérdida, pero, bien lo sabía yo, por agradecimiento. Él me había enseñado a ser discreto, comedido, prudente y obsequioso con mis semejantes. Ya no quedaba ni rastro del joven huraño, atormentado y complejo en mis relaciones con terceros. Tomaba la vida con más levedad, con humor al estilo San Miguel Totolapan. Si eres totolapense, empieza por reírte. ¿A ver…? Te falta, te falta mucho, muchacho, para ser un buen totolapense…

¡Qué diferencia cuando murió mi abuela materna! En México era conocida como *la alemana* y en Alemania, se le distinguía como *la mexicana*. No era de ningún lado. No pertenecía a nada ni a nadie. Se divorció de mi abuelo Max Curt cuando llevaban escasos seis años de matrimonio. Jamás pudo adaptarse a la vida en nuestro país, que él escogió para crecer y desarrollarse. Los alemanes somos muy cuadrados, decía. Ana Cecilia era su nombre, tal vez originado en la rancia aristocracia prusiana. Nuestras relaciones se suspendieron bruscamente al salir de mi adolescencia, cuando ella se atrevió a repetir su jerarquía racista con la que me había insultado desde muy niño. Me lastimaba, me ofendía pero no me atrevía a callarla en razón de mi corta edad y porque no alcanzaba a comprender cabalmente las dimensiones de sus afirmaciones. Ana Cecilia me repetía muchas veces la escala zoológica establecida nada menos que por Adolfo Hitler, para que nunca se me olvidara.

—El Führer decía que racialmente primero venían los alemanes; luego, los judíos; posteriormente, los perros; finalmente, en cuarto lugar, los mexicanos, como tú.

En alguna ocasión, cuando yo contaba quince años de edad, le respondí que sus comentarios me dolían y que si insistía en agredirme jamás volvería a hablar con ella.

Se quedó unos instantes pensativa. Tal vez no encontraba las palabras para disculparse, entendiendo finalmente que se había excedido con un joven de mi edad, formación y conocimientos. Se imponía una explicación, a la que yo correspondería con un beso y un abrazo. ¿Respuesta?:

—Como el Führer decía, Nachito, desde un punto de vista racial…

No la volví a ver, ni siquiera cuando mucho tiempo después me informaron que había muerto; tal vez se había suicidado con barbitúricos en el asilo en donde sufría sus últimos años de soledad. Por supuesto, no asistí al entierro ni le dediqué más pensamientos que un par de maldiciones. No quise ningún recuerdo de ella, según me rogaba mi madre. Se fue, ¿y qué? ¿Por qué no lo habría hecho antes?

En esos momentos me percataba del nivel de endurecimiento que padecía siendo tan joven. Los acontecimientos y el entorno van forjando al individuo. Entre mi padre, los fracasos escolares, mi abuela, mis confusiones profesionales, mis largos años comiendo en la mesa del servicio porque era indigno de hacerlo al lado de mi familia, llegó un momento en que caí en el pánico y en la desorientación total. ¿Quiénes me sacaron de los pelos cuando ya me hundía? Ave Tito y Max Curt, mis abuelos del alma. Gracias. ¡Hermosa palabra, no? Pues otra vez: gracias, para que se me vuelva a llenar la boca del sabor a agradecimiento.

¡Claro que mi madre siguió viviendo al lado de mi padre, incluso después de la escena con Moni! Se reconciliaron. En una noche de amor él le propuso que se volvieran a casar. ¿No sería romántico? Vamos, nos divorciamos y, acto seguido, nos volvemos a casar. ¿No es una muestra de enamoramiento total? Tan te quiero que me casaría contigo una y mil veces. Una maravilla. Sólo que, lleno de dudas y tomando las precauciones debidas por venir la oferta de quien venía, la verdad oculta me saltó a la cara: en el fondo de tan apasionada entrega, la auténtica intención que movía a mi padre era la de despojar a mi madre del cincuenta por ciento que le correspondía de la sociedad conyugal. Nos divorciamos, mi amor, pero nos volvemos a casar bajo el régimen de separación de bienes y te quedas en la calle, mi querida razón de vivir. Ella nunca se hubiera dado cuenta porque, a pesar de todo, era incapaz de desentrañar la maldad en las relaciones humanas. Aceptaba la convivencia por un inexplicable amor capaz de negar lo evidente, mientras que él permanecía casado por dinero. Una locura y, por el otro lado, una vulgaridad.

Si bien me incendió el ardid tramado para despojar a mi madre de sus bienes, ruindad todavía mayor si no se ignoraba su escasa habilidad para construir un patrimonio por ella misma, mucho más me enardeció descubrir que mi propia hermana María Luisa había sido la autora de la idea porque codiciaba, en silencio reptante, los bienes de nuestra madre. ¿Una traidora en casa? Mi padre se acercaría a su mujer, en una primera instancia, para tratar de convencerla durante un acaramelado fin de semana en Acapulco. Ahí le plantearía su "romántica" idea entre arrumacos, para que más tarde mi hermana sacara el tema en la mejor oportunidad. El plan era perfecto. El primer golpe se asestaría entre besos y champán; el de remate se lo daría María Luisa en la casa, en una de esas tardes en las que platicaban de todo y de nada a la hora del café.

Tal vez Ave Tito había tenido razón: mi hermana está cargando con algo insoportable. Sí, ¿pero qué? ¿También trataría de desheredarnos a Ricardo y a mí? Como bien decía Ave Tito: el dinero es el mejor detergente, porque saca toda la mugre. Me asaltó de pronto una reflexión paradójica: había vivido siempre al lado de mi hermana, habíamos jugado juntos, habíamos ido a la escuela, al parque y al cine juntos, nos habían dormido juntos, habíamos viajado juntos, habíamos sufrido y reído juntos, habíamos desayunado, comido y cenado juntos y, de repente, sucedía que no la conocía. ¿Quién era realmente? ¿Por qué atentaba de esa manera contra todos y contra todo? Si mi madre no iba a conocer nunca sus verdaderas intenciones, ¿Ricardo y yo, tampoco…? Pensé entonces en los asesinos. En alguna parte había leído que lo más difícil era decidirse a matar por primera vez; las subsecuentes ocasiones resultaban mucho más sencillas. Los pruritos y las resistencias se presentaban como muros infranqueables al principio y después perdían toda consistencia, llegaban a ser meras paredes de papel. Empecé a creer a María Luisa capaz de todo, si ya no se detenía ni ante el hecho de despojar a su propia madre, ¿qué podía seguir?

Yo lo supe antes que nadie. Empecé a observar sus movimientos, sus rutinas, a poner mucho más atención en su vida, en sus compañías, en sus viajes. Me empeñé en descubrir la razón por la cual no había podido relacionarse con ningún hombre de buen tiempo atrás, siendo que gozaba de una notable capacidad para dar cariño y ternura. Pensé en la posibilidad de que pudiera ser lesbiana, pero no era el caso. María Luisa había tenido novios, gustaba de ir a reuniones, se arreglaba, asistía a bailes para conocer pretendientes… dado el caso, yo la habría animado a disfrutar su sexualidad sin tapujos.

Pero el problema era otro: María Luisa se estaba convirtiendo en una mujer perversa. Estaba envenenada. Se le había despertado un apetito feroz por el dinero, como si éste fuera la base de su seguridad. Siempre aparecía con reloj, pulseras y prendedores de oro; hasta llegué a verla con anteojos de alguna marca europea del mismo metal y otras tantas con broches o collares de perlas o de piedras preciosas, una verdadera ostentación, como si tratara de demostrar su valía.

La observación de su conducta me reportó espléndidos dividendos, hasta que mis investigaciones de detective novelesco hicieron que me derrumbara como si me hubiera dado contra una cortina de granito. Todo comenzó cuando decidió construir una mansión en Cancún. Arquitectos iban y arquitectos venían, planos, plomeros, carpinteros, electricistas circulaban por su casa a toda hora. Proveedores de mármol de todos colores, especialistas en iluminación, paisajistas, jardineros, escultores, muy bien, que se dé gusto. Todo me parecía estupendo hasta que me hice la pregunta que me cimbraría: ¿de dónde sale el dinero para pagar todo esto, si ella nunca trabajó y menos lo hará ahora? Mi padre la mantenía dándole "su domingo": ¿para qué he formado este patrimonio si no es para repartirlo entre mis hijos y gozarlo en vida con ellos? ¿Qué sentido tiene tanto esfuerzo, tantos dolores de cabeza, úlceras, insomnio e infartos, si al final del camino no le podemos cortar la fruta al árbol y disfrutarla?

¡Basta! ¡Acabemos con la palabrería! Me sé de memoria toda esa mierda alucinante. ¿Una golfa que nunca dio golpe en su vida, no se había casado, nunca trabajó ni lo haría y sin embargo contaba con recursos millonarios? ¿Cómo? ¿Robaba? ¡Basta! ¡Basta! ¡Basta! Debo confesar que el día en que me derrumbé me di asco. ¿Cómo era posible que tuviera una mente tan enferma para imaginar una auténtica perversión como la que pasaba por mi cabeza? Me avergoncé de mi imaginación, ciertamente depravada. Me apené por estar casi a la mitad de mi vida y existir contaminado, con tanta podredumbre en mis adentros. ¿Yo también estaba roto por dentro y no me había percatado? Estaba equivocado. Mis presunciones resultaron fundadas y entonces mi capacidad de desprecio se multiplicó exponencialmente. Me acosaron de golpe los sentimientos más encontrados, desde la tristeza infinita hasta el coraje, la náusea… Las preguntas que antaño carecían de respuesta hoy tenían respuesta ensordecedora.

¿Por qué mi padre y María Luisa viajaban juntos desde que ella era adolescente? A todos les tocará en su debido tiempo, pero ella es la mujer y debe gozar de todos los privilegios. ¿Por qué ella tenía un automóvil último modelo? ¿Por qué, estando en la sala de nuestra casa, mi padre y mi hermana mandaban a mi madre a dormir cuando María Luisa estaba alcanzando la mayoría de edad, con el pretexto de que tenían temas de conversación secretos? Ahora te alcanzo, Sonia, empieza a desmaquillarte… ¿Por qué la consentida? ¿Por su edad y sexo, cuando ella es escasamente cinco años mayor que yo? ¿Por qué María Luisa se sentaba sobre las piernas de mi padre y nos veía con mirada desafiante, como si nos dijera: *no somos iguales, tontitos?* ¿Por qué comían tantas veces tomados de la mano y a la hora de saludarse o de despedirse, sus muestras de afecto superaban en intensidad a las de cualquier hija? ¿Y mi madre? Hecha una imbécil. ¿No se daba cuenta de nada o se tragaba sus presunciones en aras del amor reverencial y enfermo que le dispensaba a su pareja infernal? Nos vamos a París, a Roma a Nueva York, al final de cuentas tú, hija de mi vida y de mi corazón, hablas muy buen inglés y me traduces, nos vamos a Madrid en avión o a Francia en barco. Viajemos. Lo haremos, te lo prometo, te cases o no. Tu marido sabrá entender el día de mañana. Y vengan los coches, la ropa carísima, las joyas, el departamento en Estados Unidos y la casa en Cancún. Ella no tiene quién la ayude, ¿ven? Apoyémosla todos, démosle todo nuestro amor, nuestro cariño, ¿no ven que está sola?

Claro que en la confusión de María Luisa tenían que empezar las diferencias con mi madre. Ella pretendía, sin confesarlo, convertirse en la señora Mújica. Sentía tener un mejor derecho que mi madre para ser la media dueña del patrimonio de la familia. ¿Por qué no si compartía el lecho con su marido, a saber cuántas veces a la semana? Por mi parte, al aceptar esta realidad empecé a entender partes de mi infancia. La furia con la que llegaba mi padre a la casa era consecuencia evidente del sentimiento de culpa que le provocaba la relación incestuosa con su hija. ¿Y ese malviviente venía a darnos lecciones de moralidad y a gritarme en la cara que yo era indigno de comer en su mesa? Él sabía que estaba destruyendo la vida de su hija, pero no tuvo el menor empacho en insistir en sus placeres degenerados. No ignora la monstruosidad que cometía día con día, viaje con viaje, obsequio por obsequio, depósito tras depósito: prostituía, además, a María Luisa, la compraba. Todo tiene un precio, ¿no? Por ello al llegar a la casa empezaba el infierno. Venía a vengarse con los más débiles, los indefensos. A vomitar su rencor en la sala de nuestra casa.

¿Ese era el hombre descompuesto que se iba a sentar conmigo a explicarme el significado de un pleonasmo o el subjuntivo o la regla de tres? ¿Nos veía como a los obstáculos que en sus fantasías depravadas le impedían irse a vivir con María Luisa?

Una hija es un premio otorgado por la vida. Una oportunidad para reconciliarse con la existencia y rescatar sentimientos olvidados en la caja de los recuerdos. Mi padre debería haber rejuvenecido al descubrirle el mundo a María Luisa, al disfrutar su sorpresa cuando todo es novedad, risa e ilusión. Debió ser el gran maestro que explica, cuenta, revela y despierta la curiosidad. El mago, el hombre que todo lo puede, el que saca el conejo de la chistera y explica un mapa o el nacimiento de un río o la reproducción de los animales o la aparición de las estrellas. Enseñarle versos, contarle cuentos. Este es el limón, está agrio, pruébalo; este es el chile piquín y pica mucho, ponle poco a tu jícama. ¿Te gusta el mango? Es el rey del trópico. El chocolate es mi dulce favorito. ¿Te invito un helado de chabacano? Oye este Mozart…

Todo se perdió, se desperdició, se prostituyó. No existe castigo suficiente para quien prostituye a quien más se debe amar. Ese delito justificaría la amputación gradual y progresiva de los dedos, la nariz, las orejas y los genitales, la extracción de los ojos, desollar al culpable sin anestésico. Mientras más grites, más estarás purgando tu cuerpo de los males cometidos. El dolor te purificará…

La llegada de Calles al poder se tradujo en un torbellino administrativo, económico, diplomático, político, eclesiástico, rural y social. Un torbellino es un torbellino… La presencia del capitán se hizo presente desde la hora misma de tomar el timón. No le falla el pulso. Toma decisiones. Es un ejecutor. Sabe, conduce, dirige. Controla con un vistazo, con un manotazo o con un balazo. Domina. No hay duda. A los caciques los compra o los manda matar. Plata o plomo, escoge… Los llena de privilegios si se someten o los entierra si se le resisten. Para ello es el Comandante Supremo del Ejército Mexicano. Basta un telegrama cifrado para improvisar un paredón en cualquier parte del país y también para cambiar la historia de México. Pónganlo frente a esos sacos de maíz o de perdida amárrenlo de un palo. Preparen, apunten: tenemos mucho por hacer… Pocos ignoran quién está al frente del gobierno. Él manda, los demás obedecen, callan. Nadie se atreve a contradecirlo ni a sugerir alternativas.

No, no se te ocurra… Es que yo pienso… No piense, es una orden… Morones, sólo Morones, refuta con la debida suavidad, cuestiona amablemente, pondera y proyecta otros escenarios. El presidente escucha, sopesa y calcula. Por supuesto que el líder de la CROM fue nombrado secretario de Industria y Comercio. Sólo eso le faltaba, la vida se la debía. Las escandalosas protestas ciudadanas no intimidaron a Calles. El Gordo saldría en la fotografía histórica tomada al primer gabinete, sentado al lado derecho de Alberto J. Pani, el secretario de Hacienda. De nada sirvieron las reclamaciones por haber encumbrado a un asesino y secuestrador de senadores, entre otros crímenes que todavía pasaban desapercibidos ante la opinión pública. ¡Cuánto cinismo! Morones tendría que estar en la cárcel purgando una condena por homicidio premeditado y, sin embargo, goza de una proyección política envidiable. Lealtad con lealtad se paga. De no haber matado a Field Jurado a tiros, como a un perro rabioso, no se hubieran ratificado los acuerdos de Bucareli y sin acuerdos, no hubieran llegado las armas y sin armas, seguramente el Turco no habría accedido al poder. El gran panzón era una maravilla en materia de fidelidad. ¡Qué bien había hecho Obregón en escoger a Calles en lugar de a Vasconcelos, un intelectual que hubiera tratado de explicarles a los indios los conceptos filosóficos de Tales de Mileto! ¿Serrano? Un jugador empedernido, borracho y mujeriego, estaba descalificado antes de comenzar.

Eres el mejor, Plutarco, no tengo la menor duda: el mejor amigo, el mejor funcionario, el mejor militar, el mejor paisano: la patria te necesita.

Calles llega decidido a nivelar el presupuesto federal de egresos. Bajará el nivel de la deuda nacional, cuidará la suscripción de nuevos empréstitos. Ya no viviremos del crédito sino de nuestro trabajo, de nuestra capacidad productiva. Pretende acabar de un plumazo con el caos administrativo y con la eterna quiebra de las finanzas públicas. El nuevo jefe del Estado anunció la moralización de su gobierno, realizará grandes economías, cuidará los recursos del erario, cesará a los cantadores y a los guitarristas que figuraban en la nómina del Estado Mayor del general Obregón, reestructurará la recaudación del Impuesto sobre la Renta, creará un sistema bancario capaz de estimular las actividades económicas, fundará la Comisión Nacional Bancaria y el Banco de México, el único facultado para emitir papel moneda sobre la base del patrón oro con el objetivo de controlar la inflación y garantizar la fortaleza de la moneda; constituirá el Banco Nacional de Crédito Ejidal, porque de nada servía entregar tierras sin recursos para poder adquirir semillas, fertilizantes, pesticidas, ganado y maquinaria agrícola. Construirá obras de irrigación y carreteras para unir al país y comunicar los centros de producción con los de consumo. Reformará al ejército para garantizar su lealtad. Le ordena a Joaquín Amaro, secretario de Guerra, la instrumentación de un programa modernizador de las fuerzas armadas; profesionalicemos a los oficiales; expulsemos a los sospechosos de ser proclives a organizar levantamientos armados. Cada seis meses renovará las 33 jefaturas militares para evitar las alianzas personales con otros oficiales. Cerremos las puertas a nuevas conjuras.

Ese era un verdadero líder revolucionario. Viene a demostrar que los caídos no murieron de balde. Ahora sí habrá justicia social. Aplicará la Constitución y regulará la inversión extranjera, fundamentalmente la relativa al petróleo y sus veneros.

Tendamos más vías de ferrocarril, conectemos telefónicamente a todo el país. Unámonos con el mundo. No nos rezaguemos. Progresemos, para eso fue la revolución, para evolucionar. Inauguremos cada día una nueva escuela. ¿A dónde vamos sin educación laica? Apartémonos de los conceptos religiosos e impidamos más deformaciones en las mentes de nuestros hijos. Saquemos a los curas, los auténticos agentes del atraso, los enemigos de la alfabetización del país, de nuestras aulas. Eduquemos a nuestros maestros, formémoslos con técnicas modernas. Construyamos el México del mañana prescindiendo de conceptos medievales. Acabemos con los seminarios católicos, fábricas de zánganos que confunden a nuestros niños y los inducen a llevar una vida de dudas, de oscurantismo, de miseria moral… La iglesia católica nos está convirtiendo en un país de cínicos, nos degrada éticamente: ¿Cometiste un pecado, hijo mío? Pues para ser perdonado debes rezar un padre nuestro y al acabar ya podrás volver a pecar… Además, "¿quién no conoce toda la inquina, el odio, la aversión, la desconfianza que se inculca en las escuelas religiosas en contra de las instituciones laicas, supuestamente dirigidas por el Diablo?"

La efervescencia anticlerical estalla por todo el país. El laicismo y sus vientos progresistas recorren la nación sembrando las semillas de la esperanza y de la reconciliación. Las medidas revolucionarias que vuelven a tomarse en el país en contra del clero católico están orientadas a impedir que el inmenso poder espiritual y económico de la Iglesia se utilice nuevamente en contra de la causa de la libertad. El clero continúa estorbando y violando nuestras leyes, así como bombardeando desde trincheras inimaginables nuestros proyectos de organización política, familiar, social y cultural. ¿Acaso México ha tenido un peor enemigo en su historia?

El presidente de la República contaba con facultades extraordinarias para legislar en materia de cultos. Empieza a trabajar en la redacción de la ley reglamentaria del artículo 130 constitucional. Afila el machete. Día a día recorre con el índice la hoja de acero para constatar si está lista. Sonríe. Imagina los rostros de los prelados. Instintivamente se lleva la mano al cuello. Se lo acaricia. Muy pronto tendrá que emplear el arma.

Obregón, desde su rancho La Quinta Chilla, rechina sus dientes. Entorna los ojos. Se imagina. Extraña la banda tricolor, las cámaras, las entrevistas. Echa de menos el poder. Calles reglamentará las relaciones con las iglesias y dictará las leyes del culto. Es su obligación. El patrimonio de la iglesia es ahora propiedad de la nación y, por lo tanto, debe velar por la correcta administración de los bienes públicos. ¿Se habrá equivocado el gran elector? Es muy tarde para rectificar su error.

—¡En la que nos va a meter este hombre! —exclamó el Manco golpeándose la frente con la palma de la mano—. Si triunfamos, ¿qué ganamos? Si perdemos, lo perdemos todo.

Mientras tanto, como el músico que espera ansioso el momento de su "solo", Morones arde en deseos de entrar en acción. Y el momento llega: el Gordo hace estallar un par de bombas en la basílica de Nuestra Señora de Guadalupe. Los curas se miran unos a los otros en busca de explicaciones. ¿Quién? Se abren varios frentes anticlericales. Tomás Garrido Canabal, gobernador de Tabasco hace detonar una granada de gran poder en el corazón mismo de las sacristías del estado. Promulga una ley que establece: para ser sacerdote es requisito estar casado civilmente. ¿Y el celibato? He dicho que quien quiera impartir servicios religiosos deberá haber contraído nupcias, de esta suerte se estará en posibilidad de comprender mucho más los problemas existenciales del prójimo y se evitarán actos de pederastia, además de violaciones dentro o fuera de los confesionarios e iglesias. ¿Cómo ir a confesarse con alguien que se masturba mientras el creyente le cuenta sus pecados? ¿Sólo eso? No, que va: Garrido limita a tan sólo seis el número de sacerdotes para una población de ciento ochenta mil habitantes y, por si fuera poco, exige que sean mexicanos por nacimiento, haberse educado en escuela preparatoria del gobierno y tener más de cuarenta años de edad. En síntesis: ningún ensotanado satisfaría los requerimientos. Todos eran necesariamente solteros. Ninguno había asistido a un colegio público, de corte obviamente liberal y, además, ¿qué harían los menores de cuarenta años? ¿Servir de acólitos mientras tanto? Se encarcela y se multa a los sacerdotes que se atrevan a vestir sotanas en la vía pública. La Constitución establece la prohibición de hacerlo. Como nada es suficiente para Garrido Canabal, organiza una corrida de toros en la que los bureles llevan nombres de la escala jerárquica de la iglesia. De esta suerte son lidiados Monseñor, Obispo, Acólito, Sacristán, Presbítero y Cardenal... Los tabasqueños lo miran azorados cuando entra a un templo en Villahermosa sólo para gritar: "Si Dios existe que se caiga ahora mismo el techo y que me aplaste por hereje." Como obviamente no se movió ni una sola piedra de la estructura, el gobernador llega a una conclusión que expresa públicamente: Ya ven, Dios no existe...

Tabasco no está solo en el embate. Zuno, desde Guadalajara, también se echa la carabina al hombro: ordena la expulsión de los seminaristas, los futuros incendiarios del país. Tenemos que destruir el nido de la serpiente... A modo de represalia por un discurso de Anacleto González Flores, el gobernador ordena la clausura, con lujo de violencia, de los seminarios Mayor y Menor, bajo el pretexto peregrino de que no reunían las condiciones de higiene exigidas por los reglamentos de salubridad. No les concedamos tregua a estos parásitos. Las pasiones se desbordan. Reduce a seis el número de iglesias en Jalisco, mientras Orozco muerde el polvo en Europa, ya de regreso de Tierra Santa.

La ebullición continúa: En el Estado de México se prohíben las ceremonias del culto fuera de las iglesias. Nacionales y extranjeros, individuos, sociedades e instituciones, deben someterse a lo dispuesto por la Constitución.

Morones propone reducir a tan sólo seis templos católicos los que pueden administrar los servicios religiosos en la Ciudad de México. Ordena que con la debida discreción, ocultando la identidad cromista, sean saqueados los centros de la ACJM por bandas anónimas o por la propia policía "en busca de delincuentes". Convertido en operador secreto del presidente Calles, buscará fórmulas para desmantelar gradualmente el aparato clerical.

Nadie imagina siquiera el importe del patrimonio del líder de la CROM ni supone a cuánto ascenderán los ahorros de ese potentado proletario, protector de artistas del bello sexo, regente de burdeles, dueño de hoteles, usufructuario de propiedades millonarias, titular de un palacio veraniego para el cual mandó hacer, en España, muebles incrustados de marfil y nácar, sin olvidar su famoso leonero en Tlalpan, que colindaba pared con pared con el convento ocupado precisamente por la Madre Conchita, en el que había un frontón profesional, cancha de tenis, alberca, boliche, jardines de orquídeas, fuentes decoradas con esculturas de mármol de Cararra, cuadros de pintores renacentistas o impresionistas, baños turcos, un sinnúmero de habitaciones equipadas con cuartos de masaje y tres casas para albergar por lo menos a cincuenta trabajadores, empleados en la regia mansión donde organizaba espléndidas orgías.[1]

Poco o nada se sabe de su vida íntima. Morones también sabe aventar la piedra y esconder la mano, por ello daba órdenes a intermediaros de la mafia y abastecía con tropas camufladas de choque en los conflictos sindicales, ejecutaba asesinatos políticos, organizaba marchas callejeras manipulando multitudes, amenazaba, por lo menos con el despido o con la imposibilidad de volver a encontrar trabajo en el país a quienes no asistieran.[2]

El todopoderoso líder dictaba sus mejores acuerdos a altas horas de la noche, sentado en su silla de peluquero, mientras dos manicuristas le cortaban la cutícula y le barnizaban las uñas, dos boleros le lustraban los zapatos y un peluquero le arreglaba el escaso cabello. Así, ubicado en ese feliz entorno, como si fuera un jefe de la mafia, nombraba o destituía jueces y magistrados, giraba indicaciones a los dueños de periódicos o a empresarios para convencerlos de las ventajas de acatar su voluntad, apercibidos de los peligros que corrían de estallar una huelga repentina en sus instalaciones. ¿Quieres que retiremos las banderas rojinegras de tu compañía o no quieres que "alguien" las coloque…? ¿Sí? Pues necesito esta cantidad en efectivo mañana en la tarde… Controlaba a los sindicatos con arreglo a amenazas criminales para el osado que se atreviera a desobedecerlo o desoyera sus deseos de que se incorporara a la CROM. Bastaba un guiño a Samuel Yúdico para que se decidiera la suerte del rebelde o una llamada de teléfono para hacer uso del ejército o de las fuerzas policíacas. Mientras una doncella le enjabonaba la cabeza, Morones concluía en la mejor opción para presionar hostilmente a sus colegas del gabinete o para hacer que los largaran de no acceder a una de sus peticiones, generalmente vinculadas al mundo de los negocios... Ya ves cómo es Luis Napoleón, ayúdalo, ¿no?

El secretario de Industria y Comercio podía demostrar la compatibilidad entre los principios socialistas y la cooperación entre trabajadores y capitalistas. ¿Cómo? Construyó una compleja maquinaria de cohechos para recaudar importantes sumas de dinero. Para lograr su objetivo estableció cuotas a cargo de cada empleado, ya fuera del sector público o del privado. Los representantes de cada gremio estaban obligados a cobrar y a pagar mensualmente, además del día de salario que rigurosamente les descontaban, el importe de las aportaciones, so pena de incurrir en delitos que podían costarles la libertad o la vida, todo dependía de la gravedad de la infracción, o ser víctimas de chantajes de la peor calaña... Sindicatos y uniones estaban obligados a ayudar a financiar los gastos de sostenimiento de la Confederación que él encabezaba o los del Partido Laborista, ambas instituciones dedicadas a defender los intereses obreros en los foros gubernamentales o en los jurisdiccionales o en cualquier otro.

El máximo líder de la CROM era odiado, por razones mucho más que obvias, por la iglesia, que lo contemplaba como el brazo derecho del Turco, de Satanás. Pronunciar su nombre en el interior de las iglesias equivalía a cometer pecado mortal. En las filas del ejército era despreciado por haber apoyado la idea de licenciar tropas para sustituirlas por las antiguas brigadas rojas. Mencionar su apellido en los cuarteles traía aparejada una larga estancia en los calabozos castrenses. En la prensa no era tampoco bien visto por los chantajes y sobornos de que eran víctimas, en forma recurrente, los directores, fotógrafos, columnistas como Martinillo, además del cuerpo de reporteros. Sólo había una ley, una noticia: la que decidía Morones. En la Cámara de Senadores era mejor ni siquiera abordar el tema desde el tan cobarde como impune asesinato de Field Jurado...

En el Castillo de Chapultepec, a fines de enero de 1925, Calles y Morones desayunaban. Había en la mesa una charola de plata con gran variedad de fruta y comían chicozapotes, papaya y mango en tanto llegaba la machaca con huevo, salsa de pico de gallo y tortillas de harina con harto sabor a Sonora. Calles fue el primero en abrir fuego, dando un sorbo a su café del Soconusco:

—Cuando fui gobernador, querido Gordo, inventé una iglesia en mi tierra, divorciada de la de México y la de Roma, una institución espiritual muy nuestra, sin dependencias extranjeras. En México y en el mundo, el clero, con su enorme poder espiritual, económico y social, obedece las órdenes del Papa y se opone al gobierno, con lo cual tenemos un Estado dentro de un Estado…

—No digas que quieres repetir ahora el caso a nivel nacional —interrumpió Morones anticipándose a la medida, que ya se le antojaba genial—. O sea, ¿quieres crear un cisma católico en México?

—Así es, Luisote —el presidente mostró una gran satisfacción al sentirse comprendido; bastaban dos palabras para que Morones adivinara las intenciones de su superior—. Quiero fundar la Iglesia Católica Apostólica Mexicana, no romana, dependiente de mi gobierno y no del pontífice, es decir, una corriente religiosa paralela, totalmente cristiana, pero eso sí, genuinamente nacional. Un catolicismo alternativo.

Morones dejó caer los cubiertos. Se limpió la boca y colocó efusivamente su mano sobre el hombro del presidente. Su alegría era desbordante, como si hubiera ganado el premio mayor de la lotería. Se imaginaba un gobierno con todo el control político, el militar y, por si fuera poco, ahora también el espiritual. Los tres grandes poderes del país concentrados en un solo puño, el de Calles. Tendría que ser un suicida el que se les opusiera. Coincidía con Calles en la necesidad de ejercer un férreo control sobre una sociedad ignorante, conformada además por ciudadanos apáticos, que respondían a la adversidad con la mentalidad de un menor de edad.

—¡Qué gran idea, Plutarco, te la aplaudo hasta con las suelas de los zapatos! ¿Y quién la va hacer de Sumo Pontífice, tú…? —preguntó sin poder contener la risa en un arrebato de placer y de alegría.

—La mayoría de los obispos son obesos de tanto tragar chocolate con bizcochos en las tardes con las mochas —contestó el presidente tratando de dibujar el perfil del nuevo líder religioso de México—. Tienen el rostro seboso, una gran papada, los ojos hundidos de tanta grasa, un vientre preponderante, y son chaparrines, calvitos…

Morones se quedó viendo a Calles entendiendo perfectamente bien la insinuación. Calles no era afecto a las bromas, por ello dijo con cautela:

—¿No pretenderás que me convierta en patriarca de tu iglesia y que use sotana y dé misa, verdad?

—No, claro que no —repuso el jefe del Estado con un gesto
socarrón—, el retrato hablado es sólo una coincidencia. Pero, ¿te
gustaría? —observó cómo le servían la machaca, los imprescindibles
frijoles refritos y sus respectivos totopos.

—Sólo para llenarme de billetes y para perseguir a las feligre-
sas extraviadas en busca de perdón, comprensión y afecto…

—¡Tengo al hombre! —cortó Calles con el ánimo de recuperar la sobriedad en la reunión y revelar el grado de avance de sus planes—. Se llama Joaquín Pérez y Budar, un sacerdote de esos renegados,
de Juxtlahuaca, Oaxaca. Es un hombre ya entrado en los setenta años.
Sus antecedentes se remontan a 1876, cuando renunció al sacerdocio
para tomar las armas en contra de la elección de Lerdo de Tejada.
Hasta hace unos días era capellán del cementerio francés.

—¿Y de dónde te sacaste al patriarquito ese?

—Inteligencia Nacional, Napoleoncito —presumió Calles—.
Después, en lugar de regresar a la parroquia, nada tonto el curita,
prefirió la exclaustración. El angelito se casó sólo tres veces en poco
tiempo, procreando varios hijos, hasta que se hartó de las viejas y de
los problemas familiares, nada raro, y se reincorporó como pastor
arrepentido a la parroquia de Santa María Tepetlaxtoc, donde después
de uno que otro desatino decidió ingresar a la masonería —Calles
parecía conocer hasta el último pliegue de la vida del patriarca, con
quien, desde luego, ya había intercambiado puntos de vista.

—¡Caray, con el curita…! —adujo Morones sin pestañear—.
Es de laboratorio el amigo, ¿no? ¿Pero cuál es la idea finalmente? Co-
nociéndote, me imagino que la tienes perfectamente desarrollada.

Mientras Calles metía la tortilla enrollada en la salsa de pico
de gallo, le contó a Morones que el patriarca llegaría a encabezar una
iglesia ortodoxa mexicana, muy parecida a la católica, en la que por
ningún concepto se cobrarían los servicios religiosos. Nada de casar
ni bautizar ni cantar misas de difunto a cambio de dinero.

—¡Se acabó el lucro! ¿Me entiendes? ¡Se acabó! ¿Sabes lo que
la iglesia le saca a la sociedad año con año? Quedará abolido el celibato, los curas tendrían el derecho de contraer nupcias y tener des-
cendencia, llevar una vida sana sin crispaciones ni perversiones
sexuales. El uso del castellano durante la liturgia, así como el hecho
de contar con un empleo remunerado, serían obligaciones y condi-

ciones a cargo de los sacerdotes cismáticos. Ni un día más de holga-
zanería de esos charlatanes. A trabajar como cualquier otro ciudadano.
Quedará suprimida la confesión, una de las más eficaces herramientas de control del clero. ¿Para que se necesita si los creyentes se pueden comunicar directamente con Dios?

Calles lo tenía muy claro: tendría que recurrir a la fuerza
pública para imponer al patriarca Pérez y Budar en alguna iglesia de
la Ciudad de México e iniciar el cisma…

—Espera, espera —volvió a interrumpir Morones—. Si me
lo cuentas es porque quieres que participe, y para ello tengo el lugar
y la forma.

Y explicó, como si materializara la ilusión de su vida, que
pondría a hombres del pueblo armados con garrotes para que no
fuera tan obvia la mano del gobierno a través del ejército. El populacho, en realidad los cromistas, son quienes deben tomar la iniciativa.
A continuación solicitó:

—Yo, que fui acólito como tú y por ello conozco a la institución católica como la palma de mi mano, pido tu autorización para
que la iglesia en la que comience el cisma sea la parroquia de La Soledad, aquí en la Merced.

Calles comía un taco hecho con machaca y bebía pequeños
sorbos de jugo de naranja, en tanto Morones daba tragos de cerveza
de barril. El Turco no olía siquiera el alcohol. Lo detestaba desde la
infancia por el nivel de embrutecimiento y violencia al que podían
llegar las personas al ingerirlo. La estrategia de Morones le parecía
muy adecuada. Una sugerencia y un favor aceptados.

Calles remojaba una magdalena en el chocolate caliente y
Morones, a destiempo, dejaba caer pedazos de telera sobre el plato
cubierto de salsa y frijoles. El líder obrero todavía agregó que desde
años atrás había pensado en crear una orden religiosa oponible a los
malvados Caballeros de Colón, potentados que aportaban recursos
para financiar movimientos armados concebidos por la iglesia católica. La nueva organización sería conocida como los Caballeros de la
Orden de Guadalupe.

—Igual que el clero esconde la mano, nosotros también lo
haremos. Que cada quien tenga sus caballeros y que entre todos no
maten ni una triste mosca, ¿va?

—Hagámoslo, pero hagámoslo ya —concluyó el presidente,
ávido de acciones—. No quiero que acabe febrero sin que hayamos

dado el primer paso en dirección al cisma—. Crea la orden, ten tus propios caballeros, junta a la gente, pero eso sí, tomemos la parroquia de La Soledad —ordenó—. Oye Luisito, sin ser indiscreto: ¿no te podrías atender el tic que tienes en la cara con un buen médico? Yo te pago el viaje a Estados Unidos… mira qué bien quedé de la mandíbula. La verdad es que a veces me pones nervioso.

—Tienes razón, Plutarco, lo debo hacer a la brevedad porque ya me está causando muchos problemas este guiñar el ojo y no poder dejar de hacerlo —contestó Morones sin el menor empacho.

—¿Problemas…? ¿Por qué problemas?

—Pues porque hay gente que no me cree… Como guiño tantas veces piensan que estoy bromeando. Tan es cierto lo que te digo, que el otro día le pedí a un chofer recién contratado que volviera por mí al concluir una cita a las seis de la tarde y ¿vas a creer que el mugroso ese me dejó abandonado?

—¿No volvió por ti…?

—No…

—¿Y por qué…?

—¡Ah!, por lo que te digo: como guiñaba y guiñaba el ojo creyó que era broma y el muy pendejo se quedó en la oficina esperando a que lo llamara.

—¿Y qué hiciste…? —preguntó el presidente a punto de soltar la carcajada.

—Pues cuando lo volví a tener enfrente me tapé el ojo con la mano, así, y entonces, ya sin que pudiera ver el tic ni nada, le dije: ¡chinga tu madre!

Pocas veces el jefe del Estado había saboreado tanto una anécdota. Cuando dejó de carcajearse, Morones continuó. Él también tenía una duda y, por lo visto, consideró llegado el momento de desahogarla:

—¿No estaremos siendo muy obvios, Plutarco?

—¿Obvios?, ¿por qué obvios, Luis? —repuso el presidente con la cara repentinamente endurecida, metalizada.

—Obvios porque a veces me parece muy descarada nuestra posición y siento que cualquiera podría ver una provocación en todo esto de la iglesia católica —respondió Morones, midiendo la reacción de Calles. Cuando se limpió la boca con el dorso de la mano apareció a los ojos del presidente un enorme diamante engarzado sobre un anillo de oro blanco, que el líder obrero llevaba invertido.

—¿Quieres decir que todo este movimiento pudiera ser entendido como una maniobra para contener las ambiciones de mi paisano Obregón?

—En efecto…

—Tú y yo sabemos la verdad, Luis —contestó el presidente como si desenvainara una espada—. Álvaro ya está cabildeando en el Congreso su reelección, y eso que no ha pasado ni un año de mi toma de posesión. Él no pierde el tiempo, yo tampoco, por ello no perdamos tiempo en armar nuestro numerito, Gordo.

Calles no se refirió a la ostentosa joya, muestra de la venalidad de su secretario de Industria. ¿Que era un bandido? Bueno, algún defecto había que tener… Según el ingenio popular, CROM significa Cómo Roba Oro Morones.

—En el Congreso lo detendré con los laboristas. No modificaremos la Constitución. No lo permitiremos. Jamás volverá a este Castillo, jamás —exclamó Morones como si hubiera recordado en ese instante la balacera en el Congreso en la que casi pierde la vida.

—Lo detendrás una, dos, tres veces, pero mi paisano es más mañoso y necio que una mula mal parida y tarde o temprano se saldrá con la suya. Tenemos que montar un aparato tan enorme y escandaloso que nos permita deshacernos para siempre de él y que simultáneamente nos ayude a escondernos en el sombrero de un mago…

—¿No es mejor un heladito de limón o una sopita como la que le di a Benjamín Hill? —repuso socarrón Morones.

—Ya te he dicho que eso sólo resuelve la mitad del problema. Yo tengo que acabar con la iglesia católica. Ha destruido a este país. Mataré dos pájaros de un tiro; dos, no uno, ya deberías saberlo de memoria —concluyó Calles cuando veía venir a Chole, su secretaria personal, con lo que parecía ser un telegrama[3]—. Además, ¿qué quieres, darle el heladito y promover tu candidatura a la Presidencia? Eso sí que es obvio. Cuidado. Cuando alguien es asesinado, busca siempre a los beneficiados…

—Sé que Álvaro empieza a mover sus fichas en la Cámara de Diputados, lo sé, tienes razón —confesó, Morones pensativo.

—Si él mueve las suyas, movamos las nuestras, pero movámoslas ya. Empieza con La Soledad. Obvio es lo que hace Álvaro para reelegirse y aquí estamos tú y yo, como pendejos, esperando que amarre todos sus hilos para acabar con nosotros. Tú, el primero… Si él regresa a la Presidencia, te aseguro que no fallará por segunda vez. Te llevaré crisantemos a tu tumba. No te preocupes, no te dejaré solo ni en el panteón...

—¿Tú crees que no entienda el mensaje de rechazo a su candidatura si toda la bancada laborista se opone a satisfacer sus caprichos y a modificar la Constitución y tú y yo, lo sabemos, somos las cabezas invisibles del partido laborista? ¿No le será evidente que no lo queremos por acá?

—Álvaro no se va a dejar, no lo va a permitir. Nunca ha perdido una batalla de ningún tipo y créeme, intentará también ganar esta... Tenemos que detenerlo...

—Lo detendremos...

—Para detenerlo bien empieza por armar el número de La Soledad —Chole le entregó un sobre al presidente.

—¿Hablaban de mí...? —preguntó la mujer más cercana a Calles, la verdadera dueña de sus pensamientos.

—No, Chole, no —contestó el presidente mientras se retiraba dándole la mano a Morones—. Lo que pasa es que, aunque no lo creas, a Luis no le importa la soledad ni le teme: ya está listo para retirarse, ¿verdad, Gordo?

La mañana del 21 de febrero de 1925, un grupo de aproximadamente cien hombres armados con garrotes y pistolas allanó la parroquia de La Soledad. Las palabras altisonantes, los gritos soeces y las voces iracundas constituyeron toda una sorpresa en la casa de Dios, uno de los cientos de supuestos rincones de paz en la ciudad. En cuestión de minutos fueron sacados a empujones, misales y escapularios en mano, los pocos fieles que habían ido a orar aquel sábado. En el momento mismo de la comunión fueron sorprendidos tanto el sacristán como el sacerdote Alejandro Silva, quienes a jalones y sin permitirles siquiera conocer la razón del brutal allanamiento, bien pronto se vieron en la calle, tan desconcertados como furiosos. Poco después apareció, escoltado por un grupo de capitalinos, el ilustrísimo Joaquín Pérez,[4] autoproclamado patriarca de la iglesia católica mexicana, vestido con una peculiar indumentaria y seguido del padre español Manuel Monge, su segundo para los casos en que el Señor dispusiera la ausencia transitoria del primero en la parroquia. Nuevo pastor del templo. Nuevo sacristán. Nueva institución. Nueva encomienda. Nuevas autoridades.

El patriarca aprovechó la coyuntura para ordenar sacerdotes cismáticos y consagrar obispos con la debida dignidad, respetando la liturgia improvisada en el marco de su elevada jerarquía. No faltaba más… Era patriarca, ¿no…? De dicha camada de virtuosos religiosos destacaría el padre Eduardo Dávila Garza, quien años más tarde, a la muerte del patriarca, se alzaría con la ceremonia del caso, algunas veces en su carácter de "Primado de la Iglesia Católica Mexicana" y otras, nada menos que como Eduardo I, Papa Mexicano.[5]

El padre Alejandro Silva se trasladó de inmediato a la Catedral de México para entrevistarse con monseñor José Mora y del Río, el anciano arzobispo de México desde 1909. Su Excelencia recibió de inmediato a Silva en sus oficinas de caoba tallada, tapetes persas de seda, una biblioteca saturada de libros incunables, sin faltar desde luego el soberbio escritorio de mármol verde, una impresionante plancha con incrustaciones de piedras preciosas florentinas sostenida por una base de alabastro esculpida en forma de árbol de la vida.

Mora y del Río comprendió de inmediato el origen del conflicto: eran moronistas autorizados por Calles para ejecutar el desmán. ¿Cuáles fieles de una nueva iglesia cismática, así porque sí? ¡Vamos! Esta es obra del presidente de la República. ¿Sabe camuflar a las masas? Sólo que la iglesia católica lleva casi dos mil años de ventaja. El alto prelado no mandaría a cien obreros disfrazados de católicos, él rescataría la parroquia de La Soledad con diez veces más fieles del verdadero culto católico. ¿A golpes entraron los cismáticos? Pues a golpes los sacarían. Suerte tendrán de que no los quememos vivos. Nadie sabe para dónde puede soplar el viento cuando se incendia un bosque. Pueden perecer hasta quienes le prendieron fuego… Había llegado el momento de darle una lección a Calles. ¿Nos pones a prueba? ¿Quieres saber de qué estamos hechos? Mañana lo sabrás. Calles es tan imbécil que está logrando, sin desearlo, la unión de todos los católicos al aplicar sus políticas. Cree que con la fuerza podrá dominarnos. Pobre imbécil… Quiero a la Madre Conchita aquí hoy en la tarde…

El lunes siguiente, a menos de cuarenta y ocho horas de la toma de la parroquia de La Soledad, los Caballeros de la Orden de Guadalupe formaron guardia alrededor de la parroquia. Se erigían como custodios de la naciente iglesia. A las once de la mañana el padre Manuel Monge, casado con una mujer ciertamente hermosa y con antecedentes policíacos en España, sufrió el ataque de decenas de enardecidos parroquianos que pretendían lincharlo. Dios perdonaría los gritos y los insultos lanzados esta vez por los iracundos feligreses despojados de su templo. Monge se recogió la sotana y corrió despavorido a la sacristía, donde tropezó frontalmente con el patriarca, quien había tratado inútilmente de tranquilizar a los fieles. En su desesperación, ambos hombres de Dios, dudando de que el Señor les dispensara protección en ese momento crítico y parapetados en la rectoría, enviaron con uno de sus más confiables servidores una petición urgente de auxilio a Calles para que las fuerzas del orden, señor presidente, ocurrieran a rescatarlos. El mandatario giró de inmediato las órdenes respectivas. ¡Sálvenlos! ¡Que intervenga el ejército! La violencia duró hasta media tarde, cuando la policía montada y los bomberos, haciendo uso de mangueras de alta presión, pudieron dispersar a la muchedumbre enardecida. Más de mil personas. El saldo fue de varios heridos y un muerto. Mientras tanto, otro contingente de Caballeros intentó tomar la iglesia de Santo Tomás de la Palma. El sacristán, alertado como todos los de la ciudad, cerró a tiempo las puertas colocando por dentro unas barras de hierro.

Al día siguiente el secretario de Gobernación, Gilberto Valenzuela, declaró que el gobierno era completamente neutral en la controversia y que no toleraría a los ministros de un credo usar la fuerza para apoderarse de edificios propiedad de la nación que habían sido confiados a los ministros de otras religiones. "Los miembros de la iglesia católica mexicana no deben recurrir a métodos censurables para obtener lo que las autoridades están preparadas para otorgar de manera pacífica para cumplir con los requerimientos de la ley." La comunidad católica de México confirmaba sus sospechas: la administración de Calles justificaba indirectamente los hechos. Satanás estaba al acecho.

El 14 de marzo, tomando en cuenta la violencia recurrente, el presidente resolvió cerrar la iglesia de La Soledad y convertirla en biblioteca pública. Al patriarca Pérez le fue concedida la iglesia de Corpus Christi, que no había sido utilizada con propósitos religiosos por muchos años. El arzobispo de México excomulgó a todos aquellos que hubieran estado involucrados en la toma de la parroquia de La Soledad, agresión que pronto tendría respuesta. El padre Bergöend se encargaría de ella. El Turco había agitado el avispero… ¿tendría noción de las consecuencias?

En vista de los acontecimientos, el arzobispo Mora y del Río convocó a una reunión secreta y de urgencia a tan sólo una parte del Episcopado. Asunto único: "Diseñar una estrategia eclesiástica oponible a las agresiones sufridas por la Santa Madre Iglesia Católica, Apostólica y Romana, de parte del gobierno federal, encabezado por Plutarco Elías Calles". Lugar: Auditorio de los Caballeros de Colón, ubicado en las calles de Melchor Ocampo. Lista de presentes: el propio Mora y del Río, Leopoldo Ruiz y Flores, arzobispo de Michoacán; obispo Miguel de la Mora y Mora, de San Luis Potosí; Bernardo Bergöend y José Garibi Rivera, en nombre de Francisco Orozco y Jiménez, de Jalisco; obispo Jesús Manríquez y Zárate, de Huejutla; representantes de los Caballeros de Colón, de la Confederación Nacional Católica del Trabajo, de la Asociación Católica de la Juventud Mexicana, de la Unión de Mujeres Mexicanas, de la Asociación Nacional de la Adoración Nocturna, de la Federación del Trabajo de la arquidiócesis y de la Congregación Mariana de Jóvenes. El grupo toma la decisión de darle a Calles una muestra del poder de organización política del clero y proyectar ante sus ojos el tamaño del enemigo a que se enfrentaba, así como el riesgo que volvería a correr la República si se atentaba en contra de los sagrados intereses de la iglesia católica. Nunca nadie debe perder de vista que somos intocables e indestructibles.

Ruiz y Flores asentó que ya era tiempo de que los católicos mexicanos se unieran para defender a la religión y a la patria; que el incremento de la impiedad inspiraba serios temores para el futuro; que privar a los católicos de los derechos que tiene todo ciudadano para intervenir en los asuntos públicos resultaba toda una injusticia, mientras que se protegía a cualquier secta enemiga de la santa religión; que resultaba intolerable que la persecución religiosa fuera una política de Estado. Miguel de la Mora adujo que era preciso realizar un esfuerzo enérgico, tenaz, supremo e incontenible para arrancar de una buena vez de la Constitución todas sus injusticias… Deroguemos ese monstruoso ordenamiento, un catálogo de disposiciones orientadas a acabar con la iglesia del Señor… Bergöend fue el primero en ubicarse en el terreno práctico para aportar soluciones viables. Quejarse no servía para nada. Tal vez de consuelo, pero ¿quién había asistido a esa reunión en busca de consuelo? Explicó que desde 1913 se había propuesto la creación de una Liga Nacional de Defensa de la Libertad Religiosa. La LNDLR sería una asociación independiente de la iglesia; por ello, cualquier cargo por el desempeño militar o terrorista de la Liga no podría traducirse en responsabilidad para el clero. Éste siempre podría lavarse las manos. Imposible señalarlo ni probarle acción alguna. Tampoco pertenecería a un partido político, aun cuando en el fondo pudiera ser católico. Ningún cura o prelado, diácono o presbítero podría formar parte del comité directivo, si bien se admite y se requiere su participación como "capellanes y asistentes eclesiásticos". Al final de su intervención, Bergöend, padre de héroes, santos, beatos y mártires, volvió a repetir que "los problemas de México no se resolverían nunca por medio de la diplomacia, ni aunque fuera vaticana, ni por métodos de la democracia política basados en el sufragio universal, sino exclusivamente a la mexicana, esto es, recurriendo los católicos a la fuerza para repeler la violencia revolucionaria".[6] Por todo ello, la Liga que hoy renace después de haber nacido años atrás medio muerta es un gran comienzo… Jesús Manríquez y Zárate llegó más lejos al agregar, sin eufemismos, que la Liga debería constituirse en el brazo armado del clero, que tendría a su cargo, llegado el nada remoto caso, la dirección del movimiento armado, así como la agitación y la propaganda en contra de la Constitución de 1917.

¡Claro que se desempolvó la Liga! De la misma forma que se saca del armario la 45 para aceitarla, pulirla, cargarla y portarla al cinto. El mecanismo requeriría ajustes, que se harían con diligencia y precisión de joyero. El acuerdo fue unánime. Por lo pronto, era la respuesta necesaria ante el allanamiento cobarde e irresponsable de La Soledad. Se requeriría publicar en los diarios de mayor circulación del país el nacimiento de la Liga Nacional de Defensa de la Libertad Religiosa. Los recursos no serían un problema: ahí estaban los Caballeros de Colón, entre otras organizaciones. Tras una votación, el comité directivo quedó compuesto por Rafael Ceniceros Villarreal, ex gobernador de Zacatecas; René Capistrán Garza, ex presidente de la ACJM y Luis Bustos, dirigente de los Caballeros de Colón.

En la declaración de principios, Palomar y Vizcarra dejó claramente asentado el texto que, claro está, había preparado Bernardo Bergöend para la ocasión:

Ya es tiempo de que nos unamos los católicos mexicanos para defender la Religión y la Patria. La Constitución que nos rige… ha originado la persecución religiosa en forma permanente, como institución del Estado. A los católicos no nos reconoce los derechos que concede a los ciudadanos. No tenemos verdadera libertad de enseñanza. No podemos publicar periódicos que comenten asuntos políticos nacionales, ni agruparnos en partidos políticos con elementos y nombre propio; no podemos cumplir con nuestros deberes religiosos con entera y plena libertad. Coloca la Constitución a nuestros sacerdotes en situación tan restringida y humillante, que de hecho los incapacita para ejercer libremente su ministerio. Tal estado de cosas no debe durar más tiempo, pues además de injusto y antidemocrático, suscita el odio entre los mexicanos. La Liga es una asociación legal de carácter cívico, que tiene por fin conquistar la libertad religiosa y todas las libertades que se derivan de ella en el orden social o económico, por los medios adecuados que las circunstancias irán imponiendo. La Liga quiere ser una asociación de todos los verdaderos católicos mexicanos, cansados ya de tantos atropellos en contra de su Religión, del orden social y de sus derechos cívicos tan cínicamente burlados en los comicios electorales.[7]

Calles y Morones tendrían tiempo de sobra para medir la respuesta clerical, tan pronta como amenazadora. Ese reducido grupo de obispos y de fieles católicos, ciertamente muy bien organizados, dispuso que los cien centros de la ACJM en la República se volvieran de inmediato las cabezas de la Liga. Con el tiempo se convertirían en los comités locales de la guerra…

Las trincheras estaban claramente delimitidas; los bandos se encontraban definidos. Ambos alegaban estar en poder de la razón; el nuevo enfrentamiento armado parecía inevitable. La iglesia de Cristo y el gobierno mexicano dirimirían de nueva cuenta sus diferencias en los campos de batalla. El *no matarás* quedaría de nueva cuenta derogado.

¿Un árbitro podría limar asperezas e impedir el estallido de las hostilidades? Obregón había firmado un decreto el 25 de octubre de 1924, mediante el cual autorizaba la permanencia de un representante del Pontífice en el país. El Papa Pío XI piensa en Serafín Cimino como nuevo delegado. Todavía en Roma, Cimino es advertido de los extremos en que se ubica la jerarquía católica de México. No aceptan razones ni negociaciones. Al llegar a la Ciudad de México el 1 de abril de 1925, declara venir a respetar las leyes y ver sólo por la salud espiritual de los mexicanos. En síntesis, se somete al gobierno callista.

La respuesta del Episcopado no se hace esperar. Mora y del Río y Ruiz y Flores le ordenan al obispo Manríquez y Zárate declarar a título personal, como si fuera un vocero no autorizado de la iglesia, lo que bien podría entenderse como el criterio de los obispos. En una carta pastoral, precisó que el clero en México había intentado vencer los prejuicios con silencio prudente y resignación, pero que el adversario no había respondido a este acercamiento. ¿Era entonces recomendable continuar en esta posición? Por supuesto que no: la iglesia, insistió, no admitiría la intervención civil en los asuntos eclesiásticos... Las leyes constitucionales, orgánicas o de cualquier otro tipo que sean contrarias a las normas divinas o a las eclesiásticas son nulas e inválidas... El uso de la fuerza pública en contra de los fieles es ilícito; sin embargo, los católicos permaneceremos firmes con el espíritu digno de los mártires cristianos...[8]

Cimino no entendía la intolerancia de sus pares, pero tampoco aceptaba la intransigencia del Estado. El secretario de Gobernación lo apercibe: su estancia en el país dependerá del cumplimiento de las obligaciones consignadas en nuestra Carta Magna. Respétela. Cimino anuncia su salida a Denver, Colorado, aquejado de problemas de salud. No se le volverá a expedir permiso para ingresar al país. Insiste desde los Estados Unidos. Pide ayuda a la nunciatura en Washington. Calles no lo quiere en México. Debe renunciar. Pío XI ora por los mexicanos. Están en manos de Lucifer... Doce meses después vendría Caruana, otro delegado. Correría la misma suerte.

Casi al mismo tiempo que Cimino sale del país, por la otra puerta hace su arribo triunfal Orozco y Jiménez tras un larguísimo año de ausencia. Esperaba encontrar abultados saldos en sus cuentas personales, además de las de sus testaferros, porque antes de iniciar su prolongado periplo *Ad limina Apostolorum,* había sustituido a algunos sacerdotes y sacristanes para asegurar una creciente recaudación por la administración de los servicios religiosos. Las finanzas arzobispales tendrían que reflejar una bonanza extraordinaria, en la inteligencia de que los conflictos religiosos provocados por Calles y por el gobernador Zuno ameritaban la elevación de plegarias en el interior de iglesia, lo que debería haberse traducido en la captación de más limosnas y cuantiosos donativos, sobre todo de sus amados Caballeros de Colón. ¿A dónde se iba sin recursos, más aún con Plutarco Elías Calles instalado en el máximo poder federal? Sin embargo, algo había cambiado en la actitud del alto prelado. Se le veía más sereno, menos impulsivo, más mesurado y discreto. Tal vez las largas conversaciones con el Santo Padre habían impactado de manera favorable su ánimo.

¡Claro que el señor arzobispo deseaba conocer de primera fuente los últimos acontecimientos del país y de su diócesis! ¡Por supuesto que había soñado muchas veces con volver a pisar las baldosas de la Catedral, contemplar sus torres, arrodillarse ante el altar, visitar las parroquias, sobre todo las de los Altos de Jalisco, ver los rostros devotos de los fieles, revivir la emoción de las damas católicas al obsequiarle una gran recepción con los ojos llenos de lágrimas! ¡Cuánto placer y alegría al regalar bendiciones a los niños, a los ancianos, a su grey! Tomar otra vez su tequila obligatorio, una copita no le hace daño a nadie antes de la comida, y devorar un caldo tlalpeño… estaba harto del spaghetti y del fetuccini. Todo ello le resultaba fascinante, maravilloso, espléndido, serían episodios muy gratificantes, pero ninguno parecido a la sensación de volver a abrazar, con toda la conmovedora pasión de que era capaz, a Anacleto, besarlo y tocarlo y recorrer su cuerpo con sus santas manos. Le acariciaría el cabello, lo miraría a los ojos, le mordería los labios, se los mojaría con la lengua para pulsar la reciprocidad de sus sentimientos…

Durante el viaje de regreso había imaginado el feliz momento del reencuentro en la fértil tierra tapatía. ¿Sería en la sacristía donde lo desvestiría lentamente, sin permitirle siquiera la menor ayuda, sobre todo al quitarle la ropa interior? Tú no metas las manos, yo mando, yo gobierno, déjate hacer, déjate llevar, mi razón de ser, no me prives de la iniciativa, es mía, sólo mía, mía, mía y mía… ¿Se entregarían el uno al otro entre las bancas de la Catedral, al fin y al cabo Dios todo lo sabe y Él conoce hasta los últimos detalles de su amor que, por puro y genuino, no permite la existencia de territorios prohibidos? Eres mío, mi beato, mi santo, y por lo mismo puedo poner mis manos pecadoras donde más me plazca. El Señor sabrá comprenderme… ¿Escogerían una de las casas vecinas al Palacio del Arzobispado, pues toda la manzana era propiedad de Su Excelencia, para huir de los curiosos y escapar de los chismosos? Bien lo sabían: su relación, aunque fuera hermosa y limpia, sería condenada por todos. ¡Cuánto gozarían Morones, Calles y su gobierno de herejes, sin olvidar a Obregón, de llegarse a descubrir el apasionado romance que vivía con Cleto!

Durante la mañana sólo habían intercambiado miradas fugaces, furtivas. Anacleto había reducido su contacto físico a besar, como cualquier otro feligrés, el anillo pastoral de Su Excelencia. Punto. Nadie podía haberlos sorprendido enviándose guiños, por más discretos que fueran, ni mandándose recaditos o notitas tiernas porque hubiera sido el final, el escandaloso final. Genio y figura… Por lo mismo, habían tenido que mandarse cartas cifradas a uno y otro lado del Atlántico, escritas con una clave que sólo ellos conocían, para quemarlas, no sólo despedazarlas, una vez concluida la lectura. Estaba prohibido escribir los nombres del remitente y del destinatario, la fecha y el origen del envío. Quien interceptara un mensaje no podría arribar a ninguna conclusión. Se evitaría poner cualquier dato que, a la larga, pudiera ser utilizado como hilo para continuar una investigación o convertirse en una pista para los morbosos. Los sentimientos podían expresarse, siempre y cuando estuvieran encriptados y se cumplieran los requisitos anteriores. ¿Cuántos comprenderían su amor y cuántos lo envidiarían en un país de supuestos machos? ¿Qué tenían que ver la hombría y la virilidad con el homosexualismo? Nada. Ahí estaba Alejandro Magno, dueño de la mitad del mundo, capitán general de los ejércitos más poderosos de la Tierra, cuyos soldados lo vieron luchar y vencer, matar y derrotar a su lado a innumerables divisiones extranjeras. Había sido el más hombre de los hombres. ¿Cuál había sido su pecado? Gran guerrero, gran rey, gran gobernante, gran administrador y gran amante. Un personaje de los que nacen cada mil años. Imposible olvidar al emperador Adriano o a Julio César ni, en otro orden de ideas, al propio San Agustín, uno de los padres fundadores de la iglesia católica, quien sostuvo un tórrido romance con un joven cristiano en Cartago. ¿Dicho santo había pasado a la historia por esa razón o por sus *Confesiones*, por más que en ellas haya descrito esa relación como "dulce, más allá de lo más dulce que jamás he experimentado" y posteriormente se haya llenado de culpas y remordimientos? ¿Y San Pablo? ¿Y Sócrates, Platón, Leonardo da Vinci, Miguel Ángel y Oscar Wilde? Poetas, escritores, filósofos, conquistadores, científicos, teólogos y políticos tienen todo el derecho para dejarse llevar por sus preferencias sexuales, sin que esto constituya en modo alguno un atentado contra su virilidad…

Su Ilustrísima se felicitaba por haber logrado convencer a Cleto de la conveniencia de contraer matrimonio con María Concepción Guerrero Figueroa el 17 de noviembre de 1922 en la capilla de la ACJM. La ceremonia había sido asistida canónicamente, claro está, por el arzobispo de Guadalajara, vestido con su mejor gala. El antiguo seminarista, abogado y espléndido orador, dotado de una notable capacidad para estremecer y entusiasmar a las masas, se resistió en un principio, negándose a compartir su pasión con una mujer o con cualquier otra persona.

—Sé prudente, mi vida —esgrimió Orozco y Jiménez su argumento más poderoso—. Estamos comprando un seguro para enfrentar a los habladores. Conchi nos servirá de parapeto, será nuestra mejor defensa si alguien intentara calumniarnos… Espero que el Señor te mande muchos hijos para disimular aún más nuestro hechizo, amor.

—Pero es que, padre, yo quiero ser todo suyo y de nadie más…

—Lo eres, encanto, nos pertenecemos… Ni ella ni nadie podrá separarnos nunca, jamás. Ahora bien, te digo —agregó sobriamente para fortalecer su argumento—: mientras más hijos procrees, mientras más apasionado te presentes en sociedad con Conchi, mientras más felicidad y plenitud exhibas, mucho mejor para nuestra causa. El blindaje moral es una opción muy atractiva, Cleto, porque de lo nuestro nunca nadie podría abrigar la menor sospecha. Lo entiendes con toda claridad, ¿verdad? Mucho tiempo nos llevó identificarnos y atrevernos a confesar nuestros sentimientos para que ahora seamos tan torpes como para ponernos bajo la lupa de la opinión pública. Seremos flores de sombra. Jamás saldremos al sol ni a la intemperie… Imagínate que uno de esos malvados escritores dedicados a novelar la historia de México llegara a tener en sus manos una evidencia de nuestro amor…

La noche del feliz reencuentro, Anacleto concurrió temeroso o ansioso o afligido, no sabría distinguir los sentimientos que lo acosaban, a una de las casas ubicadas en la misma manzana del Palacio del Arzobispado. Llevaba una capa pluvial con caperuza negra y un paraguas para protegerse de la lluvia, de modo que su identidad pasara desapercibida. El arzobispo había terminado las celebraciones y los festejos un par de horas antes de la llegada del maestro, había despedido a todo el personal a su servicio y planeado la recepción que le daría, el modo, el lugar, la forma, las velas; dudaba entre la bata de seda roja, abierta, con la solapa negra, y la sotana, con ropa abajo o sin ella, para que Cleto sintiera desde un principio, a través de un abrazo estrecho, el poder de sus emociones. ¿Se presentaría recién bañado o tomarían una ducha juntos? Beberían un par de copas para desprenderse gradualmente de sus escasos pudores. ¿Se pondría una de las lociones adquiridas a su paso por París o la de siempre, la que le fascinaba a Cleto? ¿Y si lo recibiera desnudo, de rodillas, así como Rodolfo Gaona, el Califa de León, recibía a los toros que salían enloquecidos de los toriles en la Plaza de la Condesa?

Cuando el reloj marcaba las nueve y cinco de la noche y el timbre permanecía mudo, Su Excelencia se inquietó. ¿Habrá tenido alguna complicación mi chamaquito? Nunca ha llegado ni un minuto tarde. Sentía húmedas y frías las manos, ¿cómo calentarlas para no hacerlo estremecer cuando tocara su espalda? En el instante en que su corazón retumbaba como una bomba dentro de una caja de cristal fino, escuchó un lejano campaneo... Francisco Orozco y Jiménez, con sus 61 años a cuestas, se levantó de la cama ágilmente. Se vio al espejo, dio los últimos toques a su caballera, rala, por cierto, se mojó los labios, se contempló sonriendo, se gustó, se encantó, no se veían las arrugas; se ajustó delicadamente las patillas, se peinó las cejas con los dedos y descendió, sujetándose del barandal, lo más rápido que pudo. ¡Ni pensar en el ridículo que hubiera hecho de haber tropezado y rodado escaleras abajo hasta ir a estrellarse contra la puerta de entrada, en donde esperaba Anacleto! Apagó la luz interior para que nadie pudiera descubrirlo y poniéndose a un lado invitó al maestro a pasar. Su Excelencia se había decidido finalmente por la bata de seda y una bufanda. A eso se reducía su indumentaria, además de unos toques estratégicos de loción francesa alrededor de las áreas que gustaba devorar ese gran orador capaz de estremecer multitudes con su verbo incendiario. Un católico ejemplar e incondicional. Lástima que no había continuado su carrera en el seminario. Él, Su Ilustrísima, nunca le hubiera permitido abandonar sus estudios sacerdotales.

Cuando Anacleto ya se había desprendido de la capa y se disponía a dejar el paraguas en un rincón, El Chamula ya no pudo resistir y dejándose llevar por un arrebato, más de un año de espera era una eternidad, lo abrazó por la espalda sujetándolo firmemente del pecho colocando su cabeza en la nuca de su amante. Así permanecieron unos instantes mientras la respiración desacompasada, caliente y extraviada del arzobispo estremecía al maestro, quien buscaba un lugar de donde asirse y devolver esa catarata de amor. Orozco y Jiménez no le permitía moverse. Se reconciliaba con la vida mientras más lo estrechaba contra su cuerpo y recordaba: eres mío, mío y sólo mío… Así, rodeándolo con sus brazos, sin permitirle que se volteara, le zafó, uno a uno, los botones del saco para continuar con los de su camisa hasta dejar al descubierto su torso lampiño. Mientras el prelado intentaba desabrocharle el cinturón, Cleto, quien había permanecido inmóvil, levantando la cabeza con los ojos crispados, decidió devolver las caricias buscando la entrepierna de Francisco. Éste experimentó una descarga eléctrica, pero se afianzó, se sujetó firmemente de Anacleto para no caer. Se asfixiaba. Se retorcía. Apenas pudo controlar un repentino ataque de llanto.

La pasión desbridada los obligó a encararse, a verse a los ojos aunque fuera por instantes, mientras se besaban con los labios y la lengua secos; se abrazaban y sus manos recorrían sus cuerpos en busca de sanación, de consuelo, de reconciliación y de paz. Se apretaban con la misma fuerza del náufrago que se sujeta a su tabla de salvación. La fiebre los devoraba. Silencio, si acaso la presencia furtiva de una voz temblorosa, suspiros, jadeos y el sonido apenas perceptible de las prendas cayendo al piso en la oscuridad. Ni la luna podía aparecer como testigo. Como si se fueran desmoronando al igual que estatuas de arena mojada, así se fueron desplomando hasta acostarse en el suelo y entregarse a los caprichos del Señor, no en balde los había creado a su imagen y semejanza… Horas después, con las luces apagadas, subieron a la habitación y después de reposar esa histórica batalla amorosa, todavía abrazados, jurándose lealtad y amor eternos, empezaron a repasar lo acontecido durante el año de ausencia de Su Excelencia.

Cubiertos por una frazada y rodeados de crucifijos y de cuadros de Piero della Francesca y Sandro Botticelli, monseñor Orozco y Jiménez le contó que el Santo Padre, mi querido muchachito, te ha enviado un reconocimiento por tu trabajo, una merecida condecoración, la cruz *Pro Ecclesia et Pontífice*.[9] Se la impondría en público a la primera oportunidad en el seno de la ACJM. Anacleto González Flores volteó cargado de emoción a besar las manos y la boca del alto prelado. ¡Cuánta gratitud, Señor, mil gracias! ¿Cómo corresponder ante tanta generosidad, ciertamente inmerecida?

Orozco y Jiménez le acarició la cabeza, se levantó de la cama y se enfundó en su bata. Los asuntos serios no se podían discutir estando en paños menores. ¿Menores? Anacleto prefirió quedarse recostado sobre las almohadas, teniendo el escrúpulo necesario para cubrirse muy bien el pecho con las sábanas húmedas y arrugadas.

Cleto contó en detalle el nacimiento de la Unión Popular, una organización clandestina pacífica, como le conté a usted en nuestras cartas, Su Excelencia, dedicada a restaurar el reinado de Cristo en nuestra patria. Explicó los ritos de iniciación, que exigen el juramento de no revelar jamás los nombres de sus integrantes, aun bajo la peor de las torturas. Dios sabría compensarlos en el más allá. Le hizo saber el santo y seña válido entre todos los hermanos de la agrupación: "Detente, bala, el Sagrado Corazón de Jesús está conmigo".[10] Expuso el nacimiento del periódico *Gladium*, financiado con fondos de usted. Ya había alcanzado un tiraje de cien mil ejemplares. Los católicos, tomados de la mano, estamos más unidos que nunca. Rehicimos nuestras fuerzas de acuerdo a sus instrucciones. Esperamos el mejor momento para utilizarlas sin violencia. Informamos al público la realidad religiosa imperante en México. Haga usted de cuenta que a diario pasamos lista para saber con quién contamos y con quién no… No hay parlamentarismo ni discusión: sólo hay obediencia. Hay compromiso de acatar las instrucciones de la superioridad en todo aquello que sea lícito y honesto, y de dar la vida, si fuese necesario, en defensa de los derechos de Dios y de su iglesia. Algo así como la Liga, sólo que nosotros no deseamos alcanzar nuestros objetivos por la vía de la violencia, sino por la de la paz. Seguimos los principios de Gandhi, Su Ilustrísima, la resistencia pasiva, hasta que Dios no disponga otra cosa… Puedo asegurarle que hoy en día somos un ejército silencioso, unido y en marcha… Deseamos la organización y no la insurrección…

Hablaron de la clausura del Instituto Nacional de Ciencias de Jalisco por parte del gobernador Zuno. La guerra parecía estar enfocada a acabar con los jesuitas en el país, ¿no…? Los sacerdotes habían sido desalojados violentamente por órdenes de la policía, así como expulsados y desterrados monjas y curas desde el principio del año. Zuno no ejecutaba la política anticlerical en acatamiento de las instrucciones de Calles, sino *motu proprio* y tan no cumplía con las órdenes de nadie, que ni siquiera había asistido a la toma de posesión de Calles por odio, fundamentalmente a Morones, con lo cual su cabeza pendía de un hilo. Los sindicatos obreros católicos organizados por Orozco y Jiménez y Bergöend estaban sufriendo estragos gracias a las amenazas, en muchos casos cumplidas, de los líderes cromistas, quienes podían llegar a cualquier extremo con tal de incorporar a muchos más trabajadores a las filas de la criminal confederación. La CROM tenía como meta reunir a un millón ochocientos mil afiliados durante el gobierno del Turco. Esa era fuerza, Su Excelencia, tan lo era que podían paralizar al país antes de lo que se tarda en dar un suspiro. No dejaron de analizar el rumor respecto a un nuevo atentado criminal en contra de El Chamula. Chismes, chismes, repuso el arzobispo. Calles es demasiado inteligente para no saber que mi desaparición física por la vía violenta me convertirá de inmediato en un mártir, en un apóstol, y eso es lo último que desea... La iglesia ganaría con mi muerte... Se tambalearía su gobierno... Olvidémoslo, la misma respuesta le di al padre Toral. Olvidémoslo... Además tengo fundadas sospechas de que a Calles le conviene que esté yo por estos rumbos. Hazme caso. No olvides que sé todo lo que pasa en todas las recámaras de México y que tengo vínculos con la Madre Conchita a través de Bergöend...

Anacleto guardaba un prudente silencio.

Orozco y Jiménez se refirió a la realidad política de México. Vaciaba la cartuchera con la cantidad de preguntas que formulaba. ¿Hasta dónde llegaba el poder de Morones? ¿Qué hacía Obregón retirado en Sonora? ¿Se confirmaban los rumores de su reelección? ¿Cuál sería la reacción de Calles? ¿Se había conocido la verdad en el intento de asesinato en contra de Morones? ¿Hasta dónde quería llegar el presidente en materia religiosa? ¿Se iniciaría a tiempo el Segundo Congreso Nacional de la Unión de Damas Católicas? ¿Se ha insistido entre los campesinos que la recepción de tierras expropiadas es causal de excomunión? Entre los latifundistas despojados de su patrimonio existen muchos Caballeros de Colón y otros tantos testaferros que han puesto a su nombre miles de hectáreas que son de mi propiedad. ¿Es verdad que Calles está haciendo un buen gobierno reestableciendo el equilibrio en las finanzas públicas y en otros rubros? ¡Algo bueno tenía que tener este miserable...!

Orozco caminó de un lado a otro de la estancia. Se arregló el pelo al pasar ante el espejo. Anacleto lo observaba. ¡Cuánto podía admirar y querer a este hombre tan agudo, inteligente, audaz y, desde luego valiente, que tenía el temple de un destacado militar mezclado con la visión de un estadista! No podía conducirse con espontaneidad, como a él le nacía del alma. Hubiera querido llamarlo al lecho con un *mi rey*, abriéndole los brazos, pero el respeto se imponía. En la intimidad también había reglas y la etiqueta era de agradecerse. Orozco era la autoridad no sólo en Jalisco, sino en el país. El prelado se detuvo y contempló el rostro del maestro.

—Me encantaría arroparme de nueva cuenta entre tus brazos. ¿Me lo permites, mi chamaquito…? Tengo mucha sed de ti…

Anacleto aventó las sábanas, mostrando su desnudez:

—Su Excelencia, soy tan suyo que ni siquiera me pertenezco…

La Ciudad de México se convertía en un poderoso imán. En cualquier momento alcanzaría el millón de habitantes. Se consolidaba como el centro de la política, además de empezar a acaparar la actividad económica. Como una referencia inevitable, destacaba la Catedral metropolitana como el edificio más alto en el horizonte urbano. La prosperidad finalmente tocaba a la puerta. Los gobiernos extranjeros, incluida la Gran Bretaña, habían reconocido formalmente la administración callista. El progreso se palpaba mientras que cada día se abrían nuevas escuelas, obviamente laicas, para abatir a la máxima velocidad posible la amenaza social de la ignorancia. Si se trata de impedir que las masas sean manipuladas, edúcalas, capacítalas, adiéstralas. La inversión extranjera comienza a fluir hacia la economía nacional, más aún cuando el Banco de México representa una fuente de tranquilidad para los empresarios extranjeros, quienes empiezan a comprar residencias en Las Lomas de Chapultepec, en la capital de la República. Juan Silveti y Rodolfo Gaona, los matadores de moda, enloquecían con su arte y su valor a los fanáticos en los ruedos. Domingo tras domingo salían en hombros de la Plaza de la Condesa al grito de ¡torero, torero…! La Alameda continuaba siendo el parque más concurrido por la sociedad capitalina, sobre todo los fines de semana. Los hoteles Guardiola, Regis, Imperial y Geneve recibían a la mayor parte del turismo. Al Palacio Nacional, la antigua residencia de los virreyes, se le adicionaba un piso más sin que perdiera su ilustre pátina. Los viejos caminos de la Colonia empezaban a ser sustituidos por una red de carreteras. Las comunicaciones telefónicas, ferrocarrileras y las camineras nos unían como una gran familia. Nos acercábamos. Nos reconocíamos.

El presidente de la República no va a desaprovechar su estancia en el poder. Había llegado decidido a enfrentarse tanto a los petroleros estadounidenses como a los europeos para someterlos a la ley, junto con la iglesia católica. Donde Carranza y Obregón se estrellaron, él continuaría hacia delante. Salvaría los obstáculos y los metería en cintura. ¿Por qué vienen a hacer en México lo que les es prohibido en sus países de origen? ¿Por qué ese desprecio y esa insolencia ante nuestra autoridad, ante nuestra soberanía y ante nuestras leyes? Los empresarios extranjeros amenazan con los cañones de sus respectivas marinas, en tanto la iglesia católica lo hace con nuevos movimientos armados para acabar con la República federal y fundar una centralizada, de corte militar y clerical, una calca de la vigente en los años devastadores de Santa Anna, una estructura retardataria diseñada para incrementar su patrimonio y su absoluto dominio sobre la sociedad, a la que exprime sin la menor piedad. Las normas se imponen por medio de la fuerza. ¿México tiene los suficientes cañones, parque, hombres y carabinas como para defenderse de los ataques extranjeros cuando pretende hacer valer su soberanía, o seguirá siendo víctima de los caprichos de las grandes potencias y de la criminal insolencia clerical?

El embajador de Estados Unidos en México, James R. Sheffield, igual de intratable, prepotente e impresentable que sus colegas anteriores, había venido a México a ignorar nuestras leyes y a amenazar con el arribo de nuevos batallones de *marines* de no permitirse el saqueo indiscriminado del país. O te dejas robar a cambio de unos mendrugos o te mato, escoge… ¿Qué ratero se abstiene de cometer un nuevo atraco sólo porque la víctima le muestra lo dispuesto por el Código Penal, así como las penas corporales que se desprenderán de su conducta? A un ladrón se le hará desistir colocándole una cuarenta y cinco entre ceja y ceja. Los diplomáticos estadounidenses no sólo eran atracadores y sicarios del jefe de la Casa Blanca, sino también conspiradores, magnicidas. ¡Cuántas veces estos malditos devoradores de dólares alteraron el ritmo y el rumbo de México a cambio de unas monedas, muchas o pocas, qué más da…!

James Sheffield incendiaba el Departamento de Estado con sus reportes terroristas respecto a lo acontecido en México. Exageraba los términos, confundía a sus superiores, informaba tendenciosamente e insinuaba la posibilidad de hacer volver a las fuerzas armadas yanquis a territorio nacional para convencer a las autoridades mexicanas de la conveniencia de acatar sus sugerencias… ¿sugerencias?, ¡qué va!, sus instrucciones, sus órdenes expresas. Sheffield era otro *cowboy* que mascaba tabaco, escupía de lado y sólo entendía la ley del revólver, mismo que ponía sobre la mesa antes de iniciar cualquier conversación… Mientras se expresaba o, mejor dicho, amenazaba, hacía girar el arma con la mano, como si jugara a una ruleta mortal. Sheffield informó a Washington que la iglesia católica tenía tanto miedo a los alcances de Calles que había "solicitado la intervención militar por motivos humanitarios".[11] Eso es lo que se llama patriotismo: el clero obedece las órdenes de un líder político y religioso extranjero, el Papa, o demanda una invasión armada con tal de no someterse a las leyes mexicanas. Sólo que el diplomático yanqui no estaba tan equivocado cuando asentó en uno de sus reportes a la Oficina de Asuntos Latinoamericanos lo siguiente: "Tengo entendido que el presidente Calles es sumamente anticlerical... desea que surja un problema con el clero".[12] ¿Que qué...? A ver, a ver, ¿qué razones podría tener Calles para crear un conflicto con la Iglesia? ¿Acaso el cónsul Weddell no hizo saber también que el gobierno estaba, en forma clara, tratando de provocar a los católicos? Ajá... ¿Entonces era intencional? ¿No se trataba tan sólo de imponer la Constitución, sino que tal vez subyacía un objetivo político inconfesable?

En uno de sus recurrentes llamados "a consulta" a Washington, Sheffield logró que Kellogg, el secretario de Estado, hablara de rumores en relación a un inminente movimiento armado para deponer al presidente Calles, en el entendido de que el gobierno yanqui esta vez no apoyaría al jefe del Estado tal y como lo había hecho con Madero, Carranza y Obregón, si Calles se negaba a cumplir con sus obligaciones internacionales. A raíz de la promulgación de la Ley de Nacionalización de Tierras, resultaba evidente que el Turco jamás había aceptado el contenido ni la validez de los Tratados de Bucareli, además de que le daría efecto retroactivo a ciertas leyes en perjuicio fundamentalmente de los inversionistas estadounidenses y que seguiría adelante en su proyecto revolucionario, muy a pesar de las consecuencias, entre ellas la posibilidad de otra intervención armada. ¿Que los yanquis tocarían los tambores de la guerra una vez más? Ya veríamos... ¿Que el gobierno mexicano no respetaba el acuerdo en materia petrolera porque no había quedado consignado por escrito en atención al contenido emotivo del tema? Pues así son las cosas, mister: papelito habla... ¿No tienes papelito? Pues no tienes pruebas para demostrar tu dicho...

Kellogg, contaminado por Sheffield, pero sin desconocer las verdaderas intenciones de Calles en el sentido de reglamentar el artículo 27 de la Constitución, pasando por encima de los tratados suscritos durante el gobierno de Obregón, hizo una declaración temeraria ante la prensa de su país, con las respectivas repercusiones planetarias: "El gobierno de México está ahora ante el juicio del mundo".[13] El presidente de la República no tardó en dar una respuesta a la altura de la amenaza:

La declaración de que el gobierno de los Estados Unidos continuará apoyando al gobierno de México únicamente en tanto que proteja a los intereses y las vidas de ciudadanos americanos y cumpla con sus compromisos y obligaciones internacionales, entraña una amenaza para la soberanía de México, que... no reconoce a ningún país extranjero el derecho de intervenir en cualquier forma ... Si el gobierno de México se halla, según se afirma, sujeto al juicio del mundo, en el mismo caso se encuentran tanto el de Estados Unidos como todos los demás países; pero si se quiere dar a entender que México se encuentra sujeto a juicio, en calidad de acusado, mi gobierno rechaza de una manera enérgica y absoluta semejante imputación, que en el fondo sólo constituiría una injuria. Para terminar declaro que mi gobierno, conciente de las obligaciones que le impone el derecho internacional, está resuelto a cumplirlas y, por lo mismo, a impartir la debida protección a las vidas e intereses de los extranjeros; que sólo acepta y espera recibir la ayuda y el apoyo de los demás países basados en una sincera y leal cooperación y conforme a la práctica... de la amistad internacional; pero de ninguna manera admitirá que un gobierno de cualquier nación pretenda crear en el país una situación privilegiada para sus nacionales, ni aceptará tampoco ingerencia alguna que sea contraria a los derechos de soberanía de México.[14]

La estruendosa ovación tributada a Calles por la nación, bueno, casi toda la nación puesta de pie, constituyó una muestra más de sus niveles de popularidad y aceptación. Si las relaciones entre México y Estados Unidos se tensaron a raíz de los rumores de la promulgación de la ley reglamentaria en materia petrolera, cuando Calles se atrevió a publicarla a finales de 1925, el deterioro adquirió dimensiones preocupantes. Todo parecía indicar que el uso de la palabra había sido concedido a los militares y pobre de aquel país en el que la jerarquía castrense delibera, dirige y decide. En los elegantes salones de la Casa Blanca ya no se reunían personajes vestidos de etiqueta y sombreros de copa, sino uniformados con el pecho condecorado con las medallas que el Tío Sam otorga a quienes se han distinguido por matar en masa.

Nadie mejor que Martinillo, el periodista perseguido por el obregonismo por haber denunciado sus crímenes, para resumir los momentos más críticos de aquella época. Su columna "Dos enemigos de la Patria" publicada en primera plana de *El Faro Apagado* a principios de 1926, decía:

Ahora resulta que los mexicanos tenemos que pedirle permiso a los norteamericanos para legislar en los asuntos de nuestra más estricta competencia. El Turco, el segundo presidente electo en condiciones sospechosas después de la terminación de nuestra guerra civil, y que llegó como el inquilino más importante del Castillo de Chapultepec como resultado de la violencia armada, ha revelado su deseo de someter al imperio de la ley a dos de los enemigos más formidables de México: la iglesia católica y los empresarios extranjeros. Calles tiene adquiridas dos grandes deudas con la revolución, mismas que se ha propuesto saldar durante su administración por más espurio que haya sido su origen electoral. Una, la aplicación de la Constitución en cuanto a las relaciones Estado-Iglesia y, la otra, la defensa del patrimonio nacional, aspiraciones ambas de las que carecieron tanto Carranza como Obregón o que simplemente no se atrevieron a manifestar, ni mucho menos, a llevar a la práctica.

La ley obliga a partir de este año, a quienes exploten este tipo de yacimientos, a obtener del gobierno mexicano una "concesión confirmatoria" con validez de cincuenta años. En efecto, se cambian los títulos de propiedad por concesiones. "El suelo y el subsuelo son propiedad de la nación", no se reducirá a ser un anhelo inalcanzable, un propósito hueco, demagógico, sino un principio constitucionalmente válido y eficaz. En el caso de que las compañías petroleras no acaten dicho ordenamiento perderán el derecho a perforar más pozos y a explotar nuestros preciosos manantiales. Bravo, bravísimo, Turco. Tu defensa de los intereses mexicanos te legitima en el poder. Otro bravo más por haber prohibido a los extranjeros la adquisición de tierras dentro de los cincuenta kilómetros contados a partir de nuestras costas y cien de nuestras fronteras y otro bravísimo, todavía más sonoro, por haber instrumentado la cláusula Calvo. Los inversionistas foráneos ya no podrán recurrir a sus gobiernos en busca de protección diplomática y militar para evadir las disposiciones dictadas por el gobierno mexicano. Bien, muy bien, tu reforma agraria provocará rechazos de los extranjeros y del clero porque se opondrán a perder sus latifundios en perjuicio de nuestros campesinos… Haces patria, Plutarco, la haces.

Ni las prepotentes compañías petroleras ni las empresas metalúrgicas ni las mineras ni los inversionistas extranjeros ni la iglesia católica estaban dispuestos a aceptar las facultades del Estado mexicano para legislar en términos de su soberanía política. Sólo se someterían a las leyes que no afectaran sus intereses o su patrimonio. Deseaban una Constitución que estableciera en su artículo primero: "El gobierno de la República podrá legislar en cualquier área de su competencia siempre y cuando respete, no interfiera ni afecte ni perjudique en modo alguno, los supremos intereses de los capitalistas yanquis ni del sacratísimo clero mexicano. La inobservancia a esta disposición traerá aparejadas penas que pueden ir desde la mutilación territorial hasta la deposición del gobierno infractor."

En su primer año de gobierno, Calles abrió gradualmente tres frentes, uno más poderoso y amenazador que el otro. Se requería cabeza, estómago, coraje y carácter temerario y combativo para entablar simultáneamente tres batallas. El general Plutarco Elías Calles no se había distinguido por ser un gran estratega ni coronó su carrera militar con sonoros éxitos en el campo del honor, como los obtenidos por su paisano el Manco. Nunca estuvo donde tronaban los cañones, se olía a pólvora y se escuchaban los lamentos de los heridos y de los moribundos. No se manchó las botas con sangre ni estuvo a punto de perder la vida por la detonación de una granada que le arrancara el brazo o una pierna.

El primer frente se abrió cuando Calles se enfrentó a los petroleros extranjeros e instrumentó las reglas para explotar y extraer el oro negro de nuestros yacimientos. El segundo se presentó al tratar de aplicar los artículos constitucionales establecidos nueve años atrás en contra de la iglesia católica, a la que había que someter a la suprema potestad del Estado. El tercer flanco quedó al descubierto abruptamente cuando, a finales de 1925, Obregón empezó a mover desde Sonora sus caballos, sus alfiles y sus torres para preparar su reelección. Cuando le preguntaban cómo podía estar tan alejado de la acción política perdido en su rancho La Quinta Chilla, él respondía que no es el caso, porque parándome así de puntitas alcanzo a ver todo lo que acontece adentro y afuera de Palacio Nacional... ¿Cuál lejos? Humor norteño...

Calles rió mucho cuando el líder cromista lo visitó, con derecho de picaporte, para quejarse del cinismo de Obregón porque le había enviado un telegrama de felicitación por su cumpleaños en octubre de 1925.

—¿Cómo se atreve, Plutarco, a felicitarme este infeliz coprófago después de que me mandó matar?

—Quiere acercarse, no se lo tomes a mal —comentó Calles en tono festivo, tratando de tranquilizar a su secretario de Industria, quien libraba, con empeño y lealtad, una gran batalla en contra de los petroleros estadounidenses aprovechando sus inmejorables relaciones en los altos círculos sindicales norteamericanos.

Ya veremos quién cumple más años, se dijo en silencio Morones. Él falló, yo acertaré. Nunca dejes a un tigre herido...

—No cabe duda de que los sonorenses son simpáticos...

—Algunos Luis, sólo algunos como Álvaro, yo de simpático nada, lo que es nada...

Los diputados del Partido Laborista Mexicano impidieron, a lo largo de las sesiones parlamentarias de 1925, la aprobación de las reformas constitucionales que posibilitarían la reelección de Obregón. Finalmente la distancia sí representaba un impedimento mayor. Obregón levantó por primera vez la ceja, rechinó los dientes, entornó la mirada y se atusó repetidamente el bigote mientras veía cómo sus indios yaquis cargaban sacos y más sacos de garbanzos en un furgón de ferrocarril ubicado sobre una espuela en La Quinta Chilla. Las exportaciones eran un éxito. El dinero fluía. La agricultura era un negocio redituable. Compraba tierras y más tierras. Su fortuna económica se incrementaba, no así la política, en cuyo horizonte alcanzaba a percibir una línea negra, el indudable heraldo de la tormenta. Toda la riqueza del mundo no podía compararse con el placer de verse en el espejo con la banda presidencial cruzada al pecho. ¿Y los flashazos de los fotógrafos del país y del mundo? ¿Y los micrófonos y las recepciones multitudinarias y las arengas al populacho y su dicho en las primeras planas y las entrevistas, su imagen pública y su directriz imprescindible y sus declaraciones orientadoras y su experiencia política desperdiciada en las milpas? No, no, algo muy raro pasaba… Él había pensado que Calles controlaría a Morones y a sus laboristas en la Cámara de Diputados de acuerdo a lo pactado un par de años atrás y ahora se encontraba con una repentina resistencia política. ¿Quién manda en México finalmente? ¿Morones? ¿El presidente estaba oculto en el fondo de todo esto, traicionando su acuerdo? ¿Incumpliría su palabra?

Imposible delegar una responsabilidad de esa naturaleza en terceros. ¿El partido cooperatista había perdido en los primeros escarceos ante los laboristas? Entonces el mismo Obregón se haría cargo de la maquinaria legislativa y política que habría de conducirlo, a pesar de la limitación constitucional y de la oposición popular, de nueva cuenta hasta la cabeza del Poder Ejecutivo Federal. Meditó la mejor estrategia aplicable. ¿Cómo justificar ante la opinión pública su regreso a la Ciudad de México? ¿Con qué pretexto presentarse ante el presidente? ¿Cómo se interpretaría su presencia en el mundo político? ¿Cuál podría ser la posición de la prensa? ¿Qué pensarían los aspirantes a la Presidencia, cualesquiera que fueran? ¿Cómo ocultar sus verdaderas intenciones, la realidad de su juego y de su extraña visita a la capital para revelarlo en el momento oportuno? Su viaje no tenía otro objetivo que entrevistarse con Plutarco, su amigo, su paisano del alma, su sucesor, para tener su opinión de viva voz, su visión del futuro, viéndolo a los ojos, cara a cara. ¿Qué pasa hermano, me explicas? Por lo pronto no pueden ser sino reaccionarios carrancistas quienes se opongan a mi candidatura… Si el partido conservador insiste en atacarme me veré obligado a volver al campo de la política. Más puntos suspensivos, muchos más…

Mientras Álvaro Obregón prepara la maquinaria política para lograr la reelección a partir de la reforma de los artículos 82 y 83 de la Constitución, Calles arma un plan para deshacerse de su paisano. El Manco no volverá a la Presidencia.

Calles anuncia, a principios de enero de 1926, la reglamentación de los artículos constitucionales que limitan las tareas eclesiásticas. La reforma viene. El gobierno está decidido a cortarle las uñas al clero, a regresarlo a las sacristías, a reducirlo a cumplir estrictamente con su misión evangélica, sin perseguir a nadie por profesar la religión que satisfaga sus necesidades espirituales. La iglesia católica persiguió, mató, mutiló, torturó, condenó y quemó a los infieles que se negaran a aceptar las reglas del culto. Calles no perseguirá a nadie. Sólo cumplirá con su juramento de cumplir y hacer cumplir la Constitución Política de los Estados Unidos Mexicanos y las leyes que de ella emanen.

El periódico *El Universal* detona entonces un petardo que bien podría ser considerado como el rompimiento de las hostilidades entre el gobierno y la iglesia. Con él iniciará la guerra cristera. Es el primer enfrentamiento, todavía civilizado, entre las más altas autoridades eclesiásticas y el gobierno. El diario reproduce una declaración del arzobispo Mora y del Río en la que asienta que la iglesia resistirá cualquier intento de aplicar los artículos 3, 5, 27 y 130 de la Carta Magna. Así nada más. Sí ¿y qué? En los altos círculos clericales hay desconcierto porque la afirmación había sido hecha nueve años antes, en 1917. ¿Por qué revivirla como si fuera actual? El periódico es acusado de ligereza y de insolvencia profesional. El responsable de la publicación solicita una audiencia con el anciano arzobispo para intentar la ratificación de su dicho casi una década después. Era menester lavar su honor. Tiene éxito. Lo logra. José Mora y del Río recibe en privado a Ignacio Monroy, integrante de la ACJM, el 3 de febrero de 1926 y confirma, una a una, sus palabras. Firma una a una las páginas en las que consta su dicho. No hay duda. Al día siguiente aparece en primera plana un texto enmarcado con gruesas líneas negras en los siguientes términos:

El Ilustrísimo señor Arzobispo de México se sirvió hacer a nuestro redactor, señor Ignacio Monroy, la siguiente declaración dictada por él: "La doctrina de la Iglesia es invariable, porque es la verdad divinamente revelada. La protesta que los prelados mexicanos formulamos contra la Constitución de 1917, en los artículos que se oponen a la libertad y dogmas religiosos, se mantiene firme. No ha sido modificada, sino robustecida, porque deriva de la doctrina de la Iglesia. La información que publicó *El Universal* de fecha 27 de enero, en el sentido de que se emprenderá una campaña contra las leyes injustas y contrarias al derecho natural, es perfectamente cierta. El Episcopado, clero y católicos no reconocemos y combatiremos los artículos 3º, 5º, 27, 31 fracción I y 130 de la Constitución vigente. Este criterio no podemos por ningún motivo variarlo sin hacer traición a nuestra Fe y a nuestra Religión.

El arzobispo estaba embravecido en razón de la carta de protesta papal *Pater Sane Sollicitudo* publicada un día antes, en la que el Sumo Pontífice condenaba los artículos constitucionales, que "no merecían ni siquiera el nombre de leyes".[15]

El presidente Calles es el primero en leer las declaraciones del Papa y del arzobispo Mora y del Río. De los linotipos del periódico le imprimen una copia con el texto completo. En el rostro del Turco se percibe una sonrisa sardónica. Se encuentra en el Castillo de Chapultepec, en la que fuera la habitación de Charlotte, Carlota, la emperatriz, y más tarde el salón de costura de Carmelita Romero Rubio, la joven esposa de Porfirio Díaz. El jefe de la nación conversa animadamente con Chole, su secretaria, aquella mujer enigmática y misteriosa con la que comparte la mayor parte de los secretos de Estado. ¿Será su amante? Imposible saberlo. El hermetismo de la fortaleza en la que comparten la mayor parte del día y de la noche impide conocer la intimidad de la relación. Calles no es mujeriego. Calles no es jugador. Calles no es alcohólico. Calles es un gran estadista con una visión clara de las necesidades más apremiantes del país. Su mirada, en ese momento, transmite una expresión de sadismo. Provoca a la iglesia porque le profesa un odio incontenible. Identifica a esa institución satánica como a una de las más sobresalientes causantes de la gran tragedia nacional. Si Jesús volviera a nacer y constatara la suerte de su obra milenaria, volvería a llamarlos raza de víboras y los expulsaría a patadas de los templos. Lo sabe, sí, pero al mismo tiempo desea aprovechar su virulencia para deshacerse de Obregón.

La posición intolerante de Mora y del Río le cae como anillo al dedo. Son incendiarios y rebeldes por definición. Aplaude en silencio. Entiende que los tiene en el puño. Los puede manipular a su antojo. Sabe dónde hundir el estilete para despertar la rabia asesina. Los ha estudiado. Conoce al detalle pasajes escabrosos de la Guerra de Reforma. Son violentos e insolentes. Debe insistir hasta desquiciarlos. No es difícil. Los pinchará para hacerlos salir al campo de batalla, una batalla que conviene a sus planes políticos. El clero desbridado, enloquecido, extraviado por la furia, será el gran escudo tras del cual llevará a cabo el asesinato de su paisano. Hermano: debo matarte. O eres tú o soy yo. Seré yo, siempre yo… ¿Cómo es posible que con toda tu experiencia política no hayas entendido el mensaje que te envié cuando rechazamos tu petición de reformar la Constitución para adelantar el proceso de reelección? ¿Ya se te olvidó cómo se leen las entrelíneas…?

¡Cómo hubiera gozado con Morones el momento de conocer las declaraciones de Mora y del Río! El imprescindible Morones le había contado unas horas antes los detalles del asesinato de Juan Ricardez Broca, el encargado de fusilar a Carrillo Puerto. El Gordo había enviado hasta Puerto Cabello, Honduras, al coronel José Prevé Curbina, su pistolero de máxima confianza, para que ejecutara a Ricardez… Morones no fallaba: el crimen se perpetró de conformidad con los planes. Ricardez Broca había pagado con su vida el crimen cometido en contra del Apóstol de los Indios, el gran defensor de la cultura maya.

Calles puso los codos encima de su escritorio. Colocó la cara entre sus manos. Divagaba. Repetía en su memoria las palabras temerarias de una de las máximas autoridades eclesiásticas de México. La doctrina de la iglesia nunca cambiará porque es la verdad divinamente revelada. Claro, ningún humilde mortal puede modificarla. Sólo que, ¿quién la reveló, a qué persona, cuándo y dónde? El presidente se enerva. Son tesis para imbéciles. A la mierda con la verdad revelada. ¿Cómo que emprenderán una campaña contra las leyes injustas y opuestas al derecho natural? ¿Quién dictó el derecho natural? ¿Dónde están sus normas y sus códigos? ¿Un Congreso de arcángeles fue el encargado de legislar? ¿Cómo que combatirán los artículos de la Constitución? ¿Lo harán con las armas, como en la Guerra de Reforma? ¡Cuántas personas han perdido la vida enviadas por la iglesia para defender su fe, cuando en realidad defendían el patrimonio de estos rufianes! Calles repasaba las declaraciones del arzobispo sin percatarse de un leve temblor en sus labios. La ira se apoderaba de él. Llegaba la hora de la venganza. Haría pedazos a la iglesia y trizas a Obregón. Mataría dos pájaros de un tiro…

En plena ebullición anticatólica se presenta el Manco en la Ciudad de México. Arriba a la capital el 1 de marzo de 1926 con el pretexto de organizar a los consumidores de gasolina. Hasta un párvulo hubiera criticado semejante justificación. Calles le brinda una ostentosa recepción, la misma con que se distinguiría a un jefe de Estado. Asiste su gabinete en pleno. Traje negro obligatorio. Se le rinden todos los honores. La banda de la Marina de Guerra interpreta el himno nacional. Es estremecedor. Se escuchan salvas coordinadas por cadetes del Heroico Colegio Militar vestidos con uniformes de gala. El Manco no puede ocultar su sorpresa cuando pasa bajo un techo de espadas de acero refulgente alzadas por soldados mientras se escucha un redoble de cien tambores. La distinción lo conmueve. Agradece en el fondo de su alma la lealtad con la que lo obsequia su paisano. ¡Cuídate de los malagradecidos! El gabinete formado en línea estrecha la mano izquierda del ex presidente, gran caudillo, general invicto con el que el país tiene contraída una deuda histórica. Morones balbucea palabras inentendibles cuando el Manco se planta frente a él con su conocida sonrisa socarrona. Se lleva la mano derecha al pecho, al lugar exacto en donde entró la bala asesina el día en que casi pierde la vida en la Cámara de Diputados. Asiente con la cabeza. Se ven, se siguen observando. No se sueltan. Cada uno quiere ver enterrado al otro. El cruce de miradas es muy significativo. No pronuncian ni una sola palabra. El Gordo no sólo es criminal y ratero, sino además su peor enemigo. ¡Cuidado con el Gordo!

A bordo de un Cadillac negro blindado, se dirigen hacia Palacio Nacional. Tienen muchos temas de conversación. Los puntos de la agenda son variados y complejos, pero hay uno especialmente delicado: la reelección de Obregón. ¿Por qué no controlaba a Morones?

Calles clavó la mirada en el rostro de Obregón en tanto tiraba al piso los periódicos del día y subía su pierna izquierda doblada sobre el asiento para poder platicar de frente con su paisano. Lo vio demacrado, delgado y pálido, muy pálido. ¿Habría prosperado el mal cardíaco que lo aquejaba de tiempo atrás? Había envejecido en muy poco tiempo. Ya perecía ser un hombre mayor que el presidente a pesar de ser dos años menor.

—Te ves bien, Álvaro, el aire del campo te ha caído de maravilla —inició Calles la conversación.

—El que se ve de maravilla eres tú, canijo Plutarco, el poder te ha hecho embarnecer. Te ves más fuertote y trabado, pelao…

—Trabajo mucho. Es muy difícil saltar por encima del listón que dejaste. Superar tu herencia es una tarea faraónica.

—No lo creo: todos los días creas una comisión agraria, hidráulica o bancaria, inauguras una carretera o una escuela o una presa o reformas al ejército o mandas iniciativas legales para reformar hasta lo irreformable. Acuérdate de que tu mandato es por cuatro años y no por cuatro meses...

—Tenemos que construir un nuevo país, inventarlo todos los días, y al intentarlo me encuentro con que ni los petroleros ni los empresarios metalúrgicos ni el clero están dispuestos a someterse a nuestras leyes. Tú lo sabes mejor que nadie: basta que les toques el bolsillo a los yanquis o a los curas para que al otro día los tenga en mi despacho para sepultarme con amenazas.

Imposible olvidar que si Plutarco estaba en la Presidencia era gracias a Coolidge, de otra suerte Adolfo de la Huerta hubiera llegado al poder... O Plutarco estaba loco o era un irresponsable. ¿Cómo se atrevía a jalarle la cola al tigre?

—Entiendo lo que dices —repuso Obregón—. Sé lo trabajoso que resulta separar a esos desgraciados de las ubres de la nación, pero también conozco el precio a pagar cuando te metes con ellos.

—Nunca seremos un país libre y soberano si no los obligamos a cumplir con nuestras leyes. Si no puedes con el clero, entonces el clero gobernará, y si tampoco puedes con los inversionistas, entonces gobernarán entre todos y tú te quedarás pintado en la pared mientras le arrebatan a la nación sus bienes... Están, han estado y estarán para despojarnos, Álvaro, y tan pronto lo logren nos desecharán como una colilla chupada...

—Cualquiera de ellos podría derrocarte y en ese caso no sólo te complicarán la vida a ti, sino a mí también... Entiendes, ¿no...?

—Ya veremos si lo logra el clero —repuso Calles con el gesto contraído—. El ejército no es el mismo que el de los años de Juárez. Hoy en día contamos con unas fuerzas armadas mucho mejor capacitadas y pertrechadas. Han transcurrido más de sesenta años desde el triunfo de los liberales. Los hombres de Orozco y Jiménez, meras gavillas de fanáticos que ni siquiera saben cómo meterle balas a un rifle, no me servirían ni de aperitivo y, por lo que hace a la invasión yanqui, son tiempos distintos a los del Gran Garrote de Teddy Roosevelt. Las cosas han cambiado, ahora existe la Liga de las Naciones.

Más tarde, mientras Calles despachaba asuntos urgentes, Obregón contemplaba la Plaza de la Constitución y la Catedral Metropolitana. El escenario le era tan familiar… Tenía, como siempre, la manga metida en la bolsa derecha de su saco cuando giró y se dirigió a unos sillones ubicados al fondo de la sobria oficina presidencial. Nunca se sentaría enfrente de Calles, como si fuera un subalterno. Las formas eran las formas. A buena hora le iba a conceder a su paisano, ni siquiera en privado, una jerarquía mayor. El presidente le ofreció algo de beber. Sentados cómodamente en ese recodo del despacho eran iguales. Los detalles son importantes en política.

—¿Qué se trae tu tal Morones conmigo? —disparó el Manco a bocajarro. Si entre cueteros no se huelen, de la misma manera entre norteños no cabían los preámbulos…

—¿En qué sentido?

—Plutarco…

—¿Te refieres a que perdimos la moción de tu reelección?

—¿Y a qué más podría yo referirme?

—Morones no logró convencer a las bases del partido.

—No jodas, Plutarco. Tú y yo sabemos la suerte que le espera al que se le opone al panzón… No me vengas con que se le rebelaron sus chiquillos, por favor. Soy garbancero, pero no pendejo…

—Álvaro, entiende, son otros tiempos, formas diferentes de hacer política…

—*A dió*… ¿En un año y pico ya es otro país con otras reglas y diferentes mecánicas? Si me metí de brujo es porque conozco mucho de hierbas…

—Sabía que reaccionarías de esa manera, sólo que en esta ocasión no quise violentar las posiciones.

—¿Vas a cumplir o no con nuestro acuerdo? Yo me quedaré seis años más en la Presidencia y luego te seguirás tú de frente. Ya estoy muy cansado y para entonces lo estaré más.

—Cuatro años, Álvaro, cuatro, ¿por qué dices que seis? —interceptó Calles sin mostrar la menor señal de preocupación ni en el rostro ni en la inflexión de la voz. Sin duda era un gran actor. Los músculos de su cara estaban adiestrados para no transmitir emociones.

—Cierto, habíamos acordado que me quedaría otros cuatro años, correcto, pero ya que será mi despedida definitiva de los ruedos y del poder, estoy trabajando una reforma constitucional para que en lugar de cuatrienio sea sexenio… Me lo merezco, ¿no…?

—Te mereces cuatro, seis, veinte y mil, ¿qué haríamos los mexicanos sin ti? —expuso a sabiendas de que si los dioses eran débiles al halago, ¿qué no sería de los humildes mortales…?

—¿Y nuestros planes se van a derrumbar porque no puedes controlar al miserable panzón o él ya no puede con los bandidos cromistas de su creación? Si tú te das por vencido porque Morones tiene más poder que tú o él de plano acepta que ya no controla ni a sus putas, sólo dímelo, sabré ponerle remedio —Obregón se ubicó en el extremo, su recurso infalible para descubrir la verdad y ganar en las discusiones.

—El ejército, una buena parte del Congreso, los caciques y gobernadores, el país en lo general estará muy contento de que regreses a la Presidencia…

—¿Y quién se opone…? ¿Los carrancistas reaccionarios…? Esos déjamelos, yo me encargo de ellos.

—No, Álvaro, no, el enemigo es mucho más importante que ellos.

—¿La iglesia…? De esa también me encargo yo. Sé como tratar a los curas. Llevo muchos años haciéndolo. Nos conocemos de sobra. Si me estás cuidando, te lo agradezco infinitamente, pero ya estoy grandecito para poder hacerlo solo. Por otro lado —agregó poniéndose de pie—, quisiera un compromiso de tu parte.

—Tú dirás…

—Con Morones o sin Morones, con laboristas o sin ellos, con iglesia o sin ella, prométeme que este mismo año, en la próxima legislatura, quedará modificado el artículo 82 de la Constitución… No puede concluir 1926 sin que se instrumenten esos cambios legales…

—¿Y la opinión pública, Álvaro? ¿No te importa que te ataquen como traidor a la revolución tú, que casi das la vida por ella? Sufragio efectivo, no reelección, es el primer postulado del México libre, del México nuevo, del México democrático…

Obregón se colocó la mano en jarra sobre la cintura. Su posición era desafiante. La misma mirada acerada se le vio cuando decidió mandar matar a Venustiano Carranza, a Pancho Villa, a Lucio Blanco, a Basave y Piña. Calles la conocía.

—No me malinterpretes —se adelantó el presidente—. Lo que te conviene a ti me conviene a mí. Yo, de cualquier forma, no podré repetir al frente del gobierno. Sólo me preocupa saber vender bien la idea entre el electorado.

—Te das cuenta de que evades mi pregunta. Quiero saber si te comprometes o no a modificar la Constitución —dijo Obregón en forma terminante, como si no hubiera oído. Disparaba ráfagas de ametralladora con los ojos. Calles se sentía acribillado—. Todavía no hay un solo objetivo que me haya propuesto y que no haya conseguido, tanto en política como en el campo de batalla—. ¡Te exijo una respuesta!

Sin titubear Calles le garantizó el éxito de la reforma constitucional. Poniéndose también de pie le dijo cara a cara:

—Me ocuparé de Morones y de los moronistas. Esta vez no me confiaré. Cuenta con ello. Te lo aseguro, hermano.

Al decir esto último, Plutarco supo que tenía tres opciones: una, acatar las órdenes de Obregón; dos, iniciar un movimiento armado, es decir, seguir el camino de Adolfo de la Huerta, sin perder de vista que el Manco contaba con el apoyo del ejército: un suicidio; y tres, matarlo. De cualquier manera, ese no era el momento para oponérsele a Obregón, es más, tal vez nunca se presentaría la coyuntura propicia. Simplemente actuaría…

Obregón descansó. Se relajó. Dejó de cargar toneladas de peso. El viaje en tren desde Sonora había resultado una pesadilla de tan sólo pensar en encontrarse con un traidor. Se aliviaba. Respiraba.

—Pero dime —insistió el presidente—, ¿qué argumento utilizarás para convencer a la opinión pública sin que parezca que estás cometiendo una felonía al reelegirte?

—Es muy sencillo, Plutarco, yo no me estoy reeligiendo porque entre tu gobierno y el mío han transcurrido cuatro años, los de tu administración. Tú no podrías lanzarte en las elecciones federales de 1928 porque estarías violando la Constitución, te estarías reeligiendo, pero a mí sólo me elegirían. Yo me encontraría dentro de la ley por elegirme y tú fuera de ella por reelegirte, ¿me entiendes?

—Es claro —repuso Calles fingiendo estar satisfecho como cuando alguien da de golpe con una conclusión largamente buscada. En el fondo sabía que resultaba insostenible el argumento de Obregón. Era una perogrullada para encubrir una gran traición al movimiento armado. Más de un millón de muertos podrían levantarse de sus tumbas para colgarlo del primer poste de telégrafos—. Veremos qué dice el pueblo; a mí, por lo pronto, me seduce la idea.

—¿El pueblo? ¿Qué es eso? La gente aplaude las ideas ingeniosas de la misma manera en que ovaciona al mago que saca al conejo de la chistera. No te preocupes, para el populacho será otro acto más de una obra teatral… Lo único que te suplico es que te apresures a resolver el problema religioso, Plutarco querido, no quisiera estar en plena campaña presidencial envuelto en una vorágine eclesiástica. Los católicos podrían votar masivamente por la oposición y complicarme la manipulación de los votos, o bien, lo que sería peor, incendiar el país con una nueva Guerra de Reforma en pleno siglo XX. Ni pensarlo, mejor negociemos…

—A medio año promulgaré la ley de cultos, Álvaro: no les gustará, te lo aseguro. Es dura, muy dura en contra de ellos. Tengo que estar preparado porque, sin duda, el clero se aliará con los petroleros en contra de mi gobierno. Los dos son mis enemigos y entre ellos, por lo mismo, serán amigos… Entiendo perfectamente bien el papel de los extranjeros que defienden su patrimonio, pero que la iglesia se alíe con cualquier grupo, el que sea, en contra de la patria, me resulta inadmisible —Calles no ocultó su malestar—. Lo que el pueblo de México debería saber es la cantidad enorme de acciones de empresas petroleras que están en poder de prestanombres de la Iglesia. La alianza con los inversionistas foráneos es para defender su patrimonio común, por esa razón importantes grupos financieros y los Caballeros de Colón cabildean en Washington en contra de mi gobierno.

—No es nada nuevo —repuso Obregón sin sorprenderse…

—¿No te incendia que en el consorcio conocido como Asociación Protectora de los Derechos Petroleros Norteamericanos en México, con domicilio en Nueva York, los altos prelados sean accionistas importantes? ¿Te acuerdas de cómo pelearon la reducción de impuestos los abogados de esa asociación, que al mismo tiempo resultaron consejeros en varios patronatos clericales?

—Así ha sido siempre, ¿qué te alarma tanto?

—Haré lo que esté al alcance de mi mano para no perjudicar tu campaña, Álvaro.

—Abres dos frentes al mismo tiempo y ni a cuál irle, hermano. No te puedo pedir que olvides tus planes para cuidar mi candidatura, porque antes que nada está tu gobierno, pero trata de que no nos den en la torre a los dos…

—Todo se puede hacer, sabiéndolo hacer —el rostro de Calles se aceraba, se metalizaba; su mirada se endurecía, como la de un verdugo—. Yo sé cómo, Álvaro, no te preocupes.

Una asignatura pendiente para Plutarco era el general Ángel Flores, candidato opositor en las elecciones presidenciales de 1924 y representante de las fuerzas católicas más retrógradas, que estaba decidido a encabezar una dictadura fascista clerical. Flores denunciaba de manera recurrente el fraude electoral cometido en su contra por Calles y Obregón. Historia pasada para los caudillos, pero no por ello menos irritante. La situación se desbordó a mediados de marzo de 1926, cuando los espías de Morones descubrieron que Flores recibía en su retiro de Sinaloa visitas periódicas de altas autoridades eclesiásticas. Mala señal, pésima advertencia para el Turco. Si ya el clero había financiado con abundantes fondos la campaña de Flores en 1924, no era nada difícil que empezara a conjurar de nueva cuenta. ¡Flores también constituía un severo peligro para México! No había más opción que matarlo. Uno más, ¿qué más daba…? Con la nación no se podía jugar, para eso estaban los venenos, los accidentes, las balas perdidas…

Debía hablarle al oído a Morones y acabar con la vida del general Flores, un querido compañero de batallas que lamentablemente se había torcido. El señor secretario de Industria era eficiente. Jamás había fallado en los elevados encargos del primer mandatario. Si los arzobispos estaban tramando un nuevo golpe de Estado o un magnicidio resultaba inaplazable decapitar en su origen el movimiento.

La mañana del 31 de marzo el general Flores manifestó un gran malestar estomacal, acompañado de un dolor agudo en el bajo vientre que al anochecer lo obligó a decir ante Cliserio García, su médico de cabecera:

—Doctor: ya me fregaron… La vida se acaba porque se acaba… Diga a mis partidarios que aguanten como yo me he aguantado… Adiós a todos. Ya me fregaron.

Unas horas más tarde fallecía escupiendo un denso líquido negro, la evidencia de un envenenamiento con arsénico.[16] El general Flores murió pobre como cuando comenzó su vida revolucionaria al secundar el llamamiento a las armas hecho por el apóstol Madero… Morones guiñaba con inusitada insistencia…

El 14 de junio de 1926 el presidente suscribió la que sería conocida como "Ley Calles". El cañón de la pistola del gobierno apuntaba a la cabeza de la iglesia. Una a una fueron saliendo las balas hasta contar treinta y tres detonaciones, exactamente el número de artículos que contenía la "Ley que reforma el Código Penal para el Distrito y Territorios Federales, sobre Delitos del Fuero Común y para toda la República sobre Delitos en contra de la Federación". Se limitaba el número de sacerdotes a uno por cada seis mil habitantes; se establecía, como requisito indispensable, que todos los curas del país se registraran ante el presidente del municipio respectivo. Sólo podrían ejercer su ministerio los que contaran con licencia del Congreso de la Unión o de los estados y fueran mexicanos por nacimiento; la enseñanza debería ser laica; la iglesia no podría establecer escuelas primarias; se desconocían los estudios religiosos; se prohibían las órdenes monásticas y los conventos; se limitaba el derecho de los sacerdotes a hacer declaraciones públicas en contra de las autoridades y de las leyes vigentes en el país; se restringía la celebración de los cultos al interior de los templos; se impedía la creación de asociaciones políticas de extracción religiosa, así como la posibilidad de que el clero pudiera adquirir bienes. ¿Cuál personalidad jurídica? Las sanciones aplicables variaban desde la multa hasta la suspensión del oficio. La Constitución dejaba de ser una simple declaración de principios. Juárez renacía. Melchor Ocampo, Zarco, Prieto y Ramírez se entregaban al sueño de los justos en el panteón de la patria. Volvían a descansar en merecidísima paz. Los enormes espacios ganados por la iglesia durante los interminables años del porfiriato se perdían de un golpe, al menos desde el punto de vista jurídico.

Se crea una dependencia especial de la Secretaría de Gobernación, con el nombre de la Inspección General de Cultos, destinada a ejercer una activa y eficiente vigilancia del cumplimiento de los mandatos constitucionales. Calles va dispuesto a todo. Acabemos con el peor enemigo de México a lo largo de su historia. Aplastémoslo. Resurjamos. Alguna vez constituimos un imperio que abarcaba toda Mesoamérica. El atraso empezó a producirse desde que el primer fraile puso las plantas de sus pies en el México de nuestros ancestros. No nos resignemos a nada. Aquí, en la vida, no hay más Juicio Final que la misma realidad, el hambre, la ignorancia y la desesperación social.

El presidente de la República desenvaina la espada y clausura cuarenta y dos templos en el país, siete centros de divulgación religiosa por tener oratorios anexos y verificarse ahí actos litúrgicos, así como las capillas de los asilos de beneficencia privada que estaban abiertos al culto público; suprime la intervención de religiosos en las instituciones de beneficencia; cierra setenta y tres conventos, de los cuales cuarenta y tres se encontraban en el Distrito Federal; prohíbe el suministro de sacramentos y la catequesis fuera de los templos; suprime la libertad de prensa religiosa; impone la pena de muerte, por fusilamiento, ante la desobediencia recurrente y extrema de la ley; saca bruscamente de sus sedes a una docena de obispos, entre ellos al arzobispo de México, y, sin juicio previo, los destierra. Toma la Iglesia de los Siete Príncipes en Oaxaca debido a que la población se encontraba amotinada y enfurecida. Mueren dos soldados; expulsa a ciento ochenta y cinco curas por considerarlos extranjeros perniciosos; arresta a los católicos que llevan a cabo servicios religiosos en sus casas; obliga a los colegios particulares a registrarse en un plazo no mayor a sesenta días en la Secretaría de Educación Pública, so pena de incautación de las instalaciones por incumplimiento... Y hay mucho más, se dice a solas mientras afila la chaira contra el esmeril sacando chispas a diestra y siniestra...

¿El clero se iba a quedar con los brazos cruzados cuando Calles ordena, además, que el texto de su ley sea pegada en todas las puertas de parroquias, iglesias y catedrales del país? Mora y del Río convoca a una reunión secreta a la que asisten los ocho arzobispos y los veintinueve obispos de México aglutinados en el Comité Episcopal, que es el Estado Mayor de la reacción católica, además de ciertos seglares como Rafael Ceniceros Villarreal en su carácter de director general de la Liga, en representación del padre Bernardo Bergöend, de quién había recibido instrucciones precisas de apoyar en todo momento a Orozco y Jiménez. Los altos prelados se muestran impactados por las noticias. La religión católica está en juego. Calles, el Diablo, ¿acabará con ella? La mayoría se pronuncia por esperar el desarrollo de los acontecimientos. Invitan a la prudencia para evitar un estallido y negociar un tolerable acomodo, una adecuación a las condiciones imperantes sin rebasar la más elemental dignidad. Hablemos. Discutamos. Encontremos alternativas. Ya vendrán mejores tiempos. El registro de sacerdotes no es contrario a lo establecido por el código canónico. Sin embargo, no hay posibilidades de llegar a un entendimiento en ese elevado órgano colegiado. La división era evidente: unos estaban por el enfrentamiento y otros por la resistencia pasiva. ¿Quién es el gobierno para nombrar o separar del cargo a los sacerdotes? Ya habían pasado los años del Patronato... ¿No se dan cuenta de que Calles provoca otro cisma, similar al del patriarca Pérez, ese miserable cuyas cenizas se calcinarán una y otra vez en el infierno? Unos invitan a tomar las armas, otros a parlamentar. Uno de los más radicales, Manríquez y Zárate, obispo de Huejutla, conocido como *el obispo petrolero*, dejó muy clara su posición: "No tenemos miedo de las prisiones; tampoco a los fusiles asesinos; mas sí a los juicios de Dios. Reprobamos, condenamos, anatematizamos todos y cada uno de los crímenes y atentados cometidos por el gobierno en los últimos días... Extendemos nuestro anatema a cada una de las leyes, a cada una de las prescripciones contrarias al derecho divino, al derecho natural, a las Reglas Sagradas de la Iglesia". El obispo González y Valencia, de Durango, aprueba el uso de la fuerza. Apoya a su colega de Huejutla. Se forman bandos. ¿Qué hacer...? Que una comisión visite a Calles y le plantee salidas. A nadie le conviene un estallido social. Discrepan. Recuerden la letra del himno: *un soldado en cada hijo te dio*... Ahí está la Liga. Aprovechemos su existencia. Saquemos las castañas con la mano del gato. Es una organización que no compromete a la iglesia, como nos dijo el padre Bergöend. No hay sacerdotes en la junta directiva. Es la mejor excusa. No, no matemos. No incurramos en pecados mortales. Respetemos la ley de Dios.

De pronto, con toda su gallarda majestad, el arzobispo Orozco y Jiménez se puso de pie. Su sotana púrpura, de seda china, lucía impecable, al igual que su cruz pectoral. El cíngulo grueso, decorado con temas bíblicos, no dejaba de llamar la atención, al igual que su anillo pastoral, manufacturado en Italia con oro puro. La discusión seguía subiendo de tono hasta que, uno por uno, los prelados, se percataron de que el jefe de la iglesia en Jalisco deseaba hacer uso de la palabra. Con la cabeza agachada y tocando con las yemas de los dedos la cubierta de la mesa, esperó hasta conquistar el más absoluto silencio. Su personalidad se imponía una vez más. Su bonete negro estaba colocado exactamente frente a él. Con su característica determinación, en voz baja, una invitación a la serenidad, se dirigió a sus colegas:

—Nosotros, en Jalisco, hermanos, pasamos por una circunstancia parecida en los meses posteriores a la promulgación de esa ley macabra llamada Constitución. El gobierno carrancista y el local trataron de intimidarnos, reducirnos y perseguirnos si no nos sometíamos a sus caprichos. Deseaban desaparecer todo vestigio católico en mi arquidiócesis y ¿qué lograron…? Nada, no alcanzaron ninguno de sus objetivos heréticos, como tampoco habrá de alcanzarlos Calles en la presente coyuntura…

En esta ocasión, dado que en la sacristía se estaban efectuando obras de remozamiento, la reunión se llevó a cabo en el Sagrario de la Catedral Metropolitana, de reconocido estilo barroco y neoclásico. Los obispos habían entrado discretamente, a horas diferentes, por la portada sur.

—Nos persiguieron, trataron de incautarnos bienes, de prohibir la enseñanza de la religión católica en las escuelas; intentaron limitar el número de sacerdotes en función del tamaño de la población, en fin, todas las barbaridades que plantea ejecutar Calles en contra de nosotros y de nuestra Santa Madre Iglesia.

Nadie hablaba. Entre los asistentes se cruzaban miradas inquisitivas. Si acaso uno o dos de ellos ignoraban los conocimientos, las relaciones con Roma y con autoridades civiles y religiosas en Estados Unidos, la experiencia política y el preclaro instinto militar, así como la fiereza del arzobispo tapatío, que había vivido expulsado o desterrado o escondido la mayor parte de su gestión al frente de la arquidiócesis. Por algo había adquirido una incuestionable talla de líder nacional. Su prestigio era público y notorio. De sobra sabía cuidarse y esconderse cuando las situaciones de peligro así lo requerían.

—¿A dónde quiero llevarlos? Es muy simple: a repetir la experiencia tapatía en todo el país. Carranza y sus consusuñaslistas —se produjo un entusiasta murmullo en el reducido espacio— no tuvieron otro remedio que dar marcha atrás a sus leyecitas y politiquerías, porque se percataron de que podíamos poner de rodillas al estado de Jalisco e inclusive llegar a la deposición del gobernador, uno más pillo que el otro. ¿Qué hicimos concretamente…?

Los asistentes tenían la mirada fija en el rostro de Orozco y Jiménez, todo un príncipe de la iglesia… ¿cómo compararlo con Pascual Díaz, obispo de Tabasco, con esa abultada papada, chorreada, ese color aceituno oscuro, bajo de estatura, obeso, una muestra de inmovilidad y de abundancia de recursos para devorar alimentos hasta la saciedad, privilegio que envidiaría la mayor parte de su grey?

—Impusimos, de un día para otro, a título de represalia y de resistencia, un boicot comercial a lo largo y ancho de mi arquidiócesis. La gente dejó de comprar en los almacenes. Promovimos una huelga de consumidores orientada a provocar una quiebra en masa de las empresas. ¿Alguno de ustedes se acuerda? Nuestros queridos feligreses, los felices integrantes de este sagrado rebaño, se abstuvieron de ir al cine, al teatro; de comprar comestibles, salvo los estrictamente indispensables; dejaron de usar el transporte urbano, de comprar lotería, de asistir a escuelas laicas y de adquirir periódicos y revistas que estuvieran a favor del gobierno —Orozco, cual director de orquesta, marcaba los tiempos con severidad—. Exactamente lo mismo, hicieron los empresarios, quienes acataron nuestra súplica de no invertir ni un quinto más en publicidad en aquellos medios opuestos a nuestros intereses. Quien nos critique tendrá que enfrentar la ruina... Obvio es que muchas empresas cerraron, quebraron o clausuraron, destapándose un afortunado desempleo que ayudó a la quiebra masiva de las compañías, y ya no se diga del gobierno, el cual, sin tributos recaudados, muy pronto no tuvo ni para pagar la luz de sus oficinas, no se diga para hacer frente al peso de las nóminas burocráticas.

A los prelados les brillaban los ojos. Se trataba de una experiencia de resistencia pasiva sin derramamiento de sangre, sin violencia ni muerte ni destrucción ni guerra y, sobre todo, a nivel nacional. Muy pronto el gobierno federal se acercará a nosotros, al sentir el poder de nuestra respuesta.

—Una de las claves de nuestro éxito la encontramos en la unión de nuestras Damas Católicas. Ellas son las responsables de la economía familiar. Si las mujeres deciden pintar la casa, tengan por cierto que el gasto se llevará a cabo, de la misma manera en que no se va al cine ni se compra, ya no se diga un coche, sino ni un triste chícharo si ellas no están conformes. Yo les suplico que, de aceptarse esta moción, se reúnan ustedes con estas hermosas hijas del Señor, nuestras más formidables aliadas, para empezar, mañana mismo, la huelga nacional de consumidores.

Como si se tratara de una figura de sal, inmóvil, con el mismo tono de voz, inalterable, quien tres días después saldría a Estados Unidos para trabar alianzas con los altos prelados y con un nutrido grupo de petroleros y legisladores norteamericanos para defender al clero católico mexicano —de algo le servían las espléndidas relaciones internacionales de los Caballeros de Colón—, hizo un sentido llamado a la virilidad cristiana —hermosa expresión, ¿no...?, pues sí, virilidad cristiana— porque no era posible que ellas fueran más entregadas y eficientes que los hombres. Para Orozco y Jiménez constituía un atentado político que las mujeres no pudieran votar, porque sin duda lo harían a favor de las personas que se les indicara en los confesionarios o desde los púlpitos. Habría que reformar la Constitución para que ellas pudieran manifestar sus preferencias electorales en las urnas, sin ser excluidas como si fueran seres inferiores.[17]

El obispo Miguel de la Mora Mora intervino alegando que la iglesia contaba con armas especialmente útiles de control social y que había llegado el momento de echar mano de ellas. Se refería al poder de la excomunión en el caso de los maestros que tuvieran la osadía de dar clases en escuelas laicas o del gobierno, así como excluir de la iglesia, con todas sus consecuencias, a los padres de familia que mandaran a sus hijos a dichos centros de enseñanza o a los sacerdotes que acataran las leyes del gobierno. ¡Claro que muchos profesores tendrían que escoger entre su empleo o ganarse la gracia de Dios! La elección no resultaba muy compleja, ¿verdad...? Valía la pena el sacrificio a cambio de la gloria y de la paz eternas. Pongamos atención en todos aquellos que apoyen, de una manera o de la otra, al gobierno para que el Día del Juicio Final el Señor se ocupe de ellos con toda la severidad que el caso amerita. Pidió finalmente que aquellos que estuvieran conformes con su iglesia colocaran crespones negros en las fachadas de sus casas en señal de solidaridad con las causas divinas.

—En Jalisco, como les dije, la estrategia fue coronada por el éxito. No tiene por qué ser diferente a lo largo y ancho del país. Todos somos mexicanos con el mismo problema. Apoyémonos en la Liga, como ya se dijo acertadamente aquí, para esconder la mano. Nadie podría probar que la controlamos nosotros. Para todo efecto, parecería un organismo neutro con orientación pro clerical, sí, pero sin evidencia alguna de nuestra participación.[18] Los líderes de la LNDLR nos dicen que en un plazo no mayor a tres meses podrían derrocar al gobierno de Calles.[19]

Orozco abrió su portafolio teñido de guinda con cierre dorado para extraer un sobre con volantes que deberían repartirse masivamente por todo el país. Después se imprimirían otros con contenidos diferentes para que los acólitos, vestidos con ropa de calle, o niños de nuestras guarderías, los distribuyeran en tiendas, almacenes y en la vía pública y en todos los lugares en que se produjeran concentraciones sociales. Daba por hecho que su moción sería aprobada por unanimidad, de ahí que hubiera llevado algunas muestras impresas. No sólo se trataba de derogar los artículos de la Constitución reñidos con los intereses católicos, sino de derrocar al gobierno de Calles, imponer a un nuevo Miramón o a un nuevo Porfirio Díaz, sino de recuperar los bienes y privilegios perdidos durante la Guerra de Reforma.

Los integrantes del Comité Episcopal le dieron su aprobación oficial a la LNDLR para "iniciar un boicot económico, una campaña con el propósito de crear en la nación entera un estado de intensa crisis económica con la mira de derrocar al gobierno. Por lo cual, a partir del próximo día 31 de julio, día de San Ignacio, los habitantes de México desarrollarán un bloqueo en todo el país, que consistirá en la paralización de la vida social y económica. Contamos para ello con la autorización y bendición del Venerable Episcopado Nacional. ¡Viva Cristo Rey!".[20]

Orozco y Jiménez seguía de pie. Dejó caer sobre la mesa un par de párrafos adicionales, dignos del más detenido análisis.

Propongo, queridos hermanos, en adición al boicot comercial, otra medida que nos puede reportar excelentes resultados si sabemos instrumentarla sin que se produzca una sola excepción y que asimismo ya aplicamos en Jalisco con éxito notable. Me adelanto a sus reflexiones: no se trata, tampoco, de un proyecto violento ni sanguinario que no debemos considerar, sino de una estrategia más de resistencia pasiva —recordó al Gandhi mexicano, el maestro Cleto—. Contamos con innumerables recursos antes de recurrir a las armas...

Ante las miradas curiosas y ávidas, disparó sin más para evitar suspicacias y misterios:

—Propongo concretamente que, a partir del primero de agosto, los templos permanezcan cerrados por tiempo indefinido, como medida de presión para evitar la Ley Calles. No la obedezcamos, no la aceptemos, rechacémosla con cuanto medio se encuentre a nuestro alcance. Comencemos, entonces, por suspender todos los servicios religiosos en el país.

—Francisco —intervino Miguel de la Mora Mora, con quien Orozco y Jiménez había llegado a un acuerdo previo para cuestionar amañadamente la propuesta y manipular entre los dos el sagrado cónclave—: ¿y quien quiera casarse o bautizar a un hijo o solicite los santos óleos, la extremaunción a un enfermo, o simplemente la misa o la confesión...? Los sacramentos son los alimentos del espíritu: no podemos abandonar así a la feligresía. ¿No nos estaremos picando un ojo?

—No, Miguel —repuso con sobriedad el arzobispo—. Si queremos poner de rodillas al gobierno y crear una crisis nacional paralicemos económicamente a la nación, sí, pero también privemos de consuelo espiritual a la grey católica. ¿Te imaginas la presión social que se producirá con las calles llenas de desempleados, de cesantes, de personas pidiendo limosna, postradas por el hambre y la desesperación, y además sin su religión, que les sirve para paliar sus males? Pues ahora ni eso: se quedarán sin trabajo, sin dinero y en manos del Diablo porque nosotros no los salvaremos hasta que Calles baje la guardia y se rinda. Verá ese demonio del Turco lo que es dejar a la gente sin confesar, sin misa, sin posibilidad de gozar del perdón de Dios. El pueblo mexicano es católico de principio a fin. Puede prescindir de las tortillas, de sus hijos y de sus mujeres, pero no de sus curas, no de nosotros...

Miguel de la Mora volvió a la cargada:

—¿Y si los fieles dejan de serlo y optan por buscar una religión menos complicada que no los abandone por problemas políticos?

—No serán problemas políticos, Miguel, lo plantearemos como una persecución religiosa de la que seremos completamente inocentes, las víctimas de un ataque impío e injustificado orquestado por unos herejes que Dios puso en nuestro camino para medir nuestra fe. No, no permitiremos —dijo Orozco viendo la figura de Cristo colocada sobre la mesa— que este problema se vulgarice reduciéndolo a un conflicto político, cuando en realidad defendemos las lecciones del Señor y su sacratísima herencia espiritual. Cerremos los templos y esperemos las marchas callejeras del pueblo en señal de protesta, y quiera Dios que en una de estas manifestaciones la policía dispare, en su impotencia, y podamos contar un par de muertos, porque en ese momento incendiaremos el país a la voz de que el gobierno espurio no sólo produce muertos de hambre, sino que todavía manda asesinar en la vía pública. ¿Y el pueblo, qué? ¿Quién sigue...? ¿Nos van a matar a todos...? Acabemos con ellos antes de que ellos lo hagan con nosotros... ¡Tomemos Palacio Nacional y crucifiquemos a este malvado hijo del Diablo! No habrá paz en México mientras Calles se encuentre en el poder...

¡Qué sacerdote! ¡Cuántos hombres como Orozco y Jiménez harían falta en la iglesia para resguardar su sagrado patrimonio, parecía ser la voz que acaparaba la reunión.

—Propongo que los obispos que nos traicionen y cumplan con las leyes de Calles sean excomulgados y removidos de sus cargos de inmediato —sentenció Orozco, creciéndose ante la aceptación de sus propuestas—. Nadie debe obedecer al gobierno, y quien lo haga sabrá lo que le espera en el más allá...[21] Por primera vez en siglos no habrá servicios religiosos en México. Que no se encuentre a nadie en los confesionarios ni en las bancas ni en los púlpitos. Escondamos las sagradas hostias, ocultemos al Santísimo, abstengámonos de bendecir el agua, es más, no bendigamos nada. Que no haya confesión ni misas ni comunión ni nada, absolutamente nada... ¿Querían el infierno en vida...? ¡Pues el infierno tendrán...!

—¿Y no necesitaríamos una autorización del Papa para acometer con su bendición este proyecto? —se volvió a dejar caer Miguel de la Mora, cumpliendo rigurosamente su papel.

Orozco y Jiménez se dirigió de nueva cuenta a su querido amigo con una expresión fingida de fatiga. Controlaban la reunión adelantándose a las preguntas que podrían formular los integrantes del selecto grupo.

—Por supuesto, Miguel. No quisiera tomar una decisión de esta naturaleza, ni mucho menos invitar a tan ilustre concurrencia a seguirme, sin consultar con la Santa Sede, por lo que me atrevería a proponerle al presidente de este Comité, Su Excelencia, don José Mora y del Río, que tenga la gentileza de solicitar al Sumo Pontífice la autorización del caso.

Obviamente, Orozco ya había cabildeado en Roma los puntos más importantes con los asesores más cercanos al Papa, con quienes había trabado una estrecha amistad a lo largo del año que había permanecido en la ciudad. Jamás dejaría cabos sueltos. La respuesta sería positiva. Confirmado. Adelante. Ustedes tienen el pulso de la realidad...

—¿Y si falla el boicot y falla también la suspensión de servicios religiosos, qué haremos Francisco? Toma en cuenta el dineral que le va a costar a nuestra iglesia dejar cerrados los templos indefinidamente —objetó Pascual Díaz, secretario del Comité.

—Yo espero que se derrame la paciencia popular y las masas iracundas se lancen en contra del gobierno, por un lado; por el otro, tengo la fundada esperanza de que se sumen a nuestro movimiento un buen número de militares resentidos con Obregón y con Calles, y también los petroleros extranjeros, heridos de muerte por las leyes callistas. ¡Que quede bien claro que no estamos solos en este combate por la resurrección!

Se produjo un espeso silencio. Ninguno de los asistentes se atrevía a hacer la siguiente pregunta, la obligatoria. Orozco y Jiménez permanecía de pie. Se cruzaban miradas y levantaban las cejas, se tamborileaban dedos sobre la mesa, se ajustaban anteojos, se medían los riesgos y las responsabilidades. Alguien tenía que tomar la iniciativa. El incendiario obispo Manríquez y Zárate intervino, esperando la respuesta deseada:

—Retomo la pregunta de nuestro hermano, obispo de San Luis Potosí: ¿si todo falla, boicot, suspensión, alianza con militares y con petroleros, entonces qué?

¿Por qué se tenía que comprometer Orozco con la respuesta? ¿No hubiera sido más fácil tomar asiento y esperar el resultado del debate? ¿Por qué el protagonismo? Muy sencillo: porque deseaba garantizarse el éxito y además saciar la sed de venganza que dominaba sus acciones y pensamientos en contra de Calles y de Obregón.

El Chamula sabía a la perfección que si alguien había catapultado a Calles, al monstruo, hasta la Presidencia y lo había sostenido con la punta de las bayonetas era, sin duda, Álvaro Obregón, el Manco, el mismísimo padre de Lucifer encarnado. Orozco no olvidaba ni perdonaba las vejaciones padecidas en los años de la revolución, cuando el propio Manco había destruido las instituciones católicas en Jalisco, apresado y violado monjas, clausurado conventos, expulsado sacerdotes del país, hurtado los tesoros de la iglesia, desmantelado templos, profanado archivos secretos y ofendido, en resumen, la gloria inmarcesible de Dios… Él y sólo él había estado detrás de la redacción de los artículos anticlericales contenidos en la Constitución… Dándole a Calles, le daría simultáneamente a Obregón, sólo que con este último tenía una asignatura pendiente, sin importar que fuera o no jefe del Ejecutivo. Ahora bien, si los rumores de la probable reelección conocidos en los confesionarios a través de las esposas de los diputados eran ciertos, entonces sí que estábamos hablando de palabras mayores…

—Si todo falla, un supuesto remoto, porque el pueblo de México se levantará como un solo hombre en defensa de su religión, entonces no nos quedará otro remedio que pedir la ayuda militar y financiera de Estados Unidos para declararle la guerra al gobierno de Calles. De darse el caso habremos de reaccionar en legítima defensa ante una agresión de la que somos inocentes. ¿Qué culpa puede caber en nuestra alma cuando el presidente intenta imponer una ley suicida…? Washington no permitirá que despojen a sus inversionistas, como nosotros tampoco aceptaremos convertirnos en una dependencia más de la administración callista que interprete, dicte y aplique las reglas espirituales para conducir a este precioso rebaño de ovejas. Jamás permitiremos que los sacerdotes formemos parte de la nómina burocrática, como lo deseaba Juárez, y nos obliguen a prescindir de las limosnas, de los donativos y de los óbolos. ¡Eso jamás! Sólo espero que Dios no nos obligue a defender sus derechos por medio de las armas… *Et in Terra pax hominibus bonae voluntatis.*

Sí: "Y paz en la Tierra a los hombres de buena voluntad."

Mi padre siguió por años con Moni, al igual que con otras mujeres de peor o similar catadura moral. Se iba convirtiendo en víctima de sus propias convicciones. Tu mejor amiga es tu chequera, Nacho, esa sí que es fiel. Mientras más importancia le concedía al dinero, en tanto más crecía su adoración y dependencia por la tenencia de recursos económicos, más se devaluaba ante él mismo sin que, en su obnubilación, se percatara de los daños que se infería con sus ideas. ¡Claro que llegó a la conclusión de que la gente, ya no sólo las mujeres, se le acercaban únicamente por su riqueza! Lo buscaban por lo que tenía, pero en ningún caso por lo que era. Por ende, no valía nada. La devaluación sicológica y emocional implicaba aceptar su lamentable carencia de otros atractivos como para hacerse acompañar de terceros, sus pares, con quienes sostener conversaciones y relaciones enriquecedoras y gratificantes. De la misma manera en que despreciaba inconscientemente a sus semejantes por dejarse conducir por intereses bastardos y los acusaba en silencio por no acercarse a él con genuinos sentimientos de amistad y nobleza, también intentaba destruirlos hurgando en sus vidas para dar con datos, con intimidades que le permitieran etiquetarlos, reducirlos, empequeñecerlos al nivel inferior en que él mismo se encontraba. Nada de ver para arriba. A la gente se le contempla para abajo. Yo no soy aquí el único con defectos graves o leves: mira a fulano, a mengano o a perengano. El mundo es una mierda y yo formo parte inequívoca de él. Aquí nadie se salva ni está libre de culpa ni se va sin pagar la cuenta… El daño ajeno me reconcilia con la existencia…

Los percances de terceros lo estimulaban. Alguien estaría pagando errores de conducta, desviaciones, depravaciones, robos y otros ultrajes o despojos cometidos en cualquier momento en contra de sus semejantes. Nada es gratis ni es porque sí. Todo tiene un origen, una causa… Muy pocos saben el porqué de los desastres personales, las razones de la supuesta mala suerte de los amigos, claro, como que no conocemos hasta los últimos pliegues de sus vidas. Éste, no tengas dudas, quebró por avaro. Cuando yo le pedí prestado hace muchos años se negó a ayudarme. Hoy recibe su merecido. Miserable. A aquél se le incendió el negocio, ¿y cómo no se le iba a reducir todo a cenizas si su patrimonio era el resultado del fraude cometido en contra de sus hermanos, sus anteriores socios? Que los hijos de tal por cual son unos fracasados, ¿cómo no iban a serlo si no los educaron sus padres porque estaban muy ocupados en la oficina o jugando a la canasta uruguaya? Que la hija de un gran amigo abortó, claro, eso le pasa por puta, se acostó conmigo cuando estaba casada… En el fondo, quisiéralo o no, adoptaba una posición religiosa ciertamente equivocada. ¿Nadie se va sin pagar…? ¡Carajo…!

Mi padre contemplaba las catástrofes de sus semejantes sentado cómodamente en una butaca, presenciando el teatro de la vida sin imaginar que, en cualquier coyuntura desfavorable, a él mismo lo podrían llamar a formar parte del elenco. Estaba lleno de rencor. La sangre se le había envenenado. Destruyendo a sus semejantes se reconciliaba con la existencia. Ahora todos somos iguales. Cada quién carga con sus culpas y cumple sus condenas. Él también empezó a pagarlas de la misma manera en que la humedad penetra y mina lentamente las paredes hasta derribarlas como castillos de arena. Todo comenzó cuando Brasil empezó a tener excedentes de café e inundó el mundo con grano de primera calidad. La consecuencia inmediata fue el desplome de los precios, a tal extremo que las ventas de la finca ni siquiera alcanzaban a abatir los costos, ya ni hablar de utilidades. La empresa familiar resintió el impacto en sus finanzas. Había que bajar las velas y adecuar la nave para salvar la tormenta que se avecinaba. Se trataba de evitar, a como diera lugar, un naufragio. Concluían los años de la abundancia cuando, entre carcajadas, se aventaban los dólares para que cayeran como lluvia gratificante.

Al mismo tiempo, bienvenido el mal siempre y cuando venga solo, mi madre le pidió finalmente el divorcio, harta de que le inventara negocios en el interior del país que lo obligaban a ausentarse de la casa varias veces a la semana. Ella exigió, por consejo de los abogados, la disolución de la sociedad conyugal. Se repartirían los bienes por mitad. La lectura de la demanda lo hizo devolver el estómago sobre el escritorio de su ostentosa oficina. Se moría. De ninguna manera compartiría sus bienes con nadie, ni con su esposa ni con sus hijos. Si acaso llegaría a una negociación, le entregaría una propina por los servicios prestados, como a sus anteriores cónyuges. Prefería que lo abrieran en canal, como a las reses, con tal de no perder su dinero, la fuente de su bienestar, de su felicidad, su razón de existir, su fuente de poder. Su patrimonio era sagrado, que nadie lo tocara... Ciego, sordo y mudo, sí, pero rico, sin depender de nadie... En su avaricia, no consideraba un consejo de gran peso: ¡cuídate de una mujer herida y resentida! Su esposa había tragado todo género de humillaciones, sinsabores, traiciones, deslealtades, tóxicos de la mente que extraen lo peor de las personas. En alguna circunstancia mi madre me había comentado la fantasía, claro que pasajera, de acostarse con los amigos más cercanos de mi padre, incluidos sus compadres. Así él sabría finalmente de quién había vivido rodeado. Esta es tu realidad, mírala de frente... Ella era una mujer de muy buen ver, y sabía que ninguno dejaría de sucumbir a sus encantos, más aún porque les haría saber que sus hijas o alguna hermana o hasta sus esposas habían pasado por el lecho de mi padre. Sólo que ella habría caído en el mismo juego y se habría prostituido igualmente. Desistió.

El precio del café se desplomaba, se cerraban sucursales, se recortaba la nómina, quedaban cesantes empleados de toda la vida, aun los sucesores de quienes habían trabajado con mi abuelo y arrancado la finca en los años de Plutarco Elías Calles. Se reducían gastos, se suprimían viajes al extranjero, se liquidaba a jornaleros, secretarias, vendedores, choferes; se ahorraba al extremo de no suministrar ni un lápiz nuevo en la oficina si antes no se exhibía el pedazo restante del viejo. Las señales de alarma asustaban a bancos y acreedores nacionales y extranjeros. Chiapas sufría el impacto de la crisis mundial. El país resentía la ausencia de divisas. Brasil no estaba dispuesto a dejar de exportar excedentes a pesar de que cada día los vendía más baratos, pues de otra suerte se pudrirían en sus graneros. Vendamos al precio que sea, pero vendamos... Sólo que nada era suficiente. Cuando, en

1994, se acercaba una recolección histórica y se habían adquirido a crédito en el extranjero máquinas tan gigantescas como sofisticadas para tostar el grano de modo que se pudiera pulverizar y vender en latas o en bolsas o en pomos de vidrio evitando su deterioro, cuando se empezaban a encontrar salidas para paliar el temporal comercial, surgió, una mañana, una línea negra en la inmensidad del Océano Pacífico, precisamente en un día en que la luz no podía ser más brillante, la temperatura más tibia y el viento más acariciador. Sin embargo, los campesinos corrieron a guardar sus animales, a tapiar las ventanas de sus casuchas, a enterrar sus bienes y a protegerse, con lo que Dios les diera entender, como ellos decían. Un huracán se acercaba. La naturaleza mandaba un anuncio de la inminente hecatombe. Algunos aborígenes empezaron a interpretar bailes precolombinos para espantar el maleficio. Otros rezaban y ponían santos de cabeza, ofrecían mandas a cambio de evitar el daño. Todo resultaría inútil.

Los teléfonos empezaron a repiquetear desde muy temprano en las oficinas de mi padre. La alarma cundía no sólo en la finca, sino en toda la región. Los satélites anunciaban la presencia de un meteoro de la máxima fuerza y categoría en el Golfo de Tehuantepec, con dirección a Comitán. Algo nunca visto. En menos de veinticuatro horas, olas embravecidas empezaron a azotar las costas chiapanecas. Los pájaros desaparecieron como por arte de magia. Ninguna ciencia ni técnica inventada por el hombre podía oponerse al poder de la naturaleza. El monstruo se pudo apreciar a su máxima expresión a la mañana siguiente. Barrió con todo. Destruyó los plantíos, incluidos, claro está, los de café. Los granos salieron despedidos al infinito mientras que la enloquecedora fiereza de los vientos arrancó de raíz los árboles productores. No quedó nada, salvo agujeros inundados en donde antes se cosechaba la prosperidad. Resultó imposible contar con recursos para pagar a los bancos los préstamos contratados. Si Brasil había detonado la crisis, el ciclón la precipitó en un abismo sin fondo. Las instituciones de crédito se lanzaron salivando sobre las garantías inmobiliarias. Acuchillaron sin piedad a los avales. Embargarían y rematarían los bienes al mejor postor, y todo por la culpa del viento… Era la ruina para mi padre, y más, mucho más ruina, si no se perdía de vista que mi madre había demandado el divorcio exigiendo la mitad del patrimonio, que mi padre había hipotecado y gravado sin su anuencia. En algún caso había llegado a falsificar la firma de su esposa, de modo que nunca conociera la realidad de sus operaciones ni los importes de negocios que manejaba. Si ella llegaba a protestar la callaría de dos gritos. Siempre había funcionado ese proceso de intimidación, no tenía por qué fallar ahora. Se equivocaba. Esta vez se equivocaba de punta a punta...

La suerte es una protagonista silenciosa en el gran juego de la vida. El desplome internacional de los precios, la presencia devastadora del huracán, la insolvencia financiera, la quiebra de la empresa, las demandas bancarias y de los proveedores, las de los trabajadores en busca de sus liquidaciones, todo ello sumado a la demanda de divorcio y a denuncias por falsificación de documentos, se convirtió en un pavoroso torbellino. El mal, ya se ha dicho, jamás viene solo. Ahora tendría oportunidad de entender que su chequera no es su mejor amiga. Pronto le demostraría su deslealtad. No hay fondos, no hay cariño. La casa estaría llena de "amigos" en la misma medida en que se les concedieran favores económicos o se les compartiera el bienestar por medio de invitaciones a viajes o a banquetes de la alta sociedad nacional o internacional. ¿No hay dinero? Pues a vivir la soledad, a lamerse las heridas de la decepción, a condenar a propios y extraños como hipócritas e interesados y a amargarse al descubrir una realidad que nunca se quiso reconocer. Lo verdaderamente caro en la vida no se puede comprar con dinero.

Las notificaciones de los juzgados, los requerimientos del agente del Ministerio Público, las llamadas y las visitas de los abogados en busca de consultas o de honorarios, los citatorios judiciales, las fechas inamovibles de las audiencias en tribunales, las tácticas dilatorias, las chicanas, las apelaciones, la redacción de nuevos escritos, las firmas inaplazables, los términos fatales, las comparecencias, los careos, el insomnio, la tensión nerviosa, la tentación por conocer los planes de los adversarios, sus estrategias, sus argumentos, sus pruebas, el mundo vomitivo de los procesos legales, el sufrimiento por la lentitud y el empantanamiento, la angustia por conocer la sentencia inatacable se apoderaron de la vida de mi padre, quien a pesar de estar demandado por su esposa se negó a abandonar el hogar conyugal. No compartiría el lecho con mi madre, pero viviría bajo el mismo techo: era el propietario de la mitad de la vivienda y sólo se mudaría hasta que un juez se lo ordenara después de perder el último de los amparos. De otra suerte comería, desayunaría y cenaría, se bañaría y habitaría hasta el último rincón de la residencia aun cuando siguiera llevando su vida principalmente con Moni, con quien parecía estrechar su relación. Los dictadores son muy hombres al mandar torturar a un ciudadano, pero muestran su cobardía cuando son depuestos y el pueblo les acerca la navaja al cuello; entonces lloran y piden piedad como críos arrepentidos.

El tiempo había pasado. Su relación se había suspendido y reanudado en varias ocasiones. Los tropiezos y las reconciliaciones se repetían hasta el cansancio. No se hartaban y, sin embargo, se hartaban. Se maldecían y se juraban amor eterno unos instantes después. Lloraban y reían. Se besaban y se abofeteaban. La una largaba al otro a la calle y cuando éste llegaba a la puerta, lo retenía presa de llanto y arrepentimiento. Se acariciaban o ella lo rasguñaba, presa de algún repentino extravío. Separados no podían vivir, juntos tampoco. Para mí resultó imposible continuar con una relación tan traumática, más aún cuando una noche de violencia desbridada sorprendí a Mónica cortando las mangas de mis camisas y de mis sacos. Al sentirse descubierta empezó a reír hasta caer en una serie de carcajadas de las que no podía salir. Reía y reía compulsivamente, y mientras más lo hacía más me llenaba de temor. ¿Estaría enloqueciendo cuando aplastó con un martillo un precioso reloj de ferrocarrilero que mi abuelo me había obsequiado cuando terminé mi primera novela, en torno a la historia del petróleo en México?

Mi padre me había tratado de arrebatar a Moni de mala manera, ahora era toda suya y a él le correspondía disfrutar o padecer su compañía. Una rara conexión les impedía liberarse el uno de la otra. ¿Cómo romperla? Pero, ¿deseaban hacerlo? Mi padre le ocultaba la catástrofe financiera que padecía, así como su quiebra matrimonial, de otro modo, ¿qué pretexto podía darle para no vivir con ella? Estoy casado, amor, pero ya pronto resolveré este entuerto... Él rehuía el compromiso, evitaba la confesión social, la formalización indeseable de su adulterio: acuérdate: nunca hagas el amor más de veinte veces con una mujer... Si llegas a ese número, entonces, búscate una novia nueva...

Disimulaba, mentía para retenerla hasta que él se cansara y entonces sí, una vez saciado, deshacerse de ella. Moni también sucumbió ante la labia y el dinero. Se corrompió. Tal vez pensaba en aprovechar la ocasión para hacerse de un patrimonio, aun cuando desperdiciara sus mejores años para formar una familia y disfrutar los placeres y la oportunidad de la maternidad. La gigantesca diferencia de edades, más de treinta y cinco años, impedía la construcción de una relación promisoria. El juego a que ambos se habían prestado podía resultar extraordinariamente caro y la vida les deparaba un rudo golpe. Las facturas estaban a la vista, era menester pagarlas al contado. Moni sabía que mi padre deseaba vivir los últimos años de su vida a toda su capacidad, empleándose a fondo, dilapidando su fortuna, navegando en barcos de lujo, obsequiándole joyas, viviendo en suites en los mejores hoteles del mundo, bañándose en champán, rentando automóviles y yates sensacionales, exprimiéndole hasta la última gota a la existencia, beneficiándose del último aire del viejo. Ella, al fin y al cabo, según los juramentos vertidos, sería la única beneficiaria de la fortuna, ¿fortuna?, paterna, antes que sus esposas y sus hijos… Otra ilusa…

El juez dictó finalmente la sentencia inapelable: Alfonso Mújica tenía que abandonar el hogar conyugal y no acercarse a él en un radio no menor a un kilómetro, so pena de arresto preventivo, además de otra serie de sanciones pecuniarias. Entonces cuando se presentó ante Moni confesándole su amor inclaudicable y su deseo de consolidar su relación viviendo finalmente bajo el mismo techo. Le demandaría, mi cielo, el divorcio a mi esposa, para pasar el resto de mi existencia a tu lado. Eres la única que me comprende, la reina de mis ilusiones, el centro de mis reflexiones. ¿Qué hacía al lado de una bruja? Tú, Moni, eres mi única razón de vivir; por ello te invito a que nos bebamos el mundo juntos de un solo trago.

Tan pronto mi padre puso un pie en el departamento de Moni, por supuesto alquilado, junto con él entró un poderoso torbellino que devastaría sus vidas. Parecía que al cerrar la puerta se hubiera accionado un plan macabro para acabar con ellos. Un par de meses después de haberse llevado a cabo la mudanza, los bancos tomaron posesión de la finca cafetalera y del edificio en donde se encontraban las oficinas centrales de la compañía. Embargaron los bienes y nombraron un depositario. Todo sería rematado al mejor postor. Mi abuelo no hubiera podido sobrevivir a esa catástrofe. El desahucio, algo parecido a un acto de rapiña, fue un golpe pavoroso, inmanejable. Una explosión en la sala de máquinas. Uno a uno echaban en varios camiones los bienes de la empresa para no recuperarlos jamás. Se trataba de un asalto legal. La policía vigilaba la extracción de los objetos, de modo que nadie opusiera resistencia. Cuando se retiraron los acreedores después de haberse llevado hasta los botes de basura, colocaron un letrero ominoso en la entrada: "Se vende o se renta." Fin.

Adiós bienestar. Adiós círculos sociales. Adiós viajes, ostentaciones y lujos. Adiós ilusiones y sin ellas, como decía Ave Tito, adiós salud… La depresión, la rabia, la impotencia y el inevitable desplome en el vacío se tradujeron, a corto plazo, en enfermedades. Carecía de fuerza siquiera para levantar los brazos, abrir los ojos y contemplar el cielo. Como me dijo Mónica un tiempo después, mi padre prefería orinarse en la cama antes que ponerse de pie y dirigirse al baño. ¿Qué quedaba del galán? ¿Y el pudor y el genio y la figura hasta la sepultura? Su mejor amigo, el dinero, lo había abandonado y, sin él, no tenía sentido vivir…

Mi madre vivió los mejores años de mi padre, pero Moni tuvo que soportar los peores. Ten mucho cuidado de lo que le pides a la vida, porque puede concedértelo… Adiós a sus sueños de viajar, disfrutar y hacerse de un patrimonio. Conoció la verdad de primera mano, no había otra alternativa. Fue enterada de la ruina, de la quiebra, del daño irreversible causado por el huracán. Alfonso había perdido hasta sus automóviles y había tenido que rematar sus propiedades en el extranjero para pagar, pagar y pagar… ¿Vería la forma de volver a comenzar a los 80 años? ¿Moni debería largarlo a la calle con sus dos tristes maletas, los únicos bienes que había logrado rescatar del escandaloso naufragio? ¿Echarlo porque ahora era pobre? Hacerlo hubiera exhibido su juego: el único interés había sido el dinero. Tenía que comportarse echando mano hasta del último depósito de dignidad y vivir al lado de un cadáver. Lo dejaba sentado en un sillón en las mañanas, con la vista a un parque, y en esa misma posición lo encontraba, empapado y maloliente, de regreso de la oficina, al anochecer. No había probado bocado ni dado un par de sorbos de agua. Su rostro apolíneo se había erosionado al igual que su cuerpo. Era un hombre decadente sepultado en la indolencia.

Una tarde sonó mi teléfono. Era Moni. Se atrevía a llamarme porque mi padre había salido y no había vuelto. ¿Estaba conmigo o con María Luisa, con alguien de la familia? No, por supuesto que no. Nadie sabía de él. En esa conversación me contó los horrores que vivían y lo desesperada que estaba. ¿No podría yo hacer algo para que volviera con mi madre? ¿Y el amor? ¿Qué había pasado con el amor? ¿Ya no le alcanzaba la pasión para lavarle la dentadura a su pareja, ni el cariño suficiente para cambiarle los pañales ante el surgimiento de un problema de incontinencia? Sonia, tu madre, podría recibirlo de regreso… En caso contrario, ¿podría yo ayudarla con algo de dinero?

Ella estaba cargando con todo, sin ayuda. No soportaba el peso, la aplastaba. ¿Quién podía cooperar? Sonia cuenta con sus bienes derivados de la sociedad conyugal, esos sí inembargables. El cincuenta por ciento eran de su propiedad, se habían salvado… ¿Podía auxiliarla?

Horas después encontramos a mi padre en una delegación de policía. Se había extraviado. No me reconoció. No recordaba ni siquiera su nombre. Los médicos adelantaban su diagnóstico: un Alzheimer agresivo. Obviamente, nadie se había percatado de su deterioro. Mi madre se resistía a hablar siquiera del tema. Que no se le ocurriera poner siquiera un pie en su casa, que lo cuidara Mónica, ¿no se lo había llevado a su departamento? Entonces, que se responsabilizara de sus obligaciones como mujer honesta y hacendosa… Llévate al buey completo, no quieras sólo el puro filete, alegaba como si fuera la mejor alumna de Ave Tito… Compra el paquete completo, no se venden partes… Karin, con su invariable generosidad, aceptó que el viejo viviera con nosotros. Me negué. Se lo agradecí, pero me negué. Había unos asilos maravillosos especializados en enfermedades como la paterna. ¿Que no fuera rencoroso? Me era irrelevante. No sometería al menor riesgo mi relación con una mujer que me daba mucho más de lo que yo podía recibir. ¡Ni hablar! Su presencia en mi casa acapararía la conversación conyugal. Empezaríamos un monólogo interminable precisamente respecto de un tema que a mí me producía urticaria. ¿Mi hermano Ricardo? Él vivía en un mundo aparte y muy pronto radicaría para siempre en el París de sus sueños. Otra alternativa cancelada. María Luisa nos sorprendió a todos. Nunca nadie imaginó su respuesta. Mi madre, en particular, la contemplaba atónita. Había perdido todos los prejuicios. Pidió, sin que nadie se lo solicitara, que lo transportaran a su casa. A ese hombre le debía todo. Ella lo cuidaría. Se entregaría a él con devoción, amor y coraje, cuidándolo hasta que se fuera de este mundo. Finalmente cumplía con una vieja ilusión: poder vivir a su lado como su mujer, como su esposa devota. Ese era el verdadero amor. ¿Dentadura? La remojo. ¿Pañales? Los cambio. Estaba enamorada, profundamente enamorada desde el primer día en que la penetró y la hizo suya para siempre. No ocultaría sus sentimientos ni su lealtad. Su agradecimiento sería eterno. Él la había hecho mujer y la había ayudado a descubrir todo aquello por lo que valía la pena vivir. Tenía una deuda con él. Era la mejor oportunidad para tratar, al menos, de saldarla…

—Yo me lo llevo. Es mío, siempre fue mío…

A mediados de julio de 1926, los directores de la Liga recibieron una carta del Comité Episcopal, firmada por el arzobispo Mora y del Río y por Pascual Díaz, otorgándoles "su completa aprobación eclesiástica y todo su apoyo para llevar a cabo el boicot".[22] La máxima autoridad eclesiástica del país manifestaba su conformidad para proceder al estrangulamiento de la economía nacional. ¿Que las empresas quebrarían y el desempleo ocasionaría un caos familiar? ¿Que el país bien podría hundirse en la desesperación? Eso era irrelevante ante la preservación de los intereses de la iglesia. La quiebra del país podría llegar a ser un buen negocio para el clero. Llegaremos tan lejos como sea necesario. ¿Hambre y privaciones…? La alta jerarquía jamás las padecería: sus alacenas y cavas se encontrarían invariablemente bien surtidas y abastecidas. De modo que adelante con la parálisis del país…

En otro orden de ideas, los obispos deseaban obtener la bendición papal para dejar también desamparados espiritualmente a los mexicanos por el tiempo que fuera necesario. Sin recursos, sin alimentos y sin consuelo, muy piadoso… Los prelados enviaron a Roma, a solicitud de Orozco y Jiménez, una comunicación por conducto del delegado apostólico residente en La Habana, en los siguientes términos: "La mayoría del Episcopado mexicano pretende suspender cultos en las iglesias de la República antes del 31 del corriente; no pudiendo ejercitar culto conforme cánones, entrando en vigor la nueva ley el 31 de los corrientes, el Episcopado pide aprobación a la Santa Sede".[23] La respuesta del Sumo Pontífice, de fecha 22 de julio, se produjo en los siguientes términos: "Santa Sede condena la ley, a la vez que todo acto que pueda significar o ser interpretado por el pueblo fiel como aceptación o reconocimiento de la misma ley… A tal norma debe acomodarse el Episcopado de México en su modo de obrar".[24]

El Papa, al igual que lo hicieran Pío IX y Benedicto XV, volvía a intervenir abiertamente en los asuntos internos mexicanos, atreviéndose a condenar las decisiones soberanas del país. El Sumo Pontífice invitaba a la sedición. Roma, era obvio, apoyaría… ¿Apoyaría?: volvería a apoyar cualquier iniciativa orientada a proteger los intereses de la iglesia católica en México, una de sus sucursales más redituables. Defendería siempre el principio de un Estado dentro de otro Estado, con todas las implicaciones. ¿El Evangelio…? ¡Al Diablo con el Evangelio! ¿A quién se le ocurre en estos momentos practicar la doctrina de Jesús de Nazaret? ¡Vamos, hombre…! Pío XI sostenía: "No podemos pasar por encima de la ley divina, pisoteándola infamemente para obedecer la ley de un tirano, un enemigo de Dios". El clero se sintió fortalecido por la respuesta del vicario de Roma, el infalible, según la encíclica *Syllabus Errorum* de Pío IX. Tenemos la bendición del representante de Dios en la Tierra. *Si vis pacem, para bellum*. Si quieres paz, prepara la guerra.

Orozco y Jiménez ordena que el Santuario de Guadalupe, en Guadalajara, no sea entregado por ningún motivo al gobierno. Tomemos las armas. Resistamos. Ignoremos las leyes. Lucifer en persona pretende imponerlas. No permitamos la irrupción del Diablo en nuestros templos y hogares. Abramos fuego en contra del gobierno si pretende apoderarse del sagrado patrimonio que Dios nos permite administrar en su Santo Nombre. La balacera rompe con la paz vespertina en la capital tapatía. Los hombres se atrincheran en las torres y al lado del atrio y hacen fuego con rifles puestos a su disposición por el arzobispado. Busquen las carabinas en los confesionarios, allí se encuentran en número suficiente; de faltar, tenemos repuestos en los armarios de las sacristías, donde antes se guardaban las casullas, las estolas y algunas mitras. No olviden que las municiones se encuentran bien resguardadas a un lado de las pilas con agua bendita. Los soldados se ven obligados a pedir refuerzos. Durante la refriega las mujeres y los niños cantan y rezan, sentados en los pasillos laterales. Elevan sus plegarias a coro mientras los balazos se estrellan en columnas y muros. Entre el incienso, el humo de la pólvora quemada y los impactos de los tiros, el aire se vuelve irrespirable. Es inútil, los seglares, encabezados por curas disfrazados, se sienten perdidos frente a un ejército profesional. Resistan, ordena El Chamula. *Ubi Mors ibi spes*: Donde está la muerte está la esperanza. Al día siguiente se acuerdan de los términos de la rendición. Imposible retener la plaza, alegan los curas-sargentos. Son arrestadas 340 personas en tanto el populacho las homenajea al grito de ¡Viva Cristo Rey!

Luis Navarro Origel, "el primer cristero", se levanta en armas en Pénjamo. El general retirado Rodolfo Gallegos, viejo revolucionario, se pronuncia en contra del gobierno. La Liga se ha hecho finalmente de un auténtico jefe militar, un brazo armado, en la región. Por la sierra de Guanajuato empiezan a seguirlo centenares de hombres, buena parte integrantes de la ACJM. La iglesia dispuso el boicot nacional bajo la consigna de "oración más luto, más boicot, igual a victoria". Acto seguido suspendió los servicios religiosos y, como nada es suficiente, demanda ahora el apoyo extranjero para no cumplir con la ley. Lo mismo había hecho al recurrir a Francia para imponer a Maximiliano. Nada nuevo. Dinero para armas, dólares para matar y desafiar una vez más al ejército mexicano.

Sin embargo, no todos los católicos, ni siquiera todos los obispos, creyeron que la suspensión de los cultos públicos fuera el mejor medio de vencer al gobierno. Un cuerpo de prelados, si no muy numeroso, sí escogidísimo por sus talentos y por sus virtudes estuvo en contra de semejante determinación: "Quienes se inclinaron a adoptar tal suspensión, lo hicieron en virtud de las declaraciones categóricas y terminantes que les hicieron los directores de la Liga, de que en dos meses o tres derribarían al gobierno existente".[25] Ahí radicaba su mejor esperanza...

Álvaro Obregón deseaba la paz, la buscaba afanosamente. Un conflicto armado entre la iglesia y el gobierno, en plena campaña re-eleccionista, resultaba inconveniente a todas luces. La inmediata pacificación del país constituía un requisito *sine qua non*. Su arrogancia, su suficiencia, su prestigio intachable, le impiden percibir las verdaderas razones que se esconden tras los propósitos callistas de hacer valer la Constitución y las leyes que de ella emanen... El Manco, reunido con cabilderos clericales, logra concertar el 21 de agosto una entrevista con el presidente de la República en el Castillo de Chapultepec, a la que asisten los arzobispos Ruiz y Flores y Pascual Díaz, además de Eduardo Mestre y un taquígrafo de la Presidencia. Los prelados dicen buscar la paz, invitan a la serenidad, a la comprensión, a la convivencia. Se le explica a Calles que el clero no predica la insubordinación ni la rebelión; que se trata de una misión pacífica para enseñar obediencia ante la autoridad; que sus objetivos no son de obstrucción sino de cooperación; que la iglesia es, ha sido y será patriota como la que más y por ello no habían acudido al embajador americano en busca de apoyo; que en mucho se agradecerían las quejas contra cualquier sacerdote que observara un comportamiento incorrecto para llamarlo de inmediato al orden; que el propio Papa autorizaba muchas veces el desconocimiento de una ley si la conciencia así lo ordenaba; que los obispos jamás reconocerían al Estado como dueño de las propiedades de la Iglesia...[26] Se le propuso que dentro de sus atribuciones como jefe del Estado suspendiera la aplicación de las leyes que habían traído estos trastornos; que no era indecoroso y podía hacerlo, pues no eran raros los casos en que la aplicación de una norma se suspendiera mientras se reconsideraba. Se sugirió la idea del referéndum; se le propuso que con el fin de reanudar el culto, siempre que el Episcopado y el Papa lo aprobaran, bastaría por ahora que él declarara, como lo había hecho a la prensa americana, que el registro de los sacerdotes ante la autoridad era una medida puramente administrativa y que el gobierno no deseaba mezclarse en asuntos de dogma y disciplina.

La discusión subía de tono por instantes. Sólo podía concluir de una manera. Los puntos de vista entre las partes resultaban irreconciliables.

El jefe de la nación contesta que una cosa eran las palabras y otra los hechos; que el gobierno tenía perfecta información de las actividades de los católicos y aun del clero para provocar motines dentro del país y ejercer presión de los extranjeros contra México; que no se abriría fuego contra las multitudes inocentes, pero que sí se fusilará a los sacerdotes, dondequiera que se les encontrara, si habían disparado contra la tropa; que era una pena que el clero mexicano fuera tan atrasado, que no comprendiera las necesidades de la época, además de que resultaba injustificable que el mismo Papa estuviera ejerciendo presión a través de naciones extranjeras en contra del gobierno mexicano para que nuestras leyes fueran desconocidas y se reprobara cualquier acto que demostrara sujeción a las mismas. ¿Qué contestaría el gobierno americano si el Papa, en alguna ocasión, le dijera al pueblo de los Estados Unidos que deberían desobedecer las leyes de ese país? ¿Cómo va a consentir ningún gobierno una intromisión de tal naturaleza? Que él tenía pruebas de que muchos curas trataban de ladrones a los campesinos que habían recibido o pedido tierras y que habían llegado a excomulgar a los beneficiarios de parcelas dotadas por el gobierno; que el referéndum al pueblo no estaba aprobado por nuestras leyes, pero que tramitaran su solicitud ante las Cámaras. Que los curas tenían que registrarse ante el gobierno porque éste, como dueño de los bienes de la iglesia, tenía todo el derecho de saber quién los ocupaba. Que la Constitución estaba por encima de la ley de Dios, la única a la que ellos se sometían y acataban...

Se había llegado demasiado lejos. Si las leyes emitidas por el Estado eran de rango inferior para el clero, puesto que las divinas eran las válidas, de cara al jefe de la nación, semejante posición resultaba intolerable. La conferencia se dio por terminada. Calles carecía de paciencia para soportar la retórica de los curas. Puesto repentinamente de pie, el primer mandatario dejó muy en claro para la historia:

—Los sacerdotes extranjeros han significado siempre una calamidad, muy especialmente los sacerdotes católico-romanos, porque todos los desperdicios de Roma y de toda Europa los han enviado a nuestros países, y han sido miles los curas que han venido a fanatizar a nuestro pueblo y a sumirlo en la ignorancia, llevándose de aquí todo lo que han podido —Calles entendió que era el momento de vaciar la cartuchera en la cabeza de los prelados—. Hay que tomar también en cuenta que han venido a mezclarse en la política interior, pretendiendo absorber nuestra fuerza económica, controlar todas las actividades, desbaratar nuestras instituciones y desvirtuar los resultados benéficos de las ventajas que hemos alcanzado a costa de tantos sacrificios y tanta sangre. Veinte siglos de infamantes delitos, de rapiñas sin nombre, de sangre; los crueles tormentos inquisitoriales, la erección de horripilantes hogueras, un inmenso cúmulo de males, de corrupciones, de ignorancia, de ferocidad, de esclavitud de tantos países de la tierra, nos hacen hervir el alma y pensar en el sacerdote católico que ha sido y es la causa de todas las miserias humanas.

—Pues esos puntos de vista son discutibles, señor presidente...

—Pues discutible o no, ya saben ustedes, no les queda más remedio que las Cámaras o las armas...[27] Es decir, ustedes no tienen más que dos caminos: sujetarse a la ley o la lucha armada.

—Nos alegramos, señor presidente, de que nos diga usted eso. La Iglesia no quiere defender sus derechos por la violencia, cuyos triunfos son efímeros; ella quiere algo más sólido y por lo mismo prefiere los medios legales y pacíficos.[28]

—Quisiera, en realidad —repuso el presidente bajando todas las barajas de juego—, que prefirieran los medios pacíficos y que cumplieran con su palabra de buscar en todo caso la paz, como también quisiera advertirles que ni el boicot ni la suspensión de servicios religiosos ni las presiones que imprimen ante Washington los Caballeros de Colón, que de caballeros no tienen nada, impedirán la ejecución de las leyes impuestas por la soberanía nacional... Si el Episcopado cree que el pueblo mexicano es tan católico, ¿por qué hiere su espíritu religioso suspendiendo los cultos?

Los prelados se miraron entre sí, sorprendidos.

—Nosotros —arguyó Ruiz y Flores— somos inocentes del llamado boicot y de la suspensión de los servicios religiosos, sólo acatamos la voluntad de los creyentes. Por lo que hace a las presiones ante Washington, desconocemos a qué se refiera. Me parecería una canallada, una traición a la patria, pedir apoyo en el extranjero para resolver problemas que sólo nos incumben a los mexicanos. Además, señor presidente, pedir que las leyes en materia religiosa sean derogadas no es atacar la soberanía del Estado ni pretender fundar un Estado dentro del Estado, sino procurar la paz y el progreso de la nación.

Ante semejante respuesta, tras constatar que el taquígrafo oficial hubiera tomado debida nota, Calles se dirigió a la puerta sin pronunciar palabra. Al girar el picaporte se dirigió únicamente a Pascual Díaz:

—Señores: hemos terminado. Escojan pues, como acabo de mencionarles, entre las armas o las Cámaras…

—Señor presidente, nosotros los católicos continuaremos en actitud de vigilante espera y de oración…

Antes de cerrar la puerta tras de sí, el presidente hizo un último disparo: —Y por favor, ya no utilicen la noble figura del Cristo crucificado como bandera de rebelión poniendo en peligro su altura filosófica con el grito de guerra de "Viva Cristo Rey" para justificar los más vulgares y repugnantes crímenes. ¿Por qué mejor no le piden a la Virgen de Guadalupe que termine lo antes posible con estos levantamientos imperdonables organizados por ustedes? Esa sí que sería una buena acción.

Como los jerarcas no se movían Calles tuvo la fantasía de ponerlos ante un pelotón de fusilamiento. Estaban como encandilados, pero receptivos, atentos; por esa razón adujo:

—Si el Divino Artista tornase, renegaría de su obra inmortal, maldiciendo a sus ministros, quienes han traficado durante casi dos mil años valiéndose indignamente de su nombre.

Los prelados giraron y sin contestar le dieron la espalda al jefe de la nación. ¿Cómo matar al presidente de la República? Se cuestionaron en silencio cuando bajaban hacia el Paseo de la Reforma a bordo un Cadillac blindado igual al de Morones, guiado por un chofer, una prueba más del cumplimiento de sus votos de pobreza…

El Comité Episcopal, sin embargo, anota la amenazadora advertencia de Calles. En septiembre, por medio de un memorial, los obispos aducen ante las Cámaras, "con gran ponderación e irrebatibles razones", la necesidad de reformar las leyes contrarias a la Iglesia. La moción es rechazada de manera fulminante porque los integrantes del clero no eran ciudadanos ni tenían el derecho de petición, según la propia Constitución. Las puertas se cierran una tras la otra. Calles encajona a la iglesia, le amarra las manos, la inmoviliza. Ya no hará más daño. Lo jura, como igualmente jura aprovechar el movimiento para satisfacer sus ambiciones políticas...

La autoridad eclesiástica, a través de la Liga, aprueba el nombramiento de Capistrán Garza como embajador plenipotenciario, para lo cual le extiende las debidas cartas credenciales en su carácter de primer vicepresidente de la Liga para recolectar dinero y llevar a cabo una nueva y piadosa revolución en México, con tal de que no sean lastimados los sacrosantos derechos eclesiásticos. La iglesia vuelve a traicionar una vez más a la patria, salvo que iniciar una campaña en el extranjero para hacerse de fondos destinados a la sublevación armada y auspiciar una campaña militar orientada a la masacre entre mexicanos sea un acto piadoso de los que se perdonan caritativamente el día del supuesto Juicio Final.[29] Posteriormente, Capistrán se hará llamar Presidente Católico de México y bajo ese título mandará a la muerte a miles de personas de escasos recursos y manifiesta incapacidad para distinguir entre lo falso y lo verdadero, carne de cañón ideal para enfrentarla al gobierno. El arzobispo José Mora y del Río cumple formalmente con la acreditación de Capistrán como enviado de la iglesia mexicana.[30] Tiempo después enviará una segunda misiva, con igual fervor patriótico, al jefe Supremo de los Caballeros de Colón en Estados Unidos.[31]

Por un lado el clero trata de solventar sus objetivos financieros sin comprometer, claro está, sus propios recursos, y por el otro, logra el respaldo de Roma para proceder a la masacre de mexicanos convenciéndolos de la necesidad de no sentir remordimiento alguno a la hora de empuñar y disparar las armas suministradas por la propia iglesia. Desde Roma, tras realizar las consultas de rigor con las máximas autoridades católicas, el obispo de Durango, José María González y Valencia, lanza una carta pastoral a los católicos de su arquidiócesis:

> Séanos ahora lícito romper el silencio sobre un asunto del cual nos sentimos obligados a hablar. Ya que en nuestra arquidiócesis muchos católicos han apelado al recurso de las

armas… Creemos nuestro deber pastoral afrontar de lleno la cuestión y, asumiendo con plena conciencia la responsabilidad ante Dios y ante la historia, les decimos estas palabras: Nosotros nunca provocamos este movimiento armado. Pero una vez que agotados todos los medios pacíficos ese movimiento existe, a nuestros hijos católicos que anden levantados en armas por la defensa de sus derechos sociales y religiosos, después de haberlo pensado largamente ante Dios y de haber consultado a los teólogos más sabios de la ciudad de Roma, debemos decirles: estad tranquilos en vuestras conciencias y recibid nuestras bendiciones.[32]

El diario *L'Osservatore Romano*, vocero encubierto de la Santa Sede, publica la siguiente nota de fecha 2 de agosto de 1926, que no deja la menor duda respecto a la verdadera opinión del Sumo Pontífice en relación con los asuntos mexicanos: "No les queda a las masas que no quieren someterse a la tiranía y, a las cuales no detienen las exhortaciones pacíficas del clero, otra cosa que la rebelión armada.[33]

Calles piensa en arrestar a Orozco y Jiménez, el cabecilla visible de lo que empieza a llamarse movimiento cristero. Un sacerdote jesuita enviado por Pascual Díaz y Barreto, de Tabasco, le hace saber a El Chamula la obligación de presentarse voluntariamente ante el ministro de Gobernación o sería conducido ante él por la fuerza… Es el momento de volver a huir.[34] Se perderá protegido, amparado y socorrido por sus diocesanos, principalmente en los Altos de Jalisco, durante los casi tres años siguientes. Ellos lo esconderán, lo alimentarán, lo estimularán, velarán su sueño y a cambio recibirán su reconfortante bendición apostólica. Se ganarán el cielo. Vivirá durante ese tiempo a salto de mata, disfrazado y armado por si llega el momento supremo de la verdad. No me iré solo al paraíso… Muy pocos volverán a verlo, excepción sea hecha del padre Bergöend, de Garibi Rivera, del padre Toral y, por supuesto, no faltaba más, de Anacleto González Flores, Cleto, mi Cleto, amor de mi vida, dueño de mis pasiones y de mis razones… En los Altos se hará fuerte, dirigirá el conflicto, lo financiará en buena parte, le prenderá fuego principalmente a Jalisco, Michoacán, Guanajuato, San Luis Potosí, Aguascalientes y Zacatecas. Al respecto, ciertos historiadores, cronistas mercenarios, miserables escritores a sueldo del clero, sostendrán que se dedicaba a bautizar y catequizar a los niños alteños mientras la guerra devastaba al país.

Al boicot comercial se suma la caída del precio internacional de la plata, el desplome de los ingresos derivados de la producción petrolera, otro tipo de sabotaje organizado por los titulares de dicha industria para obligar al gobierno a ejecutar reformas constitucionales favorables a sus intereses multimillonarios. La baja captación de divisas preocupa a Alberto Pani, el secretario de Hacienda; la inversión extranjera decae dado el clima de efervescencia social prevaleciente, en tanto se advierte una clara tendencia a la baja de la recaudación tributaria. Se acribilla en los caminos vecinales. La muerte se vuelve a hacer presente en los campos mexicanos. La sangre no fertiliza los surcos ni las milpas, sino que los erosiona, los corroe y los destruye. Los jóvenes de la ACJM se levantan en armas y los integrantes de la Liga coordinan el movimiento armado bajo las órdenes, siempre encubiertas, de Orozco y de Bergöend: todo ello en Jalisco.

Calles no desiste. Se afianza. Los toros bravos se crecen al castigo, le había dicho Rodolfo Gaona durante una cena. Benito Juárez no se detuvo. Fue por todas y ganó. Él también ganará. El procurador de justicia toma posesión de las iglesias y las pone bajo control ciudadano. Por primera vez en siglos no hay servicios religiosos católicos en el país. Las iglesias se encuentran vacías, los pasillos desiertos, nadie se encuentra sentado en las bancas ni arrodillado frente a los confesionarios ni ora ni reza ni le pide a Dios ni a los santos ni a las vírgenes ni a los beatos. Los altares están cubiertos con telas color púrpura. Los tesoros han sido debidamente guardados. Los templos sin culto son meros monumentos a la ostentación del clero, recuerdos de una riqueza mal habida. Algunos sagrarios permanecen con las puertas abiertas sin el santísimo sacramento a la vista. Nadie entra a colocar exvotos ni a encender una flama en los nichos. Únicamente algunos feligreses roban los bienes sagrados propiedad del Señor que no han sido debidamente protegidos. No le temen a Su Santa Ira ni al Infierno ni al Juicio del Diablo ni a sus castigos ni a los calores del Averno… Las lámparas y veladoras, antes parpadeantes, se encuentran indefinidamente apagadas. Los fieles rezan y lloran en la soledad, sin perder de vista las posibilidades de ser arrestados si llevan a cabo actos religiosos fuera de los recintos. No se ven cirios votivos ni se escuchan las voces de los coros ni la música ni los cantos ni los repiques de campanas.

Por supuesto que se reforman los artículos 82 y 83 de la Constitución, con una dedicatoria muy obvia hasta para los neófitos.

Los moronistas enfurecen. Calles alega que no puede intervenir en asuntos soberanos del Poder Legislativo. Se afilan los machetes y las chispas salpican por doquier. Obregón se reelegirá. Las señales son inequívocas. El movimiento era previsible desde que impuso al Turco con la fuerza de las armas. Obregón derogaba una de las grandes causas de México y abría de nueva cuenta la puerta a los políticos deseosos de eternizarse en el poder, a los tiranos que habían embotellado la democracia y propiciado el atraso de la nación. Si ya pasaba por alto sus propios principios, olvidaba sus promesas de campaña, ignoraba la opinión de sus compañeros de partido y violaba las conquistas más elementales del movimiento armado, además de ser un consumado enemigo de la iglesia católica, por más que ahora quisiera reconciliarse transitoriamente con ella sólo para facilitar su regreso a la Presidencia, ¿qué hacer con él? Ahora no vendría por cuatro años sino por seis, un sexenio, dos o tres o los que fueran... se perfilaba como un digno heredero del Llorón de Icamole, de "Don Porfiado", el "Loco de la Peluca." El infierno, sería el infierno aquí en la Tierra.

Y que no se olvidara, que quedara bien claro: por aquellos días, durante la Convención de los Caballeros de Colón en Filadelfia, Estados Unidos, se había resuelto pedir al gobierno norteamericano otra intervención militar en México. Por primera vez se había hablado de buscar a algún traidor que alquilara su puñal, no la espada, porque los traidores no acostumbran usarla...

Necesitamos a un asesino que nos alquile su puñal en el nombre sea de Dios... Si Obregón ha traicionado a los suyos, ¿qué no hará con nosotros...?

Mientras el boicot y la suspensión de servicios religiosos fracasan en el país, sobre todo en el campo por la escasa capacidad de gasto en el sector rural, el pueblo reza en casa y no deja de comer por culpa de los sacerdotes, el 26 de noviembre 1926 el Congreso Nacional de Representantes de la Liga, encabezado tras bambalinas por Bernardo Bergöend, se reúne para discutir un punto único en la agenda: la insurrección armada. Orozco y Jiménez espera con avidez el resultado de la reunión escondido en los Altos de Jalisco. Continúa, como siempre, con un doble juego. Se exhibe públicamente como apóstol de la paz y al mismo tiempo promueve, en forma encubierta, la rebelión. Se deja crecer la barba, parece un ranchero armado con sus dos pistolas al cinto. Abandona la sotana. Las faldas no son fáciles de manejar ni en las cavernas en donde se oculta ni en el campo abierto. Una vez aprobado el punto de acuerdo se crea un Comité de Guerra.[35] Los asistentes juran extendiendo la mano derecha hacia abajo y repitiendo una y otra vez, como si rezaran un rosario, sus deseos de ir a la crucifixión para hacer algo por Cristo en correspondencia a su amor. Se logra un consenso unánime soportado por dos supuestos falsos: uno, que todo el país se levantará en armas a favor de los católicos, la nación devota los seguirá como un solo hombre hasta la muerte, *Ubi mors ibi spes*, "Donde está la muerte, está la esperanza", y dos, que las limosnas y donativos de la grey para defender a su iglesia serán de tal manera abundantes que no sólo servirán para acabar con Calles y su gobierno de herejes, sino que sobrará dinero para las obras sociales, es decir, habrá espectaculares posibilidades de obtener enormes ganancias para incrementar el patrimonio personal de los curas. La guerra también será negocio. Gastaremos mucho menos de lo que recaudemos… Se recurriría a la violencia, sin duda se echaría mano de ella, sí, pero sin prescindir de la vía paralela, la de la solución pacífica. Se equivocaban. Tanto la alta jerarquía como los ligueros, se equivocaban de punta a punta: ambos habían perdido de vista el papel desempeñado por el pueblo de México durante la Guerra de Reforma. Los católicos liberales derrotaron a los católicos conservadores. Los mexicanos siempre habían estado del lado del clero dedicado a la enseñanza del Evangelio y en contra del que entiende su ministerio como la dorada oportunidad para lucrar con los bienes materiales y con su poder espiritual. Al César lo que es del César y a Dios lo que es de Dios… Fracasa el boicot. La suspensión de los servicios religiosos no produce los efectos esperados. La decepción cunde. Los ingresos eclesiásticos se desploman.

El 26 de noviembre de 1926 marcará con más sangre los calendarios de la historia patria, pues en esa fecha se decidió celebrar una reunión conjunta del Comité Episcopal y el Comité Directivo de la Liga en el domicilio de Pascual Díaz, para establecer los términos y la estrategia de la nueva Guerra de Reforma.[36] Se convocó a un Congreso de todas las fuerzas reaccionarias para discutir la estrategia para desencadenar un amplio movimiento armado con el fin de derrocar al gobierno y de abolir todos los cambios revolucionarios llevados a cabo hasta entonces.[37]

Capistrán Garza redacta un manifiesto en los siguientes términos. La mano de Bernardo Bergöend resulta inocultable:

El Régimen actual que oprime a la nación mexicana manteniéndola humillada bajo la férula de un grupo de hombres sin conciencia y sin honor... pretende convertir a la Patria en un campo de brutal explotación y a los ciudadanos en un conglomerado sujeto a la esclavitud.

México está en el deber de salvarse de sus tiranos y para eso se necesita destruirlos. No es esta una revolución; es un movimiento coordinador de todas las fuerzas vivas del país.

No es una rebelión; es una enérgica e incontenible represión contra los verdaderos rebeldes que, desafiando la voluntad popular, están ejerciendo arbitrariamente el poder.

Se llama a las armas al pueblo y al ejército mexicanos, bajo las banderas de la libertad, proclamando el siguiente plan:

I. Se desconocen los Poderes Ejecutivo, Legislativo y Judicial de la Unión.

II. Se desconocen los Poderes Ejecutivo, Legislativo y Judicial de los Estados. Se reconoce validez legal a los actos efectuados por el actual Poder Judicial en el territorio controlado por el Gobierno usurpador en todo aquello que no contradiga los principios fundamentales del programa de este movimiento.

III. Se desconocen todos los ayuntamientos de la República y durante el Gobierno Provisional, los munícipes serán nombrados por el Jefe del Poder Ejecutivo en la Ciudad de México, en el Distrito y Territorios Federales y por los Gobernadores de los Estados en su jurisdicción.

IV. Los iniciadores de este plan asumirán los cargos respectivamente de Jefe del Poder Ejecutivo y encargado del Control Militar.

V. El Jefe del Poder Ejecutivo designará un cuerpo consultivo y nombrará al personal que integre las Secretarías de Estado, a los Gobernadores de los Estados y autorizará los despachos militares superiores al grado de Coronel.

VI. Queda a cargo del Gobierno Nacional Libertador la reorganización política, social y económica del País.[38]

La hora de la batalla ha sonado; la hora de la victoria pertenece a Dios.[39]

El país estallaría como un polvorín a partir del 1 de enero de 1927. El baño de sangre no se haría esperar. Jesús habría crucificado uno a uno a los integrantes del alto clero, los auténticos responsables de la atroz carnicería. Los hubiera dejado colgados de la cruz sin permitir que un centurión les atravesara el cuerpo con una lanza. No, nada mejor que dejarlos abandonados a su suerte para que las aves de rapiña dieran cuenta de sus carnes envenenadas, comenzando por sus ojos que jamás deberían haber visto lo que propiciaron y por sus manos que nunca deberían haber tocado lo que tocaron... Jesucristo no hubiera dicho "perdónalos, no saben lo que hacen". ¡Monseñor Orozco y Jiménez! ¡A la cruz! Traigan los clavos y el martillo. No, no, mejor cuatro alcayatas, dos para los pies y dos para las manos, este sujeto se fuga de todas partes. ¡Bernardo Bergöend! ¡A la cruz! ¡De la Mora Mora! Ese, el degenerado que violaba mujeres en sus casas de recreo. Ven tú, sí, tira en este cajón tu cruz pectoral de oro con todo y esmeraldas y tu anillo pastoral: ahora sí se ayudará a los pobres... ¡A la cruz! ¡Súbanlo! ¡Ruiz y Flores! ¡A la cruz! ¡Monseñor José de Jesús Manríquez y Zárate! ¡A la cruz! ¡José María González y Valencia, arzobispo de Durango! ¡A la cruz! ¡La Madre Conchita! ¡A la cruz! ¡El padre Pro! ¡A la cruz! ¡El padre José Aurelio Jiménez! ¡A la cruz!

El Papa Pío XI arroja más paja seca a la hoguera. Inspirado por los obispos integrantes del Comité Episcopal publica, a finales de 1926, la famosa encíclica *Iniquis afflictisque*, en la que deja constancia de la histórica persecución contra el pueblo católico de México desde 1914, y en la que se lamenta:

"Es increíble, venerables hermanos, cuánto nos entristece esta grande perversión de la autoridad pública. Los gobernantes de la República Mexicana, por su despiadado odio contra la religión, han continuado urgiendo sus malas leyes con más acritud y fiereza... Los obispos, los sacerdotes y los fieles de México se han levantado y han opuesto un muro alrededor de la casa de Israel y se han organizado en guerra. Los obispos mexicanos, por unánime consentimiento, deberían probar todos los medios posibles... Nos referimos también a la Federación para defender la libertad religiosa, que tiene por objeto que sus socios trabajen asidua y concordemente para que de todos los católicos se forme un ejército ordenado e instruido que presente un frente irresistible a sus adversarios…"[40]

¡Un cuchillo! ¿Quién puede conseguir a un piadoso asesino que alquile su puñal? Necesitamos un candidato a beato que ofrezca su vida a cambio de la de Obregón para que sea santificado a través de su martirio… ¿Quién? ¿Dónde se encuentra este dignísimo hijo de Dios que, movido por su justa virilidad cristiana, defienda su Santa causa con las armas en la mano? Yo, yo sé, yo propongo un par de nombres para la historia católica de México, uno de ellos desconocido: la Madre Conchita y el padre Bergöend… Ellos están rodeados de mártires dispuestos a conquistar la suprema gracia del Señor a través del sacrificio, la inmolación y la muerte. Id por esas piadosas personas y habladles de las maravillas del paraíso en el corazón mismo de Nuestra Santísima Trinidad y Señora del Buen Fin, el Padre, el Hijo y el Espíritu Santo, *Fides omnium christianorum in Trinitate consistit* —"La fe de todos los cristianos se cimienta en la Santísima Trinidad"—, siempre y cuando logren ayudar amorosamente a México a liberarse del yugo obregonista. Si matáis al monstruo gozaréis vosotros, y quienes tengan la divina fortuna de apellidarse como vosotros, de la infinita benevolencia y misericordia de Dios…

Concepción Acevedo de la Llata, la Madre Conchita, había instalado su convento, con la bendición del arzobispo José Mora y del Río, en Tlalpan, en la Ciudad de México, desde 1922. Aquella mujer que se quemaba el pecho y los brazos con hierros incandescentes con la figura de Jesús para demostrar su amor a Dios y combatir así las tentaciones de la carne, que rezaba horas acostada boca abajo en el piso y se sangraba la piel con cadenas o cinturones metálicos dotados de puntas atados firmemente al muslo o a la axila, resultó vecina en Tlalpan, pared con pared, Dios nuestro Señor los crea y el Diablo los junta, nada menos que de Luis N. Morones.

¿Coincidencia divina? ¿Tanta cercanía era mera casualidad? Bien, entonces agreguemos a esta coyuntura otra más, también digna de llamar la atención y que, por alguna circunstancia muy explicable, ha permanecido oculta a la lupa y a los ojos de la mayoría de los historiadores. Morones, un espléndido organizador de bacanales en su ostentoso leonero de Tlalpan, había contraído nupcias por cuarta ocasión, esta vez con la señorita Margarita Recamier, una mujer casquivana, ágil y emotiva en sus respuestas a las caricias, veloz en el disparo de las temperaturas corporales, ligera, piel canela, hermosa, dócil y obediente ante las sugerencias o instrucciones, seductora y excelente amante, también del dinero fácil y de los bienes terrenales. Margarita y sus dos hermanas: Adela, conocida en el mundo libertino como la famosa "Llalla" y Amanda, muy renombradas a la hora de recordar a las invitadas a las grandes celebraciones moronistas, eran paradójicamente hijas de Dolores Acevedo de la Llata, en efecto, sí, claro que sí: la hermana precisamente de la Madre Conchita. De modo que Morones era nada menos que esposo, sólo por lo civil, obviamente, de Margarita Recamier Acevedo. ¡Acevedo...! ¿Estaba claro? Luis Napoleón resultaba no sólo un influyente vecino de la Madre Conchita, sino hasta pariente político. ¡Una maravilla! La realidad, no cabe duda alguna, supera a la imaginación del más agudo de los novelistas.[41]

¿O sea que Morones conoció a la Madre Conchita, una devota abadesa capuchina, a través de las putas?

En efecto, a través de ellas, como lo fue, sin duda, su propia esposa. Pero a propósito, ¿no podríamos cambiar el término *putas*, ciertamente degradante y agresivo, por el de *embajadoras de la felicidad*? Al fin y al cabo esas mujeres abnegadas ¿no se dedican a despertar la felicidad en los hombres, afortunados pecadores? ¿Cómo denostar de esa manera a quien tanto hace por nosotros, los humildes mortales? Si criticamos el mal con fundados motivos, ¿por qué entonces hacerlo con quien sólo busca el bien, o sea producir sonrisas, paz y consuelo entre sus semejantes? ¿No somos una mejor sociedad después de hacer el amor? ¿No sentenció el Señor: "amaos los unos a los otros"? Entonces, ¿por qué agredir a quien cumple al pie de la letra con sus sagradas palabras?

Morones "simpatizó" de inmediato con la Madre Conchita, su tía política, ayudándola a mudarse de domicilio cuantas veces fue necesario con tal de propiciar su seguridad en los años, ciertamente complejos, de la aplicación de la Ley Calles. Morones y sólo Morones, ayudado por Bernardo Bandala, jefe de la Policía Reservada de la propia Presidencia de la República,[42] le hacía saber a la abadesa la emisión de órdenes de allanamiento y cateo del convento para que las capuchinas sacramentarias lo abandonaran a una hora específica con tal de demostrar que las denuncias anónimas eran infundadas. Así, después de Tlalpan, se cambian a las calles de Mesones con el apoyo económico, directo e indirecto, del secretario de Industria y Comercio. ¡Por supuesto que tanto Morones como Bandala comunicaban a Calles todos y cada uno de sus movimientos! Que no se perdiera nunca de vista que el jefe de la nación era el hombre mejor informado del país y que tampoco se ignorara que si el Turco descubría, y todo lo descubría, que se le habían ocultado datos y detalles de lo que fuera y como fuera, las consecuencias podían llegar a ser funestas… Con él se debía caminar más derecho que una regla…

En las noches previas a los festejos orgiásticos, Morones entraba al convento, cuyo inmueble siempre se supuso de su propiedad, para conversar con la monja, persignándose devotamente cuando ella hacía acto de aparición en el refectorio, a un lado de la sala *de profundis*, una vez terminada la hora de la merienda, cuando las novicias ya se habían retirado a sus habitaciones. ¡Ay, si Calles hubiera visto al Gordo haciéndose la señal de la Santa Cruz en el pecho y en la frente, besándose después el pulgar derecho! La verdad es que Concepción Acevedo de la Llata cuidaba sobremanera a las consagradas, a sabiendas de que Morones era un viejo lobo amante de las gallinitas tiernas que ella bien sabía esconder en su sagrado corral. El fruto prohibido es el más sabroso. De ahí que Morones sólo encontrara crucifijos, veladoras parpadeantes, una jarra de barro llena de chocolate caliente y una panera llena de bizcochos rodeada de tazas, una mesa rectangular de madera sin mantel y sillas de palo, en las que escasamente podía colocar sus inmensas nalgas. ¿No habrá por aquí, madre mía, un sillón apoltronado en el que yo pueda dejar caer cómodamente este enorme cuerpo con el que me castigó el Señor?

Sólo que Morones y la Madre Conchita no se reunían a hablar de temas religiosos ni él asistía regularmente antes de las bacanales con su cara de salvador de almas a analizar las tres características necesarias para ser llamado apóstol, es decir: haber visto a Jesús, haber sido escogido y enviado por Él y haber sido testigo de Jesucristo resucitado. No, no, esos no eran los temas de conversación. Hablaban, claro está, en voz muy baja, de política, en especial de la reelección de Obregón, ese hijo de la chingada, usted me perdonará, madre, que por ningún concepto debe volver a la Presidencia. Mientras la consagrada se persignaba al escuchar semejantes palabras en la casa de las esposas de Dios, Morones agregaba que el presidente Calles ya no sabía cómo oponerse a las continuas presiones del maldito Manco para acabar con la iglesia de ustedes. Si existe la persecución y si empiezan a darse brotes de violencia armada, todo es por culpa de Obregón. Él sigue siendo el amo en el ejército, en el Congreso, entre los caciques, gobernadores y periodistas del país. ¿Quién se le podía oponer con tanto poder y autoridad? ¡Claro que se había reformado la Constitución para permitir su reelección, una auténtica traición! ¿De quién más? ¿De Calles? Si el Turco, mi amigo, intentara una maniobra golpista de esa naturaleza, tendría que convocar a un nuevo movimiento armado que culminaría igual que el de Adolfo de la Huerta. Atreverse era un suicidio, más aun cuando Obregón contaba con el apoyo de Estados Unidos, país al que le había prometido respetar a sus inversionistas, en particular a sus petroleros. Obregón llegará, madre, llegará, nadie podrá detenerlo y, entonces sí, pobre de su iglesia, porque esta segunda vez no tendrá piedad con ustedes en el ejercicio del cargo que únicamente abandonará muerto. Sus ojos y los míos habrán de ver el desastre que padecerá México si regresa este asesino de las instituciones nacionales. Escúcheme, madre: poco vivirá quien no logre resistir a la catástrofe que viene...

La Madre Conchita, una mujer astuta, claramente inteligente, de baja estatura, de facciones finas, mirada penetrante, autoritaria, apasionada, arrebatada pero controlada —el propio Morones llegó a decir de ella que sería una estupenda gallina para preparar un buen caldo—, sabía interpretar las aseveraciones de Morones. Su sobrina Margarita le había confesado la verdadera manera de pensar de su marido, así como su cercanía con el jefe del Estado, una relación de la que se podrían obtener enormes ventajas y, sobre todo, información y dinero para la causa. Con el paso del tiempo funcionario y monja habían logrado construir una sólida relación que les permitía comunicarse secretos por los que cualquier funcionario, periodista o investigador se hubiera dejado cortar una mano. Si algo los unía férreamente era, sin duda, la existencia de un enemigo común: el Manco. Ambos habían abierto su juego, confesado sus intenciones y justificado sus razones en la máxima intimidad conventual a lo largo de los años. Los vínculos familiares, desde luego, habían ayudado. Creaban una fraternidad muy a pesar de sus diferencias ideológicas y religiosas. Tenían un punto de contacto, a través del cual se transmitían sus emociones, sentimientos y, sobre todo, sus estrategias para hacer desaparecer a Obregón. En dicha posibilidad radicaba su preocupación central. El acercamiento había sido gradual, paulatino, consecutivo hasta alcanzar una confianza insólita entre personas con tan diversas tendencias, creencias, objetivos y justificaciones existenciales.

La joven abadesa aprovechaba la ocasión para hacerle saber las penurias económicas en las que se encontraba rodeada de sus consagradas. Ningún dinero alcanzaba, su presupuesto raquítico era insuficiente para cubrir las necesidades del convento, pero Dios les había enviado las penitencias, el dolor y las privaciones para sobreponerse a ellas y demostrarle su amor. No había ocasión en que la abadesa no le insinuara la posibilidad de una limosna, una generosa aportación para ayudar a las hermanas... ¡Claro que ella le guardaba un inmenso rencor principalmente a Obregón por haber tratado tan injustamente a los religiosos católicos desde los años de la revolución! La persecución había sido muy dolorosa, al igual que las presentes carencias por el boicot, además del vacío espiritual sufrido por los fieles a raíz de la suspensión de los servicios. ¿A quién le hacía daño la iglesia, cuando sólo se dedicaba a cuidar a los pobres, a consolarlos y dar caridad a los desposeídos? ¿Qué harían sin nosotros los menesterosos, los culpables, los pecadores, los enfermos terminales que buscan una paz eterna llena de piedad? ¿A dónde iría México sin educación religiosa? El secretario de Industria y Comercio callaba en actitud devota. Se mordía los labios, la lengua, se pellizcaba los muslos, se encarnaba las uñas con tal de no responder. Para la monja Obregón era el poder detrás del trono, el verdadero instigador de la debacle católica. Por supuesto que aceptaría donativos de Morones, su amigo, su sobrino político, que ella destinaría a fines piadosos, como el de tramar el asesinato del Manco y construir bombas para detonarlas en las instituciones nacionales y, por supuesto, en las obregonistas.

A principios de enero de 1927, la Madre Conchita y Morones se reunieron en el convento para cortar la rosca de reyes, muy a pesar de haber recibido "amonestaciones fuertes" de la Mitra por permitir el ingreso de hombres ajenos a la Casa de Dios, llamada de atención que Mora y del Río desestimó, alentándola a seguir con el argumento de que "ojalá todas las monjas fueran como ustedes y no tuvieran tanto miedo...[43] Sigan ahí en su convento vestidas con su hábito".[44] Además de la protección del arzobispo de México, quien de sobra sabía que la policía jamás tocaría a su monja favorita en tanto Calles y Morones no perdieran de vista su utilidad práctica, la Madre Conchita recibía visitas recurrentes de parte del también arzobispo Ruiz y Flores y del obispo De la Mora Mora, ante quienes las consagradas aprovechaban para confesarse. Mora y del Río conocía muy bien las relaciones de la abadesa con el secretario de Industria, pero aparentaba ignorar sus conversaciones y sus planes conjuntos; por ello les autorizaba abiertamente a que siguieran usando sus atuendos prohibidos por la ley. Después de los tamales de dulce y de las inevitables jarras de chocolate caliente, una rutina que no perdonaba el máximo líder cromista, la monja recibía un maletín repleto de dinero en efectivo destinado a la obra, cualquiera que ésta fuera. La religiosa nunca se preocupaba de contar su monto. A caballo regalado no se le ve el colmillo y menos, mucho menos, ante la persona del donante. Gracias, licenciado, Dios se lo pague...

En aquella reunión la Madre Conchita le hizo a su interlocutor una revelación extraordinaria. El 28 de diciembre del año pasado, momentos antes del estallido del movimiento armado, había vivido experiencias muy intensas y esperanzadoras en un monasterio clandestino ubicado en las afueras de la Ciudad de México, al lado de un padre con acento francés llamado Bernardo Bergöend, consejero espiritual de la ACJM, además del joven ingeniero Luis Segura Vilchis, representante del Comité Especial encargado de la guerra y de Nahúm Lamberto Ruiz, un par de seglares incondicionales al servicio del clero.[45] En dicha reunión se había dispuesto la acción armada en el Distrito Federal. El padre Bergöend había entregado veinte pesos oro a cada uno de los participantes en la expedición. En total se alzarían veintidós personas en armas con diecisiete fusiles y nueve pistolas.[46] El encargado de llevar a cabo el levantamiento era Manuel Reyes, un antiguo oficial del Ejército del Sur de Emiliano Zapata, recomendado de la abadesa catequizado por ella y adiestrado para cumplir al pie de la letra con las instrucciones recibidas, fueran las que fueran. En lugar del águila, Reyes llevaba en el sombrero una estampa de Cristo, y en lugar de charreteras y galones ostentaba un escapulario.

—Es mío, Manuel es mío, también lo domino con la mirada, siempre ha sido un discípulo fiel. Hará lo que yo le pida sin limitación alguna, por eso lo recomendé.[47] Sabe que de mí depende su salvación en el más allá... El 31 de diciembre, licenciado, la mayoría del grupo asistió a una misa oficiada aquí, en mi convento, por el padre José Aurelio Jiménez, un santo, licenciado, un predestinado, licenciado...

Morones no salía de su asombro ante tantas revelaciones, de la misma manera en que no podía disimular la curiosidad respecto a una hoja de papel que la monja mantenía sobre la mesa. Nunca dejó de aplastarlo bajo la manga de sus hábitos como si se tratara de un secreto de Estado. Nadie se lo arrebataría.

La capuchina hizo una larga pausa, como si hubiera terminado un movimiento de una sinfonía. Dejaba descansar a la audiencia para que asimilara detenidamente las emociones lanzadas por los alientos, las cuerdas y los timbales. Se preparaba para el siguiente tiempo, que se anticipaba igualmente intenso y emotivo. Entonces echó mano de lo que parecía ser una carta. Le extendió la hoja a Morones, no sin antes advertirle que se trataba de las palabras que había pronunciado al final de la misa el padre José Aurelio Jiménez, cuyo apellido le intrigaba por parecer familiar del arzobispo de Guadalajara. De cualquier manera, reteniendo el documento hasta el último instante, le hizo saber al prominente líder obrero que las palabras, sin bien llenas de enjundia y de entusiasmo católico, realmente habían llegado a ser estremecedoras cuando las pronunció el padre ante su reducido público. ¿Cómo no seguir ciegamente a un hombre así? Arrastraría a todo el país a la guerra. ¿Cómo no postrarse de rodillas y besarle las manos? Estaban claramente ante la presencia de un iluminado enviado por Dios para pelear por su sacratísimo patrimonio. Ella misma no había podido contener las lágrimas, como si se encontrara enfrente del Calvario.

Morones leyó el texto pasándose la mano inconscientemente, una y otra vez, sobre la calva sebosa y húmeda. Imposible dar crédito a lo que leía. No parpadeaba. No parecía respirar. Su abultado vientre permanecía inmóvil. Sudaba copiosamente. ¡La cara que pondría Calles cuando le contara! ¿De dónde habría salido este padre Jiménez?

Como los Cruzados en los heroicos tiempos de la Iglesia, nosotros, soldados de Cristo, debemos ir a morir por su santísimo ejemplo.

Este gobierno impío, después de habernos arrebatado el patrimonio de la Santa Iglesia; después de haber dictado leyes que nos amordazan y conculcan las conciencias de los niños, nos cierra los templos, nos persigue como a unos criminales y nos quiere arrebatar a Dios, entregándonos maniatados a Satanás…![48]

Mas no hay que dejarlo; ¡hay que ir contra él!; ¡hasta aniquilarlo!; ¡hasta acabar con el último judío de ellos! Cumple con tu destino; mata al enemigo de Cristo en defensa de Dios. Hay que ir, pues, a la lucha, a morir por Dios Nuestro Señor; a exterminar sin consideración a los impíos. Los que caigan de vosotros, desde ahora les digo que encontrarán abiertas las puertas del cielo.

Los malos cristianos, los católicos tibios, los timoratos que no oigan en mis palabras la voz del Señor: los irresolutos que no atiendan el llamado que Dios Nuestro Señor les hace por mi conducto, que se queden en sus casas, que al fin Su Divina Majestad se los tomará en cuenta a la hora de su muerte y sentirán en vida el peso de Su justicia.

Tomad las armas y tened buen ánimo y estad prevenidos para mañana, a fin de pelear contra estas gentes que se han puesto de acuerdo en contra de nosotros para aniquilarnos y echar por tierra nuestra Santa Religión.

Id pues, a la lucha, queridos hijos míos, a combatir por Dios, a matar herejes, a destruir a los impíos, protestantes y masones que están en el gobierno de Calles, excomulgados por la iglesia como enemigos de la religión… Yo os aseguro que las balas del enemigo os respetarán, pues la sombra de Cristo os seguirá a todas partes para protegeros…

Y a dondequiera que lleguéis gritad muy alto:

Dios y mi Derecho. ¡Viva Cristo Rey…!

¡Viva Dios y mi pistola!

¡Dios te salve Reina y Madre!

Vamos a abrir las iglesias; a darles garantías a los pobres padrecitos, y a acabar con todos los "pelones…" ¡Árboles van a faltar en los Altos para colgarlos!

Morones sonrió beatíficamente. Sí que la carta era una pieza literaria para un museo cristero. Lástima que no pudiera llevarle una copia a Plutarco. La Madre Conchita relató:

—Desplegó entonces varias banderas mexicanas, licenciado, para entregárselas a quienes, a simple vista, consideró más despiertos y determinados. En una estaba bordado sobre la seda, con hilos de oro, un Sagrado Corazón con la inscripción: "Regimiento de Cristo Rey"; en otra se distinguían las Tres Divinas Personas: "Batallón de la Santísima Trinidad." Entregó también la del Regimiento de Nuestra Señora de Guadalupe, la de los Dragones de Cristo Rey, la de la

Compañía Guadalupana y la de las Brigadas de Santa Juana de Arco… Yo misma con gusto hubiera tomado un 30-30 y me hubiera lanzado a galope al monte a matar a todos los pelones que encontrara. Llevaría reatas, muchas reatas y balas, muchas balas, además de un machete, para dar cuenta de ellos. Luego el padre Jiménez continuó la ceremonia:

"Juras por Dios de los cielos y su Santísima Madre no dejarte quitar esta bandera que Cristo Rey pone en tus manos?

"Sí juro.

"¡Viva Cristo Rey!

"Toda autoridad procede de Dios, por ende se debe obedecer a Dios antes que a los hombres y a los gobiernos. Sólo que yo, como representante de Dios aquí en la Tierra, defiendo sus intereses e interpreto su voluntad divina. Dios me ha designado para ejercer su autoridad y por ello debéis someteros incondicionalmente a mis elevados designios.

"Yo, con la potestad que Dios me ha dado sobre la Tierra, como el representante de Cristo que soy, los conmino, en Su nombre, a que defendamos los derechos del Salvador… Los ministros del Señor, aquí en la tierra, tenemos facultades para absolver y condenar, para abrir las puertas de los cielos o arrojar a los infiernos… Yo puedo confundirlo y hacer que la maldición de Dios caiga sobre vosotros para toda la vida si alguno se atreve a traicionar alguna de sus promesas… ¡En nombre del Santo Cristo, por su bien no abjuren de sus compromisos!

"¿Juran por Dios de los Cielos y por su Santísima Madre, defender la Santa Causa y esta bandera y no dejársela quitar aunque pierdan la vida? Cristo la pone en sus manos y la confía en su custodia.

"Sí, juramos —contestaron al unísono besándolas.

"¡Viva Cristo Rey!"

—Todos juraron rabiosamente Viva Cristo Rey, licenciado, como si un gran coro de arcángeles guerreros gritara a viva voz para estremecer al cielo… ¡Que viva! ¡Que viva! ¡Que viva…!

Tal vez la monja pensó que el secretario de Industria y Comercio se iba a poner de pie para tributarle un justificado aplauso. El silencio se hizo pesado. Morones levantó lentamente la cabeza y, sin poder disimular sus pensamientos, miró fijamente a los ojos de la abadesa, que despedían chispas de emoción cristiana, mientras reflexionaba en silencio: está loca, esta pinche vieja… Está tan chiflada o más que el padre Jiménez o Segura Vilchis y sus ahijados católicos. Esto no es un convento, es un manicomio. Estaba satisfecho por haber dado con una cantera de gente idónea para acometer los planes de Calles. La abadesa no revelaba los secretos a título gratuito. Si le informaba semejante cantidad de nombres e intimidades era porque deseaba, obviamente, protección policiaca para los religiosos mencionados. Ya contaba con lo más difícil. Ambos habían resuelto acabar con la vida de Obregón. Del hoyo no salen, afirmó siempre el Manco...

—Felicidades, madre, ha dado usted con el hombre perfecto para defender su causa. De eso se trata la vida finalmente, de dar con personas comprometidas, coherentes con sus principios, dispuestas a dar la vida con tal de ser congruentes con sus convicciones e ideales —sacó el pañuelo blanco de seda, debidamente perfumado, que siempre llevaba en el bolsillo superior de su traje para secarse discretamente la frente y la voluminosa papada.

Morones se había ganado el afecto y la confianza de la capuchina sacramentaria. ¡Cuántas veces hubiera deseado verla con una simple blusa con un ojal abierto para suponer el tamaño y la forma de sus senos! Pero la monja siempre aparecía vestida con su espantoso hábito negro, sin permitir el menor estímulo ya no se diga a la vista, sino a la misma imaginación. Nada. Ni ojales ni blusas ni formas ni insinuaciones ni tobillos. ¿Cómo podía contener el poder del instinto sexual una hembra tan joven, intensa, viva y apasionada, cuya piel bien desearía palpar un buen macho, estrujándola, absorbiéndola y besándola hasta alcanzar sus cimas, pliegues, hondonadas y abismos? Sin embargo, el contraste era brutal. Los comentarios y confesiones de la abadesa lograban hacerlo olvidar que se encontraba frente a una mujer.

A través de la inteligencia nacional, Morones había descubierto que el tal Bergöend era un jesuita sedicioso que había logrado amarrar una excelente relación con Orozco y Jiménez y con Miguel María de la Mora. En Guadalajara habían trabado una sólida amistad, identificándose con las ideas del sacerdote francés, el auténtico padre de la ACJM, de la LNDLR, de la UP y otras organizaciones católicas igualmente nocivas y subversivas. Donde estuviera, Bergöend era un problema. Su inteligencia, habilidad y perseverancia eran atributos muy dignos de respeto. ¿Quién sería el ingeniero Segura Vilchis o el tal Nahúm? Pediría que fueran investigados, al igual que el padre Jiménez. ¿Jiménez...? ¿Sería hijo de Orozco y Jiménez o pariente de él? Si había oficiado la misa antes del estallido del movimiento armado, forzosamente tendría que ser un personaje de cuidado…

—Cuénteme más de Segura Vilchis, madre.

La abadesa no dejó de medir el riesgo ni el alcance de sus palabras. Bien sabía qué confesarle o no al alto funcionario, de modo que no se frustraran sus planes, finalmente los mismos de la iglesia católica. El ingeniero Segura Vilchis, dijo confiada, se acababa de reunir por esos días con un pequeño grupo de sus más íntimos y leales amigos en La Casa de Troya, su cuartel general, a donde llegaban los correos de los cristeros… Segura Vilchis había expuesto con toda la valentía y definición que "los principales jefes de esta tiranía son Calles y Obregón; por tanto es necesario suprimirlos o, por lo menos, a uno de ellos. A Calles es muy difícil, casi imposible hacerlo; suprimir a Obregón, aun cuando sea necesario que algunos de nosotros nos sacrifiquemos, es menos difícil. Así pues, quiero saber con quién puedo contar".[49]

—¿Y qué aconteció…? ¿Van a matarlo? —preguntó Morones, devorado por la curiosidad—. ¿Cuándo ejecutarán sus planes?

La capuchina, buena lectora de las reacciones de terceros, tenía al líder cromista en un puño. Imposible saber cuál de los dos tenía más interés en el asesinato del Manco.

—Muchos de los asistentes tuvieron serios reparos de conciencia, licenciado, al igual que los jefes de la Liga, por lo que rechazaron el recurso del tiranicidio en la persona de este déspota mayor.

—¿Entonces?

—Entonces, por el momento, no se autorizó a Segura Vilchis a llevar a cabo el plan. Obregón podría vivir tan sólo un poco de tiempo más. La Liga de plano se negó, era prematuro, tendrían que explorar otras opciones antes de caer en semejante radicalismo.

—¿Y hasta cuándo lo van a diferir? ¿Hasta que el Manco se vuelva a colocar la banda y regrese a Palacio Nacional? Esto no es serio, madre —exclamó irritado el Gordo, poniéndose pesadamente de pie.

—Tome asiento, licenciado, no se me sulfure. Acuérdese de que el buen puchero se cocina a fuego lento. La vida es un proceso de tiempos y medidas. El árbol suelta a la manzana cuando ya se encuentra madura y no antes… Tarde o temprano la Liga, La Unión Popular y la ACJM le darán toda la razón a Segura Vilchis para acabar con el Manco. Fíjese muy bien cuándo se lo digo. La iglesia jamás dará pasos precipitados ni se dejará contagiar por la prisa ni por la angustia de terceros. La diplomacia de Roma es muy sabia en ello. De modo que calma y nos amanecemos… No hablamos de un atentado cualquiera, ¿verdad?[50]

La Madre Conchita se cuidó mucho de comentarle al "licenciado" —evitaba usar el nombre de Morones para no correr el riesgo de pronunciarlo durante una pesadilla o en cualquier conversación casual— su conversación en privado con el propio Segura Vilchis, quien en aquella ocasión le había informado en secreto, una vez hechos todos los juramentos en el nombre de Dios que el caso ameritaba, que buena parte de los mártires los proveía el padre Bernardo Bergöend junto con el obispo de San Luis Potosí, Miguel María de la Mora, el mismo que catorce años antes ocupara la cátedra durante la imposición de la sacra investidura arzobispal a El Chamula. De la Mora, uno de los jefes natos del movimiento armado contra el gobierno, cuyo seudónimo era "Silvio Pellico", seleccionaba al grupo de jóvenes que más tarde habrían de convertirse en dinamiteros y asesinos por mandato expreso del alto clero. Además de Luis Segura Vilchis, surgían como miembros destacados del grupo Humberto, Agustín y Roberto Pro Juárez y Daniel Flores. El propio Vilchis le había confirmado una buena parte de sus sospechas a la abadesa: los candidatos al martirio y al favor eterno de Dios, pertenecían a la U,[51] organización concebida por el propio padre Bergöend, dependiente, claro está, del arzobispo Orozco y Jiménez y dirigida con sobrada eficiencia por Anacleto. También se enteró de que La Cruzada Femenina por la libertad estaba coordinada igualmente por la Unión Popular,[52] es decir, por el "maistro Anacleto", quien prefería tratar a las mujeres que a los hombres y, por alguna razón, ellas se sentían comprendidas y seguras en su compañía…[53] Once personas encabezaban la misteriosa y ultrasecreta sociedad de la U, integrada por tres secciones: una de política, otra de acción social, y la tercera de estudios especiales. Los afiliados, procedentes de diversos estados y asistidos por un sacerdote, contaban en su mayoría con la debida preparación técnica.[54]

Desde mediados de septiembre del año pasado, la Unión Popular había promovido la colocación de inscripciones con el texto de "¡Viva Cristo Rey!"[55] en las fachadas de la mayoría de los hogares mexicanos, incluidas las humildes chozas rurales. Sus centros de operaciones, se lo digo bajo juramento, madre, comentó Segura

Vilchis se encuentran en Guadalajara, Poncitlán, Ocotlán, La Barca, Urécuaro, Jalpa, San Diego, Lagos, Jalostotitlán y Cañadas, es decir, en Jalisco, Michoacán y Zacatecas. Como los ricos se negaban a aportar fondos para financiar la sagrada causa, había sido necesario venderles "tranquilidad y seguridad" para evitar ser secuestrados y martirizados. Como usted comprenderá, se llega en alguna ocasión a los extremos con tal de hacerse de los recursos económicos para llevar a cabo exitosamente la actual Cruzada. Nadie lo podría creer, escúcheme bien, Madre Conchita, pero la estructura de la Unión Popular cubre casi toda la República; cuenta con alrededor de cien mil afiliados, se organiza por manzanas, las que, a su vez, se agrupan por secciones con una amplia capacidad administrativa e ideas bien definidas de gobierno, lo que al mismo tiempo le ha permitido lograr una mayor resistencia frente a las fuerzas federales, en comparación con la Liga. Los rebeldes se comunican a través del periódico *Gladium*, "Espada", cuyo objetivo primordial consiste en organizar al pueblo contra la tiranía, lograr la reconstrucción nacional que rompiera con los esquemas logrados en México desde la independencia e imponer una justicia cristiana por medio de un gobierno cristero. El Comité Especial de la Liga y la up por medio de sus comandos de México y Guadalajara, usted misma podrá comprobarlo próximamente, alcanzarían la meta final con un muy merecido éxito.[56] Instalaremos en México un gobierno católico al estilo del virreinato.

Morones dirigió a la monja una mirada de admiración y respeto. Su complicidad le permitía asomarse a un mundo desconocido, insospechado. Siendo tan joven, ni siquiera había cumplido los 40 años, se comportaba como una abadesa con varias vidas de experiencia. Sí que la iglesia sabía escoger a sus líderes. Su capacidad de organización era envidiable. Ya quisiera el gobierno federal poder tomar de la mano a los gobernados de la misma manera en que el clero lo hacía con sus fieles. El Gordo permaneció de pie tomando la silla por su respaldo, a sabiendas de que tenía en la monja a una aliada inteligente, convencida y segura. Se serenaba. Todavía de pie escuchó a la Madre Conchita contarle del padre Miguel Pro, a quien había conocido hacía pocos días. Un ejemplo vivo del catolicismo, uno de esos sacerdotes que nacen cada mil años, un auténtico apóstol que nos ayudará también en la distribución de armas. Segura Vilchis y Pro son dos de las personas que en mi carrera eclesiástica he sentido más próximas a la santidad. De la misma manera que nunca darían con Bergöend, tampoco encontrarían a Pro ni a Orozco por más que la policía los buscara hasta debajo de las piedras. Cada hogar mexicano es un refugio para ellos. Cada sacristía, cada convento, cada monasterio, cada lápida, cada cueva, cada caverna, cada milpa o granero será una guarida para esos buenos hombres de Dios. Este es un país de beatos cristeros, no lo olvidemos… En cada católico, de los millones que afortunadamente existen en el país, encontrarán a un amado cómplice. Todos se ocultarán sin dejar huella porque saben el futuro que les esperaba si la autoridad llega a dar con ellos. Su fuga es justificada.

—El padre Miguel Pro me dijo textualmente, licenciado, fíjese bien, licenciado, mi hermana Lola, su suegra, estaba de testigo: "Mire hija, usted y yo nos vamos a ofrecer como víctimas a la Justicia Divina, por la salvación de la fe en México, por la paz de la Iglesia y por la conversión de los perseguidores de ella".[57]

—¿Víctimas a la Justicia Divina, madre…?   preguntó atónito Morones.[58]

—Sí, licenciado, él desea que lo fusilen, porque si Jesús sufrió por él, lo menos que puede hacer, en reciprocidad, es retribuirle al Señor su dolor a través del martirio. ¡Para nosotros es una bendición del cielo morir por Jesús![59] Miguel no tiene miedo a los padecimientos físicos y está dispuesto, como él dice con tanta simpatía y sabiduría, "a perder la vida ahora mismo para ir al cielo a echar unos arpegios con guitarra a un lado de su ángel de la guarda". Su hermano Humberto es su orgullo porque anda por las calles traficando con armas y parque para los rebeldes. Sabía que existían muchas legiones de jóvenes como ellos… Muy bien, muchachos, les dice, "así se llevan, con garbo, las banderas de las grandes causas". Humberto, licenciado, es otro de los nuestros. Estos muchachos forjados por Bergöend y Miguel de la Mora Mora constituyen la mejor esperanza del movimiento liberador de la iglesia. Dios habrá de premiar a ese devoto padre. En su momento, por elemental nobleza y agradecimiento, habremos de pedir al Santo Padre su beatificación…

¡Qué fácil resultaba manipular a un obnubilado, a un iluminado! Te ganas un pedazo de cielo si matas al presidente de la República. A tus deudos los llenará tu iglesia de bendiciones y nosotros de dinero… ¡Ah!, pero cómo le convenían los fanáticos al gobierno de Calles para llevar a cabo sus planes políticos. Nadie sabe para quién trabaja.

—Son unos valientes, ¿no madre…? —Morones no encontró la expresión o el calificativo adecuado para calificar los arrebatos de esos pinches locos.

—Mucho más que eso, licenciado, imagínese usted el destino heroico, la vida eterna que les espera a estos muchachos. El propio Obregón afirmó que cualquiera podría matarlo, siempre y cuando estuviera dispuesto a dar la vida a cambio de la suya. Ellos tienen madera y alma de mártires. Saben y están justificadamente convencidos de que a cambio de ofrendar su vida se ganarán el eterno favor del Señor.

Cuando Morones escuchó aquello, instintivamente se tocó la cicatriz dejada por la bala que casi le atravesó el corazón cuando Obregón lo mandó matar. Tan pronto el Manco se colocara de nueva cuenta la banda presidencial, el Turco saldría despedido, en el mejor de los casos, a una embajada, mientras que él tendría seguramente reservado un espacio en el panteón o en una celda en cualquier prisión. No quedaría nada del callismo ni del moronismo. Desaparecerían para siempre. Plutarco lo había dicho mejor que nadie: el día que Álvaro regrese al Castillo todos estaremos muertos…

La Madre Conchita sacó entonces de su manga izquierda un papel escrito a mano, firmado por el padre Pro. Le pidió a Morones que sólo leyera el último párrafo, digno de ser escrito con letras de oro en el ábside de la Catedral:

> Quiero en mi vida las burlas y mofas del calvario; quiero la agonía lenta de Tu hijo; el desprecio, la ignominia, la infamia de la cruz; quiero estar a tu lado, virgen dolorosísima, fortalecer mi espíritu con tus lágrimas, consumando mi sacrificio con su martirio, sosteniendo mi corazón con su soledad, amando a mi Dios y tu Dios, con la inmolación de mi ser. A ver si por fin alguna vez me es concedida la gracia del martirio. Quiera el cielo que yo sea mártir. Pidan mucho a Dios por mí. Pidan a Dios que me fusilen, porque solamente así podré ir al cielo. Pidan a Dios que me permita arrodillarme un momento para hacer un acto de contrición y morir con los brazos en cruz y gritando: Viva Cristo Rey.

Cuando terminó de leer, Morones confirmó, una vez más, que estaba frente a la persona adecuada. Nadie mejor que la Madre

Conchita para acometer sus planes. Sería, en realidad muy sencillo que la abadesa convenciera a uno de esos extraviados de acabar con el Manco. Nada de herirlo: habría que matarlo y rematarlo. Esta vez quedaría más muerto que los muertos. El Gordo no fallaría. La Madre Conchita tendría que escoger al mejor candidato, que Roma después canonizaría, para que disparara en contra de Obregón. No sería la primera vez que un Sumo Pontífice elevara hasta la mismísima santidad a un criminal, a un degenerado sexual, a un pedófilo, a un polígamo, a un incestuoso o a un asesino. Morones, por su parte, se ocuparía de tener apostados varios francotiradores para suplir cualquier deficiencia el día glorioso del atentado.

—Sólo espero que la policía no atrape a su padre Pro, porque no me será fácil liberarlo. Si ya buscan a ese sacerdote es porque deben tener sobrados elementos para justificar la persecución y el arresto —repuso Morones mientras coqueteaba con una concha de chocolate, la última en la canasta antes repleta de pan.

—Les será muy difícil encontrarlo, licenciado, porque a pesar de que oficia misa casi a diario y da la comunión, tiene diferentes escondites entre muchas señoras de la alta sociedad que lo cubren y protegen en el nombre sea de Dios.

—Me tranquiliza. Un elemento así debemos preservarlo, cuidarlo y estimularlo para la sagrada causa.

Si Calles hubiera podido escuchar su lenguaje parroquial, su carcajada habría resonado por todo el Cerro del Chapulín.

—Cuidarlo es innecesario. Dios, Nuestro Señor, lo lleva de la mano. Sin embargo, él y su hermano saben lo que les espera si los atrapa la policía, lo cual no les afectaría sino por el hecho de que se frustrara el plan de liberación nacional que nos hemos propuesto cumplir —la Madre Conchita repasaba las cuentas de vidrio de su rosario—. En lo que hace a la motivación, el padre Pro nos cargará de vigor y de esperanza cada vez que venga a este santo convento. Su aureola, su energía, se percibe a la distancia, licenciado.

—Esos muchachos que ustedes forjan son una maravilla, madre, ya los quisiéramos así de convencidos en la lucha por la defensa de los supremos intereses de México —arguyó Morones con un rasgo de preocupación en la frente—; lo que sí quisiera suplicarle es la máxima discreción en las operaciones. La semana pasada que entró la policía al convento no fue fácil rescatarlas, de modo que ahora que se muden a la calle de Mesones tendrá que tomar todas las precauciones del caso para que no vuelva a repetirse un desahucio, madre…

La religiosa se sintió apenada.

—¿Pero qué puedo hacer, licenciado, si vienen a visitarme de Guadalajara y de diferentes lugares de la ciudad y de la República?

—Abra usted la puerta sólo a los que traigan órdenes de la Mitra o recomendaciones personales mías, como en el caso de Samuel Yúdico, mi brazo derecho. De otra suerte, enciérrese a piedra y lodo, no le abra ni siquiera a Lola ni a su sobrina Margarita.

—Dios ilumina siempre nuestro camino, licenciado. Este mismo convento estuvo protegido durante todo el año de 1925 por el entonces presidente municipal, señor Francisco Mejía, quien, haciendo caso omiso del peligro a que se exponía, nos ayudó decidida y valientemente. La policía no pudo pescarnos porque nuestro buen amigo don Francisco, tan luego como sabía que se disponían a practicar un registro en busca de pruebas a fin de corrernos de nuestro refugio, nos daba oportuno aviso por conducto de su buena esposa, la virtuosa Balbinita…[60]

—Es cierto, madre, Dios está con usted y nosotros también estamos con usted, en realidad todos estamos con usted, pero no debemos confiarnos, no hay enemigo pequeño. Yo mismo tendré que espaciar mis visitas. No es conveniente ni inteligente que alguien me vea entrar o salir o cualquiera de las hermanas me pueda señalar con un dedo. Vendré menos veces según se acerque la fecha adecuada, pero, mientras tanto, mandaré a Yúdico con suficientes "provisiones" para el convento y para usted. Por lo pronto, repito, no le abra la puerta ni a su propia hermana…

—Ella tiene llave, es de las pocas a las que se la he dado por la confianza que le profeso —exclamó la abadesa agachando la cabeza en señal de pena y contrición; estaba avergonzada por la vida licenciosa de sus sobrinas, incluida Margarita—. Mi hermana lava sus culpas ante Dios aportando datos y elementos a nuestra causa, licenciado. Mi hermana no tiene vocación de novicia como Josefina, pero se gana la admiración de Dios al defender con tanta pasión a la iglesia contrabandeando armas y poniéndolas en manos de nuestro ejército clandestino. Algún día será santa…

—Lo creo también.

Morones estaba sorprendido por ese ángulo desconocido de su suegra. Margarita se había cuidado mucho de decírselo o tal vez ni ella misma lo sabía. Al líder cromista no le había costado trabajo decidirse por Margarita después de haber probado en la cama a las tres hermanas. Ella era, sin duda, la más fresca, la más lozana, la más simpática, la más espontánea, graciosa y mejor dotada en pechos, la debilidad del señor secretario.

La Llalla era la más experimentada y audaz en el lecho, pero su arrojo la llevó a tomar la iniciativa, arrebatándole a Morones su papel de macho. Fue un atentado en contra de su virilidad que hizo del bastón de mando del mariscal de campo un triste moco de guajolote.

—¿No sabes que en México es una indudable señal de sabiduría el apendejarse a propósito? ¿Por qué no lo intentas? Te ganarías el cariño y el afecto de muchos. Puede llegar a ser la clave del éxito —le dijo el Gordo a la Llalla el día que terminó su relación con ella. Serían amigos para siempre. Punto. Ella la haría de celestina acercándole otras mujeres, comenzando por sus hermanas. El negocio era el negocio.

Margarita era dócil y se dejaba conducir, actitud con la que el alto funcionario federal se desbridaba. Nunca conoció a fondo las habilidades de su esposa. Estaba muy bien adoctrinada y advertida. No te equivoques, Marga. Hazte la idiota. Sorpréndete. Alármate. Ruborízate. Niégate en un principio. No aceptes. Rechaza la petición. Lo enloquecerás cuando finalmente cedas.

—¿Y quién más la visita, aparte de los arzobispos de Michoacán, San Luis Potosí y México? ¿Quién más viene a verla del gobierno?

—Bueno, sólo el señor Yúdico, como usted dice, y en ocasiones aisladas el secretario de Agricultura, su colega, Luis L. León, además del señor Bandala, el jefe de la Policía Reservada, un amor de hombre…[61] —al ver el rostro desencajado de Morones, la abadesa se apresuró a aclarar—: No se preocupe, licenciado, no se preocupe, con el único que hablo de estos temas es con usted, y eso porque es de mi familia…

Morones se tranquilizaba. El tratamiento afectuoso que le dispensaba la monja lo llenaba de paz. Mientras él pensaba en su siguiente pregunta, la Madre Conchita se adelantó:

—En esta guerra, que lamentablemente ya estalló, los católicos vamos a demostrarle al gobierno el tamaño de enemigo al que se enfrenta. Verán ustedes cómo cada católico va a aportar hasta lo que tenía destinado para comer ese día con tal de apoyar el éxito de nuestra causa y también podrán constatar cómo los hombres, nuestros jóvenes, se presentarán en los centros de reclutamiento hasta contar más efectivos que los del ejército federal, licenciado —Concepción Acevedo parecía una estatua de sal; ¿cómo haría para mantener las piernas cerradas, las manos colocadas sobre los muslos y la espalda recta durante tanto tiempo?—. Dígale al presidente que se equivocó al agitar un avispero y que las picaduras podrían matarlo…

—No madre, está usted en un error. No le voy a negar la posición de Calles en este conflicto, pero lo que no se debe perder de vista es que, como ya le dije, Obregón es el Diablo que mueve la cola detrás de este espantoso enredo. No culpe al presidente, no lo haga; él, de alguna manera, sólo cumple instrucciones…

Morones se abstuvo de externar sus puntos de vista en relación a la guerra. Según él, los feligreses no aportarían, ni mucho menos, los caudales de dinero esperados por el clero ni reclutarían el número de hombres con los que soñaba contar la jerarquía, salvo campesinos muertos de hambre e ignorantes que darían su vida para salvarse quien sabe de quién o de qué… El ejército federal barrería con ellos. El monopolio de la fuerza lo tenía el gobierno federal con armas sofisticadas, aviación y efectivos mucho mejor capacitados que setenta años atrás. El pueblo de México era resignado, apático, indolente, escasamente participativo. Nadie podía contar con él. El clero se equivocaba…

Morones tiró de la leontina de oro para extraer del bolsillo de su chaleco un reloj de ferrocarrilero del mismo metal. Era hora de retirarse. La orgía incluiría a unas gringas enviadas por un colega de la Federación del Trabajo de Estados Unidos. De cualquier manera, se llevaba un muy importante acervo de información que Calles disfrutaría como en pocas ocasiones. ¡Claro que sabían muchos detalles confidenciales de la guerra a través de la inteligencia militar, pero las confesiones de Concepción Acevedo de la Llata constituían un material incomparable! Era muy importante conocer los pasos de los cristeros, seguirlos con lupa, controlarlos en la medida de lo posible para que los acontecimientos no se fueran a desbordar. Lo importante era acabar con Obregón. Después, con el paso del tiempo, a la brevedad posible, les bajarían la flama hasta extinguir el conflicto.

A la salida del refectorio, Morones observó dos pequeñas botellas opacas de vidrio soplado. No pudiendo contener la curiosidad, le preguntó a la abadesa respecto a su contenido.

—Una, licenciado, contiene tinta invisible para escribir textos que únicamente se pueden leer si cuenta con un químico incoloro que se coloca encima de las letras con un pequeño pincel, y la otra se usa para mandar mensajes legibles únicamente por veinticuatro horas, después de dicho lapso todo se borra sin dejar huella...[62]

—¡Caray, madre, sí que tiene usted imaginación...!

—Estamos rodeados de espías, licenciado, estos recursos son imprescindibles en tiempo de guerra...

Sonriendo por lo bajo, Morones se colocó el sombrero y sin tocar a la monja, con una breve genuflexión, se retiró diciendo:

—Entre mujeres te veas... Acuérdese de que espaciaré mis visitas. Fíjese bien a quién recibe...

Una mañana del abril de 1994, a escasos diez días del asesinato de Luis Donaldo Colosio, recibí una llamada que jamás pensé se pudiera llegar a producir. Karin llegó con el teléfono en la mano y el rostro sorprendido. Tapando la bocina, me dijo en voz muy baja:

—Es Moni...

—¿Moni...?

—Shhh, sí, Moni, yo creo que debes tomarla, ¿no...? —Karin, como siempre, mostraba una gran seguridad en sí misma. Me obsequiaba, una vez más, su consideración, su confianza y su respeto.

—Ni muerto... Dile que me reporto a la primera oportunidad...

¡Qué audacia la de buscarme en mi propia casa y exponerse a que le contestara mi mujer! Por lo visto no respetaría nada. Es más, nunca había respetado nada...

Por supuesto que no le iba a contestar la llamada. No tenía nada de que hablar con ella. Ni una palabra, se tratara de lo que se tratara. Seguro sabía que yo estaba en mi estudio, encerrado como siempre a piedra y lodo, y que me había negado a responder. Pero ella estaba fuera de mi vida, de mis pensamientos, de mis reflexiones. Falso que donde hubo fuego había cenizas. Falso, falso, falso: en mi caso no quedaba ni el polvo. Nada, lo que es nada. Llamó un par de veces más, con la misma respuesta de mi parte. El tiempo pasó sin que insistiera en buscarme. Jamás le volvería a abrir la puerta de mi vida. ¿Habría entendido el mensaje?

Unos días después de la pascua, cuando todavía no terminaban los homenajes necrológicos a Colosio, el malogrado candidato priísta, Moni me alcanzó corriendo en el circuito grande del Sope en el Bosque de Chapultepec. No creía lo que me decían mis ojos. Ella recordaba mis rutinas. Yo era muy predecible. Siempre fui muy disciplinado. Me detuve de inmediato, sin ocultar una evidente sofocación. No podía distinguir si se originaba en el ejercicio o en el susto, un verdadero asalto. ¿Qué buscaría esa mujer? ¿Dinero? ¿Chantajes?

Desenfundó y disparó:

—Ya no te escondas, Nacho. Es inútil, impropio de ti. Eres un caballero.

—¿Qué quieres? —respondí secándome el sudor con mi paliacate rojo sin la menor cortesía. Nos apartamos de la pista. Estaba amaneciendo.

—Lo cortés no quita lo valiente, Nene…

—¿Qué quieres? —repuse sin miramientos—. Y no me digas Nene. Lo que me tengas que decir dímelo ya. Acabemos.

—Nachito…

—No me digas Nachito. ¿Qué quieres…?

—A ti… Si lo que quieres es rapidez, ahí tienes mi respuesta.

Trató de tomarme la mano. Me aparté como si ella fuera un reptil venenoso.

—Estás loca, absolutamente loca. ¿Cómo te atreves a proponérmelo después de todo lo sucedido y de que sabes que estoy casado con la que sí es la mujer de mi vida?

—¿Esa güera desabrida?

—¿De verdad crees que voy a resistir tus insultos…?

Entonces ella cometió el peor de los errores, creyendo que yo cedería como aquella noche en El Cairo. Intentó abrazarme y besarme. El contacto repentino con su cuerpo y con su piel me revivió de golpe uno y mil fantasmas de mi padre. No lo resistí. Me separé con brusquedad, como si me hubiera caído en la cabeza una canasta llena de sanguijuelas.

—¡Estás loca, perdidamente loca, siempre estuviste loca, Mónica!

Grité desaforadamente, diciéndole por primera vez lo que pensaba de ella. Sin embargo no se separaba de mí, me tenía atrapado por la cintura. La escena ante los corredores me inundaba de vergüenza.

¿Tendría que darle un golpe? ¿Jalarla del cabello que antes me enloquecía y derribarla al piso? Me rodeaba firmemente con los brazos, como el náufrago a una tabla de salvación. Parecía un paso de comedia. Le pondría la mano debajo de la quijada, apartándola gradualmente. Imposible. Escondió la cabeza apoyándola contra mi pecho.

—¡Suéltame o te empujo, carajo…!

—Inténtalo a ver si puedes: tú eres mío y morirás siendo mío, ¿me escuchas? Morirás siendo mío y de nadie más, Nacho…

En ese momento no entendí cabalmente, tal vez no quise hacerlo, aquello de *morirás siendo mío*. Lo único que me interesaba era librarme de ella, sacudírmela, huir de esa pinche bruja. Me acordé de cuando cortó las mangas de mis trajes y despedazó a martillazos mi reloj de ferrocarrilero. Estaba loca, había perdido la razón. Girando como pude coloqué mi pierna derecha por atrás de las suyas y tomándola de los hombros la fui venciendo mientras ella estallaba en un auténtico ataque de cólera seguido por uno de llanto, además de una cantidad inenarrable de injurias y amenazas. Ya tirada sobre el piso, boca arriba, logró arañarme la cara en un zarpazo. Cuando ya me echaba a correr limpiándome la sangre escuché la última de sus maldiciones:

—Esta vez ganaste tú, pero acuérdate de que vamos a morir juntos… ¡Lo juro por las siete llagas de Cristo!

—¡Ay, Monseñor, Monseñor, ay, ay, ay…!

El maestro Anacleto se derretía mientras monseñor Orozco y Jiménez lo besaba en el cuello, en los labios, y lo atraía hacia sí sujetándolo por la cabeza con una fuerza sorprendente para un hombre de 63 años. Lo zarandeaba sin contener su entusiasmo. ¡Cuánta pasión retenida! ¿Qué mejor premio para un ser humano que el amor eterno con la pareja deseada? ¡Que nunca se acabara la magia, que no se apagara la vela, es más, que ni siquiera parpadeara…! Llevaban unas semanas de no verse, si bien se escribían una o dos veces al día cartas cifradas o escritas con tinta invisible, en las que, por supuesto, ocultaban cualquier sentimiento y emoción de tipo personal, así como sus nombre reales: Orozco firmaba sus comunicaciones con seudónimos como Pascual Ordóñez o Inocencio. En dichas misivas no se podía confesar el menor compromiso ni dar pistas para identificar a las partes. Se sentían rodeados de espías y tal vez lo estaban. El arzobispo, temeroso de una celada, se había escondido a partir de octubre de 1926 en San Cristóbal de la Barranca, después en Guadalajara en la casa de unas señoritas Romero y esta vez se encontraba en la cercana barranca de Huentitlán, en donde permaneció ocultó hasta después de los arreglos del conflicto cristero de junio de 1929, una vez concluido, desde luego, el gobierno de Calles.[63] Sus convicciones espirituales lo obligaban a organizar la cruzada del rosario, ordenando a sus feligreses el rezo diario de esta devoción.

Su Excelencia había dispuesto que su tienda de campaña no tuviera candiles ni lámparas, de modo que en las noches nadie pudiera descubrir si se hallaba o no en su interior. Imposible descifrar una silueta ni movimiento alguno. Se trataba, según él, de una precaución elemental en el caso, nada remoto, de un ataque repentino de los malvados pelones, los miserables federales. Siempre se dejaría una puerta abierta para huir. En algo al menos cumplía con la ley: no usaba el traje talar. Sus sotanas de seda y sus joyas las había dejado escondidas en el sótano de su residencia en Guadalajara. En realidad esperaba en cualquier momento la llegada de Anacleto, de su maestro del alma. Pronto estaría con el filósofo de la resistencia, el Mahatma, el Alma Grande de México. ¡Qué capacidad de organización y de convocatoria concurrían en este bravísimo jalisciense, indiscutible líder de las muchedumbres! Lo adoraba y lo admiraba.

—Mis eyaculaciones, Cleto, son proporcionales a la admiración que te dispenso —solía decir Su Ilustrísima después de un animado encuentro carnal—. Lo que has hecho con nuestra Unión Popular, nuestra querida "U", en tan poco tiempo no puede ser sino digno del más grande halago.

Anacleto disfrutaba el contacto de la barba del alto prelado en su rostro. Éste se la había dejado crecer a lo largo de seis meses para parecer un ranchero más. Orozco le besaba una y otra vez los párpados, la frente y las mejillas a su amado. El olor a lavanda fresca con algún toque de heliotropo podía trastornar las facultades mentales del querido maestro, adorado y reverenciado justificadamente por la inmensa mayoría de los tapatíos. Se trataba de un seglar único por dispensar al prójimo un amor fraternal, genuino, y por pronunciar siempre la palabra deseada, la necesitada, la anhelada. El *maistro* Cleto era un guía popular nato, digno del mejor y más justificado respeto.

Anacleto González Flores siempre se dejaba hacer. Rara vez devolvía las caricias por elemental respeto a una autoridad eclesiástica de semejantes proporciones, un representante de Dios en la Tierra. Monseñor entendía la docilidad y la entrega sin pruritos ni condiciones de la oveja favorita de su sagrado rebaño como una provocación amorosa. Todo para él, para usted Excelencia, a su gusto y capricho. Soy tan suyo que ni me pertenezco. No se opondría a ninguna de sus fantasías. Accedería a cualquier petición y respondería con la misma prontitud que un esclavo obedece a su amo. Haz de mí lo que quieras, dispón de mi cuerpo, de mi piel, de mis manos, colócame como quieras, muéveme a tu antojo, tú gobiernas, Dios de los cielos…

—No sabría qué hacer sin ti, luz de mi vida, carne de mis entrañas, dueño de mis pensamientos…

Eso le murmuró monseñor a Anacleto al oído en una ocasión a mediados de marzo de 1927, en el apogeo de la que más tarde sería conocida como la Guerra Cristera. Estaban desnudos en un catre en la tienda de campaña del arzobispo, cubiertos por una delgada sábana, en absoluta oscuridad, embriagándose con sus respectivos alientos. El maestro trataba de imaginar las expresiones del rostro del alto prelado, soñando con acariciarle las mejillas y posar el índice en su barba partida.

—No entiendo la vida sin ti, amor —insistió Orozco acariciándole los cabellos a Anacleto y haciéndole rizos con sus dedos índice y anular—. Te quiero más que a mí, que a Dios y a todos los santos, muchacho, mi muchacho. ¿Qué es la santísima Trinidad a tu lado…? Nada, verdaderamente nada, y que el Señor me perdone por este atrevimiento. Me inyectas vigor y fortaleza, iluminas mis días, me entusiasma saber que el mismo sol nos calienta a los dos y que contemplamos la misma luna y las mismas estrellas, ¿no es una maravilla que compartamos toda esta belleza aun cuando no estemos juntos?

—Sí, Monseñor, sí —repuso Anacleto percibiendo cierta angustia en la actitud de Orozco. ¿A qué se debería…? Lo encontraba ansioso como nunca. Le hubiera fascinado poder tocarlo y devolverle la confianza y la seguridad. No era, por supuesto, la primera vez que se separaban. El arzobispo había vivido invariablemente perseguido por el gobierno.

—¿Tiene usted algún presentimiento, Su Excelencia? —preguntó el maestro.

—No, hijo mío, no, sólo que te extraño como nunca, te necesito, requiero tu compañía. Tus cartas ya no me serenan ni me devuelven la paz perdida —se le quebraba la voz.

—Su Excelencia, ¿llora usted…?

—No, muchacho, mi Dios, sólo que no sé qué haría si te perdiera entre la lluvia de balas e incendios a los que nos ha orillado el gobierno. Cualquier día puedes no estar o desaparecer yo mismo para siempre. Eres muy joven para entender lo que me ocurre. Tal vez me estoy haciendo viejo…

—Nos queda la eternidad, el paraíso juntos…

—Pues escúchame, niño de mis ojos, porque no lo volveré a repetir: prefiero un día a tu lado que cien años en la gloria de Dios…

Anacleto no pudo resistir semejante mensaje y prorrumpió en un ataque de llanto. Su Excelencia se aprestó a consolarlo acariciándole las mejillas y enjugando sus lágrimas con una esquina de las sábanas. Se fundieron en un abrazo. Orozco hacía grandes esfuerzos por controlarse y no seguir el ejemplo de su amante. Sin embargo, lo apretaba contra su cuerpo mientras suplicaba a Dios en silencio porque su niño fuera eterno.

—Si alguien llegara a hacerte daño lo pagaría el país, lo pagaría Calles, lo pagaría Obregón, lo pagarían inocentes o culpables, me es irrelevante. Te vengaría con sangre, con destrucción… Nadie podría imaginarse la devastación que ocasionaría tu desaparición.

—Parece como si ya supiera Su Ilustrísima que los pelones van a a acabar con mi vida… Debe usted saber que me cuido por la causa, claro está, pero también para no perder jamás momentos como este, por los que vale la pena vivir…

—Yo lo sé, pero México es un país de traidores, es el país de los sustos, todo puede suceder en la instancia más inesperada, amor…

—No tengo argumento en contra —adujo el maestro atreviéndose a besar sus manos—; sólo que usted siempre me enseñó a creer en Dios y a no juzgar sus actos. Él sabrá por qué hace las cosas, ¿no…? Mejor no llamemos a la mala suerte…

—Bien —contestó Orozco recuperando la compostura y sin conceder que, en efecto, un negro presentimiento lo devoraba—. Sólo júrame besando mi anillo pastoral que si llegas a caer no lo harás gritando Viva Cristo Rey, sino que pronunciarás mi nombre hasta perder la conciencia y la razón. Créeme que te oiré y sabré vengar la afrenta en el caso de que llegara a darse una situación tan indeseable.

—Lo juro, Su Excelencia, lo juro —Anacleto besó compulsivamente el anillo pastoral—. Lo juro.

—¿Se imagina qué haría yo si alguien atentara contra usted, amadísimo y heroico padre, pastor ilustrísimo y reverendísimo, hijo privilegiado de Dios…?

Orozco sonrió y le dio una cariñosa palmada en el hombro. Cambiaron el tema. Decidieron arreglarse y salir al aire libre en tanto el ilustre prelado decía en voz baja:

—Ave María, en gracia concebida…

Salieron de la tienda y disfrutaron la noche de grillos, de plenilunio, de romántica y placentera tranquilidad campestre. Escuchaban los lejanos aullidos de los coyotes, así como los ladridos de los perros ávidos de un pedazo de costilla de las que asaban en una fogata distante de la tienda de campaña. El lucero del alba ya estaba presente como testigo de los hechos. Rutilaba. Al fondo se adivinaba la silueta de los montes. Se escuchaba el canto solitario de alguien que interpretaba canciones lugareñas, de las que tocan el alma. El hambre azotaba la región porque Orozco y Jiménez había obligado al reclutamiento forzoso; el campesino que se resistiera tendría que asistir al incendio de su milpa y de su choza, por más humilde que fuera. Necesitamos hombres. Formen filas. Pasen lista. Que nadie se fugue. Sabemos en dónde vive cada uno. Pobre de aquel que se hubiera convertido en ejidatario al haber recibido tierras robadas a los prestanombres del clero o a los tradicionales hacendados que habían titulado sus tierras por medio de testaferros. A ellos les cortaban las orejas y la nariz, de la misma manera en que eran mutilados los maestros rurales que hubieran aceptado impartir educación laica. Los campos se encontraban vacíos o bien por la conscripción militar obligada por la iglesia o porque el ejército había ordenado la concentración de agricultores en los pueblos para tenerlos más controlados. El resultado no podía ser sino el hambre y su estela de consecuencias. Millones de hectáreas de tierras fértiles quedaron ociosas mientras que muchos trabajadores emigraban a Estados Unidos en busca de paz y oportunidades. Nos desangrábamos.

Orozco, el consejero de Su Santidad, el Papa, en todos los asuntos relativos a la iglesia mexicana,[64] le explicó a Anacleto la estrategia financiera que había seguido para prevenir cualquier quebranto económico que pudiera dar al traste con la guerra. Había vendido sus acciones del Banco Nacional de México.[65] Había cambiado a dólares y los había expatriado, depositándolos en bancos norteamericanos, sus ingresos derivados de la diócesis de Chiapas, de la que todavía, por ser su administrador apostólico, recibía importantes recursos, además de los dividendos y utilidades que cobraba de las haciendas que había comprado a precios irrisorios en aquella localidad, así como de la venta de madera, sal, azúcar y ganado, y de banca al módico rédito de diez por ciento.[66] Y no sólo eso, la arquidiócesis de Jalisco era de las más ricas del país, más aún desde que había incrementado sensiblemente el costo de los servicios religiosos. Las tarifas dejaban buenos caudales para la causa. Los industriales, los hacendados, algunos banqueros y ciertos petroleros afectados por la política callista depositaban religiosamente su óbolo, por cierto nada simbólico, en las urnas de las sacristías, al igual que los acaudalados Caballeros de Colón, so pena de no concedérseles el perdón de sus pecados.

El príncipe de la iglesia le hizo saber a Anacleto un rumor a gritos consistente en que el Papa exigiría en cualquier momento a los obispos y a los sacerdotes mexicanos que se deshicieran de sus bienes para financiar la guerra. En Roma se decía que la mayoría de las diócesis tenían depositado su dinero en bancos norteamericanos,[67] en lugar de haberlo destinado a escuelas, hospicios y a obras pías, como lo habían informado en sus reportes mensuales.[68] El Sumo Pontífice exigía compromiso y solidaridad sin encontrar respuesta en los prelados. El dinero es sagrado, que nadie lo toque…

—Es el momento de dar el todo por el todo, Cleto, y mis colegas ponen cara de que Dios no los oye cuando se habla de ceder sus ahorros… Nuestro amadísimo Papa Pío XI, nuestro Papa Cristero, así, con dicho título tendría que pasar a las páginas de la historia,[69] debería excomulgar a quienes, en estos momentos críticos, en estos días aciagos, oculten por avaricia los bienes con los que podríamos derrocar a Calles y acabar con Obregón… Que no se olvide que nosotros, los jesuitas, teníamos empeñado ante el Santo Padre un voto de obediencia absoluta e incondicional, el *perinde ac cadaver*, hasta la misma muerte y que ya es hora de hacerlo valer…

Se trataba de actualizarse y de cruzar información, ponerse al día. No se arrebataban la palabra por el elemental respeto que Anacleto le dispensaba a Monseñor. No entendían por qué Pascual Díaz, el enemigo de la guerra y de la intervención armada, fue expulsado con tanta virulencia del país, cuando se trataba de un pacificador que en principio debía ser un aliado natural de Calles. ¿Por qué lo habían desterrado a Guatemala acusado por Tejeda, el secretario de Gobernación callista, de ser "el principal promotor del levantamiento armado" cuando esta aseveración era absolutamente falsa? ¿Por qué si habían arrestado a diez prelados sólo Díaz no había sido liberado? Si Morones hubiera podido contestarles, les hubiera aclarado que la paz era la última aspiración del presidente por la sencilla razón de que a través del conflicto armado encubría sus planes respecto a su futuro político. Sentarse a la mesa a negociar una tregua o el cese de hostilidades como el que proponía Pascual Díaz era inadmisible. ¡Fuera del país con él! ¡Fuera por incendiario!

¡Claro que a Su Excelencia le halagaba que el propio Díaz lo hubiera defendido ya en Estados Unidos cuando alegó que "la iglesia no ha promovido ni dirigido ninguna rebelión armada, y es un absurdo acusar al arzobispo Orozco y Jiménez de estar a la cabeza de aquellos que han resistido tan victoriosamente al gobierno de la región de Jalisco!"[70] ¡Claro que apoyaba Díaz cuando declaró en Nueva York que el gobierno de Calles, resultado de un escandaloso fraude electoral, no representaba al pueblo de México, que sus manos estaban ensangrentadas, que la Constitución jamás había sido sometida a la aprobación de la nación, que era espuria y que estaba desenraizada de las más profundas convicciones políticas y religiosas del país! A la pregunta de Anacleto sobre las razones por las cuales el obispo Pascual Díaz se oponía a la intervención norteamericana que con tanta tenacidad proponían los Caballeros de Colón y la Liga, ¿era por patriotismo?, Monseñor explicó que la oposición radicaba no en convicciones patrióticas ni en otras tonterías semejantes, sino en la posibilidad de que ahora sí los yanquis se anexaran todo el país e impusieran su protestantismo.[71] Se cuidó de decir que en semejante coyuntura, del todo improbable, concluirían los jugosos negocios con los que habían lucrado los curas en los últimos quinientos años… ¡Horror, algo impensable, que ni Dios lo quisiera, al fin y al cabo todos deseaban cuidar Su sagrado patrimonio!

Un olor fétido los hizo cambiar de lugar para continuar la conversación. Se trataba de un charco cenagoso, de aguas pútridas que provocaban el vómito, y sin embargo, la tropa no sólo no se quejaba, sino que continuaba haciendo sus necesidades, vaciando el intestino y la vejiga, ahí, a un lado de donde comían…

El viento calaba, cortaba y por ratos murmuraba levantando polvo y rastrojos, las evidencias de la resequedad y miseria del campo. Ajustándose el sombrero, Orozco le hizo saber a Anacleto que él también se había opuesto a la violencia en un principio, y no porque el recurso de las armas fuera mal visto por la iglesia, ¡qué va!, sino porque aceptaba la imposibilidad de vencer a un ejército profesional y experimentado cuando los cristeros carecían de la misma capacitación y acceso a pertrechos de primera calidad. Con machetes y resorteras en manos de campesinos muertos de hambre, jamás iba a derrocar al gobierno de Calles... Si había cambiado de opinión era porque los enemigos naturales del gobierno, hacendados, industriales, petroleros y mineros extranjeros le habían ofrecido apoyo económico siempre y cuando hicieran causa común en contra del nuevo Estado mexicano. Antes defendían a Dios a pedradas, muy pronto lo podrían hacer con aviones y cañones de largo alcance...

La conversación adquirió cierta tensión cuando Orozco y Jiménez trató de convencer al *maistro* Cleto de la conveniencia de poner a disposición de la Liga a la UP, el orgullo de González Flores; de otra manera las armas del clero jamás se cubrirían de gloria. La misma suerte tendrían que correr las Brigadas Femeninas, las BF, que con tanto tiempo y cuidado habían sido forjadas y capacitadas por el propio Anacleto.

—Monseñor, son nuestras organizaciones...

—¡Cédelas!, o debilitaremos el movimiento. Arruinaremos la causa.

—Hoy en día —aclaró Anacleto exaltado— mis mujeres, quienes se cuentan por decenas de miles, son las que contrabandean las municiones o se las compran al propio ejército callista, una institución corrupta por definición —exhibió Monseñor una sonrisa al imaginar la cara de Calles cuando se le informara de esta feliz realidad[72]—. Los pelones son capaces de venderle su alma al Diablo, señor, y mis féminas son capaces de comprárselas aunque tengan que acceder a ciertas peticiones —aclaró conteniéndose—. Si los muchachos, nuestros campesinos, tienen pertrechos, armas y víveres para hacer la guerra es gracias a ellas, ¿cómo entregárselas entonces a la Liga? Me llamarán, y con justa razón, traidor. ¡Que nunca se olvide que ellas surten a la tropa, abastecen de todo a los frentes! ¿Vamos a regalarles nuestro trabajo?

—Tienes razón, pero entiende que divididos no ganaremos... Tenemos que operar como un solo hombre. Entreguemos todo, Cleto, todo...

Anacleto no podía sino insistir en su preocupación.

—¿Y por qué no lo hacemos al revés, es decir, que la Liga se someta a nuestra U?

—Bien, ¿y tú vas a comandar a veinticinco mil hombres levantados abiertamente en contra del gobierno, tú, el Gandhi mexicano? Necesitamos a un militar al frente del levantamiento y ni tú ni yo sabemos un ápice de esto, por más que quisiéramos ser expertos en materia castrense.

Sintiéndose acorralado, Cleto todavía preguntó:

—¿Y la Asociación de Damas Católicas, las que nos proveen también de información respecto a los planes de sus maridos en contra de nuestra iglesia, también la cederemos a la Liga? ¿Nos quedaremos sin miles de secretos en contra de nuestra seguridad jugando con la suerte del movimiento?

—No, eso sí que no, Cleto: ellas te creen a ti, confían en ti, te siguen a ti y apuestan todo por ti… De ninguna manera prescindiremos de ellas. A todos nos sirven…

—¿Sólo lo que les conviene, no…?

—No, Cleto, sólo lo que nos conviene a todos —repuso Orozco.

Para González Flores fue suficiente. Sabía interpretar y leer las entrelíneas en sus conversaciones con el reverendísimo. Anacleto, quien utilizaba seudónimos como Eleuterio Martínez, José Camacho y José Anguiano, se dio por vencido. Además, ¿cómo oponérsele a Monseñor Orozco, cuando él jamás se había equivocado? Él no venía a ser sino un eficiente ejecutor de los planes de la superioridad…

—Tú continúa al frente de la guerrilla urbana y rural, querido Cleto, dirige el movimiento cristero, junto conmigo, en el occidente del país, esfuérzate aún más en organizar con Gómez Loza a nuestros grupos armados, garantízate la circulación de *Gladium* entre la tropa, preocúpate de ir invariablemente armado en el caso de que te encuentres de frente a los pelones o a un grupo de traidores, difunde que es pecado pertenecer a la CROM, sin perder de vista que deberás regocijarte, como dijo el propio Papa, si acaso eres elegido por Cristo Rey para sufrir en su nombre el martirio.[73] Sigamos destruyendo puentes, vías férreas y carreteras, desmantelemos los accesos de los federales… Pero eso sí, trata de llevarte a todos los pelones que puedas entre las patas en el caso de que te llegaras a ver perdido…

Anacleto daba por descontado que no moriría solo. Su vida la vendería cara, muy cara, por ello nunca se separaba de su pistola.

—Si me llegaran a martirizar, Santo Padre, sepa usted que se cumplirían mis más grandes deseos.

—Espero que el Señor tenga dispuesto para ti un final más feliz. Rezo porque Él te tenga dispuesto un lugar en los altares sin que sufras el horror de la tortura a manos de los pelones. No nos tendrían piedad, Cleto —Su Excelencia le acarició paternalmente la mano—. Cuídate mucho —concluyó con un rictus en el rostro que el maestro no pudo descifrar en la oscuridad—. Debes llegar a ser figura de adoración, hijo mío, la victoria final le corresponde a Jesucristo, único Rey de las Victorias… Espero que Él se apiade de ti y te llame a su lado sin sufrir dolor alguno… Ya tienes todos los méritos y Él es infalible…

De modo que la Liga, la LNDLR, la ACJM, la U y las Brigadas Femeninas Santa Juana de Arco se unieron para consolidar una sola fuerza. La iglesia se reorganizaba tratando de imponer el orden, como cuando José Garibi Rivera, alias Pepe Dimanita[74] y el célebre padre Vega, un distinguido coronel cristero, mandaron fusilar a un guerrillero desleal que se había robado los fondos de la Liga destinados a pertrechar a la tropa.[75] Ninguno de los dos sufrió penitencia alguna por haber ignorado el *no matarás*. Al inculpado se le concedió la oportunidad de defenderse de los cargos en un juicio de no más de dos minutos, antes de recibir la descarga del pelotón en los testículos y dos tiros de gracia en la sien derecha. Pepe Dinamita, futuro primer cardenal mexicano, a quien la iglesia pretende ubicar estudiando un doctorado de teología en los años de la guerra, un día decidió confesar su conducta ante otro cura, quien lo absolvió sin obligarlo a rezar más allá de un Padre Nuestro.[76]

El 27 de marzo de 1927, Anacleto cometió un gran error: secuestró, tal vez mal aconsejado, a Edgar Wilkins, ciudadano norteamericano, con el objetivo de obtener un jugoso rescate y provocar un conflicto internacional. Wilkins fue brutalmente asesinado por sus captores. El escándalo no se hizo esperar en la prensa estadounidense. Los yanquis podían invadir el país que les viniera en gana y bombardear impunemente a la población civil, pero eso sí, que a nadie se le ocurriera cortarle un padrastro a un gringo, según decía Martinillo, porque la represalia sería sangrienta y devastadora. Era el caso. Para todo efecto, Anacleto había mandado asesinar a un extranjero y las consecuencias podría pagarlas el país en pleno. ¿Matar a un norteamericano en México? ¡Grave error!

Dadas las presiones ejercidas por la prensa y la diplomacia de Washington, Calles ordenó el arresto inmediato, fulminante de Anacleto. ¡Que los espías, delatores, traidores, celestinas, prostitutas, investigadores y similares encuentren a este miserable asesino! Lo último que deseaba el presidente de la República, en medio del conflicto cristero y del abierto desafío de los petroleros en contra de la Constitución, era adicionar un severo problema a las de por sí tortuosas relaciones con el jefe de la Casa Blanca, quien tramaba, antes de la comisión del "horrendo y nefasto crimen propio de nuestros incivilizados vecinos del sur", una invasión armada de México, a ejecutarse a mediados de ese año.

Anacleto fue atrapado dos días después por el general Jesús María Ferreira, quien recibió órdenes precisas del Castillo de Chapultepec para acabar con la vida de los jefes más representativos de la Liga, de la Unión Popular y de la ACJM en Jalisco, el "Gallinero de la Nación". Sorprendente eficiencia, ¿no…? Nada podría hacer Morones para salvarlos. Debería extraerles, por los medios que considerara conducentes, la información del caso para conocer la identidad de más líderes del movimiento y, sobre todo, punto importantísimo, descubrir el paradero de El Chamula. Anacleto no fue aprehendido dando clases de catecismo en Los Altos de Jalisco a niños huérfanos: se le encontró armado, dirigiendo cristeros en plena revuelta, escondido en un rancho donde le daban cobijo y protección. Una misiva interceptada por el enemigo le costaría, por lo pronto, la libertad… El maestro previó su final cuando lo sujetaron por el cuello, lo amordazaron, lo ataron de un palo para cargarlo entre dos pelones y lo encerraron en un cuartucho, como si se tratara de un animal salvaje. No se equivocaba. Su máximo deseo se materializaría de inmediato. Si había soñado toda su vida con llegar a ser mártir, sus anhelos se cumplirían sin que sospechara ni el dolor que sufriría durante la tortura ni la sevicia de sus verdugos.

"Las leyes en México se aplican únicamente a los pendejos y a los pobres", dijo Obregón. Esa es la verdad. ¿Anacleto y sus secuaces serían juzgados según lo disponían las normas aplicables? ¡Claro que no! Fue privado de la libertad y fusilado a la mexicana… ¿Cuáles jueces, cuál orden de aprehensión, cuál ministerio público, cuál respeto a la legalidad, cuál nuevo país después del porfiriato?

¿Y aquello de que "nadie podrá ser privado de la vida, de la libertad… sino mediante juicio seguido ante los tribunales previamente establecidos, en el que se cumplan las formalidades esenciales del procedimiento"? ¿Qué? ¿No vale finalmente la Constitución…?

No hagas que me encabrone: ¡Fusílalos!

¿Pero no juró usted "guardar y hacer guardar la Constitución… y las leyes que de ella emanen, y desempeñar leal y patrióticamente el cargo de presidente de la República que el pueblo me ha conferido, mirando en todo por el bien y prosperidad de la Unión; y si así no lo hiciere que la nación me lo demande"?

O los fusilas ya o te fusilo junto con ellos. Acuérdate de que para cabrón, cabrón y medio…

La iglesia llama al día del martirio *dies natalis*, el momento de nacimiento al cielo. El de Anacleto fue el viernes 1 de abril de 1927, en la madrugada, precisamente el dedicado al Sagrado Corazón de Jesús. Por supuesto que nunca renunció ni a su fe ni a sus principios cristianos. El general Ferreira ordenó, coordinó y ejecutó lentamente la tortura de Anacleto. Era su gran oportunidad de vengarse, quien sabe de quién o de qué, pero vengarse de algo o de alguien, cumplir con una venganza ancestral anónima. La vida le había concedido ese señaladísimo honor. Comenzaron por preguntarle a Anacleto, amistosamente, la ubicación exacta del arzobispo Orozco y Jiménez, su domicilio, su paradero preciso, dónde se escondía. Dijo no conocer a semejante prelado. Hubiera sido un privilegio haber podido cruzar un par de palabras, al menos, con él. Ante la negativa le pidieron extender los brazos, a lo que accedió sin oponer resistencia ni imaginar lo que sucedería. Lo ataron firmemente de los pulgares y lo jalaron con unas cuerdas, suspendiéndolo en el vacío hasta que se le descoyuntaron los dedos. Mientras gritaba enloquecido lo azotaron, lo patearon, orinaron sobre él, le destrozaron la boca y los dientes con las culatas de varios máuser y empezaron a desollarle las plantas de los pies con una navaja de escaso filo.

—¿Dónde está el mierda de Orozco?, di, grandísimo cabrón —exigía Ferreira con el rostro empapado por el sudor, mientras él mismo cortaba y arrancaba pedazos de carne de los pies de su víctima—. ¿Por qué quiere derrocar a nuestro jefe, el señor Calles…?

—No lo sé, no lo sé —gritaba desesperado Anacleto—. Además no existe más que un solo Señor de los cielos y de la Tierra…

—¡No digas pendejadas! ¿Lo juras por Dios, juras que no sabes dónde está Orozco? ¡Contesta!

—Te perdono, te perdono, te perdonaré cuando nos encontremos cara a cara el día del Juicio Final…

—No necesito tu perdón, y menos cuando has mandado a la muerte a miles de campesinos dueños sólo de su hambre. ¿Sabes que hemos tomado prisioneros a hombres del campo que no saben hablar castellano ni cargar una carabina, y menos dispararla? ¿Mandar carne de cañón al frente para que la maten con promesas falsas es muy piadoso, criaturita de Dios?

—No lo sé, no sé de que me está hablando, pero ya suélteme, suélteme y lo perdono…

—¿Quienes son los jefes de esa maldita Liga que pretende derribar a nuestro jefe y señor, el general Calles?

—No lo sé, no lo sé… Los perdono a todos. Pueden acabar con mi vida, pero mi alma es inmortal como mi Santa Madre Iglesia. La sangre de los mártires se transformará en la semilla de cristianos.

Los soldados que asistían al suplicio se aterrorizaron. ¿Estarían torturando a un santo y despertarían la ira de Dios?

—Mientras nuestros campesinos analfabetos, llenos de piojos, se juegan la vida con el estómago vacío —continuó Ferreira disparándole palabras al oído—, los curas y los burgueses que convencieron a los jodidos de las ventajas de defender a Cristo siguen viviendo tranquilamente en sus residencias, gozando la lana que le quitaron, en nombre de tanto cabrón santo, a quienes no tienen ni pa' comer —a punto de perder la paciencia, insistió tronante—: ¿Dónde esta Orozco, maestrito? ¿O te mando pa'l otro lado?

—Perdónalo, Señor, no sabe lo que hace…

El militar se quedó trabado. Después de unos instantes cuestionó:

—¿Qué tiene este de santo? —le dio una serie de patadas en las costillas—. En esta guerra ni se defiende a Dios, ni a los santos, ni a nadie… ¿No se dan cuenta, carajo, de que ustedes sólo son unos pinches títeres de los sacerdotes…? ¡Despierten!

—Perdónalos, Señor, no saben lo que hacen…

—¡Qué perdónalos ni qué la chingada! A ver, ¿si llegaran a ganar los cristeros, en qué se iban a beneficiar los campesinos? Yo les contesto, punta de imbéciles: les iban a dar un chingo de escapularios benditos por el Papa, indulgencias, el Reino de los Cielos, misa todos los días y una soga en el pescuezo para los que quieran tierras… ¿De veras creen que los obispos los iban a premiar con hartas milpas y agua que no sea la bendita que sólo sirve pa' mojarse los dedos y la frente? ¿Qué cura les va a dar alimentos pa' los animales y crédito pa' producir maiz? Sólo les van a dar *resinación* pa' que se mueran bien jodidos como sus padres y sus abuelos, de la misma manera en que lo harán sus hijos y sus nietos…

—Perdónalos, Señor, no saben lo que hacen…

—¿Cuándo has visto a Orozco, tú, pedazo de pendejo, o has oído que tu arzobispo pelee por tierras para sus fieles y se las entregue en actos públicos? Al contrario, carajo, ¿no sabías que todavía excomulga a quienes se atreven a recibir tierras del gobierno? ¿Cuándo te ha dado Orozco pa' las tortillas y los frijoles o leche pa' tus hijos? Ese cabrón no da más que bendiciones y consuelo pa' los güeyes, y cuando éstos se le alebrestan, los manda al infierno…

—Perdónalos, Señor, no saben lo que hacen…

Cansado de insistir y ante tanta necedad, el general Ferreira preguntó zarandeando de los cabellos a Anacleto, quien mostraba la cara deformada y tumefacta:

—¿Dónde está Orozco? O te corto los güevos…

—No lo sé, no lo sé… Señor, acógeme en tu santo seno… En el nombre del Padre, del Hijo…

—No, cabroncete, tú te vas a morir pero cuando yo lo disponga y no Dios, ¿me oíste? Aquí sólo mando yo…

—Permíteme entonces que yo sea el último en morir porque tengo que reconfortar a mis compañeros. Tengo que darles fuerza para que entiendan este divino mensaje de sufrimiento que nos manda Dios desde las alturas… ¡Que esperen con una sonrisa la sagrada recompensa del Señor!

La respuesta fue un culatazo que le destrozó la nariz.

—Hagan un acto de contrición, hermanos —alcanzó a decir cuando sus cómplices, los jóvenes hermanos Jorge y Ramón Vargas González, primos de Anacleto, y Luis Padilla Gómez, eran sacados a patadas del pesebre. Momentos después se escuchaba la descarga del pelotón de fusilamiento, seguida por los respectivos tiros de gracia.

"Anacleto, ya puesto de pie, sin ocultar los dolores que lo acosaban, volvió a dirigirse al general Ferreira para decirle que le perdonaba de corazón y que, cuando le llegara su hora, ante el tribunal de Dios, tendría ante el Creador un intercesor en él, en Anacleto González Flores."

El gran orador capaz de enardecer a las multitudes, de espaldas al paredón, deteniéndose por un prodigio de equilibrio, orgulloso de su martirio, con una fuerza inexplicable para resistir hasta el final, se sorprendió cuando el piquete de soldados no cumplió con la orden de fuego.

—O disparan o los degüello o los degollo o como chingaos se diga — advirtió colérico Ferreira.

Silencio. Total inmovilidad.

—¿Me oyeron, cabrones? ¡Fueeeeegoooo!

Silencio. Los cañones de las carabinas apuntaban al piso.

Ferreira desenvainó la espada y colocándose detrás del condenado la hundió lentamente en la espalda de Anacleto hasta hacerlo escupir un borbotón de sangre oscura. Los ojos parecían desorbitarse. Abrió la boca desmesuradamente mientras se derrumbaba. Sólo alcanzó a decir: ¡Viva Cristo Rey, muero por Cristo! Acto seguido, se le congeló la mirada para siempre. Dejaba de sufrir. Los dedos descoyuntados al estilo más decantado de la Santa Inquisición ya no le dolían ni sufría por haber sido desollado de los pies. A continuación el militar, adiestrado en una academia para asesinar en masa, recorrió con su índice izquierdo la hoja manchada hasta dejarla perfectamente limpia de ambos lados. Mientras se limpiaba el dedo en los galones de uno de los integrantes del pelotón, les gritó a la cara:

—¡Cobardes! Los degradaré a todos, por maricones y por insurrectos...

Ferreira escribió su reporte al alto mando militar: "Después de someter a un juicio sumario a Anacleto González Flores y a otros cabecillas fueron hallados culpables y ejecutados en la madrugada del día de hoy. Abril 1 de 1927. Se expide la presente para los efectos que sean procedentes."

La noticia recorrió con la rapidez de un relámpago la ciudad de Guadalajara. "Miles de tapatíos, desafiando la presencia de los policías, acompañaron los cuerpos al panteón de Mezquitán, rezando y cantando a Cristo Rey y a la Virgen de Guadalupe: perdemos un héroe cristiano en la tierra, pero ganamos un mártir en el cielo." *In memoria aeterna erit justus...*

Un grito ensordecedor recorrería la región, la sacudiría, la estremecería: lo profería Orozco y Jiménez desde su escondite. Lo escucharon en la costa norte y en la sur, en los Altos, en Chapala, en la Ciénega, en Valles, en San Luis Potosí, en Michoacán, en Zacatecas y Querétaro... Nadie dejó de persignarse, muchos cayeron de rodillas y empezaron a rezar un rosario al no poder entender ese terrible lamento. El miedo se apoderó de todas las conciencias. Perdón, perdón, Señor, por haber despertado tu Santa ira… El cielo se nubló. El viento empezó a soplar rabiosamente. Las ramas de los árboles parecían ser arrebatadas de sus troncos. La luna se escondió. Una lluvia helada empezó a precipitarse, primero en forma de rocío y más tarde, como una catarata infernal. Las estrellas se ocultaron. Nunca nadie vio al Arzobispo Invencible llorar ni desplomarse sobre el piso ni contraerse en posición fetal, privado, amoratado, sin poder respirar ni hablar. Pasaron momentos agónicos en los que Su Excelencia pudo volver a respirar sólo para soltar otro bramido ensordecedor en tanto su barba se llenaba de baba, de lágrimas y de excrecencias nasales. Lo sabía, lo preveía. Anacleto, Cleto, mi Cleto, maestro, mi maestro, me has abandonado. El cielo me dice que no me has delatado para que yo pueda vengarte… Jesús, ¿dónde estabas cuando sucedía todo esto? ¿Necesitas acaso más pruebas de mi fe? Maldición, maldición: con un millón de cristeros no hago un Anacleto…

La muerte de Anacleto González Flores no detuvo la guerra financiada por estos buenos Hijos de Dios; lejos de ello, la estimuló porque se había dado muerte a un miembro de la nobleza pontificia, a un católico de méritos reconocidos en vida por el propio Papa. ¿Podía pasar desapercibida esta afrenta a la autoridad suprema de Dios en la Tierra? Imposible: la venganza debía ser terrible, incomparable, ejemplar… Había llegado la hora del "Desquite Santo".

En Estados Unidos volvía la paz en relación a su pintoresco y belicoso vecino del sur. Dos días después del asesinato, con el título "Un ejemplo de México que debería imitarse", *el Evening Telegram* de Nueva York publicaba un artículo donde se elogiaba que "tan sólo necesitó el gobierno mexicano unos cuantos días para aprehender y castigar a los asesinos de Edgar Wilkins". *The New York Times* explicó, a su vez, que el crimen fue resultado de una conspiración contra el gobierno del general Calles, maquinada por González Flores, quien ya había sido ejecutado.[77] Los presidentes de Estados Unidos y de México descansaban. Un problema menos. Orozco y Jiménez, por su parte, sólo pensaba en la venganza y ésta únicamente tenía un nombre: Álvaro Obregón… Plutarco Elías Calles, su discípulo, ya iba de salida y el Manco, el Diablo, se reelegiría… Él estaba detrás de todo esto… Nunca le había perdonado nada, pero lo de Anacleto sólo se lavaría con sangre. El que a hierro mata, a hierro muere…

¡Falso!, pensaba Orozco en su furiosa soledad, una inteligencia en llamas: San Pablo estaba profundamente equivocado cuando sostenía que sólo Dios tenía el derecho moral de una venganza justa. Yo también lo tengo, es mío y sólo mío antes que del Señor, quien habrá de ejercerla por mi conducto. ¡Que nunca se olvide que soy un humilde instrumento de la divinidad! Él, con su inmensa sabiduría me ha iluminado para cumplir con mi sagrado cometido. Tengo la consigna de acabar con el Manco. *Bis dat qui cito dat.* Da dos veces el que da con prontitud. ¡Claro que la venganza no es un capricho ni remedia las ofensas sufridas!: ¿quién me devolverá a mi Cleto?, ¿nadie, verdad?, aceptado, pero la muerte de Obregón es lo único que me ayudará a vivir y a morir en paz. Mientras el Diablo exista y yo sepa que está en mi tierra, en mi propio país y que respiramos el mismo aire y nos quema el mismo sol, comemos las mismas tortillas, los mismos frijoles y vemos la misma luna, nos moja la misma lluvia, yo no volveré a cerrar los ojos tranquilamente. Obregón me las debe todas. Ha llegado la hora de la justicia divina por más que la venganza eternice el odio, lo cual dudo, porque con su muerte las aguas habrán de volver a sus niveles. *Audentes fortuna juvat.* La fortuna ayuda a los audaces. La venganza es una justicia salvaje, como diría el poeta, pero al fin y al cabo deliciosa y reconfortante por la felicidad que produce. Sólo la venganza cicatriza las heridas abiertas para dejar de sangrar por dentro y por fuera. Ha llegado entonces, la hora de la santísima venganza… *Ad maiorem Dei Gloriam…* Para mayor gloria de Dios.

Capítulo 4
La conjura del silencio

Sanguis Martyrum, semen Christianorum: "La sangre del martirio es el semen de la cristiandad".

TERTULIANO

Todos los cristianos somos soldados, y debemos luchar contra nuestros enemigos, que lo son principalmente el demonio y nuestra propia carne… Si nuestros mismos gobernantes, lejos de encauzarnos por la senda del bien, nos arrastran al camino de la iniquidad, estamos obligados a oponerles resistencia, en cuyo sentido deben explicarse aquellas palabras de Jesucristo: "No he venido a traer la paz, sino la guerra".

JESÚS MANRÍQUEZ Y ZÁRATE,
OBISPO DE HUEJUTLA

Si el destino de México tiene escrito un nuevo sacrificio, iremos a él con la sonrisa en los labios.

ÁLVARO OBREGÓN

El presidente electo Álvaro Obregón en el restaurante La Bombilla

Álvaro Obregón hacía todo tipo de esfuerzos abiertos y encubiertos para lograr la pacificación del país antes de que se iniciara la campaña presidencial. Su objetivo consistía en llegar a las elecciones de julio de 1928 después de haber arribado a arreglos con la iglesia y con los petroleros extranjeros y habiendo logrado tranquilizar al presidente Coolidge y a Kellogg, su secretario de Estado —otro belicoso diplomático, decidido a practicar una intervención armada en México, con lo cual se tomaba de la mano con James Sheffield, el embajador de la Casa Blanca en México—. El Manco se reunía en secreto con los obispos mexicanos en el exilio o en territorio nacional, al igual que con los industriales de Estados Unidos. Calles, por su parte, se ocupaba de sabotear los encuentros haciendo llegar a la prensa detalles de los mismos sin que Obregón entendiera o supusiera el origen de las filtraciones. El hecho real es que las negociaciones abortaban intempestivamente. El Turco no quería la paz, necesitaba la convulsión, la rebelión clerical, la guerra cristera, para montar el teatro de tal forma que le permitiera desaparecer del escenario a su paisano.

Por lo visto, todos los protagonistas tenían dobles objetivos. Calles aprovecharía la convulsión para matar al Manco y quedarse para eternizarse en la Presidencia, por más que renegara de don Porfirio… El poder, las mujeres, el caballo y el cepillo de dientes no se comparten. Orozco promovería la guerra no tanto para defender los sagrados intereses de Dios, sino que utilizaría la rebelión cristera para impedir las expropiaciones de sus inmensas propiedades agrícolas y las de sus colegas, así como lucharía a brazo partido para que el suelo y el subsuelo no fueran jamás propiedad de la nación, porque sus gigantescas inversiones en el ramo petrolero se verían severamente perjudicadas. Bien lo decía Carlos Marx: detrás de cada acontecimiento político debe buscarse una explicación económica…

En los días previos al asesinato de Obregón, Luis Segura Vilchis, quien se había entrevistado a principios de año con la Madre Conchita, ya había obtenido el acuerdo de Orozco y Jiménez, a través del padre Bergöend, para acabar con la vida de Obregón. El sacerdote francés admiraba la determinación de Segura Vilchis, uno de sus seguidores más destacados, si no es que el predilecto, por su inquebrantable fe religiosa, por su coraje contagioso dedicado a defender los derechos y privilegios eclesiásticos y por su convicción obsesiva, su "propósito inquebrantable de suprimir al general Obregón",[1] la única manera de hacer fracasar el plan revolucionario, o por lo menos, de estorbarlo seriamente...

Mientras Capistrán Garza buscaba en Estados Unidos financiamiento para la revuelta, Segura Vilchis fue reconocido como el jefe de los miembros de la ACJM pertenecientes a la Liga, la que a su vez lo nombró jefe del Control Militar, o Comité Especial, en el Distrito Federal.[2] Sin abandonar su empleo en la Compañía de Luz, Segura Vilchis dedicaba su tiempo libre a preparar más levantamientos y conseguir armas para hacérselas llegar a los cristeros. Especial atención imprimió a la fabricación de bombas de mano en su casa en la avenida Primero de Mayo de Tacubaya, para enviarlas a los levantados en armas. El ingeniero Segura Vilchis dictaba órdenes perdido en el anonimato a través de terceros que desconocían su identidad. Muchas personas recibían sus órdenes "sin saber siquiera que él las dictaba y no eran pocos los que, habiendo recibido una orden más o menos peligrosa de cumplir, o que salían de lo ordinario, ocurrían a él para consultar la conducta a seguir, ignorando que consultaban al mismo que había dado la orden".[3]

Rodeado de un pequeño grupo de sus más íntimos y leales amigos en La Casa de Troya, su cuartel general, en el número uno de la Avenida Madero de la colonia El Imparcial, Segura Vilchis insistió en suprimir a Obregón, aun cuando algunos del grupo pudieran ser sacrificados... Intentar matar a Calles, encumbrado en la cúspide del poder, era menos que imposible por la protección militar y policiaca que tenía. Pero el Manco era más fácil. Segura Vilchis justificaba su conducta criminal alegando:

—Si se trata de un tirano por usurpación es lícito el tiranicidio realizado por particulares, según la doctrina católica, siempre que reciban éstos la orden de la autoridad legítima y cuando sea imposible reducir o castigar al usurpador por los procedimientos legales ordinarios.[4]

La felicidad y el júbilo estallaron entre los conjurados que anhelaban acabar con el tirano, autor de todos los latrocinios, atropellos, vejaciones, despojos y arbitrariedades en contra la Santa Causa de Dios.

La primera oportunidad se dio cuando la inteligencia cristera conoció que el general Obregón saldría de la Ciudad de México para dirigirse a Sonora, a bordo del "Tren Olivo".

—Volemos el tren con una bomba de dinamita —sentenció Segura Vilchis.

Ayudado por Juan Tirado Arias y Ángel Castillo, colocaría el artefacto en la trabe de un puente del ferrocarril, adelante de Tlalnepantla. Obregón saldría el sábado 2 de abril de 1927, un día después del día del martirio, *dies natalis*, de Anacleto. La mañana de los hechos Segura Vilchis y sus secuaces, con toda la bendición católica, apostólica y romana, conectaron los alambres a las baterías y esperaron noticias para saber cuál tren saldría primero, si el "Olivo" o el ordinario de pasajeros a Guadalajara. Cuando la pandilla de asesinos vio el humo blanco despedido a lo lejos por la locomotora, un contraste con el intenso azul de la bóveda celeste, y Segura Vilchis tomó en sus manos el detonador, fueron repentinamente detenidos por un espía al servicio del clero, que les hizo saber a gritos: "¡No hagan nada, muchachos, no hagan nada! ¡Es el tren de pasajeros!".

—¡Bendito sea Dios que llegué a tiempo! —exclamó agobiado el comisionado—. Obregón y el general Serrano salieron a las siete de la noche en un carro Pullman agregado al tren ordinario de pasajeros... Hubiera sido horroroso matar a tanta gente inocente...[5] Pero la suerte del tirano estaba echada. *Alea jacta est*. El problema ya no consistía en decidir si se le asesinaba o no, sino ¿quién lo haría? ¿Cómo se llevaría a cabo el crimen y, por supuesto, cuándo y dónde?

Orozco no pierde tiempo. *Amici, diem perdidi...*[6] No lo puede consentir. Se obsesiona con la idea de asesinar al Manco antes de que vuelva a la Presidencia. No en balde se había reformado la Constitución para permitir la reelección. Una salvajada, una canallada más de los políticos. En su rabia no se detendrá, como lo hiciera Segura Vilchis, porque se tratara de un tren de pasajeros cargado de personas inocentes. Cualquier daño que se le produjera al gobierno era válido, cayera quien cayera, se sacrificara quien se sacrificara, se degollara a quien se degollara... Dañar, perjudicar, minar, erosionar el poder de Calles y de Obregón constituían los objetivos vitales. De ahí que convocara de inmediato al interior de una de las cavernas en donde habitaba de seis meses atrás, a Pepe Dinamita, su brazo derecho, así como al satánico general José Reyes Vega, el cura de Arandas, y a otros dos santos sacerdotes que también ostentaban el grado de generales de la Guardia Nacional Cristera: Aristeo Pedroza, cura de La Barca,[7] y Francisco Angulo, cura de San Francisco de Asís, quien acogido posteriormente a la amnistía y con el nombre de Jesús del Valle sería nombrado por el Vaticano obispo de Tabasco.[8] *No levantarás falsos testimonios ni mentirás*, dice ridículamente el octavo mandamiento… ¿Motivo de la reunión? Descarrilar un tren de pasajeros proveniente de Guadalajara con rumbo a la Ciudad de México, saquearlo, vaciar sus caudales y matar a todos los viajeros e incendiarlo hasta no dejar ni cenizas.

—¿Está claro? —preguntó Orozco sin parpadear, sin mover un músculo de la cara, sin que casi se le pudiera escuchar y sin concederle bendición alguna a sus visitantes, por más íntimos que fueran. No era momento de ser generoso. Algo destacaba en el físico de Su Excelencia. Estaba profundamente demacrado, ojeroso, con la piel pegada a los pómulos. Delgado, agotado, pálido, como si estuviera enfermo.

—¿Se encuentra bien, reverendísimo? —se atrevió a preguntar el padre Vega, sorprendido por el tono de voz y la tez descompuesta de Orozco.

—Es un mal pasajero, no se preocupen —repuso a sabiendas de que su dolor lo llevaría a cuestas mucho más allá que toda la eternidad—. Quiero que nos aseguremos las enormes cantidades de pertrechos militares y la fuerte remesa en efectivo que la sucursal del Banco de México remitirá a su matriz en la capital de la República,[9] según me informan de la inteligencia cristera.

—¿Es lo único? —preguntó Angulo lacónicamente.

—No, hijos míos, quiero que se apoderen de todo ese dinero para financiar la causa, sí —aquí Monseñor hizo un silencio siniestro—. Pero también deseo que incendien el tren y sobre todo, lo más importante, es que no quiero sobrevivientes que más tarde puedan dar su versión de los hechos.

—¿Por sobrevivientes se refiere usted a acabar con los soldados que custodian el tesoro nacional? —inquirió el cura Pedroza con la debida candidez.

—No, hijos míos, no, seré completamente claro para que no haya malos entendidos: no quiero que sobreviva ningún pasajero, de la edad o sexo que sea, ¿me comprenden? Es mi voluntad que acaben hasta con el maquinista, ayudados por Miguel Gómez Loza, nombrado por el Comité Especial de la Liga como gobernador provisional de Jalisco a la muerte de nuestro amado Anacleto, nuestro querido *maistro* Cleto, que Dios lo tenga en su santa gloria…[10] Ellos también llevan mis instrucciones.

En el interior de monseñor Orozco y Jiménez ardía una sola obsesión: vengar a Anacleto, su muchacho, un inocente, un santo, un incuestionable candidato a la beatitud. Otros tenían que morir para honrar su santa memoria. Muchos deberían sufrir como él lo había hecho. Si ya nunca nadie le devolvería al amor de su vida, que los demás también padecieran el devastador sentimiento de la pérdida y del vacío. ¿Qué los pasajeros del tren no eran culpables de su arrebato? Anacleto tampoco había sido responsable de cargo alguno, salvo el defender a Dios y a su religión y, sin embargo, lo habían asesinado salvajemente. ¡Claro que las pasiones eran ciegas, más aún cuando se trataba de una intensa relación sentimental entre dos varones! ¡Qué escaso nivel emocional podría alcanzar la compenetración entre un hombre y una mujer! ¡Cuánta pobreza! Los heterosexuales jamás conocerían el verdadero fuego, el que consume las entrañas, el que quita el sueño y mata y devora y aniquila cuando dos machos verdaderamente se aman. Cleto, mi chiquillo del alma, por cada muerto que logremos en el ferrocarril siente un cariño, mi bien, en tus mejillas de querubín.

Los tres sacerdotes se miraron a la cara sorprendidos. Era una orden excesiva. Sin embargo, las órdenes de la autoridad eran incuestionables.

El 20 de abril de 1927, *El Universal Gráfico* reseñaba: "El criminal acto que hizo víctimas no sólo a la escolta, que se batió heroicamente, sino a una parte del pasaje, fue consumado por la gavilla capitaneada por los curas Vega, Pedroza y Angulo, el licenciado Loza y el cabecilla apodado 'El Catorce'."

"Una hecatombe sin precedente en nuestro país, debido a las proporciones que alcanzó —rezaba *El Informador* de Guadalajara el día 21—, fue la registrada anteanoche en el kilómetro 162 de la vía del ferrocarril de Irapuato, entre las estaciones de Ocotlán y Feliciano y a unos nueve kilómetros de la ciudad de La Barca… El largo convoy de pasajeros que salió anteayer por la tarde de esta ciudad para la capital de la República, fue primeramente descarrilado en el lugar que se deja indicado y asaltado luego por un núcleo de cuatrocientos cincuenta o quinientos rebeldes después de sostener un tiroteo con los soldados de la escolta que viajaban a bordo del tren, la cual se sacrificó en su totalidad, dieron muerte a más de cuarenta personas, mujeres y niños en su mayoría, terminando por incendiar los carros, siendo en ellos donde pereció el mayor número de víctimas, heridos que, en la imposibilidad de abandonar el convoy, murieron entre las llamas del incendio, avivado con materias combustibles."

Al entrar la locomotora a una curva da una cabeceada, se sacude con estrépito, pega un salto y azota de lado sobre el terraplén, en medio de un estruendo espantoso.[11]

—¡Viva Cristo Rey! —se oye un alarido, al mismo tiempo que una lluvia de balas cae sobre el convoy.

El tiroteo arrecia. Los cincuenta soldados de la escolta contestan desde las ventanillas, con bríos, la brutal acometida de las turbas que están "defendiendo sus derechos y restaurando al Reinado de Cristo", asesinando cruelmente a hombres, mujeres y niños.

De los carros sale un coro de imprecaciones y lamentos. La gente se revuelve y se arrastra sobre el piso de los coches, buscando un lugar seguro que los libre de la infame matanza. Gritan en un tono angustioso que no tiren, pero las orejas de los santos cristeros no oyen, y por el contrario, el fuego es más intenso, más encarnizado, más cruel…

Pedroza y el Reñido están dirigiendo el ataque y azuzando a las turbas. —¡Viva Cristo Rey! ¡Viva Cristo Rey! —se sigue escuchando el grito de guerra.

Los heridos agonizan dentro de los carros, cuyos pisos comienzan a cubrirse de sangre. Angulo y Vega trajinan fatigosos acarreando del express los doscientos mil pesos motivo de aquella espantosa carnicería. De las ventanillas ya apenas sale uno que otro tiro; después… nada… La escolta ha sido aniquilada. Los cristeros se abalanzan como fieras hambrientas sobre el convoy y penetran a los carros con los puñales en alto, amenazantes. Angulo, por delante, también lleva el suyo en la mano.

—¡A acabar con los malditos pelones!; ¡a rematar a los que queden vivos!

Mujeres que se abrazan a sus hijos moribundos, enloquecidas de angustia. Hombres que gritan enronquecidos y sacuden a sus gentes, acribilladas a tiros, ya sin vida. Heridos que se arrastran pidiendo auxilio con débil voz…

—¡Padre! —se abraza una mujer a las rodillas del padre Vega, bañada en lágrimas y sangre—. ¡Me han matado a mi marido y a mis hijos!

—¡Todo es por Dios, hijita; ofrece tu dolor a la Virgen Santísima y resígnate! —y la aparta, echándole bendiciones.

—¡Padre! —claman los heridos, levantando suplicantes la cabeza, y el cura sigue marcando con el puñal, en el aire, el signo de la cruz.

—¡Padrecito! —murmura con débil voz un soldado, haciendo esfuerzos por incorporarse.

—¡Tómala, judío! —y esta vez el puñal del padre Vega, férreamente sostenido del mango que ostenta el crucifijo, se hunde en la garganta del infeliz pelón al estentóreo grito de ¡Viva Cristo Rey!

—¡Aquí está uno! ¡Acá está otro! ¡Y acá está otro…! —gritan los sanguinarios cristeros al descubrir a los soldados heridos.

Y los puñales se hunden una, otra, repetidas veces en los cuerpos inermes de los pobres juanes, hasta no quedar uno solo con vida… Los padres Angulo, Pedroza y Vega exhiben sus puñales, sus manos y su indumentaria ensangrentados; en los tres casos sobresale el alzacuellos blanco. Los curas y demás victimarios salen bañados en sangre, fatigados, jadeantes de la ruda labor de exterminio que han llevado a cabo en el nombre de Dios…

—¡A prender fuego al tren! —grita Angulo.

Había que consumar la obra, reduciendo a cenizas los cadáveres y los heridos, para escarmiento de los secuaces de Satanás. La gente sale corriendo, arrastrando unos a sus muertos, otros a sus heridos, perseguidos por las llamas, que comenzaban a consumir el convoy. Presencian horrorizados, mudos de espanto, aquella segunda San Bartolomé. Subieron los rebeldes sin escuchar a las mujeres que pedían piedad. Bajaron del tren los pasajeros que pudieron hacerlo, pero se quedaron niños y heridos. Los asaltantes, sin miramiento alguno, regaron de petróleo los carros y les prendieron fuego, consumiéndose por completo y oyéndose en medio de la hoguera los gritos de quienes se quemaban vivos.[12]

¡Vámonos cuanto antes de este infierno! ¡Vámonos! ¡Vámonos!

Se retiran, perdiéndose en la densa oscuridad de la noche. Los cristeros, con las cabalgaduras cargadas de pesos, todavía chorreando sangre, van subiendo la loma, dando gracias a Dios, cantándole alabanzas. El padre Vega sería conocido, a partir de ese momento, como "El Chicharronero",[13] por la forma en que frió a personas inocentes. Órdenes son órdenes y un militar cristero está obligado a cumplirlas…

Sobre el escritorio de Plutarco Elías Calles apareció, escrito en una hoja blanca sin sellos ni firmas ni protocolo alguno: "En el asalto al tren de Guadalajara ocurrido el miércoles a las ocho de la noche perecieron ciento sesenta y dos personas según los informes más verídicos y de ellas fueron más de cien pasajeros entre los que se encontraban mujeres y niños".[14]

Favorecidos por la noche, los bandidos habían huido hacia Tepatitlán. Luis Segura Vilchis tenía mucho que aprender. Tenía tiempo. Era muy joven… Para poder prosperar le resultaría muy conveniente perder, antes que nada, la más elemental piedad.

Con la masacre de los pasajeros del tren de La Barca, el salvajismo clerical había llegado demasiado lejos. La sociedad se estremeció, fue un impacto conmovedor pocas veces visto. "Hemos sufrido una catástrofe de primera magnitud. Las víctimas inocentes, las mujeres, los niños, nunca se podrá pagar por esas vidas, nunca se podrán recuperar, están más allá del poder humano." Era el momento de enviar a los Altos de Jalisco, a todo el estado de Jalisco, al Gallinero de la Nación, a los cuarteles generales de Su Excelencia Orozco y Jiménez, a un militar de alto grado, de toda la confianza del general Plutarco Elías Calles, para proceder a la pacificación inmediata de la región. Se trataba nada menos que de Joaquín Amaro, el mismísimo secretario de Guerra del Turco. La opinión pública condenaba los hechos y, por supuesto, al clero, que se defendía de los cargos con respuestas inútiles. Imposible sacudirse la culpa. El prestigio de la iglesia se desplomaba junto con la esperanza del Comité Episcopal de lograr un levantamiento armado masivo, de corte popular para asistir, y rescatar de manos del Diablo las casas de Dios. Si llegaron a pensar que en cada católico tendrían a un soldado incondicional a sus órdenes, en cada feligrés de los millones que existían en el país a un defensor de su patrimonio y de sus derechos, se equivocaron de punta a punta. Los mexicanos no daban dinero ni aportaban armas ni se anotaban como cristeros en las listas secretas de la Liga o de la U para ir al campo de batalla, además en abierta desventaja en materia de armamento con el gobierno federal. No había fuerza suficiente para convencerlos de que entregaran su vida luchando por los derechos del Señor.

Joaquín Amaro creó campos de concentración en Jalisco y, en la inteligencia de que había recibido poderes ilimitados para disponer de vidas y haciendas de los cristeros, como juez inapelable con facultades para fusilar a quien considerara culpable de actos de sedición, escribió capítulos de la historia de México en los que se distinguió por una crueldad atroz. Gobierno e iglesia cayeron en la irracionalidad y el salvajismo. Las órdenes eran las órdenes y había que respetarlas, el viejo pretexto para cometer todo tipo de crímenes. Amaro llevaba como consigna "peinar" la localidad hasta dar con Orozco: me lo traes amarrado de manos y patas, colgado de un palo, vivo de preferencia, para poder intercambiar puntos de vista civilizados con él. El presidente ofrece una recompensa para quien informe del paradero de El Chamula… Se pagará en efectivo a quien proporcione datos que permitan la localización de este delincuente, un asesino sedicioso, un criminal de lo peor que ha pisado el suelo de la República.

Simultáneamente, Calles ordena que seis de las quince máximas autoridades eclesiásticas sean sacadas de sus residencias y palacios con lujo de violencia para desterrarlas. La presencia en el país de esos siniestros curas, hipócritas y chantajistas, le producía una evidente incomodidad: estaban dedicados a conjurar de día y de noche en contra de su gobierno. Ningún obispo expulsado podrá volver a la República antes de dos años. Otros tantos no tendrían como destino el exilio, sino la cárcel.[15] Treinta y cinco sacerdotes y monjas, activistas de la rebelión, son enviados a las Islas Marías. Un infierno en vida. El pretexto del tren de La Barca era inmejorable para sacarlos de México.

Sólo que Calles no enfrentaba únicamente el conflicto armado: también tendría que manejar una sucesión presidencial sumamente complicada. El cambio de poderes en 1920 y en 1924 se había llevado a cabo mediante las armas, y 1928 no parecía ser una excepción. El ejército, con toda seguridad, tendría que volver a salir de los cuarteles para imponer al candidato, no del pueblo, sino el de Calles, quien previendo turbulencias apoya a Morones para que la CROM llegue a tener al menos un millón ochocientos mil trabajadores al final de su mandato. Una fuerza política imponente, avasalladora, para controlar a la nación, así como las ambiciones políticas de civiles, militares y religiosos. ¿Quién resiste una protesta callejera de cientos de miles de personas, que además están armadas?

Mientras las lluvias de junio detienen un poco la violencia, se presenta una depresión económica. Sólo eso faltaba. No se crean las suficientes fuentes de riqueza ni las plazas de trabajo necesarias. La migración campesina a Estados Unidos se convierte en oleada. La guerra perjudica gravemente al campo. Obregón intenta de nuevo firmar la paz con los cristeros. El Manco se reúne primero con el arzobispo Ruiz y Flores e Ignacio Valdespino y luego con el obispo Fulcheri. Calles filtra a la prensa norteamericana las gestiones del caudillo, obligándolo a declarar duramente en contra del clero. Obregón fracasa una vez más. La masacre del tren de La Barca hizo imposible una negociación o cualquier acercamiento. Obregón pierde oportunidades. Fracasa en silencio. Manda a Aarón Sáenz a San Antonio, Texas, para saber cuántos obispos estaban dispuestos a volver a México. Se habla del regreso de los sacerdotes exiliados. Calles niega públicamente haber dado un paso en ese sentido. Nunca, nadie le consultó semejante temeridad. Obregón acusa a la iglesia de esta nueva filtración. Se entendía que las entrevistas eran secretas. Son unos traidores, intratables, impresentables. El Turco sonríe con la debida discreción mientras descalifica a su paisano, quien vuelve a levantar la ceja en busca de explicaciones. ¿Y este Plutarquito, tú? El Manco queda en ridículo al destruirse otra de sus iniciativas de paz… ¿Pero qué pasa aquí? Roma decide extender los plazos que eventualmente pudieran conducir a un arreglo en razón de la campaña presidencial para sustituir a Calles. Esperemos. Obregón enfurece. De ninguna manera deseaba presentar su candidatura en medio de la rebelión cristera. Vuelve a fracasar. Espera sofocar el movimiento antes de las elecciones de julio de 1928. Fracasará, por supuesto que fracasará… Era invicto en el terreno militar, pero en el de la política…

El embajador Sheffield manda comunicados incendiarios a Washington. Es el primer agitador. Un insolente de extrema derecha, titular de la verdad absoluta, quien alegaba que la única manera de civilizar a los mexicanos, unos auténticos bárbaros, era mandándolos a estudiar a la Universidad de Yale o que por lo menos aprendieran las reglas del beisbol para que alguna vez llegaran a comportarse como caballeros. Este siniestro representante del Tío Sam etiquetó a Calles como un títere bolchevique por tratar de aplicar la Constitución de 1917. ¿Por qué se ignoraban los Tratados de Bucareli? ¿Por qué? Los mexicanos carecían de palabra de honor, era imposible llegar a ningún acuerdo con ellos y cuando finalmente se convenía en algo, no respetaban lo pactado. Así: You don't like it, güerito? Entonces you can easily go to hell o a la chingada, como tú prefieras…

Los derechos de las compañías petroleras yanquis eran intocables. Quien atentara contra ellos metería la cabeza en la boca de un cañón… Las compañías petroleras decidieron continuar perforando pozos, ignorando abiertamente las disposiciones legales. El Estado no tiene más opción que someterlos por la fuerza. ¿Sabrán a qué se exponen si lo intentan con su ejército de huarachudos? ¿Saben cuándo les devolveremos Texas, Nuevo México, Arizona y California, our sunny California? Cuando tengan un armamento superior en capacidad destructiva al de nosotros. ¿Y saben cuándo podrán armarse así? Nunca, porque carecen de organización, de disciplina, de responsabilidad social, de educación y porque siempre se han negado a vivir dentro de la ley que ustedes mismos emitieron.

Se habla de confiscación al estilo bolchevique, de expropiaciones, de robos a las propiedades del Tío Sam, es decir, todo un sistema de latrocinio organizado por el gobierno mexicano. Un hurto descarado e inaceptable, inadmisible. ¿Quiénes son los mexicanos para promulgar sus propias leyes? Cazan a los católicos, no hay libertades religiosas, privan a los hacendados de sus bienes y además se niegan a pagar las debidas indemnizaciones. Ni hablar, que vengan los *marines* antes de que las fuerzas militares de Calles entren a nuestros terrenos a cerrar las válvulas y a impedir la perforación y extracción en nuestros yacimientos. México nada en petróleo y todo es nuestro, propiedad de los United States of America. Faltaban horas, simplemente horas para que se produjeran desembarcos masivos por el Golfo de México y la costa del Pacífico, además de la invasión por tierra del ejército norteamericano a través de la frontera norte. Tomarían de inmediato las principales ciudades y puertos de los que dependía la supervivencia del país. Producirían una asfixia lenta para que no se volviera a olvidar lo que significa enfrentarse a la Casa Blanca.

¿Quién podía solucionar semejante entuerto? Sólo Morones. Mientras Calles ordenaba a Lázaro Cárdenas, el comandante militar encargado de la preservación de la zona de las Huastecas, que procediera a incendiar los pozos tan pronto recibiera una indicación encriptada de su parte. Cuando las tropas mexicanas se encontraban en alerta máxima y en cualquier momento se esperaba contemplar las chimeneas de los acorazados y destructores yanquis en el horizonte marítimo, se presentó el Gordo con la solución idónea.

Escasos seis meses atrás, Morones había sido informado durante una de sus bacanales en su residencia de Tlalpan, de las tendencias lésbicas nada menos que de la esposa del embajador de los Estados Unidos, quien tenía relaciones "con una muchacha mexicana, a medias mujer galante, a medias espía, buena mexicana, de cuerpo entero —aunque fuera de cuerpo pecador—, que logró introducirse en la intimidad de la mujer del embajador, conocer los secretos de su alcoba y sustraerle documentos que en tan recatado sitio le parecieron al embajador fuera del alcance de cualquier mirada indiscreta".[16]

Nada nuevo. El señor secretario conocía detalles de la vida íntima de quienes mandaban en el país, ya fueran empresarios, políticos, pensadores, poetas, diplomáticos y pintores como el doctor Atl, Rivera, Siqueiros y Orozco. Bastaba con que alguien de cierta capacidad económica contratara los servicios de una prostituta o prostituto para que Morones lo supiera poco después. Él gobernaba el inframundo de la Ciudad de México. Así y sólo así pudo llegar hasta sus oídos que la señora Edith Tod, esposa del embajador James Rockwell Sheffield, solicitaba con frecuencia la compañía de una mujer de buen ver que se plegara a todos sus caprichos en la cama, con la mayor discreción y a cambio de una buena cantidad de dólares. La Llalla Recamier, su cuñada, se lo comentó después de una orgía sin poder suponer siquiera la trascendencia de la información que estaba proporcionando ni el servicio gigantesco que podía rendir al Estado.

—¿Qué...? —preguntó el Gordo enrollándose una toalla gigantesca, especialmente fabricada para él, alrededor de la cintura. Salía del vapor sudando litros de alcohol.

—¿Quién la atiende? ¡Datos, datos, niña, dame datos! —le exigió a la Llalla, quien se extrañó ante una reacción tan ansiosa.

—Se llama Josephine Pierre...

—¿Es francesa?

—No, es sólo su nombre de batalla con las extranjeras...

—¡Su nombre, carajo, no estoy para bromas!

—Es Josefina Pérez, todas la conocemos como Chepina —contestó la Llalla asustada.

—¿Puedes traerla ahora mismo, niña?

—Por supuesto, siempre y cuando no esté empiernada con la tal Edith, que está verdaderamente loca con nuestra Chepes.

—¡Llámala! Dile que venga o voy a donde se encuentre.

—¿La vas a largar del país?

—No...

—No me digas que te la quieres echar...

—Llámala, ¿quieres? —repuso Morones en tono cortante—. Cuando salga del vestidor quiero una respuesta favorable. Dile de mi parte que le tengo un negocio maravilloso que la sacará de pobre para siempre.

Fue en la enorme sala de boliche donde se entrevistó con Josephine, Chepina, Chepes, un par de horas después. Se trataba de una mujer de unos treinta y cinco años, de estatura media, rubia, ojos verdes llenos de curiosidad, piel muy blanca, manos descuidadas, pelo bien cepillado sujeto por una diadema. Rebosaba picardía y estuvo coqueta con el señor secretario, conocido por su generosidad en la retribución de los favores sexuales. Ágil en la conversación, rápida y genuina en las respuestas, directa en las apreciaciones, certera en sus juicios, bilingüe natural —su madre había nacido en Chicago— y, sobre todo, ávida de dinero, pues era plenamente consciente de que los mejores años de su vida estaban por concluir y era inevitable el deterioro de su herramienta más eficiente para hacerse de recursos: su cuerpo.

Josefina facilitó la transacción una vez informada de la necesidad de obtener los planos, estudios o cualquier documento relativo a una invasión de México.

—Espíalos, algo comprometedor debes encontrar, Chepinita; un papel, algo, lo que sea... Yo, por mi parte, tengo a otra persona buscando en la propia embajada, pero no dispongo de una manera de entrar a la residencia de Sheffield.

—¡Claro que lo que buscas, gordito, no está en la embajada, mi chulo...!

—No me digas gordito ni chulo, reina, dirígete a mi como secretario, ¿quieres? Aun entre los perros hay razas.

—¡Ay, qué pesado es tu jefe, Llalla! —exclamó Josefina, enfriándose, mientras tomaba su bolso para retirarse.

—Estamos hablando de negocios, Chepina…

—Pues bien, entonces para usted, de hoy en adelante, señora Josephine Pierre: secretarito… —¡pobre Morones, lo que tenía que aguantar!—. Gordo, gordito, como quieras, reinita, pero dime dónde está lo que estoy buscando. También estamos rastreando la oficina del agregado militar, por algún lado debemos dar con la clave. Somos un equipo.

Chepina tomó asiento de nuevo. Una vez recuperada la confianza, le dijo a Morones:

—Mira, peloncito, el otro día que acabamos de revolcarnos en la cama de Edith… porque has de saber que antes nos entrevistábamos en el Hotel Regis o en el Geneve con la debida discreción, hasta que inventamos que podíamos encontrarnos en la propia residencia de la embajada, en su domicilio particular, para que me entiendas, chulo, con el pretexto de que yo era la manicura y le iba a arreglar las manos y los pies…

—¿Y qué pues, qué pasó…?

—Pues como te decía, después de besarnos y acariciarnos hasta hartarnos, mientras que la señora Tod de Sheffield se bañaba, yo buscaba algunos dolaritos para clavármelos y pude revisar unos papeles que estaban en uno de los cajones de doble fondo del escritorio del diplomático en su propia habitación…

—¿Doble fondo…?

—Fue muy sencillo saberlo al medir el grosor por afuera y la profundidad por adentro. Al quitar una tablita separadora me di cuenta de que ahí esconden algo importante porque hasta arriba decía *Top Secret*.

—¿Qué quiere decir eso en español? —cuestionó ansioso el líder cromista.

—Máximo secreto, encanto. Parece mentira que no entiendas el inglés.

—Para eso hay intérpretes, Chepina, ¿tú hablas chino? Pero no nos distraigamos, es genial lo que dices, creo que por ahí está la clave. Dale una pastillita para dormir en el trago que se tome.

—No es necesario: pasa horas en el baño a saber qué tanto hace ahí. Aprovecharé ese momento. Cuando hablamos de su marido, Edith siempre dice que tiene que traer documentos a la residencia porque desconfía hasta de su sombra en la embajada. En ningún lugar iban a estar más a salvo de los espías sus papeles confidenciales que ahí, en su propia recámara. Si esos secretos llegaban a manos de los periodistas no sólo su trabajo estaría en juego, sino que las relaciones entre México y Estados Unidos estarían en grave peligro.

—¿Y nunca supiste qué eran o en qué consistían?

—No, pero podré consultarlos la próxima vez sin mayor problema. Si no lo hice antes es porque no me interesaban esos documentos. ¿Yo para qué los iba a querer, chulito…? ¿Qué quieres, a ver, qué quieres que haga con ellos gordito?

Después de meditar la respuesta, Morones repuso mientras se secaba la frente empapada por un sudor repentino:

—Mira, no quiero que me digas lo que dicen los papeles, mejor tráemelos aquí, a esta tu casa, yo los copio y te los regreso el mismo día, prometido. Es mejor que yo juzgue el contenido… Tú no sabes de estas cosas.

—De acuerdo, ¿pero de cuánto estamos hablando, muñequito?

—Ponle tú el precio. Piensa cuánto te paga la señora Tod por acostarte con ella y hacerle las uñas y, si te parece bien, multiplícalo por cien. Cobrarás en un solo día lo equivalente a cien acostones. ¿Va?

—¿Te parecen bien cinco mil pesos…?

—Es una burrada de dinero, pero bien vale la pena la apuesta —repuso Morones viendo a la Llalla, a quien nunca le había entregado, ni en sueños, semejante cantidad a cambio de sus favores.

—Cuánta lana, ¿no mi amor? —intervino la\Llalla—. ¿Y a mí no me va a tocar nada por haberlos puenteado? Sin mí no habría Josephine ni Morones ni secretos ni negocio.

—¿Te parecen bien quinientos?

—Ni que fuera yo piruja barata. ¡Cerrémoslo en dos mil!

—Bien —dijo Morones sonriente, sin imaginar los secretos de Estado que muy pronto tendría en sus manos.

Josephine puso en manos del secretario de Industria y Comercio el "Plan Green", es decir la estrategia para llevar a cabo la intervención armada en México, la tercera en el siglo XX, después del bombardeo de Veracruz en 1914 y la expedición Pershing en 1916. Había cartas cruzadas entre Kellogg y Sheffield, en las que se dejaba constancia del desprecio a los mexicanos y a sus instituciones, y del castigo que merecían por atentar en contra de las empresas norteamericanas, pero, sobre todo, los planes y mapas para llevar a cabo una invasión masiva en los próximos días. Los mapas habían sido diseñados por el teniente coronel George Russell y establecían rutas para las tropas invasoras en número de quinientos mil hombres, así como las fuentes de abasto a través de la retaguardia. Unas tropas atacarían Monterrey, otras Guadalajara, además de Veracruz. El resto tomaría la Ciudad de México, con lo que se derrumbaría todo el país moral y militarmente. Se describían a la perfección las zonas militares mexicanas, divididas por número de efectivos y probable cantidad de pertrechos disponibles, así como la labor que tendrían que desarrollar la aviación y la marina yanquis para inmovilizar al país e impedir su defensa. Nada había sido dejado a la casualidad. Habían invertido mucho tiempo y recursos para diseñar un proyecto que debería ejecutarse con precisión cronométrica.[17]

Morones besó impulsivamente a Chepina, Chepis, la señora Pierre, y le ofreció el doble de la paga, al igual que a la Llalla, con la condición de que no revelaran nada de lo ocurrido absolutamente a nadie, y salió a toda prisa:

—Saquen mi Cadillac, el blindado. Vámonos pa' Chapultepec —no necesitaba cita para una audiencia presidencial, y hoy menos que nunca...

El presidente de la República extendió los planos sobre el escritorio y solicitó la presencia inmediata de su traductor de confianza. Se informó, vio, leyó, volvió a leer, estudió la toma de Veracruz, de Tampico, de Mazatlán, de Mérida, de Monterrey, de Guadalajara y de la Ciudad de México. Revivió en su mente el óleo aquel en que aparecía la bandera de las barras y las estrellas en el asta del Palacio Nacional en 1847. Atento, escuchó la traducción de las cartas cruzadas entre Sheffield y Kellogg... Antes los espías norteamericanos compraban secretos en el Congreso de la Unión y protestaban desde Washington mucho antes de que se promulgaran las leyes mexicanas respectivas, de la misma manera en que sobornaban a periodistas o a jueces para asegurar la tendencia deseada en el marco de sus intereses políticos o económicos. Ahora era distinto.

—Gordo: eres un genio —el presidente rebosaba satisfacción—. Mereces el bien de la patria a pesar de lo feo que eres...[18]

A continuación le dictó una nota a su traductor para que fuera transmitida telegráficamente y de inmediato al presidente Coolidge. En ella le adelantaba que le estaba enviando una persona de su absoluta confianza con "documentos originales importantísi mos que deseaba conociera antes de que se cometiera el crimen de invadir el territorio nacional; en la inteligencia de que, si después de leer tales documentos, el gobierno de los Estados Unidos seguía en su actitud de agresión contra México, él les daría publicidad para que el mundo juzgara el atropello inaudito que iba a cometerse contra un país débil, que sólo trataba de defender su soberanía".[19]

Coolidge se desplomó:

—Hay un traidor en mi gobierno. ¿Quién vendió la información? Quiero la renuncia del embajador Sheffield, aquí, sobre mi escritorio, a la brevedad —tronó enfrente de Kellogg.

—Señor, espere, él debe ser inocente. Alguien pudo haber sustraído contra su voluntad los planos y las cartas.

—Si lo sabía, malo y si no lo sabía, peor. Llámelo a cuentas, no quiero a otro imbécil en mi gobierno…

—A sus órdenes, señor —respondió furioso Kellogg, viendo perdida la gran oportunidad de la invasión.

Cuando ya abandonaba el Salón Oval escuchó la conversación telefónica del presidente con el secretario de Defensa:

—Detenga todos los planes en torno a México. Es más, archívelos hasta nuevo aviso. Tendremos que buscar una nueva solución. ¿Entendido?

Al cerrar la puerta, el presidente disparó su último balazo directamente al centro de la frente de su secretario de Estado:

—No quiero ver aquí otra vez a ninguna de las cucarachas de los Caballeros de Colón ni a sus petroleros. Tomémonos unas vacaciones sin ellos…

Josephine Pierre y Morones habían triunfado. México saldría adelante. Lázaro Cárdenas ya no tendría por qué colocar bombas en las bocas de los pozos. El país se había salvado una vez más…

Cuando, luego de años de trabajo, por fin iba llegando al desenlace de *México acribillado*, justo en el momento en que todos los músicos de la orquesta tocan al unísono el *grand finale*, en esa precisa coyuntura en donde tenía que demostrar renglón por renglón, párrafo tras párrafo y cuartilla por cuartilla los motivos y razones que justificaron el asesinato de Álvaro Obregón, así como subrayar el papel que desempeñaron los diversos autores intelectuales y materiales del magnicidio, precisamente cuando tendrían que hablar todos en su debido momento dentro de la fulgurante sinfonía, abandoné mi escritorio una tarde de verano, harto de tanto picar piedra, para salir a caminar, cambiar de espacio y de escenario, descansar y distraerme antes de concluir la trama, tarea que habría de exigir toda mi energía y concentración para dotarla de la tensión dramática que merecía.

Me dirigí a un parque cercano donde mis dos hijos jugaban usualmente en compañía de otros pequeños. Karin los llevaba a pasear prácticamente todos los días, empeñada como siempre en retirarlos de la televisión que, decía, tan sólo idiotiza. En el camino pensaba en la entrada ideal de la Madre Conchita en la escena del crimen, así como la del arzobispo Orozco y Jiménez, la del obispo Miguel de la Mora Mora, el padre Pro, el padre Jiménez, el padre Bergöend, Pepe Dinamita,[20] Darío Miranda y el padre Toral, una cáfila de asesinos religiosos, sin olvidar, desde luego, a José de León Toral, a Morones y a Calles. Toda una conjura eclesiástica y de Estado.

Cuando llegué a la zona de los columpios, las resbaladillas, los volantines y los pasamanos y buscaba afanosamente a la "Güerejita" y a "Franzito", de pronto me quedé paralizado. Si hubiera encontrado a Lucifer en persona no me hubiera producido una peor impresión de horror. ¿Un robachicos? ¿Un degenerado pederasta con mis hijos? ¡No!, era Mónica en cuclillas y ofreciéndoles golosinas para ganárselos con propósitos desconocidos. ¿Qué hacía una bruja perversa y maligna conversando con mis niños, haciendo muecas hipócritas como si fuera un ángel de la guarda? Corrí lo más rápido que pude para apartarla de lo que yo quería más que a nada en la vida. En su inocencia y candor, eran incapaces de distinguir la maldad y las intenciones aviesas de esa persona, de cuya presencia sólo se podrían desprender consecuencias funestas. Nada bueno se podía esperar de un encuentro tan desafortunado que, por supuesto, no respondía a la casualidad. ¿Cuál casualidad? La lamentable presencia de Mónica con mis niños tendría un objetivo premeditado y alevoso. ¿Por qué hablaba con ellos? ¿Cómo se atrevía? ¡Carajo!

Al llegar los separé del mal bicho ese como si tratara de protegerlos de una persona dañada por una enfermedad contagiosa. Los protegí cubriéndolos con mis piernas y sin esperar a que ella se levantara le pregunté:

—¿Me quieres explicar qué demonios haces aquí con mis hijos? ¿Cómo supiste que eran míos? ¿Cómo sabías que venían a este parque? Nos has estado espiando, ¿verdad?

—Me lo dijo un pajarito… —repuso ella tratando de hacerse la graciosa.

—¡Qué pajarito ni qué pajarito…! —respondí, sin poder controlar el coraje creciente que se me desbordaba. Llamé a la nana para que se ocupara de ellos y se los llevara de ese maldito lugar, no sin antes lanzarle una mirada furibunda por su irresponsabilidad al haberles permitido hablar con una persona extraña.

—Es que la señora me dijo que ella era como de la familia…

—¿Y después de tantos años todavía no sabe usted quién es o no es de la familia?

—Es que…

—Lléveselos, ¿quiere? Ya luego hablaremos usted y yo.

De inmediato encaré a Mónica:

—¿Cómo te atreves a investigar a mis hijos, a seguirlos y a hablar con ellos sin mi autorización?

—No necesito tu autorización, Nacho, bien podían haber sido míos y, por lo tanto, me pertenecen al igual que a ti… Por tu culpa me quedé sin hijos y sin marido y ahora estoy más sola que la una.

—¿Qué…? ¿Te has vuelto loca? Estos pequeños nunca tuvieron que ver nada contigo, ni tienen relación alguna y créeme, no la tendrán en ningún caso y en ninguna circunstancia. ¡A ti no te pertenece nada! Además yo no tengo la culpa de que te falten todos los tornillos de la cabeza.

Mónica se puso de pie. Se cruzó de brazos y con una calma y serenidad inusuales en ella, se puso a hacer círculos con la punta del zapato en la tierra.

—¿Ya te pusiste a pensar que si los hago míos tú caerás por gravedad conmigo, porque los seguirás hasta el final del mundo? —repuso sin dejar de mover la pierna y sin verme a la cara.

—Jamás estarán contigo, nunca, ¿lo oyes? —le advertí blandiendo el dedo como si la amenazara con una pistola—. Y si tú fueras la última mujer sobre la tierra, preferiría darme un tiro en el paladar antes que volver a tocarte o a verte o a vivir contigo. Espero que te quede claro —me preparé para retirarme—. Y esto es una advertencia: si te vuelvo a ver con ellos una sola vez más o me entero de que conversaste con ellos o les enviaste un regalo o un chicle, te juro que te denuncio y mando que te encierren por perversión de menores… ¿Está claro?

Con la tranquilidad de las brujas que preparan una pócima, me respondió:

—No creo en tus amenazas, ni me asustan ni me provocan —me estremecí; su tono era el de alguien que está dispuesto a todo—. Yo estoy convencida que donde estén ellos estarás tú y eso es lo único que me interesa del asunto: tú, Nachito, tú… Jalándolos a ellos caerás tú por gravedad.

—Atrévete y te mato —contesté tan furioso, como indignado e impotente—. Llegaré tan lejos como tú quieras. Cuídate mucho de que yo ya no tenga nada qué perder, porque con estas manos —se las mostré a gritos— te sacaré los ojos y los intestinos.

—No grites porque te escucha todo el vecindario, no es inteligente revelar tus planes. Calladito… lo que me llama la atención es que efectivamente, yo sí ya no tengo nada qué perder, voy un paso adelante que tú…

—Me vale madres dónde te encuentres: tócalos o háblales o moléstalos y te mato, Mónica, ya lo sabes —y dándole la espalda caminé de prisa.

Mónica sólo alcanzó a gritarme:

—Acuérdate que donde estén ellos estarás tú…

—Y tú acuérdate que te vas a ir al infierno antes de lo que te imaginas.

Lo último que oí fue una horrenda carcajada que me llenó de pánico… Si algo les llegaba a pasar a mis pequeños yo no lo superaría, no claro que no, pero Karin menos, mucho menos.

Como consecuencia de la campaña presidencial, la efervescencia política había empezado a producirse precozmente. La temperatura política crecía por instantes. Obregón, para comenzar, había decidido no lanzar su candidatura hasta conocer la identidad de sus contrincantes y estar en posibilidad de medir los peligros y diseñar la estrategia más conveniente. Su silencio e indefinición confundieron de entrada a sus adversarios de la arena electoral. ¿El Manco participaría o no en la contienda? ¿Abandonaría su rancho en Sonora para "competir" una vez más por la banda presidencial? ¡Claro que lo haría! Que no se olvidara que las reformas a la Constitución para permitir la reelección llevaban una dedicatoria evidente. Obregón intentaría un regreso suicida ignorando la herencia maderista, despreciando a los viejos y a los jóvenes antirreeleccionistas, deseosos también de escalar el poder dentro de reglas civilizadas para construir el nuevo México, el del futuro, el que todos soñaban.

Calles observaba, encerrado en su tradicional hermetismo. Contemplaba, desde el alcázar, la marcha de los acontecimientos. Fallece doña Natalia Chacón de Elías Calles. El presidente recibe miles de cables de condolencia. Agradece el pésame multitudinario por la irreparable pérdida de su esposa y, sin embargo, continúa armando su juego. Volvamos a la política. Conversaba con los participantes de todos los bandos. A todos prometía apoyo, solidaridad, recursos económicos. A los candidatos que le confesaban sus ambiciones políticas, los animaba haciéndolos sentir su beneplácito, sus posibilidades de éxito y su respaldo incondicional en la campaña: eres mi favorito. Llegarás. Tienes talento, merecimientos, conocimientos del medio, experiencia y popularidad. ¡Lánzate!, les comentaba al oído, en mí tienes un amigo que te seguirá como una sombra. Pondré a tu disposición los recursos necesarios de modo que los apremios financieros no te resten posibilidades de sentarte ante este escritorio que hoy ocupo. ¿Dinero? Lo tendrás. ¿Sustento político? También será tuyo… Calles sabía los nombres de los candidatos y de sus grupos de apoyo, sus posibilidades políticas, sus fortalezas y debilidades, la solidez y vigencia de las alianzas, los centros de reunión, la identidad de los convocadores y la firmeza de los acuerdos, que bien podrían ser derogados con un puñetazo asestado sobre la superficie de caoba perfectamente barnizada del escritorio presidencial o ignorados a través de un jugoso soborno u olvidados para siempre por medio de una amenaza mortal… ¡Llamen al Gordo Morones, le tengo un trabajito!

Obregón y Calles habían diseñado conjuntamente una estrategia que habían venido decantando para dejarla funcionando al punto de la perfección. La habían puesto a prueba la primera ocasión con Venustiano Carranza. Después volvieron a ponerla en práctica con Adolfo de la Huerta y ahora se consumaban como genios de la política de cara a las elecciones federales de 1928. En concreto, una vez aceptada y ampliamente difundida la nominación de los candidatos a la Presidencia, se les iba convenciendo, con hechos palpables y evidentes, de que jamás tendrían la menor oportunidad de colocarse la banda tricolor en el pecho a menos que desistieran de la vía legal y optaran por el golpe de Estado, por la rebelión armada. Las elecciones jamás las ganarían porque nadie podía invertir mayores cantidades de dinero en ese proceso que el gobierno de la República, el cual contaba con la inmensa ventaja de poder disponer del dinero ajeno, de los recursos de los contribuyentes supuestamente destinados a satisfacer las necesidades de la nación y no, en ningún caso, para consolidar el caudillismo. ¡Qué paradoja! Los ciudadanos votaban, por un lado, por el candidato de sus preferencias, sí, pero por el otro, financiaban con sus impuestos, contra su voluntad, la campaña de la persona opuesta a sus intenciones políticas. La Tesorería de la Federación también era un gran elector. Si además de todo lo anterior se corría el peligro de que llegara a desplomarse la popularidad ascendente de ambos sonorenses, éstos todavía contaban con otra herramienta infalible: el fraude electoral masivo, eficiente, imposible de detectar, siendo que para los necios, para los tercos insistentes en el descubrimiento de la verdad, siempre habría una bala perdida o un buen veneno en la sopa de jaiba…

Poco a poco, arrinconados en su impotencia, los aspirantes a entrar por la puerta de Honor de Palacio Nacional, convertidos en jefes del Poder Ejecutivo Federal, empezaban a tramar ardides con los militares, hartos también del caudillismo porque les restaba abiertamente posibilidades de conquistar el poder. Tarde o temprano escucharían los consejos de la violencia, mala consejera, para alcanzar sus objetivos. Los peculados autorizados e impunes no eran suficientes. ¿Para qué tanto dinero, si los sudarios no tienen bolsas?, se llegó a preguntar uno de los uniformados. No te damos el poder pero, a cambio, te llenamos los bolsillos y tus cuentas de cheques con dinero, ¿va…? Una invitación franca a la corrupción, hecha por la propia autoridad. No, ahora deseaban pasar a la historia como los abanderados de la República, pretendían una fotografía en las enciclopedias de la historia patria. Los caudillos no los dejarían llegar en buena lid, ¿no…?, ¡pues a las armas entonces…! ¿Quién está con nosotros? ¿Quién sabe guardar secretos de Estado? ¿Quién conoce el significado de lealtad republicana? ¡Fórmense!

Error de errores… En esas filas siempre habría un judas, un delator, un soplón adscrito a la nómina secreta del gobierno. Unos momentos después de producirse el primer llamado llegaba al escritorio de Calles un reporte secreto con los pormenores del atentado que pretendía ejecutarse en contra de su gobierno. Asunto cerrado. Estaban a punto de caer en la trampa. De la misma manera que Morones tenía su propia Gestapo, un grupo de matones a sueldo, Calles contaba con el apoyo de innumerables espías que sabían cumplir al pie de la letra con su encomienda, cobrando oportunamente sus honorarios. Lo anterior sin olvidar a los esquiroles que se daban en cada grupo y que vendían sus secretos a cambio de dinero o de puestos públicos. Durante trescientos años de Inquisición, la Santa Madre Iglesia Católica Apostólica y Romana nos enseñó a traicionar a nuestros progenitores y hermanos haciéndose de intimidades familiares canjeables por el perdón eterno... Las felonías, de siglos atrás, han contado con cartas de naturalización en el seno de nuestra sociedad. Nada nuevo... La iglesia también contaba con herramientas eficaces para adelantarse a los acontecimientos...

Cuando ya estaba próximo a asestarse el golpe de Estado se arrestaba a los inculpados y con paredón o sin él, de juicio y formalidades legales ya ni hablemos, se les pasaba por las armas... Una genialidad política. Paso uno: se invitaba a los candidatos a lanzarse a la campaña presidencial. Se les identificaba y se les etiquetaba. Paso dos: se les ofrecían recursos económicos para financiar la dura contienda electoral. Paso tres: una vez proyectados públicamente, en privado se les cerraban gradualmente las puertas, se les cancelaban todas las opciones de tal manera que, convencidos de su irremediable derrota en las urnas, cayeran irremisiblemente en los brazos de los militares descontentos. Paso cuatro: una vez levantados en armas se procedía a una purga masiva a la mexicana, de tal modo que se fusilaba a los militares rebeldes y se asesinaba a los golpistas. La profilaxis era total en los cuarteles y en los partidos de la oposición. Sólo quedaban incondicionales de la diarquía Obregón-Calles. Paso cinco: el Manco y el Turco se quedaban sin contrincantes en la arena política, se descremaba el país y se garantizaban sus derechos a perpetuidad en el Palacio Nacional. La democracia podía esperar, ya lo había hecho los últimos cinco siglos...

Francisco Serrano, un amigo de la infancia de Álvaro Obregón, muy cercano a él desde 1913, compañero de armas, pariente cercano,[21] había hecho su carrera a la sombra del Manco, su tutor, quien lo había encumbrado hasta la Secretaría de Guerra en el último año de su administración, concediéndole el honor de darle a leer su último informe presidencial. Después, durante la primera mitad del gobierno de Calles, había viajado a Europa no sólo para capacitarse como un destacado militar con rango de general, sino para atenderse los problemas de alcoholismo que padecía y para desvanecer su imagen pública de mujeriego, bravucón y jugador con fuertes deudas que Obregón se había encargado de pagar con cargo a la Tesorería de la Federación.

—O te tranquilizas, Panchito, y sientas cabeza o tendrás que olvidar tu carrera política…

En el club Sonora le pagaron a Serrano una deuda de juego con un cheque sin fondos, y al otro día le dijo al deudor, con su sentido del humor norteño, que le había endosado el documento al general Obregón para su cobro, dado que le debía una importante cantidad de dinero al Manco, y le agradecía el pago porque así el ex presidente no tendría que manejar tanto efectivo… Sobra decir que el deudor ni siquiera terminó de escuchar la versión de Serrano y corrió al banco para asegurarse de que su cheque fuera bueno horas después… Imposible ignorar a lo que se exponía…

Obregón se sabía el candidato más capacitado, el más informado, el único apto para cumplir y materializar las promesas de la revolución, el magnético, el conocedor, el popular. Él aglutinaba a las fuerzas armadas, su nombre mágico unificaba a la nación, era el líder natural del pueblo, el ejemplo a seguir, el hombre de la experiencia nacional, del prestigio militar y político, al que seguían ciegamente las multitudes y que, por otro lado, también gozaba, como ningún otro, de respeto y consideración internacional, y mucho más de los estadounidenses, a quienes les había entregado el petróleo mexicano a través de los Tratados de Bucareli y les entregaría mucho más si salía reelecto… Era el hombre preferido por Wall Street y el político más querido en Washington… ¿Quién ostentaba atributos similares o siquiera parecidos? Cualquiera palidecería ante su presencia… Además él representaba la paz… Ignora, por supuesto, a Morones cuando éste dice que su retorno al poder es una derrota de la revolución, una claudicación ideológica y política. Ya se verán las caras…

Cuando Serrano regresó de Europa a finales de 1926, Calles le ofreció la Secretaría de Gobernación. Serrano declinó el honor hasta no hablar con Álvaro, tú entenderás, Plutarco… A buena hora se iba a pelear con el clero desde esa delicada posición política o negociar una paz imposible con la iglesia, institución con la que, por otro lado, había aprovechado para trabar una "amistad" durante sus años en Europa, a cambio de apoyo político de llegar a lanzarse por la candidatura a la Presidencia de la República. ¡Claro que Serrano se había comprometido con la alta jerarquía eclesiástica a reformar los artículos constitucionales opuestos a sus intereses! El pacto "ultrasecreto" lo conocía Calles a la perfección… Con la debida autorización del caudillo, finalmente aceptó la Jefatura del Distrito Federal. Morones observaba como una fiera al acecho. Había tenido que transigir en el Congreso aceptando, contra su voluntad y la de los laboristas, las reformas a los artículos de la Carta Magna orientadas a permitir la reelección de Obregón. Calles le había ordenado subordinación absoluta. ¿Que van a reformar? ¡Que reformen! Ayúdalos, Gordo, ¿está claro? Él había acatado sin chistar las instrucciones de la superioridad. Su momento no había llegado. El tigre esperaba la dorada oportunidad del ataque en absoluta inmovilidad, sin pestañear, oteando el viento, con la vista clavada en la presa, anticipándose a sus movimientos, bien oculto, sin lamerse el hocico, de modo que su víctima no pudiera ni imaginar que muy pronto saltaría sobre ella, le mordería el cuello, la sofocaría hasta que dejara de patear, instante en que empezaría el festín, al que estarían invitados hasta los buitres y las hienas para arrebatarse la carroña. Había para todos…

Obregón no se decide a pronunciarse. Calles, sin embargo, invita a Serrano a entrar en la competencia electoral. ¡Juégatela! Éste empieza a ser considerado como el mejor representante de los intereses del obregonismo. El Manco calla. Analiza, observa. La vanidad y la ambición perderán a Serrano. De haber sido un buen lector de las entrelíneas de la política y haber interpretado bien las reformas constitucionales, nunca debería haber dado el paso que le costaría la vida. Se siente robustecido en sus planes cuando Calles le sugiere disponer de los fondos del gobierno del Distrito Federal para financiar su campaña presidencial. ¡Eres el bueno…! Arnulfo Gómez, otro antirreeleccionista, también se pronuncia: pretende ser jefe del Estado. Cuando le preguntan a Luis Cabrera respecto a sus aspiraciones políticas, es decir, si desea ser presidente de la República, contesta lacónicamente: No he firmado todavía mi testamento…

Las paredes hablan, los rumores cunden, se murmura, se dice, se cuenta que Morones, el Gordo Morones, se lanzará con el apoyo de Calles. ¡Un horror! El Manco decide no esperar un solo segundo más y se suma a la competencia electoral dentro de todos los vaticinios. No hay sorpresas, salvo las de Serrano y Arnulfo Gómez, dos cándidos contrincantes… Acepta nuevamente el llamado de la revolución para seguirla sirviendo hasta su muerte…[22]

—Cuando supe la postulación del general Obregón —confiesa Serrano—, hice viaje ex profeso hasta su finca de Sonora, en donde le hablé del asunto de su candidatura y de la mía. Y el general Obregón me manifestó: "Ora sí, Panchito, contenderemos uno contra el otro. Pero te garantizo que llegaré nuevamente a la silla, aunque sea sobre cadáveres".[23]

—Es ilegal tu candidatura, Álvaro, entiéndelo, con mil carajos. Este país se desangró para que ya nunca hubiera reelección y tú sales negando la historia y anulando el sacrificio de millones —le disparó un día, en pleno rostro y con no menos audacia, al caudillo.

En ese momento tampoco conoció al verdadero Obregón: no lo conoció sorprendentemente con el asesinato de Carranza ni con el de Francisco Villa ni con la brutal sofocación del movimiento delahuertista ni con los crímenes contra Diéguez, Maycotte, Alvarado y muchos más… Lo conoció hasta que se encontró con los esbirros del Manco en Huitzilac, donde le romperían los dientes y el cráneo y lo rematarían, con varios tiros de gracia o sin ella, en la cabeza. Muy tarde para conocer a fondo los alcances de su paisano.

El rompimiento no se hace esperar. Adiós jerarquías, respeto, consideraciones, afectos y familiaridades. El 26 de junio de 1927 Francisco Serrano rompe lanzas, protocolos, relaciones de amistad y principios políticos. Da un salto al vacío: "Obregón es un reaccionario, un atrofiado. Hay tanta inconsistencia, tanto desaliño en el Manifiesto del general Obregón… Se exhibe en él tanto desequilibrio mental, que cuesta trabajo convencerse de que se trata del mismo hombre de 1920… Nosotros, los revolucionarios de verdad, buen cuidado tuvimos de no mancharnos de esa ignominia".[24]

Más tarde, como si no hubiera sido suficiente ofensa el hecho de llamar a Obregón desequilibrado mental, Serrano agregará, como si desconociera la verdadera personalidad del ex presidente, como si no lo hubiera visto actuar durante la revolución ni en Tlaxcalantongo: "Bastó la voracidad de unos cuantos cerdos agremiados en el Congreso de la Unión, bastó esa voracidad para echar por tierra lo que creíamos haber cimentado con mezcla de metralla y sangre y viene esa voracidad inaudita a apoyar un tránsfuga de la Revolución. Cuando estos cerdos, cuando apenas acababa de sembrarse la semilla del desasosiego y la tranquilidad públicas, vienen a remover con sus hocicos la tierra, matando la simiente; pero no hemos de permitir que así sea pisoteada la bandera de nuestros ideales".[25]

Por su parte, Arnulfo Gómez, el otro candidato antirreele-
cionista, tampoco advierte que se está metiendo el cañón de la pistola
por la boca, que está atacando a un asesino profesional, muy simpático, eso sí, pero que ha dejado huella por todos lados de su sangre
fría, helada, así como de sus alcances: "Olvida usted referirse a las
grandes extensiones que en la actualidad posee en el estado de Sonora, que no han servido para beneficiar a ningún pueblo, y que esa
enorme propiedad lo hace aparecer como el más grande terrateniente
de la República. Yo pregunto a la nación, señor general Obregón, si
debe tenerse a usted en el concepto de agrarista o de latifundista, ya
que en 1910 no poseía más que una propiedad de veinte hectáreas de
extensión, denominada Quinta Chilla".[26]

El Manco escucha mientras afila la hoja del machete con la
mano izquierda. Requiere adquirir destreza lo más rápido posible. Va
a necesitar mucho filo. Estos muchachos irreverentes, unos arribistas
irresponsables y ligeros, requieren una buena lección. Yo se las daré…

La campaña sube de tono. La inocencia de los candidatos
antirreeleccionistas es patética, alarmante. Serrano comete la imprudencia imperdonable, inadmisible de solicitar, un día antes de la
conmemoración de la independencia de México, una audiencia absolutamente suicida a Calles para confesarle, cara a cara, ante el absoluto estupor del Turco, sus planes para disolver las Cámaras
"porque se habían constituido en clubes políticos para hacer triunfar
a todo trance la candidatura del general Obregón". Serrano piensa en
asestar un golpe contra el Congreso. Nada más y nada menos, pero
sobre todo, tiene la audacia temeraria de comentárselo al mismísimo
jefe de la nación…

—Es muy grave, Serrano —le dijo el presidente con un tono
grave y uncioso. Después dibujó Calles una sonrisa en sus labios, y
le preguntó afablemente:

—¿Cuenta usted con el Ejército, Serrano?

—Sí cuento con el Ejército —contestó con toda energía…

—¿Y con qué generales cuenta usted para dar ese golpe a las
Cámaras?

—Cuento con el general Eugenio Martínez y con toda la
guarnición de la Plaza, además de otros generales leales.

El presidente exclamó:

—Hay que pensar mucho ese asunto, antes de dar cualquier
paso.

En cuanto Serrano sale airoso y satisfecho del despacho, el presidente envía un telegrama urgente a Obregón, quien se encuentra en Sonora, y le pide que acuda a la capital de inmediato para acordar con él las medidas que debían tomarse…[27]

Ambos, el Turco y el Manco, inician de inmediato las averiguaciones. Antes que nada, descubren que el día 19 de septiembre Fernando Hernández y el capitán Villavicencio habían dispuesto el asesinato de Obregón disparándole, por medio de un criminal a sueldo, una serie de balas envenenadas con sulfato de estricnina. Falla la estrategia.[28] Los planes no se detienen ahí: No tardan en descubrir una conjura para asesinarlos, junto con el general Joaquín Amaro, el 3 de octubre de 1927 durante unos ejercicios militares en las inmediaciones de Balbuena. Los cabecillas son Serrano y Gómez. Mientras se lleva a cabo el desfile los soldados, previamente adiestrados y aleccionados, dispararán las armas hacia la tribuna de honor, precisamente la del presidente, el ex presidente y el secretario de Guerra. Un golpe maestro. Ni hablar. Ahí los masacrarán, los acribillarán, los rematarán a balazos para que Carlos A. Vidal sea el presidente provisional, pavimentándole el camino a Serrano hacia la Jefatura del Poder Ejecutivo Federal. Los serrano-gomistas resuelven que los cadáveres de los generales Calles, Obregón y Amaro sean exhibidos al día siguiente en la plaza pública, a la vez que otros elementos rebeldes atacarán Palacio Nacional, el Castillo de Chapultepec, la prisión militar de Santiago Tlatelolco y el cuartel del Primer Regimiento de Artillería. Plan perfecto. Impecable. Sólo tenía un grandísimo defecto: era un secreto a voces. Los supuestamente afectados lo conocían a un patético nivel de detalle. Se sabía paso a paso la logística, los tiempos, los responsables, los encargados de la ejecución, mucho antes de que ésta se produjera.

La trama también fracasa. Por supuesto que ni Obregón ni Calles se presentan en Balbuena. Ambos se recluyen a puerta cerrada para ejecutar el plan orientado a desmantelar el levantamiento armado. Esta vez no será como el de Adolfo de la Huerta. Por ningún concepto tendrá semejantes alcances. Tornillo por tornillo, cable por cable desarman el aparato explosivo apoyados en sus militares de confianza. Es la operación "pinza". La imprudencia de Serrano, sumada al miedo de alguno de los militares involucrados, así como a las traiciones de quienes aprovechan cualquier ocasión para lucrar con las debilidades ajenas, hacen que aborten los planes. Serrano y su equipo de trabajo son detenidos en Cuernavaca, acusados de intentar un golpe de Estado. Arnulfo Gómez huye a Veracruz en espera de noticias. Las tendrá cuando lo apresen un mes después y lo maten a tiros, como a un perro callejero, después de cansarse de suplicar, a modo de última gracia que le permitieran hablar telefónicamente con Calles. ¡Preparen…!

Calles hace llamar al general Fox:

—Aquí tiene usted esta orden. Bajo su estricta responsabilidad me trae muertos de Cuernavaca a Serrano y a sus cómplices.

Al mandar asesinar a los enemigos políticos de Obregón, el Turco acababa también con los suyos, terminaba con la oposición que en el futuro podría enfrentársele a él mismo. Mataba dos pájaros de un tiro: se ganaba aún más la confianza del Manco al impartir justicia expedita en contra de estos traidores y dejaba pavimentados sus deseos de eternizarse en la Presidencia eliminando de cualquier contienda futura a quienes pudieran oponérsele. Se cuadra el general Fox y contesta:

—Sus órdenes serán cumplidas, señor presidente.[29]

Claudio Fox es encargado de traer muertos a Serrano y a sus secuaces en términos del siguiente comunicado que le extiende el presidente:

> Al C. General de Brigada, Claudio Fox, jefe de las Operaciones Militares en Gro. Presente. Sírvase marchar inmediatamente a Cuernavaca acompañado de una escolta de 50 hombres del Primer Regimiento de Artillería, para recibir del general Enrique Díaz González, jefe del 57º Batallón, a los rebeldes Francisco R. Serrano y personas que lo acompañan, quienes deberán ser pasados por las armas sobre el propio camino a esta Capital por el delito de rebelión contra el Gobierno Constitucional de la República; en la inteligencia de que deberá rendir el parte respectivo, tan pronto como se haya cumplido la presente orden al suscrito. Reitero a usted mi atenta consideración. SUFRAGIO EFECTIVO. NO REELECCIÓN. Castillo de Chapultepec, 3 de octubre de 1927. El presidente Constitucional de la República, P. ELÍAS CALLES[30]

Para Claudio Fox constituía un señaladísimo honor pasar por las armas, en particular, a Francisco Serrano, mujeriego empedernido, porque éste había osado acostarse nada menos que con su propia esposa, a la que había seducido con embustes y dinero. De lengua me como un plato, solía repetir Panchito… De ahí que, cuando la comitiva de golpistas se detuvo en Huitzilac, a medio camino de Cuernavaca rumbo a la Ciudad de México, al encontrarse Serrano con Fox, quien supuestamente se encargaría de escoltarlos hasta una prisión en el Distrito Federal, el propio Serrano adujera, sin que sus compañeros de tragedia comprendieran el fondo de su comentario:

—Ahora sí ya nos llevó la chingada…

Y en efecto, se cumplió la profecía.

—¿Qué hace el viejo? —preguntó Serrano a Fox pensando en Obregón.

—No sé, Pancholín —responde Fox.

—¿Qué pasa en México?—insiste Serrano.

—Te repito que no sé, yo no soy político, Pancholín.

—¿Qué van a hacer? —torna a preguntar Serrano.

—Vamos a México —miente Fox.

—Está bien, hasta luego Claudio.

—Hasta luego, Pancholín —termina Fox, dispuesto a no prolongar su agonía…

Uno de los golpistas, entendiendo lo que se le venía encima, llegó a decir:

—Fue un intento fallido de rebelión, para el cual la ordenanza no señala la pena de muerte.[31]

Fox y el capitán encargado del Primer Regimiento de Caballería estallaron al unísono en sonoras carcajadas después de entrecruzarse miradas saturadas de complicidad. Lo vieron como si hubiera perdido sus facultades mentales. Ni siquiera le contestaron. Por toda respuesta, uno de ellos tiró en la carretera la colilla de un cigarrillo y la aplastó.

Cuando Fox se despidió encargándole a la escolta que se ocupara de los señores, tan pronto se había perdido de vista a bordo del automóvil del general Amaro, le tiraron los dientes a Serrano y le desfiguraron el rostro golpeándolo con las culatas de varios rifles. Cada trancazo rompía una y otra vez el cráneo del candidato. Tirado sobre la frágil carpeta asfáltica, sangrando, le dispararon varios tiros a quemarropa hasta dejarlo inmóvil, momento que aprovecharon sus colaboradores del partido antirreeleccionista para huir, siendo victimados a balazos por la espalda en una fría tarde del 3 de octubre de 1927.[32] Los ayes agónicos dejaron de escucharse tan pronto los tiros de gracia remataban a los ilusos. No hubo sobrevivientes. Las instrucciones se cumplieron al pie de la letra.

Fox volvió unos instantes después para sustraer veinte mil pesos que llevaba Serrano en el bolsillo. Gastó los billetes, ensangrentados y perforados por las balas, en la joyería La Esmeralda.[33] ¿Quién en sus cinco sentidos le iba a rechazar el dinero?

Cuando los cadáveres de Serrano y de sus colegas fueron colocados sobre unas planchas de cantera en los sótanos del Castillo de Chapultepec, Álvaro Obregón quitó la sábana que cubría a su alumno, mal alumno, por cierto:

—¡Mira nada más como te dejaron, Panchito…!

¿Ahí terminaba la justicia mexicana? ¡No, que va!, apenas comenzaba: Días después fueron asesinados el jefe del 16º batallón de Torreón y toda la oficialidad del mismo, así como el general retirado Arturo Lasso de la Vega, de Pachuca, y los generales Alfredo Rodríguez y Norberto C. Olvera, de Zacatecas. Cerca de Nogales es aprehendido y fusilado el general Alfonso de la Huerta, hermano de "Fito". En Monterrey, el general Porfirio González. En Chiapas, el gobernador interino, hermano de Carlos A. Vidal, al igual que este último, y el diputado local Ricardo Alfonso Paniagua. En México, el ex senador Enrique Martel. En Oaxaca, el general Félix Machuca. Todos muertos a tiros, sin órdenes de aprehensión dictadas por autoridad competente, ni previo juicio ni respeto a las garantías constitucionales de ningún tipo: la revolución había servido para concentrar aún más el poder o no había servido para nada…

Veintitrés congresistas antirreeleccionistas son desaforados simultáneamente "en una breve sesión de las Cámaras el 5 de octubre".[34] ¿Cuál respeto a la división de poderes? ¿Cuál soberanía? ¿Cuál Constitución? Los legisladores, jueces y magistrados se convirtieron en empleados dependientes del presidente de la República. Quedaban dos caudillos. Era claro que no había espacio político para ambos. Sólo uno sobreviviría, y para lograrlo había trabajado largo tiempo atrás en un plan para deshacerse del Manco… Los cimientos del México del futuro se hundían en un inmenso charco de sangre. De aquí, de este pésimo presagio, de esta historia negra, nacería el PRI.

Casi un año después de asesinar arteramente a Anacleto, las tropas federales ultimaron a balazos a Miguel Gómez Loza, su subalterno, gobernador cristero de Jalisco, obviamente en la clandestinidad. Ambos fueron beatificados por Benedicto XVI, el Santo Padre, según lo dispuso un cónclave de destacados hombres de la iglesia, intérpretes, según ellos dicen, de la voluntad del Señor, precisamente el día de la revolución mexicana, el 20 de noviembre de 2005, como parte de la histórica política de agresión del Vaticano a México. ¿Cómo puede el Papa declarar que Anacleto y Gómez Loza gozan de la eterna bienaventuranza y se les debe rendir culto si dinamitaron puentes y ferrocarriles, se sumaron a la mutilación de la nariz y orejas de los maestros laicos, incendiaron escuelas, se empeñaron en el tráfico de armas, utilizaron las limosnas de los fieles para comprar cartuchos y municiones, dirigieron ejércitos de cristeros para matar a los soldados federales defensores de la Constitución y, además, secuestraron y asesinaron a personas inocentes? Lo sé, lo sé: nadie puede cuestionar las disposiciones dictadas por Dios. ¿Por Dios? ¿Aquí cuándo habló Dios, cuándo intervino, a quién instruyó y cómo lo hizo? ¿Quién se atreve a utilizar el nombre de Dios para cometer estas canalladas? ¿El Papa, el supuesto único ser humano infalible sobre la faz de la tierra? ¿Y Dios no protesta? ¿Dios tiene sentados a su lado a un par de asesinos, entre otros tantísimos más, cuyo mérito para estar en su Santa Gloria, consistió en el "martirio" sufrido cuando se les atrapó con las armas en la mano oponiéndose, junto con sus huestes fanáticas, a las leyes dictadas para defender los intereses de la patria? ¡Dios, por favor, no lo permitas…!

La sentencia de muerte, irreversible e inapelable, contra Obregón no se suscribió cuando asesinaron a Anacleto ni cuando ultimaron a Gómez Loza. Los días del Manco estuvieron realmente contados a partir del momento en que ejecutaron salvajemente a Francisco Serrano y a Arnulfo Gómez. Ahí fenecieron las promesas antirreeleccionistas y se traicionaron, una vez más, los principios y postulados de la revolución. Con estos crímenes se decidió la suerte del caudillo. Orozco y Jiménez, Miguel de Mora y Ruiz y Flores, por recomendación de la Santa Sede y del Comité Episcopal, habían decidido abrir un paréntesis para observar el desarrollo de la campaña presidencial. Estarían atentos hasta conocer el resultado de la contienda, porque tal vez ni siquiera llegaría a ser necesario mancharse las manos con la sangre del ex presidente si se descarrilaba su proyecto electoral… Tenía demasiados adversarios, por lo que habría que concederles el privilegio de tomar la iniciativa criminal. La iglesia siempre había sabido esperar; esperaría, por lo tanto, el tiempo que fuera necesario. El plazo fatal no tardó en cumplirse. ¿Razones? Obregón se había quedado sin contrincantes en la arena política. Sus malditos opositores, amantes de la libertad, de la democracia, del antirreeleccionismo, unos secuaces respetuosos de la Carta Magna y de los postulados de la revolución, o estaban muertos o huían, a salto de mata, de sierra en sierra hasta caer en una trampa fatal. Habían sido ejecutados, pasados por las armas o perseguidos a muerte, por amar y defender a la patria y por luchar por la legalidad. ¿Con las armas? Sí, con las armas. De modo que sin obstáculos constitucionales ni opositores, el regreso del caudillo a la Presidencia estaba garantizado. ¿Quién lo detendría? ¡Nadie! ¿Qué lo detendría? ¡La bala, la bala lo detendría! La bala goza de efectos mágicos en la política mexicana.

Dos personajes, además de Calles, contemplaron con absoluta claridad el devenir de México. Uno advirtió la suerte que le esperaba a la iglesia con el Manco nuevamente instalado en Palacio Nacional, y el otro distinguió, con meridiana claridad, su destino político a partir del 1 de diciembre de 1928. No existían las dudas y, por ende, tampoco era momento para ofuscaciones ni confusiones… Tanto Francisco Orozco y Jiménez como Calles no estaban dispuestos a permitir el regreso del Manco. Defendían intereses opuestos y diversos, pero convergían en dos propósitos: matar al caudillo sirviéndole un helado envenenado o picándolo, "por un error", con la punta de una lanceta previamente humedecida en una sustancia letal, o haciendo estallar bombas de fabricación doméstica en el tren o en el automóvil en que viajara, o asestándole varias puñaladas o, simplemente, acabando con él de la misma manera en que habían ultimado a Pancho Villa y a Serrano y a Arnulfo Gómez… La otra coincidencia en objetivos del arzobispo y del presidente consistía en ejecutar su proyecto sin aparecer, desde luego, como autores intelectuales del crimen. ¡Que nunca nadie, ni juez ni periodista ni ciudadano alguno ni menos, mucho menos, un novelista amarillento, de esos que tergiversan la historia de México, pudiera apuntar con su dedo hacia la imagen de sus perínclitas personas, acusándolos de cualquier cargo demostrable! Ahí radicaba el verdadero talento en esta operación: en el anonimato. Somos asesinos, no tontos…

Ni a través de la Liga ni de la ACJM ni de la U ni del resto de las organizaciones católicas la iglesia podría ganarle la guerra al ejército federal. Eso jamás. Menos aun cuando Washington se había negado a apoyar militarmente a la Liga, un golpe duro y rudo y, por otro lado, Capistrán Garza, el del verbo encendido, otro de los muchachos de Bergöend, no sólo había fracasado escandalosamente en la recaudación de fondos a obtenerse, supuestamente, de los petroleros y de otras facciones enemigas de Calles en Nueva York, sino que el además hombre prodigio, el enviado con todas las recomendaciones nada menos que del arzobispo de México y del Comité Episcopal, había sido acusado de embolsarse una parte del sagrado dinero destinado a nutrir las arcas del movimiento cristero, que requería de recursos económicos con la misma avidez que un moribundo reclama la mascarilla de oxígeno. No había miramientos ni con los dineros del Señor… ¡Santos cabrones! Capistrán, se negaba a volver a México para encabezar militarmente el movimiento, ya que en aquellas latitudes se encontraba mucho más cómodo que siendo perseguido a balazos en los cerros y teniendo que dormir en tiendas de campaña antes de comenzar las escaramuzas… Escaramuzas, sí: ¿cuáles batallas? Además, no ignoraba su suerte si llegaba a caer en manos de los pelones… No estaba dispuesto a abandonar los hoteles de lujo ni los manteles largos ni las copas de *baccarat* llenas de champán francés, a los que ya se había acostumbrado y con las que brindaba por la suerte de la rebelión.

¿Opciones…? Entre varias, la más eficiente y práctica consistía en el asesinato de Obregón, objetivo en el que convergían Orozco y Jiménez, Calles y Morones, sin haberlo comentado jamás. Una alianza abierta de semejante naturaleza resultaba imposible. Todo se reduciría a un muerto, a un solo muerto, por más ilustre que fuera. No se trataba de un Carranza ni de un Fito de la Huerta: era otra la coyuntura política, otro el momento histórico, otros los protagonistas, otros los móviles, otras las razones y otros los tiempos… Ya se vería después cómo llenar los vacíos políticos…

Solo en la palestra, sin opositores, libre el camino al poder, Obregón, de alguna manera y sólo de alguna manera conocedor de sus enemigos, empezó a desmantelar el aparato político de Calles. Comenzaría por cortarle las uñas a Morones; acto seguido, lo ataría; después lo amordazaría y, ya inmovilizado tal vez por toda la eternidad, le pediría en el más hermético de los secretos a Samuel O. Yúdico, el brazo derecho del Gordo, que se ocupara de la CROM. Jamás desperdiciaría esa fuerza política: nunca. En primer lugar reforzaría las alianzas con los antiguos aliados. Cerraría filas con ellos. En segundo, cimentaría regionalmente su candidatura a través de los legisladores locales, de la prensa y de los caciques, sus grandes amigos. En tercero, aumentaría la presencia obregonista en el gabinete de Calles, le gustara o no al Turco. Es decir, tomaría indirectamente las bridas de su gobierno con objetivos muy claros y precisos: acabar la guerra y buscar una reconciliación con Washington, Wall Street y sus muchachos... En cuarto, destruiría el laborismo en el Congreso y en sus bases políticas. Reduciría el número de representantes populares y suprimiría a presidentes municipales del Distrito Federal, funcionarios incondicionales de Morones, en los cuales se apoyaba una buena parte de su gran autoridad y se nutría de recursos económicos.[35]

El clero, por su parte, sabía que tarde o temprano el Manco enderezaría su poderosa lanza en su contra, todo era cuestión de unos meses, en lo que se le volvía a imponer su elevada investidura. No había, por ende, tiempo que perder. Calles y Morones no podían descuidarse, so pena de que los acontecimientos los atropellaran como si fueran un par de párvulos, novatos en la materia. Nada más apartado de la realidad. Se trataba de dos espléndidos profesionales que recurrirían oportunamente a cualquier negociación, arma, herramienta punzocortante o no, instrumento, líquido, gas, cuerda o despeñadero con tal de cumplir sus objetivos. Se trataba de un pleito entre elefantes, ya veríamos cuál tenía más grandes los colmillos y cómo quedaba el pasto...

Empieza entonces un denso proceso de envenenamiento de la opinión pública. La iglesia y el gobierno, actores clandestinos, sobornan a periodistas y reporteros para destruir gradualmente la imagen de Obregón. Sin hablarse, se unen en contra del adversario político o del Diablo, finalmente la misma persona. A acabar con ella. Ambas instituciones sabían cómo hacerlo... No era la primera vez que mataban en lo particular o en masa, ni tampoco sería la última. A unos los protegía Dios y a los otros la impunidad, la influencia y el poder. El que proteste también se muere... A diario aparecen notas en las primeras planas denunciando al futuro presidente, único competidor por la Presidencia, proyectándolo como la encarnación de Mefistófeles, de Lucifer, el demonio mexicano del siglo XX, el enemigo de los campesinos, de los obreros y de los católicos. Obregón es el verdadero causante de la rebelión cristera, él y sólo él le ha ordenado a Calles que acabe con la iglesia. En plena campaña no va a ser tan imprudente como para volver a mostrar el odio que siente por las convicciones espirituales de sus paisanos. Tan pronto regrese a Palacio Nacional volverá a exhibir el rostro diabólico que todos conocemos en lugar de la cara y sonrisa de arcángel que proyecta ahora que pretende hacerse de votos y adeptos. ¿Quién le cree a Obregón, un descarado Pinocho? Ha dicho tantas mentiras que ya ni él mismo sabe dónde quedó la verdad. Por otro lado se dice que sólo un trabajador suicida podría estar con Obregón, un obstáculo para las libertades sindicales mexicanas. ¿Quién quiere a un presidente que se opone a la existencia del derecho laboral? ¿Los empleados en La Quinta Chilla, no los tiene en calidad de esclavos?

—No hay duda de que Obregón regresará a la Presidencia, ¿verdad? —le preguntó Orozco y Jiménez al padre Bergöend, quien había ocurrido al llamado secreto de Su Excelencia junto con Miguel de la Mora y Mora, director general de la Liga, también oculto y trabajando exitosamente en la clandestinidad. En la misma tienda de campaña en la que meses atrás se había entrevistado con Anacleto, ¡ay, *maistro* Cleto!, Monseñor precisó, estando presente también el padre José Toral, que no existían motivos de espera, las dudas habían sido disipadas: era la hora de matar a Obregón, así, sin más, acabar con él…

—¿Qué sugiere usted hacer, reverendísimo padre?— preguntó el sacerdote francés, solícito y disciplinado como buen jesuita.

—Antes contuvimos a Luis Segura Vilchis porque, según el Papa y el Comité Episcopal, no había llegado el momento de sancionar debidamente a este perverso enemigo de nuestra iglesia. Ahora no existen pretextos ni razón alguna para diferir este feliz procedimiento, Bernardo. Quiero el corazón de ese monstruo aquí, en la palma de mi mano —agregó extendiendo su extremidad hasta hacer casi contacto con el rostro del cura francés, como quien demanda furioso el pago de una deuda.

—¡Alabado sea el Señor, que nos obsequia este feliz momento de santa justicia! ¡Alégrate, pueblo de Dios! —exclamó Bergöend con gran júbilo. Tenía justificadas razones para mostrar su algarabía. Había hecho esfuerzos inenarrables para contener los ímpetus de Segura Vilchis, un joven de tan sólo 24 años de edad, al que había adoctrinado de buen tiempo atrás, convenciéndolo de las ventajas del martirio.

—Ya no lo detengas más Bernardo, es imposible hacer entrar en razón a Obregón: *Post tenebras, lux* —agregó Orozco como si se dispusiera a dar una bendición: "Después de las tinieblas, luz".

—La sentencia ha sido dictada por el Señor, es la hora en que debemos ejecutarla.

—¿Podemos proceder a hablar con la Madre Conchita de tal manera que nos proporcione la agenda de Obregón a través de Morones? Es la única manera de conocer paso a paso los movimientos del caudillo en la Ciudad de México —preguntó el obispo De la Mora de modo que no hubiera error en las instrucciones y garantizar, en la medida de lo posible, el éxito en el atentado.

—Es correcto —contestó Orozco ligeramente entusiasmado con la idea—. Hay veces en que el Señor nos obliga a tener contacto con el Diablo para medir nuestra fortaleza.

De seis meses atrás no era el mismo hombre, no exhibía la pasión con la que a diario acarreaba más adeptos a la causa ni se le veía como al líder fogoso capaz de dar órdenes al cielo para provocar tempestades con un simple chasquido de dedos. No, desde luego que no era el profeta que lanzaba relámpagos al lugar preciso al señalar con el índice una montaña de paja que deseaba ver incendiada como muestra de sus poderes divinos. Seguía cansado, demacrado, arrastrando las palabras y con la mano temblando al escribir mensajes con la tinta invisible. La pérdida de Anacleto, nunca nadie se enteraría, había sido un castigo superior inentendible, insuperable, inaceptable e inolvidable. Dios sabría por qué lo había hecho, y a Él no se le pedían cuentas ni explicaciones.

—Sigan con el plan original, pero les suplico… —hizo un breve paréntesis para llamar la atención de Bergöend y del obispo De la Mora—: mi nombre no tiene por qué salir a relucir en ninguna conversación, es más: no existo para la madre Concepción. No quiero documentos con textos ni firmas ni nada por escrito que pueda llegar a ser comprometedor… *Verba volant, scripta manent…*

Sí: "Las palabras vuelan, lo escrito permanece".

—Imagínense, sólo imagínense, que la policía atrapa a nuestra amadísima abadesa y la tortura como hicieron con el maestro Anacleto y ella confiesa durante el suplicio la parte que ustedes quieran de mi participación en los hechos…

—No se preocupe, reverendísimo —adujo Bergöend para tranquilizarlo—. Cuando estuve con ella y con el padre Jiménez a principios de este mismo año, conversamos durante diferentes espacios que tuvimos libres, asistimos a la misa juntos y nunca se propasó ni preguntó ni quiso saber de más, algo a lo que yo, por mi parte, también me hubiera opuesto. Es hermética y confiable y, sobre todo, no cuestiona, sino que se somete, cumple y acata con una gran docilidad —agregó viendo a los ojos a Orozco en busca de algún rastro de sospecha o escepticismo.

—Me consta, Su Excelencia —intervino De la Mora con su reconocida prudencia—. Concepción es una gran hija de Dios, devota y confiable, dispuesta a ir al sacrificio en absoluto silencio si así lo dispone Dios… Ella no sólo no inquiere, sino que sería incapaz de denunciarnos ni de traicionar esta sagrada causa. Sabría morir antes como una buena mártir, como toda una esposa del Señor…

—Entonces, con la usual discreción, y te suplico, Bernardo, que vuelvas con ella y le aclares que ahora va en serio, que vamos hacia una solución final, por lo que es menester que se fije una fecha en la que se conozca con el máximo nivel de detalle la agenda de Obregón.

—Es increíble… —exclamó Miguel de la Mora y se detuvo como si estuviera pensando dos veces lo que iba a decir.

—¿Qué es increíble? —repuso Orozco con su contagiosa fatiga. Nada parecía llamarle ya la atención.

Después de sopesar sus palabras, el obispo prosiguió con la debida cautela:

—Es increíble que estemos trenzados en una guerra sangrienta, peleados a muerte con un gobierno diabólicamente anticlerical, anticatólico, ateo y herético, que al mismo tiempo sea nuestro aliado en este capítulo negro. ¡Ay, paradojas de la historia…! —concluyó viendo al techo como si terminara una plegaria.

Orozco sonrió. Era una gran ocurrencia. Jamás olvidaría el discurso pronunciado por el obispo De la Mora cuando Su Excelencia fue investido como arzobispo de Jalisco. Su relación se remontaba a muchos años en el tiempo. Estaba construida a prueba de balazos, de incendio y de bombazos.

—Es cierto, Miguel. Ellos, nuestros enemigos, pueden suponer, pero jamás probar, que nosotros estamos atrás de la Madre Conchita, de la misma manera en que nosotros también sabemos que Calles y Morones apoyan a la religiosa, se entienden con ella, sólo que ninguna de las partes le puede demostrar nada a la otra… Nos mataremos en el campo de batalla, pero nos comprendemos a través de la abadesa… Sí que es una paradoja, Miguel… —Su Excelencia esgrimía una leve sonrisa, la primera de la reunión.

—Finalmente todos queremos lo mismo, reverendísimo, todos deseamos matar a Obregón, por diversas razones; en el fondo nadie quiere que viva. A cualquier extranjero que le contáramos el papel que desempeña la Madre Conchita en este entuerto, rodeada de políticos, militares y sacerdotes de todos los niveles, no entendería una sola palabra. ¿No que eran enemigos hasta la muerte y, sin embargo, conjuran las partes entre sí? —el padre Bergöend enfatizó la picardía mexicana, mientras que el padre Toral la festejaba con sonriente complicidad.

—Cierto, Bernardo, pero volvamos a lo nuestro…

Orozco se restregó los ojos. Por lo visto no dormía bien. Soñaba, según se dijo posteriormente, que los pelones lo atrapaban, lo desnudaban, le amarraban las manos con una soga y lo jalaban, lo arrastraban a lo largo del campo jalisciense, con un caballo hasta llegar a Guadalajara, en donde era el hazmerreír de los fieles, aunque muchos se tapaban los ojos y otros trataban de apuñalarlo. En fin, lo que le producía verdadero horror era poder ser descubierto o vendido el secreto de su paradero y publicada su verdadera conducta en todos los periódicos como el principal responsable y director intelectual de la rebelión cristera, además de autor intelectual del asesinato de Obregón, de ahí la pesadilla de la desnudez.[36]

—Habla —continuó Orozco dando instrucciones sin que nadie imaginara lo que pasaba por su cabeza— con la Madre Conchita. Hagámonos de la agenda de Obregón, pongamos fechas y acabemos con él. Tenemos todas las bendiciones, autorizaciones, indulgencias y perdones concedidos. ¡Actuemos antes de que se nos vuelvan a mover los elementos! Sólo les pido un favor: avísenme el día exacto en que se llevará a cabo la maniobra para pedir a Dios por todos ustedes, los muchachos y la Santa Causa…

La maldad ya estaba en marcha. Nadie podría contenerla. Obregón, estaba muy claro, Obregón no volvería a la Presidencia de la República. Había dos enemigos emboscados, dos certeros francotiradores, dos asesinos materiales, uno de ellos dispuesto, llegado el caso, a dar su vida a cambio de la del caudillo. No había forma de fallar. No escatimarían esfuerzos ni audacia. Uno decidido a salvaguardar el poder espiritual y el patrimonio eclesiástico y otro empeñado en retener la autoridad política y el derecho al peculado con la debida impunidad; ambos descansando sobre un común denominador: el dinero.

Bergöend le hizo saber a Segura Vilchis la conformidad de "la superioridad" para llevar a cabo el plan acordado y visitó a Concepción Acevedo de la Llata para que ésta solicitara a Morones la agenda del candidato único a la Presidencia de la República. El plan estaba en marcha.

Luis Segura Vilchis, huérfano de padre, coahuilense, nacido en 1903, el arquetipo del estudiante religioso, "antiliberal y antirrevolucionario por ser un católico íntegro", fue uno de los muchachos consentidos del padre Bergöend, a quien conoció siendo un niño en la Ciudad de México, en donde, el sacerdote jesuita, al igual que en Guadalajara, forjaba "grupos de jóvenes que penetrados profundamente de las doctrinas pontificias en materia cívica y social, estuvieran dispuestos a ir a todos los sacrificios, incluso el de la vida, por recristianizar totalmente a esta Patria nuestra, tan desviada por la Revolución de los deberes que impone la civilización cristiana".[37] Bergöend continuaba "dedicando una parte fundamental de su vida a la formación de grupos selectos, o élites, que supieran responder como un solo hombre en la Hora Suprema".[38] El jesuita dominaba con su voz a esas conciencias antes infantiles, luego juveniles y ahora adultas al extremo de condicionar su conducta como cuando una fiera enjaulada escucha el sonido del látigo. Sus poderes e influencia eran absolutos. Había quien llegó a decir que al escucharlo confundía sus palabras con las del Señor.

Segura Vilchis, miembro destacado de la ACJM, integrante de la Swástica, otra sociedad secreta, y jefe del Comité de Guerra de la Liga en el Distrito Federal,[39] un fanático obsesionado con el propósito inquebrantable de servir a Dios en todo aquello que Él dispusiera, se encargaba, además, de abastecer a los alzados de Jalisco, con el agradecimiento silencioso de Su Excelencia. Se trataba de un joven incansable, un elemento vigoroso e insustituible, un candidato ejemplar para alcanzar algún día la santidad. Cuando a instancias de Orozco, oculto invariablemente en los Altos, el Comité Directivo de la Liga dictó sentencia de muerte en contra de Obregón, Segura Vilchis resolvió ejecutarla, ya no como una iniciativa personal similar a la de meses atrás al intentar volar el tren en el que viajaba el caudillo por la zona de Tlalnepantla, sino en acatamiento "de una orden emanada de la autoridad nacional que él se limitaba a cumplir"[40] con la debida bendición católica, apostólica y romana.

Matarás hijo mío, podrás matar a los tiranos cuando las leyes temporales, las dictadas por los hombres, hayan demostrado su inutilidad… Procede pues, amada oveja del Señor, y prepárate para ser recibido en el seno de la Santísima Trinidad, sentado al lado del Padre, del Hijo y del Espíritu Santo, con todos los honores y por toda la eternidad *in saecula saeculorum*…

Segura Vilchis se reunió de inmediato con Humberto Pro, delegado de la Liga en el Distrito Federal y con José González, "Joselito", viejos y muy queridos conocidos. ¡Cuántos recuerdos tan hermosos y gratificantes de aquellos años cuando Pro y Vilchis escuchaban las aleccionadoras epopeyas cristianas narradas con tanto entusiasmo por el padre Bergöend! ¡Qué días aquellos, Señor, haz que vuelvan!

Segura, en su carácter de jefe del Control Militar, le pidió a Humberto que echara mano de sus relaciones en la Ciudad de México para conseguir una casa, de preferencia propiedad de una de las Damas Católicas. El inmueble sería utilizado como depósito de pertrechos y municiones y para fabricar bombas de mano para uso de los cristeros… Pro era el hombre adecuado para cumplir con la tarea, puesto que él mismo se dedicaba a conseguir armas y cartuchos para los Cruzados.[41] Todo lo requerido por Segura Vilchis se cumplió de inmediato. Le pidió a Humberto Pro un automóvil. Él prestaría el suyo, un Essex, en buenas condiciones. La solidaridad entre algunos católicos era realmente apabullante, y su eficacia indiscutible. Bergöend vigilaba de cerca la operación. Con una mano apuntaba las instrucciones de última hora y con la otra escribía notas anónimas, redactadas en clave y dirigidas a Orozco para informarle de los avances de la liberación final. Todo estaba al día, al punto. Pronto se fijaría la fecha. Habría que esperar a que Obregón se atreviera a poner un pie en México.

Se alquiló la casa requerida, en Alzate número 44-A, a una señora Montes de Oca. Miguel Agustín Pro, un sacerdote terrorista, hermano de Humberto, que poseía varios domicilios en la Ciudad de México, sus escondites, como él los llamaba con la simpatía y naturalidad de un chamaco juguetón, pagaba el importe de la renta con cargo a los recursos que le suministraba el obispo Miguel de la Mora. En ese domicilio se reunían Segura Vilchis, Nahúm Lamberto Ruiz, Juan Tirado Arias, Gilberto Granados, Manuel Velásquez y José González, "Joselito". Se ultimarían detalles, se distribuirían papeles, se adjudicarían responsabilidades, se afinaría el atentado, se construirían escenarios de pánico, adversos, catastróficos y aun así no se podría ni detener el plan ni fracasar en el intento. Se tiene que acabar con la vida de Obregón aunque sea a patadas, sin importar que cualquiera de nosotros pudiera recibir diez tiros en el cuerpo o varias puñaladas en la yugular. Tenemos que morir matando… La Casa de Troya era el nombre secreto del inmueble y, al mismo tiempo, la contraseña secreta utilizada para poder ingresar en ese cuartel central de la Liga.

Cada uno de los involucrados cumplía su papel como si lo hubieran ensayado toda la vida. Humberto Pro conseguiría la materia prima para hacer las bombas. El padre Miguel Agustín Pro aportaría los recursos económicos para comprar los componentes, mientras que Segura Vilchis, el ingeniero, armaría los artefactos explosivos con precisión de joyero, de modo que no fallaran a la hora precisa de la detonación. Nahúm sería el encargado de adquirir pistolas para rematar al caudillo en caso de que siguiera con vida después del atentado. Joselito conduciría el automóvil, el Essex, el día de los hechos.

Por su parte, Bergöend se había entrevistado con la Madre Conchita en la iglesia de La Profesa, como si estuviera confesando a una pobre mujer desamparada. Ahí le hizo saber la necesidad de contar con la agenda del candidato presidencial en su próxima visita a México. Morones la podría obtener sin problema. La abadesa entendía a la perfección la necesidad de conocer el programa de trabajo de Obregón. En qué tren llegaría, a dónde se dirigiría después de la estación, en qué automóvil se desplazaría, quiénes serían sus guardaespaldas y quién el chofer, sin duda Catarino Villalpando, el de siempre; dónde comería, visitaría al presidente Calles, se reuniría con el nuevo embajador de los Estados Unidos… en fin, el plan completo. Resultaba imperativo conocer en detalle los horarios, los acompañantes, las rutas, los lugares en los cuales llevarían a cabo las entrevistas, los brindis y las probables juntas. Todo. Esto es urgente, madre, ¿me entiende?, preguntó Bergöend a través de la celosía.

El 5 de noviembre de 1927, precisamente el día en que fue asesinado Arnulfo Gómez, se reunieron por la tarde la Madre Conchita y el secretario Morones en la azotea del convento, por la que se podía comunicar la abadesa con la casa adjunta, la del llamado Duque de Estrada, titular de ambas propiedades y amigo del Gordo. Morones venía del Castillo de Chapultepec, de ver al presidente Calles, con quien comentó los detalles de la ejecución de Arnulfo, paisano muy querido del Turco, gran amigo, compañero de armas, con quien se había jugado la vida en multitud de ocasiones en los campos de batalla, principalmente al lado de Obregón, un respetado y querido lugarteniente, un militar fiel, digno, un sonorense noble, de fina cepa, que se había equivocado en Balbuena... ¿Cómo se le había ocurrido tratar de darnos un golpe de Estado? ¿Se habría vuelto loco? ¡Había que fusilarlo y rematarlo al igual que a Serrano!

—¿Y al menos murió como hombrecito? —preguntó Morones al Turco, siempre picado por la morbosidad.

—Para su mala suerte lo atrapó allá, en Veracruz, el general José Gonzalo Escobar, su propio compadre, quien se había puesto de acuerdo con Lázaro Cárdenas para impedirle el paso por las Huastecas...

—¿Y...? ¿Qué dijo Arnulfo cuando le informaron que su compadre lo iba a fusilar por órdenes tuyas?

—No puede hacerme esto el presidente, él mismo me aconsejó que me lanzara de candidato para evitar el retorno de Obregón.[42] Quiero hablar con él...

—Moción denegada, compadre, traigo instrucciones precisas...

—Bueno, déjame comunicarme con él telefónicamente...

—Moción denegada. Lo único que puedo hacer por ti es regalarte cinco minutos pa' que te despidas de mi comadre y pa' que le digas que ya te llevó la chingada...

—¿Cinco minutos me quedan de vida?

—Cuatro, si sigues hablando en lugar de escribir...

—Quiero que me juzgue un tribunal militar. Mi rango y condición política me lo permiten...

—No mames, Arnulfo, mejor escribe, porque si no me llevaré la hoja en blanco. Cuando termines la pinche carta te sales pa' juera, te fajas los pantalones y te chingas. No más no te tardes ni trates de pelarte, tenemos la casa rodeada.

Unos instantes después el general de bigote prusiano fue ejecutado con siete heridas en el pecho, casi en línea recta. Murió con entereza, estableció el parte militar.

—Si andas en estas tienes que tener los calzones en su lugar, Plutarco, o se te ven las nalgas —adujo pensativo Morones.

—Ni para estos momentos dramáticos puedes guardar la compostura, Gordo —comentó el presidente sin poder controlar la risa.

Al señor secretario de Industria y Comercio le había llamado particularmente la atención la urgencia con la que la monja lo había hecho llamar a través de su sobrina Margarita, rompiendo los conductos acordados para los casos de rutina.

Una vez en la azotea, al anochecer, cuando las siluetas se distinguían pero resultaba imposible reconocer a las personas salvo que se expresaran en voz alta, la monja le hizo las consabidas peticiones a Morones: necesitaba la agenda de Obregón en su próxima visita a la ciudad con el mayor nivel de detalle posible. Sabían por la prensa que regresaría a la capital a mediados del mes de noviembre, pero necesitaban los datos, horarios y lugares con exactitud. Claro que esa información nunca se la iba yo a pedir a usted, licenciado, a través de Margarita…

—Ni se le ocurra, madre, es muy pendeja… Hace bien otras cosas, pero de discreción e inteligencia, ni hablemos…

La madre se persignó. Ya sabía que ese hombre de lenguaje propio de un cargador de legumbres nunca aprendería a utilizar el léxico adecuado para cada ocasión, ya fuera que se encontrara en una embajada, en un convento o en una cantina, rodeado de mujeres de la vida galante. Ni hablar. ¿Cuál etiqueta, cuál recato, cuál respeto? Que Dios le diera paciencia y la perdonara.

—¿Ahora sí ya van por todas?

—Supongo que sí, señor…

—¿Supone o lo sabe, madre?

—Lo supongo…

—¿Quién los apoya de la alta jerarquía?

—No lo sé.

—Déme un nombre al menos.

—Tal vez sea Miguel de la Mora, el obispo de San Luis Potosí, el mero mero de la Liga. ¿Usted sabe cuándo regresa Obregón, licenciado?

—El día 13 de este mes, es domingo, madre, lo sé porque invitó al presidente Calles a los toros para que los vean en público muy reconciliaditos…

—¿Seguro el 13?

—Seguro el 13, madre. El tren debe llegar ese mismo día en la mañana. Ahora dígame los nombres de los involucrados para que no les vaya a hacer nada la policía.

La abadesa dudó. Se quedó pensativa. Si Morones y ella perseguían el mismo objetivo, resultaba imposible que la fuera a traicionar. Si alguien guardaría celosamente el secreto era el Gordo. De ninguna manera le fallaría.

—Se trata de Segura Vilchis, el mismo que me presentó el padre Bergöend a principios de este año, Nahúm Lamberto Ruiz, Juan Tirado Arias, Joselito, mi querido José González, y Manuel Velásquez. Sólo son cuatro, por lo pronto.

Morones anotó como pudo en la oscuridad.

—Los tengo, madre, los tengo. Mil gracias. ¿Algo más?

—Sí, licenciado, el padre Miguel Agustín Pro y su hermano Humberto han estado muy involucrados y necesito que a esas dos almas de Dios también me las cuide en caso de urgencia.

—Cuente con ello, madre —se comprometió Morones después de agregar dichos nombres a la lista—. Mañana en este mismo lugar y a esta misma hora le entregaré la agenda, obviamente en clave y en sobre cerrado. Pero le adelanto, el día es el 13 de noviembre de 1927 y, en la tarde, toros…

Una semana después, de regreso de Guadalajara, Guadalajara, siempre Guadalajara, a donde había ido a consultar detalles de la operación, Segura Vilchis citó el día 12 a varios de sus cómplices en el asesinato de Obregón con la esperanza de que alguna vez fueran colocados en los altares para ser dignos motivos de adoración. Habían estado presentes otras cuatro o cinco personas también dispuestas a la inmolación:

"—Tengo contraído, señores —sentenció el ingeniero—, el compromiso de hacer todo lo necesario para defender nuestra causa. La obra por realizar es ejecutar al general Álvaro Obregón, ello es necesario para salvar a la Patria. Las personas entre ustedes que estén dispuestas a tomar parte, deben saber de antemano que están renunciando a su vida, pues será lo más seguro que allí mismo quedemos muertos. Que si alguno sale vivo será para caer en manos de la policía sólo para sufrir las peores torturas. ¿Han oído ustedes? Ahora, ¿quiénes están dispuestos a realizar esta obra?

"—Yo —dijeron todos los presentes.

"—La suerte que corra uno, la correremos todos, ¿de acuerdo?

"—Sí —respondieron en coro.

"—Debemos jurar por Cristo que en caso de caer en manos de la policía no diremos nada que comprometa a otros.

"—Sí —volvieron a responder los presentes con firmeza—. ¡Lo juramos por Cristo!"

Como todos los presentes estuvieron de acuerdo y dispuestos, se dejó a la suerte la identidad de los participantes: Nahúm

Lamberto Ruiz, Juan Tirado Arias y José González salieron electos. Este último conduciría el Essex... Hecha la selección, el ingeniero Segura Vilchis les dijo:

—Señores, mañana domingo a las nueve de la mañana nos veremos en la calle de Alzate número 44-A.[43] Nosotros cuatro tenemos una cita con la historia...

Tratarían de matar a Obregón en la estación de trenes. De ser imposible lograrlo a su arribo, lo intentarían cuando saliera de su casa, y si no, en cualquier momento de la tarde. El Manco no perdería otro brazo, sino la cabeza. Le arrojarían una bomba, tal vez dos o hasta tres, cuyas esquirlas lo despedazarían, de acuerdo con los deseos de Dios. Sería decapitado, desintegrado por la pólvora, apuñalado o lo que fuera y sin que nadie se apiadara de él para administrarle la extremaunción. Se iría al infierno sin bendiciones...

No hay plazo que no se cumpla. La mañana del 13 de noviembre el sol radiaba a todo su esplendor sin que una nube se atreviera a manchar la inmensidad del firmamento en el que reinaba el astro rey. En la tarde, en la Plaza de La Condesa, harían el paseíllo tan sólo dos matadores, un mano a mano entre El Niño de la Palma y Armillita Chico, lidiando seis bravos toros de la ganadería de San Mateo. A partir del momento en que el Manco se apeó del tren había resultado imposible ultimarlo, y no porque se fuera a sacrificar la vida de muchas personas inocentes, sino porque ante semejante multitud ni siquiera se contaba con la más elemental certeza de dar en el blanco. Tendrían que intentarlo después de la comida, sin dejar de espiar un solo instante a su víctima. No la perderían de vista en ningún caso.

A las tres de la tarde en punto el general Obregón abordaba su automóvil Cadillac, placas 20454, conducido, desde luego, por Catarino Villalpando y se abría la reja de la cochera de su casa en la avenida Jalisco. El candidato presidencial tomó asiento del lado izquierdo. Al centro se acomodó el licenciado Arturo H. Orcí y al derecho Tomás Bay. Al arrancar fueron seguidos de cerca por dos vehículos más, uno en el que viajaba la escolta personal del general divisionario, manejado por el teniente coronel Juan J. Jaimes, acompañado por el general Ignacio Otero Pablos, y el otro, que cerraba la comitiva, era propiedad del dicho licenciado Orcí. Faltaba una hora para el inicio de la corrida, por lo que Obregón propuso hacer tiempo paseando por el Bosque de Chapultepec, de tantos, tantos recuerdos...

Segura Vilchis no pudo más. Sentado al lado izquierdo de José González, colocadas las bombas en las piernas, les pidió a Nahúm Lamberto Ruiz y a Juan Tirado Arias que sacaran sus pistolas y cortaran cartucho. A la altura de Molino del Rey alcanzarían el automóvil de Obregón, le arrojarían los artefactos explosivos y le dispararían, por si las dudas, a la cabeza. ¡Alabado sea el Señor! *Amor patriae nostra lex*: "Amar a la patria es nuestra ley".

El Cadillac del general Obregón se desplazaba lentamente cruzando ese bello jardín metropolitano, sin duda el más bonito y florido de la República, cuando fue alcanzado por otro vehículo. Los ilustres paseantes pensaron que se trataba de ciudadanos curiosos que deseaban ver de cerca al ex presidente; sin embargo, no tardaron en salir de dudas…

—¡Ahora! —gritó Segura Vilchis con virulencia—. ¡Chócalos, José, embárrate!

En ese momento arroja el ingeniero la primera bomba, que se estrella contra el vidrio trasero para quedar en el estribo del Cadillac, donde no tarda en estallar. Fallan. Una segunda es arrojada, esta vez con mejor suerte, cruza frente a la cara de Catarino, se estrella contra la portezuela opuesta, cae dentro del coche y estalla en el piso. Salen disparados fragmentos de metralla, unos hacia arriba, rompiendo una parte del techo y otros hacia abajo. Una inmensa cantidad de clavos estallan por los aires con la fuerza necesaria para matar a varias personas. El interior del coche quedó completamente destruido.

—¡Disparen!, ¡disparen! —ordena enloquecido Segura Vilchis—. ¡Vacíen las cartucheras!

Se escuchan cuatro disparos de pistola. La escolta de Obregón reacciona finalmente, desenfunda y tira varias veces contra los dinamiteros, que emprenden la huída sin saber que el Manco había resultado ileso, con sólo ligeras heridas en la cara y en la mano. Juan J. Jaimes y Otero persiguen a los asesinos que viajan a bordo del Essex, un auto viejo, color verde oscuro, con placas 10101, cuatro puertas, tipo abierto, toldo de tela de hule negro que se desplaza a máxima velocidad por el bosque y se dirige a la ciudad. La responsabilidad recae ahora en Joselito. Tiene en sus manos la vida de sus amigos. Sin ser un piloto experimentado, demuestra tener gran sangre fría. Los disparos de los guardaespaldas no parecen inmutarlo. Tal vez piensa, como los cristeros, que las balas jamás lo penetrarán.

Otero saca la cabeza por la ventanilla, apunta, sujeta firmemente la pistola con ambas manos, el automóvil está en movimiento, sin embargo tiene pulso de cirujano, como él dice. Oprime el gatillo y se percata de cómo se sacude la cabeza de uno de los atacantes, sentado en el asiento trasero. Había hecho blanco. Indudablemente lo había hecho. La bala había penetrado atrás de la oreja izquierda de Nahúm y salido por la parte frontal, habiendo botado el ojo del mismo lado… Vuelve a disparar y esta vez el tiro hace astillas el vidrio trasero del automóvil en el que viaja Obregón, rozándole una mejilla. Casi mata al presidente por un error… Raro, ¿no?

No hay tregua que valga, caigan o no inocentes en la persecución por el Paseo de la Reforma. Joselito llega a la esquina de Niza, donde entronca con la avenida de los Insurgentes. Ahí trata de perderse entre los coches llenos de aficionados que se dirigen a la corrida de Toros. Joselito pierde el control y estrella el Essex contra un Ford que salía de la calle de Londres.

—¡Allá! —gritaban Otero y Jaimes a la policía de tránsito—. ¡Allá! —insistían desesperados, incapaces de moverse rápidamente. La edad de los integrantes de la escolta era una severa desventaja. Los agentes Antonio Silva, con placa 1522, y J. Guadalupe Varela, con el número 1616, finalmente reaccionan y golpean a uno de los detenidos, que llevaba manchada de sangre la pierna del pantalón del lado izquierdo. Juan Tirado es privado del conocimiento.

—No lo mates, déjamelo —exclama Otero al alcanzar al Essex y a algunos de sus ocupantes.

Encuentran a Nahúm herido de muerte y a Juan Tirado, inconsciente. Segura Vilchis y Joselito se pierden en medio del escándalo, corriendo en direcciones opuestas, según acuerdan en el momento. Que no nos atrapen juntos…

El ex presidente ignora que uno de sus atacantes agoniza y el otro es hecho preso, mientras se dirige de regreso a su casa en avenida Jalisco, paradójicamente el nombre del estado en que se organizaba y estimulaba a diario la convulsión armada, el famoso Gallinero de la Nación. Ahí se lava las pequeñas excoriaciones, se las disimula con maquillaje de su mujer, se cambia la ropa con la máxima rapidez posible, se atusa el bigote, se peina el escaso cabello y se dirige de nuevo a la plaza vistiendo un sombrero de carrete, acompañado por Orcí y Bay, como si no hubiera pasado nada. Todos habían resultado ilesos.[44]

—Sólo los guajolotes se mueren en la víspera —dice Obregón—. Hoy no nos tocaba. Espero que por lo menos tengamos una buena corrida…

Segura Vilchis, por su parte, sólo piensa en visitar rápidamente a Miguel Palomar y Vizcarra, un seglar conocido por muchos como el sumo pontífice de la Cristiada, un consumado sinarquista, admirador incondicional del padre Bergöend adorador de una ideología totalitaria diseñada para imponer una dictadura fascista, fundador de la Liga y obviamente originario de Jalisco, en donde había trabado una intensa amistad con Orozco y Jiménez, para informarle que debido al desajuste de los nicles, las bombas habían fallado, Nahúm había sido gravemente herido y desconocía la suerte de Juan Tirado. Tal vez habían logrado apresarlo. Joselito y él habían logrado huir gracias a la protección de la Divina Providencia.

—¿Y ahora qué va usted a hacer? —le preguntó Palomar, después de beber de un solo golpe la copa de tequila.

—Irme a los toros —respondió tranquilamente Segura Vilchis[45]—. Tengo que hacer que me vean en la plaza saludando a Obregón, si pudiera dándole un abrazo, para descartar todo tipo de sospechas en mi contra.

Tan pronto se retiró Segura Vilchis, Palomar y Vizcarra tomó su automóvil para ir a comunicarle al obispo Miguel de la Mora que el plan había fracasado escandalosamente y que tal vez habían tomado a dos presos, uno de ellos moribundo. A través de tormentos, los acostumbrados por la policía, les arrancarían la verdad, la identidad del resto de los atacantes, sus domicilios, relaciones, ocupaciones y complicidades.

—Miguel, esto es muy delicado, muy serio, si tiran de la cuerda ya no sé hasta dónde puedan llegar… Si a mí me torturaran yo confesaría ser la mamá de Venustiano Carranza, te lo juro…

El obispo no mostró preocupación alguna. Razonó serenamente las implicaciones, midió los riesgos pensando solamente en la Madre Conchita, a la que fue a visitar tan pronto Palomar y Vizcarra abandonó su domicilio secreto. Tenía una magnífica red de protección en caso de caída inesperada…

—Madre, todo fracasó y lo peor es que tienen dos presos. Ya sabemos los procedimientos policíacos. Es imperativo que hable usted de inmediato con Morones para que respeten la dignidad de los acusados. A nadie le conviene que hablen, a nadie, comenzando por el propio Morones. A saber cuánto saben Nahúm y Tirado de todo esto…

La Madre palideció.

—Si me hubieran dejado hacerlo todo a mí, nada de esto hubiera acontecido, señor obispo. A mi querido Joselín no le hubiera sucedido todo esto.

—Él iba manejando…

—¡Claro que iba manejando, pero nunca se le dio el control de la operación! Este no es un trabajo multitudinario como el que ustedes organizaron, es la labor de un solo hombre decidido, valiente y convencido. Así no habrá tantas complicidades como en este caso.

—Creo que no es el momento de discutir estrategias, Madre, sino de evitar que les saquen las tripas a los detenidos para arrancarles confesiones que nos perjudiquen a todos.

Al salir De la Mora y Mora del conventículo, la Madre Conchita se dirigió al teléfono. Le contestó la Llalla:

—Hija mía, comunícame con tu hermana Margarita, por favor, es muy urgente… ¿No está con ustedes el Gordo?

Media hora después estaba Morones en la azotea de la casa del Duque de Estrada y era informado de lo acontecido. Sin perder tiempo, llamó al general Roberto Cruz, jefe de la policía capitalina:

—Sé que tienen a los detenidos que atentaron en contra de mi general Obregón. No les hagan nada hasta nueva orden, yo sé por qué te lo digo, mi general… Nomás guárdamelos un ratito. El presidente tiene una idea especial al respecto… ¿Entendido?

—Entendido —repuso la voz, extrañada y confundida—. Sólo quiero decirte, Gordo, que uno de ellos tal vez no vaya a cantar nunca nada, un tiro le entró por la nuca y le salió por la frente, segurito no va a cargar los peregrinos… Lo mandé al hospital. Está de a tiro bien jodido…

—Pues te recomiendo mucho al otro en lo que hay instrucciones. Por lo pronto no lo toquen, sepáralo de cualquier otro preso para que no me lo vayan a lastimar… ¡Te lo encargo a ti en lo personal, en lo que Calles nos da órdenes!

La policía mexicana puede ser la más eficiente del mundo en tanto no esté alquilada a los hampones o asociada con ellos. Tenía libertad absoluta para llevar a cabo las investigaciones, siempre y cuando, por esta única ocasión, no torturara a los sospechosos. ¿Cómo desenmascarar a los culpables si no se les puede colgar de los pulgares y aplicarles descargas eléctricas en los testículos a los detenidos? ¿Cómo impartir justicia si deja a los agentes maniatados? ¿Eh…?

La señora Luz del Carmen González de Ruiz, la esposa de Nahúm, se presenta en el hospital en donde, según la prensa, se encontraba ingresado su esposo. Ahí mismo es detenida e interrogada en la Inspección de Policía. Sin mediar abuso alguno y a cambio de que le permitieran ver a su marido, explicó que el jefe era el ingeniero Luis Segura Vilchis, que el lugar de reunión del grupo era La Casa de Troya y dio otros detalles.[46]

El día 17 de noviembre el ingeniero Segura Vilchis es arrestado, al mismo tiempo que es cateada la casa de Alzate 44-A que arrendaba la señora Montes de Oca. También es registrado el domicilio de Segura, en donde se recogen notas de ferreterías y otros indicios que prueban sobradamente su vocación terrorista. La investigación arroja resultados sorprendentes en un plazo realmente muy corto. Los agentes presentan a la señora Montes de Oca y ella confiesa, después de varios interrogatorios y amenazas del general Cruz, que le había encargado la casa a un amigo llamado Humberto Pro[47] y que "el dinero para la renta de la casa de la calle de Alzate, donde se fabrican las bombas, se lo daba el padre Miguel Agustín Pro".[48]

Nombres, nombres, por doquier salían nombres, más arrestados, hechos reveladores y nuevas pistas. Segura Vilchis, los Pro, Nahúm, Tirado… Sólo uno de los personajes se pierde para siempre: José González, Joselito, Joselín… No hubo ni hay ni habrá rastro alguno de su papel en el atentado. El gobierno y la iglesia supieron ocultarlo a la perfección. Había que cuidar su identidad para eventos posteriores… Se trataba de un hombre singularmente valioso, el consentido de la Madre Conchita, su Joselín del alma…

José Bolado, hijo de la señora Montes de Oca, un joven de 18 años, paralizado por el pánico de que alguien pudiera lastimar a su madre, revela el escondite de los hermanos Pro en Londres 22, inmueble propiedad de María Valdés de González, amiga de la familia Montes de Oca. De inmediato son aprehendidos.

La policía cuenta con evidencias incontestables a tan sólo una semana del atentado. Emprende entonces la búsqueda de los protagonistas verdaderamente importantes. ¿Quién está detrás de Segura Vilchis, de Humberto y del padre Miguel Agustín Pro, jesuita, desde luego jesuita, como el padre Bergöend y Orozco y Jiménez? ¿Se movían solitos? ¡A dió…! A otro perro con ese hueso… Una conjura jesuita… mejor dicho, otra conjura jesuita no era la primera en la historia de México, por ello antes los habían expulsado no sólo de México, sino del mundo entero. Todos forman parte de la Liga, todos pertenecen a la U, todos están integrados a la ACJM, todos tienen relaciones, contactos y antecedentes en Guadalajara. ¿Por qué otra vez todo conduce a Guadalajara, siempre a Guadalajara? Jalando los hilos hubieran llegado fácilmente a dar con la santa mano de Bergöend y de quien maneja finalmente a los títeres, al titiritero mayor, Orozco y Jiménez, quien, como dicen los mercenarios de la historia patria, estaba escondido en las cavernas de la sierra de Jalisco, enseñando el Evangelio a los desvalidos, contándoles a los menesterosos cómo habían sido la vida, la doctrina y los milagros de Jesús… *Initium sapientiae timor domini*: "El principio de la sabiduría es el temor a Dios".

Morones recibe una llamada del general Otero. El encargado de la custodia y seguridad de Obregón ofrece devolverle al Gordo el dinero recibido a cambio de atentar contra la vida de su patrón.

—No lo devengué, Luis, seamos dignos, aquí está la plata de regreso… Yo sí tengo honor militar. Perdóname. No puedo cobrar por algo que no devengué.

Morones le concederá otra oportunidad. Mientras tanto, se reúne con el presidente Calles en el Castillo de Chapultepec. Esta vez no hay tiempo para bromas.

—Plutarco, si le truenan los güevos a Segura Vilchis va a rajar de la Madre Conchita, y si a ésta la encueran en la Inspección de Policía es capaz de delatarme: a nadie le conviene que cante la maldita bruja esa —dice el Gordo frotándose nerviosamente las manos—. Saldrá implicado el gobierno y todos los miserables ensotanados, que como tú entenderás, en el caso de los curas, me vale absolutamente madres, pero nuestro pellejo sí que me importa… Imagínate la cara de Obregón si salen los trapitos al sol… Con que se sepa que me reunía con la Madre Conchita y que ésta conocía a los Pro y a Segura estaré muerto, presidente.

—Estaremos, Gordo, estaremos…

El Turco se puso de pie, se colocó las manos en la espalda con los dedos entrecruzados y empezó a pensar la mejor estrategia. ¿Enjuiciar a los detenidos? ¡Imposible! Tarde o temprano se filtraría la verdad. Un proceso tan largo no le convenía a nadie. ¿Dejarlos en la cárcel, sujetos a una investigación? ¿No hacer nada? ¡Imposible! En cualquier momento el Manco y los suyos tratarían de investigar la identidad de los autores intelectuales. Los obregonistas no se iban a quedar así… ¿Torturarlos? ¡Imposible! Sólo se salpicaría la realidad a diestra y siniestra en los sótanos de la policía. No habría quien no escuchara las declaraciones y el chisme se convertiría en una gigantesca bola de nieve que acabaría por aplastarlos a todos. Muy pronto volvió a caer en cuenta de la necesidad de aplicar el viejo y único remedio infalible: matarlos a todos, pero matarlos ya, pinche Gordo.

Morones pidió guardar las formas. Si los mataban a todos, como era por lo visto la decisión, la iglesia, su aliada implícita, podría reclamar, romper la alianza y de esta forma ya no se podría culpar al clero del asesinato de Obregón cuando éste finalmente se produjera.

—Tenemos que usarlos y dirigirlos… ¡Cuidado con los procedimientos!

—¿Qué sugieres? —preguntó Calles impaciente.

—Matarlos, desde luego matarlos, pero con la aprobación de la iglesia. De esta suerte no me podrán llamar traicionero, se fortalecerá la confianza en mi persona y podremos tramar otro atentado, de otro modo perderemos el control.

—¿Y si los dejamos que ellos obren por su lado? ¿Para qué queremos la alianza?

—Puede ser, claro que puede ser, pero a saber cuando intentarán otro atentado y mientras tanto seguirá la guerra y la intervención de cada vez más manos extrañas, como la del nuevo embajador de Estados Unidos, que parece brujo. Lo mejor, creo yo, es tenerlos cerca y al alcance de un teléfono, que lejos y llevados sólo de la mano de Dios… Imagínate que la agarran contra ti si los dejamos sueltos.

—Yo ya me voy el año que entra…

—Sí, pero en lo que te vas te pueden matar y ya sabes, a río revuelto, ganancia de pescadores. Prefiero tenerlos agarrados como a las víboras, de la cabeza, y saber qué van a hacer. Recuerda que a la Madre Conchita Dios me la puso en el camino…

—¡Vete al carajo, Gordo! ¿Qué sugieres entonces?

—Lo mejor sería que la Madre Conchita convenza a los suyos, sobre todo al obispo Miguel de la Mora, de la conveniencia de fusilarlos a todos antes de que los torturen y canten, con el consecuente perjuicio para todos y la sorpresa terrorífica para Obregón. No podremos resistir la presión del Manco ni de su gente durante mucho tiempo, de modo que cuanto más rápido pasemos por las armas a esos criminales despiadados, mejor, mucho mejor, a todos nos conviene. ¿Con qué argumento vamos a impedir que torturen a esos sicarios? ¿Cuánto aguantaremos?

—Tengo el pretexto perfecto —dijo Calles tronándose los dedos—. Convence a la abadesa de la importancia de que Segura Vilchis confiese todo, que raje sólo los detalles del atentado, eso sí, sin involucrar a nadie más; que se declare culpable, absolutamente culpable de los hechos, de esa manera se terminará de inmediato la investigación, se conocerá a plena luz del día a los culpables y los fusilaremos una vez conocida la verdad.

—Yo tengo otro igualmente bueno —arguyó Morones, siempre respetuoso de las jerarquías; no podía esgrimir un argumento más sólido que el de su jefe—: Si fusilamos de inmediato a estos cabrones, podremos hacer correr la voz de que se hizo en acatamiento de las órdenes de Obregón, quien, lleno de furia, no estaba dispuesto a ninguna contemplación y por eso los pasó por las armas. Coartada impecable, ¿no? Fusílenlos, luego averiguamos: es muy importante tomar medidas ejemplares para impedir que se repitan estos hechos criminales que atentan contra la estabilidad de la República. ¡Fusilen al cura, al tal padre Pro, antes que a nadie, así los otros curas entenderán que Obregón no está jugando! Culpémoslo a él de todo.

Calles se acaricia la barba.

—No hay duda de que dos cabezas piensan más que una, y que la tuya no sólo tiene grasa…

Una carcajada rubricó la entrevista entre ese par de mexicanos verdaderamente brillantes…

Al salir Morones, el presidente le apunta con el dedo, como si fuera una pistola:

—¿Por qué no garantizaste que las bombas funcionaran, gordito? Avientan estos pendejos dos bombas y sólo una entra sin matar ni a una mosca, y luego disparan las pistolas para repetir el ridículo… A esos imbéciles les debe costar mucho trabajo aplaudir dos veces seguidas…

Morones se queda plantado en el umbral de la puerta:

—No me podía comprometer ni asomar la cabeza más de lo debido tratando de encargarle la chamba a Prevé. Tú sabes que a la hora de matar nunca he fallado. ¿Crees que me puedo responsabilizar de lo que hacen los curas?

La Madre Conchita rechazó la propuesta de proceder de inmediato al fusilamiento sin juicio ni nada. Le parecía descabellada, atroz, despiadada. Tendría que meditarla, analizarla y reposarla.

—¿Entonces, Madre, mejor nos esperamos a que Roberto Cruz les extraiga la verdad junto con la lengua y los intestinos para que usted y yo salgamos involucrados, además de quién sabe cuántas personas más? —inquirió Morones preocupado por la inesperada respuesta de la monja. Él consideraba que ella sabría medir el peligro de inmediato—. ¡Piénselo, consúltelo…! Tiene usted hasta mañana. El general Obregón también deseará conocer la verdad y se nos echará encima en cualquier momento. Ya sabe usted que el Manco no se distingue precisamente por sus buenos modales… Si los fusilamos a la de tres, muerto el perro se acabó la rabia. Corremos contra reloj, el tiempo es nuestro peor enemigo.

—Hoy en la noche hablaré con la Virgen y le contestaré en la mañana…

¡Qué virgen ni qué madres!, iba a contestar Morones, pero se detuvo. Prudencia, Gordo, prudencia…

Mientras la abadesa subía las escaleras hacia la parte superior del convento, pensó: Por algo le dicen a Morones, el pintoresco sobrino que me mandó Dios, el Marrano de la Revolución…

El padre Bergöend se mordió una mano. Lloró al tomar la decisión de dejar ir a Segura Vilchis, su alumno predilecto, así como al padre Agustín Pro. Coincidió en que era necesario controlar el daño oportunamente:

—Está bien, lo comprendo —dijo con la voz entrecortada—. Le mandaré a Luis un mensaje cifrado a la cárcel para que confiese mañana mismo ante Roberto Cruz. Hay ocasiones en la vida en que uno no quisiera comprender nada… ¡Ay de mí, cuánto lo siento! Que el Señor se apiade de nosotros…

El obispo De la Mora coincidió:

—Es una lástima desperdiciar a hombres tan valiosos que ha costado tanto trabajo forjar, pero Dios no nos da a veces tanta fortaleza como para resistir una tortura de la policía mexicana. Cortemos las pérdidas ahora y que éstas no acaben por arrollarnos a todos…

Segura Vilchis pide disciplinadamente audiencia con Roberto Cruz y confiesa los pormenores del atentado, pero se abstiene de revelar los detalles más importantes. No contesta a cabalidad el cuestionario. Esconde, desde luego, los nombres de los integrantes del clero implicados en el crimen. Conoce las consecuencias que se desprenderán de sus declaraciones. Sueña con la inmolación. Ha llegado su momento celestial.

—No olvide que soy el único responsable de este asunto y que reivindico para mí todas las consecuencias.

"El general Cruz se presenta el día 21 de noviembre a las nueve de la mañana en Palacio Nacional para rendir parte al presidente Calles. Éste lee los expedientes que le proporciona el inspector de policía.

"—No cabe duda que estos léperos son culpables, principalmente el curita, habrá que hacer un escarmiento. ¡Fusílelos!

"—Señor presidente, ¿no cree usted que sería conveniente que se consignaran a un juez?

"—No, general, a grandes males, grandes remedios. Hoy fue el general Obregón, mañana seré yo o cualquier otro funcionario.

"—Pero se nos va a echar encima la opinión pública.

"—Vaya a cumplir la orden que le he dado, y regrese a darme parte de haberla cumplido."[49]

Cruz, entonces, se dirigió a la Inspección, donde minutos después recibió una nueva llamada del presidente Calles, informándole que lo esperaba a las cuatro de la tarde para darle más instrucciones.

El general Roberto Cruz, con puntualidad militar, se presenta en el despacho del presidente, quien se encuentra acompañado por el general Obregón. Se habían reunido a deliberar.

"—General —dice Calles al general Cruz—, es menester hacer un escarmiento con toda esa gentuza.

"—Sí, señor presidente —contesta Cruz—, sólo me permito sugerir que debemos dar a la sentencia alguna apariencia legal.

"—No quiero formas, sino hechos —replica el jefe de la nación.

"—¿No convendría consignar a los acusados a un tribunal? —insiste Cruz.

Calles, perdido de furia, grita:

"—He dado mis órdenes. A usted no le corresponde sino obedecer. Vaya, cúmplalas y déme cuenta de haberlas cumplido.

"Cruz, el renegado, el perseguidor de tanto católico, el verdugo de los raterillos a los que mandaba matar por conducto de su servidor, el general Palomera López, se quiere lavar las manos.

"—Entonces, ¿qué hacemos del acta de la Inspección?"

Interviene el general Obregón:

—¡Qué acta, ni que la chingada!

El inspector general de la policía de la Ciudad de México sale de la entrevista vacilante, humillado, recuerda un refrán que él usa mucho para sus subordinados: "cargue la alfalfa y no se la coma".[50]

Calles le dice a Obregón, con una ira fingida:

—O nos cargamos a estos cabrones ahora que podemos o ellos acabarán con nosotros. Es imperativo darles un severo escarmiento, así sabrán a lo que se exponen aquellos que piensen volver a atentar contra tu vida o la mía, querido hermano…

—¿Y quienes estarán detrás de todo esto, Plutarco? —empieza a preguntar Obregón, sin ocultar su inquietud. Algo lo hace reaccionar, no en balde es un animal político.

Calles, sagaz, como siempre, salta y responde:

—O son carrancistas resentidos o son delahuertistas o villistas o serranistas o gomistas o simples fanáticos cristeros que piensan que así van a impedir que se aplique la Constitución. Estamos llenos de enemigos opuestos a la revolución y a la imposición de la legalidad.

Un día antes de la ejecución, la Madre Conchita se las arregla para ir a visitar al padre Pro en la Inspección de Policía. Le facilita el permiso su amigo Bernardo Bandala, jefe de la Policía Reservada. Es una monja indefensa que desea despedirse del cura… Roberto Cruz autoriza la entrevista entre los dos religiosos. Miguel Agustín Pro le pide a la abadesa acercarse a los barrotes para decirle algo al oído. Ella se arrodilla respetuosamente:

—Sostente, hija mía, yo te lo suplico. Contra todas las sugestiones del demonio, contra las solicitaciones de las pasiones, opón esa voluntad tuya firme, absoluta en la gracia de Jesucristo. No depongas las armas; no, no, jamás…

La Madre Conchita se persigna. No llora. Se abstiene de gimotear. Tiene también la fortaleza del mártir. Sabe que Dios espera al padre Pro con los brazos abiertos. Atiende con los ojos bien abiertos, como si cada palabra la estuviera pronunciando Jesús antes de la Crucifixión. La religiosa también sueña con la inmolación:

—Hijita mía —continúa el sacerdote en voz muy baja—, escucha a nuestro Señor que te dice: yo estaré contigo porque me amas. Tu victoria y tus triunfos son mi gozo. Sigue esa calle de la amargura; sube al Gólgota del vencimiento, muere conmigo en la cruz del amor, porque la blanquísima luz de la Resurrección va a brillar muy pronto en tu alma.[51]

La monja vuele a persignarse. Besa su crucifijo. El padre Pro hace lo mismo. Él entiende perfectamente lo que está pasando: el intercambio que se está operando. Jesuita al fin. La bendice y cuando se pone de pie para retirarse todavía alcanza a oír las palabras del cura:

—No te canses, no cedas, te espera la gloria…

Al día siguiente, 23 de noviembre, a diez días del atentado, Obregón se da cuenta, ayudado por algunos comentarios de sus más cercanos amigos, de que si sus atacantes son fusilados, se perderán todos los hilos de las investigaciones. ¿De dónde salieron? ¿Quién los mandó? Tal vez es demasiado tarde para reaccionar, pero ¿estaría cayendo en una trampa tendida por Calles y se ha dejado conducir por las emociones? Busca a Roberto Cruz. Lo encuentra, como siempre, en su oficina.

—Detenga por favor las ejecuciones, no los fusilen, no los maten hasta que encuentre al presidente y, por cierto, ¿dónde está Plutarco?, ¿usted lo sabe?

—Lo lamento, mi general, no administro su agenda.

—Bueno, posponga las ejecuciones en lo que encuentro al presidente.

—Imposible, mi general, usted mismo advirtió cómo me ordenó de militar a militar… Siento no poder complacerlo…

Roberto Cruz llama a Calles. Sabe que juega a los naipes en la casa de Manuel Llantada, prominente concesionario de juegos en el norte de la República. Le explica el nivel de alteración de Obregón, quien le había pedido a gritos suspender las ejecuciones…

—¡Fusílelos o yo lo fusilo a usted, general! ¿Entendido? Si usted le da este número a Álvaro declárese muerto de una vez. ¿Es claro?

El presidente de la República colgó sin más.

—Cartas, señores, juguemos. Va mi resto.

Obregón busca a Calles en el Castillo de Chapultepec. No lo encuentra. Pide por Cholita, su secretaria. Ella también ignora su paradero a pesar de saber detalles de la vida del Turco que nadie siquiera podría imaginar. Intenta dar con él en Palacio Nacional. Fracasa. Nadie sabe dónde se encuentra el jefe de la nación esa mañana.

Obregón, desesperado, telefonea a Cruz:

—Detenga el fusilamiento, general, yo me responsabilizo.

—Usted disculpará, mi general, pero nadie me salvaría de un consejo de guerra por insubordinación a una orden dictada por nuestro comandante en jefe...

—Hágame usted el señaladísimo favor de irse mucho a la chingada... y prepárese para el consejo de guerra que le voy a formar yo la primera semana de julio del año entrante.[52]

"A plena luz del día, delante de una multitud de periodistas, curiosos y soldados, fueron fusilados, en este orden, Miguel Agustín Pro Juárez, Luis Segura Vilchis, Humberto Pro Juárez y Juan Tirado Arias, a quien fue necesario aplicarle dos tiros de gracia".[53]

El padre Pro sería beatificado el 25 de septiembre de 1988, aniversario del natalicio de Plutarco Elías Calles a pesar de que las pesquisas de la policía demostraron que tanto el sacerdote como sus cómplices habían sido hallados culpables de terrorismo.[54] ¿Casualidad? No, claro que no, en la iglesia no caben las casualidades. Un sacerdote que conseguía el dinero para pagar la renta de una casa en donde fabricaban explosivos para la guerra cristera y en donde se estructuraron los planes para matar al presidente de la República, orgulloso de la pertenencia de sus hermanos a una Liga asesina, que contaba con cuatro diferentes domicilios para escapar de la policía y que invita a la Madre Conchita a no cejar en la lucha a través de las armas es elevado a los altares por el Papa Juan Pablo II... Alguien había perdido la razón otra vez en Roma.

Los asesinos descansaban. Orozco y Jiménez, Bergöend, Garibi Rivera, De la Mora, la Madre Conchita, Morones y Calles volvieron a respirar cuando el comando que había atentado contra la vida de Obregón guardó silencio para siempre. Además, cualquier investigación de los hechos fue discretamente prohibida por la superioridad. La tormenta había pasado. Quien le rasque se muere. No cabían los juicios ni había espacio para los detectives. El asunto se enterró para siempre con los muertos. ¿Está claro?

El embajador Morrow reportó un par de días después al Departamento de Estado: "A resultas del atentado sufrido por Obregón en noviembre de 1927 algunos círculos políticos creen que los católicos agresores fueron instigados por Morones".[55] Curioso, muy curioso reporte... ¿Morones aliado con el clero, el enemigo mortal del gobierno de Calles y en plena rebelión cristera? ¿Cómo entender a los mexicanos?

El general Obregón, por su parte, comprobó que había sido traicionado, muy a pesar de las infames explicaciones que Calles le diera en su momento, arrojando la responsabilidad del atentado a sus enemigos políticos y a la iglesia.[56] Más tarde le confesaría a Luis L. León, un político chihuahuense, secretario de Agricultura: "el atentado de que fui objeto me ha hecho comprender que Plutarco me es desleal y que no corresponde a la ayuda que yo le di en 1923, cuando el Colegio Militar se iba a sublevar y yo les dije a ustedes: llévense a Plutarco, pues hay que salvar la vida del candidato presidencial, aun cuando perezca el presidente de la República".[57] Por supuesto, rechazó las invitaciones de la alta jerarquía para hacer tratos o arreglos con él. ¡Hipócritas! Hay un cura en la organización criminal y todavía se me acercan para parlamentar...

El día de los fusilamientos, por la noche, José de León Toral, el gran amigo de la infancia de Humberto, a quien años atrás le dejara su empleo en H. E. Gerber en Guadalajara antes de viajar a México, se presentó en la casa de los hermanos Pro con el propósito de darle el pésame a la familia: "estuve mucho rato viendo el cadáver de Humberto y juré, con lágrimas en los ojos, vengar su muerte matando a Obregón, el auténtico causante de que mi amigo tan querido hubiera perdido la vida".[58]

En la Ciudad de México, los chilangos comentaban "que el crimen mayor de los fusilados, si es que tuvieron que ver en el atentado contra Obregón, fue el haber tenido tan mala puntería".[59]

La prensa sentenciaba: "Este fusilamiento, sin intervención del Poder Judicial, fue un verdadero asesinato cometido por funcionarios verdaderamente salvajes".[60]

Sobre la cabeza del general Obregón caería el peso de toda la responsabilidad de los fusilamientos, *tan de a deveras* precipitados.[61]

Roberto Cruz recibió instrucciones terminantes de esconder los expedientes de los ajusticiados hasta nuevo aviso. El nuevo aviso consistiría en quemarlos... Pero si todos estos sujetos, unos más culpables que otros, son integrantes de la Liga y de la ACJM, ¿por qué no continuar las investigaciones hasta dar con el nido de la serpiente, el domicilio y la identidad del autor o autores intelectuales del atentado?

—Roberto: las órdenes de guardar y luego quemar los expedientes no te las da tu amigo Plutarco, sino el presidente de la República… Tú sabrás a lo que te expones si alguien saca una hoja de tus archivos o quiere rascar algo que no le importa… En nombre de nuestra amistad y, por lo que más quieras en tu vida, no te me pongas enfrente, cabrón…

—Oye, Plutarco, el artículo 20 de la Constitución establece garantías a los ciudadanos. ¿Ya te diste cuenta de que en el caso de Segura Vilchis y de los hermanos Pro, por más delincuentes que fueran, nunca se les sometió a juicio alguno ni se les respetaron sus garantías?

El presidente sintió cierta incomodidad, como si se tratara de un mosco que no lo dejaba dormir. El ruido seguía, implacable:

—Oye, querido Turco, eso que dice el artículo 16 de la Carta Magna que tanto juraste defender, fíjate bien, eso de que "no podrá librarse ninguna orden de aprehensión, sino por la autoridad judicial", ¿cómo lo ves? ¿Cómo crees que te juzgará la historia? ¿Verdad que tú no eres autoridad judicial y, sin embargo, no sólo mandaste aprehender sino a fusilar? ¿O me vas a salir ahora con que eres la Santísima Trinidad política y encarnas a los tres poderes, al Ejecutivo, al Legislativo y al Judicial?

El primer mandatario de la nación guardaba silencio. ¿Qué era eso? ¡Cholita, carajo!

La voz no parecía detenerse. ¿Sabías que el artículo 21 establece que "la imposición de las penas es propia y exclusiva de la autoridad judicial, que la persecución de los delitos incumbe al Ministerio Público y a la policía judicial?" ¿Entonces por qué impones penas y persigues delitos? ¿Eres también autoridad judicial?

El jefe del Estado buscaba la voz como si saliera de un muro o del centro de su cráneo. Estaba confundido. ¿Dónde está Morones? ¡Que venga Morones! ¡Tráiganme al Gordo ahora mismo!

La única disposición que cumpliste fue la del artículo 22, el que prohíbe "el tormento de cualquier especie". ¿Crees que te puedes erigir como el defensor revolucionario del Estado de derecho porque no torturaste a Vilchis? ¿Te imaginas la sopa que hubiera soltado si lo cuelgan de los pulgares como a Anacleto? Te salvaste, ¿no? Ya nadie podrá hablar…

—No sé de dónde salgas o qué seas, pero o te callas o te mando fusilar —respondió Calles furioso, rompiendo la paz de la noche.

Karin y yo nunca pensamos que Mónica se atrevería a cumplir sus amenazas. Como bien decía mi general Obregón: los niños explican lo que están haciendo, los viejos lo que hicieron y los pendejos lo que van a hacer… Afortunadamente, ella cayó en esta última categoría: nos informó de sus planes, lo que nos permitió reforzar la vigilancia sobre los niños, tenerlos controlados el mayor tiempo posible, levantar actas ante el Ministerio Público e informar en la escuela de los peligros que corríamos a causa de una persona que no parecía estar bien de sus facultades mentales. A pesar de todas las prevenciones y cuidados observados con exagerada atención, lo imposible, lo impensable, se produjo y, para mi desgracia, fue Karin, mi esposa, quien desgraciadamente tuvo que vivir un terrible episodio, cuyos orígenes se perdían en mis años de soltero. Como ella lo diría después, fue el suceso más desagradable de su vida y, por supuesto, de la mía… El sentimiento de culpa me aplastaba. ¿Por qué ella? ¿Por qué mis hijos?

Una mañana, contra todas las expectativas, Karin llegó al colegio a recoger a nuestro hijo, Franz. Nadie la esperaba, porque como todos los martes y jueves daba clases en la universidad, sólo que en esa ocasión, por sentirse indispuesta, le pidió a su adjunto que se ocupara de la cátedra. Le daría la gran sorpresa a su hijo. Pasaría por él sin avisarle y se irían juntos a comer un helado. Esos eran los planes. Esa era la decisión. Sólo que Mónica tenía su propio programa. Cuando Karin hacía fila para que le entregaran a nuestro chamaco, ¿cuál no sería su horrible sorpresa al descubrir que ya había sido entregado a su madrina?

—¿A su qué…?

—A su madrina…

—Pero tenían ustedes instrucciones…

—Sí, señora, aquí está —y le mostraron su firma falsificada.

—Esto es falso, son ustedes unas idiotas. ¿Hace cuánto vinieron por él? —preguntó Karin a gritos, zarandeando enloquecida a la encargada de la custodia de los menores.

—No hace más de dos minutos, es más, mire usted, ahí va Franz con la señora —dijo la interfecta. Estaba horrorizaba de tan sólo pensar en la irresponsabilidad en la que había incurrido, así como por la actitud violenta asumida por esa madre herida.

Karin giró como una loba hambrienta. Jamás olvidaría la imagen de esa bruja llevando de la mano a nuestro pequeño. De hecho sufrió durante varios años pesadillas en las que, de repente, despertaba con el rostro empapado de sudor y la respiración desquiciada. Tenía el rostro lívido, desfigurado y la mirada extraviada. Se transformó en una fiera en cuestión de segundos. Una madre en semejante coyuntura es capaz de todo… y cuando digo todo, es todo… Aventó su bolsa a la encargada del resguardo. Corrió enloquecida, tropezando con otros padres y chiquillos. Tenía que llegar a rescatarlo o su vida carecería de sentido. Se abstuvo de gritar para no alertar a Mónica, a la que sorprendió de espaldas cuando Franzito ya subía un pie en su automóvil. Ambas rodaron al piso. Mónica se desplomó boca abajo, sin tener la menor posibilidad de defensa, y Karin, montada encima de ella, empezó a azotarle la frente contra el filo de la banqueta, gritándole insultos. Escupía baba, líquidos verdosos, lloraba presa de la rabia pero no la soltaba ni oía nada ni pensaba en nuestro hijo que la veía horrorizado, ni en las otras personas, madres de familia, sus amigas, que no entendían lo que acontecía. No era dueña de sus emociones ni de sus pensamientos. Cuando por fin las separaron y Karin pudo reaccionar, Mónica no se movía. ¿Estaría muerta? Sangraba profusamente.

Karin tomó a nuestro hijo de la mano, no sin antes advertirle a Mónica, quien, por supuesto, no la escuchaba, que la próxima vez la mataría. Se retiró sin dar explicaciones. Con el dorso de la mano se limpió las mucosidades y las lágrimas. Tenía la palidez de un muerto. Tranquilizó como pudo a nuestro pequeño, quien también lloraba sin poder recuperarse del susto. Su madre, la más tranquila y cariñosa, estable y prudente, enemiga de la violencia, pacífica por sobre todos los valores, había llegado a unos extremos espantosos que nuestro hijo no alcanzaba a comprender en su corta edad. ¡Claro que lo consoló, lo besó, le acarició la frente, le alineó el pelo sin dejar de gimotear y, por supuesto que se fueron por el helado, no faltaba más!

Yo ya no tenía nada de qué hablar con Mónica. De nada servirían las palabras. Eran inútiles. Habíamos llegado a los hechos. Tendría que actuar en consecuencia, acompañado de un abogado. Más tarde supimos, por las amigas de Karin, que Mónica había sido curada de la brutal golpiza en una clínica particular. Salvo las severas contusiones en la cara y el uso de un collarín por tiempo indefinido hasta que se le corrigiera el traumatismo en la espalda, los daños, afortunadamente, no habían llegado a mayores.

El agente del Ministerio Público nos recibió con unas botas de piel de víbora encima del escritorio. Leía un periodicucho y escupía por un carrillo.

—¿En qué puedo servirles? —habló sin bajar la prensa ni dignarse siquiera a vernos.

Era claro, ahora comenzaba un viaje sin final por el inframundo, unas cuevas de coyotes, de asaltantes, de perros mastines, de alacranes, de culebras, toda una fauna asquerosa y execrable que se movía únicamente por el dinero y por el soborno. Una muestra inequívoca de las peores herencias de la diarquía Obregón-Calles que el priísmo moderno se había ocupado de llevar a los extremos de la putrefacción. Las leyes se subastaban al mejor postor y se inclinaba la balanza dependiendo de quién echara más billetes en el cajón de estos hampones, supuestamente encargados de impartir justicia y velar por los intereses de la sociedad. La fuerza policíaca era, sin duda, la institución del gobierno más despreciable porque lucraba con el miedo de la ciudadanía a perder la libertad, el don más preciado, decía el Quijote, como consecuencia de un acto de corrupción. La víctima, el inocente, podría ir a dar a la cárcel por el manoseo desaseado de un expediente. En estas cuevas pobladas por hienas, en donde hasta el aire estaba contaminado, se podían cambiar los papeles en un santiamén y en la más absoluta impunidad. ¿Mi esposa en prisión cuando habían tratado de secuestrar a nuestro hijo? Sólo eso me faltaba…

Karin me dijo que aun cuando recluyeran a Mónica en una cárcel acusada de todos los cargos y no tuviera posibilidad de apelar a ninguna sentencia y se viera obligada a cumplir una condena de varios años, aun así, presa, ella no estaría en paz. Mónica muy bien podría sobornar a las custodias y salir, al menos por unas horas, con el único propósito de hacernos, ahora sí, un daño irreparable. Nuestro país vive en el atraso porque no se respeta ninguna regla, ninguna ley, ningún principio moral ni ético. No hay norma que valga: lo único que se debe entender es que vivimos en la selva y que cada quien se debe defender con lo que tenga a la mano. La misma religión católica nos invita al cinismo desde que los delincuentes que se arrepienten de los crímenes cometidos limpian sus culpas rezando un padre nuestro para reincidir cinco minutos después.

—¿Qué es esto? Todo está podrido, Nacho, la corrupción sube de la base a la cabeza y por ello no estaría tranquila nunca. Esa miserable mujer puede salir en cualquier momento por un par de pesos o de favores sexuales, esa es la justicia y la seguridad que tenemos los mexicanos.

—¿Qué sugieres? ¿Cambiarnos de país o de ciudad?

—No, nos buscará por cielo, mar y tierra.

—¿Entonces, qué hacemos, güera? No das soluciones.

—Yo las tengo, pero como menciona tu general Obregón, sólo los pendejos dicen lo que van a hacer —dijo con una sonrisa sardónica que nunca había visto en su rostro, moldeado en la mejor de las porcelanas. ¡Qué mujer! ¡Qué lujo!

Me quedé muy intrigando, escrutando su rostro en busca de una explicación. ¿Qué tramaría?

—¿No me vas a decir ni a mí?

—En su momento lo sabrás, Ignacio.

Al no dirigirse a mí como "Nacho" me produjo un inmenso frío en el cuerpo, más aún por la severidad y rudeza con las que pronunció mi nombre.

—No me dejes así, amor…

—Si cuajan mis planes, lo sabrás en su debido momento.

Abandonó la estancia, no sin antes acariciarme la cabeza y darme un beso.

—Un hombre es incapaz de imaginar hasta dónde puede llegar una madre cuando se trata de defender a sus hijos. Ni lo mejor de tus novelas, Nachito, podría reflejar esa realidad…

La masacre de Huitzilac, acaecida cuando Morrow apenas acomodaba su frac en el armario, le proporcionó al diplomático un perfil muy claro de los alcances de sus interlocutores. Tenía mucho que aprender…

—¿Usted decirme que el presidentei mandou asesinar a Serranou y a los demás candidatous de la ouposición sin previo juicio? What?

Morrow recuerda la Quinta Enmienda de la Constitución de los Estados Unidos, que había aprendido de memoria como abogado graduado en la Universidad de Columbia: "Ninguna persona será privada de la vida, de la libertad o de sus propiedades sin el debido proceso legal." *What's happening in this country?*[62] Cuando el 13 de noviembre atacan al propio Álvaro Obregón y de nueva cuenta son fusilados los supuestos culpables del atentado sin cumplir con el debido proceso legal, Morrow ya no puede salir de su asombro:

—¿Perou la Constitution mecsicana no prohibir específicamente a la autoridad fusilar a terceros sin haber sido antes enjuiciadous? ¿No haber leyes en este país que respeten *the human dignity*?

—No güerito, aquí las únicas leyes válidas son la del billete y la de la bala. La Constitución sólo sirve para condimentar los discursos políticos. En la práctica nadie le hace caso aunque la patria se los demande, y como la patria ahora está medio dormida y no reclama nada...

—¿La patria...? ¿Qué ser la patria, amigou...?

—Pocos mexicanos, mister, saben lo que es la patria. El día en que la descubramos cambiaremos nuestra manera de ser... Por lo pronto, y como siempre, sálvese el que pueda... Serrano, Gómez, los Pro, Segura Vilchis no se salvaron por pendejos... A propósito, ¿sabe usted lo que es un pendejo?

—¿Un pendejou...? Nou, ¿qui ser un pendejou?

—Es muy larga y amplia la respuesta. Sólo le recomiendo que lo aprenda, pero rapidito, si va a vivir en este país...

Pero ¡oh, sorpresa!, sorpresas te da la vida... Apenas habían transcurrido unos meses de haber abortado una nueva intervención armada en contra de México porque nos negábamos a ceder nuestros manantiales de oro negro a los malditos yanquis tragadólares, cuando Calles, por la vía diplomática, discreta y dócilmente, entregaba a los gringos el colosal patrimonio enterrado en nuestro subsuelo, mientras la opinión pública mexicana estaba distraída por la investigación del intento de asesinato de Obregón.

El Turco se había definido valientemente desde el principio de su administración: ¡Mexicanos! ¡Compatriotas! ¡Es la hora de defender nuestra Carta Magna! ¡Se arrebatarán a los petroleros los yacimientos que se encuentren fuera de las normas dictadas por la autoridad! ¡México será finalmente dueño indiscutible de la riqueza de nuestro subsuelo! ¡México tendrá un motivo más de orgullo para celebrar el día de la independencia! ¡La industria petrolera es de utilidad pública![63] ¡Es la hora de cumplir con las promesas de la revolución, de recuperar la soberanía y de hacer a México un país respetable en el concierto de las naciones! ¡Mi gobierno enfrenta el problema petrolero con patriótica resolución para velar por el porvenir nacional! ¡Una vacilación puede hacer fracasar nobilísimos ideales que tantos esfuerzos dolorosos han costado a la Patria![64]

Nadie se imaginaba que tres semanas después de que Dwight W. Morrow, el nuevo representante diplomático del Tío Sam, presentara sus cartas credenciales el 29 de octubre de 1927, la nación conocería otro ángulo del verdadero rostro de Calles… ¡Un auténtico espanto!

Bastó un desayuno entre Morrow y Calles en su rancho de Santa Bárbara, en el que el presidente cantó, bailó y toreó vaquillas con tal de impresionar al miserable gringo,[65] para que la Corte emitiera una alarmante sentencia en cumplimiento de un acuerdo secretísimo al que ambos habían llegado durante ese feliz convivio: "La justicia de la Unión ampara y protege a la Mexican Petroleum Company of California contra los actos de que se queja."

¿Qué…? ¿Cómo que la justicia mexicana protege a esos rateros que nos despojan sin pudor de lo nuestro? La ley petrolera de Calles, la del resurgimiento económico, la del rescate de la dignidad, resulta inconstitucional gracias a los consejos del procónsul norteamericano, quien parece gozar de poderes hipnóticos sobre el jefe del Estado. A menos de un mes de su llegada, se acabaron el nacionalismo, la soberanía, la amada flama de la libertad y de la Carta Magna. Los gringos recuperan sus derechos para explotar nuestra riqueza petrolera. Nadie les va a arrebatar nada ni seremos dueños de nuestro subsuelo. Nada de nada y otra vez de nada… Calles les vuelve a entregar nuestros tesoros a los yanquis para que los sigan explotando a placer y en su único beneficio. Seguiríamos siendo, diría Martinilllo, los mismos indios a los que les cambiaron sus objetos de oro por cuentas de vidrio. La estafa y el saqueo se perpetúan. El escándalo es mayúsculo; sin embargo, se apagará con la llegada de las posadas, cuando se rompa la primera piñata y se beba un trago de ponche bien cargado…

Más tarde se supo que Morones había recibido la encomienda de lograr la declaración de inconstitucionalidad de dicha ley con los métodos que él considerara pertinentes… Entonces le dijo, uno a uno, al oído a cada ministro de la Corte: ¿Qué prefieres juececito, plata o plomo? Escoge: puedes quedarte en el cargo gozando después de una estupenda jubilación, recibir una hermosa charola de plata y ostentar, para la historia, una fotografía tuya en el Palacio de Justicia, o bien, perder tu empleo y ser enterrado sin honores.[66]

No está difícil, ¿verdad…?

Justo es reconocer, sin embargo, que la votación no la ganó el Turco por unanimidad en el pleno de la Corte. A pesar de las amenazas y de haberse jugado la vida, hubo ministros de justicia, valientes y dignos.

Se volvieron a frustrar "los nobilísimos ideales que tantos esfuerzos dolorosos habían costado a la Patria". ¡Mi gobierno enfrenta el problema petrolero con patriótica resolución para velar por el porvenir nacional! Patrañas y más patrañas... Calles no sólo se consagraba como asesino, sino también como traidor a las grandes causas de la nación. ¡Cuánta vergüenza, y México sin Dios ni Virgen que lo ampararan!

Calles sabía que si se negaba a entregarle a los buitres yanquis el petróleo, Estados Unidos apoyaría militar y económicamente a los cristeros. Si el jefe de la Casa Blanca enviaba varias flotas con sus terribles *marines* a bordo para respaldar a los cristeros, la carrera política del Turco concluiría abruptamente. Imposible aceptar que Coolidge se pusiera del lado de los curas y que el presidente de la República fuera desplazado del Castillo de Chapultepec a punta de bayonetazos... Así que entregó al siniestro Tío Sam nuestros espléndidos veneros. Los petroleros norteamericanos caminaron sobre tapetes rojos hacia la boca de nuestros pozos, los que nos había escriturado el Diablo. Y se hizo la paz...

Karin y yo fuimos informados por nuestros abogados de que Mónica había sido finalmente arrestada y permanecería recluida en la cárcel de mujeres a la salida de la Ciudad de México. Era un hecho. Deseábamos conocer el término de la pena y confirmar que ésta fuera inapelable e inatacable. No queríamos ni imaginar que esa maldita fiera pudiera recuperar la libertad... Vivíamos en permanente zozobra.

El padre José Toral y Monseñor Orozco sostuvieron una reunión secreta en la sierra de Jalisco a principios de febrero de 1928, el año terrible de La Bombilla. En esa cita mensual, Toralito finalmente se había animado a proponer la candidatura de un hombre de todas sus confianzas, un católico devoto que finalmente habría de devolver la tranquilidad a este país, restaurando la justicia divina. ¿Fracasaron Segura Vilchis y sus allegados? Bien, busquemos nuevas cartas, otras opciones. ¿A quién sugieres?

Orozco y Jiménez se veía demacrado, ojeroso, salía apenas de una severa crisis causada por la mordida de una víbora de cascabel. El veneno le había provocado verdaderos estragos, fiebres, alucina-

ciones y pérdidas transitorias de memoria y de conciencia. Le preocupaba sobremanera que en sus delirios pudiera delatar secretos que
nunca confesaría ni ante el Santísimo Padre, Apóstol de Roma. Sin
embargo, se recuperaba lentamente y con su convalecencia volvía el
sosiego a su alma…

La Madre Conchita había insistido en su habilidad para
manejar el "asunto" del Manco, pero no a través de tantos Segura
Vilchis, Pro, Nahúm y Joselín, no, ahora se trataba de buscar a un
asesino solitario, una persona en concreto que se ocupara de asesinarlo, sin tener tantos cómplices como posibilidades existían de que
se derramaran los secretos. Un individuo, sólo uno de los tantos
que pisaban su convento. Todo se reducía a escogerlo bien. De esta
elección dependía el éxito de la misión. No necesitaban tantas
manos ni tantas cabezas ni una estrategia tan compleja y vulnerable.
Un sujeto con sangre fría y dispuesto a ganarse el cielo para él y los
suyos…

En el convento se concentraban las materias primas para
confeccionar las bombas, se elaboraban los planes para hacerlas estallar, se guardaban las armas y las municiones. Continuamente se veían
carruajes detenidos a la puerta de dicha casa. El vecindario observaba,
asimismo, cómo entraban y salían algunas personas, entre ellas Bandala, Luis L. León, el mismo al que Obregón aseguró que Calles lo
traicionaba, y Samuel Yúdico, diputado al Congreso de la Unión y
algunos políticos de menor importancia, sin faltar jerarcas de la iglesia,
como el propio arzobispo Ruiz y Flores. Los incendiarios y los asesinos, un contingente bien adiestrado bajo sus órdenes, llegaban a
pernoctar en esa santa casa de Dios cuando la noche avanzaba y no se
habían concluido los trabajos… Entre ellos sobresalía Carlos Castro
Balda, un apasionado militante de la causa del Señor, quien, además
de comprar la pólvora y otros productos químicos indirectamente a
través de los Establecimientos Fabriles Militares, vivía absorto y enamorado de las prendas femeninas de la abadesa, quien le concedía a
solas placenteros momentos de intensa comunión…

—Yo quisiera sugerir, si usted me lo permite, Monseñor,
dentro de la tónica sugerida por la Madre Conchita, el nombre de mi
primo José de León Toral, hijo de mi tía María, un gran religioso y
magnífico cristiano, con genuina alma de mártir, de toda la confianza
y mucho más que eso… Él podría ser de una ayuda invaluable en
nuestros planes. Lo recomiendo abiertamente. Es más, metería las

manos al fuego por él —mientras esto decía, el padre Toral Moreno
volteó esquivamente para consultar el rostro de Bergöend, quien por
lo visto había aceptado el ofrecimiento, siempre y cuando lo aprobara
el propio Orozco.

—¿Qué piensas, padre Bernando? —preguntó Su Excelencia
corriéndole la cortesía al encargado de la ejecución del plan.

—Yo necesito hombres de confianza, convencidos, decididos: a ello he dedicado mi vida. Jóvenes católicos dispuestos a la inmolación, violentos defensores de la Santa Causa —el sacerdote
francés demostraba una fortaleza temeraria, la necesaria para contemplar desde los aires la boca abierta de un volcán en erupción—. Conozco a tu primo. Sé que fue amigo de Humberto Pro, cuyo trabajo
fue aún más admirable que el de Miguelito, su hermano. Es acejotaemero de pura raza. Obediente. Si tú crees, Pepe, que nos será de
utilidad, es la hora de que le des mis referencias.

—Claro que será de utilidad, porque además es buen dibujante, trabajó en *Excélsior* como caricaturista, sabe hacer retratos,
puede infiltrarse como periodista en cualquiera de las comilonas y
ultimar a Obregón a corta distancia —insistió el padre Toral en su
recomendación.

El obispo Miguel de la Mora estuvo conforme, aduciendo que
si José de León tenía la misma determinación que los hermanos Pro y
Segura Vilchis, habría grandes posibilidades de éxito. En lo particular
le satisfizo el recurso del caricaturista. Era una trampa impecable.

—Doy mi voto. Que me busquen en la Ciudad de México.
Ustedes tienen mi domicilio.

—No —se interpuso el padre Toral. Yo quisiera cambiar los
conductos y separarnos por células guerrilleras, de tal manera que si
mañana la policía arrestara a mi primo y lo atormentara para arrancarle nombres e información en general de los soldados de Dios, Pepe
no pudiera dar ningún dato de nadie. Creo que lo mejor es que se
conozcan tocando a la puerta, sin que nadie los presente, sin que
tengan antecedentes los unos de los otros.

Orozco reaccionó con gran beneplácito. Con esas intervenciones se demostraba el talento y la astucia de su equipo. Por más
tortura que le dieran a Toral, éste no revelaría nada simplemente
porque se trataba de un desconocido, un recién llegado. ¿A quién
delataría aunque lo colgaran de los pulgares? La policía no podría ni
imaginar un simple párrafo de su historia personal.

—¿Cómo harás que llegue entonces tu primo con la Madre Conchita?

—Hablaré con la señora Margarita Rubio, Margot, una destacada integrante de la Asociación de Damas Católicas, que Dios nuestro Señor tenga en su santa gloria a nuestro amado Anacleto —se persignó ceremoniosamente el padre Toral al hacer la referencia—, ella es una hija devota, abnegada y entregada. No tengo duda de que sabrá llevarlo hasta el convento capuchino sacramentario.

—Ya, ¿pero concretamente en qué nos ayuda, por qué confías tanto en ella? —cuestionó el arzobispo sorprendido.

—Margarita Rubio es una fervorosa creyente, generosa con nuestra iglesia, y, además, es prima, señor, nada menos que de Carlos Díez de Sollano, nuestro más importante introductor de armas para beneficio de los cristeros de Jalisco y de nuestra causa —repuso el padre Toral dirigiéndose únicamente a Orozco y Jiménez; la falta de delicadeza era entendible por el absoluto sometimiento que exhibía ante la autoridad arzobispal—. De modo que, ¿lo autoriza usted, santo padre? Si recurrimos a una banda como la de Segura volveremos a fracasar... Los secretos están garantizados.

—Y, padre Toral, si torturan a José de León, ¿no va a confesar que llegó con la señora Rubio por tu conducto, para de ahí tirar el hilo y llegar después con Su Señoría? Las conclusiones serían elementales por tu jerarquía aquí en la arquidiócesis, como por el apellido de ambos —adujo Bergöend, astuto como siempre.

—A José le llegará una carta de Margarita Rubio con directrices e instrucciones... Yo no hablaré con él. Márgara se ocupará de todo. Además, no hay hombre sin hombre: en alguien tendremos que confiar finalmente.

—¿Y si la atrapan a ella?

—Estoy convencido de que Margarita sueña con el martirio para estar el día de mañana en los altares de México; además, a las mujeres rara vez las torturan, hasta para eso tenemos un seguro comprado...

Nadie de los presentes tuvo objeción. José de León Toral, primo del padre Toralito, José Toral Moreno, ya estaba en la organización. Nacía una nueva oportunidad... Otra estrella en la noche del firmamento católico...

Los únicos datos que recibió José de León Toral por parte de su primo fueron los domicilios de Margarita Rubio y del conventículo de la Madre Conchita, quien se había mudado de nueva cuenta a las calles del Chopo, una casa improvisada, alquilada por Carlos Castro Balda, su enamorado, quien recibía los fondos del obispo Miguel de la Mora con la idea de contar con más independencia en las "maniobras". León Toral no hizo más preguntas, a sabiendas de que no se le hubieran contestado. Final de la conversación…

Castro Balda, especialista en la fabricación de bombas, llegó a conocer, por interés personal, la rutina de las capuchinas. Siempre vería la manera de entrevistarse a solas con la Madre Conchita. En las tardes, cuando la abadesa no convocaba a capítulo de culpas, las monjas rezaban el rosario y a continuación contaban con una hora de oración en silencio para hacer otro examen de conciencia. Cenaban solamente un plato de sopa espesa y una taza de té antes de las siete de la noche. Disponían de unos momentos de tiempo libre antes de acostarse y de cantar en procesión el Miserere, pidiendo piedad a Dios: *Tenme piedad, ¡oh Dios!, por tu clemencia, por tu inmensa ternura borra mi iniquidad, ¡oh, lávame más y más de mi pecado y de mi falta, purifícame!* Luego un rato de recreación, dedicado por cada una a su devoción particular, que era seguido por rezos a la Salutación del Dulce Nombre de María, para entregarse entonces a los brazos del Señor, dormidas sobre un jergón de paja. Eran las esposas de Jesucristo, quien las quería enteramente para sí y con quien aspiraban a lograr una unión perfecta por medio de los votos de clausura, obediencia y castidad, viviendo en silencio y oración.

Castro Balda gozaba del inmenso privilegio de poder compartir a la Madre Conchita con el Señor, por lo general en el locutorio, cuando las hermanas habían dejado de cantar el Miserere. Nunca la Divinidad le hizo la menor reclamación, al menos que él recordara… Era una concesión tan sagrada como exclusiva. Castro Balda pedía, al menos, un colchón, un colchón, amada Concepción, o ya de perdida el jergón de paja, pero la rigidez conventual de la monja se lo impedía. Ni hablar: hagámoslo aquí, sobre la losa fría… Haz penitencia, Carlitos… Tan la compartió que años después del asesinato de Álvaro Obregón y de haber purgado doce años en la cárcel, la feliz pareja decidió casarse por la iglesia. Federico Osorio Corona, sacerdote de Acajete, Puebla,[67] preso también en las Islas Marías por el linchamiento de una mujer espiritista, oficiaría la misa para unirlos en matrimonio ante la complaciente sonrisa de Dios, quien todo lo sabía…

La Madre Conchita no le permitió, por supuesto, el paso a José de León Toral. Era un ilustre desconocido. Referencias y asunto. ¿Quién es usted? ¿Qué quiere…? Este mundo estaba lleno de tramposos, emboscados, espías y traidores. Toral busca entonces el apoyo de Margarita Rubio, su segunda instancia en caso de un portazo.

León Toral regresó al convento, que ahora se encontraba en las calles de Zaragoza, a donde la monja se había mudado furtivamente el 5 de mayo. Esta vez iba acompañado de María Luisa Peña, viuda de Altamira. De la misma manera y con las debidas disculpas, pero ahora más enérgicas por acercar extraños al convento, volvió a ser rechazado. Sin abrirle la puerta, le pidieron una tarjeta de la Mitra en donde se le autorizara el paso. Después de consultar con el obispo De la Mora, la alta jerarquía católica sí sabía cómo encontrarlo, le fue concedida la entrevista con la abadesa. León Toral, nacido en los Altos de Jalisco, otra vez Jalisco, siempre Jalisco, estaba de plácemes. Se acercaba su cita con el destino.

Después de conversar sobre superficialidades, la religiosa se convenció de que León Toral era un pobre imbécil incapaz de matar a una mosca. ¿Para qué quería un despojo humano como ese, sin personalidad, sin iniciativa, sin arrojo, tímido, contrahecho, débil, temeroso, pero eso sí, devoto y fervoroso de Dios como pocos?

Dos días más tarde José de León volvió al convento. En esa ocasión, la Madre Conchita entendió que después de tratar un tiempo a León Toral lo podría manipular como a una marioneta, a su gusto, a su antojo, para que en el nombre de Dios, reconfortado por todo género de bendiciones, pudiera cumplir, tal vez, la sagrada encomienda de matar a Obregón. ¡Bienvenido seas a esta tu humilde y pobre casa! Las puertas se le abrieron aún más cuando León Toral le contó a la abadesa de sus relaciones con Humberto Pro, de cuando jugaban al futbol juntos en Guadalajara, y de cómo le había cedido fraternalmente su empleo en una fábrica de aquella localidad desde principios de 1920… Ahora resultaba que León Toral se hacía responsable de los mismos distritos en la capital de la República que otrora operara Humberto como parte de la organización de la Liga…

—¿Conocías a Humberto, José?

—Como a un hermano, madre.

—¿Eres liguero, entonces?

—Hasta la muerte, Madre Conchita, liguero y acejotaemero, y créame que no descansaré hasta no vengar a quien fusiló a Humberto y todavía lo remató con tiros en la cabeza... Yo vi su cadáver en la noche.

—Pues yo me armé de valor —dijo la religiosa— y fui a visitar a Roberto Cruz, el director de la policía, para ofrecerle ayuda económica a cambio de la vida del padre Pro, pero resultó imposible: Dios ya había resuelto quitarle la vida a ese santo.

—¿Dios u Obregón? ¿Cuál de los dos?

—No seas blasfemo —terminó la conversación cuando la madre se persignó y se retiró—. Mañana que vuelvas di en la puerta la clave de entrada: Viva Cristo Rey.

León Toral sería utilizado en una fase posterior en el caso de que fallara otro plan, de ejecución inmediata, para asesinar a Obregón. A un místico de semejantes tamaños no se le podía desperdiciar. ¡Al tiempo! Que esperara, por el momento, apartado de los ojos de los curiosos. En esta ocasión, después del fracaso de Chapultepec, se trataría de envenenar al Manco durante un baile que se celebraría en Celaya el 15 de abril. Samuel O. Yúdico se había venido reuniendo con la Madre Conchita para ultimar los detalles de la nueva "operación" con la debida discreción, de modo que nadie pudiera identificarlo por sus recurrentes visitas al convento. Yúdico, de características físicas muy similares a las de Luis N. Morones, vestido con el mismo corte de traje y enjoyado al estilo de su maestro, sabía cumplir instrucciones al pie de la letra. Franco y abierto, estable, buen organizador y orador, fiador de una de las tantas casas que ocupara la Madre Conchita, había contribuido con buen éxito al lanzamiento meteórico de la CROM y al adelanto de los ideales obreristas mexicanos.[68] La lealtad de quien antes había sido plomero de oficio había sido probada, una y otra vez, durante incontables batallas a fuego cruzado y, como muy pocos, disfrutaba del exclusivo honor de hablarle de tú al general Calles, quien había fungido como su padrino de casamiento.

Todo marchaba a la perfección. Fluía...

La estrategia planteada por Morones a través de Yúdico ya desde el 15 de marzo consistía en picar o al menos rozar la piel del Manco produciendo una pequeña excoriación. La sustancia letal impregnada en la punta de un alfiler haría el resto. ¿Requerimientos? Una mujer guapa que bailara con el general y aprovechara la ocasión para encajarle, como por un descuido, la lanceta de un broche que llevaría abierto. ¿Quién podía resistirse a la invitación de una auténtica aparición femenina para pasar a la pista si, además, se deseaba exhibir sencillez y humildad ante el pueblo? Yúdico se ocuparía del tóxico y el broche, la agenda del sonorense, el lugar de la celebración, casi de todo, pero eso sí, se abstendría de llevar a la abadesa hasta Celaya y de ejecutar el proyecto. Esta última parte correría a cargo de la abadesa y de su equipo de trabajo…

Los datos de la mujer adecuada los dominaba de sobra la Madre Conchita. ¿Nombre? María Elena Manzano, conocida de la abadesa de cinco años para atrás, desde el convento de Tlalpan.[69] Era una católica fanática, extraviada y obnubilada… ¿Ocupación? Empleada en Salubridad Pública, sobrina de Paulino Manzano, secretario particular de Celestino Gasca, prominente laborista, otro incondicional del Gordo Morones. La pandilla en pleno de la CROM, ni más ni menos, la que más odiaba Obregón. ¿Alguna objeción? La Madre Conchita había admirado siempre las formas y la belleza de María Elena. Ostenta, en efecto, una gran soltura, es frágil, fresca, delicada y graciosa. Reúne los requisitos. Pobres de los hombres. Obviamente, no sospecha que ella también está enamorada de Castro Balda. La prepara. Se convence. La pone a prueba. La interroga. La cuestiona para conocer su determinación. Le repite la tarea a ejecutar, así como las dimensiones históricas del resultado. Agrega que no le corresponde instruirla en el exquisito ardid de la coquetería con Obregón para seducirlo y poder cumplir su objetivo. Eso lo dejo a tu imaginación… Carlos Díez de Sollano, primo de Margarita Rubio, integrante también de la Liga y de la U e igualmente especialista en explosivos, le pregunta a María Elena Manzano si está dispuesta a ir a Celaya a matar a Obregón.[70] Ella lo afirma y lo confirma: sólo busca la oportunidad. ¡Dénmela!

En la primera semana de abril, la religiosa Josefina Acevedo de la Llata, otra hermana de la abadesa dedicada al servicio religioso, no como la señora madre de la santa Llalla, le entrega a Conchita un pequeño frasco que ésta, a su vez, confía a María Elena pronunciando casi las mismas palabras que Samuel O. Yúdico:

—Tan eficaz es este veneno, que humedeciéndolo en la punta de un alfiler, si se pica o se causa un pequeño arañazo a una persona, ésta muere instantáneamente…

Cuando faltaban sólo tres días para la ejecución de el Manco y ya se disponían a viajar a Celaya con broches, veneno, bombas y pistolas por si algo fallaba o surgían nuevas oportunidades sobre la marcha; cuando el país estaba a punto de celebrar la desaparición física del gran tirano y María Elena Manzano de ocupar las primeras páginas de la historia patria, la Madre Conchita fue informada, "con profundo pesar", de que Samuel O. Yúdico, el padrino del plan, había dejado de existir por razones inexplicables después de una enfermedad breve, sumamente agresiva e irremediable... ¡Qué contrariedad!, ¿no...? Era tan buena persona...

La abadesa nunca supo que Yúdico había recibido una visita sospechosa en su oficina de la CROM, una invitación a tomar unos tragos. Si Morones se espiaba a sí mismo, con mayor razón a los suyos. Jalando la cuerda y esperando el momento adecuado, se descubrió que el anfitrión indirecto era nada menos que Álvaro Obregón.[71] Si Yúdico le hubiera confesado desde un principio, pero así, de inmediato, ¡zap!, al Gordo del Diablo, que había sido invitado a reunirse con un destacado obregonista, tal vez hubiera podido salvar la vida, pero si Morones, dotado con varios ojos como las arañas, había tenido que descubrir las entrevistas con el Manco, la sentencia de muerte en contra de su hermano y compañero de todas las batallas estaba ya dictada. Resultaba irrelevante conocer el contenido de las conversaciones. ¿Qué más daba? ¿Cómo se había atrevido a reunirse con el peor de sus enemigos sin habérselo hecho saber sin tardanza alguna, sobre todo si habían tramado conjuntamente el envenenamiento del Manco? ¿Cómo? Peor aún si la junta se había llevado a cabo para traicionar a Morones a cambio de que Yúdico ocupara la dirección de la CROM, una vez depuesto y encarcelado, en el mejor de los casos, el pobre Marrano de la Revolución... No hagas cosas buenas que parezcan malas y, en la duda, mejor disparar...

—¿Cómo ves, Plutarco, a este hijo de la chingada de Yúdico?

—Tienes que acabar con él... No estamos para bromas.

—Por supuesto que lo haré.

—Cuida que no se sepa que fuiste tú porque crearás el pánico en la CROM y espantarás a la Madre Conchita. Toma en cuenta que si se descubre tu mano se puede levantar otra vez la polvareda de Huitzilac y la de Segura Vilchis, el padre Pro y compañía... Ojo... ¡Que no se nos reviva el muerto, Gordo!

—Ese es el punto, presidente, nos iremos a comer como si nada hubiera pasado y a la menor distracción de Samuel le pondré yo mismo, en una de las tantas tazas de café concentrado que toma al día, un veneno que sólo se da en el Bajío, llamado la veintiunilla. Con unas gotitas matas a una vaca, ya sabrás...

—¿Veintiunilla?

—Sí, veintiunilla, porque al día veintiuno de habértelo tomado estiras la pata sin que nadie pueda descubrir la causa del fallecimiento, aun cuando te hagan cuarenta autopsias. Los síntomas van desde la angina de pecho hasta una pulmonía galopante y chin, se acabó, se chispó para siempre Yúdico... Adiós, Yúdico, adiós, se lo llevó el carajo...

—Tú siempre con novedades, gordito... Si ya tienes la poción, invita a comer a ese mamarracho mañana mismo y dale el mejor café de su vida antes de que acabe de traicionarnos... Sabe demasiado.

—Descuida, que no vivirá más allá del 10 de abril, mañana entra la primavera, Plutarco...

—Oye y, por favor, que tu mujer esa Manzano no me vaya a picar a mí en lugar de Álvaro... Acuérdate que viajaremos juntos a Celaya... Espero que no hayas contratado a una miope...

—No, hombre, no, imagínate las preocupaciones de la mujer: como María Elena debe encajarle la lanceta del broche que lleva abierto en el pecho, resulta imperativo que el varón la atraiga con fuerza hacia su cuerpo durante el baile, pero como Álvaro perdió el brazo derecho no tiene manera de apretar a la hembra contra él...

Calles soltó la carcajada.

—Pues que piense en otra alternativa, pero que lo mate.

Samuel O. Yúdico enfermó terriblemente del estómago. Los doctores lograron salvarlo. Días después enfermó irremediablemente de pulmonía. Falleció el 10 de abril de 1928. ¿Sospechas...? ¿Ninguna? Bueno, ¿qué la gente no se muere?

Quien hace la guerra a medias, se pone un dogal en el pescuezo... Morones no fallaba... Morones no perdonaba... Obregón desesperaba...

Finalmente, María Elena Manzano toma el tren rumbo a Celaya acompañada por Jorge Gallardo, Manuel Trejo Morales, un joven ex empleado de los Establecimientos Fabriles en la época de Morones, y Eulogio González. Todos van armados. Esperan una pesada carga de dinamita para hacer volar un puente por el que atravesará el Tren Olivo con Calles y Obregón a bordo, además de un notable grupo de políticos y militares. Habían salido de la Ciudad de

México el día 14 de abril, de acuerdo a la agenda entregada a última hora por Morones. Es la gran oportunidad para decapitar de un solo tajo al gobierno. ¿Qué tal acabar con todos de una vez? Si fuera Morones a bordo, también moriría despedazado por los explosivos. ¡Vámonos! María Elena lleva en su bolsa de mano el pequeño pomo con la pócima. Va muda, decepcionada, frustrada desde antes de iniciar el viaje que la proyectaría a la historia. La noche anterior, Carlos Castro Balda le confiesa su amor, su pasión por ella, el hechizo que despierta en él su presencia, me fascinas Mari, me encantas como mujer, pero nadie me pierde ni me extravía ni me proyecta a parajes y a horizontes desconocidos como la Madre Conchita: mi ilusión, mi razón de vivir. Sus manos me perturban, son puras, te lo juro, llenas de energía divina, podría ser capaz de todo cuando recorren mi cuerpo y despiertan la santidad que hay en mí… Si quieres seguimos tú y yo en secreto, pero ya sabes a qué atenerte…

¿Resultado? A pesar de todos los planes, la obtención del veneno, el cuidadoso diseño de la estrategia, las precauciones para seleccionar y esconder la identidad de los protagonistas, el esfuerzo en materia de coordinación y el tiempo perdido, el proyecto de liberación nacional de acuerdo a las bendiciones del Señor se desploma escandalosamente: María Elena Manzano Beguerise, con tan sólo entrar al salón Pathé, donde se celebraba el baile de la primavera, y constatar la presencia de cientos de personas rodeando a Calles y a Obregón, se acobardó, declaró impracticable la operación y decidió volver al día siguiente a la Ciudad de México.[72] "Eso" no era para ella… Respecto a la voladura del puente, el objetivo perfecto y más completo de todos, los explosivos no llegaron nunca… Abortó el proyecto magnicida en su totalidad.

La Madre Conchita regañó a la Manzano, quien se despidió deprimida y apática por otras razones, y a Manuel Trejo Morales: "Ya sé que ustedes no hicieron nada y lo que pasó es que ustedes no quisieron hacerlo".[73] Ahora la abadesa tendría que recurrir a León Toral y jugarse la última carta antes de perder todo su prestigio ante sus patrocinadores. Por otro lado, Calles y Morones también habían tenido una larga discusión. Todo culminó cuando el Gordo observó que en el caso de Field Jurado, donde José Prevé y su escuadrón de matones se habían hecho cargo, las instrucciones se habían cumplido matemáticamente, Plutarco, pero te repito, ya te lo dije una vez, que no es mi gente y me tengo que armar de paciencia porque, para bien o para mal, necesitamos escudarnos y apoyarnos en la iglesia para acabar con las siete vidas del Manco… Matarlo nosotros sería muy obvio y suicida: necesitamos a los curas y por ello dependemos, lamentablemente, de la habilidad de la abadesa.

—¿A quién le echamos la culpa entonces?

—La gran estrategia consiste en embarrar al clero y lavarnos nosotros las manos… ¿no? ¿Para qué entonces todo este teatrito de la guerra cristera? Esperemos, Plutarco, esperemos. Me dice la Madre Conchita que tiene otro candidato, un tal León Toral, tapatío, de la Liga, de la U, joven de veintisiete años, este sí de lujo, caricaturista, un asesino solitario, que bien puede ser quien solucione finalmente el entuerto. Paciencia, turquito, paciencia y nos amanecemos…

Mientras tanto, la iglesia había suplicado la ayuda económica de Estados Unidos para poder reclutar a ochocientos mil cristeros y enviarlos al frente. La derrota de Calles sería irremediable. A cambio entregarían a los petroleros todos los pozos que quisieran, pobre México… La embajada norteamericana "pronosticaba la posibilidad de grandes acontecimientos que obstruirían el camino abierto a Obregón en un futuro cercano, el resultado de las divergencias crecientes entre Calles y Obregón".[74] Morones se empezaba a cansar de pronunciar discursos cada vez más agresivos y subidos de tono en contra de la reelección de Obregón, quien respondía con su flema sonorense: Si el Gordo llega a la Presidencia, a mí no me quedaría más que el destierro o el cerro.[75] Los soldados callistas dinamitan a Cristo Rey en el Cerro del Cubilete. Lo celebran con una gran borrachera en las ruinas…

Obregón intenta, tras bambalinas, alcanzar otra vez un acuerdo con los prelados exiliados por Calles en San Antonio, Texas. Urge acabar con la rebelión. Alega que Calles utiliza el conflicto para impedir y justificar la cancelación de las elecciones del próximo julio. Los males cardíacos que lo han hecho envejecer prematuramente tal vez atentan contra su imaginación. El Turco no planea utilizar la guerra para esos efectos, ¡qué va…! Morrow propone una reunión de las autoridades católicas de su país con el presidente de la República para concluir el nuevo movimiento católico armado. Las posibilidades reales de una solución presionan al jefe del Ejecutivo para acometer sin tardanza sus planes finales o no se podrá culpar a la iglesia del atentado. Orozco no quiere la paz: desea derrocar al sistema.

Escupe a Calles y a Obregón. ¿Cuál paz? ¡Fuera los dos! Se opone a cualquier acuerdo propuesto por Roma. Calles tampoco desea deponer las armas por otras razones y hasta que no se hayan cumplido ciertos objetivos… Morrow escucha un estruendoso aplauso desde Washington cuando el 27 de marzo se expide una nueva y sumisa Ley del Petróleo redactada con puntos y comas al gusto del diplomático: ni habrá una intervención militar directa ni Estados Unidos apoyará económicamente a los cristeros. El petróleo mexicano es gringo, ¿entendido? ¡Adelante con La Bombilla!

Posteriormente el presidente Coolidge sorprende con una declaración en torno a la rebelión delahuertista: "Ese movimiento de la República del Sur ha sido el más formidable de los últimos tiempos y hubiera conseguido barrer al gobierno del presidente Obregón si el gobierno de Washington no hubiera ocurrido en su ayuda, no solamente en el terreno moral sino en el terreno material proporcionando armas, parque y aeroplanos, e impidiendo que sus enemigos pudieran avituallarse."[76]

La deuda del Manco con Estados Unidos también es inmensa; valía la pena recordarla en la coyuntura política. Morrow voltea a ambos lados. Piensa en Calles, quien ya come de su mano, o en Obregón, que come de la de Coolidge… El 27 de mayo de 1928, un Comité Especial del Ejército Libertador que Orozco y Jiménez opera desde la clandestinidad, "dispuso la inmediata ejecución de diputados, senadores, magistrados y ministros".[77] El plan también aborta.

El secretario particular de Luis N. Morones envía una tarjeta firmada a José López Cortés, alcalde de la Ciudad de México, para que se contrate a Manuel Trejo Morales, el mismo asesino que había viajado a Celaya acompañando a María Elena Manzano, con un sueldo de doce pesos diarios. La situación política se deteriora aún más cuando se aprueban en el Congreso ciertas leyes prometidas por Obregón orientadas a disminuir el número de diputados y anular los municipios del Distrito Federal. Todavía no es reelecto y ya legisla. Un rudo golpe al centro de la cara de Morones y su CROM. "Vamos a desmoronar el moronismo", diría Obregón ante los ataques incontenibles, desafiantes y temerarios del Gordo. Recuerden el significado de CROM: ¡Cómo Roba Oro Morones! Un ratero indigno de representar a los trabajadores. Una vergüenza para el sindicalismo mexicano. A diez días del desmembramiento del poder laborista en el Congreso, Morones se entrevista con la Madre Conchita:

—Tengo una encomienda muy delicada para usted, madre, y en esta no puede haber errores ni explicaciones, sino aciertos y celebraciones.

—Usted dirá, licenciado…

—Quiero pedirle que su amigo Castro Balda haga estallar dos poderosas bombas: una en la Cámara de Diputados y otra en el Centro Nacional Obregonista, de donde salieron las ideas para reducirme a la nada. Ya sólo falta que me corran de la CROM y me despidan de la Secretaría.

—Nunca lo correrá el presidente, y eso usted muy bien lo sabe: nadie tan cercano como usted, el verdadero hombre de sus confianzas. Despreocúpese.

—El suelo está tan resbaloso que cualquiera puede darse un carajazo, querida Madre.

—Es el mismo piso patinoso del que se queja Obregón, señor secretario, de modo que no tema —la abadesa se persigna; nunca dejaría de hacerlo ante la reiterada vulgaridad de su sobrino político.

—Gracias, Madre, ¿me ayudará?

—¿Cuándo quiere usted que hagamos la fiesta?

—Ya, mañana mismo, si puede. Que proceda cuando él quiera.

—¿Y si me pregunta por qué tenemos que volar la Cámara de Diputados?

—Dígale que en ese pinche recinto habita el Diablo, lo que sea, pero vuélenlo… ¿Necesita dinero?

—Las obras pías siempre requieren de la comprensión de los fieles, licenciado.

Carlos Castro Balda fabrica las bombas en el convento con ayuda de Manuel Trejo y de Carlos Díez de Sollano en presencia de la abadesa, quien aprende el procedimiento. Cumplen con la palabra empeñada ante Morones cuando hacen estallar los explosivos en la Cámara de Diputados, con el consecuente escándalo nacional, a finales de mayo de 1928.[78] Castro Balda huye a Aguascalientes, no sin antes pasar a despedirse de la Madre Conchita en la helada laja del convento. Se tocan, se besan, se acarician. Se juran amor eterno. Se desean suerte con León Toral. El artefacto del Centro Nacional Obregonista lo hacen detonar Eulogio González y un tal Bernal, todos integrantes de la sociedad criminal de la sacramentaria capuchina y, por supuesto, de la U.[79] No se repite la frustrada expedición a Celaya. ¡Esta vez aciertan![80] La sociedad criminal Morones-Madre Conchita empieza a dar frutos.

El Gordo no quería involucrar a su gente en los estallidos. El Grupo Acción de pistoleros profesionales era muy obvio. Mil veces mejor que siempre se pudiera culpar a la iglesia. Las sospechas sobre ella, todo sobre ella... Los daños materiales fueron menores; sólo los buenos lectores de las entrelíneas políticas entendieron el mensaje: Calles y Obregón habían roto definitivamente. Su distanciamiento es evidente, por más que intenten disimularlo: nada permite afirmar que se podrán llevar a cabo unas elecciones civilizadas ni mucho menos un cambio de poderes federales pacífico, institucional, respetuoso...

Obregón era invencible en las elecciones: ya contaba con el apoyo de los agraristas, de la mayoría de los gobiernos estatales y de los caciques regionales más relevantes; dominaba el Congreso; había impuesto a Calles y a su grupo la aceptación de su predominio político y no tenía opositores en la campaña, todos estaban muertos y los que aparecieran, si implicaban algún riesgo, sin duda correrían la misma suerte...

Obregón sabe que la ruptura con Calles es irreversible. Lo había descubierto de buen tiempo atrás por medio de sus cartas. Antes las comenzaba con un "Muy querido Álvaro" y las terminaba con "tu agradecido hermano que nunca dejará de aprenderte", y las últimas, cada vez más esporádicas, las iniciaba con un "Señor General don Álvaro Obregón" y se despedía como "El presidente de la República". No, no era nuevo: supo que Calles ya no era su aliado cuando fue frenada en el Senado la reforma a los artículos 82 y 83, que Obregón había dejado sembrada desde noviembre de 1924. ¿No era obvio? Lo confirmó cuando Calles hizo estallar el conflicto religioso con inusitada firmeza y se negó a escuchar sus recomendaciones para concluirlo antes de iniciar su campaña, y más aún cuando expulsó del país a Pascual Díaz, un prelado amante de la paz, a quien se hubiera podido aprovechar como aliado. Para colmo, curiosamente "se filtraban" las noticias de que el Manco estaba negociando con el clero, directamente o a través de Mestre o de Aarón Sáenz o de Concha Lanz Duret, para concluir la rebelión antes de las elecciones.

Obregón sabe que hay planes para impedirle regresar a Palacio Nacional porque Calles había consentido que Morones se expresara en contra de su candidatura, asegurando que "sería una prevaricación lamentable de la Revolución". Si se había atrevido es porque el Turco lo había autorizado, y si el Turco lo había autorizado, las diferencias tenían que resolverse a balazos. Imposible olvidar aquella brutal entrevista entre Calles y Obregón cuando éste se quejó de los ataques que le dirigía Morones, sobre todo el del Teatro Hidalgo, la noche del 30 de abril. El Turco eludió la cuestión mañosamente, alegando no tener conocimiento de ello, a lo que el general Obregón respondió:

—Escúchame bien, Plutarco, yo sacrifiqué a mis amigos más leales tan sólo porque no eran partidarios tuyos, y ahora permites que los miembros de tu gobierno me ataquen y me ultrajen.

¿Más claro…? Obregón aceptó otras traiciones de Calles cuando le impidió colocar a sus amigos e incondicionales al frente de los gobiernos de los estados y cuando "no pasó" el nombramiento de generales para ocupar plazas en las zonas militares que exigía el Manco como parte de su sistema de control. La gota que derramó el vaso se dio cuando fusilaron a los hermanos Pro y a Segura Vilchis para sabotear las investigaciones que hubieran conducido hasta los autores intelectuales. Pasarlos por las armas a sólo una semana del atentado obedecía a la necesidad de ocultar algo muy serio. Dado el supuesto arrebato de su parte para castigar a los homicidas lo más rápido posible, la opinión pública, le colgó el apodo de "El Supertirano". Calles ya era sólo "El Tirano".

El remate se produjo cuando Morones declaró abiertamente en una reunión privada: "Saldrá electo, pero me corto el pescuezo si toma posesión de su puesto". Al llegar el comentario a oídos del Manco, éste dijo, con su consabida sorna: "Muy bien, entonces le cortaremos el pescuezo".

La Madre Conchita se recluye a puerta cerrada con José de León Toral para prepararlo y fortalecerlo en sus convicciones. Lo entrena. Lo capacita. Dios premiará con el paraíso a ti y a los tuyos por… La Patria bajará de su gran columna de mármol blanco y te agradecerá de rodillas el habernos librado de un déspota, y además ateo. Gracias, Pepe, mil gracias. Sólo tu mano salvadora, guiada por la sagrada sabiduría del Señor, podrá terminar esta guerra y esta persecución innoble, indigna e injustificada. Si Dios permite que mates al Manco es porque la acción es buena, de otra suerte no estarías aquí ni yo te podría poner frente al peor enemigo que haya conocido México… Tan el Señor lo autoriza que de lo contrario todavía estarías jugando al futbol con Humberto Pro. Pero no, si estás aquí es porque tienes una misión divina.

Hablaban antes de la misa y de la comunión; antes y después de las frugales comidas. Se comunicaban antes y después de las santas horas, hasta que la Madre Conchita se percató de que con una sola palabra podía controlar a su discípulo. Bastaba clavarle la mirada unos instantes y posteriormente dirigirse a él para que León Toral cumpliera sus instrucciones. Ejercía un poder hipnótico del que ella no era consciente. Pensarás lo mismo que yo piense. Seremos uno solo, alma, mente y cuerpo. León Toral se fue convirtiendo en un autómata. A veces parecía un fantasma. ¡Sálvame, Dios! ¡Sálvame, Virgen María! Salvemos a mi pueblo…

La religiosa se había abstenido de emplear sus atractivos recursos sexuales para asegurarse el control total del asesino no sólo a través de su absoluta dependencia espiritual, sino también de la carnal, una pinza demoníaca de la que no podría zafarse. El penitente había reaccionado convenientemente, lo cual comprobaba el propio padre Jiménez… La monja había desistido de usar el recurso de desprenderse de los hábitos y entregarse como un premio de Dios al criminal, porque igual que podría contar con dos armas formidables para manipularlo, de la misma manera corría el riesgo de decepcionarlo y hacer abortar la operación, de modo que cuidado, mucho cuidado con los pasos que se daban… ¿Qué hubiera pasado si León Toral le hubiera perdido el respeto a la Madre Conchita al verla como una simple mujer en lugar de admirarla reverencialmente como a una virgen? No, no: mejor dejar los placeres de la carne y sus implicaciones a un lado… Para eso estaba Carlos, Carlitos Castro Balda…

—Si Dios te concediera la bendición del martirio luego de la muerte de Obregón, ¿nos delatarás?

—¡No!

—¿Qué contestarás si llegaran a torturarte?

—Soy un asesino solitario que busca el perdón y la piedad del Señor…

—¿Por qué matarás a Obregón?

—Porque Dios me lo ordena, y por esa razón puedo ignorar el quinto mandamiento.

—¿Qué harás tan pronto entres a La Bombilla?

—Me dejaré llevar por la mano de Dios: Él sabe lo que hace y me guiará con un haz de luz blanca…

De todos los pasajes de mi *México acribillado* hubo uno en particular que atrapó la atención de Karin. Por las noches conversábamos animadamente y nos dedicábamos a analizar el papel de los protagonistas, su sangre fría, las traiciones, la tendencia del mexicano hacia el autoritarismo luego de trescientos años de virreinato, una lacra, una maldición, un feroz enemigo de la evolución democrática. La güereja estaba verdaderamente intrigada por la personalidad de Samuel Yúdico y por la forma en que había acabado sus días, envenenado, ese hombre forjado en la línea más dura del moronismo. ¿Qué le habría llamado tanto la atención? No tardaría en saberlo...

Una vez que Álvaro Obregón gana las elecciones y es declarado presidente electo, el título con el que se enfrentaría a Calles, decide regresar a la Ciudad de México. Volvía más inquieto que nunca porque el presidente de la República le había enviado una señal más de sus intenciones de no entregarle el poder al haber intentado sustituir al jefe de la Zona Militar de Sonora, un soldado leal al obregonismo pero que, según el Turco, no lo había sido a la nación... Claro que el Manco se había opuesto a ese cambio. No lo consentiría, pues se trataba de una pieza clave en el levantamiento armado que había venido preparando, haciéndose cada día de más elementos, sabiendo que su querido paisano y hermano del alma no le regresaría la oficina más importante de la nación. O iba a visitarlo al Castillo de Chapultepec y hablaban abiertamente y sin tapujos, como dos grandes norteños amantes de la franqueza, o su causa estaría irremediablemente perdida... Bien lo sabía el Manco, sería la última entrevista civilizada con el Turco; después, a las armas y a comunicarse con Washington... Era el colmo que Carlos Prevé y Ricardo Ramírez Planas se atrevieran a hacer apuestas en las cantinas, con la pistola en una mano y la botella en la otra, que Obregón no llegaría vivo a la Presidencia.[81] Los empleados del Ayuntamiento, todos laboristas, pagaban pesos a diez centavos a que el general Obregón, El Supertirano, no llegaría a tomar posesión...[82]

Sólo los sordos y los necios no escuchaban...

—Si regresas a la Ciudad de México te van a matar, Álvaro —le advirtieron Orcí y Sáenz, entre otros que lo visitaron en Sonora a principios de julio—. Es conveniente dejar pasar un poco de tiempo. Las aguas están muy revueltas.

—¿Tiempo? Eso es precisamente lo que corre en mi contra: tengo que aclarar paradas con mi paisano antes de que sea demasiado tarde.

Obregón se expresaba como si desconociera la larga lista de evidencias incontestables de las intenciones de Calles. Sólo un suicida o un terco o un narcisista pedirían aclaraciones.

El arribo de Obregón se programó para el domingo 15 de julio. Ese día descendería del tren en la estación de Buenavista sin que Calles le rindiera los honores debidos a su elevada jerarquía. No habría recepción ni himno ni salvas disparadas por los artilleros del ejército ni discursos ni coros de niños agitando banderitas tricolores ni vallas humanas interminables gritando vivas al guerrero invencible.

Ni Orozco y Jiménez ni Calles ni Morones estaban dispuestos a fallar otra vez. Chapultepec y Celaya mostraban una vergonzosa incapacidad para ejecutar un plan. ¿Dónde estaban la inteligencia y el talento, si contaron con sobrados recursos económicos y humanos? Debían garantizarse el éxito. Si Obregón regresaba a la capital de la República, regresaría a Sonora en una caja de cedro sin inscripciones ni cruces ni nada. Una caja. Ley de vida, ley de la iglesia, ley de la política… El arzobispo se negó a depositar en León Toral, en la Madre Conchita e inclusive en el obispo De la Mora la responsabilidad del atentado. Necesitaba una contratuerca para que no se aflojara la maquinaria. Pensó en el padre Jiménez, el mismo que había estado oficiando misas a principios de 1927 junto con el padre Bergöend y había probado su solidez, sus convicciones y su fervoroso catolicismo. El sacerdote José Aurelio Jiménez se convertiría en la sombra del asesino. Su obligación consistía en acompañarlo a donde fuera, de tal manera que estuvieran juntos la mayor parte del día e impedir que se distrajera del propósito central. No se podían exponer a otra renuncia intempestiva, como la de María Elena Manzano en Celaya. Aquí vas porque vas… Si José de León titubeaba, ahí estaría el padre Jiménez para ayudarlo a recuperar la fortaleza anímica y para recordarle su sagrada misión. Si José de León se arrepentía, ahí estaría el padre Jiménez para no dejarlo huir. Si José de León sufría el acoso de algún prurito ético o moral, ahí surgiría la figura del padre Jiménez para confortarlo a través de la confesión y de la comunión…

—Llévalo, padre José Aurelio, condúcelo de la mano, apóyalo, anímalo, exáltalo, reconfórtalo, domínalo, escúchalo, refuérzalo, sujétalo, no lo dejes sucumbir, no te apartes de él, aíslalo, háblale de Dios de día y de noche, que no se pierda, que no se confunda, que no se debilite ni se maree —fueron las palabras con las que Bergöend lo despidió en Guadalajara, ciudad a la que habría de volver, según el compromiso adquirido con Moseñor, al día siguiente del crimen—. Por lo que más quieras en tu santa vida, ya no nos traigas malas noticias, José Aurelio: garantízate que León Toral acabe con Obregón, o la iglesia católica mexicana se perderá para siempre… Provéelo de cuanto necesite…

—Requiero una pistola —adujo León Toral.

La pistola llegó por conducto de Manuel Trejo, quien sostenía una intensa comunicación con el arzobispo Ruiz y Flores. En México todo mundo tiene un padrino influyente. Trejo, de tan sólo diecinueve años, no podía ser la excepción. Él había recibido de Monseñor Ruiz y Flores doscientos dólares para poder huir a Estados Unidos al consumarse el homicidio de Obregón. Escápate, muchacho… De modo que no sólo Orozco y Jiménez, el obispo De la Mora, Bergöend y el padre Toral Moreno, estaban informados en detalle de la operación, sino también Ruiz y Flores, "jefe político" del clero, o más bien "negociador" encargado de escuchar ofertas. José Mora y del Río lo supo desde el paraíso, puesto que había fallecido a principios de 1928 en el destierro en San Antonio, Texas, de modo que sólo podría apoyar a su querida Madre Conchita y a sus hermanos desde el exilio eterno…

Manuel Trejo Morales, quien por haber trabajado en los Establecimientos Fabriles conocía a varios militares, consiguió a través de uno de ellos una de las cinco pistolas Star calibre 7.05 traídas desde Eíbar, España, por miembros del Partido Laborista. ¿Quién más iba a ser? Morones no hubiera sido tan torpe de presentarse con Trejo para darle en mano el arma, ni la Madre Conchita quiso jamás aparecer en esa escena.

León Toral solicitó algo más: "Le pido a Dios con toda confianza y fervor que si es Su voluntad que yo mate a Obregón me conceda dos favores: uno, que nadie me impida entrar al lugar donde habría de efectuarlo, y dos, que siquiera una bala le dé en el corazón".[83]

Arthur Shoenfeld escribe a Washington que "una persona estrechamente conectada con el círculo íntimo de Obregón informó a la embajada de Estados Unidos a principios de julio que Morones no sólo estaba descontento ante la posibilidad de un triunfo de Obregón, sino que además se estaba preparando para tomar medidas prácticas que lo impidieran".[84] El secreto a voces traspasaba las fronteras… Las negociaciones entre Calles, Morrow y ciertos prelados católicos de Estados Unidos y de México orientadas a resolver el conflicto cristero, se empantanan repentinamente. *Alguien se ha vuelto loco en Roma*, dirá el embajador yanqui… Es claro que los acuerdos no se producirán antes de las elecciones, ni inmediatamente después de ellas…

Orozco y Jiménez sabe que Obregón habrá de pasar en tren por la ciudad de Guadalajara en su viaje a México. Ahí piensa tributarle una recepción, como sin duda se merece, durante un banquete en el Club Atlas. Terceras personas contratadas por terceras personas contratarán a diez pistoleros tapatíos que en pleno ágape rodearán con discreción al presidente electo y cuando se apague repentinamente la luz dispararán, a quemarropa, al menos diez tiros dirigidos a la cabeza y al pecho de Obregón. La información se filtra y el Manco sigue su viaje rumbo a la estación de Buenavista. No hace la parada prometida ni se apea siquiera para hacer un alto en el camino. Sabe que lo esperan. Por lo visto, no sólo nadie lo quiere en la Presidencia, sino que tampoco quieren saber que todavía respira… Tiene un lugar reservado en el Infierno. Las calderas van repletas de carbón. La locomotora marcha a toda velocidad mientras Orozco se cuestiona a qué santo tan poderoso se encomendará Obregón. Los pistoleros volverán a enfundar sus armas, con los cañones fríos.

José de León Toral sueña con escapar al anonimato aunque le cueste la vida. Está harto de sentirse un fracasado, un mangoneado, un cobarde, un don nadie. Hará lo que nadie ha podido hacer. Vencerá a quien nadie ha podido vencer. Sorprenderá al mundo. Ya no desilusionará a nadie más. Su nombre jamás será olvidado. Lo admirarán en el cielo y en la Tierra. El Señor le agradecerá su innegable prueba de amor y los sacerdotes lo colocarán en los altares una vez declarada su santidad.

El 13 de julio el sacerdote José Aurelio Jiménez Palacios acompaña a León Toral, a Margarita Pacheco y a María Luisa viuda de Altamira, un par siniestro de Damas Católicas en busca permanente de perdón para obtener la salvación final, a Tenancingo, Estado de México, en donde se celebra una misa en obsequio a algunos indígenas-cristeros levantados en armas en la región. Al día siguiente, como una precaución elemental, Manuel Trejo Morales le exige a José de León disparar varias veces la pistola, apuntar, accionarla, tratar de hacer blanco, aprender, en fin, su manejo, su operación.

—Es imperativo que aprendas a usarla. ¿Alguna vez disparaste un arma?

—Nnnno…

—¿Y no crees que si vas a dispararle nada menos que al presidente electo de la República, bien valdría la pena que ensayaras siquiera unos cuarenta tiros para probar puntería?

—Sí, ¿verdad…?

—¡Carajo! Sí, Pepe, sí…

¿Resultado?: De las cuarenta balas que contenía una de las cajas que Trejo Morales consiguió, José de León Toral no dio ni una sola en el blanco. Fue instruido en el sentido de no cerrar los ojos, sino mantenerlos abiertos al apretar el gatillo. No había remedio. No dio en ninguna de las botellas vacías, aun cuando estaban a muy corta distancia. ¿Qué hacer?

—No te preocupes, Dios me pondrá a Obregón tan cerca que podré colocar el cañón de mi pistola en su espalda. No tengo por qué ser un buen tirador, es más, nunca lo seré…

El día 14 de julio, al terminar una nueva reunión entre León Toral, el padre Jiménez, Trejo Morales y la señora Altamira en la casa de esta última,[85] el futuro asesino le pidió al sacerdote que le hiciera el inmenso favor de bendecirle la pistola, de modo que el Señor condujera no sólo sus pasos y su mano, sino las balas hacia el cuerpo de Obregón, produciéndole heridas mortales. Apiádate de mis debilidades y del tamaño de mi empresa en función de mis limitadas facultades, ¡oh, Dios!

El padre Jiménez no podía negarse a una petición de esa naturaleza. Posteriormente se le podría cargar con todas las culpas en el evento de un nuevo fracaso. ¿Qué explicación le daría a Bergöend? ¿No te diste cuenta de que a partir de ese momento lo dejaste solo y desprotegido sin la conducción divina? Eres el único responsable del tropiezo, parecía escuchar las justificadas reclamaciones de Su Excelencia. Sabes que es un imbécil y sin embargo lo abandonas a su suerte... ¿A qué fuiste entonces? Así que dio una primera respuesta: "No puedo, Pepe, no traigo el breviario para bendecir armas",[86] pero poco más tarde lo tranquilizó: Eres un díscolo, Pepe... Ven, te complaceré...

El padre Jiménez había oficiado un sinnúmero de misas secretas en el domicilio de la señora de Altamira y en el de otras tantas integrantes de las Damas Católicas, pues, como se recordará, los templos permanecían cerrados desde dos años atrás. Allí había un pequeño altar con reclinatorios. El sacerdote sabía dónde se encontraban el misal, el sacramentario, el oracional y el leccionario. No los tocaría en esta ocasión. También se abstendría de recitar el credo, leer el Antiguo Testamento, las Epístolas o los Hechos de los Apóstoles, los Salmos y el Evangelio. Se colocó la casulla y el alba, esa prenda blanca, blanquísima y larga que simboliza la limpieza del alma. No quiso prender el incensario ni le pidió a Trejo Morales que hiciera las veces de acólito ni que hiciera tocar, cuando él lo indicara, una pequeña campana de plata. Lo más simple y breve, pero efectivo.

De espaldas al altar, el padre Jiménez le pidió a León Toral la pistola Star. La tomó como una pieza sagrada y después de girar la colocó entre una custodia de plata y oro, con piedras preciosas repujadas, y un crucifijo de ónix de una sola pieza. A continuación puso una rodilla en el piso y se santiguó varias veces. Vació agua en un recipiente de plata, al que dedicó varias y sentidas oraciones. Tan pronto se puso de pie introdujo el hisopo, con el que mojó el arma haciendo, una y otra vez, la señal de la Santa Cruz ante la mirada devota de los presentes.

Antes de que los efectos divinos se diluyeran, urgió a León Toral a que sacara todas las balas de la pistola, pero de prisa, Pepe, y que las juntara con las de repuesto para bendecirlas también. Ahora que se sentía cubierto por una fúlgida luz blanca, emblema del encuentro con la gracia y benevolencia del Señor. Dios se encontraba en esa reducida estancia, había que aprovechar su Santa Presencia antes de que se desvaneciera y se ocupara en otros menesteres...

Jiménez, obsequió a los asistentes un buen número de bendiciones con las que perdonaba sus pecados en el nombre del Padre, del Hijo, del Espíritu Santo, Amén...

El expediente religioso estaba cubierto. Dios dirigiría las balas, de otro modo jamás hubiera permitido la celebración de la ceremonia… León Toral estaba tranquilo. El padre Jiménez, también. ¡Cuánta razón había tenido Monseñor Orozco y Jiménez al encomendarle asistir en todo momento a José de León! ¡Gracias, Dios mío, por tanta sabiduría y apoyo a este rebaño descarriado!

—Álvaro, corres peligro en la Ciudad de México. Regresa a Sonora. Los rumores ya son a gritos… —le repiten los suyos.

El presidente electo responde:

—Es preciso hablar con Plutarco, pues sé perfectamente que si no lo hago ahora, dentro de dos meses mis amigos no podrán vivir en la capital sin que corran peligro de ser víctimas de graves atentados.

Por supuesto que se jugaba la vida. Lo sabía. Había sido informado de diferentes maneras. Se queda. Se mantiene en su decisión sin olvidar a Segura Vilchis y a Chapultepec, así como el proyecto "anónimo" de acabar con su vida a su paso por Guadalajara.

El día 15, José de León, acompañado por el padre Jiménez, no puede ultimar a Obregón en la estación de trenes. Los tumultos se lo impiden. Lo mismo acontece en los diferentes momentos en que el presidente electo cumple su programa de trabajo. Los agraristas sirven un banquete en su honor en el Parque Asturias. Se impide, sin mayores consecuencias, el ingreso de un par de sujetos armados al recinto. Ante las multitudes, León Toral desiste una vez más. Se van acabando las oportunidades.

No sólo monseñor Orozco buscaba garantizarse el éxito. No. Calles y Morones buscaban lo mismo, ocultándole su estrategia a la Madre Conchita y a cualquier otra persona. Se llevarían el secreto a la tumba. Nadie podría saberlo, salvo José Prevé y Ramírez Planas, además del general Ignacio Otero. ¿Razones? El presidente y el secretario habían decidido tomar precauciones, a raíz de que la abadesa le había externado a Morones las debilidades e incapacidades de José de León. Hasta ahí.

El Gordo no se podía confiar ni dejar nada a la suerte. Calles y él le permitirían a León Toral cumplir con su trabajo. Dejémoslo, él tiene su tarea muy específica. Excelente, sí. Pero Ramírez Planas, un cazador de fina puntería, dispararía a la distancia, escondido en algún recodo de La Bombilla, con un rifle dotado de una telescópica, mientras que Prevé lo haría con dos pistolas, por debajo de la mesa, oculto por los enormes manteles, justamente enfrente de Obregón y de Aarón

Sáenz. Cuando León Toral empezara a disparar ellos lo harían, y de no atreverse por la razón que fuera, cuando la orquesta de Alfonso Esparza Oteo iniciara la segunda estrofa de *El Limoncito*, la pieza favorita del Manco, en ese momento estallaría la balacera. En el escándalo sería obvio que los asistentes correrían a socorrer al presidente electo, coyuntura que Prevé aprovecharía para salir de debajo de la mesa en sentido contrario al flujo del tumulto. Al llegar a la orilla se haría el herido y rodaría hacia un extremo del salón de banquetes, en donde recuperaría la compostura y abandonaría el lugar, por la puerta principal. Por la tarde se encontraría con Ramírez Planas para festejar.

—Que no falle Prevé, Gordo…

—No, Plutarco, lleva dos pistolas por si una se encasquilla. La otra está cargada con balas envenenadas, de modo que con un rozón basta para que no la cuente el maleante de tu paisano.

—Estupendo, Napoleoncito… Lástima que nunca quisiste ser presidente.

—Tú mejor que nadie sabes que no tengo esa fibra, soy conciente de mis limitaciones y, créeme, no querría terminar mis días como Serrano ni como Arnulfo Gómez… Además, después de La Bombilla sería punto menos que imposible mi acceso a Chapultepec. Las dudas y condenas caerán como un aguacero tropical sobre estos humildes huesos…

Pero en ese momento no cabían las conjeturas, por lo que Morones soltó: —Otro sí digo, como dicen los abogados…

—¿Qué…?

Plutarco se inquietó un poco. Por lo visto nunca, dejarían de saltar pendientes.

—Le daré otra oportunidad al general Otero. Acuérdate de que me quiso devolver el dinero porque falló el tiro en el Bosque de Chapultepec… Él será el cuarto tirador… Cuatro tiradores y cinco pistolas…

—Confío en tu criterio, pero no falles. Ahora sí, la organización corre por tu cuenta. No quiero pretextos.

—No los tendrás… Lo que sí, presidente, y por lo menos obséquiame el beneficio de la duda, es que disparando por debajo de la mesa, a quemarropa, le llenaremos el estómago de balas a Álvaro… De esta no se escapa, salvo que lo invites a comer aquí, al Castillo.

—Eso haré, Gordo, curiosamente eso haré, para desconcertar a la opinión pública el día de mañana, pero no te preocupes, saldrá pronto y tan furioso que preferirá regresar a Sonora pensando en su golpecito de Estado…

—¿Y si se queda aquí a comer los sopes y los huaraches y le entra al puchero de gallina?

—Tú ocúpate de lo tuyo, que yo sabré cumplir con lo mío: te lo mando sin falta a La Bombilla…

La noche del 16, el padre Jiménez resuelve aislar a José de León Toral. Rechaza, para bien o para mal, que tenga contacto con cualquier otra persona, incluso sus hijos y su mujer Paz, Paz Martín del Campo, quienes no entienden las reiteradas ausencias de su marido y padre. La esposa ya empezaba a ser devorada por los celos en relación a la Madre Conchita, con quien supone debe tener algún intercambio carnal porque habla de ella obsesivamente. ¿La engañará con la abadesa? Es tarde para saberlo. Ya que quien evita la ocasión evita el peligro, Jiménez aparta a León Toral de la presencia de cualquier tercero. Le proporciona amparo espiritual, destaca su grandeza, su proyección divina, le expresa la envidia que lo devora por no haber sido él a quien Dios escogiera para tan sacratísima misión: eres un privilegiado del Cielo, hijo mío…

El día 17, Orozco y Jiménez no deja de sobar su cruz pectoral como si fuera un amuleto, al igual que lo hacen el obispo De la Mora, el padre Bergöend, el padre Toralito, sobre quien recae una grave responsabilidad. Todos rezan y le piden a Dios éxito en sus planes. ¡Ampáranos, Señor…! Mientras tanto, tras ayudar en dos misas en el convento de las Capuchinas Sacramentarias y de ofrecer su fervor y respeto a la Madre Conchita, José de León sale a buscar compulsivamente al padre Jiménez, su fuente de poder y de confianza. Una vez juntos, se trasladan al Parque España. Ahí estará Obregón, según la agenda. Fracasan.

El presidente electo y el presidente de la República se entrevistan en el Castillo de Capultepec, a puerta cerrada. Tal vez sólo Cholita pudo oír la conversación, con la oreja pegada en la pared. Al entrar en el despacho Obregón, tira sin más su sombrero de carrete sobre uno de los sillones capitonados en cuero negro, a un lado del escritorio que fue de Juárez. No saluda. No extiende la mano. No finge cortesía. Está harto de hipocresías. Ha evitado hasta el límite de sus fuerzas un derramamiento de las pasiones, un desbordamiento de las emociones, pero sucede que ahora hasta los boleros de la Alameda dicen que lo van a asesinar...

—¿Me vas a entregar el poder, Plutarco? ¿Sí o no?

Calles se finge sorprendido por la actitud y responde:

—Seré institucional hasta el último día de mi mandato...

—No estás dando un discurso, no me vengas a mí ahora con que eres institucional. Fíjate muy bien con quién estás hablando.

—No sé a qué te refieres y haré todo lo que esté a mi alcance para cumplir con mis obligaciones constitucionales.

—¿Y lo que no esté a tu alcance?

—Si trataras de ser más claro y evitaras el juego de palabras...

—Morones, carajo, Morones, ese hijo de la chingada, ¿no está a tu alcance? ¿A quién más quieres que me refiera?

—Es mi subordinado, Álvaro...

—Pues entonces está a tu alcance y por lo mismo debes controlarlo.

Calles definió su juego con la claridad que el Manco debería entender a plenitud:

—Es mi subordinado, pero no soy su padre...

—Pues debería comportarse como si fueras su padre y obedecerte ciegamente. Eso es mandar, gobernar...

—No es el caso, la gente tiene su criterio...

—Hasta donde tú se lo permitas...

—¿Qué quieres decir?

—Que si ese patán del Gordo se permite decir que se cortará el pescuezo si yo regreso a la Presidencia, es porque tú lo autorizas o te haces el muerto, como lo haces ahora mismo, aquí conmigo.

—¿Me estás llamando cómplice?

—¿De qué te iba yo a llamar a ti cómplice, paisano? ¿Cómplice de qué?

—De su conducta, ¿de qué más iba a ser?

—Quiero verlo fuera de tu gobierno...

—No lo verás, es un funcionario ejemplar...

—Es un asesino y ladrón...

—¡Cuida tus palabras!

—¿Ahora lo defiendes?

—¡Por supuesto!

—¿Te acuerdas de la cantidad de personas y queridos amigos que sacrifiqué cuando se levantó en armas Fito? Tuvieron que perder la vida miles de personas y entregarle a los gringos el país en los Tratados de Bucareli para que tú llegaras, y así es como pagas... ¿Eso entiendes por gratitud?

—Gratitud te la tengo.

—¡Demuéstrala! Quita a ese truhán que amenaza públicamente con matarme.

—No lo quitaré y no te amenaza, son chismes...

—Que cada quien asuma sus responsabilidades ante la historia...

—Que cada quien las asuma...

Obregón tomó su sombrero y abandonó enfurecido el despacho presidencial. El alcázar se sacudió cuando azotó la puerta...

Las voces internas de Álvaro Obregón no pudieron escoger un momento más inconveniente para hacerse oír. El Manco bajaba del Cerro del Chapulín, con una enorme frustración a cuestas, sentado en la parte trasera de su automóvil, conducido como siempre por Catarino Villalpando. Tenía la mirada fija en la nada, la boca seca, las manos heladas y el cuerpo petrificado. Su hermano lo había traicionado. No le entregaría el poder ni reconocería su jerarquía de presidente electo. Nada. Acribillar a los delahuertistas, a Serrano y a Gómez, había servido únicamente para limpiar de opositores la carrera de Plutarco y no la suya. Había vivido obnubilado los últimos cuatro años... Sólo matando a su querido paisano y destripando a Morones podría volver a poner un pie en el Castillo de Chapultepec. No encontraba otro recurso que el de las armas para recuperar su autoridad. ¡Cuánta decepción! Sin su apoyo, Calles nunca hubiera pasado de ser un maestrillo rural. Cuídate de los resentidos, de los malagradecidos. Tanto el Turco como el Gordo pagarían cara, muy cara la afrenta. Él sabía cómo tratar a los criminales...

Al pasar por la Calzada de los Poetas, donde había caminado innumerables ocasiones tomando fraternalmente del brazo a Plutarco, escuchó:

Tú, Alvarito, no tienes derecho alguno para criticar a los criminales porque tú mismo eres igual o peor que cualquiera de ellos… Para demostrarte que eres un asesino, ¿quieres que enumere un breve listado de tus víctimas, algunos de los cargos de asesinato de los que jamás podrás escapar y que obrarán para siempre en los registros de tu vida?

¿Cuáles…?

¿Me provocas…?

¡Habla! No ofendas sin razones ni argumentos.

Entonces hablaré con argumentos y razones para que no sólo tú y yo sepamos la verdad, únicamente la verdad y sólo la verdad, sino que también la conozca de una buena vez por todas y para siempre el pueblo de México. Aquí voy. Te demostraré que Victoriano Huerta, el Chacal, a tu lado era un mero lactante:

Acuérdate cuando Francisco Murguía[87] tuvo la audacia de enfrentarte a través de una carta abierta fechada en 1922, cuando ya eras presidente de la República, en la que mencionaba que tu administración, por más que hubieras tratado de disfrazarla por medio del régimen interino de Adolfo de la Huerta, había nacido del asesinato en masa, y que "tu gobierno era probablemente el más depresivo, el más humillante, el más vergonzoso que ha tenido el país, porque ha optado por el asesinato como sistema fundamental de su conservación, contra sus enemigos políticos, supuestos o reales, a quienes se hace desaparecer con la ley fuga, por el secuestro, por el fusilamiento y aun por otros procedimientos que ni Victoriano Huerta empleó jamás". ¿Cómo acabó Francisco Murguía por patriota al denunciar valientemente los hechos? ¡Fusilado, Álvaro, fusilado! No lo olvides, así acababan tus enemigos en los años de tu gobierno y en los de Calles… ¿Basave sabía demasiado? Había que acabar con Basave y acabaste, claro está, con el pobre Basave…

Obregón palideció. La voz no dejaba de hablar… es más, ya no dejaría de hablar…

Con descontento evidente, la sociedad vio que te adueñabas del poder tú, el Manco, el hombre que había provocado los cuartelazos de 1920 y había mandado asesinar a Carranza, así que continuaste y te afirmaste en una política de terror. Durante tu gobierno nunca dejaste de alardear de tener pacificado al país, y como prueba de la magnanimidad mostraste las cárceles vacías de presos políticos. No existieron, en efecto, porque no hubo cuartel para nadie. El único sistema que conociste y practicaste para pacificar a la República fue el asesinato, disfrazado con diversos nombres según las circunstancias.

Obregón escuchaba sin parpadear ni pronunciar palabra. Escuchaba resignado el final del recuento en uno de los peores momentos de su vida.

Comencemos con los militares de diverso rango asesinados o fusilados, como quieras, es lo mismo, en 1920: aquí desfilan las figuras inolvidables del general Estanislao Mendoza, del capitán primero Héctor Morales, de los tenientes Eulalio Méndez, Blas Enríquez, Manuel Ortiz, Daniel Almanza, del subteniente Ernesto Morales y de los sargentos Francisco Puerto y Florentino Contreras. En 1921 recuerda por favor el rostro macabro del general y diputado Humberto Villela, del general Tomás Izquierdo y todo su Estado Mayor, también Pedro Zamora, Tomás Torres, Tranquilino Montalvo, Antonio Pruneda, Pedro Fabela y Juan Pablo Marrero, sacados de sus casas y vilmente asesinados en Laredo; sus cuerpos fueron quemados allí mismo. Sergio Zepeda, Antonio Medina, Francisco Reyna, secuestrado en Estados Unidos y llevado a Nogales, donde fue fusilado; Manterota y Vives, Pablo González (Chico), Juan Rodríguez, Domingo Rentería, Rosalío Alcocer, "suicidado" en la cárcel de Laredo; Pedro Muñoz, Anastasio Topete, Fernando Vizcaíno, Pedro de la Cruz, Francisco Rubio, R. Colunga, Isaac Ángeles, José Casas Castillo, Martín Castrejón, Ernesto Aguirre, Antonio Mora, Sidronio Méndez y sus dos hijos, todos ellos generales de la máxima jerarquía. También debes responder por la muerte de los civiles Víctor Lazcano y Luciano Reyes Salinas, este último sacado de su casa y acribillado a balazos, sin olvidar a Heriberto Galindo, Agustín Cárdenas, hermano del ex gobernador de Tamaulipas. Y faltan los crímenes cometidos contra el coronel Manuel Baruch, el teniente coronel Manuel Arriola, el mayor Antonio Suárez, Prisciliano Guzmán, el capitán Graciano Ortiz, José Murguía, Jesús Rijón, Ángel Méndez, Carlos González, Pablo Sánchez, Pedro Reséndiz, José Domínguez, J. Arias, M. Reynaga, R. Corona; el mayor José Illescas, el coronel Juan Rayón, Manuel Marenco, el teniente coronel Manuel Charles, el mayor Luis Rioseco y el coronel Ismael Galán, muertos en 1922, al segundo año de tu gobierno.

Obregón nunca hubiera deseado ver una película de tanta duración con la parte más negra de su existencia. Le estaba saliendo caro aquello de "gobierna más quien mata más". ¡Cuánto trabajo le costaba abrir los ojos y cuánto le costaba no poder taparse los oídos!

La voz, sin embargo, no estaba dispuesta a conceder la menor tregua.

¿Y el secuestro y asesinato del general Lucio Blanco en Estados Unidos con la complicidad de agentes norteamericanos, sólo porque había jurado vengar la muerte de Carranza y no se podía dejar herido a un tigre? Lucio iba por ti, Álvaro, porque tú asesinaste a don Venustiano, y supiste adelantártele… Él y Aurelio Martínez fueron aprehendidos por falsos agentes norteamericanos en Laredo y conducidos hasta las márgenes del Río Bravo, en donde esposados, fueron asesinados vilmente y sus cadáveres arrojados al agua…

Si cayeron por la patria, todo ello fue en aras de la pacificación…

¿Cuál pacificación? ¡Cuánto cinismo! Si se trataba de pacificar hubieras recurrido a las leyes, a los tribunales, a los jueces, a las fuerzas policíacas para aprehender a los delincuentes, a los sediciosos y someterlos a la autoridad legítimamente constituida de acuerdo a la Carta Magna. ¿Para qué la dichosa Constitución que aseguraría el comportamiento civilizado entre los mexicanos si, al fin y al cabo, no habría más leyes que tus estados de ánimo ni justificaciones más cómodas e indigeribles que tus ideas de la pacificación? Pacificación… Siempre hay un pretexto para matar y convertirse en dictador. ¿No crees que todos los tiranos han tenido sus razones para asesinar y eternizarse en el poder? ¿Crees que se dicen la verdad al contemplarse frente al espejo?

La paz y la reconstrucción de México eran lo más importante, mis objetivos prioritarios.

¡Ah!, ¿entonces por esa razón mataste al general Basave y Piña y fusilaste a Francisco Murguía? ¿Cuál búsqueda de la paz? ¡Claro que te defenderás alegando que Plutarco Elías Calles ya era tu secretario de Gobernación a partir de diciembre de 1920 y que, en todo caso, me entienda con él!, ¿no…? ¿Pero qué me dices de la masacre de tranviarios de 1923? ¿Y del asesinato de Flores González, el periodista? ¿Entiendes por *pacificar al país* el haber privado de la vida a Manuel M. Diéguez, ex gobernador leal y más que leal de Jalisco, o a Rafael Buelna o al ingeniero Alcorta o a Jesús Guajardo, el asesino material de Zapata, o a Hermilo Herrero, hermano de Rodolfo, a quien colgaste de un árbol delante de su madre? Y ¿qué me dices del envenenamiento de Benjamín Hill, tu secretario de Guerra? ¿Por qué no protestaste ni impusiste la ley cuando asesinaron a un querido secretario de estado como lo era Hill? ¿Más, Alvarito?

Obregón no respondió.

¿Mandaste asesinar al senador Field Jurado para pacificar al país o para poner a México a los pies de los gringos a través de los Tratados de Bucareli?

No, no hay tal: Morones lo mandó matar…

¿Y Morones no era un incondicional de Calles, que además trabajaba en tu administración? ¿No era director de los Establecimientos Fabriles durante tu gobierno?

Ssssí.

¿Me quieres decir entonces que Calles le ordenó a Morones asesinar a un senador "por el bien de la patria" sin que tú, el presidente de la República, lo supiera o lo autorizara?

Bueno, lo supe tangencialmente…

¿Tangencialmente…? ¿También supiste tangencialmente cuando Pancho Villa fue masacrado? Lo cazaron como a una fiera… ¿No trataste de matar también a Adolfo de la Huerta, tu supuesto hermano? ¿Y el asesinato del editor del diario *Mañana*? ¿Y el de don Salvador Alvarado en 1924? ¿Y el de Ángel Flores, opositor a Calles que murió sospechosamente envenenado? ¿Por qué no ordenaste investigaciones objetivas y a fondo? ¿Y el fusilamiento sin juicio previo de Fortunato Maycotte y de Segovia y de los hermanos Greene, García Vigil, Ché Gómez, Benito Torruco, Manuel Chao, Ramón Treviño, Luis Hermosillo, José C. Morán, el general Alfredo García, el general Alberto Segovia, el general Crisóforo Ocampo, el diputado Francisco Ollivier, el diputado Rubén Basañez, los generales Samuel Alba, Francisco de Santiago y Fructuoso Méndez, el coronel Antonio de la Mora, el general Isaías Castro, el general Petronilo Flores; Roberto Quiroga, presidente del Partido Revolucionario de Campeche, Manuel Méndez Blengio, el general Isaías Zamarripa, el general Nicolás Fernández, el general Fermín Carpio, el coronel José María Carpio, el general Marcial García Cavazos, el coronel Salvador Herrejón, el general Rafael Pimienta, el teniente coronel Plinio López, el teniente aviador Jiménez Castro, los mayores Darío Hinojosa y Félix Domínguez, el general Antonio de P. Magaña, el general Valentín Reyes, el teniente coronel Agustín Garza Farías, el mayor Ángel Díaz Mercado, el capitán Francisco Díaz Mercado, el teniente coronel Everardo de la Garza, el capitán Ambrosio Quiroga, el general Américo Sarralde Ancira, el mayor David Soto y el general Alberto Nájera Olivier, entre otros muchos, muchísimos más?[88]

La voz continuaba hablando sin que se escuchara refutación o queja alguna. Silencio, silencio total.

Si todavía no son suficientes los crímenes y para demostrarte que eres un asesino con un auténtico arsenal de pretextos, recordemos el caso de Francisco Serrano, a quien mandaste asesinar a culatazos y a tiros en Huitzilac, junto con doce de los integrantes de su campaña presidencial, con la idea de quedarte solo en la carrera electoral... ¡Piensa en inocentes masacrados al tiempo que Serrano, como los generales Carlos A. Vidal, Miguel Peralta y Daniel Peralta, Rafael Martínez de Escobar, Francisco J. Santamaría, el capitán Ernesto V. Méndez, Antonio Jáuregui, el ingeniero José Villa Arce, Augusto Peña, Enrique Monteverde y Alfonso Capetillo, sin que jamás olvidemos a Arturo Lasso de la Vega ni a otros miembros prominentes del Partido Nacional Antirreeleccionista ni al teniente coronel Augusto Manzanilla ni a toda la oficialidad del décimo batallón, que fueron fusilados en Torreón! La mayoría representaba la oposición política. Barriste con ella a balazos y todavía tratas de defenderte alegando que no eres asesino ni mucho menos dictador... ¿Cómo te atreves?

¿Más asesinatos cargados a tu cuenta, Álvaro? Ante la ausencia de respuesta, la voz continuó.

Aquí van otro tantos para que jamás olvides lo que eres. El general Luis Vidal, gobernador de Chiapas, fue asesinado por tus esbirros como parte de una sanción en contra de Serrano y de Arnulfo Gómez. Los generales Alfredo Rodríguez y Norberto Olvera, fueron fusilados sin previo juicio, al igual que Rueda Quijano, Francisco Gómez Vizcarra y Salvador Castaños, antirreeleccionistas de corazón. Atrévete a negarme que también te encargaste de matar a Alfonso de la Huerta, hermano de Adolfo, y al general Pedro Medina, estos últimos muertos, según tu reporte militar, durante "una escaramuza contra las tropas del gobierno".

Y a Arnulfo Gómez, tu otro opositor, el otro candidato a la Presidencia, también lo fusilaste enfermo y atado a un palo para pacificar al país. ¿A quién más querías matar para llegar sin tropiezos de vuelta a Palacio Nacional? ¿Te acuerdas de cuántos militares murieron a raíz de Huitzilac?

Se estaban levantando en armas. Había que someterlos a la autoridad civil.

¿A balazos? ¿A balazos, como ellos si hubiera sido el caso? ¿Ese es tu concepto de la autoridad? Otra vez: ¿Y las leyes y los tribunales y la convivencia civilizada? ¿Esa es la generación de 1917, la que tú y Plutarco representan mejor que nadie, la de la Constitución, la de la reconstrucción, la de la modernización, la del respeto a la ley para poder colocar una piedra encima de la otra? ¿Verdad que siempre pensaste que entraba más fácil la bala que la razón?

Plutarco estuvo de acuerdo en la mayoría de los casos. Lo decidimos conjuntamente. Él era el presidente en los años de Huitzilac. El orden nos convenía a todos.

¡Ah!, ¿y eso te exonera, Álvaro?

Ya hablaremos con Plutarco…

Sólo una pregunta más…

Tú dirás…

¿Verdad que, como te decía al principio, Victoriano Huerta es un niño de teta si se le compara contigo?

Obregón se volvió a rebelar cuando se le comparó con semejante criminal; sin embargo repuso: Algún día se me va a hacer justicia.

¡Claro que se te va a hacer justicia, hoy mismo la haremos! Pero vayamos paso a paso: Huerta asesinó a un presidente de la República, al igual que lo hiciste tú.

Obregón guardó silencio. Tal vez prefería escuchar las conclusiones y luego intentar una defensa ante esa voz que parecía saberlo todo.

Hasta ese momento, y a pesar de cargos tan severos, ambos son iguales, sólo que no me interesa demostrar que son iguales, sino que tú eres peor, mil veces peor. Él mandó asesinar a don Belisario Domínguez, senador, y tú no te quedaste atrás, ahí está el caso de Field Jurado y el del senador Henshaw, quien posteriormente se opuso a la reforma al artículo 82, es decir a tu reelección. Huerta asesinó a Serapio Rendón y Adolfo Gurrión y tú, en cambio, sólo secuestraste a varios legisladores con tal de ganar una votación alevosa en contra de los supremos intereses de México. Él cometió un delito y tú otro. Hasta ahí ambos se habían cubierto de sangre en términos similares, pero luego, Álvaro, luego mataste sin piedad a generales, tenientes, sargentos, mayores, a cualquier militar de cualquier rango, perseguiste y exterminaste a periodistas, a civiles, a políticos cercanos o lejanos en México o en el extranjero y envenenaste a distinguidas figuras de la vida nacional… El terror que sólo puede ejercer un dictador se mascaba en todo el país. En los años de tu gobierno las garantías individuales brillaron por su ausencia, con la agravante, de que tú combatiste para recuperar la legalidad y el respeto a las instituciones, interviniste dinámicamente en la redacción de los principios de la Constitución de 1917 y todo para hundir a México en un porfiriato de corte moderno. De modo que, uno a uno, ¿quién es peor?

Fueron otros tiempos y otras necesidades políticas.

Cada quién tuvo las suyas para matar, torturar y eternizarse en el poder... Así pues, querido Álvaro, no debes irritarte con Calles, tu paisano: los alumnos están obligados a superar a sus maestros, y el Turco lo logró con éxito sorprendente. En lugar de disgustarte con él, deberías sentirte halagado. Triunfaste...

La comida en Chapultepec, obviamente, fue cancelada. Morones le habló por teléfono a Prevé:

—Ahí te va el Manco...

Obregón saldría esa misma noche a Sonora. Pediría que se hicieran los arreglos de inmediato. Atendería el banquete en La Bombilla, primero, porque los anfitriones eran diputados y requería del Congreso para liquidar a Morones; segundo, porque eran de Guanajuato, estado cristero donde esos mismos legisladores habían respetado el veto impuesto por Obregón contra la candidatura de Gasca, un moronista, a la gubernatura; y tercero, porque eran en buena parte militares y Guanajuato, un punto estratégico... Tan estratégico que los laboristas amenazaron con la creación de un gobierno paralelo, "con Congreso, ejército y todo" en aquella entidad. Por la tarde le haría una visita de cortesía a Morrow, y de ahí, a Buenavista...

De Chapultepec se traslada a su casa de la avenida Jalisco. Su mujer le suplica no asistir a La Bombilla.

—Te van a matar, Álvaro, las mujeres tenemos un sexto dedo: algo me dice que las cosas no van bien, amor...

—¿Cómo crees que me van a matar en La Bombilla...? Si fuera una bombota te lo creería, pero en La Bombilla a nadie le puede pasar nada —respondió socarrón, como si estuviera en La Quinta Chilla, rodeado de los suyos.

En La Bombilla, donde todos los lugares están cuidadosamente señalados con los nombres de sus ocupantes, lo esperan León Toral; un cuerpo de seguridad ciertamente distraído; meseros, todos ellos cromistas; Prevé, Ramírez Planas, el general Otero y su 45, las armas, las balas, la orquesta, los diputados de Guanajuato, algunos colaboradores y, como invitada especial, la muerte…

En pleno convivio se presenta León Toral con su block de dibujos, algunos hechos con anterioridad por si los nervios le impedían hacer el menor trazo. Le permiten el acceso por instrucciones de Otero. A Obregón le disgusta la protección. Ese día, en especial, la disciplina se relaja… El ambiente de euforia era contagioso. Los diputados hacían grandes planes. Álvaro Obregón volvería a tomar posesión del cargo como jefe del Ejecutivo el 1 de diciembre; el festejo era mucho más que justificado. El asesino hace retratos con absoluta sangre fría mientras que los comensales repasan el menú del crimen: coctel, entremés a la mexicana, crema portuguesa en tomate, huevos con champiñones, pescado a la veracruzana y cabrito adobado al horno. El presidente departe, despreocupado. Perderá la vida en escasos minutos y, sin embargo, no se advierte en su rostro el menor presentimiento. Bromea como siempre, cuenta chistes subidos de tono, sobre todo los relativos a los curas, los que más hilaridad le producen. No parece recordar su reciente discusión con Calles. El buen humor y la algarabía campean en La Bombilla. El porvenir de los presentes no puede ser más promisorio. La vida les sonríe.

Topete, un colaborador cercano al Manco, inquiere respecto a la presencia del dibujante. Es el primero en sospechar. Él está sentado cerca de Obregón en los lugares de honor, en la parte cerrada de una herradura formada por las mesas. Es un caricaturista, se le informa. Se tranquiliza transitoriamente, hasta que José de León le muestra uno de los retratos que lleva. ¿Se tratará de un invitado de los guanajuatenses para amenizar la reunión? La orquesta interpreta *Besos y cerezas*, *Rapsodia mexicana*, *Pajarillo barranqueño* y otras piezas. Cuando se encuentra a tres personas de Obregón, León Toral decide pasar por abajo de un arco floral colocado a espaldas del presidente electo con la leyenda: "Homenaje de honor de los guanajuatenses al C. Álvaro Obregón". No tiene suficiente espacio para pasar por atrás de las sillas. Aparece entonces colocado a un paso del general invicto de la revolución mexicana y ex presidente de la República. Un héroe nacional. En ese momento, curiosamente, sale el general Otero a contestar una llamada de Torreblanca, el secretario de Obregón. León Toral se ubica entonces al lado izquierdo de Obregón. El asesino tiene la osadía de interrumpir la animada conversación con Aarón Sáenz para mostrarle al Manco un retrato de su autoría que sostiene con la zurda. La víctima ve la obra y lo felicita. Acto seguido levanta la cabeza para sugerirle que siga por el camino de las artes. Es el tuyo, muchacho. Su mirada de ternura y aprobación conmueve al criminal. Ni ahí, ni en ese momento, Obregón percibe su final. Es un hombre generoso, un buen padre de familia. Sin embargo, León Toral tiene una consigna inescapable. Debe cumplir y cumplirá: con la mano derecha saca la pistola Star del bolsillo de su saco cuando, ¡ay, paradojas de la vida!, suena precisamente la segunda estrofa de *El Limoncito*. El asesino coloca el cañón de la Star directamente sobre la espalda del presidente electo y empieza a disparar uno, dos, tres, cuatro, cinco y seis tiros de arriba apara abajo, con el deseo de darle alguno o todos en el corazón. La orquesta no deja de tocar. Simultáneamente, Prevé abre fuego por debajo de la mesa con ambas pistolas, en tanto Ramírez Planas hace lo propio oculto tras un árbol ubicado al lado derecho del jardín, hacia donde se había prohibido el paso "por cuestiones de seguridad". La bala entra por el lado derecho de la cara y sale por la nuca. Lo acribillan en cuestión de segundos. El pecho, el corazón y el estómago se llenan de plomo. Y de veneno…

Arturo Orcí no cae en cuenta de que los disparos han sido contra Obregón hasta que observa que sale un humo con olor a pólvora desde abajo del mantel.[89] Sáenz y Topete se horrorizan al darse cuenta del atentado. Ven cómo la cabeza de Obregón cae sobre el cabrito en adobo. Está tocado de muerte. A continuación gira hacia la izquierda y cae pesadamente al suelo, abriéndose la frente por el impacto.

Todos saltan o corren para inmovilizar a León Toral. Sí, pero el daño ya está hecho. Prevé, oculto tras los manteles, ve caer al general con la mirada vidriosa que anuncia la inminencia de la muerte. Recoge precipitadamente sus casquillos para no dejar pruebas. Sale arrastrándose por el lado derecho de la mesa, siguiendo la forma de la herradura, mientras los comensales corren de un lado a otro para tratar de auxiliar al próximo jefe de Estado o salvar la vida ante la balacera. En medio de la confusión y del griterío, aparece el general Otero con su pistola en la mano. El cañón está caliente: había disparado a la espalda del Manco un par de veces por atrás del letrero lleno de flores de Xochimilco.

Se produjo el caos; hubo gritos de horror, insultos, maldiciones, carreras despavoridas, ruido de sillas que caían al suelo junto con los platos llenos de comida, carreras de los músicos que buscaban desesperados la salida. Ramírez Planas y Prevé abordarán un taxi con dirección desconocida. Más tarde se quitarán las barbas postizas y las pelucas con que se disfrazaron. A León Toral, al imbécil, lo detienen con el arma en la mano, todavía con cartuchos útiles. Se cubría la cabeza con los brazos y apretaba los ojos, esperando un tiro. Pensó que iba a ser acribillado ahí mismo. "No lo maten, no lo maten para que nos conduzca a sus cómplices". Lo protegen; sin embargo, no puede escapar a una lluvia de golpes ni a múltiples cachazos en la cabeza.

¡Hay que llevarlo a un sanatorio! ¡Aún está vivo!

¡No, ya murió!

Uno de los asistentes también se arrastra a la salida. Lleva una herida de bala en la pierna. Otro descubre un proyectil incrustado en el tacón de su bota. ¿Un tirador solitario? José de León Toral salva la vida de milagro. Dios está con él… ¡Gracias, Santísima Virgen de Guadalupe, seré de hoy en adelante tu hijo más devoto!

Homobono Márquez recoge del suelo la modesta billetera del general Obregón, un regalo de la Cervecería Moctezuma. En su interior no llevaba el general más que dos monedas antiguas de plata: un peso mexicano de 1871 y un dólar de 1902.[90]

—¿Qué vas a hacer con la lana que nos dará el Gordo por sonarle al Manco? —pregunta Prevé entre carcajadas.

¡Qué lejos estaba José Prevé, líder del grupo de criminales, de imaginar que poco después, al ser candidato a gobernador de Campeche, cargo que hubiera ocupado el propio Field Jurado, sería envenenado con una sopa de mariscos sazonada con abundante laúdano! Se trataba de la misma receta con la que envenenaron a Benjamín Hill, el distinguido secretario de Guerra de Obregón, y al poeta José Novelo. ¡Cuidado con las sopas o los helados en cuya manufactura había intervenido el Gordo...!

—Prevé sabía demasiado —argüirá Morones al reventar en sonoras carcajadas al hacérselo saber a Calles, a quien no le gustaba sentirse en manos de nadie... nunca permitas que alguien te posea ni que conozca los más íntimos pliegues de tu carrera, porque mandará en tu vida...

Prevé sobrevivió al envenenamiento gracias a una oportuna intervención médica. El Gordo, había sido el Gordo, bien lo sabía él, el principal matarife de Morones, que por órdenes suyas se había trasladado hasta Puerto Cabello, Honduras, para matar al asesino material de Felipe Carrillo Puerto. Prevé moriría en 1932, durante una incursión guerrillera en Venezuela, adonde supuestamente fue a defender la causa de la libertad. Al sentirse herido sacó la pistola para darse un tiro en la cabeza. En ese instante uno de sus ayudantes le dijo:

—¿Cómo la ves, Pepe?

—Ya valimos madre —le contestó el matón y así, tirado en el piso, apuntó y le disparó a la frente, a quemarropa. Acto seguido, se suicidó. Prevé murió matando...

—¡Lo sabía, lo sabía!

Sara grita enloquecida cuando el cadáver ensangrentado de su marido cargado por los agentes encargados de su custodia, entre ellos, el general Otero, que tiene los ojos rojos por el llanto y por el peso de la vergüenza. La mujer se derrumba rompiendo en un llanto inconsolable. Es ayudada por el personal del servicio que tan sólo cinco horas antes le había servido al presidente electo un suculento plato de menudo confeccionado a su gusto. ¡Qué contrastes tan brutales ofrece la vida!

—¡Mataré ahora mismo a Morones! —enronquece Humberto Obregón, hijo del Manco, que esa misma mañana piloteara por primera vez su avión sin ayuda alguna. Lo detienen los escoltas. El secretario de Industria no es hombre con el que se pueda jugar impunemente. ¡Cuidado, muchacho, cuidado!

Al llegar el doctor de confianza de la familia, se percata de la inutilidad de sus conocimientos. Ni reuniendo toda la ciencia acumulada hasta la época se le podría devolver la vida a Álvaro Obregón Salido. Estaba más muerto que los muertos. Si acaso se podría revisar el cadáver para tratar de determinar la causa principal de su fallecimiento. ¿Cuál de las heridas había llegado a ser mortal? Para su inaudita sorpresa se encuentra con diecinueve orificios de bala entre los de entrada y los de salida, de diferentes calibres y disparados a diversas distancias. Al revisar la espalda del presidente se encuentran con diez perforaciones y al colocarlo de nuevo boca arriba se le sienten diversas balas en el bajo vientre y en los costados, además de las escaras que ostenta en el pecho. ¿Cuántos serían los tiradores?

"A las tres y minutos de la tarde, llegaron a la Inspección General de Policía y penetraron en el despacho del Inspector General, señor Roberto Cruz, el Primer Mandatario de la nación, señor General Don Plutarco Elías Calles, acompañado del general Joaquín Amaro, Secretario de Guerra y Marina; del General Abundio Gómez, Oficial Mayor encargado de la Subsecretaría de Guerra, y los oficiales de sus Estados Mayores." El general Plutarco Elías Calles va desencajado y lleno de curiosidad. Sólo desea escuchar una respuesta.

León Toral no se inmuta al encontrarse con el presidente de la República. Sin voltear a verlo a la cara se adelanta al interrogatorio: "Yo soy el único culpable; maté al General Obregón porque quiero que reine Cristo Rey; pero no a medias, sino por completo".[91]

—¿Fue el clero, verdad? —va Calles en busca de su verdad.

León Toral no contesta. Se encierra en sí mismo.

Calles insiste.

Silencio, silencio, más silencio. El asesino se petrifica. Cuando lo cuelguen de los pulgares hablará, cantará, suplicará…

Calles es informado de ciertas maniobras en casa del caudillo. Se traslada de inmediato a las calles de Jalisco. Álvaro era su paisano, su hermano, su guía, su maestro, su tutor: las deudas contraídas con él serían impagables. Tenía tanto que reconocerle. El Turco se sienta a un lado del cadáver. Acerca su rostro con una leve sonrisa maligna.

Se aproxima cerca, muy cerca, como si intentara besarlo. Tal vez deseaba constatar si todavía respiraba. La expresión de su cara revela cierto sadismo. "Te madrugué, Álvarito: tenías razón, el que mata más gobierna más".

Acompañado de varios obregonistas exaltados, vuelve a la cárcel, a los separos, a entrevistarse de nueva cuenta con León Toral. Esta vez lo presionará en público para que admita haber actuado por orden del clero, descubrir sus móviles, las razones del atentado y, sobre todo, quién estaba detrás de él…

Al estar una vez más frente al magnicida, Calles lo interroga. Comprueba que se trata de un enclenque que bien podía haber sido profesor de canto en una escuela primaria. No se perciben en el ciudadano jefe de la nación deseos de romperle el cráneo por haberse atrevido a matar a su hermano del alma. Hay una calma tensa. Desea hacerse de información y contar con un perfil de la personalidad de ese sujeto, quien sólo contestará de manera tajante: "No diré nada más". ¿Qué podría decir o hacer? ¿Cuáles podrían ser sus alcances? ¿Mejor fusilarlo de inmediato como al padre Pro para que no hablara de más? Ya veríamos. Ojalá que no tuviera que aparecer muerto un día en su celda o se le tuviera que aplicar la Ley Fuga.

—¿Por qué mataste al general Obregón? —pregunta Calles ante el reducido grupo de obregonistas que con gusto lincharía a ambos en ese preciso momento. Tenían a la mano al autor intelectual y al material.

León Toral no imaginaba la presencia de más tiradores en La Bombilla, si bien recordaba, al igual que Orcí, un intenso olor a pólvora y humo salido de abajo de la mesa.

—Lo maté, se lo repito otra vez, por órdenes de Cristo Rey para que Sus leyes se apliquen finalmente en México…

—¿Cuál fue tu principal objetivo al asesinarlo?

—Que el daño ya no recayera sobre los hombros de las personas.

—¿Quiénes son tus cómplices en este crimen tan asqueroso y cobarde?

—No tengo. Si hubiera habido otros el tiroteo hubiera creado mucha confusión.

—¿Cómo esperabas salir de esta tragedia?

—Yo esperaba salir muerto, pero ya lo ve usted, sigo vivo y eso prueba la influencia del Espíritu Santo.

—¿Cómo te llamas?

—Juan, pero eso no tiene importancia…

Al salir de los separos, el presidente Calles es asaltado por la prensa: ¿confesó algo el asesino?, le preguntan a coro mientras es retratado desde todos los ángulos.

—Sí —responde—. El clero tiene una marcada responsabilidad en el crimen… Ha sido una terrible tragedia… Muy pronto sabremos toda la verdad…

—¿Qué…? Esa es una apreciación personal de usted —alega Orcí.

Calles lo fulmina con la mirada.

—¿Va ser fusilado? —prosigue el improvisado interrogatorio.

—Por supuesto que no: nos apegaremos a lo que disponga la Carta Magna…

—¿Y en el caso de Segura Vilchis y del padre Pro, por qué no…?

—Buenas tardes, señores.

Morones instala varias ametralladoras en sus oficinas de la Secretaría de Industria y Comercio. Manda de inmediato a otros secuaces a casa de Obregón para extraer, en medio de la confusión, los archivos del difunto. ¡Qué protesten, tráiganselos! Sabe las que debe. Les paga a Prevé y a Ramírez Planas sus respectivos honorarios. Sin embargo, no desaparecen, no se esfuman, por lealtad. Esperan. Se la juegan con el patrón. Calles ordena que se escondan en el sótano de una bodega propiedad del ejército. Es imperativo que se encuentren a salvo del menor desbordamiento de las pasiones. Ese mismo día en la tarde, antes de ser velado el cadáver en Palacio Nacional, Juan G. Saldaña, el mayor médico cirujano adscrito al Anfiteatro del Hospital Militar de Instrucción, levanta el "Acta de reconocimiento de heridas y embalsamamiento del general Álvaro Obregón". Confirma en secreto, de manera extraoficial y sin mediar instrucción judicial para llevar a cabo la necropsia, las diecinueve heridas de bala en el cuerpo del presidente electo. El documento permanece escondido durante casi veinte años hasta que *Excélsior* finalmente lo publica en 1947, con autorización de Ave Tito.

¡Qué importante es el diagrama que mi abuelo me obsequió tantos años atrás! Ese regalo me había sumergido en un largo proceso

de investigación, al final del cual yo esperaba ver surgir mi *México acribillado* para echar un poco de luz en nuestra historia y, sobre todo, honrar la memoria y la generosidad de Ave Tito, a quien ya no puedo agradecérselo a besos ni invitándolo a comer sus camarones en cualquier changarrito de la Costa Grande de Guerrero.

Él ya no está, pero en mi mente sigue fresco el recuerdo de nuestras conversaciones, que siempre fueron gratas, y más de una hizo cambiar el rumbo de mi existencia. Gracias, Ave Tito, muchas gracias: ahora puedo confirmar que las personas mueren dos veces, una cuando fallecen y la otra cuando ya nadie se acuerda de los muertos. Mi *México acribillado* nunca, al menos eso espero, te permitirá volver a morir…

Cuando el padre José Aurelio Jiménez confirma los hechos de La Bombilla y *La Extra* publica en su edición vespertina la noticia, "La Extra, la Extra, Álvaro Obregón ha sido asesinado", "La Extra, la Extra, acribillaron al Manco", el sacerdote compra un ejemplar y se dirige a Buenavista para abordar el siguiente tren con destino a Guadalajara, claro que a Guadalajara.[92] Era la hora de informar a Monseñor Orozco y Jiménez y a Bergöend de lo acontecido, con el mayor lujo de detalles, Dios nos ha amparado con su infinita benevolencia… Organiza una reducida misa de gracias, un *Te Deum* No es un hombre de expresiones de euforia. Una vez conocida la noticia se retira a meditar y a rezar. Gracias, Señor, por estar de nuestro lado y haber conducido con tanta puntería las balas disparadas por León Toral… Tenemos mucho trabajo por hacer. Ahora comienza un largo proceso de reconstrucción de nuestra iglesia.

Manuel Trejo Morales huirá a Estados Unidos con el dinero proporcionado por el arzobispo Ruiz y Flores.

Miguel Palomar y Vizcarra declara: "La muerte de Obregón, no fue asesinato, fue ejecución, muerte en acción de guerra legítima."

Después… Después se descubrió la verdadera identidad de José de León Toral. ¿Cuál Juan? Obviamente se le torturó, se le colgó de los dedos y se le dieron severas descargas eléctricas en los testículos y en la lengua, además de sumergirle la cabeza en agua, para que confesara los nombres de los autores intelectuales, mientras que una mujer, presumiblemente su esposa, profería gritos de horror en la celda adjunta al ser sometida a suplicios inenarrables.

Por supuesto que entre inmersión e inmersión, descarga y descarga, León Toral vomitó el nombre esperado: la Madre Conchita.

Dirección. Generales. Ocupación. Ambos estaban dispuestos a morir juntos. Se lo habían jurado en repetidas ocasiones. El asesino se cuida de hablar del padre Jiménez, de Trejo Morales, de las Damas Católicas y de otras tantas personas involucradas, quienes simultáneamente deberían haber sido recluidas en una prisión federal. Por supuesto que no se refiere, no se podía referir a Francisco Orozco y Jiménez ni a Bergöend ni mucho menos a su primo hermano, el padre Toralito, ni a Ruiz y Flores. Sólo Miguel de la Mora, cuyo seudónimo era Silvio Pellico, fue brevemente privado de su libertad a partir de una sorprendente fotografía que obviamente se perdió en los archivos policíacos y que, sin embargo, haría historia: este ínclito y perínclito prelado aparecía sentado y rodeado nada menos que por sobresalientes miembros de la Liga que él capitaneaba en el Distrito Federal, tales como el ingeniero Luis Segura Vilchis, Humberto y Roberto Pro Juárez, José de León Toral y Daniel Flores, entre otros que jamás pudieron ser identificados ni, por ende, capturados. Una foto de familia, ¿no? El señor obispo y sus muchachos, sus hijos putativos… ¿Daniel Flores? Baste recordar que este asesino, igualmente adiestrado y capacitado tras los altares ensangrentados de México, le disparó a la cara a Pascual Ortiz Rubio precisamente el día de su toma de posesión en 1930, y sin embargo, ¿quién conoce o recuerda a Daniel Flores?

Las leyes mexicanas establecían que los crímenes políticos no podían ser sancionados con la pena de muerte, de ahí que Calles y Morones manipularan las disposiciones y presionaran a las autoridades jurisdiccionales para que León Toral no fuera juzgado, de ninguna manera, por un tribunal federal, precisamente el competente, sin ningún género de dudas. ¿El asesinato de un presidente electo de la República no es un delito político de dimensiones federales? ¿No? Sólo que se volvieron a torcer, como siempre, las leyes para que León Toral pudiera ser fusilado a los siete meses y con ello así poder pasar la hoja de la historia. José de León no cometió un "crimen político", sino uno intrascendente, del orden común y, por lo tanto, será declarado culpable por un jurado civil integrado por miembros pertenecientes "a la clase trabajadora" de San Ángel: electricistas, plomeros, albañiles, enfermeras… todos, curiosamente, ligados al Partido Laborista. Por algo Obregón deseaba desaparecer los municipios de la Ciudad de México, bastiones del Marrano de la Revolución. ¿Quién iba a juzgar semejante magnicidio en México? ¿Jueces? Por supuesto que no: simples ciudadanos de muy escasos recursos, debidamente sobornados y amenazados. Pero Calles no sólo convertiría el "Caso Obregón" en un pleito de vecindad, sino que buscaría la manera de impedir, a como diera lugar, el esclarecimiento de la verdad. ¿Ejemplos?

El presidente de la República evitó la práctica de una necropsia oficial, ejecutada por médicos forenses, según lo hubiera podido ordenar, en su caso, el juez competente. Evitó con ello que se revelara a la opinión pública el número de impactos de bala que mostraba el cadáver del presidente electo, así como sus respectivas trayectorias. ¡No a la necropsia! ¡Ni hablar! Se opuso, a través de los conductos que consideró adecuados, al ejercicio de una inescapable prueba de balística para conocer los calibres de los proyectiles. ¡No a la necropsia! ¡No a la balística! ¿Para qué? ¿Y los jueces y el juicio? Es un delito común, no es federal. Que se callen los jueces, que se cierre el juicio, que se lleven el cuerpo de Álvaro antes de que comience el proceso de descomposición y, desde luego, que fusilen a León Toral y encierren en las Islas Marías a la tal Madre Conchita. Asunto terminado. Pasemos la hoja. Cambiemos el tema. Pero sí hubo una balacera, no se trató de cinco o seis tiros aislados, según dicen los vecinos, los músicos de la orquesta y algunos meseros, mientras que los diputados asistentes callan para cuidar su pellejo; es más: hay uno que tiene un balazo en el brazo y otro una herida de cuarenta y cinco en la pierna... Quien alegue que hubo más de un tirador o que manifieste saber demasiado, ya saben qué hacer con él... ¿Y los Polín, amigos íntimos de la familia Obregón Salido, que conservan la camisa que traía puesta el caudillo el día del magnicidio? Exhibía diez perforaciones en la espalda, cuatro de ellas a la altura del corazón. ¡Imposible que León Toral haya sido asesino solitario! ¡Desaparezcan la camisa y a sus poseedores! ¡Shhh!

El Turco destituye a Roberto Cruz para que el general Ríos Zertuche, un obregonista, se encargue de la Inspección de Policía. Éste dispone la inmediata detención del ministro de Industria, Luis N. Morones. Envía audazmente un piquete de soldados para arrestarlo. Sus evidencias son incontestables, según lo entiende Calles a la perfección después de que Ríos Zertuche le explica, en el Castillo de Chapultepec, la justificación del procedimiento. El presidente Calles no sólo prohíbe implicar a funcionarios de su gobierno en el crimen, lo impide a gritos en su carácter de Comandante en Jefe del Ejército y Presidente de la República… ¿Le queda claro, general?

Pero, ¡oh, sorpresa!, un policía intenta dispararle por la espalda a Ríos Zertuche, atentado que frustra uno de sus ayudantes. A pesar de lo anterior, las pruebas incontestables que implicaban directamente a Morones, las que hubieran sido, desaparecen misteriosamente de la habitación del inspector de Policía en el Hotel Regis, donde las guardaba porque la Inspección de Policía era un nido de espías moronistas.

¿Qué hacer sin las evidencias que comprometían abiertamente al Gordo? ¿En qué consistían? ¿Cómo fue el jefe de la Policía a contarle al Turco el avance de las investigaciones, así como el lugar preciso en que se encontraban pruebas tan comprometedoras en contra de Morones? ¿Cómo negarse a revelarle la verdad nada menos que al mismísimo jefe de la nación, y no a cualquiera, sino precisamente Calles? Preguntas, preguntas y muchas preguntas más…

¿Por qué mataron a puñaladas a Aurelio Padilla, mesero de La Bombilla, testigo ocular de los hechos ciertamente indiscreto, y su asesino obtuvo la libertad pocos meses después? ¿Por qué la Sexta Sala revoca el auto de formal prisión dictado en contra de María Elena Manzano, Carlos Castro Balda y otras personas como presuntos responsables de asociación delictuosa, entre otros cargos, por el homicidio consumado en la persona del señor general Álvaro Obregón? ¿Por haber declarado León Toral haber actuado solo?[93] ¿Por qué Miguel de la Mora, obispo y director de la Revolución Católica de Occidente y director de la Liga en el Distrito Federal, un protagonista sobresaliente en los hechos, fue aprehendido y puesto en inmediata libertad, supuestamente a cambio de dieciséis mil pesos en oro nacional, de su anillo pastoral y de su valiosísima cruz pectoral?[94] ¿Por qué no se captura en el corto plazo, o más tarde, o nunca, a Joaquín Navarro, a Carlos Díez de Sollano, a Manuel Trejo Morales, a Enrique Cepeda, a Aniceto Ortega, a Oswaldo Robles y al padre Jiménez? ¿Por qué enviados del obispo De la Mora visitan a Fernando Ortega, abogado de la Madre Conchita, "para sugerirle la interrupción de la averiguación, que salve a la iglesia y que ya no se investiguen ni se difundan más detalles"? ¿Por qué le muestran al licenciado Ortega certificados firmados por médicos en los que se hace constar que Concepción Acevedo está perturbada de sus facultades mentales? ¿Por qué el licenciado Miguel Collado, abogado de León Toral, es envenenado en las propias instalaciones de la Inspección de Policía, con un helado de limón, días antes de que se integre el expediente que habrá de servir de base a los trabajos del jurado? No muere, no, pero es víctima de un ataque cerebral que lo deja paralítico y sin habla durante mucho tiempo.[95] ¿Por qué no se permitió que declarara ningún legislador de los asistentes al homenaje de honor de los guanajuatenses, con el argumento de que los diputados están investidos de fuero legal? ¿Por qué no se vincula el atentado de Chapultepec, encabezado por los Pro y Vilchis, a La Bombilla, como se intentó hacer con Celaya? ¿Por qué José Garibi Rivera, Pepe Dinamita, se apresura a quemar los archivos de monseñor Orozco y Jiménez? ¿Por qué después de pactada la paz, a través de acuerdos orales, Emilio Portes Gil, presidente de la República, exige como una condición previa que específicamente Orozco y Jiménez, y sólo Orozco y Jiménez, salga del país después de haberlo entrevistado en Palacio Nacional? ¡Fuera, señor arzobispo, fuera de México! ¿Únicamente yo? Sí, únicamente usted, otros no podrán volver del destierro… Y, por favor, no intente esconderse otra vez en la sierra de Jalisco. Es un acuerdo tomado con el Comité Episcopal… Respetémoslo para que se vuelvan a abrir los templos en el país. De modo que ¡fuera!

Y años después, ¿por qué el 25 de junio de 1930 por la mañana, hacia el final de la misa, el obispo De la Mora "no pudo distribuir la sagrada comunión, pues un ataque serio de parálisis le había interesado el lado derecho, con pérdida de sus facultades mentales, hasta morir unos días después"? Morones, quien en 1956 acusaría a dicho obispo del asesinato de Obregón, ¿lo habría mandado envenenar como represalia por haber intervenido en el atentado contra Ortiz Rubio ese mismo año? ¿Por qué hasta agosto de 1932 el señor arzobispo de Morelia y delegado apostólico Leopoldo Ruiz y Flores tuvo que declarar ante la policía en relación a los doscientos dólares que le facilitó sospechosamente a Manuel Trejo Morales, recién capturado, para que escapara a Estados Unidos? ¿Por qué ya en 1938 es atropellado y muerto misteriosamente, en una glorieta de Santa María la Redonda, Gustavo Rodríguez, abogado del padre Jiménez, ya preso, después de atreverse a sostener que Calles había sido el autor intelectual del magnicidio? ¿Por qué Guilebaldo Murillo, el nuevo abogado del padre Jiménez, casi muere en las mismas condiciones que su predecesor? ¿Por qué el periodista Helio Chamber, quien había denunciado la presencia de por lo menos dos tiradores más en La Bombilla, muere asesinado a raíz de la publicación de diversas notas en *La Prensa* de febrero y marzo de 1937, donde sugiere la implicación del general Otero en el crimen, entre otros elementos no menos trascendentes? ¿Por qué Enrique Romero Courtade, diputado cardenista presente en La Bombilla, murió atropellado en París en circunstancias extrañas, al igual que otros guanajuatenses de aquella misma legislatura? ¿Por qué, por qué, por qué...? Los brazos de Calles y de Morones eran largos, muy largos, y sus manos mecánicas eran frías, muy frías...

El presidente Calles aseguró, en su último informe de gobierno, que no se mantendría en el cargo a pesar de que prominentes revolucionarios como Cárdenas y Múgica se lo sugerían. Maniobró hábilmente entre los obregonistas para que Emilio Portes Gil fuera nombrado para ocupar la Presidencia de la República a partir del 1 de diciembre de 1928. Acto seguido, el Turco se las arreglaría para que el poder fuera transmitido a Pascual Ortiz Rubio, el Nopalito, el presidente pelele, quien resultó electo en 1929. El Maximato en todo su esplendor.

¿Qué resolvió el jurado popular en torno a la suerte del asesino del señor presidente electo de la República Mexicana? José de León Toral sería fusilado en febrero de 1929, mientras que la abadesa fue condenada a veinte años de prisión, la mayoría de los cuales los pasaría en las Islas Marías, hasta que en la primera semana del mandato de Manuel Ávila Camacho fuera liberada definitivamente.

El presidente Portes Gil fue víctima de severas presiones por parte de grupos religiosos que buscaban la concesión del indulto para el magnicida de Obregón. Ante su negativa, trataron igualmente de asesinar al jefe de la nación cuando viajaba en tren por el norte del país, acompañado de su familia. Dios tampoco esta vez estuvo del lado de los criminales, quienes lograron dar cuenta, no obstante, del maquinista y de un tripulante al volcar la máquina. El Señor no estaba, por lo visto, muy iluminado aquella mañana de 1929... Portes Gil negó el perdón y León Toral fue fusilado el 9 de febrero de ese mismo año. En la noche, cuando se entregó el cadáver a su familia, según dejó constancia Alfonso Toral Moreno, hermano del padre Toral, en una serie de artículos escritos para el periódico *El Occidental* de Guadalajara y titulados "El Toralazo", Salvador Toral Moreno, su otro hermano y médico, le extrajo al cadáver de José de León Toral el corazón, después de realizar un par de ritos extraños, ordenados tal vez por Su Excelencia. Lo guardó en un frasco con alcohol.[96]

Las pandillas políticas y clericales descansaron cuando a León Toral le dispararon el tiro de gracia. Quedaba garantizado su silencio eterno.

Una mañana de julio de 1998, cuando afinaba las últimas páginas de este *México acribillado*, busqué en el escritorio de Karin una invitación que me había llegado para participar en una mesa redonda de autores dedicados a la novela histórica. No la encontré sobre la cubierta, por lo que decidí abrir los cajones, sin su autorización. ¿Cuál no sería mi sorpresa cuando localicé un sobre vacío, con una inscripción que me estremeció? Era sólo una palabra: Veintiunilla...

¿Veintiunilla? Intrigado, descolgué el teléfono y marqué su número de la universidad. Me resistía a creer lo que mi razón me anunciaba:

—Güereja, ¿sabes algo de Mónica?

—No... nunca fue mi novia —repuso con un aire socarrón.

Llamé a mis abogados para preguntar cómo iba el caso, ¿ganaríamos la apelación?

Al día siguiente me confirmaron que el caso estaba ganado y cerrado, pero también me informaron que desde hacía más de una semana, según informaron las celadoras y posteriormente las encargadas de servicios de salud de la prisión, Mónica había amanecido con dificultades respiratorias, que luego se habían convertido en una neumonía incontrolable, muy a pesar de que los médicos pidieron apoyos de todo tipo a otras instituciones asistenciales para salvarla. Ningún remedio fue efectivo. Había fallecido al amanecer. Ya sólo le rendiría cuentas al Señor...

—Su esposa estará en paz porque al menos pudo conversar con ella antes de que muriera...

—¿Cuándo conversó con ella? —pregunté sorprendido.

—Hace unas tres semanas, más o menos... Nos dio una lección de calidad humana cuando nos pidió que la acompañáramos a la cárcel para hablar con Mónica, con la intención de sacarla de su error...

—¿Y fue...?

—Claro que fue. ¿No sabía? Es más: tuvo la categoría de quedarse a comer civilizadamente con ella.

Apéndices

Acta de reconocimiento de heridas y embalsamamiento
del general Álvaro Obregón

Este documento, precioso para la historia, está fechado en la ciudad de México el mismo día del asesinato del general Álvaro Obregón Salido, presidente electo de México: el 17 de julio de 1928, y lo firma el mayor médico cirujano adscrito al Anfiteatro del Hospital Militar de Instrucción, Juan G. Saldaña.

El mayor médico cirujano Saldaña certifica que el cadáver del divisionario presentaba diecinueve heridas: siete con orificio de entrada, de seis milímetros, una de ellas con dos orificios de salida; otra con orificio de entrada de siete milímetros; una más de ocho milímetros; otra de once milímetros, con orificio de salida; y seis "con orificio de entrada de proyectiles"; aunque en el documento no se especifican sus dimensiones, en el de autopsia se reconoce que fueron causadas por proyectiles calibre 45.

Seis fueron los casquillos encontrados en el sitio desde donde León Toral disparó. Fueron percutidos por su pistola calibre 32 y que causaron orificio de entrada de seis milímetros en la región abdominal; pero, como existe una séptima lesión por proyectil del mismo tamaño, ello hace pensar que hubo otro tirador con pistola idéntica.

Las demás lesiones, necesariamente mortales, fueron causadas con pistolas de calibre 7 milímetros, de 8, de 38 especial y una o varias pistolas calibre 45. Lo anterior, en buena lógica, significa que hubo seis o más tiradores, incluyendo a León Toral.

Dice el documento, de manera textual:

El cadáver pertenecía a un individuo robusto, de 48 años de edad, casado; mide 1 metro 66 centímetros de longitud, 1 metro 6 centímetros de circunferencia toráxica, y 1 metro 7 de abdominal.

Presenta al exterior, una amputación antigua del brazo derecho al nivel del tercio inferior; una excoriación en la región frontal inmediatamente a la derecha de la línea media, irregular y como de cuatro centímetros de extensión; presenta además trece heridas hechas al parecer por proyectil de arma de fuego, situadas: la primera, en el carrillo derecho, en la región maseterina, y a nueve centímetros debajo de la cola de la ceja del mismo lado; probablemente orifico de salida: es de forma oval, de once milímetros y con escara de dos milímetros. La segunda, orificio de salida, cara lateral izquierda del cuello, a la altura de la primera vértebra cervical, siete milímetros abajo y atrás del nacimiento del pabellón de la oreja izquierda: irregular, ocho milímetros. La tercera, región costal izquierda, catorce centímetros abajo de la tetilla del mismo lado y dos centímetros arriba del borde costal, circular, tres milímetros y escara de tres, orificio de entrada. La cuarta, región axilar derecha, línea axilar media, orificio de salida irregular, seis milímetros; el proyectil penetró de nuevo por la quinta herida, situada en la cara interna del muñón del brazo derecho, tercio superior, a tres centímetros del pliegue axilar y frente al anterior; oval irregular, diez milímetros. La sexta, orificio de salida, cara posterior del muñón, tercio medio superior, a siete centímetros del pliegue axilar: de bordes irregulares, de diez milímetros. La séptima, en la región derecha dorsal, al nivel de la cuarta vértebra dorsal y a cinco centímetros de la línea media; circular ocho milímetros y escara de uno. En la región escapular izquierda tiene seis heridas con orificios de entrada de proyectiles. La octava está situada seis centímetros abajo del omóplato izquierdo, circular, de seis milímetros y con escara de dos. La novena, abajo y fuera de la anterior, a diez centímetros de la línea media posterior, circular, seis milímetros y escara de dos. La decimaprimera, misma región, ocho centímetros a la izquierda de la línea media; circular de seis milímetros y escara de dos. La decimosegunda, misma región, a la altura de la quinta vértebra dorsal, a trece centímetros a la izquierda de la línea posterior, circular de seis milímetros con escara de dos. Tiene, además, otra herida con orifico de entrada a trece centímetros en la región escapular derecha, a siete centímetros a la derecha de la línea media y a la altura de la tercera vértebra dorsal y a siete centímetros de la línea media, circular de siete milímetros y con escara de dos. Bajo la piel del abdomen se sentían varios proyectiles.

Conclusión: El C. Álvaro Obregón falleció a consecuencia de las múltiples heridas por proyectiles de arma de fuego ya descritas, penetrantes de tórax y de abdomen, que son mortales, las que en conjunto y por sí solas produjeron la muerte.

Los actores del drama

Francisco Orozco y Jiménez

Como condición para firmar los "arreglos" y terminar con la rebelión cristera en 1929, el presidente Emilio Portes Gil exigió el destierro de Su Excelencia, Francisco Orozco y Jiménez, quien regresó al país únicamente para ser expulsado una vez más en 1932, cuando las investigaciones sobre el asesinato de Obregón amenazaban con dar un giro peligroso... Un destierro más en 1934 cerró la serie de cinco expulsiones de este notable prelado, sin duda el peor enemigo de las instituciones liberales mexicanas en el siglo XX. Sus archivos fueron incinerados por José Garibi Rivera. Falleció en Guadalajara en 1936.

Plutarco Elías Calles

Dirigió los destinos de la nación durante escasos doce años, cuatro de ellos como presidente constitucional y los demás como Jefe Máximo. A pesar de haber modernizado al país en varios sectores estructurales al costo del más violento autoritarismo del siglo XX mexicano y de ser considerado, aún hoy, el padre del PRI, su nombre, a diferencia de Obregón, no aparece en letras de oro en el muro de honor del Congreso de la Unión. ¿La Iglesia se ha opuesto a semejante homenaje hasta la fecha? Lázaro Cárdenas lo expulsó del país en 1936 junto con Luis Napoleón Morones. Murió en 1945, reconfortado por las bendiciones de su amigo y eventual copartícipe en sesiones espiritistas, el padre jesuita Carlos Heredia.

Bernardo Bergöend

Continuó batallando por la continuidad de las organizaciones violentas del catolicismo mexicano, como la ACJM, a la que "resucitó" el 20 de noviembre de 1930, día del vigésimo aniversario de la Revolución Mexicana, versión nacional de la "Revolución Satánica Mundial".  La LNDLR también creación del sacerdote francés, se convirtió en la OCA y la Unión Nacional Sinarquista, ligadas a movimientos fascistas internacionales, a las que asesoró hasta su muerte, acaecida en 1947. De las filas de dichas organizaciones se abasteció de fanáticos a la primera y a la segunda cristiada y al PAN, entre otras organizaciones más o menos intolerantes. Falleció sin haber logrado materializar su sueño dorado: imponer en México una dictadura militar de corte clerical, como la de Francisco Franco.

Luis N. Morones

Coleccionista obsesivo de arte sacro y vicioso hasta la muerte, Morones nunca pagó por nada, vivió y murió en el exceso, en el lujo, en la impunidad. Pasó a la historia como el Marrano de la Revolución, padre indiscutible del sindicalismo mexicano y sobrino  inconfesable de la madre Conchita. Murió "EN EL SENO DE NUESTRA MADRE LA SANTA IGLESIA CATÓLICA, APOSTÓLICA, ROMANA, CONFORTADO CON TODOS LOS AUXILIOS ESPIRITUALES Y LA BENDICIÓN PAPAL", según rezaba su esquela, publicada el 7 de abril de 1964 en los principales diarios de México. A su izquierda, presumiblemente, Margarita.

Concepción Acevedo de la Llata, la Madre Conchita

Consumado el magnicidio es condenada a veinte años de prisión, de los cuales cumplió con doce, ya que el presidente Ávila Camacho le concedió el perdón. Durante su prisión en las Islas Marías se casó con otro de los conjurados para asesinar al caudillo: Carlos Castro Balda. Varias veces se vio tentada a declarar lo que sabía sobre el asesinato del Manco, pero desde las sombras le sellaron los labios. Murió en agosto de 1979, paradójicamente, nada menos que en la avenida Álvaro Obregón, en la ciudad de México, donde tenía su domicilio a un lado de la que fue casa de Manco de Celaya. La fotografía pertenece a la Fototeca del Fideicomiso Archivos Plutarco Elías Calles y Fernando Torreblanca.

Miguel de la Mora y Mora

Jefe supremo de la Liga Nacional
Defensora de la Libertad Religiosa,
según testimonio tardío de Luis N.
Morones, quien no dudó en hacerlo
responsable del asesinato de Obregón. El obispo declaró que la abadesa De la Llata era "una demente"
y que "procedía de una familia de
enajenados mentales" con el objeto
de que "no se sigan conociendo más
detalles". En junio de 1930, oficiando misa, al distribuir la hostia

fue víctima de una parálisis de medio cuerpo. Tras algunos días de
convulsiones y delirios, bajó a la tierra el 17 de julio de 1930, segundo aniversario del magnicidio, por lo que se llegó a sospechar que,
como sabía demasiado, fue ultimado también, en esa fecha simbólica,
por el propio Morones.

José de León Toral

Uno de los asesinos materiales del general Obregón y el único que
pagó por ello. Juzgado por un tribunal civil y condenado por un

jurado popular integrado por
moronistas, murió fusilado el
9 de febrero de 1929. No fue
juzgado por una autoridad
jurisdiccional federal a pesar
de haber asesinado al presidente electo de México. Esa
noche, en la parte alta de su
casa, le fue extraído el corazón por uno de sus primos,
hermano del padre Toral. La
fotografía pertenece a la Fototeca del Fideicomiso Archivos Plutarco Elías Calles y
Fernando Torreblanca.

Pío XI

Asesinado Obregón, y ya sin más alternativa que abandonar la vía de las armas, declaró su conformidad con los "arreglos" para concluir el conflicto religioso. Pero tan pronto como en 1932, tras acusar al Estado mexicano de violar los compromisos contraídos en 1929, llamó una vez más al pueblo mexicano, a través de la encíclica *Acerba Animi*, a "defender con todas sus fuerzas los sacrosantos derechos de la Iglesia", de manera que, "movidos de un encendido amor a la Religión y obedientes a esta Sede Apostólica", imitasen a aquellos que "realizaron actos dignísimos de ser recordados" y "que habrían de inscribirse en los fastos modernos de la Iglesia mejicana".

El padre José Reyes Vega

Conocido, a partir del incendio de un tren en La Barca, Jalisco, como *El Chicharronero*, supuestamente murió en 1929... Su eterno compañero de matanzas, el padre Angulo, ocupó a la postre, con otro nombre, el obispado de Tabasco.

Dwight Morrow

Tras recibir del presidente Calles toda clase de demostraciones de *amistad*, brindó a éste el respaldo de los fusiles norteamericanos para el sostenimiento de la tiranía. Fue, junto con las autoridades católicas de los Estados Unidos, un eficaz promotor de los arreglos y garantía viva de los mismos, pero, como dijera uno de los sacerdotes involucrados en el diseño del *modus vivendi*, "se nos murió" en 1931, mientras se desempeñaba como senador por Nueva Jersey.

Leopoldo Ruiz y Flores

Manuel Trejo, uno de los involucrados en el asesinato de Obregón, pudo huir del país gracias a los recursos proporcionados por el arzobispo Ruiz, razón por la cual éste fue llamado a declarar ante un juez en 1932, mismo año en que fue expulsado del país tras la aprehensión del padre Jiménez. Fue el primer americano en ser designado Delegado Apostólico, precisamente tras el asesinato. Se le atribuye la responsabilidad de los llamados "arreglos" que pusieron final al conflicto y que negoció junto con su correligionario, el obispo Pascual Díaz y Barreto, en 1929. Falleció en 1941.

Pascual Díaz

Sus viajes a Roma, donde Pío XI lo recibía con frecuencia inusual, dan al traste con la política de confrontación y belicismo seguida en México por un sector dominante de la jerarquía. Muerto Obregón, negocia junto con Ruiz y Flores una paz engañosa con el gobierno de Portes Gil, lo que molestó a los cristeros más exaltados y a sus respectivos tutores, padres, obispos y arzobispos, igualmente fanáticos. Se firmaron sentencias de muerte en su contra, pero no se llegaron a ejecutar. Falleció en 1936 entre vituperios, acosos y amenazas de las huestes desorbitadas de Orozco y Jiménez, a quien denuncia en un par de libros cuyos ejemplares, por orden del Vaticano, ardieron en la hoguera... casi todos.

Miguel Palomar y Vizcarra

Por sus actividades terroristas, entre otras el asesinato de Obregón y la rebelión de 1926-1929, nunca rindió cuentas ante nadie, pero pudo decir que el crimen que cometió Toral "no fue asesinato: fue ejecución en acto de guerra legítima" y que "la resistencia armada fue considerada no sólo lícita, sino laudable, por el Episcopado mexicano". Pagó, hasta el último día de su vida, sus cuotas como miembro del Partido Acción Nacional.

María Elena Manzano

Exonerada por la justicia, terminó sus días en un convento de la República Popular China, sin poder olvidar a Carlos Castro Balda.

Manuel Trejo Morales

Tras la muerte de Obregón, abandona el país con dinero y recomendaciones del Delegado Apostólico Leopoldo Ruiz y Flores. Cae preso en 1932. Confesó haber sido víctima de un lamentable error a causa de su juventud.

José Vasconcelos

Caudillo cultural de la revolución mexicana, abanderó un fascismo extremoso. "El pueblo capaz de hacerlo respetar como presidente", y al que llamó a las armas en 1929, no lo llamó de regreso del destierro. Fue Ávila Camacho, el *presidente creyente*, quien lo acogió en el país nombrándolo director de la Biblioteca Nacional. Escribió, por ese tiempo (1941), en una revista financiada por los nazis, llamada *Timón*, conclusiones como la siguiente: "el mandatario alemán es el hombre más grande que han producido los siglos… la verdadera grandeza está en los directores de hombres, y Hitler es el más grande de todos ellos".

José Garibi Rivera

A pesar de su presencia en la tragedia del tren de La Barca y de haber sido conocido como "Pepe Dinamita", fue el primer mexicano en alcanzar el capelo cardenalicio. Sucedió a Orozco y Jiménez al frente de la Arquidiócesis de Jalisco. Vigiló atentamente que ningún susurro contradijera la versión oficial de la Iglesia a propósito de Orozco y Jiménez. Fue el más celoso y devoto cancerbero del prestigio de Su Excelencia.

Lázaro Cárdenas

Presidente de la República entre 1934 y 1940, hace efectiva la frase acuñada por Calles: "es tiempo de pasar de un país de caudillos a un país de instituciones", procediendo a expulsarlo de México en abril de 1936. Durante la guerra política contra el grupo de Calles se valió continuamente de un hábil manejo de la información en torno al magnicidio de Obregón, amagando con destapar la cloaca. Fue víctima de un intento de envenenamiento en Los Pinos. Salvó la vida gracias a un antídoto proporcionado acertadamente por su médico de cabecera. Nacionalizó la industria petrolera en 1938, imprimió vigor a la reforma agraria y recrudeció el ataque contra las convicciones medievales del clero, reformando el artículo tercero de la Constitución para que la educación no fuera laica, sino "socialista". Impuso la candidatura de Ávila Camacho. México no llegó a ser durante su gobierno el país de instituciones que prometió.

José Aurelio Jiménez Palacios (El padre Jiménez)

La verdadera sombra del asesino en los días que precedieron al crimen: lo sacó de su casa, le dio alojamiento, lo estimuló, lo confesó, lo acompañó, le bendijo la pistola, y el día del asesinato... escapó a Jalisco, como buen cristero. Fue detenido el 14 de septiembre de 1932, juzgado y sentenciado a veinte años de cárcel. Sometido a un careo con la Madre Conchita, fue hundido por ésta y declarado "autor intelectual" del homicidio. En 1941 abandonó la prisión, desde la que había persistido en sus actividades subversivas únicamente para dedicarse, una vez más, al crimen, esta vez como falsificador de billetes "que acabarían, según él, con el gobierno ateo".

Anacleto González Flores

Fue consagrado como beato por Juan Pablo II en el año 2005.

Martinillo

Continuó siendo un periodista amante y aguerrido defensor de uno de los valores más preciados del ser humano: su libertad de expresión.

Agradecimientos

En este breve espacio destinado a aquellas personas que, de alguna manera o de la otra, colaboraron conmigo de manera eficiente y entusiasta en la feliz terminación de la novela que el lector tiene en sus manos, debe aparecer, en primer lugar, Leonardo Tenorio, joven promesa de la novela histórica mexicana, quien con una ejemplar disciplina, fundada vocación por la investigación y contagiosa pasión por el liberalismo mexicano, me acompañó sin llevar la contabilidad del esfuerzo por estos laberínticos pasajes de nuestro pasado hasta dar con la salida después de años de intensa búsqueda en bibliotecas, archivos y hemerotecas.

Debo reconocer el esfuerzo invariablemente desinteresado del ingeniero Humberto García y de su esposa, la historiadora Laura Campos, quienes me abastecieron una y otra vez con materiales invaluables que arrojaron luz durante el agotador proceso de búsqueda de respuestas y de repetidas caídas en el vacío.

Vaya un mensaje de afecto y de honor al doctor Manuel Reguera, por haber construido con tanto profesionalismo y amistosa pasión el espacio vital para cosechar la indispensable paz requerida para la creación literaria.

Imposible olvidar los consejos de Ulises Schmill, un luminoso faro en la noche, una referencia obligatoria para permanecer en el rumbo correcto prescindiendo de todo tipo de lastre durante los años de navegación.

A Marisol Schulz, mi editora, sin cuya portentosa imaginación no hubiera sido posible la publicación de *México acribillado*. Suya fue la idea de abordar la vida de la madre Conchita y su participación en el crimen de Obregón.

No puedo dejar de mencionar a Ramón Córdoba, un auténtico genio editorial desconocedor del menor sentimiento de piedad cuando se trata de alcanzar la excelencia literaria.

A Roberto Martínez Guerrero, el querido hermano con quien tengo contraída una deuda histórica de afecto y de respeto.

Y, claro está, a Beatriz, Chab, mi esposa, incorregible amante de la perfección, quien revisó una y otra vez línea tras línea, párrafo tras párrafo y cuartilla tras cuartilla hasta quitar el último sedimento de grasa de mi novela. Fueron muchas las veces en que nos amanecimos discutiendo y valorando el papel de los protagonistas de mi historia, su credibilidad y autenticidad. En particular le agradezco la amorosa generosidad con la que me obsequió al conocer a mis personajes.

Notas

Notas al capítulo 1

1 Maldonado1922: 283-285.
2 Obregón 1973: 151.
3 Macías Richard 1995: 196-197.
4 Aguirre 1953: 63.
5 Taracena 1972: 169.
6 Taracena 1972: 196-197.
7 Dulles 2003: 270.
8 Taracena 1972: 204-205.
9 Pancho Villa había sido derrotado por Obregón en 1915, después de la fractura durante la Convención de Aguascalientes de octubre de 1914, a raíz de la cual Carranza no quedaba proyectado políticamente como el futuro presidente de la República, lo cual ocasionó un rompimiento con el villismo. Una de las represalias del Centauro consistió en atacar la población de Columbus sorpresivamente con la intención de propiciar otra intervención militar de Estados Unidos en contra de México, objetivo del que Calles culpó también a la iglesia católica.
10 Macías Richard 1995: 198-200.
11 Toral de León 1972: 9-10.
12 Dávila Garibi 1913: 7.
13 Bautizado él mismo por un obispo.
14 Orozco y Jiménez 1908: 52-54.
15 Espinosa 1912: 4-7.
16 Según lo consignó el periódico *Hoy* del 13 de noviembre de 1913. "Este reportaje expresa bien el carácter férreo de Huerta, pero tal vez ignora que el arzobispo tenía igual temple". González Navarro 2000, v. I: 245-246.
17 Camberos 1966, t. I: 267-271.
18 Camberos 1966, t. I: 229.
19 En esos dos años el arzobispo tapatío fundó varios seminarios clandestinos, ordenó a un buen número de seminaristas, recorrió la Arquidiócesis en continuas visitas pastorales y todavía se dio tiempo para recolectar entre los fieles 705 dólares para el "óbolo de San Pedro" y otros 660 para "aguinaldo del Papa", cantidades que envió a la Santa Sede en diciembre de 1917. Muriá *et al.* 1982: 356-357.
20 Taracena 1979: 130-131.

[21] Telegrama de Elías Calles a Carranza. Babiacora, Sonora, enero 24 de 1917. Macías Richard 1995: 206.

[22] Dooley 1976: 18-19.

[23] Camberos 1966, t. I: 346.

[24] Camberos 1966, t. I: 341.

[25] Frases de la Encíclica *Miserentissimus Redemptor*, de Pío XI, fechada 8 de mayo de 1928. ¡La última encíclica papal antes del magnicidio! Hoyos, 1958: 1121-1128.

[26] Kelley 1941: 211.

[27] Carranza prorrumpía a la hora de los brindis, allá por 1914: "Sólo cuando se sustraiga la educación del Gobierno se formarán caracteres independientes. Por eso el señor Palavicini trata de suprimir el Ministerio de Instrucción Pública". Taracena 1979: p. 28.

[28] Camberos 1966, t. I: 251.

[29] Martínez 2001: 145.

[30] Dooley 1976: 21.

[31] Palabras textuales de Bergoënd, en: Andrés Barquin y Ruiz, *Luis Segura Vilchis*, Jus, México, 1967, p. 103.

[32] Barquin y Ruiz 1968: 118.

[33] González Navarro 2000, t. II: 245-246.

[34] Anónimo 1918: 55.

[35] Anónimo 1918: 58.

[36] "Por alguna razón de efecto psicológico o afectivo para el padre Toral, hemos visto en los hechos cómo el arzobispo hacía con él uso frecuente de este recurso un tanto festivo, más que con cualquier otro de sus sacerdotes, dándole a la vez un tratamiento en diminutivo, que implica estimación". Camberos 1966 t. II: 373.

[37] Medin 1983: 17.

[38] Blanco Moheno 1959: 200.

[39] Manero Suárez y Paniagua Arredondo 1958, t. I: 145-150.

[40] Serrano Illescas 1982: 98.

[41] Kelley 1941: 227.

Notas al capítulo 2

[1] Acevedo de la Llata 1957: 115.

[2] Acevedo de la Llata 1957: 171.

[3] Dulles 2003: 81.

[4] Bassols Batalla 1970: 93-94.

[5] Palomar y Vizcarra, *Álvaro Obregón, tirano de México*. Citado por Reguer 1995: 211-212.

[6] Según relató José C. Valadés a *La Prensa* de 4 de julio de 1937, en Planchet 1939: 79.

[7] Según lo confesó el propio Morones el 9 de agosto de 1926. Fabio Barbosa Cano 1980: 289.

[8] La parroquia de Santa Cruz Acatlán, donde oficiaba el padre Villegas con Morones de monaguillo, está ubicada en el centro histórico, en la colonia Tránsito de la Delegación Cuauhtémoc.

[9] Carr 1981: 215.

[10] Martínez 2001: 107-108.

[11] Dooley 1976: 70.

[12] Negrete 1981: 68.

[13] Almada Bay 2003: 68-69.

[14] Pablo González sería perdonado posteriormente gracias a que no apoyó el levantamiento armado de Adolfo de la Huerta. Villa no correría la misma suerte.

[15] Como declaró el señor David Yánez, quien fuera durante algún tiempo "apoderado del clero para el manejo de algunos bienes", afirmando además que la fortuna del clero ascendería a mil millones de pesos en ese momento (julio, 1926). Barbosa Cano 1980: 289-303.

[16] Balderrama 1927: 174-177.

[17] Rodríguez 1967: 221.

[18] Dulles 2003: 31.

[19] Dulles 2003: 240.

[20] Entrevista con Blasco Ibáñez.

[21] Dulles 2003: 267.

[22] Fue un día luctuoso porque mataron o hirieron a obreros tranviarios. Fueron asaltadas las oficinas de la CGT por soldados. La CGT nunca quiso supeditarse a la CROM. Morones no quería saber nada de la CGT. Cuando se trataba de una huelga de la CROM no pasaba nada, pero si era de la CGT la policía y el ejército la concluían a balazos. Obregón alegó que el conflicto ferrocarrilero se resolvería, llegado el caso, con las armas. Los locales de la CGT y del sindicato de panaderos fueron ocupados militarmente.

[23] Fenoccio 1989: 128.

[24] Ceballos 1988: 14 15.

[25] Circular núm. 3, Primer Congreso Nacional de Obreros Católicos, 1922, en Ceballos 1988: 20.

[26] Bailey 1974: 39.

[27] Dulles 2003: 272.

[28] Bassols Batalla 1970: 165-167.

[29] Cárdenas Noriega 1995: 3.

[30] Medina Navascués 2006: 10.

[31] *Salazar 1938*: 87-89.

[32] Plutarco Elías Calles a Álvaro Obregón, Soledad de la Mota a México, 25 de julio de 1923. Georgette 1998: 123.

[33] Álvaro Obregón a Plutarco Elías Calles, México a Soledad de la Mota, 23 de julio de 1923. Georgette 1998: 121.

[34] Blanco Moheno 1959: 13.

[35] Efectivamente, Warren Gamaliel Harding, el vigésimo noveno presidente de Estados Unidos, nacido el 2 de noviembre de 1865, dejó de existir el 2 de agosto de 1923 y fue el sexto presidente de ese país que murió durante su mandato.

[36] Martínez 2001: 120.

[37] De la Mora 1973: 111-112.

[38] Dulles 2003: 209.

[39] Dulles 2003: 210. Pereyra 1949, v. 2: 134.

[40] José Vasconcelos, *La flama*, México, 1959, citado por Medina Ruiz 1982: 91.

[41] Taracena 1962: 165.

[42] Dulles 2003: 205.

[43] Dulles 2003: 205.

[44] Alessio Robles 1979: 23-24.

[45] Alessio Robles 1979: 86.

[46] Barbosa Cano 1980: 205.

[47] Martínez 2001: 117.

[48] De la Mora 1976: 100-102.

[49] *El Demócrata*, 13 de octubre de 1923.

[50] *El Diario*, 14 de octubre de 1923.

[51] Ceja Reyes 1981: 22.

[52] Camberos 1966, vol. 2: 143.

[53] Márquez Montiel 1978: 44.

[54] Camberos 1966, vol. 2: 145-146.

[55] Camberos 1966, vol. 2: 145-146.

[56] Camberos 1966, vol. 2: 148.

[57] Muriá 1982: 356-357.

[58] Camberos 1966, vol. 2: 154.

[59] Camberos 1966, vol. 2: 153.

[60] Camberos 1966, vol. 2: 160.

[61] Camberos 1966, vol. 2: 149.

[62] Camberos 1966, vol. 2: 150.

[63] Muriá 1982: 377.

[64] Supuestamente el partido lo crea Gustavo Sáenz de Sicilia, sin que se pueda esconder totalmente la mano de Bernardo Bergöend.

[65] MacGregor Campuzano 1999.

[66] *El Universal*, 6 de octubre de 1924. En: El Universal 1992: 8.

[67] *El Universal*, 13 y 14 de noviembre de 1924.

[68] Barbosa Cano 1980: 30.

[69] "Memorias del general Andrew Almazán", *El Universal*, 7 de septiembre de 1958.

Notas al capítulo 3

[1] Bufford 1971: 107.

[2] Bufford 1971: 140.

[3] Doña Soledad, Chole, fue la secretaria misteriosa de Plutarco Elías Calles. Una mujer de su absoluta confianza, al igual que lo fue Fernando Torreblanca, su yerno y secretario particular.

[4] Correa 1945: 87.

[5] Medina 1982: 98-99.

[6] Barquin y Ruiz 1967: 103.

[7] Barquin y Ruiz 1967: 111-112.

[8] Bailey 1974: 57.

[9] Camberos 1966, v. 2: 161.

[10] Blanco Moheno 1959: 320.

[11] Dooley 1976: 49.

[12] Dooley 1976: 49.

[13] Dulles 2003: 289.

[14] Dulles 2003: 290.

[15] Romero de Solís 2006: 356.

[16] Los profesores Amado Plancartes y Rosendo Flores examinaron las vísceras y rindieron un dictamen que establece haber quedado comprobada "la existencia del arsénico". Taracena 1963: 101.

[17] Medina 1982: 111.

[18] Bailey 1974: 78.

[19] Carreño 1943: 112.

[20] De la Mora 1973: 117.

[21] Dulles 2003: 280.

[22] Dooley 1976: 66.

[23] Medina 1982: 111.

[24] Medina 1982: 111.

[25] Carreño 1943: 112.

[26] Carreño 1943:126-135.

[27] Dulles 2003: 281.

[28] Carreño 1943: 126-135.

[29] Olivera Sedano 1966: 128.

[30] Carreño 1943: 301.

[31] Larín 1968: 147.

[32] Urioste 1977: 59-60.

[33] Meyer 2006: 15.

[34] Rius Facius 1960: 169.

[35] Dooley 1976: 89.

[36] Véase foto del Episcopado Mexicano que avaló el movimiento armado en Campos 2005: 24.

[37] Larín 1968: 151.

[38] Archivo Plutarco Elías Calles. Anexo. Informes confidenciales emitidos por 10B. Diciembre de 1926, Asuntos varios, caja 36, expediente 745, ff. 48-49.

[39] Bailey 1974: 108.

[40] Hoyos 1958: 1091-1098.

[41] *El Universal*, 3 de noviembre de 1956.

[42] Acevedo de la Llata 1974: 15.

[43] *El Universal*, 3 de noviembre de 1956.

[44] Acevedo de la Llata 1957: 88.

[45] Blanco Gil 1947: 432-433.

[46] Larín 1968: 164-165.

[47] Bailey 1974: 115.

[48] De Anda 2002: 58.

[49] Barquin 1967: 157-158.

[50] Barquin 1967: 163.

[51] Taracena 1964: 149.

[52] Vaca 2001: 228.

[53] Vaca 2001: 228.

[54] Vaca 2001: 37.

[55] González 2000, v. 2: 335.

[56] González 2001: 231.

[57] Martinez Avelleyra 1972: 122.

[58] Acevedo de la Llata: 1974: 25.

[59] Castellanos 1995: 229.

[60] Acevedo de la Llata: 1974: 12-14.

[61] *La Prensa*, 30 de marzo de 1937.

[62] *El Universal Gráfico*, 31 de julio de 1928, citado por Reguer 1995: 222.

[63] Muriá 1982: 383.

[64] *El Informador*, 22 de enero de 1925.

[65] González 2000, v. 2: 127.

[66] Espinosa 1912: 4.

[67] Taracena 1963: 8-9.

[68] Bailey 1974: 147-148.

[69] De la Mora 1976: 43-44.

[70] López Ortega 1976: 13-14.

[71] Bailey 1974: 133.

[72] Muchos militares federales en plena campaña vendían a los cristeros cartuchos que habían sido manufacturados en la Planta Nacional de Manufactura de Armas y Cartuchos. Dulles 2003: 283.

[73] Véase la encíclica *Iniquis Afflictisque*, del 18 de noviembre de 1926, en Hoyos 1958: 1097.

[74] Campos Jiménez 2005: 60.

[75] Campos Jiménez 2005: 101.

[76] A partir de agosto de 1926 y hasta junio de 1929, el padre Garibi anduvo errante, un día sí y otro también, acompañando al arzobispo de Guadalajara. Arana Cervantes 2004: 112.

[77] *Excélsior*, 7 de abril de 1927.

Notas al capítulo 4

[1] Barquin 1967: 155.

[2] Barquin 1967: 144.

[3] Barquin 1967: 145-146.

[4] Martínez Avelleyra 1972: 19.

[5] Barquin 1967: 163-165.

[6] Amigos, he perdido un día.

[7] www.geocities.com/Vienna/9281/Padre_Pedroza.html.

[8] De la Mora 1973: 100-102.

[9] Ciento veinte costales con mil pesos de plata cada uno y un baúl lleno de monedas de oro. Edgar González Ruiz, "El traje de Miss México: atuendo de asesinos". En: http: // mtylldm.blogspot.com/ 2007/06/el-traje-de-miss-mexico-atuendo-de.html.

[10] La participación de Miguel Gómez Loza en estos sucesos fue mantenida en secreto por la iglesia para cuidar su elevación como futuro beato y como santo; sin embargo, de la masacre del tren de La Barca jamás podrá liberarse.

[11] De Anda 2002: 233.

[12] *El Universal Gráfico*, 21 de abril de 1927.

[13] *La Jornada*, 19 de mayo de 2008.

[14] "CORRESPONDENCIA CONFIDENCIAL". En la parte superior izquierda el sello: "Servicio Informativo Confidencial, México D.F. 23 de abril de 1927". Archivo Fernando Torreblanca. Fondo 13, serie 010207, exp. 248: Servicio Informativo Confidencial, ff. 2-6r, inv. 5897.

[15] Dulles 2003: 283.

[16] Martínez 2001: 172.

[17] Taracena 1963: 177-178.

[18] El senador de Dakota del Norte, Lynn J. Frazier, afirmó el 3 de mayo en San Francisco que los documentos que tenía Calles en su poder eran auténticos y constituían una prueba irrefutable de la hostilidad del secretario Kellog hacia México. Cfr. Meyer 1981.

[19] Portes Gil 1964: 396-397.

[20] Hay testimonios de que el mote surgió a raíz de la actividad terrorista y dinamitera de vías de ferrocarril de Garibi durante la época de la Cristiada, aunque los nombres de sus compinches fueron más publicitados: Gómez Loza, Angulo, Pedroza, Reyes Vega, Navarrete, el Catorce, etcétera. Loret de Mola 2002.

[21] Una hermana del caudillo se había casado con un hermano de Serrano.

[22] "Discurso de Alfonso Romandía Ferreira el 17 de julio de 1941". APEC, serie 060400, exp. 13, homenajes 1941, ff. 11-20, inv. 5140.

[23] Higuera 1962: 164.

[24] Taracena 1963: 242-243.

[25] Castro 2005: 166.

[26] Taracena 1963: 243-244.

[27] Castro 2005: 173-179.

[28] Taracena 1963(a): 74.

[29] *El Universal*, 8 de octubre de 1956.

[30] Taracena 1963(b): 99.

[31] *La Prensa*, 10 de abril de 1937.

[32] Las víctimas son: general de División Francisco R. Serrano; generales Carlos A. Vidal, Miguel A. Peralta; señores licenciados Rafael Martínez de Escobar, Alonso Capetillo, Augusto Peña, Antonio Jáuregui, Ernesto Noriega Méndez, Octavio Almada, José Villa Arce, licenciado Otilio González, Enrique Monteverde, jr., ex general Carlos V. Ariza, general Daniel A. Peralta.

[33] Pereyra 1949: 347.

[34] Meyer 1984: 137.

[35] Loyola Díaz 1980: 73.

[36] Rodríguez 1960: 142.

[37] Barquin 1967: 124.

[38] Barquin 1967: 124.

[39] Barquin 1967: 144.

[40] Barquin 1967: 194.

[41] Barquin 1967: 205.

[42] Medina 1982: 110.

[43] Martínez 1972: 19-20.

[44] Martínez 1972: 4-6.

[45] Moraga 1978.

[46] Martínez 1972: 45-46.

[47] Martínez 1972: 50.

[48] Martínez 1972: 100.

[49] Martínez 1972: 73.

[50] Martínez 1972: 76.

[51] Castellanos 1995: 163.

[52] *La Prensa*, 9 de diciembre de 1935.

[53] Martínez 1972: 93.

[54] Fernández 2004: 310-311.

[55] NASDRRIAM. De Arthur Schoenfeld, encargado de negocios en México, al secretario de Estado. rollo 87, núm. 623, documento 28964, 16 de noviembre de 1927. Meyer 1984: 202.

[56] Dooley 1976: 148.

[57] Luis L. León sale expulsado del país, junto con Calles y Morones, en 1936. *La Prensa*, 10 de diciembre de 1935.

[58] *El Jurado de Toral y la Madre Conchita* 1928: 90.

[59] Barquin 1967: 248.

[60] Castellanos 1995: 251.

[61] Alessio Robles 1946: 314.

[62] Morrow, de 54 años de edad, oriundo de West Virginia, fue condiscípulo y compañero de clase del presidente Coolidge en Amherst. Socio de J.P. Morgan, acreedora principal de bonos de la deuda mexicana. Además, director de la General Electric Company, del Banker's Trust Company y de la Warranty Company de Nueva York. En Wall Street se le ha visto a menudo con pantalones arrugados y zapatos sin atar. Siempre tiene la mente ocupada.

[63] Frases tomadas de la Ley reglamentaria del artículo 27 constitucional en el ramo del petróleo, promulgada el 26 de diciembre de 1925 y publicada el 31 de diciembre de 1925.

[64] Frases textuales del Tercer Informe de Gobierno de Plutarco Elías Calles.

[65] Taracena 1963(b): 163-164.

[66] Buford 1971: 133. Cita a su vez a Nathaniel Weyl, *The reconquest of Mexico: the years of Lázaro Cárdenas*, Londres, 1939: 292.

[67] Acevedo de la Llata 1974: 158.

[68] Retinger 1927: 43-44.

[69] *El Jurado de Toral y la Madre Conchita* 1928: 94.

[70] Alfonso Taracena 1964: 27.

[71] Medin 1983: 26.

[72] Taracena 1964: 37.

[73] Taracena 1964: 37.

[74] Cárdenas 1995: 52.

[75] Dooley 1976: 153.

[76] Cárdenas 1995: 38.

[77] González 2000: 355.

[78] *El Universal*, 28 y 30 de mayo de 1928.

[79] Taracena 1964: 80-81.

[80] Serrano 1982: 9.

[81] Sánchez González 1993: 61-62.

[82] *El Jurado de Toral y la Madre Conchita* 1928, v. 2: 20-21.

[83] Toral 1972: 51.

[84] Carr 1981: 246.

[85] Murillo 1941: 57-50.

[86] Reguer 1995: 209-210.

[87] Carrancista de cepa. Está a cargo de la protección de la vía del tren cuando Carranza abandona la ciudad con rumbo a Veracruz, pero con destino a Tlaxcalantongo. Reguer 1995: 169-178.

[88] Capetillo 1925: 263-264.

[89] Orcí declaró: "Fue para mí una sorpresa tan terrible que al principio ni siquiera pude pensar que los disparos eran dirigidos al general Obregón. Más bien pensé o creí que eran en otro sitio, hasta que me di cuenta de que bajo el mantel desprendíase un humo con olor a pólvora". Serrano 1982: 7.

[90] Robleto 1931: 150.

[91] Múzquiz 1932: 154-156.

[92] *Excélsior*, 15 de octubre de 1932.

[93] Murillo 1941: 70-71.

[94] Morones 1956.

[95] Rius Facius 1972: 376.

[96] Entrevista con Alfonso Toral Moreno efectuada el 20 de noviembre del 2000. Sobre el corazón de Toral: Albert Sladogna, "El corazón: una cuestión toral", en *Artefacto* núm. 9, revista de Psicomundo-México. http: //psiconet.com/ mexico/artefacto/corazón.

Bibliografía

ABASCAL, Salvador, *Tomás Garrido Canabal. Sin Dios, sin Curas, sin Iglesias*, Tradición, México, 1987.

ACEVEDO de la Llata, Concepción, *Obregón. Memorias inéditas de la madre Conchita*, Libromex, México, 1957.

ACEVEDO de la Llata, Concepción, *Yo, la madre Conchita*, Libros de Contenido, México, 1974.

AGUILAR Mora, Jorge, *Un día en al vida del general Obregón*, Martín Casillas, México, 1982.

AGUILLÓN Guzmán, Miguel, *La enseñanza antirreligiosa en México*, Antorcha, Jalapa, 1932.

ALESSIO Robles, Miguel, *Historia política de la Revolución*, Botas, México, 1946.

ALESSIO Robles, Vito, *Desfile sangriento. Mis andanzas con nuestro Ulises. Los tratados de Bucareli*, Porrúa, México, 1979.

ALMADA Bay, Alejo, *Álvaro Obregón Salido: nuevos datos y nuevas interpretaciones*, El Colegio de Sonora, 2003, en www.colson.edu.mx/absolutenm/articlefiles/944-inherm-obregon.pdf.

ANÓNIMO, *La cuestión religiosa en Jalisco. Apuntes para la historia. Homenaje de Respeto y Adhesión de la colonia jalisciense de la ciudad de México, al ilustre mártir de la persecución religiosa en Jalisco, Exmo. Y Rmo. Sr. Dr. y Maestro DON FRANCISCO OROZCO Y JIMÉNEZ, Dignísimo Metropolitano de Guadalajara*, México, 1918.

ARANA Cervantes, Marcos, *José Garibi. Después de la tormenta, su testimonio*, Unión Ed., Guadalajara, 2004.

BAILEY, David C., *Viva Cristo Rey!*, University of Texas, San Antonio, 1974.

BALDERRAMA, Luis, *El Clero y el Gobierno de México: apuntes para la historia de la crisis en 1926*, Cuauhtémoc, México, 1927.

BAR-LEWAW, I. York University, Toronto, Canadá, "La revista '*Timón*' y la colaboración nazi de José Vasconcelos", en: http://cvc.cervantes.es/obref/aih/pdf/04/aih_04_1_018.pdf.

BARBOSA Cano, Fabio, *La CROM, de Luis N. Morones a Antonio J. Hernández*, UAP, Puebla, 1980.

BARQUIN y Ruiz, Andrés, *En defensa propia*, Rex-Mex, México, 1948.

BARQUIN y Ruiz, Andrés, *Luis Segura Vilchis*, Jus, México, 1967.

BARQUIN y Ruiz, Andrés, *Bernardo Bergoënd, S.J.*, Jus, México, 1968.

BASSOLS Batalla, Narciso, *El pensamiento político de Álvaro Obregón*, El Caballito, México, 1970.

BENÍTEZ, Fernando, *Lázaro Cárdenas y la Revolución Mexicana*, t. II., FCE, México, 1984.

BERGOËND, Bernardo, S.J., *La nacionalidad mexicana y la virgen de Guadalupe*, Helios, México, 1931.

BERGOËND, Bernardo, S.J., *Encíclicas sociales: Rerum novarum, de León XIII y Quadragesimo anno, de Pío XI / con divisiones, notas marginales, breves comentarios y concordacias*, Acción Católica Mexicana-Comisión Central de Instrucción Religiosa, México, 1939.

BLANCO Gil, Joaquín, *El clamor de la sangre*, Rex-Mex, México, 1947.

BLANCO Moheno, Roberto, *Crónica de la Revolución Mexicana*, Libro Mex Editores, t. II, México, 1959.

BORQUÉZ, Djed, *Obregón. Apuntes biográficos*, Patria Nueva, México, 1929,.

BRENNER, Anita, *El viento que barrió a México. Historia de la Revolución Mexicana, 1910-1942*, Gobierno del Estado de Aguascalientes, México, 1975.

BUFORD, Camile Nick, *A Biography of Luis N. Morones, mexican labor and political leader*, The Lousiana State University and Agricultural and Mechanical College. Ph.D., 1971.

BUSTAMANTE, Luis F., *Bajo el terror huertista*, San Luis Potosí, 1916.

CABRERA, Luis, *La Revolución es la Revolución*, Ediciones del Gobierno del Estado de Guanajuato, México, 1977.

CAMBEROS, Vicente, *Francisco el Grande*, 2 vol. Jus, México, 1966.

CAMPOS Jiménez, Laura, *Los nuevos beatos cristeros*, Las Tablas de Moisés, México, 2005.

CAPETILLO, Alonso, *La rebelión sin cabeza*, Botas, México, 1925.

CÁRDENAS Noriega, Joaquín, *Morrow, Calles y el PRI. Chiapas y las elecciones de 1994*. PAC, México, 1995.

CARREÑO, Alberto María, *El Exmo. y Rmo. Sr. Dr. D. Pascual Díaz y Barreto, Arzobispo de México (Homenajes póstumos)*, Victoria, México, 1936.

CARREÑO, Alberto María, *El P. Miguel Agustín Pro, S. J.*, Helios, México, 1938.

CARREÑO, Alberto María, *El Arzobispo de México, Exmo. Sr. Dr. Don Pascual Díaz y el conflicto religioso*, Victoria, México, 1943.

CARREÑO, Alberto María, *La diplomacia extraordinaria entre México y Estados Unidos 1789-1947*, v. II, Jus, México, 1951.

CARR, Barry, *El movimiento obrero y la política en México 1910-1929*, Era, México, 1981.

CASTELLANOS, Francisco, *El padre Pro. Su vida, tiempo y martirio*, Diana, México,1995.

CASTRO, Pedro, *A la sombra de un caudillo*, Plaza & Janés, México, 2005.

CEBALLOS, Manuel, *El sindicalismo católico en México, 1919-1913*, Instituto Mexicano de Doctrina Social Cristiana, México, 1988.

CEJA Reyes, Víctor, *Los cristeros. Crónica de los que perdieron*, 2 vol., Grijalbo, México, 1981.

CORREA, Eduardo J., *Pascual Díaz, S.J., El Arzobispo mártir*, Minerva, México, 1945.

CORREA, Eduardo J., *Mons. Rafael Guizar y Valencia. El obispo santo*. Manuel Porrúa, México, 1951.

CORSO Ramírez, Ricardo et Al., *Nunca un desleal… Cándido Aguilar*, El Colegio de México-Gobierno del Estado de Veracruz, México, 1986.

CUMBERLAND, Charles C., *La Revolución Mexicana. Los años constitucionalistas*, Fondo de Cultura Económica, México, 1975.

D'ACOSTA, Helia, *La matanza política de Huitzilac*, Posada, México, 1976.

DÁVILA Garibi, Ignacio, *Datos Biográficos del Illmo. Y Rmo. Sr. Dr. Y Mtro. D. Francisco Orozco y Jiménez, actual dignísimo metropolitano de Guadalajara y Administrador Apostólico de Chiapas*, Tipografía El Regional, Guadalajara, Jalisco, 1913.

DE ANDA, J. Guadalupe, *Los cristeros. La guerra santa en Los Altos*, Gráfica Nueva, México, 2002.

DE ICAZA, Alfonso, *Así era aquello… Sesenta años de vida metropolitana*, Botas & Alfonso Editores, México, 2007.

DE LA HUERTA, Adolfo, *Memorias de Adolfo de la Huerta según su propio dictado*, Senado de la República, México, 2003.

DE LA MORA, Gabriel, *Del tiempo de los cristeros. Leopoldo Úrtiz, héroe municipal*, Costa-Amic, México, 1976.

DE LA MORA, Garbriel, *José Guadalupe Zuno*, Porrúa, México, 1973.

DEL CAMPO, Xorge, *Diccionario ilustrado de narradores cristeros*, Amat, México, 2004.

DELIRE, Lino, *¡Viva Cristo Rey! Manuel Bonilla, heroico defensor de la Libertad Religiosa de México*, Libertad, San Francisco, 1928.

DÍAZ, José y Román Rodríguez, *El movimiento cristero. Sociedad y conflicto en Los Altos de Jalisco*, Nueva Imagen, México, 1979.

DILLON, E.J., *President Obregón. A World reformer*, Small, Maynard and Company Publishers, Boston, 1923.

DILLON, E.J., *México en su momento crítico*, Herrero Hnos. Sucesores, México, 1922.

DILLON, Richard, "Del rancho a la presidencia", en *Historia Mexicana* No. 2 (22), oct-dic, 1956.

DOOLEY, Francis Patrick, *Los cristeros, Calles y el catolicismo mexicano*, Sepsetentas, México, 1976.

DULLES, John W. F., *Ayer en México. Una crónica de la Revolución (1919-1936)*, Fondo de Cultura Económica, México, 2003.

ECHEVERRÍA, Marta y María Soledad Mosqueda, *La rebelión cristera en el Noreste de la Sierra Gorda, Guanajuato (1926-1929)*, tesis para obtener el grado de Licenciatura en Historia, Universidad de Guanajuato, Guanajuato, 1999.

El Jurado de Toral y la Madre Conchita (Lo que se dijo y lo que no se dijo en el espectacular juicio), Versión taquigráfica textual, Editores Aldúcin y de Llano, México, 1928.

ELÍAS CALLES, Plutarco, *Correspondencia particular 1919-1945*, Gobierno del Estado de Sonora-FCE-Fideicomiso de Archivos de Plutarco Elías Calles y Fernando Torreblanca, México, 1993.

ELÍAS CALLES, Plutarco, *Pensamiento político y social. Antología (1913-1936)*, FCE-INEHRM-Fideicomiso Archivos Plutarco Elías Calles y Fernando Torreblanca, México, 1994.

ESPINOSA, Luis, *Iras santas*, Taller S. Larios, Tuxtla Gutiérrez, 1912.

ESPINOSA, Luis, *Rastros de sangre. Historia de la Revolución en Chiapas*, Gobierno del Estado de Chiapas, México, 1980.

FÁRBER, Guillermo, *Francisco Serrano, un héroe desconocido*, El Colegio de Sinaloa, México, 1996.

FERNÁNDEZ FERNÁNDEZ, Íñigo, *Historia de México*, Pearson Educación y Prentice Hall, México, 2004.

GACETA ECLESIÁSTICA POTOSINA (GEP), *Número extra dedicado a la Memoria del Illmo. Sr. Obispo de San Luis Potosí Dr. D. Miguel María de la Mora en su onomástico fúnebre*, San Luis Potosí, 1930.

GARCÍA Ugarte, Marta Eugenia, "Los católicos y el Presidente Calles", en *Revista Mexicana de Sociología*, núm. 3, México, 1995.

GARIBAY, Ángel María, *Leopoldo Ruiz y Flores. Elogio fúnebre*, Bajo el Signo del Ábside, México, 1942.

GEORGETTE, José V., *La campaña presidencial de 1923-1924*, INEHRM, México, 1998.

GONZÁLEZ García, Carlos, "El camino a Vícam", *La Jornada de Jalisco*, 4 de octubre de 2007.

GONZÁLEZ, Fernando M., *Matar y morir por Cristo Rey*, IIS-UNAM-Plaza y Valdés, México, 2001.

GONZÁLEZ Navarro, Moisés, *Cristeros y agraristas en Jalisco*, 5.v., El Colegio de México, México, 2000.

GONZÁLEZ Ramírez, Manuel, *Planes políticos y otros documentos*, Centro de Estudios Históricos del Agrarismo en México-Secretaría de la Reforma Agraria, México, 1981.

GOUY-GILBERT, Cecile, *Una resistencia india. Los Yaquis*, Instituto Nacional Indigenista, México 1985.

GUADARRAMA, Rocío. *Los sindicatos y la política en México: la CROM, 1918-1928*, Ediciones Era-Universidad Nacional Autónoma de México, México: 1981.

GUERRA Manzo, Enrique, "Carlos Blanco Ribera, Mi contribución a la Epopeya cristera", en *Historia Mexicana*, núm. 216, abril-junio, 2005.

GUISA y Acevedo, Jesús, *Los católicos y la política. El caso de Capistrán Garza*, Polis, México, 1952.

GUTIÉRREZ Guerrero, Beatriz, *El problema cristero en el Estado de Guanajuato*, Tesis para obtener el título de Licenciado en Historia, Universidad de Guanajuato, Guanajuato, 1985.

GUTIÉRREZ Gutiérrez, José Gregorio, *Mis recuerdos de la Guerra Cristera*, Acento, Guadalajara, 2007.

HALL, Linda, "Álvaro Obregón y el partido único mexicano", en *Historia Mexicana*, núm. 4, abr-jun, 1980.

HERNÁNDEZ, Silviano, *Anacleto González Flores. Perfil biográfico*, Asociación Pro Cultura Occidental, Guadalajara, 2001.

HIGUERA, Ernesto, *Humos del cráter*, México, 1962.

HINDMAN, James, "¿Confusión o conspiración? Estados Unidos frente a Obregón", en *Historia Mexicana*, núm. 18, oct-dic, 1975.

HOYOS, Federico, *Encíclicas pontificias. Colección completa, 1832-1959*, Editorial Guadalupe, Buenos Aires, 1958.

IGLESIAS González, Román (Introducción y recopilación), *Planes políticos, proclamas, manifiestos y otros documentos de la Independencia al México moderno, 1812-1940*, Instituto de Investigaciones Jurídicas, UNAM, México, 1998.

KATZ, Friedrich, *Pancho Villa*, Era, México, 1998.

KELLEY, Francis Clement, *México: el país de los altares ensangrentados*, Polis, México, 1941.

KUBLI, Luciano, *Calles y su gobierno. Ensayo biográfico*, México, 1931.

JOSÉ V., Georgette, *La campaña presidencial de 1923-1924*. INHERM, México, 1998.

LARÍN, Nicolás, *La rebelión de los cristeros*, Era, México, 1968.

LEAL, Juan Felipe, Agrupaciones y burocracias sindicales en México 1906-1938, PINEM-Terranova, México, 1985.

LEÓN de Palacios, Ana María, *Plutarco Elías Calles. Creador de Instituciones*, México, 1975.

LOMBARDO Toledano, Vicente, *La Constitución de los cristeros*, Librería Popular, México, 1963.

LÓPEZ Ortega, José Antonio, *Inexactitud de lo afirmado por Jean Meyer en su obra "La Cristiada" de que el Santo Padre Pío XI no sufrió engaño en los arreglos de la cuestión religiosa en México, celebrado el 21 de junio de 1929* (edición fotorreproducida), México, 1976.

LÓPEZ Ortega, José A., *Atando cabos*, México, 1979.

LORET de Mola, Rafael, *Confidencias peligrosas*, Océano, México, 2002.

LOYOLA Díaz, Rafael, *La crisis Obregón-Calles y el Estado mexicano*, Siglo XXI, México, 1980.

MAAWAD, David (ed.), *Los inicios del México contemporáneo*, fotografías del fondo Casasola, textos de Carlos Martínez Assad, Alfonso Morales y Francisco Reyes Palma, CNCA-IPN-INAH, México, 1998.

MAC GREGOR Campuzano, Javier, "Orden y justicia: el partido fascista mexicano", en *Signos Históricos*, junio, vol. 1, pp. 150-180, UAM-I, México, 1999.

MACÍAS Richard, Carlos, *Vida y temperamento: Plutarco Elías Calles*, Instituto Sonorense de Cultura, México, 1995.

MALDONADO, Calixto, *Los asesinatos de los señores Madero y Pino Suárez: Cómo ocurrieron. Recopilación de datos históricos*, México, 1922.

MANERO Suárez, Adolfo y José Paniagua Arredondo, *Los tratados de Bucareli. Traición y sangre sobre México*, 2 vol., México, 1958.

MÁRQUEZ Montiel, Joaquín, *La Iglesia y el Estado mexicano*, Jus, México, 1978.

MARTÍNEZ, José Antonio, *Los padres de la guerra cristera*, Universidad de Guanajuato, México, 2001.

MARTÍNEZ Assad, Carlos, *El laberinto de la revolución. El Tabasco garridista*, Siglo XXI, México, 2004.

MARTÍNEZ Avelleyra, Agustín, *No volverá a suceder*, México, 1972.

MAYTORENA, José María, *Algunas verdades sobre el general Álvaro Obregón*, El Heraldo de México, Los Ángeles, 1919.

MEDIN, Tzvi, *El minimato presidencial*, Era, México, 1983.

MEDINA Navascués, Tere, *Plutarco Elías Campuzano, mal conocido como Presidente Calles*, Zeta, México, 2006.

MEDINA Ruiz, Fernando, *Calles. Un destino melancólico*, Tradición, México, 1982.

MÉNDEZ de Cuenca, Laura, *Álvaro Obregón*, México, 1920.

MENDOZA Contreras, Fernando, *El día que los caudillos conversaron (Diálogo entre Álvaro Obregón y Plutarco Elías Calles)*, Edición del Autor, México, 2007.

MEYER, Francisco Javier, *La reelección del general Álvaro Obregón a través de los informes diplomáticos norteamericanos: 1926-1928*, tesis de Licenciatura, UNAM, México, 1984.

MEYER, Lorenzo, *México y los Estados Unidos en el conflicto petrolero. 1917-1942*, El Colegio de México, México, 1981.

MEYER, Jean, *Anacleto González Flores. El hombre que quiso ser el Gandhi mexicano*, Instituto Mexicano de Doctrina Social Cristiana-Fundación Emmanuel Mounier, México, 2004.

MEYER, Jean, *La Cristiada*, t. I, Siglo XXI, México, 2006.

MEYER, Michael Carl, *Huerta. Un retrato político*, Domés, México, 1983.

MOCTEZUMA, Aquiles, *El conflicto religioso de 1926*, v. I, Jus, México, 1960.

MORAGA, Fernando, "La Guerra Cristera", en *El Universal*, Diciembre, 1978.

MORALES, Donato y A. Guzmán, *Toral y el asesinato de Obregón*, San Antonio, Texas, 1929.

MORONES, Luis N., "¡Hasta el fin Sr. Romandía", *El Universal*, agosto-septiembre, 1956.

MURIÁ, José María et al., *Historia de Jalisco*, Gobierno del Estado de Jalisco, México, 1982.

MURIÁ, José María, *Breve historia de Jalisco*, SEP-Universidad de Guadalajara, México, 1988.

MURILLO, Guilebaldo, *Alegato presentado a la H. Primera Sala de la Suprema Corte de Justicia de la Nación, en el amparo num. 7565/936 pedido por el señor Presbítero don José Aurelio Jiménez Palacios, contra la sentencia de la Sexta Sala del Tribunal Superior de Justicia del Distrito Federal, que, confirmando la del C. Juez de Primera Instancia de Coyoacán, D.F, le impuso la pena de 20 años de prisión, considerándolo autor intelectual del homicidio del señor Gral. Álvaro Obregón*, México, 1941.

MÚZQUIZ Blanco, Manuel y Felipe Islas, *De la pasión sectaria a la noción de las instituciones*, México, 1932.

NEGRETE, Marta Elena, *Enrique Gorostieta, cristero agnóstico*, UIA-El Caballito, México 1981.

NICOLSON, Harold, "La actuación de Morrow en México", en *El Universal*, 23 de octubre de 1935.

OBREGÓN, Álvaro, *Ocho mil kilómetros en campaña*, Fondo de Cultura Económica, México,1973.

OLIVERA Sedano, Alicia, *Aspectos del conflicto religioso de 1926 a 1929. Sus antecedentes y consecuencia*,. INAH, México, 1966.

OLIVERA de Bonfil, Alicia, *Miguel Palomar y Vizcarra y su interpretación del conflicto religioso de 1926 (Entrevista realizada el 15 de agosto de 1960)*, INAH, México, 1970.

OLMOS Velásquez, Evaristo, *El conflicto religioso en México*, Pontificia Universidad Mexicana, México, 1991.

OROSA Díaz, Jaime, *Felipe Carrillo Puerto. Estudio biográfico*, Fondo Editorial de Yucatán, Mérida, 1982.

OROZCO y Jiménez, Francisco, *Primer Sínodo Diocesano de Chiapas*, San Cristóbal Las Casas, 1908.

OROZCO y Jiménez, Francisco, *¡Acerquémonos a Dios! Memorándum del Arzobispo de Guadalajara*, Guadalajara, 1918.

OROZCO y Jiménez, Francisco, *Carta Pastoral del Exmo. Y Rvmo. Sr. Arzobispo Dr. Y Mtro. Francisco Orozco y Jiménez "Acerca del "Socialismo"*, Guadalajara, diciembre de 1934.

PALOMAR y Vizcarra, Miguel, *El caso ejemplar mexicano*, Jus, México, 1966.

PANI, Alberto J., *La historia agredida. Polvareda que alzo un discurso pronunciado ante el monumento del General Obregón*, Polis, México, 1950.

PANI, Alberto J., *Apuntes autobiográficos*, INEHRM, México, 2003.

PARTIDO LABORAL MEXICANO, *EL PAN: el partido de la traición*, Benengeli, México, 1986.

PEÑALOSA, Joaquín Antonio, *Miguel M. de la Mora: el obispo para todos*, Jus, México, 1963.

PEREYRA, Carlos, *México falsificado*, 2 vol., Polis, México, 1949.

PLANCHET, Regis, *El robo de los bienes de la Iglesia, ruina de los pueblos*, Polis, México, 1939.

PORTES Gil, Emilio, *La lucha entre el poder civil y el clero*, México, 1934.

PORTES Gil, Emilio, *La labor sediciosa del clero mexicano*, México, 1935.

PORTES Gil, Emilio, *Quince años de política mexicana*, Botas, México, 1954.

PORTES Gil, Emilio, *Autobiografía de la revolución Mexicana. Un tratado de interpretación histórica*, Instituto Mexicano de Cultura, México, 1964.

PORTILLO, Jorge, *El problema de las relaciones entre la Iglesia y el Estado en México*, Costa-Amic, México, 1982.

PUIG Casauranc, José Manuel, *Mirando la vida*, México, 1933.

PUIG Casauranc, José Manuel, *Galatea rebelde a varios pigmaliones*, INEHRM, México, 2003.

QUIRÓS, Josefina, *Vicisitudes de la Iglesia en México*, Jus, México, 1960.

QUIROZ, Alberto, *Cristo rey o La Persecución*, Editorial Yucatanense Club del Libro, Mérida, 1952.

QUIROZ Cuarón, Alfonso, *Psicoanálisis del magnicidio*, Editorial Jurídica Mexicana, México, 1965.

584

REGUER, Consuelo, *Dios y mi derecho*, Jus, México, 1995.

RETINGER, Joseph H. *Morones de México*, Biblioteca del "Grupo Acción", México, 1927.

RIONDA Ramírez, Luis Miguel, *Guanajuato. Una democracia de laboratorio. Evolución y perspectivas de una sociedad en transformación política, 1917-1995*, CIESAS-UdeG, Guadalajara, 1997.

RIUS Facius, Antonio, *México cristero: historia de la* ACJM, *1925 a 1931*, Patria, México, 1960.

RIUS Facius, Antonio, *Bernardo Bergoënd, S. J.: Guía y maestro de la juventud mexicana*, Ed. Tradición, México, 1972.

ROBLETO, Hernán, *El epílogo en La Bombilla*, El Gráfico, 1931.

ROBLETO, Hernán, *Obregón-Toral-La madre Conchita*, Botas, México, 1935.

RODRÍGUEZ, Cristóbal, *La Iglesia católica y la rebelión cristera (1926-1929)*, La Voz de Juárez, México, 1960.

RODRÍGUEZ, Cristóbal, *Cristeros contra cristianos*, Revolución, México, 1967.

ROMERO, José Rubén et al., *Álvaro Obregón. Aspectos de su vida*, Gobierno del Estado de Sonora, 1984.

ROMERO de Solís, José Miguel, *El aguijón del espíritu: historia contemporánea de la Iglesia en México, 1892-2992*, El Colegio de Michoacán, México, 2006.

RUIZ y Flores, Leopoldo, *Recuerdo de recuerdos*, México, 1942.

SALAZAR, Rosendo, *Las pugnas de la gleba 1907-1922*, 2 vol., Editorial Avante, México, 1923.

SALAZAR, Rosendo, *Historia de las luchas proletarias en México 1923-1936*, México, Avante, *1938*.

SALAZAR, Rosendo, *Líderes y sindicatos*. México: Ediciones T. C. Modelo, 1953.

SALAZAR, Rosendo, *La Casa del Obrero Mundial*, Editorial Costa-Amic, México, 1962.

SÁNCHEZ González, Agustín, *El general en La Bombilla*, Planeta, México, 1993.

SÁNCHEZ Valle, Manuel, *Efemérides guanajuatenses*, t. I, H. Ayuntamiento de Guanajuato, México, 2006.

SANTOS, Gonzalo N., *Memorias*, Grijalbo, Testimonios, México, 1984.

SENDER, Ramón J., El *problema religioso en Méjico. Católicos y cristianos*, Imprenta Argis, Madrid, 1928.

SERRALDE, Francisco, *Los sucesos de Tlaxcalaltongo y la muerte del Ex Presidente de la República C. Venustiano carranza. ¿Hubo traición por parte del general Rodolfo Herrero? Amparo promovido por su defensor, Lic. Francisco A. Serralde, contra actos del Presidente de la República y de la Secretaría de Guerra*, Imprenta Victoria, México, 1921.

SERRANO, Alfonso, *Un crimen que cambió el destino de México*, Edamex, México, 1982.

SIERRA Madrigal, Alfonso, *La Madre Conchita: un capítulo de la Revolución*, Talleres tipográficos López Hnos., México, 1928.

SKIRIUS, John, *José Vasconcelos y la cruzada de 1929*, Siglo XXI, México, 1982.

SLADOGNA, Albert, "El corazón: una cuestión toral", en *Artefacto*, núm. 9, revista de Psicomundo-México. http://psiconet.com/mexico/artefacto/corazón.

SODI de Pallares, María Elena, *Los cristeros y José de León Toral*, Cvltvra, México, 1936.

SOTO Correa, José Carmen, *Los grupos armados de los políticos católicos*, Instituto Politécnico Nacional, México, 2002.

TARACENA, Alfonso, *La verdadera Revolución Mexicana, novena etapa (1923 a 1924)*, México, Jus, 1962.

TARACENA, Alfonso, *La verdadera Revolución Mexicana, Undécima etapa (1925-1926)*, Jus, México, 1963.

TARACENA, Alfonso, *La verdadera Revolución Mexicana, Decimosegunda etapa (1926-1927)*, Jus, México, 1963(a).

TARACENA, Alfonso, *La verdadera revolución mexicana, Decimotercera etapa (1927-1928)*, México, 1963(b).

TARACENA, Alfonso. *La verdadera Revolución Mexicana Decimocuarta etapa (1928-1929)*, Impresora Juan Pablos, México, 1964.

TARACENA, Alfonso. *La verdadera Revolución Mexicana. Decimosexta etapa (1930). La tragedia vasconcelista*, Jus, México, 1965.

TARACENA, Alfonso. *La verdadera Revolución Mexicana. Decimaoctava etapa (1932). La familia revolucionaria*, Jus, México, 1965.

TARACENA, Alfonso, *La verdadera Revolución Mexicana. Tercera Etapa (1914 a 1915)*, Jus, México, 1972.

TARACENA, Alfonso, *La verdadera Revolución Mexicana, Quinta etapa (1916-1918)*, Jus, México, 1979.

TORAL de León, María, *Memorias*, Tradición, México, 1972.

TRUEBA Lara, José Luis, *Los chinos en Sonora. Una historia olvidada*, Instituto de Investigaciones Históricas de la Universidad de Sonora, Hermosillo, 1990.

UNIVERSAL, El, *Las relaciones iglesia Estado en México*, 3 vol., México, 1992.

URIOSTE, Ricardo. *La verdad sobre los cristeros*, Libros de Contenido, México, 1977.

VACA, Agustín, *Los silencios de la Historia: las cristeras*, El Colegio de Jalisco, Guadalajara, 2001.

WEIL, Simone, *Carta a un religioso*, Sudamericana, Buenos Aires, 1954.

WILKIE, James y Edna Monzón de Wilkie, *México visto en el siglo XX. Entrevistas de historia oral*, Instituto Mexicano de Investigaciones Económicas, México, 1969.

WERTZ, William F. Jr., "La Unión Nacional Sinarquista de México. La ofensiva hitleriana contra Iberoamérica", en: www.larouchepub.com/spanish/other_articles/2005/sinarquia/union_sinarquista2.htm.

ZEVADA, Ricardo J. *Calles, el presidente*, Nuestro Tiempo, México, 1983.

ZINCUNEGUI-Tercero, Leopoldo, *Anecdotario prohibido de la Revolución*, México, 1958.

ZUNO, José Guadalupe, *Nuestro liberalismo*, Centro Bohemio, Guadalajara, 1956.

Índice